BORIS AKUNIN

Der Favorit der Zarin

Buch

Moskau in der Gegenwart: Nicholas Fandorin hat wenig Grund zur Freude. Sein ehrgeiziges Unternehmen, eine Firma für moderne Dienstleistungen, läuft alles andere als gut. Aus Mangel an Kundschaft vertreibt er sich die Zeit im Büro mit der Entwicklung von Computerspielen, in denen seine Vorfahren, die von Dorns, Vondorins und Fandorins, als digitalisierte Helden figurieren. Mit der gepflegten Langeweile ist es vorbei, als ihn eines Tages ein geheimnisvoller Mann aufsucht. Nikolaj Iwanowitsch Kusnezow gibt sich als »Korrespondent« aus und stellt Fandorin seltsame Fragen über das Leben und den Tod. Kurz nach diesem mysteriösen Besuch erhält er einen anonymen Drohbrief in Form eines Todesurteils ...
St. Petersburg zur Zeit Katharina der Großen: Der kleine Mithridates Fandorin, ein hochbegabtes Kind, gelangt schon als Sechsjähriger an den Hof der Zarin. Schnell erwirbt er sich die besondere Gunst der Herrscherin, doch als er Zeuge eines Giftanschlags auf die Zarin wird und diesen vereitelt, gerät er in höchste Lebensgefahr. Es scheint, als bestehe der gesamte Hofstaat nur aus Verrätern. Die einen wollen die Thronfolge von Katharinas Sohn Pawel beschleunigen und wünschen daher ihren raschen Tod, die anderen favorisieren Katharinas Enkel als zukünftigen Herrscher und tun alles dafür, die Zarin so lange am Leben zu erhalten, bis sie die entscheidende Unterschrift geleistet hat. Beide Parteien sehen ihre Pläne durch Katharinas Favoriten Mithridates vorerst zum Scheitern verurteilt und trachten ihm daher nach dem Leben ...

Autor

Boris Akunin ist das Pseudonym des 1956 geborenen Moskauer Philologen, Kritikers und Essayisten Grigori Tschtschartischwili. Als Boris Akunin schreibt er historische Kriminalromane, die weltweit sensationelle Erfolge feiern. Den Auftakt bildete die Serie um den Ermittler Erast Fandorin, einen Vorfahren seines neuesten Serienhelden Nicholas Fandorin. Eine zweite Serie von Romanen um die Nonne Pelagia, die in der russischen Provinz des 19. Jahrhunderts mit unkonventionellen Methoden Verbrechen aufklärt, ist mit drei Bänden mittlerweile abgeschlossen. Akunins Romane erreichen Millionauflagen und werden in siebzehn Sprachen übersetzt.

Von Boris Akunin außerdem als Goldmann Taschenbuch lieferbar:

Pelagia-Serie:
Pelagia und die weißen Hunde. Roman (45479)
Pelagia und der schwarze Mönch. Roman (45590)
Pelagia und der rote Hahn. Roman (45501)

Nicholas-Fandorin-Serie:
Die Bibliothek des Zaren. Ein Nicholas-Fandorin-Roman (45802)

Boris Akunin

Der Favorit der Zarin

Ein Nicholas-Fandorin-Roman

Aus dem Russischen von
Birgit Veit

GOLDMANN

Die Originalausgabe erschien 2001 unter dem Titel
Внеклассное чтение
bei Neva, Sankt Petersburg.

Verlagsgruppe Random House FSC-DEU-0100
Das FSC-zertifizierte Papier *München Super* für das Taschenbuch aus dem
Goldmann Verlag liefert Mochenwangen Papier.

2. Auflage
Deutsche Erstausgabe September 2006
Copyright © der Originalausgabe 2002 by Boris Akunin
Copyright © der deutschsprachigen Ausgabe 2006
by Wilhelm Goldmann Verlag, München,
in der Verlagsgruppe Random House GmbH
First published by Neva Publishers, St. Petersburg, Russia,
and Edizioni Frassinelli, Milan, Italy.
All rights reserved.
Published by arrangement with Linda Michaels Limited,
International Literary Agents
Umschlaggestaltung: Design Team München
Umschlagillustration: Artothek,
David »Bildnis des Generals De la Poype«
Redaktion: Regine Weisbrod
JE · Herstellung: MW
Satz: Buch-Werkstatt GmbH, Bad Aibling
Druck und Bindung: GGP Media GmbH, Pößneck
Printed in Germany
ISBN-10: 3-442-45803-X
ISBN-13: 978-3-442-45803-5

www.goldmann-verlag.de

Der Autor dankt Mila, Irina, Fjodor, Sergej,
Viktor und Wowotschka für ihre Hilfe.

ERSTES KAPITEL

ERZÄHLUNG EINES UNBEKANNTEN

(Tschechow, 1893)

Dieses ewige Gerede von der Liebe, dachte der Korrespondent, als er die Rolltreppe betrat und das Werbeplakat betrachtete, das ihm entgegenschwamm. Auf dem Plakat war eine Hand in einem feinen alten Lederhandschuh abgebildet; sie hielt eine prächtige Rose am dornigen Stiel. Darunter prangte der Zweizeiler:

Willst du nicht leiden an der Liebe Stacheln,
Lass die »Drei Musketiere« dich bewachen.

Und darunter stand in Frakturschrift: *»Präservative Die Drei Musketiere. In den Größen Porthos, Athos und Aramis.«*
 Die beiden Verse waren natürlich unmöglich, aber wegen der gebundenen Form musste man sie als Poesie gelten lassen. Merkwürdig, dass von den drei Grundinstinkten, dem Nahrungs-, dem Selbsterhaltungs- und dem Fortpflanzungstrieb, die Poesie sich auf den dritten und unwichtigsten kapriziert hat. Gibt es auch nur ein einziges geniales Gedicht, in dem Hunger oder Angst besungen würden? Nein. Und das, obwohl es sich bei einem leeren Magen oder Todesangst doch um Gefühle handelt, die sehr viel stärker sind als das Liebessehnen. Was ist das schon, die Liebe? (An dieser Stelle schüttelte der Korrespondent wütend den Kopf.) Er selbst hatte momentan nichts dergleichen, seine Liebe lag seit fünfhundertsiebzehn Tagen auf dem Wagankowo-Friedhof, das machte nichts, das Leben ging weiter. Sogar entschieden besser als vorher. Wenn seine Liebe lebte, hätte sich ihm das GROSSE GE-HEIMNIS nie offenbart. Er wäre immer noch strohdumm, würde sich die populäre Fernsehsendung »Glücksrad« angucken und die

7

Beete in seinem Garten umgraben. Und würde dann wie ein blinder Hornochse das Zeitliche segnen, ohne den WAHREN WEG gefunden zu haben.

Von einem anderen Plakat, das nicht Werbezwecken diente, sondern nur einfach so, zur Hebung der Laune, dahing, sandte ein Mädchen in U-Bahn-Uniform dem Korrespondenten eine Kusshand zu. Unter dem Mädchen stand »Gute Fahrt«. Er verbeugte sich höflich und sagte »Danke«.

Er sah ein Plakat mit der Aufforderung, sein Geld den Filialen der Spar- und Kreditgenossenschaft »Hauptmann Kopejkin« anzuvertrauen, und wollte schon sein Notizbuch zücken, um die Filiale als nächsten Kandidaten vorzumerken. Doch da stach ihm eine Ordnungswidrigkeit ins Auge: Vor ihm stand neben einem stark geschminkten Mädchen ein Bursche und versperrte die linke Spur. Der Korrespondent stieg ein paar Stufen hinauf, packte den Übeltäter an der Schulter und sagte:

»Rechts stehen, links gehen.«

Der Übeltäter wollte den Mund aufmachen, wahrscheinlich, um eine patzige Antwort zu geben, aber nachdem er aufmerksam in die strengen, klaren Augen des Korrespondenten geblickt und die breiten Schultern bemerkt hatte (ein klares Indiz für morgendliches Joggen und Stemmen von Hanteln), machte er Platz.

Der Korrespondent konnte nun nicht links stehen bleiben, sondern musste weitergehen, obwohl es bis zum oberen Ende der Rolltreppe noch ganz schön weit war. Na, macht nichts, das trainiert die Muskeln.

Jetzt stand niemand mehr auf der linken Seite, aber während er hochfuhr, schaffte er es, dem Shampoo-Plakat, das aufforderte: »Sagen Sie Nein zu Ihren Schuppen«, »Nein« zu sagen, und die Tante, die eine Anstecknadel hatte, auf der stand: »Wenn du wissen willst, wie du abnehmen kannst, frag mich, wie«, »Wie?« zu fragen.

»Was?«, sagte die Tante verwundert, fing sich dann aber und fragte lächelnd: »Sie wollen abnehmen?«

»Nein«, antwortete er. »Ich habe schon abgenommen. Früher hatte ich einen Bauch, aber jetzt, sehen Sie das?« Er schlug sich das Jackett enger um, damit sie sähe, was für eine hervorragende Figur er hatte.

»Warum fragen Sie denn dann, wie Sie abnehmen können?«, wunderte sich die Tante noch mehr.

»Ich habe Sie nicht gefragt, wie ich abnehmen kann. Ich habe nur ›Wie‹ gefragt. Schämen Sie sich denn nicht, die Leute zu betrügen und aus ihrer Vertrauensseligkeit Profit zu schlagen? Um abzunehmen, muss man wenig essen, da hilft sonst nichts. Ich habe aufgehört zu essen und zweiunddreißig Kilo abgenommen.«

Die Schwindlerin blickte ängstlich um sich und jammerte:

»Was wollen Sie überhaupt von mir? Wer sind Sie?«

»Ein Korrespondent«, antwortete er und strahlte, weil ihm der Klang dieses Wortes Freude machte.

»Wie? Was?«, fragte die Tante irritiert.

»Sie möchten wissen, Korrespondent von was oder wem?«, fragte er höflich zurück. »Korrespondent der ›Prawda‹, das heißt, der Wahrheit. Also, ich wünsche Ihnen alles Gute. Und denken Sie darüber nach, ob Sie richtig leben.«

Er lüftete mit zwei Fingern seinen imaginären Hut und schritt von der flach werdenden Stufe der Rolltreppe auf den grauen Boden der Eingangshalle.

»So. Wo ist der Ausgang Uliza Soljanka? Ah, da!«

In der Anzeige war nur eine Telefonnummer genannt gewesen, unter der man dem Korrespondenten eine Unzahl völlig überflüssiger und entbehrlicher Fragen gestellt hatte, aber als professioneller Journalist wusste er, wie man sich durchsetzt, und hatte nicht lockergelassen, bis er die Adresse in Erfahrung gebracht hatte.

Der Korrespondent holte das zweimal gefaltete Blatt der Wochenzeitung »Eross« aus der Tasche und las.

Die Anzeige hatte folgenden Wortlaut:

* * *

LAND DER RÄTE

Sie brauchen einen guten Rat, wissen aber nicht, an wen Sie sich wenden sollen?

Sie stehen vor einer wichtigen Entscheidung, können sie aber nicht treffen?

Sie meinen, alles ist aus und es gibt keinen Ausweg?

Es gibt keine ausweglose Situation! Es gibt immer einen Ausweg!

Einen Ausweg findet Ihr Experte für klugen Rat:

MAGISTER N. FANDORIN
PRÄSIDENT DES LANDES DER RÄTE,
eines Zauberlandes, für das man kein Visum braucht
und in dem jeder Besucher mit Respekt und
Verständnis behandelt wird.
Erfolgsgarantie!

Kontakttelefon: 70 958 887 777

* * *

Eine Riesenanzeige über die ganze Seite. Der Korrespondent hatte in der Werbeabteilung der Zeitung »Eross« angerufen, einer scheußlichen pornographischen Publikation, die er regelmäßig am Kiosk kaufte (man muss sich über den Grad des Sittenverfalls ja schließlich auf dem Laufenden halten), und erfahren, dass eine ganzseitige Anzeige fünfzehntausend Dollar kostete. Das heißt, der Experte für kluge Ratschläge musste Geld haben wie Heu, sein Geschäft florierte. Das war ja vielleicht ein Name: »Land der Räte«. So etwas nennen die Zyniker der Gegenwart Verarschung. Na, wir werden ja sehen, wer zuletzt lacht.

Hier auf der Zeitung hatte er mit kleiner, nervöser Schrift die telefonisch erfragte Adresse notiert: Uliza Soljanka 1, Office 13 a.

Nachdem er das Blatt zusammengefaltet und in die Tasche zurückgesteckt hatte (zu einem weiteren Papier, an dessen dicken, scharfen Kanten die Finger des Korrespondenten liebevoll entlangstrichen), bog er links in den Fußgängertunnel ein.

Jedes Mal vor einem Lokaltermin überkam ihn eine besondere Erregung, in der wohl der Hauptreiz der ihm auferlegten Mission bestand. Womit könnte man dieses Gefühl vergleichen? Als ob die Brust nicht die trübe Moskauer Luft einatmete, sondern gekühlten Sekt, der die Bronchien und die Luftröhre mit lustigen Bläschen kitzelte. Das ist keine Selbstzufriedenheit und, Gott bewahre, keine Anmaßung nach dem Motto: Wenn ich will, wird er hingerichtet; wenn ich will, wird er begnadigt. Da gibt es keinerlei Willkür, keinerlei Voreingenommenheit. Wenn du für die Rolle des strafenden Auges und des erhobenen Zeigefingers auserwählt bist, musst du dich von allem Persönlichen frei machen und darfst dich nicht ereifern.

Wenn ich der Auserwählte bin, muss es etwas Besonderes an mir geben, dachte der Korrespondent, betrachtete sich in der Scheibe des Kiosks und war zufrieden: eine stattliche Figur, eine stolze Haltung, der Anzug hing ein bisschen sackförmig an ihm herunter, war aber doch elegant, obwohl er ihn schon 1977 auf einer Dienstreise in Beirut gekauft hatte.

Die Hausnummer eins der Uliza Soljanka zog sich fast über einen ganzen Straßenblock, umfasste mehrere Höfe und zahlreiche Aufgänge. Da konnte man sich dumm und dämlich suchen, um Office 13 a zu finden.

Aber keine Sorge, er fand es.

Das »Land der Räte« war eine interessante Firma: Es gab keinerlei Hinweis auf einem Schild oder einer Tafel. Offenbar wollte Herr Magister N. Fandorin von seinem Geschäft kein Aufhebens vor den Nachbarn machen.

Heiß, zeigte ihm sein beschleunigter Herzschlag an, heiß.

Der Aufgang war allerdings etwas enttäuschend. Weder Wachpersonal noch eine Concierge gab es, man brauchte noch nicht einmal einen Code für die Haustür, da konnte jeder hereinspazieren. Die Farbe an den Wänden war abgeblättert, der Aufzug vorsintflutlich.

Ein klarer Fall: Der Mann, der die ganzseitige Anzeige aufgegeben hatte, täuschte Armut vor, er betrieb Steuerhinterziehung, er wollte seine ergaunerten Einkünfte nicht mit der Gesellschaft teilen.

Im fünften Stock hing eine Kupfertafel mit der Aufschrift: »Office 13 a«, das war alles. Eine langbeinige Schönheit mit violetten Haaren und wilden grünen Augen öffnete dem Korrespondenten. Sie trug eine eng anliegende Lederhose, hatte halsbrecherisch hohe Absätze und orange Lippen.

»Bin ich richtig?«, fragte der Korrespondent. »Bin ich hier bei der Firma ›Land der Räte‹?«

Enttäuschung überkam ihn: und wenn das nun schlicht und ergreifend ein Bordell war? Schließlich hatte ja auch die Werbeanzeige nicht irgendwo, sondern ausgerechnet in der Zeitung »Eross« gestanden. Dann hätte er seine Zeit vertan, kleine Sünden fielen nicht in sein Ressort.

»Genau«, antwortete das eindrucksvolle Mädchen. »So what?«

Das sollte Englisch sein, wie der Korrespondent nicht sofort verstand, und »Na und?« heißen. Nicht gerade freundlich.

»Ich habe der Anzeige entnommen, dass Sie einem hier mit Ratschlägen zur Seite stehen … Ich bin in einer Situation, in der ich dringend einen Rat brauche …«

Er sagte das mit dem Hintergedanken, dass man ihn sofort vor die Tür setzen würde, wenn es sich hier um ein Bordell handelte.

Aber die exotische Schönheit nickte und sagte:

»Ein Kunde? Über die Anzeige? Entrez.«

Die war ja ganz schön polyglott.

Das Aussehen des Büros stützte die Hypothese, dass der Fiskus betrogen werden sollte. Eine ehemalige Gemeinschaftswohnung, nicht besonders renoviert. Vom Flur aus, in dem ein paar Stiche an den Wänden hingen, kam man in ein kleines Vorzimmer: Schreibtisch mit Bürotechnik, eine Couch, ein Kaktus am Fenster – kurz, alles war bewusst auf arm, aber ehrlich getrimmt.

Die farbenprächtige Nymphe setzte sich an den Computer, woraus zu entnehmen war, dass sie hier als Sekretärin arbeitete. Der Korrespondent schüttelte den Kopf. Wenn die Steuerbeamten kamen, wischte sich diese Goethes Faust entsprungene Hexe Gella wohl die Schminke ab und zog sich weniger auffällig an; man brauchte sie ja nur anzugucken, dann wusste man doch sofort, für welche Arbeit sie ihr Gehalt bekam, von dem man sicher sein konnte, dass es nicht zu knapp war.

»Login? Passwort?«, fragte das Püppchen, während sie mit den Tasten klapperte, und der Korrespondent bekam wieder Angst, er könne sich geirrt haben. Passwort? Handelte es sich hier um einen geschlossenen Klub?

»Name, Anliegen«, sagte die Sekretärin seufzend und übersetzte sich selbst.

Sie streifte den Besucher mit einem Blick und kräuselte ihr Näschen, in dessen klassisch geschnittenem Flügel ein kleiner Brillant blinkte. Der Korrespondent lächelte ironisch, offenbar hatte er keinen soliden Eindruck auf sie gemacht.

»Schreiben Sie: Nikolaj Iwanowitsch Kusnezow.« Er machte eine Pause, denn er war sich sicher, dass dieser Name der Generation der jungen Leute mit violetten Haaren und orangen Lippen kein Begriff war. So war es auch. Als sei nichts gewesen, flog die

Sekretärin mit den Fingern über die Tasten. »Das Anliegen meines Besuchs möchte ich dem Herrn Magister persönlich mitteilen. Kann ich reingehen?«

Er deutete auf die Holztür, hinter der das Arbeitszimmer des Halunken lag.

»Der Teilnehmer ist zurzeit nicht erreichbar«, nuschelte das dreiste Mädchen und wandte sich von dem uninteressanten Kunden ab.

Sie griff nach einem Spiegel und bewunderte ihr gepflegtes Gesicht. Dann presste sie die Lippen aufeinander und schob sie hin und her. Er wusste, sie tat das, um den Lippenstift gleichmäßig zu verteilen. Auch Ljuba hatte das immer getan. Nur hatte ihr Lippenstift eine anständige Farbe gehabt: hellrosa.

Die Erinnerung betraf sein voriges, nicht sein gegenwärtiges Leben, und der Korrespondent schüttelte den Kopf, um sie zu verjagen.

»Ich verstehe nicht. Ist er nicht da? Oder hat er gerade einen Kunden?«

Wieder antwortete die Sekretärin unverständlich:

»Der Chef ist auf Zeitreise. Wenn Sie wollen, können Sie hier warten und relaxen.« Sie deutete auf die Couch.

»Wenn ich Kinder hätte, würde ich die Sprache der heutigen Jugend sicher besser verstehen«, dachte der Korrespondent. »Ohne Hauslehrer fühlt man sich im Umgang mit der neuen Generation wie ein Ausländer.«

Auf dem Tisch lagen statt der üblichen Illustrierten Bildbände: Repin, Wasnezow, Lansere und Borissow-Mussatow.

Er blätterte ein wenig darin. Wie gut die Maler früher malten! Kein Vergleich mit den heutigen.

»Shit-Merde-Tschort!« Die Sekretärin warf den Spiegel auf den Tisch. »Der ist ja absolut nicht rosa!«

Sie sprang vom Tisch auf, lief in den Flur und stampfte zornig auf, dass die Absätze klapperten.

Meine Güte, war die hysterisch! Benahm sich, als wäre sie alleine. Oder hatte sie vielleicht ein Näschen dafür, wer Geld hatte und wer nicht? Und die kein Geld hatten, waren für sie keine Menschen.

Ich bin jetzt auch kein Mensch, sagte sich der Korrespondent, und in seinem Inneren erbebte alles, da sich der AUGENBLICK DER WAHRHEIT näherte, der höchst feierliche Moment der ENTSCHEIDUNG. Dabei musste er auf den ersten, nicht durch den Filter von Logik und Vorurteil verzerrten Eindruck vertrauen und auf die Stimme seines Herzens hören, das ein Teil von GOTT ist. Da ging es immerhin um das Leben eines Menschen, auch wenn es sich bei diesem Menschen um ein Scheusal und einen Lügner handelte. Er durfte keinen Fehler machen, die Verantwortung, die er trug, war schwer und furchteinflößend.

Der Korrespondent erhob sich und öffnete nach kurzem Klopfen die Tür zum Nebenzimmer.

Das Arbeitszimmer des »Präsidenten des Zauberlandes« war einfach ekelhaft. Erstens stand ein Riesenmonitor auf dem Tisch (das war bei den neuen Russen so Mode, je größer der Plastikkasten war, als desto »toller« galt er). Zweitens hing ein altes Porträt eines uniformierten Beamten aus der Zarenzeit an der Wand (das war ebenfalls Mode, jeder dahergelaufene Schurke stammte jetzt auf Garantie aus dem Hochadel und gab mit seinen aristokratischen Vorfahren an). Drittens gab es irgendwelche Diplome hinter Glas (diese Kriecher hatten zu viele Hollywoodfilme gesehen). Und die Krönung des Ganzen war ein Basketballkorb in der Ecke. Dieser kleinkarierte Yuppie!

So sah er denn auch aus. Glatte Gesichtshaut, stramm, mit ordentlichem Scheitel, in einem Tweedjackett, aus dessen Tasche ein farblich zum Schlips passendes Tuch hervorlugte. Ein typischer Fall von: Fitnesscenter, Golfklub, Solarium. Pfui, Spinne!

N. Fandorin drehte schnell seinen Dinosaurier-Monitor zur Seite, damit der Eintretende auch nicht das kleinste Stückchen des Bildschirms einsehen konnte (er hatte also etwas zu verbergen!), und erhob sich. Das war ja vielleicht ein langer Lulatsch, zwei Meter, bestimmt nicht weniger! Die Lippen des Herrn Magisters waren zu einem mechanischen Lächeln verzogen, aber in den grauen Augen war unmissverständlich zu lesen: Hol dich der Teufel.

Und ob! Ausgerechnet in dieser Minute entschied sich das Schicksal des Daniel Vondorin. Würde es dem jungen Sergeanten des Semjonow-Regiments gelingen, bei der Gattin des Thronfolgers, der späteren Kaiserlichen Majestät, zum Kammersekretär aufzusteigen? Dazu musste man eine Prüfung bestehen: ein verzwicktes Rätsel von Katharina der Großen lösen. Wenn man nicht auf die richtige Lösung kam, musste Daniel zur Hauptwache zurück, aus der er nicht so leicht wieder herauskäme, und der Spieler verlöre Zeit und Punkte.

Eine merkwürdige Beschäftigung für einen Paterfamilias: Computerspiele zu erfinden und das auch noch während der Arbeitszeit. Wenn es sich um eine Auftragsarbeit handelte, ginge das ja noch, aber nur zum Vergnügen ... Denn wer sollte sich sonst noch für Quests und Adventures interessieren, in denen die eigenen Vorfahren die Hauptrolle spielen, alle diese vom Sande der Zeit Verwehten von Dorns, Vondorins und Fandorins, diese Secondemajore, Kammersekretäre und Staatsräte. Allenfalls der Sohn vielleicht, wenn er einmal groß sein würde ...

Ach, wenn er das Programmieren besser beherrschte und die neueste Computertechnik hätte, würde er ein richtiges Spiel mit Animation und sensationellen Effekten schaffen können, stattdessen musste er sich mit etwas begnügen, das eher einem Diavortrag glich. Die junge Katharina hatte er von dem berühmten Torelli-Gemälde eingescannt, nur die Zarenkrone hatte er entfernt. Daniel bekam das schöne romantische Gesicht von Katharinas späterem, früh gestorbenem jugendlichem Liebhaber Alexander Lanskoj, denn in der Familie hatte sich keine Darstellung des fernen Ahnen erhalten. Wer weiß, wie Daniel Ilarionowitsch in Wirklichkeit ausgesehen hatte.

Das Einzige, das von dem Kammersekretär Katharinas der Großen überkommen war, war ein Zettel mit der Notiz: »*In ewiger Dankbarkeit. Katharina*«. Issaaki Samsonowitsch Fandorin, Chronist der Sippe in der ersten Hälfte des neunzehnten Jahrhunderts, hatte das bedeutende Dokument mit dem trockenen Kommentar »eigenhändige Unterschrift der Kaiserin Katharina der Großen« versehen und sich ansonsten jeglichen Kommentars enthalten. Vielleicht war der Dank in Wirklichkeit gar nicht an Daniel gerichtet; Nicholas vermutete das nur mit einigem Recht wegen der Nähe dieses Ahnen zur russischen Herrscherin.

Wofür sie ihm dankte, das war die Frage, auf die jetzt, mehr als zwei Jahrhunderte später, nur das Spiel »Kammersekretär« eine Antwort finden konnte. Da gab es keinerlei Verantwortung, und der Phantasie waren keine Grenzen gesetzt – das absolute Gegenteil von dem, was man Nicholas Fandorin in der Universität Cambridge beigebracht hatte. Ein jämmerliches Los für einen Magister der Geschichte. Statt ein seriöser Wissenschaftler zu werden, verfasste er nun pseudohistorische Märchen. Aber erstaunlicherweise (und das konnte Nicki nur sich selbst eingestehen) beschäftigten diese Märchen seine Phantasie entschieden mehr als alle wissenschaftlich belegten Fakten.

Ob sich das Schicksal des Semjonow-Sergeanten mit dem der Großfürstin kreuzen, ob Daniel die Möglichkeit erhalten würde, Katharina der Großen einen geheimen Dienst zu erweisen, der vielleicht den Gang der russischen Geschichte ändern würde, das war der Scheideweg, an den Nicholas Fandorin gelangt war, als sich auf einmal die Tür seines Arbeitszimmers öffnete und ein geduckter Mann in einem schlabberigen Anzug aus einem längst vergessenen Kunststoff (hieß das Zeug nicht »Cremplin«?), mit ausgestopften Schultern und breitem spitzem Revers, kurz: ein Gespenst aus den siebziger Jahren, auf der Schwelle stand.

»Wollen Sie mich sprechen?«, fragte Fandorin wie ein Idiot (na klar, wen sollte er denn sonst sprechen wollen?), und wie ein schamhafter Schüler drehte er den Monitor so, dass der Mann Daniel (Hinteransicht) und Katharina (Vorderansicht) nicht sehen konnte.

Er musste aus dem achtzehnten Jahrhundert ins einundzwanzigste zurückkehren.

Nachdem seine Frau ihm zum Geburtstag die ganzseitige Anzeige in ihrer Zeitung geschenkt hatte, strömten haufenweise Besucher in das Office »des Landes der Räte«. Zwar waren es größtenteils »Erossianer«; so nannten sich die treuen Leser des schlüpfrigen oder, wie man jetzt sagt, speziellen Magazins »Eross«. Vor allem Sexspezialisten interessierten sich für das Zauberland, für das man kein Visum braucht; sie dachten, Mister N. Fandorin eröffne ihnen irgendwelche nie gekannten Fleischesfreuden. Diese Art von Besuchern kam in der Regel nicht über das Vorzimmer hinaus – Valja ließ die nach sinnlichen Genüssen Lechzenden nicht vor. Das Unglück wollte es, dass der neue Typ von Besuchern ganz nach Valjas Herzen war, und einige Vertreter auch ihrem Geschmack entsprachen – dieser Wirrkopf, der in der Firma die

Funktion einer Sekretärin und Assistentin erfüllte, kokettierte wild mit ihnen und vereinbarte gelegentlich sogar ein Rendezvous. Nicholas machte sich schon manchmal Sorgen, ob man ihn nicht der Kuppelei bezichtigen könne.

Es hatte zwei Besucher einer anderen Kategorie gegeben, erst ein Mann und dann eine Frau. Beide waren finster und deuteten ihr Anliegen nur an. Da er von einem Ausweg aus jeder Situation gesprochen hatte, dachten sie, es handele sich um die Reklame einer Killeragentur, und wollten einen Auftrag vergeben.

Den Mann, der einen unehrlichen Geschäftspartner beseitigen wollte, konnte Nicki zur Vernunft bringen – er riet ihm, es dem Dieb mit gleicher Münze heimzuzahlen, und schlug ihm sogar geistesgegenwärtig eine witzige Operation unter dem Decknamen »Vergeltung« vor. Der Kunde ging beflügelt von dannen und stellte bei Erfolg ein großzügiges Honorar in Aussicht.

Die Auftraggeberin, die nach dem Blut ihres weibertollen Ehemanns dürstete, war schwerer zu bremsen. Fandorin hielt ihr einen langen Vortrag über die Pathologie und Anatomie der ehelichen Untreue. Er sagte ihr, schuld sei nicht der, der untreu ist, sondern der, dem man untreu ist. Die Menschen heiraten, um ihren geheimen Hunger zu stillen. »Wenn der Gatte außerhalb seinen Spaß sucht«, erklärte Nicholas, »so ist das ein Zeichen dafür, dass Sie seinen Hunger nicht stillen. Den Metabolismus einer Liebesbeziehung kann man nicht prognostizieren: Sie sind vielleicht zu Ihrem Partner lieb und großzügig, er aber braucht eine böse und geizige Frau. Sie geben ihm Zuckerbrot, wo sich doch sein ganzes Wesen nach der Peitsche sehnt. Oder umgekehrt. Wenn sich ein Mensch von einer Affäre in die andere stürzt, so heißt das, sein innerer Hunger ist sehr groß und ein einziger Partner nicht imstande, diesen Armen satt zu kriegen. Don Juan ist ein höchst unglückliches Wesen, ein emotionaler Krüppel. Sein Los ist es, ständig Nahrung zu schlucken, aber nie satt zu werden.«

Er legte sich eine ganze Stunde lang ins Zeug. Die betrogene Ehefrau hörte sich schweigend die Predigt an, bedankte sich und ging; ihre blutrünstige Absicht hatte sie offenbar keineswegs aufgegeben.

Altyn hatte natürlich sein Bestes gewollt. Er mochte sich gar nicht vorstellen, was die ganzseitige Anzeige in der Zeitung mit einer Auflage von drei Millionen gekostet haben könnte. Das heißt, als Chefredakteurin hatte Altyn natürlich keine Kopeke bezahlt – sie hatte sozusagen ihre dienstliche Stellung missbraucht (kurz vor Erscheinen der Ausgabe war eine Seite, die von dem Stripteaseclub »Schwulengesang«, einem treuen Anzeigenkunden, abonniert war, geplatzt), aber es war trotzdem ein fürstliches Geschenk.

Seine Lebensgefährtin zerbrach sich schon lange den Kopf, wie sie Nickis Geschäft fördern könnte, ohne ihn in seiner männlichen Eitelkeit zu kränken. Über den Verdienst des Verkäufers guter Ratschläge konnte man leider nur lachen, kein Vergleich mit dem Gehalt des Chefredakteurs einer Wochenzeitung. Altyn sagte schon lange: Du musst Werbung machen, ohne sie wirst du die Ware nicht los, egal, wie gut sie ist. Da hatte die listige Asiatin also den Geburtstag ausgenutzt, um das schlaffe Segel des »Landes der Räte« mit frischem Werbewind zu füllen.

Der Name der Gesellschaft war in Qualen geboren worden. Nickis Mitbegründer und Hauptinvestor hatte vorgeschlagen, die vorbildliche Firma für Dienstleistungen neuen Typs »Wünschelrute« zu taufen, aber Altyn war strikt dagegen und erklärte, sie habe dieses gleichnamige Kitschmärchen schon in ihrer Kindheit nicht ausstehen können. Als sie später die Chefredaktion der Zeitung »Eross« übernahm, besaß sie die Bosheit, einer Rubrik absolut nicht kindlichen Inhalts ausgerechnet diesen Titel zu geben.

Der Name »Land der Räte« stammte von Fandorin selbst; er war sehr stolz auf diesen Einfall, konnte ihn aber erst nach schweren Kämpfen durchsetzen. Sowohl der Mitbegründer als auch seine Frau erklärten einhellig, sie fänden diese Wendung zum Kotzen, schon allein der Klang der Worte schrecke wohlhabende Kunden ab, er sei allenfalls attraktiv für die kommunistischen Idioten, die ohnehin kein Geld hätten. Aber Nicholas blieb dabei. Er fand, man könne nicht so tun, als habe es diese siebzig Jahre nicht gegeben. Warum sollte man die Lexik und Symbolik der Sowjetperiode meiden? Das ist dasselbe, als wenn du so tust, als habe es das vorige Jahr in deinem Leben nicht gegeben, sondern nur das vorvorige und alle davor. Oder als ob du nicht von deinem Vater und deiner Mutter, sondern direkt von deiner Großmutter und deinem Großvater abstammtest. Diese siebzig Jahre sind Realität, es hat keinen Sinn, sie demontieren, sie einfach durchstreichen zu wollen. Das birgt nur die Gefahr, dass die Sowjetepoche nach einiger Zeit wieder in den Himmel gelobt und rehabilitiert wird, wie alles, was zu sehr bestraft wird. Ja, es hat in der Sowjetunion viel Schlechtes, aber auch einiges Gutes gegeben. Die bolschewistischen Verbrecher haben mindestens drei große Leistungen vollbracht, die die Monarchie nicht zustande gebracht hat: sie haben die Hungernden gespeist, den Analphabetismus beseitigt und den deutschen Imperialismus geschlagen. Und wenn man die von allen verfluchten Räte nimmt? Sir Alexander, sein verstorbener Vater, bekam Krämpfe von diesem Wort, er mied diese schreckliche Lautverbindung sogar in der Alltagslexik und sagte nicht »mein Rat«, sondern »meine Empfehlung«, sagte nicht »Lassen Sie uns beraten«, sondern »lassen Sie uns unsere Empfehlungen austauschen«. Um Himmels willen, was ist denn eigentlich schlecht an den Räten? Sie sind eine spontan entstandene Form von demokratischem Parlamentarismus.

Ach, was musste sich Nicholas nicht alles an Beleidigungen von seiner geliebten Gattin anhören: Da war von impotentem Objektivismus und primitivem europäischem Linksradikalismus die Rede! Es hatte einen Moment gegeben, wo er sogar unsicher geworden war und in den Namen »Land des guten Rates« einwilligen wollte, aber im letzten Moment hatte er sich doch für die Variante »Land der Räte« entschieden, der andere Name klang zu harmlos.

Und die Angst vor den bettelarmen kommunistischen Idioten, die sich in Scharen durch die ihnen ans Herz gewachsene Formulierung angesprochen fühlen könnten, war unbegründet gewesen. Während der ganzen sechs Jahre, die die Firma nun existierte, war dieser Cremplin-Typ der Erste, der aussah wie ein Gast aus der traurigen sozialistischen Vergangenheit.

»Ja, Sie will ich sprechen, Sie, wen denn sonst?«, antwortete der Besucher auf die schwachsinnige Frage und fügte sarkastisch hinzu: »Wenn Sie denn N. Fandorin sind, Magister, Experte für kluge Ratschläge und Präsident. Ich habe ein äußerst schwieriges, ja schlicht unlösbares Problem. Was kostet das bei Ihnen?«

Nicholas betrachtete den Eingetretenen nun anders: mit Hoffnung. Vielleicht hatte ihn der erste Eindruck getrogen, und er bekam endlich Arbeit? Schließlich hatte sich dieser Schwächling erst bei Valja durchkämpfen müssen – war also als aussichtsreicher Kandidat eingestuft worden. Merkwürdig, dass sie ihn nicht angemeldet hatte.

Schwierige Fälle waren dem »Land der Räte« schon lange nicht mehr untergekommen. Einfache allerdings auch nicht. Man konnte ja schließlich die Heilung einer siebzehnjährigen Studentin, die unsterblich verliebt in den Schauspieler Menschikow[1] war, und die Beratung einer Hausverwaltung zu der Frage, ob sie an dem Wettbewerb »Der Moskauer Hausmeister«[2] teilnehmen sollte, nicht als Arbeit betrachten.

Zwar hatte er sich Anfang Herbst ganz schön abstrampeln müssen, um einen Verwandten seiner Frau, einen sechzehnjährigen Lümmel, aus seiner schlechten Gesellschaft zu befreien. Diese Gesellschaft war nicht einfach schlecht, sondern kriminell; sie machte Jugendliche drogensüchtig, so dass die Beratung in eine ganze Krimieskapade mündete, die Nicholas fast das Leben gekostet hätte, der Firma aber keinen Heller einbrachte. Man kann ja schließlich kein Geld von Verwandten annehmen!

Das letzte nennenswerte Honorar hatte er vor anderthalb Monaten bekommen. Eine Händlerin, die eine Boutique für anspruchsvolle Kunden aufmachen wollte, brauchte eine originelle Idee, damit der Laden sich von den anderen abhebe. Nicki schlug vor, ihn »Fetzen« zu nennen, das Schaufenster mit verschlissenen Säcken und dreckigen Schachteln zu dekorieren, die nackten Ziegelmauern mit Graffiti zu bemalen, die Umziehkabine wie eine Gefäng-

---

1 **Rat:** sich im Zimmer einschließen; ohne Ablenkung und Pause von morgens bis abends die Kassette mit dem Film »Der sibirische Figaro« ansehen, bis zu einem positiven Ergebnis.
   Prozess: zwei Tage später, nach der dreiundzwanzigsten Vorführung ein Telefonanruf. Schluchzen und Schreie: »Oleg ist ein Gott, ein Gott, ein Gott!«
   Rat: die Prozedur fortsetzen.
   Ergebnis: nach weiteren drei Tagen, nach der siebenundfünfzigsten Vorführung völlige Genesung. Rückkehr von Schlaf, Appetit und Interesse für andere Vertreter des männlichen Geschlechts. *(Aus dem Notizbuch von N. Fandorin)*
2 **Rat:** keinen Rasen säen, da er sowieso nicht gedeiht; die Wände des Hauses à la Mondkrater streichen; die Mitglieder der Jury an einem sternklaren Abend einladen.
   Ergebnis: Sieger des Bezirks. *(Aus dem Notizbuch von N. Fandorin)*

niszelle einzurichten, die Kasse in einer Aschentonne unterzubringen und so weiter und so fort. Die Kundin war von diesem Unsinn begeistert und wollte ihm fünftausend Dollar bar geben, aber Nicki, der ein prinzipieller Verfechter der Gesetzestreue war, bat, sie möge ihm das Honorar in Rubeln auf sein Bankkonto überweisen. Die Auftraggeberin konnte nicht verstehen, was er von ihr wollte. Schließlich musste er deutlich werden: »Gnädigste«, sagte Fandorin, »ich will kein Schwarzgeld auf die Kralle, ich will eine cleane Überweisung der Kröten auf mein Konto.« Von dieser exzentrischen Haltung war die Händlerin hellauf begeistert: »Cleane Kröten! Super!« Doch bei der Überweisung zog sie ihm 31,6% für die Sozialabgaben ab. Das wäre ja noch okay gewesen, aber ein Wermutstropfen war, dass Altyn es gewesen war, die die wohlhabende Auftraggeberin zu ihm geschickt hatte. Wie er es auch drehte, Nicholas lebte auf ihre Kosten und war ein Schmarotzer.

Die Schuld daran konnte er nur sich selber geben.

Als er geheiratet und beschlossen hatte, sich in Russland niederzulassen, hatte der Baronet Nicholas A. Fandorin es für seine Pflicht gehalten, erstens die britische Staatsbürgerschaft gegen die russische einzutauschen (was Altyn ihm immer noch nicht verzeihen konnte) sowie zweitens seine Londoner Wohnung zu verkaufen und das ganze Geld auf eine Moskauer Bank zu überweisen, um die Wirtschaft seines Vaterlandes anzukurbeln. Während der Wirtschaftskrise von 1998 machte die Bank seelenruhig pleite, und der frühere Staatsbürger Seiner Majestät geriet in eine verzweifelte Lage: auf der einen Waagschale lagen seine nicht berufstätige Frau, seine beiden einjährigen Kinder und ein bestimmter Lebensstandard, an den sie sich gewöhnt hatten, auf der anderen ein merkwürdiges Geschäft, das sich vielleicht als Hobby eines wohlhabenden Rentners nicht übel ausgenommen hätte, mit dem man aber keineswegs die Existenz einer vierköpfigen Familie absichern konnte. Wenn der wohltätige Mitbegründer nicht gerade damals ein Medienimperium hätte schaffen wollen und Nickis Frau Altyn Mamajewa (den Nachnamen ihres Mannes anzunehmen, daran hatte die wilde Feministin natürlich nicht im Traum gedacht) angeboten hätte, die Leitung der neuen erotischen Wochenzeitung zu übernehmen, wäre vielleicht alles anders gekommen.

»Es gibt keine unlösbaren Dinge«, beruhigte Nicholas den neuen Kunden und setzte sein breites europäisches Lächeln auf, das er während der Jahre, die er im ernsten Russland lebte, nicht verlernt hatte, obwohl er genau wusste, dass die Einheimischen auf diese Demonstration der Vorzüge der »Colgate«-Zahnpasta mit Misstrauen und Vorsicht reagierten. Manchmal kam es vor, dass er auf einen Menschen auf der Straße zugehen wollte, um nach dem Weg zu fragen, und freundlich lächelte, da wimmelte sein Gegenüber ihn schon ab und meinte: »Lasst mich in Ruhe, das ist ja zum Kotzen mit diesen verfluchten Zombies von der Mun-Sekte.«

»Über die Bezahlung reden wir später, wenn Sie mir Ihr Anliegen vorgetragen haben. Aber sagen Sie bitte erst Ihren Namen. Was sind Sie von Beruf?«

»Mein Name ist Nikolaj Iwanowitsch Kusnezow«, stellte sich der Besucher vor und setzte sich so wichtigtuerisch auf den Stuhl, als handele es sich um einen Königsthron. »Von Beruf bin ich Richter. Sie wollen also sagen, so etwas gibt es nicht? Sie knacken jedes Problem wie eine Nuss?«

Fandorin erriet gleich, dass der Name erfunden war, doch das war in Ordnung; es handelte sich also um eine heikle Angelegenheit, die Diskretion erforderte. Ein Richter? Wohl kaum. Aber in Russland sehen die Richter ohnehin nicht nach Richtern aus, sie umgibt weder Würde noch eine Aura der Unanfechtbarkeit. Obwohl der Blick des unscheinbaren Herrn Kusnezow so war, wie es sich für einen professionellen Herrn über Leben und Tod gehört: gewichtig, selbstbewusst, unbestechlich. Vielleicht war er doch Richter.

Oder ein Spinner, dachte Nicholas auf einmal und betrachtete den »Richter Kusnezow« aufmerksam. Und wenn er schon wieder nur seine Zeit vertat?

»Wenn man gut genug nachdenkt«, sagte er laut und lächelte noch breiter, »findet man immer einen Ausweg, selbst in der schwierigsten Situation.«

Der Anonyme (so taufte Fandorin seinen Gesprächspartner in Gedanken, weil in Russland »Kusnezow« zu heißen dasselbe ist, wie wenn man sich als Mister X vorstellt) nickte zufrieden, als habe er mit genau dieser Antwort gerechnet. Seine Augen mit den erweiterten Pupillen funkelten halb leidenschaftlich, halb wahnsinnig.

»Wie viele Stockwerke hat dieses Haus?«, fragte er aus heiterem Himmel.

»Sechs«, antwortete Fandorin geduldig. »Und oben ist noch ein Speicher. Warum fra...«

»Hervorragend. Angenommen, ich steige aufs Dach, zum Beispiel, um die Fernsehantenne auszurichten. Da rutsche ich aus und stürze nach unten, ein Unglücksfall. Ich falle hinunter, an Ihrem wunderbaren Fensterchen vorbei.« Der Besucher zeigte auf das hohe Fenster, das zur Uliza Soljanka lag. »Würden Sie auch in einem solchen Falle einen rettenden Ausweg für mich finden? Können Sie mir einen klugen Rat geben?«

»Natürlich. Wenn Sie unterwegs in mein Fenster flögen und Ihr Problem darstellten«, gab ihm Nicholas im selben Tonfall die Antwort. »Aber bisher sind Sie doch gar nicht vom Dach gefallen, lassen Sie uns unsere Zeit nicht vertun. Was führt Sie zu mir?«

»Aha«, sagte der Mann unheilverkündend und brummelte halblaut: »Wir halten fest: Die Firma ›Land der Räte‹ kann nicht aus jeder Situation einen Ausweg finden.«

Und er griff wirklich nach seiner Innentasche, als wolle er eine Eintragung machen.

Fandorin wurde wütend und sagte:

»Jemand, der vom Dach fällt, hat nicht die Wahl, weil er ein Gegenstand ist, der sich mit einer Beschleunigung von 9,81 Metern pro Quadratsekunde zur Erde bewegt, und basta.«

»Aha, da habe ich Sie also geschlagen. Sie brauchen die Freiheit der Wahl. Dann hätten Sie in Ihrer Anzeige schreiben sollen: ›Nur für Kunden, welche die Freiheit der Wahl haben, ist der Ausweg garantiert.‹ Das wäre richtiger. Und ehrlicher.«

Trotz seiner Unhaltbarkeit traf der Vorwurf Nicholas an der empfindlichsten Stelle – er hielt sich für einen Mann des Wortes, und bei den geringsten Zweifeln an seiner Anständigkeit reagierte er empfindlich.

»Sie haben mich überhaupt nicht geschlagen. Das ist eine Frage der Definition. Was ist Ihrer Meinung nach ein ›Ausweg aus einer schwierigen Situation‹?«

»Das Ende dieser Situation.«

»Was wollen Sie denn dann«, witzelte Nicki. »Sie landen bald auf dem Boden, und damit ist diese Situation aufs Schönste beendet.«

Das Gespräch hatte sich in einen absurden Streit um des Kaisers Bart verwandelt, und das auch noch mit jemand, der offenbar nicht ganz bei Trost war. Fandorin wollte der idiotischen Polemik ein Ende setzen, indem er kühl und ernst festhielt:

»Ein Ausweg, das ist die Wahl der optimalen, das heißt der effektivsten oder zumindest den geringsten Schaden anrichtenden Entscheidung. Darum geht es.«

»Meinetwegen«, sagte der anonyme Kusnezow aggressiv lächelnd. »Hol Sie der Teufel, gut, wählen Sie. Angenommen, ich habe zwei Kinder. Kleine. Ich fahre mit ihnen ... sagen wir nach Kislowodsk oder Mineralnyje Wody. Also in irgendein Sanatorium im Kaukasus. Plötzlich entführen uns Terroristen, tschetschenische Kämpfer, sie nehmen uns als Geiseln. Und sie sagen mir als Vater: ›Eins deiner Kinder bringen wir um, entscheide dich, welches.‹ Was für einen Ausweg habe ich in dieser Situation?«

»Sie müssen diesen Leuten erklären, dass man so etwas nicht tut, dass sie damit ihrer Idee nur schaden ...«

»Hab ich«, unterbrach ihn der Unbekannte und grinste. »Aber das sind keine Menschen, sondern mit Marihuana vollgekiffte Bestien.«

»Dann ... Sagen Sie ihnen, sie sollen lieber Sie umbringen und die Kinder nicht anrühren.«

»Hab ich gesagt, da haben sie gelacht. Es macht ihnen Spaß zuzusehen, wie ich mich quäle.«

»Hören Sie, was wollen Sie eigentlich von mir?!«, brüllte Fandorin und haute mit der Faust auf den Tisch. Er wunderte sich über die Unangemessenheit seiner Reaktion. Da meinst du, du bist ausgeglichen und beherrscht, aber da braucht nur so ein Kusnezow zu kommen, schon verlierst du die Nerven. Wahrscheinlich lag das daran, dass die Natur den Magister der Geschichte mit einer zu starken Phantasie ausgestattet hatte, und da Nicholas wirklich Vater zweier kleiner Kinder war, hatte er sich für einen Augenblick, nur für einen Augenblick, selbst in der von dem Spinner gezeichneten Situation gesehen ...

Sein Zorn verrauchte sofort, er nahm sich zusammen. Wenn es sich um einen Verrückten handelte, durfte er ihn nicht provozieren. Warum hielt er die Hand immer an der Innentasche? Ob er da eine Rasierklinge hatte?

»Gut. Ich gebe Ihnen einen Rat.« Fandorin rückte vorsichtig von dem Tisch ab, um im Notfall aufspringen zu können. »Dieser Zwiespalt ist aus der Literatur bekannt, es gibt einen ganzen Roman zu diesem Thema, und als ich ihn las, habe ich mir überlegt, wie ich handeln würde, wenn ich an der Stelle des unglücklichen Vaters wäre. Das ist der Ausweg: Werfen Sie sich auf den Banditen, der am abschreckendsten ist, schlagen Sie ihm Ihre Zähne in die Kehle, sollen sie Sie doch umbringen. Aber wählen Sie auf keinen Fall eins Ihrer Kinder.«

Der Anonyme verlor zum ersten Mal seine Selbstsicherheit und blinzelte verstört – offenbar hatte er diese Antwort nicht erwartet.

»Das ist ja vielleicht gut!«, reagierte er hitzig. »Ist der Tod denn ein Ausweg?«

»Ich habe Ihnen doch gesagt: ein Ausweg, das ist die Wahl der optimalen, im gegenwärtigen Fall also den geringsten Schaden anrichtenden Entscheidung. Selbst wenn es ein Leben nach dem Tode und Höllenqualen gibt, eine schrecklichere Folter als die von Ihnen dargestellte Situation kann es dort nicht geben. So dass Sie in jedem Fall im Vorteil sind.«

Der Unbekannte zog die Hand aus der Tasche (sie war Gott sei Dank leer, ohne Rasierklinge) und schaute Nicki auf einmal anders an: ohne Spott und Glanz in den Augen.

»Das gibt es«, sagte er.

»Was gibt es?«

»Ein Leben nach dem Tode. Aber das tut nichts zur Sache. Was würden Sie sagen, wenn ich Ihnen folgendes Rätsel aufgabe ...«

Ermutigt durch die Tatsache, dass der Besucher weder einen stechenden noch einen schneidenden Gegenstand in der Hand hatte, fand Fandorin es an der Zeit, Festigkeit zu demonstrieren:

»Reichen die Rätselratereien und abstrakten Aufgaben nicht allmählich? Schließlich geht es um *Ihr* Problem.«

Der Gesprächspartner sagte streng: »Das meinen nur *Sie*«, und warf einen Blick auf ihn, von dem Nicholas schlecht wurde.

Wie konnte er herauskriegen, ob Valja an ihrem Platz war? Fandorin schielte zur Tür. Wenn Kusnezow jetzt anfinge zu randalieren, würde er alleine vielleicht nicht mit ihm fertig – man weiß ja, dass die Kräfte bei Verrückten während eines Anfalls um das Zehnfache wachsen.

»Erlauben Sie also nun, dass ich Ihnen meine Geschichte darlege?«, fragte der Anonyme durchaus friedfertig. »Ich kann Ihnen versichern, dass sie nichts Abstraktes oder Phantastisches hat.«

»Gut, schießen Sie los«, sagte Nicki sofort.

»Also. Es war einmal ein Mann, der lebte achtundzwanzig Jahre mit seiner Frau zusammen; damit wir eine runde Zahl haben, sagen wir mal: dreißig Jahre. Kinder hatten die beiden nicht. Das ist wichtig, denn wenn Kinder da sind, verteilt sich die Liebe gewöhnlich auf mehrere, in unserem Fall aber konzentrierten sich alle Gefühle auf einen einzigen Punkt. Kurz gesagt: Dieser Mann liebte sie sehr … das heißt eigentlich liebt er seine Frau bis jetzt. Man kann sagen, sie ist für ihn der einzige Lichtblick.«

Nicholas hörte mit zusammengezogenen Brauen zu – er konnte sich schon vorher ausrechnen, dass die Erzählung nicht gerade angenehm sein würde, ähnlich wie die von den Geiseln.

Und so kam es denn auch.

»Plötzlich entdeckt man bei seiner Frau eine Krankheit. Eine schwere, vielleicht sogar unheilbare …«, betonte Kusnezow und machte eine Pause, damit seine Worte auf den Zuhörer wirken konnten.

Das taten sie sofort, Fandorin bekam einen leidenden Gesichtsausdruck. Nicholas hatte eine Eigenart, ja sozusagen einen richtig professionellen Zug: Wenn jemand von seinen Problemen erzählte, versetzte das Haupt des »Landes der Räte« sich nicht einfach in dessen Lage, sondern verwandelte sich vorübergehend sogar in diesen Menschen. So hatte er auch jetzt natürlich sofort ein Bild vor Augen: Altyn kommt vom Arzt, blickt zur Seite und sagt mit unnatürlich ruhiger Stimme: »Reg dich nur nicht auf, das ist noch nicht sicher, er sagt, man muss das nur ausschließen …« Brrr!

Er zuckte zusammen, aber der Quälgeist entfaltete sein »Rätsel« seelenruhig weiter:

»Klar, dass der Mann in Panik geriet. Er wandte sich hierhin und dahin. Hilfe, gute Leute, schrie er, rettet mich, helft mir! Und es fanden sich sofort gute Leute, die helfen und retten wollten. Sie finden sich nach Hilferufen immer sofort ein und schnuppern, ob da Geld für sie zu holen ist. Wenn es nach Geld riecht, versprechen, ja garantieren sie glatt Wunder. Früher, in den Zeiten des verfluchten Totalitarismus gab es keine Wunder: Wenn man eine Krankheit heilen konnte, heilte man sie; wenn nicht, sagten sie: Die Medizin ist ohnmächtig. Aber jetzt gibt es ja nichts Unmögliches mehr, stimmt's? Erfolgsgarantie«, sagte Kusnezow augenzwinkernd und zitierte damit die Anzeige des »Landes der Räte«. »Er brauchte nur Geld. Das Geld des Mannes war allerdings schnell aufgebraucht, ohne dass sich ein Wunder einstellen wollte. Das ist also das Rätsel: die Zeit drängt, die Frau liegt im Sterben, da kann man nichts machen. Obwohl doch«, sagte der Sadist wollüstig lächelnd, »ich werde Ihnen ein noch schöneres Bild malen. Wenn man nichts machen kann, muss man sich eben damit abfinden. Nur stellen Sie sich einmal vor, hier wäre etwas zu machen. Allerdings weit weg, nämlich in der Schweiz. Es gibt dort eine wunderbare Klinik, die einzige, in der man eine solche lebensrettende Operation durchführt. Der Haken ist nur: Die Therapie kostet ein solches Geld, das der Mann nie im Leben aufbringen kann. Die genaue Höhe ist nicht so wichtig – wichtig ist nur, dass sie völlig über seine Verhältnisse geht. Sprechen wir mal einfach von einer Million. Na, Sie Experte für ausweglose Situationen, was würden Sie diesem Mann also raten?«

Das Lächeln verschwand spurlos, in der Stimme drohte ein Donnern, die Augen schleuderten Blitze gegen den Meister der guten Ratschläge.

Während er der traurigen Geschichte zuhörte, hatte Nicki ordentlich gelitten: er runzelte vor Schmerz die Stirn, seufzte tief und kritzelte Messer und Pfeile auf einen Zettel. Die Angelegenheit des Herrn Kusnezow war in der Tat reichlich kompliziert, beklemmend und leider wieder ganz ohne jede Aussicht auf einen Verdienst.

Fandorin schlug sein Notizbuch auf.

»Eine Million, das ist überhöht, so viel kostet keine Therapie«, sagte er finster. »Ich muss schon die genaue Summe wissen. Das zum Ersten. Zweitens: Ich brauche eine genaue Aufstellung über die bisherige Behandlung: Arztbriefe, Laborwerte, Krankengeschichte, Urteil der Spezialisten. Das Wichtigste ist, dass Sie nicht verzweifeln. Es gibt auf der Welt ja schließlich nicht nur schlechte Menschen. Es gibt internationale Stiftungen und Wohltätigkeitsorganisationen. Ich weiß keine Einzelheiten, weil ich selber noch nicht in einer solchen Situation war.« Er fügte in Gedanken hinzu: toi, toi, toi und klopfte dreimal lautlos gegen das Tischbein. »Aber ich verspreche Ihnen: Schon morgen werde ich die nötigen Informationen zusammen haben. Kommen Sie zu mir … Sagen wir, um vier. Nein, besser um fünf, das ist sicherer. Bringen Sie mir alle Papiere mit. Die Briefe an die Wohltätigkeitsorganisationen schreibe ich selber – Englisch ist meine Muttersprache. Lassen Sie nicht den Kopf hängen! Alles, was wir machen können, machen wir.«

Doch wider Erwarten geriet der Kunde nicht in einen Freudentaumel und brach nicht in Dankesbezeugungen aus. In dem hageren, glupschäugigen Gesicht zeichnete sich äußerste Verwunderung ab, die aber im nächsten Augenblick schon von Erleichterung abgelöst wurde.

»Sie haben vergessen, dass dieser Mann kein Geld hat!«, rief er triumphierend aus. »Er ist absolut nicht kreditwürdig! Er wird Sie nicht bezahlen können. Ich habe doch gesagt, all seine Ersparnisse wurden von den Scharlatanen und Betrügern aufgefressen!«

»Das habe ich verstanden. Aber ich will trotzdem versuchen, Ihrer Frau zu helfen.«

Diese Worte verdrossen den Anonymen irgendwie. Er blinzelte müde und rieb sich die Augenlider. Dann sagte er ausdruckslos:

»Wie kommen Sie denn darauf, dass es um mich geht? Ich habe einfach so aus dem Stegreif eine schwierige Situation geschildert …«

Da verlor Nicki zum zweiten Mal die Fassung und zwar sehr viel heftiger als beim ersten Mal.

Er sprang so abrupt auf, dass der Sessel wegrutschte, und brüllte den angeblichen Kusnezow auf die widerlichste und mieseste Art an. Zwar enthielt seine Tirade keine Beschuldigungen, aber das Wort »Gewissen« kam gleich drei Mal vor und die Wendung »Woher nehmen Sie eigentlich das Recht?« sogar vier Mal. Weiß der Teufel, was heute mit dem russischen Engländer los war, er erkannte sich selbst nicht wieder. Offenbar waren ihm angesichts der nicht vorhandenen Rasierklinge die Nerven durchgegangen.

Aufmerksam, aber ohne irgendwelche Anzeichen von Reue oder Ärger hörte sich der unsympathische Typ Nickis Gardinenpredigt an. Aus seinen Augen sprach eher eine freudige Verwunderung.

Das Gepolter und Geschrei hatten Valja ins Arbeitszimmer stürzen lassen. Die vampartige Frau, die seit dem Morgen arbeitete und erst vor einer halben Stunde den Chef mit Tee bewirtet hatte, hatte sich inzwischen in einen schlanken, kahl rasierten Jüngling verwandelt. Die Schminke und die lila Perücke waren verschwunden, an die Stelle der Pumps auf einem zehn Zentimeter hohen Absatz waren schwere Halbschuhe getreten, die Bluse war von einem asymmetrischen, grob gestrickten Pullover abgelöst worden. Diese Metamorphose bedeutete, dass Fandorins Assistent, launisch und unberechenbar wie er nun einmal war, sich in der Farbe des heutigen Tages geirrt hatte und spontan von Rosa auf Blau umgestiegen war.

Valja Glen war als ein Wesen männlichen Geschlechts auf die Welt gekommen, aber während es aufwuchs und erwachsen wurde, verlor die geschlechtliche Zugehörigkeit des ungewöhnlichen Jünglings ihre Eindeutigkeit. Manchmal schien Valja, er sei ein Mann (solche Tage hießen bei ihm blaue Tage), manchmal aber schien ihm beziehungsweise ihr, sie sei eine Frau (diese Stimmung bezeichnete sie als rosa). Fandorin hatte anfangs Angst vor der Intersexualität seines Gehilfen und vertat sich ständig mit den Pronomen. Was denn nun: Hatte sie dem Kunden schon wieder den Kopf verdreht oder hatte er der Kundin schon wieder den Kopf verdreht. Aber schließlich hatte er sich daran gewöhnt. An rosa Tagen redete er von ihr, an blauen von ihm. So schwer war es gar nicht, denn Valja sprach sogar in zwei verschiedenen Stimmlagen, mal im Tenor, mal im Contralto.

Ins Arbeitszimmer kam also ein Androgyner gelaufen, der inzwischen den heutigen Tag mit einem himmelblauen Anstrich versehen hatte, und stürzte sich angriffslustig auf den Besucher.

»Qu'est-ce qu' il y a, chef? Ich geb diesem Monster jetzt eins mit der Entfernungstaste und zack in den Basket!«

Die jeweilige geschlechtliche Identität wirkte sich absolut nicht auf Valjas Wortschatz aus – er brachte es fertig, sich in beiderlei Gestalt so originell auszudrücken, dass man ihn ohne Vorbereitung und ohne Sprachkenntnisse nicht verstand. Schuld daran war seine chaotische Ausbildung: Glen war in ein Schweizer Pensionat, in eine amerikanische Highschool und in eine geschlossene katholische Lehranstalt bei Paris gegangen, aber überall so kurz gewesen, dass er von den Landessprachen nur ein bisschen aufgeschnappt hatte. Nicholas grauste bei dem Gedanken, dass in hundert Jahren die ganze Menschheit globalisiert sein würde und sich ähnlich ausdrücken könnte. Und wohl auch ähnlich aussehen würde. Vorläufig konnte Glen ja Gott sei Dank noch als ein exotisches Wesen gelten.

Er schämte sich – für sein eigenes Gebrüll und den unkultivierten Assistenten. Fandorin bedeutete Valja, er solle verschwinden, und entschuldigte sich bei dem Besucher, wobei er mit den Worten schloss: »Sie verstehen mich doch sicher.«

»Keine Angst, ich verstehe das schon«, erwiderte der als Kunde hoffnungslose Fall nachsichtig, während er Valja mit dem Blick folgte. »Dieser junge Mann ähnelt Ihrer Sekretärin sehr. Ist er ein Verwandter von ihr? Arbeitet er ebenfalls bei Ihnen?«

»Ja, es ist ihr Bruder. Er hilft aus, wenn zu viel zu tun ist«, log Nicki. Er konnte doch nicht etwas von Rosa und Blau erzählen – der Mann war ja sowieso schon psychisch lädiert.

Zufrieden mit dieser Antwort starrte der merkwürdige Besucher wieder Fandorin an. Er kaute auf seinen Lippen herum und sagte:

»Ein undurchsichtiger Fall. Das Gericht zieht sich zur Beratung zurück.«

Er erhob sich, nickte respektheischend und stolzierte zum Ausgang. Klarer Fall, ein Schizophrener, da kann man nichts machen.

Nicholas seufzte niedergeschlagen und wandte sich wieder dem Monitor zu. Der Bildschirm ließ den schwarzen Vorhang verschwinden und lebte auf. Eine Großaufnahme war zu sehen: Katharinas Gesicht. Die bedeutendste Frau der russischen Geschichte blickte aufmerksam auf Nicki und blinzelte nicht einmal. Sie schien zu wissen, dass sich jetzt ihr Schicksal entschied.

ZWEITES KAPITEL

AS YOU LIKE IT oder WIE ES EUCH GEFÄLLT

(Shakespeare, 1599)

Die hellgrauen Augen der lieben Zarin Katharina waren von listigen Fältchen umgeben. Vielleicht hatten die Fältchen auch nichts mit List zu tun, sondern kamen von den Wangen, dachte Mithridates. Was für aufgeplusterte Backen, wie zwei Kissen! Die drückten womöglich auf die Augen.

Die gottgleiche »Feliza« – so nannte sie der zeitgenössische Odendichter Dershawin – war in allem so: dick, aufgedunsen, als habe sie sich nur mit Mühe in das Kleid gezwängt. Der Fuß, den sie auf ein geschnitztes Bänkchen gesetzt hatte, quoll über den Saffianschuh wie aufgegangener Teig über den Topfrand, am Kinn schwabbelten Falten, und selbst unter der Nase, wo es von der Physiognomie her eigentlich gar nicht geht, hatte sie eine Falte – vermutlich, weil Ihre Majestät oft ohne wirkliche Fröhlichkeit lächeln musste, wie Mitja nach seiner Gewohnheit von der Wirkung auf die Ursache zurückschloss.

Der Blick der Kaiserin blieb für eine Sekunde an der kleinen Gestalt hängen, und Mithridates presste sofort seine Hand aufs Herz, wie es ihn der Vater gelehrt hatte, und verbeugte sich elegant, wodurch ihm der Puder von den Haaren in die Stirn fiel und ihn kitzelte. Doch leider ließ die Zarin ihren erleuchtenden Blick gleichgültig von unten nach oben wandern, von dem anderthalb Arschin[3] winzigen Knaben zu dem riesigen Indianer, und interessierte sich nicht im Mindesten für ihn. Das Weib mit dem Schnurrbart besah sie sich etwas länger. Dann zog sie die Lippen

3 Altes russisches Längenmaß: 1 Arschin = 16 Werschok = 0,7112 m

zu einem zerstreuten Lächeln in die Breite und blickte wieder in die Karten.

»Hatten wir die Karodame schon?«, fragte ein zittriges Stimmchen, das die russischen Worte mit deutschem Akzent aussprach. Zögernd nahm Katharina mit ihrer fetten Hand aus der Vertiefung im Tisch eine weiße Spielmarke und hielt sie hoch.

Na, wie gefällt euch das? Da kann die sich noch nicht einmal merken, welche Karten bereits abgelegt wurden, und will die Gebieterin über das Russische Reich sein! Und das, wo es sich nur um Boston handelt, ein einfaches und stupides Spiel, in dem es nur sechsunddreißig Blatt gibt!

Mitja war endgültig enttäuscht von der Kaiserin. Auf den Porträts stellte man sie als Minerva und Pallas Athene dar, dabei war sie in Wirklichkeit eine alte Oma. Wie die Assessorin Luisa Karlowna, die donnerstags zu seiner Mutter zum Kaffee kam. Sogar ihre Haube sah genauso aus! Und was hatte Ihre Majestät da unter dem Ohr (die Kaiserin wandte sich gerade ihrer Partnerin zur Linken zu)? Um Gottes willen, eine Warze, id est ein Hautknoten auf dem Epithelium, und dieser Warze entsprießen auch noch graue Härchen. Igittigitt!

Er schielte mitleidig zu seinem Vater, der, wie vorgeschrieben, rechts hinter ihm stand. Der musste ja nun völlig niedergeschlagen, vernichtet sein. Wie hatte er doch die himmlische Schönheit und Majestät der neuen Semiramis gepriesen! Manchmal waren ihm dabei sogar die Tränen gekommen. Und nun das!

Aber der Vater bemerkte weder die Schweinchenbacken noch die abscheuliche Falte unter der Nase noch die behaarte Warze. Seine schönen, etwas hervortretenden Augen strahlten vor heller Begeisterung. Alexej Woinowitsch tippte seinem Sohn vorsichtig mit einem Finger an die Schulter und bedeutete ihm damit, er solle nicht herumzappeln, sondern stillstehen. Und Mithridates stand still, betrachtete aber nicht mehr die fette Alte, sondern die anderen Spieler, deren Anblick weitaus angenehmer war.

Als Katharina sich endlich entschieden hatte und unsicher eine Karte auf das blaue Tuch warf, klapperte die junge Dame, die links von ihr saß, mit ihren flaumigen Augenwimpern, biss sich auf die Unterlippe und sah sich unsicher nach ihrem Nachbarn um, einem prächtigen Jüngling in blauer Uniform. Diese zwei hier hatte Mitja sofort erkannt, weil sie im Unterschied zu der Zarin auf den Porträts realistisch dargestellt waren. Der Jüngling war Seine Hoheit, der Enkel der Kaiserin, die anmutige Person seine Gattin, eine gebürtige Markgräfin von Baden-Durlach. (Wie er es gewohnt war, prüfte Mitja sein Gedächtnis: Das Markgrafentum hatte 712 000 Einwohner beiderlei Geschlechts, von denen zwei Drittel lutherischer Konfession waren. Größe: 3 127 Quadratmeilen. Eisenerzgewinnung und Anbau von Weinen, deren berühmteste der »Markgräfler« und der »Klingelberger« sind.) Ihre Hoheit drehte die Karten ein wenig, damit ihr Gatte sie einsehen könne, der Großfürst flüsterte ihr etwas in ihr rosiges Öhrchen, woraufhin sie leise raunte:

»Je passe.«

Der erhabenste Enkel passte ebenfalls, offenbar hatte auch er die Karte nicht. Der vierte Spieler dagegen, der ungewöhnliche Beau mit dem blau schimmernden Band, einem Brillantkringel auf der Schulter und wunderbaren Schnallen aus funkelnden Steinen an den Schuhen (wie anzunehmen ist, nicht aus buntem Glas wie bei Mithridates, sondern echte Rubine und Smaragde), knallte leger seine Karte auf die der Kaiserin.

»Da ist sie, die Dame. Das habt Ihr vergessen, meine Liebe«, sagte der Sieger lachend und sammelte alle Spielmarken ein.

Mitja ahnte bereits, dass dies der wichtigste Mann an der Seite Ihrer Majestät war: der Favorit höchstpersönlich, der durchlauchtigste Fürst Platon Alexandrowitsch Surow; ein anderer konnte es nicht sein. Vater hatte viel von dem Fürsten erzählt. Und hatte sich dabei jedes Mal auf die Lippen gebissen und mit den Nasenflügeln gezuckt – er zürnte dem Schicksal, dass es ihn hatte leer ausgehen lassen. Einer hatte alles bekommen, war General-Feldzeugmeister, Oberkommandeur der Flotte und General der Infanterie geworden und hatte auch noch rund fünfzigtausend Bauern geschenkt gekriegt, während der andere, keineswegs weniger würdige, mit einem Leben ohne Lichtblick, einem untröstlichen Herzen und bitterem Bedauern zurückblieb. Dabei hätte alles auch ganz anders kommen können, sagte Vater; seine Augen sprühten jedes Mal Funken, die gezupften Brauen wölbten sich, seine Stimme kam ins Zittern und überschlug sich.

Mitja hatte diese Geschichte oftmals gehört und kannte alle Einzelheiten in- und auswendig. Wie sein Vater in jungen Jahren bei demselben Kavallerie-Garderegiment gedient hatte, aus welchem Platon Alexandrowitsch dann später aufgestiegen war, und dass er sich ebenfalls hatte hervortun können – die Zarin hatte schon ein Auge auf den bildschönen Mann geworfen. Und nicht nur das! Eines Tages (o unvergesslicher Tag) hatte sie sich erlaubt, ihn mit dem Finger zu sich zu winken, hatte ihn am Kinn gepackt und Vaters Kopf so gedreht, dass sie das Profil zu sehen bekam, und das Profil des Seconderittmeisters Alexej Karpow war nun wirklich von reinem Bronze-Marmor, woraufhin der Kandidat zur Untersuchung beim Leibarzt geschickt wurde und selbst die »Prüfung« bei Anna Stepanowna Protassowa würdig hinter sich brachte, worauf er später besonders stolz war. Worin die Prüfung bestand, war Mitja schleierhaft, aber an dieser Stelle der väterlichen Erzählung packte ihn immer die Angst. Nach Vaters Worten war das berühmte Kammerfräulein Anna Stepanowna schrecklicher als ein afrikanisches Einhorn, und Einhörner hatte Mithridates auf einem Bild in der Enzyklopädie gesehen – sie waren furchtbar. Das habe die Kaiserin mit Absicht so eingerichtet, erklärte Alexej Woinowitsch, als Vorkehrung, damit sie nicht als Weib beleidigt würde: Wenn der Kandidat selbst vor der Protassowa nicht erschrak und sich bewährte, dann würde er Ihre Majestät die Zarin nicht enttäuschen.

Aber Vaters Heroismus war vergebens. Ausgerechnet in diesem Moment kehrte der fürchterliche Zyklop in die Hauptstadt zurück und vertrieb den kühnen Offizier nicht nur aus Petersburg, sondern warf ihn auch aus der Garde, und das mit einer solchen Brutalität, dass Vater damals eine Nervenkrankheit bekam, die er später nur unter größten Schwierigkeiten mit Blutegeln und Fliegenpilzen zu kurieren vermochte. Als Mitja noch unverständig war, träumte er nachts oft von dem Zyklopen, einem hinterlistigen Scheusal mit einem einzigen feuerroten Auge, der das Geschlecht der Karpows ausrotten wollte. Erst später, als er Vernunft angenommen hatte und nicht mehr Mitja, sondern Mithridates hieß, erfuhr er, dass es nicht ein griechischer Höhlenriese war, der seinen Vater beleidigt hatte, sondern der Fürst Potjomkin. Vor drei Jahren war der allmächtige Günstling gestorben, und der entlassene Seconderittmeister machte sich schnell in die

Hauptstadt auf, doch er konnte sich dort nicht halten und kehrte tränenüberströmt zurück. Der neue Favorit, besagter Surow, saß, wie sich herausstellte, schon fest im Sattel, war blendend schön und zehn Jahre jünger als Vater.

Von blendender Schönheit hatte Mitja mehrfach in Romanen gelesen und dabei gedacht, das sei metaphorisch gemeint. Nun musste er feststellen, dass es die reine Wahrheit war. Fürst Surow blendete wirklich: Im Gesicht und an den Händen funkelte seine Haut wie goldene Sterne – die Augen taten richtig weh davon. Bis zum heutigen Tag war sich Mitja sicher gewesen, dass sein Vater Alexej Woinowitsch Karpow der schönste Mensch auf Erden war, doch nun kamen ihm auf einmal Zweifel. Und gleich schämte er sich wieder dafür: Würde man Vaters silbrig weiße Weste mit so vielen Brillanten besticken und sein Gesicht und die Hände mit Goldpuder einreiben, dann wäre noch die Frage, wer schöner wäre.

»Noch eine Partie?«, fragte Mütterchen Katharina die Zarin nicht den Großfürsten oder die Großfürstin, sondern Surow.

Der Favorit streckte sich, gähnte gelangweilt, ohne die Hand vor den Mund zu halten, und ließ seine blitzenden geraden, mit Perlmutt gefärbten Zähne sehen.

»Ich bin's leid.«

Und ohne die Reaktion der Kaiserin abzuwarten, erhob sich Seine Hoheit sofort. Ein älterer Diener kam angetrippelt und fegte die Karten und das Spielgeld mit einer schnellen Handbewegung geschickt auf ein silbernes Tablett.

Die Kaiserin zupfte dem Fürsten zärtlich seine Spitzenmanschette zurecht.

»Beliebt Ihr, Schach spielen zu wollen, mein Freund?«

Wieder stupste ihn der Vater von hinten mit dem Finger, um ihm einzuschärfen, dass es gleich losginge und er aufpassen solle.

Ein anderer Diener brachte schon das wunderbare Schachbrett aus Elfenbein und Ebenholz; ein dritter stellte rasch die Figuren auf, die weißen für Ihre Majestät, die schwarzen für Seine Hoheit.

Die Höflinge näherten sich und stellten sich respektvoll in einem Halbkreis um den Tisch auf; bei dem Kartenspiel vorhin hatten sie es nicht gewagt, näher zu treten. Vater nutzte die Umgruppierung als Deckung und nahm Mitja auf den Arm, damit er ungehindert über die gepuderten Nacken und die Damenfrisuren gucken und die Schlacht beobachten könne.

Jetzt, da der Enkel und seine Gattin aufgestanden waren, saß außer den beiden Spielern nur noch ein erstaunlich hässlicher Mann am Tisch. Mitja hatte ihn schon vorher betrachtet und versucht herauszufinden, wer er war, warum er sich von allen absonderte und wieso sein Gesicht zuckte. Er war wirklich potthässlich: er hatte eine platte Nase, seine Stirn war von Beulen verunstaltet, und er hatte eine Glatze – wie ein Totenkopf sah er aus. Auf der Weste des unschönen Mannes funkelte ein Stern, aber zu welchem Orden der gehörte, wusste Mithridates nicht, denn er interessierte sich nicht für äußerliche soziale Auszeichnungen – das waren Dummheiten, welche die Aufmerksamkeit eines vernunftbegabten Individuums nicht wert waren. Trotz des Ordens sah es nicht so aus, als sei der Mann mit der platten Nase eine einflussreiche Person. Er saß mutterseelenallein da, keiner beachtete ihn, und alle, die in seiner Nähe standen, hatten sich von ihm abgewandt. Er ist wohl ein Krüppel und kann nicht stehen, schloss Mitja voll Mitleid, zumal er nun auch noch sah, dass dieses Scheusal einen Stock in der Hand hatte. Na gut, überlassen wir diesen Invaliden Gott.

Hinter die Kaiserin stellte sich ein schwarz gekleideter alter Mann. Sogar seine Perücke war schwarz und glich so denen, die man unter Peter dem Großen getragen hatte. Der Alte war der einzige Mann, der eine lockige Perücke hatte, die anderen benutzten keine fremden Haare, sondern puderten ihre eigenen, wie es der neuen Mode entsprach. Er sieht aus wie ein Rabe unter Papageien, dachte Mitja von dem schwarzen Mann, der sich zwischen den rauschenden Gewändern, goldbestickten Westen und farbenprächtigen Fräcken seltsam ausnahm. Nur sein Gesicht hatte nichts von einem Raben, sondern glich eher dem eines Hundes, genauer, eines englischen Mopses: die Lefzen hingen schlaff zu den Seiten herab, die untere Lippe war über die obere gestülpt, die Nase war verschwindend klein, aber die Augen huschten wie kleine Knöpfe blitzschnell hin und her.

Bevor die Zarin den ersten Zug machte, beugte sich der Mops zu ihr hinunter und flüsterte ihr etwas ins Ohr.

»Das weiß ich selber, dazu brauch ich Euch nicht, mein Herr«, antwortete sie stirnrunzelnd und rückte den Bauern von e2 nach e4. »Prochor Iwanowitsch, Ihr solltet Euch etwas weniger rohe Zwiebeln zu Gemüte führen.«

Der Alte lächelte verlegen und sagte:

»Ihr wisst doch, Mütterchen, der Volksmund sagt: ›Gegen der Wehwehchen sieben / helfen sicher nur die Zwiebeln.‹«

Eine Reaktion auf den lustigen Spruch blieb aus, der Mops ließ von ihr ab, entfernte sich aber nicht. Auch mit diesem hatte Mitja Mitleid. Ein ehrenwerter Mann, der besser zu Hause bei seinen Enkeln säße, als den Hals zu recken und sich auf die Zehenspitzen zu stellen.

Der Favorit dachte lange nach und zog das rechte Pferd. Aha, er will die Karlsbader Eröffnungspartie ausprobieren. Wie interessant! Aber nachdem die Kaiserin einen weißen Läufer vorgerückt hatte, knallte Seine Durchlaucht einen Bauern auf h5, und es wurde klar: Das hatte nichts mit der Karlsbader Eröffnung zu tun, sondern Surow ging ohne Sinn und Verstand, wie es gerade kam. Was war denn das für ein Spiel? Mitja hatte keine Lust, weiter zuzusehen.

In der Ecke hörte man ein Krachen. Ein paar Höflinge drehten sich um, doch als sie sahen, dass der Stock des Krüppels mit der platten Nase hingefallen war, verloren sie sofort das Interesse an diesem kleinen Zwischenfall. Der Arme konnte seine Krücke (die übrigens wunderschön war: Mahagoni mit einem Goldknauf) nicht alleine aufheben und rührte sich nicht, nur seine dünne Lippe zuckte.

Mitja wollte hinlaufen und ihm den Stock reichen, aber Vater hielt ihn am Rockschoß fest und zischte: »Das ist doch der Thronfolger!«

Ach so, der war das also. Seine Kaiserliche Majestät, der Sohn der Kaiserin höchstpersönlich. Er hatte aber auch keinerlei Ähnlichkeit mit den Porträts, die es von ihm gab – zwar führten diese nicht gerade eine Schönheit vor, aber er wirkte auf ihnen wenigstens erhaben und wichtig. Ob er früher so ausgesehen hatte, als er noch nicht gelähmt war? Aber warum half ihm denn keiner? Oder galt das als Verstoß gegen das Zeremoniell?

Nein, der schwarz gekleidete Mops löste sich lautlos von dem

37

illustren Tisch, eilte zu dem Thronfolger, bückte sich, reichte ihm den heruntergefallenen Stock und verneigte sich ehrerbietig.

Der reglos Dasitzende blickte, wie es schien, verwundert den Helfer an, dankte ihm aber nicht und nickte ihm noch nicht einmal zu – im Gegenteil, er reckte den Kopf in die Höhe. Der herrliche Alte hielt sich nicht länger bei dem Invaliden auf, sondern kehrte sofort an seinen alten Platz zurück – und kam gerade recht. Die Kaiserin drehte sich um und fragte:

»Prochor Iwanowitsch, soll ich dem Fürsten den Turm wegnehmen oder nicht?«

»Na klar, müsst Ihr ihn wegnehmen, Eure Majestät.«

Aber was sollte das denn überhaupt für einen Sinn haben? Surow war doch längst schachmatt.

»Ist der Sohn der Zarin körperlich geschwächt?«, fragte Mithridates flüsternd seinen Vater.

»Nein, das macht er aus Wichtigtuerei. Pass auf das Spiel auf.« Das fehlte gerade noch.

Mitja drehte den Kopf nach rechts und nach links, um die Kleine Eremitage in Augenschein zu nehmen.

An der Wand hing ein Riesenbild: Leda, in Gestalt eines Schwans in leidenschaftlicher Pose mit Jupiter vereint. Ein anderes Bild, etwas kleiner: eine Jungfrau oder vielleicht auch eine Dame in antiker Chlamys und mit Goldkrone, dahinter ein wunderbarer Palast orientalischen Aussehens mit einem prächtigen Dachgarten. Aha, das war wohl eine Darstellung der babylonischen Königin Semiramis (oder richtiger: Sammu-Ramat, wie sie bei dem großen Herodot heißt) mit ihren Hängenden Gärten. Alles klar.

Sehr viel bemerkenswerter war ein am Fenster angebrachter Apparat: er war rund und aus Bronze. Das ist ja toll, registrierte Mithiridates, er zeigt die Temperatur an und den Luftdruck. Schade, dass man nicht näher herangehen und ihn untersuchen kann.

Aber darüber hinaus gab es nichts sonderlich Interessantes in dem Saal. Gut, da war ein Kronleuchter aus Kristallglas, der in allen Regenbogenfarben schillerte. Gut, da waren Büsten aus Marmor. Gut, da war ein Intarsien-Parkett. Aber von den Gemächern, in denen sich die Vertrauten der größten Monarchin der Welt versammeln, hätte man doch etwas Ausgefalleneres erwarten können.

»Schachmatt, Platon Alexandrowitsch«, erklärte Katharina,

und die Zuschauer klatschten leise und dezent. »Sei nicht betrübt, mein Herz, ich tröste dich nachher dafür.«

Sie beugte sich zu ihm und flüsterte dem dicht an sie herangerückten Surow etwas zu, was allem Anschein nach lustig war – jedenfalls kicherte sie selbst fein und wackelte mit ihren Kinnfalten. Die Höflinge wandten sich sofort ab, ja manche taten sogar so, als musterten sie den Kronleuchter und den Stuck an der Decke.

Der Favorit lächelte ebenfalls, wenn auch etwas angestrengt. Er sagte:

»Ich danke, Eure Majestät.«

Ach, was gab es bei den beiden schon zu sehen!

Am meisten interessierten Mitja die wunderlichen Gestalten, die neben ihm standen: der amerikanische Wilde und das Weib mit dem verwegenen, nach oben gezwirbelten Schnurrbart. Er ging zwei Schritte nach hinten, um ihr nicht ins Gesicht zu starren, und reckte den Hals nach rechts, wo die wunderbare Schnurrbärtige von einem Bein auf das andere trat.

Ja, das war wirklich ein echtes Wunder! Da behaupten doch die anatomische und die physiologische Wissenschaft, während Personen weiblichen Geschlechtes eine erhöhte Behaarung in der Scheitel- und Nackenpartie des Craniums aufweisen, seien sie von Natur aus nicht zur Behaarung des Gesichts disponiert! Ob er einmal an ihrem Schnurrbart ziehen sollte – womöglich war er ja nur angeklebt?

Offenbar hatte die Kaiserin dieselbe Idee.

Wieder, schon zum zweiten Mal, betrachtete sie die Gruppe: Mithridates mit dessen Vater, den Indianer, das Mannweib und (vorneweg in der Pose eines Regimentskommandeurs bei der Parade) den Oberstallmeister Lew Alexandrowitsch Kukuschkin, den Wohltäter von Mitja und dessen Vater.

»Wen habt Ihr denn da angeschleppt, Lew Alexandrowitsch? Und darüber sollen wir uns nun vor Lachen ausschütten?«, fragte die Kaiserin. »Ist ihr Schnurrbart denn überhaupt echt?«

In den über und über mit Federn und bunten Glaskugeln behängten Indianer (wenn man den doch mal berühren könnte!) kam Bewegung. Er versteht unsere Sprache ja nicht, erriet Mitja. Da denkt er womöglich, es ginge um ihn.

»Waschecht, Eure Kaiserliche Majestät! Da könnt Ihr Euch

drauf verlassen, ich hab an der Behaarung des Mädchens Jefimija gezupft, dass ich mir die ganzen Finger zerstochen habe. Der ist nicht abzukriegen!«, brüllte Kukuschkin munter und fröhlich. Lew Alexandrowitsch musste fröhlich auftreten, das war seine Aufgabe: sich alle möglichen Späße und Kunststücke zur Aufmunterung Ihrer Majestät auszudenken.

Er schnippte mit den Fingern, um der Schnurrbärtigen zu bedeuten, sie möge näher kommen. Und ging dann rund und leicht, wie er war, selbst auf sie zu.

»Meine Liebe, seid Ihr wirklich ein Weib?«, fragte Ihre Majestät lächelnd und musterte das Naturwunder.

Kukuschkin legte die Hand auf die Brust und sagte:

»Ich habe es eigenhändig überprüft, Eure Majestät. Die gesamte weibliche Komplettierung ist an Ort und Stelle.«

Die Höflinge grölten bereitwillig – man merkte, sie hatten von Lew Alexandrowitsch etwas Komisches erwartet.

Auch die Kaiserin lachte und sagte:

»Wirklich?«

Lew Alexandrowitsch hob zwei Finger und sagte:

»Jefimija, los.«

Das Weib fragte laut flüsternd:

»Soll ich mich jetzt schon entblößen?«

Sie ging in die Hocke und hob einen Rockzipfel. Das Gegröle nahm zu.

Katharina konnte nicht mehr vor Lachen und winkte ab.

»Lass gut sein, du alter Verführer. Zieh mit deinem Monstrum ab. Und schenk ihr hundert Rubel. Da hast du mich aber ganz schön zum Lachen gebracht ...«

Der Oberstallmeister machte eine Verbeugung, schnipste mit seiner im Rücken gehaltenen Hand (das konnte Mitja ja von hinten gut sehen) – und sofort eilten zwei Diener herbei und zogen die schnurrbärtige Jefimija fort.

Jetzt waren die Karpows an der Reihe. Die russische Juno, die noch ein Lächeln auf den Lippen hatte, ließ den Blick von Mitja zu dessen Vater gleiten. Der schluckte krampfhaft, und auch Mitja wollte das Herz fast aus der Brust springen.

»Welcher von den beiden?«, fragte Katharina. »Der Große oder der Kleine? Was ist mit denen?«

Vater trat vor, machte eine formvollendete Verbeugung und sagte sanft und ohne Stocken mit seiner schönsten Stimme:

»Eurer Kaiserlichen Majestät ergebenster Diener: Kavallerie-Garde-Seconderittmeister a. D. Alexej Karpow.«

Und er schwieg einen Augenblick. Er will herausfinden, ob sich die Kaiserin an ihn erinnert, erriet Mitja.

Nein, es sah nicht so aus. Eigentlich seltsam, er war so attraktiv und sympathisch, und trotzdem erinnerte sie sich nicht an ihn? Andererseits, sie ist ja schon alt, schon fünfundsechzig. In hohem Alter verlangsamt die Hirntinktur ihre Zirkulation und bildet Knoten und Verwachsungen, die das Funktionieren des Gedächtnisses beeinträchtigen.

»Das ist mein Sohn Mithridates«, fuhr Vater fort und deutete auf Mitja, der sich so tief, wie er es gelernt hatte, verbeugte. »Durch Zuhilfenahme tagtäglicher stundenlanger Exerzitien habe ich in diesem Wunderknaben eine unerhörte Geistesschärfe und Gelehrtheit ausgebildet. Mithridates multipliziert und dividiert jede beliebige Zahl mit unglaublicher Schnelligkeit. Genauso leicht potenziert er Zahlen, zieht Wurzeln und vollführt andere noch schwierigere mathematische Operationen. Und außerdem«, und hier wurde Vaters Stimme ganz samtig, »beherrscht er hervorragend die Geheimnisse des edlen Zeitvertreibs der orientalischen Könige und Weisen.« Er deutete souverän Richtung Schachbrett. »In diesem Spiel gibt es niemand, der sich mit ihm messen kann, noch nicht einmal unter den anerkannten Meistern. Und dabei ist der Junge erst fünf Jahre alt ...«

Nachdem er seine vorbereitete Rede zu Ende gebracht hatte, verbeugte sich Alexej Woinowitsch wieder und erstarrte ehrfürchtig. Mitja seufzte. Von wegen fünf Jahre, da hatte Vater sich hinreißen lassen. In anderthalb Monaten wurde er sieben.

»So klein, und er soll schon Schach spielen können?«

Da, sie hatte angebissen! Die Kaiserin drehte sich mit ihrem ganzen schweren Körper um, so dass ihr auf der Bank ruhender Fuß auf den Boden rutschte.

»Aua!«

Katharina runzelte vor Schmerzen die Stirn und schrie auf.

Aus einer fernen Ecke kam ein dunkler Mann in einer mit Posamenten bestickten Marineuniform angestürzt und schob die Damen und Kavaliere beiseite, als zerteile eine Fregatte die Wellen.

»Ach, lieb Mütterchen, der Füßchen schmerzt?«, fragte er in seinem komischen Russisch. »Ich komme schon, ich, dein treuer Kosopoulos, ich bringe den Wunderwasser!«

Er zog ein Fläschchen mit einer giftig violetten Flüssigkeit aus der Riesentasche, warf sich auf die Knie, zog ihr vorsichtig den Schuh aus und massierte den angeschwollenen Fuß mit seinen geschickten fetten Fingern: rieb, wischte, drückte und brummelte sich dabei etwas in einer unverständlichen Sprache in den Bart.

»Dieser griechische Störenfried«, murmelte der Oberstallmeister verärgert. »Jetzt hat er alles verdorben!«

Vater richtete sich auf und fragte, verzweifelt die Hände über dem Kopf zusammenschlagend:

»Was ist denn das für ein Stümper?«

»Der Konteradmiral Kosopoulos, ein Pirat. Unser neuester Wundertäter, derzeit zuständig für den kranken Fuß der Kaiserin. Siehst du, er hat irgendein besonderes Mittelchen. Warum haben die Türken dieses Borstenschwein denn nicht gepfählt!«

Die Wangen des Admirals waren wirklich lila von den Borsten, die ihm tagsüber gewachsen waren, und auch die Ähnlichkeit mit einem Piraten war frappierend. Mitja stellte sich den Griechen ohne Militärweste und gepuderte Haare, sondern mit einem schwarzen Tuch auf dem Kopf und in einem roten, die behaarte Brust zur Schau stellenden Hemd vor, mit einem Krummsäbel am Gürtel – das wäre ein göttliches Bild! Warum hatte er denn nicht Seefahrer bleiben können?

»Na, da ist auch schon der Engländer, der Leibarzt Cruise«, sagte Kukuschkin spöttisch. »Jetzt wird es zur Schlacht bei Lepanto kommen.«

Die Schar der Höflinge geriet wieder in Bewegung – ein strenger Herr mit Goldbrille bahnte sich einen Weg zum Tisch. Er schrie schon von weitem, mit einer Aussprache, die ebenfalls komisch war:

»Hört sofort auf! Majestät, Ihr ruiniert Eure noble Gesundheit, wenn Ihr diesem Scharlatan vertraut! Ich habe sein so-called Elixier analysiert! Rossurin, gemixt mit billigstem Matrosenfusel!«

Er packte den Griechen an der Schulter, um ihn wegzuziehen.

»Na klar, Pferdepisse.« Der Admiral stieß ihn mit dem Ellenbogen, so dass der Leibarzt zur Seite flog. »Na und? Meine Großmutter hat noch etwas Schafskacke dazugetan, ich habe das perfektio-
niert, ich reibe dazu Affensch …« Und der Seemann gebrauchte
ein Wort, das nach Mitjas Meinung im Zarenpalast auf gar keinen
Fall hätte erklingen dürfen.

»Ich verstehe Eure medizinischen Termini nicht«, sagte Katharina lachend. »Jakow Fjodorowitsch, seid nicht böse auf meinen
Kostja. Er hat zwar nicht studiert, ist aber weit herumgekommen,
hat allerhand gesehen, und seine Hände sind weich. Adelaida
Iwanowna, was wollt Ihr denn mit Eurem Schnäuzchen? Ach,
lecken will sie, mein Goldschatz!«

Mitja zuckte zusammen und stellte sich auf die Zehenspitzen.
Die letzten Worte hatten Gott sei Dank nicht einer der Hofda-
men gegolten, sondern waren an die perlmuttgraue Windhündin
gerichtet, die eifrig die Knöchel der Zarin leckte. So war das hier
also: den Hund redete man mit Vor- und Vatersnamen an, den Admiral nannte man dagegen schlicht Kostja.

»Sie haben den Indianer und uns vergessen«, flüsterte Mitja seinem Vater zu. »Dann ist das Projekt also gescheitert?«

Von Vater war nur ein Schluchzen zu hören. Und der Indianer zwinkerte auch nicht besonders glücklich mit seinen Oliven-
äugelchen. Auch er, der wilde Bewohner der Urwälder, hatte
vermutlich irgendwelche besonderen Hoffnungen in diesen Tag
gesetzt.

»Zu welchen Indianern gehört Ihr, gnädiger Herr?«, fragte Mitja leise, erst auf Englisch, dann auf Französisch. »Ich kenne die
Irokesen, die Tscherokesen und die Algonkins.«

Obwohl er die Frage doch höflich und respektvoll gestellt hatte, war der Wilde sichtlich erschrocken. Er rückte mit einem Satz
von Mitja ab und murmelte:

»Big little man.«

Und bekreuzigte sich auch noch. Von wegen ein Wilder.

Vater tat ihm schrecklich Leid. Sie hatten doch so lange auf diesen Tag gewartet! Wie viel Geld sie allein ausgegeben hatten: für
die Reise, für die Kleidung, für Futter, für ein Geschenk an Lew
Alexandrowitsch Kukuschkin, damit er ihnen eine Einladung für
den Donnerstagsempfang in der Kleinen Eremitage besorgte (er

war zwar ein alter Bekannter, aber man muss sich doch trotzdem erkenntlich zeigen)!

Wie viel Geld sie ausgegeben hatten, war gar nicht so schwer nachzurechnen, denn Vater hatte es dem Sohn anvertraut, auf die Rechnung zu achten, weil er selber mit der Arithmetik Probleme hatte. Achtundzwanzig Rubel dreiunddreißig ein Viertel Kopeken für die Pferde, acht Rubel dreizehneinhalb Kopeken für das Essen, fünfhundertdreißig Rubel für die Kleidung, hundertfünfzig Rubel für Lew Alexandrowitschs Bronzenajade und vier Rubel elf Kopeken sonstige Ausgaben, also insgesamt (eine kinderleichte Rechnung, so dass Mitja noch nicht einmal die Stirn runzelte) 720 Rubel 57 $^3/_4$ Kopeken. Ganz schön viel!

Und als ob es nur um das Geld ginge!

Vater hatte sein ganzes Herz in dieses Projekt gesteckt, wie oft hatte er Mutter in allen Einzelheiten ausgemalt, wie sich alles ändern würde, wenn Mütterchen Kaiserin an Mithridates Gefallen fände, sich seiner annähme und sich plötzlich auch an ihre frühere Sympathie erinnerte und einen gewissen Seconderittmeister a. D. mit ihrem sonnigen Blick beglückte. Was war die Sonne schon im Vergleich zu diesem Blick?! Sie kann nur einen Halm aus dem Samen sprießen lassen, nicht mehr, während Katharinas wunderbarer Blick den kleinsten Halm in einen stolzen Affenbrotbaum verwandeln kann. Mutter hatte diesen Phantasien nur so zugehört und war vor Glück ganz rosig geworden.

Vater hatte Mitja mehr als drei Jahre auf diesen Tag vorbereitet. Man kann sagen, von dem Augenblick an, da er entdeckte, dass sein Sohn anders als andere Kinder war, lebte er nur noch für sein Projekt.

Bis zu jenem Tag hatte man den Jüngsten mitleidig belächelt und für einen Idioten gehalten. Er war ja schon über drei und sprach noch kein einziges Wort. Er schmatzte mit den Lippen, gab ein Zischen von sich, aber etwas Verständliches bekam man nicht von ihm zu hören. Sie ermahnten ihn und versuchten es mit Schreien – doch er sagte kein Sterbenswort; dabei war er doch gar nicht taub, sondern hörte alles. Schließlich gaben sie es auf, dachten, er werde wohl nicht lange leben, der Herrgott werde ihn wohl früh zu sich nehmen, und bis dahin solle er doch aufwachsen, wie er wollte.

Wenn sie Mitja in Ruhe ließen, dann hatte er ein höchst interessantes Leben. Am liebsten saß er im Klassenzimmer, wo Monsieur de Chaumont und der Seminarist Vikenti abwechselnd seinen Bruder unterrichteten. Wenn man den Kleinen verjagte, stimmte er ein Geheul an und litt danach lange unter einem Schluckauf, deshalb jagten sie ihn nicht mehr fort – sollte er doch dableiben. Es stellte sich heraus, dass der Kleine lange still hielt, wenn man ihm einen Band aus der französischen »Grande Encyclopédie« in die Hand drückte (Alexej Woinowitsch hatte sie einst aus der Hauptstadt mitgebracht, man hatte sie ihm zur Begleichung einer Kartenschuld gegeben). Die Erwachsenen belächelten den kleinen Idioten: Sie waren gerührt; er starrte auf die großen Seiten, als könne er lesen. Wenn man ihnen gesagt hätte, dass Mitja schon mit drei Jahren in der französischen Enzyklopädie wirklich einen Artikel nach dem anderen verschlang, hätten sie das nie im Leben geglaubt.

Aber hier muss man schön der Reihe nach erzählen – angefangen bei dem Punkt, da der Adelige Dmitri Alexejewitsch Karpow im Kreis Swenigorod das Licht der Welt erblickte. Dieser Spross einer alten Adelsfamilie (mit einem Pferdehuf und einem Hundekopf auf einem Stock im Wappen) kam nicht wie die üblichen Schreihälse auf die Welt, sondern erblickte unter völligem Schweigen und mit weit geöffneten Augen, die er zur Verwunderung des Arztes und der Hebamme sofort drehte und wand, das Licht der Welt. Dass das Neugeborene schwieg, war gar nicht so erstaunlich, denn das Stöhnen der Wöchnerin, die, von der stundenlangen erfolglosen Anstrengung erschöpft, gezwungen gewesen war, sich der grausamen Operation eines Kaiserschnitts zu unterziehen, war recht durchdringend. Angesichts des schrecklichen Lärms, den die Unglückliche machte, hatte der neue Erdenbürger kaum hoffen können, gehört zu werden. Die offenen, klaren Äugelchen, die vom ersten Augenblick an vor unersättlicher Neugier brannten, waren dagegen wirklich ein außergewöhnliches Phänomen.

Eine andere auffällige Besonderheit zeigte sich etwas später, als der Säugling Haare auf dem Kopf bekam: Sie waren überall kastanienbraun, nur auf dem Scheitel war ein grauer Fleck, aus dem mit der Zeit eine silberne Locke wuchs. Die Bedeutung dieser symbolischen Auszeichnung offenbarte sich erst viel später; anfangs dachte sich keiner etwas dabei. Was es nicht alles so gibt: der eine hat ein Muttermal, der andere Sommersprossen und der Dritte einen weißen Fleck am Kopf.

Der Vater hatte sich für das zweite Kind, wenn es ein Junge werden würde, den schönen Namen Apollon ausgesucht, sah sich aber gezwungen, auf den edlen Klang zugunsten des gewöhnlichen Dmitri zu verzichten. Das war der Name des Schwiegervaters, dessen finanzielle Hilfe der Kavallerie-Garderittmeister a. D. damals dringendst benötigte, um eine Kartenschuld zu begleichen.

Der winzige Dmitri Alexejewitsch wurde in eine kleine Wiege gelegt, der ein Meister am Stammsitz in Trost, dem früheren Sopatowka, die Form eines Schiffes gegeben hatte, und in diesem Kahn machte er sich auf die Fahrt durch das anfänglich stille und seichte Meer des Lebens.

Im Schlafzimmer war an der Decke dargestellt, wie die Planeten sich um die Sonne drehen. Dieses Bild hatte Mitja sage und schreibe das ganze erste Jahr seines Erdendaseins vor Augen. Gegenüber von jedem Himmelskörper war mit kyrillischen und lateinischen Buchstaben sein Name angegeben, so dass der Gegenstand und seine Schreibweise für Mitja sehr viel früher zusammenfielen als die mündliche Bezeichnung und der Gegenstand. Zuerst war СОЛНЦЕ ✿ Sol; dann, als sie Mitja zum ersten Mal in den Garten trugen und auf den heißen gelben Kreis zeigten, tauchte »Sonne« auf, und er verband Ersteres und Zweiteres schon aus eigener Kraft, was der erregendste und geheimnisvollste Augenblick seines Lebens war.

Er wollte schrecklich gern möglichst schnell gehen lernen, aber diese Unmenschen hielten ihn fast ein ganzes Jahr in Windeln gebunden. Als sie ihn dann endlich herumkriechen ließen, konnte Mitja sich bereits am ersten Abend an der Wand festhalten und einen Schritt tun; und am nächsten Tag watschelte er wacker durch das ganze Haus und machte eine neue Entdeckung nach der anderen.

Dass er, bis er drei Jahre alt war, mit niemand sprach, lag daran, dass er keine Zeit hatte. Was hätte er denn auch Interessantes von seiner Umgebung hören können? Von der Amme Malascha

»Baju-Baj, Baju-Baj, bald schon holt dich der Mamaj«. Von seiner Mutter, wenn sie ihn morgens zu ihr ins Schlafzimmer brachten und ihr vorzeigten: »Ach, mein Mitjaleinchen, du mein Zuckerschweinchen.« Von seinem Bruder Endimion, der ins Kinderzimmer gelaufen kam, um seine Schleuder oder einen Lappen mit von Vater geklautem Tabak an einem sicheren Ort unter der Wiege zu verstecken: »Na, du Scheißer, machst du immer noch in die Hose?« (Dabei stimmte das gar nicht! Mitja hatte seiner Amme schon mit sechs Monaten beigebracht: Wenn er mit der Zunge schnalzt, ist das der Ruf der Natur. Dass sie nicht früher kapiert hatte, was das Schnalzen bedeutete, lag nicht an ihm; sie war eben etwas schwer von Kapee.)

Mitjas Hauptabenteuer jener stummen Zeit bestand darin, sich still und heimlich in Vaters Arbeitszimmer zu den Büchern zu schleichen oder, noch besser, zu den Gästen unter den Tisch. Da hörst oder erfährst du immer etwas Neues: vom Krieg mit den Schweden und Türken, von den Jakobinern und von den Ereignissen in Moskau. Aber in den Zimmern der Erwachsenen darf man nicht reden, sonst nehmen sie dich gleich auf den Arm und bringen dich weg, zu Malascha, wo du zum tausendsten Mal den Unsinn von Kater Katersohn und der Hexe über dich ergehen lassen musst.

Als Mitja sich das Recht erkämpft hatte, bei seinem Bruder im Klassenzimmer zu sitzen, da fing für ihn endlich das richtige Leben an. Jeden Tag neue Entdeckungen, ein wahres Fest für den Verstand! Monsieur de Chaumont unterrichtete Französisch und Deutsch sowie Geographie, Geschichte und Astronomie. Der Seminarist Vikenti Arithmetik, russische Grammatik und Theologie. Schade, der Unterricht dauerte nur zwei Stunden pro Tag, und Endimion mit seiner Begriffsstutzigkeit ging einem auf die Nerven, wie viel Zeit seinetwegen verloren ging! Mitja nannte den älteren Bruder heimlich Embryo, denn von der Denkfähigkeit her hatte sich dieser Schwachkopf nicht weit vom menschlichen Fötus weiterentwickelt.

Abends wenn das Haus einschlief (und in Trost ging man früh ins Bett: im Sommer kurz nach neun, im Winter kurz nach acht), begann die wichtigste Zeit.

Leise, auf Zehenspitzen, an der Truhe vorbei, auf der die Amme schnarcht, in den Flur; von dort mucksmäuschenstill zur Treppe – und in den oberen Wohnraum –, auf Französisch heißt das bel-étage; dort ist das Arbeitszimmer. Unter dem Tisch hatte er zuvor schon eine Kerze versteckt und einen Band der großen Enzyklopädie – einen, der zu schwer ist, als dass man ihn aufheben könnte. Bis fünf Uhr hast du ein königliches Leben, unterhältst dich mit Menschen, die dir intellektuell ebenbürtig sind – vor dem einen verneigst du dich ehrfürchtig, mit dem anderen streitest du vielleicht. Um sechs geht es zurück ins Bett. Das ist doch unbegreiflich, dass die Menschen ein Drittel ihres ohnehin nicht langen Lebens im Bett verbringen! Warum so viel? Drei Stunden sind doch für die physische Erholung und Erfrischung des Geistes mehr als genug.

Bis jetzt kamen Mitja manchmal Zweifel, ob es nicht verkehrt war, dass er an jenem Herbsttag den Mund aufgemacht hatte. Ein spontaner Drang, ein Impuls seines gefühlvollen Herzens, setzte seinen stillen Freuden schweigender Absonderung ein für alle Mal ein Ende. Es tat ihm einfach Leid, sehen zu müssen, wie sein Vater nach seiner Rückkehr aus Petersburg, wohin er gefahren war, weil er durch den Tod des Zyklopen Hoffnung geschöpft hatte, versauerte und der Hypochondrie verfiel. Tag für Tag von morgens bis abends weinte Alexej Woinowitsch bitterlich, hob die Hände gen Himmel und verfluchte das grausame Schicksal, das ihn dazu verdammte, in Moskauer Armut bei zweitausendachthundert Rubeln jährlich zu verkümmern, als untröstlicher Erzeuger zweier Missgeburten – eines unvorstellbaren Dummkopfes und eines stummen Idioten.

Im Haus war es still. Die Mutter wurde von Kopfschmerzen gepeinigt, der Bruder hatte sich auf dem Speicher versteckt, damit sie ihn nicht versohlten, das Gesinde hatte sich ebenfalls zurückgezogen. Und da fällte Mitja eine großherzige Entscheidung: Vater sollte wenigstens in einem Punkt Erleichterung bekommen. Er sollte sich wenigstens nicht um seinen Jüngsten sorgen, der nichts weniger als ein Dummkopf war und, wenn er wollte, sehr wohl sprechen konnte.

Anfangs versuchte er zur Übung, laut mit sich selbst zu reden. Früher hatte er natürlich manchmal ebenfalls in Monologen gesprochen, aber lautlos, indem er nur die Lippen bewegte; und da hatte sich herausgestellt, dass seine Stimme den Gedanken hinterherhinkte. (Diese überstürzte Redeweise hielt sich auch später, und nicht jeder konnte sie verstehen, besonders, wenn sich Mitja für irgendeinen Gedanken begeisterte.) Man musste hier außerdem auch noch Vaters Hitzigkeit berücksichtigen. Die Sätze mussten kurz sein und enden, bevor Alexej Woinowitsch stürmisch protestieren konnte und den ganzen Effekt verdarb. Das Einfachste war, hineinzugehen und guten Tag zu sagen, aber nicht auf Russisch, sondern in einer Fremdsprache. Kurz und bündig.

Er ging ins Esszimmer, in dem Vater am Fenster saß, seine aufgelösten und ungekämmten Locken aufs Fensterbrett fallen ließ und schluchzte. Und er gab sich äußerste Mühe, die französischen Laute genauso wie Monsieur de Chaumont auszusprechen, als er sagte: »Bon matin, papa.«

Vater drehte sich um. Er hatte es nicht gehört oder dachte, er habe sich verhört. Leidend runzelte er die Stirn und seufzte: »Geh, geh nur, du unverständiges Kind!« Und wies mit der Hand auf die Tür und heulte noch mehr, so sehr brachte ihn Mitjas Anblick aus dem Gleichgewicht.

Da führte Mitja ihm ein Zitat zu Verstand und Unverstand aus Pascals »Pensées« an (er hatte gerade gestern Nacht das Buch gelesen und viele Maximen wörtlich behalten, weil sie so treffend waren): »Deux excès: exclure la raison, n' admettre que la raison.«[4]

Das klang noch effektvoller, als er gedacht hatte. Mitja hatte Vaters Stabilität falsch eingeschätzt; kaum hatte er die Maxime gehört, verdrehte Alexej Woinowitsch die Augen und fiel in Ohnmacht. Als er wieder zu sich kam, sah er das verwirrte Gesicht seines Jüngsten über sich, der ihn auf Russisch, Französisch und Deutsch tröstete, und da hob er die Hände zum Himmel und dankte der Vorsehung für das erwiesene Wunder.

Dann seufzte und staunte Vater lange, als er erfuhr, dass der Junge auch Latein verstand und sich in verschiedenen Wissenschaften gut auskannte. Aber am meisten verblüfften den Vater Mitjas Gedächtnis und seine Schnelligkeit bei der Lösung arithme-

4 »Die Vernunft ausschließen, nur die Vernunft anerkennen«, Blaise Pascal, Gedanken, Nr. 183

tischer Aufgaben. Etwas Interessantes zu behalten, ist keine außerordentliche Leistung, auch wenn es sich gleich um ganze Seiten
handelt, das konnte er Vater leicht erklären; dagegen fiel es ihm
schwer, von den bunten Zahlen zu berichten, denn auch er selbst
verstand nicht ganz, wie diese arithmetische Mechanik eigentlich
im Hirn funktionierte.

Es verhält sich damit folgendermaßen: die Eins ist weiß, die
Zwei rosa, die Drei blau, die Vier gelb, die Fünf braun, die Sechs
grau, die Sieben rot, die Acht grün, die Neun lila, die Null schwarz.
Wer das nicht sieht, dem hat es keinen Sinn zu erklären, dass wenn
du zum Beispiel die Zahl 387 nimmst, sie wie ein dreifarbiges Bon-
bon aussieht: blau-grün-rot. Wenn du sie mit der Zahl 129 multi-
plizierst, einer weiß-rosa-lila Zahl, verflechten sich alle Zahlen im
Nu in einen dicken bunten Zopf, die Farben gehen von einer in
die andere über, und das Weitere ist einfach: Nenne die entstehen-
den Parzellen des Spektrums hintereinander, dann erhältst du die
gesuchte Zahl 49923. Und genauso funktioniert das Dividieren.

Vater hörte sich die unverständlichen Erklärungen lange an
und schrie plötzlich wie Archimedes von Syrakus »Heureka!«.
Er packte Mitja an den Händen und lief mit ihm zu Mutter. Dort
fiel er auf die Knie und küsste Mamas Bauch, direkt durch das
Kleid. »Was macht Ihr da, Alexis?«, schrie sie ängstlich.

»Ich küsse Euren gesegneten Leib, der einen Herakles der Gelehrtheit auf die Welt gebracht und uns damit den Weg ins Paradies geebnet hat! Aglaja Dmitrijewna, schaut auf diese Frucht
Eurer Lenden!«

Das war der Augenblick, in dem das Projekt entstand.

In der Zeit von Vaters Kindheit hatte man viel von dem kleinen Mozart gesprochen, den sein Vater durch Europa begleitete
und den Monarchen vorführte, wofür man ihm nicht wenig Ehre
und Anerkennung zukommen ließ. Wieso war Dmitri Karpow
schlechter als das deutsche Naturwunder? Weil er nichts von Musik verstand? Wer braucht denn in unserem Russland diesen dummen Zeitvertreib? Zwar hörte die erlauchte Herrscherin Opern
und Symphonien, aber mehr um der Erbauung und Geschmacks-
erziehung der Höflinge willen; sie selbst nickte manchmal direkt
in der Loge ein, erzählte man. Wir brauchen die Musik nicht! Alle
in der Hauptstadt redeten nur von dem neuen Hobby Ihrer Majes-

tät: dem Schachspiel. Viele rissen sich darum, diesen Denksport zu erlernen. Auch Vater kaufte ein Brett mit Figuren, eignete sich die kniffligen Regeln an – vielleicht ließe sich damit ja was machen? Leider nicht. Die Zarin hatte auch ohne Alexej Karpow jemand zum Schachspielen.

Aber wenn man Ihrer Majestät nun einen ganz ungewöhnlichen Partner anbieten würde: einen kleinen Jungen, einen Däumeling? Das wäre ein Kunststück, mit dem sich ein Mozart nicht messen könnte!

Bleich vor Angst, es könne schief gehen, zählte der Gutsbesitzer von Swenigorod seinem wundersamen Sprössling die Regeln dieses edlen Spiels auf, und es geschah natürlich ein Wunder, genauer: es geschah absolut kein Wunder, denn die Schachweisheiten waren für den in den farbigen Rechnungen gewieften Mitja ein Kinderspiel. Schon bei der ersten Partie errang der Dreijährige einen klaren Sieg über seinen Vater, und bald siegte er gegen alle ohne Ausnahme, obwohl er freiwillig auf seine Dame und den Turm verzichtete.

Von diesem Moment an änderte sich in der Familie Karpow alles von Grund auf, insbesondere für das jüngste Mitglied. Um ihn in allen dem Menschengeschlecht bekannten Wissenschaften zu unterrichten, wurde für den Herakles der Gelehrtheit ein halbes Dutzend Lehrer eingestellt, und die Fortschritte des jungen Mithridates (so nannten sie den früheren Mitja jetzt) übertrafen die kühnsten Hoffnungen des glücklichen Vaters. Einmal monatlich fuhren sie extra nach Moskau und kauften alle neuen Bücher, die Mitja sich wünschte. Von den Bauern in Trost und im fernen Dorf Karpowka trieben sie eine neue Abgabe ein, die für die Bücher bestimmt war: pro Kopf jährlich einen halben Rubel oder zwei Hühner oder drei Pfund Honig oder einen Sack getrocknete Pilze, je nachdem, wie der Älteste entschied.

Mitja war nun die Hauptperson des Hauses. Wenn er im Klassenzimmer saß, flüsterten alle. Wenn er ein Buch las, gingen alle nur auf Zehenspitzen und mit bloßen Füßen. Und da der neue Mithridates immer entweder lernte oder etwas las, wurde es in dem Haus in der Stadt still, man flüsterte wie bei einer Beerdigung.

Die Amme Malascha konnte den Jungen jetzt nicht mehr tyrannisieren. Wenn er nicht schlafen wollte, brachte sie ihn eben nicht ins Bett; wenn er seinen Brei nicht essen wollte, zwang sie ihn auch nicht dazu. Sie sorgte sich sehr um ihn und hatte Mitleid mit ihm. Einmal, als Mitja in Gegenwart von allen Hausbewohnern in der deutschen Sprache glänzte, die ihm schneller von den Lippen ging als seinem Lehrer, sagte die Amme traurig: »Wie schnell er leben will. Er hat wohl nicht lange zu leben, er hat's am Herzen.« Vater hatte das gehört und ließ sie auspeitschen, damit sie das Unglück nicht heraufbeschwöre.

Natürlich gab es in Mitjas neuem Leben nicht nur Rosen, sondern auch Dornen. So ärgerte ihn der Bruder beispielsweise sehr, er war neidisch, dass der Kleine jetzt Erwachsenenkleidung trug: Hose mit Strümpfen, Gehrock und Weste. Mal kniff er ihn heimlich, mal zog er ihn an den Ohren, mal legte er ihm einen Frosch in den Schuh. Er nutzte es aus, dass Mitja der stoischen Philosophie anhing und Denunziation für unter seiner Würde hielt. Was konnte man von dem unverständigen Wesen schon erwarten? Von diesem Embryo.

Am Ende des Jahres war Mithridates so weit. Man hätte ihn in eine Kutsche setzen und direkt zur Kaiserin oder sogar zur Akademie der Wissenschaften bringen können, er hätte sich nicht blamiert. Die Sache verzögerte sich aufgrund von Kleinigkeiten, es ergab sich keine passende Gelegenheit. Wie sollte Alexej Woinowitsch den Jungen der Kaiserin vorführen und auch auf sich selbst aufmerksam machen? (Aus nahe liegenden Gründen war es nicht angebracht, Mutter mit an den Hof zu nehmen.)

Sie warteten noch zwei Jahre auf eine Gelegenheit, bis ihr Wohltäter Lew Alexandrowitsch Kukuschkin endlich nach Moskau kam. In der Zwischenzeit hatte Mitja die Große Enzyklopädie hinter sich gebracht und begeisterte sich für die Integralrechnung, was nach Vaters Ansicht nun wirklich überflüssig war. Alexej Woinowitsch fiel das Warten schwer, so schwer wie einem Vater, der für seine schöne Tochter keinen Würdigen finden kann und sieht, wie das Mädchen allmählich versauert. Ein vierjähriger oder ein fast siebenjähriger Schachspieler, das war ein großer Unterschied.

Mitja machte das nichts, er konnte warten. Er hätte immer so weiterleben mögen: mit seinen Büchern und dem Unterricht. Nur Vater tat ihm Leid.

Wie viele Mühen und Hoffnungen er darauf gesetzt, wie viele Hindernisse er überwunden hatte, und sie wollte ihn noch nicht einmal sehen! Wegen Vaters jämmerlichen Aussehens, seiner einschnürend engen Weste, seines unter den speckigen Haaren juckenden Kopfes (und wehe, du kratzt mit den Fingernägeln, das ist strengstens untersagt) war Mitja wütend auf die dicke Alte und machte ein mürrisches Gesicht. Wenn die Augen Hitze ausstrahlen könnten, so wie die Sonne ihre Strahlen zu uns schickt, würde er dieses undankbare Weib versengen, würde ihre aufgebauschte Puderfrisur in Brand stecken!

Ob es nun Wärme war oder etwas anderes, Mitjas Blick musste irgendeine Substanz ausstrahlen, denn die Kaiserin, die sich über den Zank des Griechen mit dem Engländer noch nicht ausgelacht hatte, drehte plötzlich den Kopf und betrachtete den kleinen Menschen in der himmelblauen Kavallerieuniform ein drittes Mal. Da zahlte Mitja dieser launischen Zicke gleich für alles auf einmal heim: Er schnitt eine beleidigende Grimasse und streckte ihr die Zunge heraus. Da hast du's, ätsch!

Die Augen der Semiramis weiteten sich erstaunt – offenbar hatte ihr in dem Palast noch nie jemand die Zunge herausgestreckt.

»Was habt Ihr noch einmal gesagt, wie alt ist Euer Kleiner?«, fragte sie Vater.

»Sechs, Eure Kaiserliche Majestät!«, schrie Alexej Woinowitsch begeistert. »Ich habe das Gemeinderegister mitgenommen, Ihr könnt Euch davon persönlich überzeugen!«

Der rosige Finger lockte Mitja zu sich.

»Na, sag mir mal …«

Sie wollte ihn beim Namen nennen, hatte ihn aber vergessen. Vater hauchte zuckersüß: »Mithridates.«

»Sag mir mal, Mithridates …«

Sie brauchte etwas Zeit, um eine Frage zu stellen. An dem freundlichen Lächeln sah man, dass sie eine möglichst leichte Frage stellen wollte.

»Was haben wir jetzt für ein Jahr?«

»Nach welcher Zeitrechnung?«, fragte Mitja schnell und rückte näher an die Alte heran (sie roch nach Lavendel, Puder und etwas Würzigem, Muskatähnlichem). Ohne die Antwort abzuwarten, kam es wie aus der Pistole geschossen: »Nach den griechischen

Chronisten: das Jahr 7303 seit der Erschaffung der Welt, nach den römischen Chronisten: das Jahr 5744, nach den griechischen Chronisten: das Jahr 5061 seit der Sintflut, nach den römischen: das Jahr 4088, seit Christi Geburt: das Jahr 1795, seit Mohammeds Flucht: das Jahr 648, seit der Gründung Moskaus: das Jahr 453, seit der Entdeckung Amerikas: das Jahr 303 und seit der Thronbesteigung Katharinas der Zweiten: das Jahr 33.«

Die Kaiserin klatschte begeistert in die Hände, und sofort fingen alle an zu flüstern und mit der Zunge zu schnalzen. Dann lief alles wie geschmiert.

Mitja multiplizierte eine Weile dreistellige Zahlen (der Favorit überprüfte die Aufgaben höchstpersönlich auf seiner Serviette: Es stimmte); dann zog er die Quadratwurzel aus 79 566 (nachprüfen konnte das nur der Enkel, und auch der nur beim dritten Anlauf, weil er sich dauernd vertat); er zählte alle russischen Provinzen auf, und auf Nachfrage nannte er sogar die jeweiligen Kreisstädte. Er siegte im Schachspiel gegen den Oberstallmeister Kukuschkin (das schaffte er in vier Zügen) und den schwarzen Alten, der sich als Geheimrat Maslow und Chef der Geheimexpedition entpuppte (er spielte ordentlich, aber gegen Mithridates war nun einmal nicht anzukommen), und maß sich am Schluss sogar mit der Kaiserin. Dabei geriet er etwas in Fahrt, vergaß, dass Vater ihn gelehrt hatte, Ihrer Majestät nachzugeben, und zerschlug das weiße Heer bis auf den letzten Mann. Aber Katharina machte sich nichts daraus; sie war nicht beleidigt, küsste Mitja sogar auf beide Wangen und nannte ihn »Liebster« und »Neunmalkluger«.

Er trug Dershawins Gedicht »Feliza« vor, dumme, aber schön schwülstige Verse, und sagte am Ende dieser triumphalen Vorstellung mit einer tiefen Verbeugung: »Ich wiege mich in der Hoffnung, dass ich mit diesen bescheidenen Kunststücken die große Kaiserin von der Last der Sorgen um den Staat habe ablenken können. Ich werde es als größtes Glück erachten, so Eure Kaiserliche Majestät und Eure Kaiserlichen Hoheiten sowie Eure Durchlaucht (damit meinte er den Favoriten, Vater hatte ihm eingeschärft, ihn ja nicht zu vergessen) als Belohnung für die gute Absicht meine Verbeugung mit Händeklatschen beantworten wollten.«

DRITTES KAPITEL

DER TOD DES IWAN ILJITSCH

(Tolstoj, 1886)

Nachdem er sich höflich von dem glatzköpfigen Bruder der Sekretärin Fandorins verabschiedet hatte, wobei dieser sich mit einer Pinzette an der – wie bei seiner Schwester violetten – Braue zupfte und den Fortgehenden noch nicht einmal anschaute, verließ der Korrespondent, in tiefes Nachdenken versunken, das Office 13 a.

Er drückte auf den Knopf, um den Lift zu holen, brauchte aber einige Zeit, um zu verstehen, dass der Fahrstuhl nicht kommen würde. Während der Korrespondent im »Land der Räte« gewesen war, hatte der quietschende Aufzug seinen Geist aufgegeben. Offenbar musste er sich heute damit abfinden, dass er mal zu Fuß die Treppen hoch-, mal runtergehen musste. Na gut, vom fünften Stock hinuntergehen, das ist nicht die Welt; da brichst du dir schon nicht die Beine.

Der Korrespondent schritt Richtung Fenster und blinzelte: Durch die staubigen Scheiben schien die Sonne, für November war das Wetter ungewöhnlich klar und warm.

Miss siebenmal, bevor du einmal schneidest, murmelte er vor sich hin. Das sollte ihm eine Lehre sein, eine wichtige Lehre für die Zukunft. Damit er nicht Gefahr liefe, gleich unkontrolliert zuzuschlagen. Alles sprach zunächst dafür, dass Fandorin ein Scheusal und Lügner war, aber wenn man ihn aus der Nähe betrachtete und ihm in die Augen schaute, war er ein normaler Mensch. Wenn du ein solches Vertrauen genießt, wenn du eine solche Macht hast, musst du verantwortungsvoll damit umgehen, du darfst nicht formalistisch sein. Sie prüfen das ja dort nicht mehr, das geht zack zack. Sonst müssen noch unschuldige Kinder daran glauben, wie damals in dem Mercedes. Auch in Sodom und Gomorrha hat es ja kleine Kinder gegeben, die mit den Gemeinheiten der Erwachsenen nichts zu tun hatten, und doch hatte Gott auch auf diese Schwefel und Feuer regnen lassen, genauso, ohne Differenzierung. Und wer ist daran schuld? Nicht Gott, sondern Lot. Er, der von Gott Bevollmächtigte, hätte an die Kinder denken und die Obrigkeit daran erinnern müssen. Er war ja ebenfalls so etwas Ähnliches wie ein Korrespondent. Das ist keine Kleinigkeit. Bevor jemand zum ersten Mal auf eine lange Reise geschickt wurde, hatte man ihn x-mal in der Redaktion geprüft, überprüft und instruiert! Denn er sollte begreifen: ein Korrespondent, das sind die Augen und Ohren der Zeitung, und zwar nicht irgendeiner, sondern der wichtigsten Zeitung des wichtigsten Landes. Und dabei hatte es sich ja nur um eine Zeitung gehandelt, während es hier um eine sehr viel höhere Instanz ging.

Man darf sich nicht zu viel einbilden, man darf sich nicht über die Menschen erheben, sagte der Korrespondent streng zu sich selbst. Das Urteil musste so schnell wie möglich aufgehoben werden. Soll er doch leben, wenn er halbwegs anständig ist.

Auf dem Treppenabsatz des vierten Stocks hockten ein paar Penner. Zwei saßen auf dem Fensterbrett (eine Pulle Fusel, harte Eier, ein angeknabbertes Weißbrot zierten ein Zeitungsblatt), ein Dritter war schon weggetreten – er lag mit gespreizten Beinen quer zur Treppe. Die Augen waren geschlossen, aus dem Mund hing ihm ein Spuckefaden, an der Wange klebte eine Eierschale.

Nie im Leben ist der Magister und Präsident ein kapitalistischer Hai, dachte der Korrespondent. Das Büro hat keine Mordsrenovierung hinter sich, der Aufzug ist kaputt, und im Treppenhaus hocken Penner und saufen.

»Ein Hoch auf die demokratischen Reformen«, sagte er laut und zwinkerte den armen Teufeln zu. »Hab ich Recht, Jungs?«

Der auf dem Boden Liegende reagierte in keiner Weise auf seine Worte. Der eine Sitzende, ein Rothaariger und, wenn man ihn genauer betrachtete, noch ganz Junger sagte mit vollem Mund:

»Was willst du denn? Wenn wir mit dem Essen fertig sind, verschwinden wir. Wen stören wir hier denn?«

Der andere Sitzende schniefte durch seine verquollene platte Nase und zog das Weißbrot dichter zu sich.

Ach, diese armen Penner. Das sind die Sägespäne, die von den Äxten der kapitalistischen Holzfäller fallen.

»Ist mir doch egal. Meinetwegen könnt ihr hier bleiben«, sagte der Korrespondent und winkte ab.

Man müsste sich erkundigen, was sie zu einem solchen Leben geführt hat. Bestimmt war jedem von ihnen so ein Schweinehund begegnet, der ihn aus dem Haus gejagt, von der Arbeit geschasst, der dem Strauchelnden also den Rest gegeben hatte.

Der Korrespondent blieb unentschlossen stehen – sollte er nun ein Gespräch anfangen oder nicht? Die Männer wirkten nervös. Sie würden jetzt kaum offen mit ihm reden, sie brauchten jetzt etwas zu trinken und zu essen.

Gut, sollten sie ihre Ruhe haben.

Er ging an den Sitzenden vorbei. Über den schlafenden Alki musste er hinwegsteigen, er hatte sich einfach zu sehr hingefläzt.

In dem Augenblick, als der Korrespondent schon seinen einen Fuß auf die Stufe unter dem Liegenden gesetzt und den zweiten noch nicht vom Treppenabsatz gelöst hatte, öffnete der Penner plötzlich seine klaren, völlig nüchternen Augen und stieß dem Korrespondenten mit aller Kraft seinen groben Soldatenstiefel in die Leistengegend.

Ohnmächtig vor Schmerz konnte der Korrespondent noch nicht einmal schreien. Der Rothaarige und der mit der platten Nase stürzten sofort von dem Fensterbrett, drehten ihm die Ellenbogen auf den Rücken, wobei sich herausstellte, dass beide Penner aus irgendeinem Grund durchsichtige Gummihandschuhe trugen, und der, der sich schlafend gestellt hatte, zog ihm das Hosenbein hoch und stieß ihm eine schwarze Röhre mit zwei Nadeln in den nackten Knöchel.

Man hörte ein elektrisches Knistern, es roch nach Versengtem, und eine Sekunde später (diese Feststellung gilt nur für den aus der realen Zeit herausgefallenen Korrespondenten) erschien vor seinen Augen eine Bretterdecke, von der Spinnwebenfetzen und abblätternde Farbschichten herabhingen.

Die Decke war schief und ging in der Ecke bis zum Boden. Als der Korrespondent den Kopf wandte, sah er das glitzernde Quadrat des Fensters mit einer gesprungenen Scheibe, hörte von unten das Heulen einer Autoalarmanlage und dachte: Ich befinde mich auf dem Speicher eines großen Hauses. Das Fenster geht zum Hof und nicht zur Straße, sonst würde man den Verkehr hören.

Es wehte ein Lüftchen, aber es war nicht kalt. Offenbar wurde das Dach von der Sonne gewärmt.

Der Korrespondent sah in die andere Richtung. Oben, ein wenig seitlich über sich, sah er das unrasierte Gesicht des Eiermanns. Ihm klebte nicht mehr die Eierschale an der Wange, aber der Korrespondent nannte ihn trotzdem so. Der Eiermann hielt einen großen Wattebausch in der Hand, von dem ein scharfer, unangenehmer Geruch ausging. Salmiak. Er hatte ihn offensichtlich gerade eben vom Gesicht des Gefangenen genommen. Der Rothaarige und der mit der platten Nase standen etwas abseits.

»Ihr Idioten, da habt ihr euch für euren Überfall einen ausgesucht«, wollte der Korrespondent zu ihnen sagen, murmelte aber nur etwas – die Lippen ließen sich nicht öffnen. Sie waren mit Pflaster zugeklebt, was er nicht sofort bemerkt hatte.

Zu dem Opfer der Räuber kehrte das Bewusstsein immer stärker zurück, und er machte eine Entdeckung nach der anderen. Seine Hände waren auf den Rücken gebogen und steckten in Handschellen. Die Beine waren mit einem Gürtel gefesselt. Da seine Hose herunterrutschte, musste es sich um seinen eigenen Gürtel handeln.

»Gratuliere zur Rückkehr«, sagte der Eiermann, der das Lid des Gefangenen hochzog. »Die Pupille ist normal, der Kontakt mit der Realität ist wieder hergestellt. Wir eröffnen die Debatte.«

Der Korrespondent schielte zur Seite und sah in den Fingern des Banditen eine Spritze.

»Das ist eine ätzende Lösung, lieber Kollege. Man sticht mit der Nadel in den Nerv. Intensität und Dauer des Schmerzsyndroms hängen von der Dosis ab.«

»Intensität«, »Syndrom«, meine Güte, der redet wie ein Professor, dachte der Korrespondent.

Der Eiermann packte ihn am Arm, wobei er ihm fast das Schultergelenk ausrenkte, und stieß die Nadel mit einer präzis berechneten Bewegung durch Jackett und Hemd hindurch in den Ellenbogen.

»Schschschsch«, entfuhr es dem Korrespondenten, der ein Aufheulen unterdrückte und sich kurz aufbäumte, wobei er mit dem Hinterkopf und den Absätzen gegen den Boden schlug.

Der Eiermann wartete, bis die Konvulsionen aufhörten, und fuhr fort:

»Das war die minimale Dosis. Eine kleine Weinprobe sozusagen. Zur Kräfte- und Zeitersparnis. Das heißt, um Ihre Kräfte und meine Zeit nicht überzustrapazieren. Und damit Ihnen klar wird: Wir sind keine Dilettanten, wir sind Profis. Und Sie, sind Sie ein Profi oder nicht?«

Der Korrespondent hatte die Frage zwar nicht verstanden, nickte aber.

»Dann werden Sie die Situation ja richtig einzuschätzen wissen. Diese Runde haben Sie verloren, wir pressen die Information in jedem Fall aus Ihnen heraus. Sie wissen, die technischen Mittel dazu haben wir, es ist nur eine Frage der Zeit. Wollen Sie nun also reden?«

Der Korrespondent nickte wieder.

»Sie sind ja ein richtiges Goldstück«, sagte der Eiermann höhnisch, »Also, Ihre offizielle Biographie brauchen Sie uns nicht zu erzählen, die kennen wir. Erzählen Sie uns mal lieber, verehrter Iwan Iljitsch Schibjakin, Geburtsjahr 1948, wie sich die Linie Ihres Schicksals herausbildete, die dem bloßen Auge verborgen ist. Ich frage, Sie antworten. Exakt, vollständig, ehrlich. Ich verstehe es, Versuche, mich irrezuführen, an kleinsten Kontraktionen der Pupille abzulesen. Im Zweifelsfall bekommen Sie eine Dosis. So. Erste Frage. In welcher Institution haben Sie Ihre Spezialausbildung genossen? Beim Nachrichtendienst?«

Der Korrespondent nickte zum dritten Mal.

»Hervorragend. Ich sehe, wir kommen miteinander klar.« Der Eiermann zog ihm das Pflaster vom Mund. »Zweite Frage. Wie viele seid ihr?«

Kaum war sein Mund den klebrigen Film los, da schlug der Korrespondent, ohne auch nur einen Augenblick zu verlieren, die Zähne in den Finger seines Peinigers. Er biss sich fest, was das Zeug hielt. Er spürte etwas Salziges auf der Zunge. Er wollte ihn durchbeißen, aber der Eiermann stieß dem Korrespondenten fluchend mit dem Zeigefinger der anderen Hand unter das Jochbein, dass sein Gesicht auf einmal gefühllos wurde und der Kiefer herunterfiel.

Der Verletzte klebte das Pflaster wieder auf und schüttelte seine blutige Hand.

Der Rothaarige streckte ihm ein Tuch entgegen und sagte:
»Sie hat uns ja gewarnt. Vermutlich ist er kein Profi, sondern ein Überzeugungstäter. So einen kriegst du mit zwei Stößen nicht kirre. Musst du denn unbedingt Gestapo spielen? Wir haben den Auftrag, ihn nach Muchanowka zu bringen; dann lass uns das doch auch tun. Du drängst dich immer vor, willst du dich lieb Kind machen?«

Der Eiermann stülpte das Tuch über den verletzten Finger.

»Wir müssen hier ja auf jeden Fall bis zum Einbruch der Nacht sitzen«, sagte er wütend. »Wir können ihn doch nicht am helllichten Tag über den Hof schleifen. Wir haben keine unbegrenzte Zeit zur Verfügung und müssen mit ihr haushalten. Wir brauchen ja nicht Däumchen zu drehen, sondern können uns nützlich machen. Ich hab schon ganz andere kleingekriegt. Auch Überzeugungstäter. Es kommt auf einen Versuch an. Stimmt's, Genosse?«

Die letzten Worte waren an den Korrespondenten gerichtet – er beugte sich über das Gesicht des Gefangenen und zwinkerte ihm zu, obwohl seine Augen vor Wut rasten. Er war fuchsteufelswild wegen des Fingers.

Der Korrespondent konnte nichts sagen und zwinkerte ihm deshalb ebenfalls zu. Er hatte nur einen einzigen Gedanken: Die Stunde der Prüfung ist gekommen. Er hatte keinerlei Angst. Ja, er freute sich sogar, denn er wusste, er würde sie bestehen.

Der Rothaarige sagte:

»Wenn du unbedingt willst, können wir ihm doch in Muchanowka die Dosis spritzen, da singt er wie ein Star. Und packt alles aus: wie viele es sind, wer und wo.«

Der Dritte, den der Korrespondent Plattnase getauft hatte, schwieg und hatte die Hände in den Hosentaschen. Die Worte des Rothaarigen machten den Gefangenen nervös. Und wenn sie ihn wirklich mit Drogen voll pumpen würden? Er durfte auf keinen Fall plaudern, niemand durfte das je erfahren.

»Und ob ich will«, beendete der Eiermann die Diskussion. »Und ich lehre diesen bissigen Schweinehund jetzt Mores, ganz ohne Chemie, auf afghanische Art.«

Er bückte sich, ergriff mit einer Hand den Gürtel, mit dem die Knöchel des Korrespondenten gefesselt waren, und riss daran, um den Gefangenen in die Mitte des Speichers zu ziehen.

Der Zug war so stark, dass der alte, an einigen Stellen durchgescheuerte Gürtel riss. Der Eiermann konnte sich nur mit Mühe auf den Beinen halten, während der Korrespondent sich hinkniete, dann in die Hocke ging, sich den Händen der Plattnase entwand und, ohne sich aufzurichten, zum Fenster schoss. Er durchstieß mit dem Kopf den vermoderten Fensterrahmen, rutschte kopfüber über das warme, sonnenbeschienene Dach und plumpste ins Dunkle.

Er fiel mit dem Rücken auf den Asphalt. Er empfand keinen Schmerz und hörte keinen Laut, aber Sehfähigkeit und Geruchssinn verlor der Korrespondent nicht sofort. Er atmete krampfhaft die Gerüche des Hofes ein: Feuchtigkeit, Benzin und Karbid. In dem zwischen den Bauten eingeklemmten blauen Rechteck des Himmels schien die Sonne.

Plötzlich sah er sich ganz klar und deutlich als junger Mann, vor fünfundzwanzig Jahren. Neben ihm stand seine Frau. Sie waren gerade eben auf der Insel der Freiheit angekommen, es war ihre erste Auslandsreise, sie gingen auf den Balkon und betrachteten den Ozean, das sonnenüberflutete Havanna: »... Siebenhundert Zertifikate brauchen wir für den Lebensunterhalt, fünfhundertfünfzig legen wir zurück, ja, Iwan? Wir sparen, Iwan, und kaufen dann eine Zweizimmerwohnung auf dem Leninprospekt oder der Lyssenkostraße«, flüsterte Ljuba mit glücklicher Stimme. Der Korrespondent hörte zu und lächelte, und um ihn herum war so viel Licht, wie es das in nördlichen Breiten nie gibt.

Plötzlich verlor die Sonne schnell an Helligkeit, der Himmel wurde dunkel, und die Wolken bekamen Ähnlichkeit mit schwarzen Löchern. Das ist das Ende der Welt, dachte Iwan Iljitsch zufrieden. Da habt ihr's, ihr Schweinehunde! Ihr werdet für alles zur Verantwortung gezogen werden.

Er zog die Luft ein, hielt mittendrin an, erschlaffte und starb.

VIERTES KAPITEL

AMOR UND PSYCHE

(Apuleius, ca. 170)

»Ach, besser wär ich tot, ich Armer,
Als meine Seelenqual zu längen
Und bittre Zähren ohn Erbarmen
In diesem Flammenmeer zu sengen«,

brummelte der ungekämmte Herr in dem speckigen Gehrock vor sich hin, schnitt dabei verzweifelt Grimassen und fuchtelte mit der Faust in der Luft herum.

Ein Dichter, der seiner Muse Ruf vernimmt, dachte Mitja ehrfürchtig, trat aber vorsichtshalber einen Schritt zurück aus Angst, der Diener Apollons könnte ihn in seiner lyrischen Ekstase umwerfen; er hatte Riesenpranken und roch auch ungut, nach etwas Saurem und Schweiß.

Unter den zu dieser späten Morgenstunde bei Seiner Durchlaucht dem Fürsten Surow Versammelten war nur der Diener Apollons nachlässig gekleidet und ungepudert, alle anderen waren in Festkleidung erschienen und verströmten Blumenduft und das Aroma deutschen Toilettenwassers.

Wieder mussten sie warten, genauso wie gestern, aber durch Erfahrung klug geworden, verstand Mitja schon, dass das Hofleben größtenteils aus Warten bestand. Allerdings langweilten sich heute nicht nur die Karpows, sondern alle, die gekommen waren, um dem großen Mann ihre Ehrerbietung zu bekunden. Damen gab es kaum, es waren sehr viel mehr Herren gekommen, darunter auch äußerst imposante, einige trugen eine Generalsuniform, andere hatten solche Brillantknöpfe an ihren Westen, dass man für einen jeden von ihnen zwei Dörfer von der Größe Trosts hätte kaufen können. Sie standen stramm, keiner sprach laut, und, wie Mitja bemerkte, verhielten sie sich hier sehr viel steifer als in Gegenwart Ihrer Majestät. Und er erklärte sich dieses seltsame Phänomen auch gleich: Bei dem Donnerstagstreffen der Kaiserin kam es nur darauf an, eingeladen zu sein, das war alles; hier dagegen entschieden sich ganze Schicksale. Das war die wahre Wohnstatt der Macht, diese Zimmer aus weißem Marmor, die an die inneren Zarengemächer stießen.

Es hatten sich ungefähr fünfzig Mann versammelt, nicht weniger; und alle starrten ununterbrochen auf die hohe goldweiße Tür, durch die Platon Alexandrowitsch Surow eintreten würde. Jeden Tag um zehn Uhr ließ sich Seine Durchlaucht die Locken legen und empfing dabei Bittsteller und bedeutende Persönlichkeiten, die nach Petersburg gekommen waren beziehungsweise es verlassen wollten. Jeder Gesandte, selbst der einer der ersten europäischen Mächte, wusste: Bevor er vor der Kaiserin erschien, musste er ihrem Favoriten seine Ehrerbietung bezeugen, andernfalls konnte er nicht mit einem gnädigen Empfang rechnen. So wartete auch heute, genauso wie die anderen, ein orientalischer Würdenträger in Brokatturban und mit einem roten Bart. Er hatte die Finger anständig auf seinem Bauch gefaltet und die Lider gesenkt, obwohl unter ihnen manchmal ein Funken hervorschoss, wenn er um sich blickte und beobachtete. Wer das wohl war, ein Perser oder einer aus Buchara? Statt sinnlos die Zeit totzuschlagen, sollte man mit dem reden und ihm Fragen stellen.

Mitja und sein Vater waren vor langer Zeit gekommen, kurz nach neun; jetzt war es schon nach elf. Der Fürst hatte verschlafen, aber die Besucher murrten nicht, noch nicht einmal die ranghöchsten. Nur ein rundlicher General mit einer schwarzen Augenbinde jammerte die ganze Zeit, der Kaffee werde kalt. Neben Karpow stand ein geschwätziger Alter mit einem Stern; er flüsterte, dieser Held von Ismail habe von den Türken gelernt, wie man einen trefflichen Kaffee koche. Platon Alexandrowitsch habe einmal dieses berühmte Getränk probiert und es zu loben geruht, und seitdem halte es Michail Ilarionowitsch (so hieß dieser Held) für seine Pflicht, Seine Durchlaucht jeden Morgen zu besuchen und ihm eigenhändig Kaffee zu kochen. »Ganz schön schlau«, sagte der Alte neidisch. »Der schafft es mit seinem Kaffee glatt unter die Ersten.«

Sollte das etwa das wunderbare höfische Leben sein, von dem Vater geträumt hatte?, fragte sich Mitja seufzend. Wie viele Bücher er gestern und heute hätte lesen, wie viele interessante Gedanken er hätte wälzen können …

»Zappel nicht herum«, flüsterte Alexej Woinowitsch. Er beugte sich herab, brachte das Toupet des Sohns in Ordnung und sagte leise, dass es der Nebenmann nicht hörte: »Macht nichts, mon ange, halt nur durch. Die anderen sind alle Bittsteller, wir dagegen sind geladen. Das ist ein großer Unterschied.«

Vaters Hände zitterten noch mehr als gestern. Das war ja schließlich keine Kleinigkeit, Surow hatte sie höchstpersönlich eingeladen! Die Kaiserin hatte ihm hundert Tscherwonzen geschenkt und ihm aufgetragen, morgen Abend zum Schachspielen ins Brillantzimmer zu kommen; aber sie hatte dabei gegähnt. Seine Durchlaucht dagegen hatte kurz und keinen Widerspruch duldend gesagt, bevor er Ihrer Majestät ins Schlafzimmer gefolgt war: »Morgen beim Lockenwickeln bei mir antreten. Beide.«

Vater hatte die ganze Nacht nicht geschlafen, er war im Zimmer auf und ab gegangen. Mal überwog die Angst vor der Eifersucht des Favoriten, mal versprach er sich unerhörte Gunstbeweise, mal wandte er sich der Ikone zu und betete inbrünstig. Mitja wurde selber neugierig: Was wollte der Fürst von ihnen? Vielleicht will er Schachspielen lernen, um die Kaiserin schlagen zu können? Das war ein Kinderspiel.

Endlich! Der Griff der besagten Tür machte einen Ruck, das Flüstern verstummte schlagartig. Alle waren bereit und lächelten zuckersüß.

Aber den Saal betrat nicht Seine Durchlaucht, sondern ein ausgemergelter Offizier des Preobrashenzen Regiments mit einem finsteren, zerknitterten Gesicht. Ohne die Versammelten anzusehen, ging er auf den goldenen Tisch zu, wo das Frühstück für eine Person serviert war, schenkte ein ganzes Glas Wein aus der Karaffe ein und trank es aus. Der Adamsapfel des Offiziers zuckte, und man hörte durch die Stille, wie der Wein in der Kehle gluckerte.

Der Alte flüsterte:

»Das ist der Hauptmann Andrjuscha Pikin, der Adjutant des Fürsten. Ein Spitzbube, der im Gefängnis sitzen müsste. Sie lassen diesem Räuber alles durchgehen.«

Nachdem er ausgetrunken und sich zufrieden geräuspert hatte, wurde der Hauptmann fröhlicher. Er strich seinen kecken Schnurrbart glatt, leckte sich die roten Lippen und ging sporenklirrend auf die an der Wand stehenden Stühle zu, auf die sich bisher niemand zu setzen gewagt hatte. Dieser Kerl aber ließ sich auf den Sitz plumpsen, schlug ein Bein über das andere und zündete sich auch noch eine Pfeife an.

Wieder quietschte die Tür, wieder wurde es still, aber auch diesmal war es nicht der Fürst, sondern ein hocheleganter Herr, dessen Gesicht dem Sterlett, mit dem der Vater und Mitja gestern nach dem Sieg in der Kleinen Eremitage bewirtet worden waren, erstaunlich ähnlich sah: genauso eine nach oben ragende spitze Nase, ein breiter dünnlippiger Mund, und sogar mit seinem Hintern wackelte der neu Hinzugekommene richtig wie mit einem Fischschwanz.

»Metastasio, Jeremej Umbertowitsch«, meldete der nützliche Alte. »Der Sekretär Seiner Durchlaucht. Man sollte hingehen und sich verneigen. Gleich kommt Seine Durchlaucht höchstpersönlich ...«

Und Karpows Nebenmann stürzte zu dem Sekretär, nur wie sollte der Alte es schaffen, sich an den anderen Bittstellern vorbei einen Weg zu bahnen? Herr Metastasio war umringt von Leuten, die ihm irgendwelche Zettel zustecken und ihm etwas ins Ohr flüstern wollten. Dabei blieb er noch nicht einmal an einem Fleck stehen, sondern durchquerte leicht und schwebend den Saal, und die ganze Menge folgte ihm, sich gegenseitig anrempelnd.

»Ist er Italiener?«, fragte Mitja den erfolglos zurückgekehrten Alten.

»Ein Hochstapler ist er«, antwortete der Alte wütend und rieb sich den aufgeschürften Ellenbogen. »Man hat ihn in Mailand wegen Betrügerei an den Schandpfahl gestellt. Er hat den Signorinas für einen Rubel pro Stunde das Tanzen beigebracht und ist jetzt Kavalier und Staatsrat.« Er spuckte aus. »Der Zar hat einen Diener, der Diener einen Schlawiner. Das ist derjenige, der in Wirklichkeit über das Reich herrscht. Ohne diesen windigen Kerl geht nichts.«

Er war selber erschreckt über das, was er gesagt hatte, hielt sich den Mund zu und sah sich nach allen Seiten um.

Egal, ob er nun ein Hochstapler war oder nicht, es war interessant, dem Italiener zuzusehen. Er war so fix, dass er alles gleichzeitig schaffte: er nickte den Würdenträgern zu, hörte gleich mehrere Bittsteller auf einmal an und küsste einer Dame die Hand. Plötzlich blieb er stehen und sagte fast akzentfrei:

»Ihr, Herr General, seid der Erste. Ihr, Herr Graf, der Zweite. Dann Ihr, mein Herr, und danach sage ich noch Bescheid …«

Er redete nicht zu Ende und legte den Kopf schief, wie es ein Hund tut, wenn er die Ohren spitzt, um ein kaum vernehmliches Geräusch zu hören. Dann hob er wie ein vor dem Orchester stehender Dirigent mit einem Ruck die Hand und verkündete:

»Seine Durchlaucht Platon Alexandrowitsch Surow!«

Man hörte laute, langsam näher kommende Schritte hinter der Tür.

Die strahlenden Türflügel quietschten zum dritten Mal, und die vorn Stehenden verbeugten sich so tief, dass Mitja über die Rücken und die weißen Nacken hinweg alles sehr gut sehen konnte.

Wahnsinn!

In die Mitte des Saales kam eine Meerkatze in kurzem Rock und Spitzenhosen gewatschelt. Sie sah die gesenkten Toupets, klatschte in die Hände und zeigte lachend ihre gelben Zähne.

Erst danach trat Platon Alexandrowitsch durch die Tür und kugelte sich vor Lachen.

»Höchst löblich, dass ihr eure Ehrerbietung zeigt!«

Ihm traten vor Lachen die Tränen in die Augen. Der Preobrashenze Pikin sprang von seinem Sessel auf und lachte noch lauter als der Fürst, während Metastasio sich mit einem fröhlichen Lächeln begnügte.

»Schön. Sie befinden sich in guter Gemütsverfassung«, sagte der Alte erfreut.

Und der Empfang begann.

Seine Durchlaucht, der in einem chinesischen Morgenmantel vor die Besucher getreten war, nahm zuerst einen Imbiss zu sich: kostete Oliven, gefüllt mit Nachtigallenzungen, und aß Weintrauben aus Schemacha. Dann pulte er sich in den Zähnen. Nach den Zähnen nahm er sich die Nase vor, ohne sich in irgendeiner Weise vor den vielen Leuten zu schämen. Platon Alexandrowitschs Haut funkelte am Morgen nicht mehr golden, aber die Gesichtsfarbe Seiner Durchlaucht war frisch, und seine Wangen glänzten rosig. Der Mehrheit der Bittsteller lauschte er gelangweilt oder hörte ihnen vielleicht überhaupt nicht zu – die Gedanken des Lieblings der Fortuna waren in die Ferne geschweift. Manchmal musste er auf Geheiß des Coiffeurs einem sich tief verbeugenden Bittsteller seinen Hinterkopf zuwenden. Worum sie baten, hörte Mitja nicht, zumal jeder seine Angelegenheit möglichst leise vorbrachte und dem Fürsten fast ins Ohr flüsterte.

Einigen antwortete er überhaupt nicht, was hieß, dass sie verabschiedet waren; Begriffsstutzige packte Metastasio mit zwei Fingern am Ellenbogen oder am Rockschoß und zog sie nach hinten, wobei er ihnen bedeutete: Geht, so geht doch. Mitja beobachtete, dass der Italiener seinem Herrn bei mehreren Bittstellern etwas zuflüsterte; Surow hörte sie dann aufmerksamer an und ließ zwei, drei Worte fallen, die der Sekretär sofort in ein kleines Büchlein eintrug.

Vater startete ein taktisches Manöver. Er packte Mitja am Ärmel und ging ganz vorsichtig nach links. Die Absicht, die dahinter stand, war: Wenn sie Seiner Durchlaucht das Haar auf der rechten Seite des Kopfes aufgedreht haben würden, musste er ihnen die andere Seite zuwenden, und sein Auge würde auf Vater und Sohn Karpow fallen.

So kam es auch. Als er Mithridates und dessen Vater sah, kam in Seine Durchlaucht auf einmal Leben; seine Langeweile verflüchtigte sich, der Blick bekam ein Ziel.

»Ach, da seid ihr also!«, rief der Fürst, machte einen Ruck mit dem Kopf und schrie auf – er hatte die glühend heiße Brennschere vergessen.

»Ich lass dir die Hände abreißen, du Hampelmann!«, brüllte er den Coiffeur an. »Geh weg. Ihr beide, kommt her!«

Vater preschte zuerst vor. Wie ein Falke schoss er zu Seiner Durchlaucht, verbeugte sich und blieb wie angewurzelt stehen. Mitja folgte ihm und stellte sich daneben. Was würde nun kommen?

»Wie heißt Ihr … Peskarew?«, fragte Surow, während er das schöne Gesicht von Alexej Woinowitsch betrachtete, und runzelte die Stirn.

»Nein. Karpow, Seconderittmeister a. D., aus demselben Kavallerie-Garderegiment wie Durchlaucht persönlich.«

»Karpow? Gut, das ist nicht weiter wichtig. Karpow, wisst Ihr was, Euren Sohn nehme ich als Pagen. Er wird bei mir leben.«

»Oh, was für eine Ehre«, jubelte Vater. »Davon habe ich nicht zu träumen gewagt. Wir ziehen sofort in die Wohnung um, die Eure Durchlaucht uns zuzuweisen beliebt.«

»Was?«, fragte Surow verwundert. »Nein, Karpow, Ihr braucht nicht umzuziehen. Ihr macht Folgendes.« Wieder runzelte er die Stirn. »Ihr reist ab ... Nun, dahin, wo Ihr hergekommen seid. Sofort, auf der Stelle. Jeremej!«

»Ja, Durchlaucht?«, fragte Metastasio und stellte sich auf die Zehenspitzen.

»Gib ihm tausend oder zweitausend für seine Bemühungen, und dann in einen Schlitten mit ihm und ab die Post. Sieh dich vor, Karpow«, sagte Platon Alexandrowitsch streng und duzte den zu Tode erschrockenen Vater auf einmal, »lass es dir nicht einfallen, nach Petersburg zurückzukehren, du hast hier nichts zu suchen. Um deinen Sohn brauchst du dir keine Sorgen zu machen, er wird bei mir keine Not leiden.«

»Aber ... aber ... Ich bin doch der Vater ... Er ist ja noch ein Kind ... Und dann, die Einladung Ihrer Majestät ins Brillantzimmer«, stotterte Alexej Woinowitsch unzusammenhängend.

Aber der Fürst hörte ihm nicht zu, und Metastasio zog ihn schon am Rockschoß fort.

»Vater!«, schrie Mitja und stürzte zu ihm. »Ich komme mit Euch! Ich will nicht bei dem hier bleiben!«

»Nicht doch, nicht doch«, flüsterte Vater, ängstlich lächelnd. »Lass nur, macht nichts, schon gut ... Du gewöhnst dich schon an sie, gefällst ihnen und denkst dann auch an uns. Mach es, wie Seine Durchlaucht will, dann wird alles gut. Gott beschütze dich!«

Er segnete den Sohn schnell mit einem Kreuzzeichen, wagte aber nicht, sich weiter aufzuhalten, und ging rückwärts zur Tür, wobei er sich vor Platon Alexandrowitsch verbeugte.

»Habt Ihr Euch verabschiedet?«, fragte der. »Hervorragend. Und nun komm her, mein Fröschlein.«

Mitja war allein, mutterseelenallein unter all diesen fremden, unnützen Menschen. Und wie schnell alles gegangen war! Gerade eben noch war er mit seinem Vater zusammen gewesen und hatte nichts auf der Welt gefürchtet, und nun war er ein Waisenkind, ein winziger Halm unter riesigen Bäumen.

»Jeremej, wie gefällt er dir?« Surow kniff Mitja leicht in die Backe.

»Das hängt davon ab, für welchen Zweck Eure Durchlaucht diesen Knaben gebrauchen will«, antwortete der Italiener und betrachtete den Jungen.

Mitja war mehr tot als lebendig. Was hieß »gebrauchen«? Doch nicht etwa essen? Ihm fiel eine chinesische Geschichte ein – über einen bösen Kaiser, der seiner Haut durch das Blut von Säuglingen ein jugendliches Aussehen gab. Das war hoffentlich nicht gemeint!

»Wie, für welchen?«, antwortete der Fürst zornig. »Weißt du denn etwa nicht, wieso ich Schlaf und Magenverdauung misse? Was meinst du, taugt er als Postillon d'Amour?«

Über den Köpfen der Bittsteller tauchte der zottelige Kopf des Poeten auf.

»Haben der ehrwürdige Fürst von Liebe gesprochen?«, schrie der Dichter und schwenkte ein Blatt. »Hier ist die versprochene Ode, die ich Eurer Durchlaucht zu Füßen legen möchte, ohne auf meine Rechte als Autor dieser inspirierten Zeilen zu pochen! Erlaubt Ihr, sie vorzulesen?«

Surow erlaubte es nicht:

»Dazu ist jetzt keine Zeit.«

Der Sekretär nahm dem Dichter das Blatt ab, drückte ihm einen Goldtaler in seine dreckige Pranke und bedeutete der Menge: Haut ab, haut ab, das ist nicht für eure Ohren bestimmt.

Er trippelte an den Tisch zurück, strich Mitja unterwegs über den Kopf und fragte:

»Ist er nicht zu klein?«

»Wie dumm du doch bist, Jeremej, obwohl man dich für klug hält. Er ist klein, aber fein. Das war mir sofort klar, schon gestern.« Und Surow holte listig lächelnd einen dicht beschriebenen Zettel aus der Tasche und wies Mitja an: »Hör zu und merk es dir.«

Er las leise und mit Pathos:

Pawlina Anikitischna, mon âme, mon tout ce que j'aime! Ihr flieht mich umsonst, ich bin nicht mehr der, der ich einmal war. Ich

69

bin nicht mehr der lose Leichtfuß und Liebhaber greiser Wollust, für den du mich wohl hältst, sondern ein wahrer Werther, dem durch die unglücklich ungestillte Leidenschaft das Leben nicht mehr lieb ist, so dass er sich eine Kugel in den Kopf jagen oder kopfüber in einen Strudel stürzen möchte. Und am meisten tut mir weh, dass du mich nicht ansehen willst und dass du, wenn ich an deinem Haus vorbeireite, absichtlich die Fensterläden schließen lässt. Grausame! Warum gehst du weder auf die Bälle noch zu den Donnerstagen? Auch sie hat es gemerkt. Neulich sagte sie, wo ist meine Schwägerin? Und da zuckte mein Herz in der Brust wie die Flügel des Liebesgottes Amor. Und ich kann Euch wahrlich sagen, mein Täubchen Pawlina Anikitischna: Ich bin nicht ich, wenn ich nicht mit dir zusammen sein werde wie Amor mit Psyche, denn ebendiese Psyche, nichts anderes seid Ihr für mich. Erinnert Ihr Euch an diese Verse? »Tollend wollte Amor Psyche fangen, Blumen um sie beide winden und zum Knoten binden.« Wisse darum, o Psyche meiner Seele, der Knoten zwischen uns ist durch den Willen des Himmels geknüpft und keine Macht der Welt kann diesen Knoten lösen. Ton Amour.

Während er las, kamen ihm vor Rührung die Tränen, er fuhr sich mit dem Ärmel über die Augen.

»Nun, du weiser Mithridates, wiederhole! Und wehe, du lässt ein Wort weg! Na, kannst du das?«

Was gab es denn da zu können? Mitja wiederholte, das kostete ihn ja nichts. Seine Durchlaucht guckte auf den Zettel.

»Jawohl! Da fehlt kein einziges Wort! Als hätte er es aufgeschrieben!«, jubelte er. »Siehst du, Jeremej? Ich werde ihr schreiben, meiner Liebsten, und keiner wird den Brief abfangen, keine Angst. Wenn es hart auf hart kommt, hat der Junge es sich selber ausgedacht, darauf kann man sich immer herausreden. Die Alte wird mir schon glauben. Und sieh mal.« Surow packte Mitja an den Schultern und drehte ihn hin und her. »Wenn man ihm die Haare aufdreht, einen Chiton näht und hinten Flügelchen aus Mull anbringt, dann ist er ein richtiger Cupido. Man kann ihm auch noch einen kleinen goldenen Bogen mit Pfeilen geben.«

Metastasio wurde nervös und flüsterte dem Favoriten etwas ins Ohr. Mitja entfernte sich – sollten sie doch ruhig ihre Geheimnisse haben, das war ihm herzlich egal.

Er hatte sich immer noch nicht von der plötzlichen Wendung erholt, die sein Leben genommen hatte. An wen sollte er sich halten? Wen konnte er um Rat fragen?

Er streifte durch den Saal, seufzte und stellte sich dann neben den bekannten Alten – der war wenigstens kein völlig Fremder, immerhin hatten sie mehr als eine Stunde nebeneinander gestanden.

»Herzlichen Glückwunsch zu Eurer Einstellung«, sagte der und hockte sich hin, um auf einer Höhe mit Mitjas Gesicht zu sein. »Früh übt sich, was ein Meister werden will. Vielleicht ergibt sich irgendwann die Gelegenheit, und Ihr könnt ein Wort für mich einlegen? Seit über zwei Wochen will ich vorsprechen und komme nicht ans Ziel. Ich habe Folgendes auf dem Herzen ...«

Und er erzählte etwas von seinem jüngsten Sohn, einem Taugenichts, aber so langatmig und in allen Details, dass Mitja es vorzog, die Meerkatze zu beobachten. Das Tierchen war allerdings auch wirklich zu witzig und durchtrieben. Irgendwie mochte es den Kaffeegeneral und baute sich vor ihm auf, starrte ihn mit seinen glänzenden Äuglein vom Scheitel bis zur Sohle an und steckte den runzeligen Finger in den Mund – alles richtig wie ein Mensch.

»Vorsicht, Michail!«, warnte der Favorit fröhlich, »Zephirka verliebt sich leicht. Hüte dich, ihre weibliche Schwäche auszunutzen. Wenn du sie schwängerst, musst du sie heiraten.«

Der General fand den Scherz des Fürsten lustig und antwortete im selben Ton:

»Das hängt doch von der Mitgift ab, die sie von Euch bekommt, Platon Alexandrowitsch. Ja, warum denn nicht, warum sollte ich sie denn eigentlich nicht heiraten?«

Und er beugte sich zu dem Viech und tätschelte es. Zephirka wurde verlegen, schubste die Hand des Generals mit ihrer Pfote weg, drehte den Kopf zur Seite und blinzelte ihn kokett an. Und sie lachte mit all dem Charme, dessen eine Meerkatze fähig ist. Dann wurde sie noch verlegener, ließ sich auf alle viere herab, wich zurück und versteckte sich, hast du's nicht gesehen, unter dem prachtvollen Rock der nächstbesten Dame.

Na, da war vielleicht was los! Mehr tot als lebendig, ging die Dame in die Knie und kreischte. Das Publikum krümmte sich vor Lachen, am lautesten krähte der Favorit.

Mitja aber tat die Dame Leid. Er fragte sich: Was geht wohl in ihr vor? Sie kann ja nicht den Rock heben und das Tier verjagen. Und mit der Hand kommt sie durch die starren Fischbeinstäbchen auch nicht durch.

»Eijeijei«, jammerte die Arme. »Lass das! Bitte, liebe Zephirka! Ach, lass das doch!«

Sie wollte nach draußen rennen und wäre dabei beinahe hingefallen. Die Meerkatze hatte sich offenbar an ihre Beine geklammert, und sie konnte nicht vor und nicht zurück.

Mitja sah, dass der armen Gefangenen die Tränen über das Gesicht rannen; sogar das Schönheitspflästerchen hatte sich gelöst und war ihr von der Wange gerutscht. Gab es denn keinen, der ihr half, der sie in Schutz nahm? Dann musste ihr eben der Ritter Mithridates zu Hilfe eilen!

Er lief zu ihr, kniete sich hin, hob den Rand des Brokatkleides und kroch unter das Drahtgestell. Dort war es dunkel, eng und roch nach Tier – das kam wohl von Zephirka.

Das vielkehlige Lachen der Leute, deren Gesichter nicht zu sehen waren, klang unheimlich, wie eine Hundemeute, die vom wilden Gebell heiser geworden ist. Lass sie doch!

Die Meerkatze hatte sich in ihr weißes pralles Weiberbein verkeilt. Ob sie ihn kratzen würde? Nein, sie freute sich über den Retter und schlang ihm die Arme um den Hals; er kroch zurück, wobei er sich Mühe gab, den Rock nicht zu hoch zu heben.

Als Mitja auftauchte, erklang Applaus, und es wurden Witze gemacht. Die Witze waren für Erwachsene bestimmt, sie waren also absolut nicht komisch. Mitja erkannte sie an dem besonderen Ton, mit dem diese *Bonmots* vorgebracht wurden; der Sinn interessierte ihn nicht.

»So jung und schon so verdorben. Er war überall und weiß, das Leben ist prall.«

»Nicht schlecht: zwei Nymphen auf einen Schlag!«

»Herzlichen Glückwunsch zu Eurem neuen Kavalier, Marja Prokofjewna!«

Wirklich, wie kleine Kinder!

Zephirka ließ ihn los, glitt zu Boden und erstarrte, hingerissen von der Schnalle an Mitjas Schuh. Die bunten Steinchen glitzerten und funkelten – es war wirklich eine Lust.

Sie fasste sie an, zog daran und zack, schon war sie abgerissen!

»Gib sie zurück!«

Von wegen. Das hinterlistige Geschöpf steckte sich die Beute hinter die Zähne und machte sich, geschickt balancierend, auf allen vieren aus dem Staub.

»Die kannst du abschreiben«, sagte der Alte neben ihm. »Du kannst von Glück sagen, dass es nur eine Schnalle ist! Vor drei Tagen hat dieses Biest mir den Stern vom Alexander-Newski-Orden von der Brust gerissen! Sie mag alles, was glitzert. Ich wollte Seine Durchlaucht bitten, danach zu suchen, habe mich aber nicht getraut. Schade, so ein Unglück! Und dabei war der Stern mit Diamanten übersät …«

Mitja sah auf den verwaisten Schuh, der gerade eben noch so elegant und schön gewesen war, und konnte die Tränen nicht zurückhalten. Dieser verfluchte Cercopithecus aus der Familie der Primaten! Adeligen Kindern Schnallen zu klauen, das war nun wirklich eine Unverschämtheit. Und um ihn besser beobachten zu können, nahm er – ebenfalls auf allen vieren – die Verfolgung auf.

Aha, da bist du, da hinter den Lackstiefeln!

Zephirka gefiel das Versteckspiel offenbar. Sie drehte sich um, schnitt Grimassen und entwischte wieder.

Von den Stiefeln zu den gelben Strümpfen; dann zu den altmodischen Schuhen mit den hohen roten Absätzen; dann unter den Sessel. Fast hätte er sie am Rockzipfel zu fassen gekriegt, da entwischte sie wieder. Aber dann hatte Zephirka keine Möglichkeit mehr, sich zu verstecken: vor ihr lag das nackte Parkett, die Wand, die Seitentür. Er hatte sie!

Mitja stand auf und breitete die Arme aus.

»Rück sie raus!«

Die Meerkatze nahm die Schnalle aus dem Mund, klemmte sie sich unter die Achsel und schlug ihm ein Schnippchen: sie hüpfte hoch, hängte sich an die Türklinke, und die Tür öffnete sich einen Spalt weit. Die gemeine Diebin huschte doch tatsächlich in die dunkle Öffnung, und weg war sie.

Aber da hast du dich verrechnet! Wenn sich Mithridates Karpow ein Ziel gesetzt hat, gibt er nicht so schnell auf.

Mitja blickte sich um – alle kehrten ihm den Rücken zu, keiner achtete auf ihn. Also nichts wie vorwärts, ihr nach!

Zephirka wartete in dem großen Zimmer mit den zugezogenen Vorhängen. Sie hatte den Rock hochgezogen, wedelte mit dem Schwanz, für den es eine besondere Öffnung in der Hose gab, und rannte weiter – aber nicht zu schnell, als wolle sie verhindern, dass der Verfolger zu weit zurückblieb.

So rannten sie durch fünf oder sechs leere Zimmer. Mitja konnte sie sich nicht ansehen, dazu hatte er keine Zeit. In der kleinen, aufs Angenehmste geheizten Kammer (in der Ecke glänzte ein riesiger Kachelofen mit seinen weißblauen Kacheln) sprang die Diebin dann auf die Bank, von der Bank auf den Vorhang, vom Vorhang an die Decke, und weg war sie.

War denn das die Möglichkeit?

Mitja sah genauer hin – ach so! Der Ofen ging nicht bis zur Decke, sondern dazwischen war ein Zwischenraum von einem halben Arschin: vermutlich, damit die erhitzte Luft zirkulieren konnte.

Da er den Vorhang nicht hochklettern konnte, stieg er von der Bank auf das Fensterbrett, stützte sich mit dem Fuß am Kupfergriff der Ofenklappe ab, trat mit dem anderen Fuß auf einen Vorsprung, hielt sich am Fenster fest, und von da aus konnte er sich bis zum Ofen hochziehen.

Da haben wir Euch also, Mademoiselle Zephirka!

In dem engen, dunklen Zwischenraum über dem Ofen konnte man sich nur geduckt fortbewegen. In seiner Nase kitzelte der Staub, Uniform und Hose wurden wahrscheinlich schmutzig, aber der Besitzer bekam endlich den verlorenen Gegenstand zurück – die Meerkatze händigte ihm die Schnalle kampflos aus, sie hielt sie ihm in der ausgestreckten Hand hin.

Sie war also weder ein Schuft noch ein Geizkragen. Auf dem Ofen angekommen, hatte sie sich beruhigt und hörte auf, ihn zum Narren zu halten. Vielleicht war sie in Wirklichkeit gar nicht vor Mitja weggelaufen, sondern hatte ihn zu sich nach Hause einladen wollen?

Denn hier, auf dem Ofen, befand sich, nach einigen Anzeichen zu schließen, Zephirkas Wohnstatt, genauer gesagt, ihre Einsiedelei, zu der Unbefugte keinen Zutritt hatten. Als sich die Augen an die Dunkelheit gewöhnt hatten, erkannte Mitja auf verschiedene Haufen gelegte Schätze: auf der einen Seite einen halben Apfel, ein paar Fladen, eine Hand voll Nüsse; auf der anderen reizvollere Dinge: ein goldener Löffel, ein großes Kristallfläschchen und noch etwas blau Glitzerndes. Er nahm es in die Hand: ein mit Diamanten besetzter Stern. Offenbar der, den sie dem unglücklichen Alten gestohlen hatte. Was würde der sich freuen, wenn er ihn zurückbekäme! In dem Fläschchen schimmerte eine Flüssigkeit. Ob das Parfum war?

»Das finde ich aber nicht in Ordnung«, sagte Mitja der Besitzerin. »Und wenn sich nun jeder nimmt, was ihm gefällt? Dann bekommmen wir hier möglicherweise Zustände wie in Frankreich – eine Revolution!«

Zephirka streichelte ihm mit ihrem trockenen Pfötchen die Wange und hielt ihm ein Stück Keks hin: na, iss.

»Merci. Komm, wir hauen besser von hier ab, sonst …«

Auf einmal hörte man Schritte in dem Zimmer – es kamen zwei oder drei Leute. Mitja verstummte. Das war schlecht. Man würde sie auf dem Ofen finden und das auch noch mit Diebesgut. Er konnte Zephirka, dieses nicht mit Sprache begabte und, wie sich herausgestellt hatte, herzensgute Wesen doch nicht verpetzen!

»… Als ob es zu wenig Mädchen gäbe! Ich habe nie verstehen können, warum man sich unbedingt auf eine Einzige festlegen muss!«, sagte eine Männerstimme, die ihm bekannt vorkam. »Es geht doch immer nur um das Eine und sonst nichts!« Man hörte ein leises Klatschen, als ob eine Hand gegen die andere schlage, oder, genauer, gegen die geballte Faust, wonach der Sprechende fortfuhr. »Was Ihr Euch so einfallen lasst! Eine Staatsdame wollt Ihr also haben! Die Schwägerin der Zarin! Habt Ihr den Verstand verloren, Fürst? Das ist eine Schnapsidee und zwar eine sehr gefährliche! Die Vorsichtsmaßnahme mit dem Knaben wird Euch nicht retten, Fürst. Ihr denkt weder an Euch selbst noch an die Leute, die Euch zugetan sind!«

Das war Metastasio, wie Mitja verstand.

»Ich bin es leid, hör auf«, erwiderte der andere (wer, war ja klar). »Ich schwöre, sie wird mein Besitz; egal, was mich das kosten wird.«

»*Egal, was Euch das kosten wird?*«, fragte der Italiener unheilschwer nach. »Auch Eure Position zum Beispiel, Eure Macht, ja

Euer Leben? Denkt doch an das Testament. Ihr seid nur noch zwei Schritte von der strahlenden Höhe entfernt, und da wollt Ihr Euch in den Abgrund stürzen?! Habt Ihr bedacht, was Euch erwartet, wenn die Plattnase an die Macht kommt?!«

»Das kratzt ihn nicht«, schaltete sich ein Dritter mit Bassstimme in das Gespräch ein. »Man wird ihn auf ein Gut verbannen; wenn alle Stricke reißen, setzt er sich ins Ausland ab. Ausbaden müssen wir das, Jeremej Umbertowitsch! Ma foi, Platon, lass doch die Finger von dieser manierierten dummen Gans! Meinst du, ich verstünde nicht, wie schwer es dir fällt, mit dieser Alten herumzuknutschen? Ich schleppe dir auf der Stelle eine Göttin an, da leckst du dir die Finger nach! Und alles so, dass kein Mensch etwas erfährt!«

»Halt den Mund, Pikin. Du bist ein Idiot, du rennst nur den Nutten nach! Haltet alle beide den Mund! Mein Wunsch hat euch heilig zu sein! Wenn ihr widersprecht, jage ich euch davon. Nein, ich jage euch lieber nicht weg, damit ihr nicht plaudern könnt. Ich werfe euch den Bären zum Fraß vor, ist das klar?«

Man hörte zornige Schritte – einer ging, die anderen beiden blieben. Sie mussten also noch warten. Zephirka legte ihren Kopf auf Mitjas Schulter und hielt still.

Unten wurde geschwiegen.

»Und was nun, Pikin?«, fragte der Sekretär Seiner Durchlaucht langsam. »Ihr seht ja selber, unser Hahnrei hat völlig den Verstand verloren. Das Weitere ist klar. Man wird ihn in flagranti schnappen – Jäger werden sich schon finden – und zum Teufel jagen. Die Alte wird das nie verzeihen. Wir verlieren nur Zeit, Pikin. Habt Ihr nicht morgen Dienst im Palast?«

»Ja.«

»Dann schiebt ihr das Fläschchen unter, wie abgesprochen. Die Alte wird daraus trinken und krepieren, aber nicht sofort, sondern etwa zwei Tage später. Sie wird also Zeit haben, ihr Testament zu machen und ihrem Enkel das Szepter zu übergeben. Dann brauchen wir nichts zu befürchten, sondern werden noch mehr Macht haben. Was zuckt Ihr mit dem Schnurrbart? Habt Ihr etwa Angst, mein berühmter Held?«

Mit der »Alten« war die Kaiserin gemeint, erriet Mitja, und bekam einen ordentlichen Schreck. »Sie wird krepieren.« Wollten

76

sie sie vergiften? Wie Maria Medici es mit der Königin von Navarra getan hat? Diese unsäglichen Schurken!

»Warum schaut Ihr mir nicht in die Augen, Pikin? Habt Ihr Eure Unterschrift vergessen? Und was wir ausgeheckt haben? Darauf steht lebenslange Zwangsarbeit.«

»Hört auf, mir Angst einzujagen, das funktioniert bei mir nicht«, murrte der Preobrashenze. »Als ob Ihr mir mit der Zwangsarbeit Angst einjagen könntet. Es ist ja kein Problem, ihr die Flasche unterzuschieben, das Problem ist … Die Flasche ist weg.«

»Wie bitte? Was heißt, ist weg?!«

»Ich kann mir das auch nicht erklären. Sie war in meinem Schlafzimmer, in meinem Stiefel. Ich habe gedacht, da geht niemand dran. Und heute Morgen gucke ich nach – da ist sie spurlos verschwunden.«

»Das kann nur Maslow gewesen sein«, sagte der Italiener ächzend. »Er, dieser Rabe, wer sonst? Nur eins ist dann unklar. Warum lauft Ihr noch frei herum? Oder sollte er es nicht rausgekriegt haben? Unwahrscheinlich. Er ist jeden Tag bei der Alten, er kann doch nicht übersehen haben, dass das Fläschchen ganz genauso aussieht. Und wenn … Sch-sch-sch! Was ist denn das da? Da oben, auf dem Ofen?«

Ach, was für ein Unglück! In ihrer Naivität hatte Zephirka Mitja verraten. Sie hatte nicht mehr still sitzen können, raschelte, rutschte herum und klimperte mit einem ihrer Schätze.

»Eine Maus.«

»Eine Maus, die klimpert? Ruft jemand vom Personal.«

»Warum? Ich gucke selber nach. Ich bin entsetzlich neugierig, Jeremej Umbertowitsch.«

Unten, ganz in der Nähe, polterte etwas; das war Pikin, der nachsah. Er hatte es nicht eilig, dieser Unhold, er sang sich eins mit heiserer Stimme:

> »Der Flügel Amors streift sie nicht
> Noch Bogen oder Pfeil.
> Und Psyche flieht und schreiet nicht –
> Als bände sie ein Seil.«

Eine Pranke, an deren Manschette ein Goldknopf blitzte, langte in die Ritze.

Mitja presste sich an die Wand und hielt den Atem an. Wo sollst du dich da verstecken können, der Hauptmann tastete alles seelenruhig ab.

> *Papampapam papampariet*
> *Im Einklang ohne Schmerz:*
> *Die Kette hält, die Kette schmied*
> *Die Liebe an ein Herz.*

FÜNFTES KAPITEL

TYRANNENVERNICHTUNG

(Nabokov, 1936)

Sobald das Band, das die Seele von Iwan Iljitsch Schibjakin mit dem Leib vereint hatte, gerissen war, stellte sich heraus, dass alles Täuschung war – von Weltuntergang konnte keinerlei Rede sein. Sofort hellte sich der Himmel auf, die schwarzen Wolken wurden wieder weiß, und auch die Sonne dachte nicht daran zu verlöschen. Von wegen – sie schien nur noch heller und beeilte sich, ihre kurze Herbstbahn zu vollenden.

Als sich die dichte Novemberdämmerung über die Stadt senkte, riss sich Nicholas Fandorin von dem heimelig flimmernden Monitor los, streckte sich und trat ans Fenster.

Der vom Programmieren benebelten Wahrnehmung erschien Moskau merkwürdig verschwommen, ja – im Computerjargon ausgedrückt – virtuell. Auf den ersten Blick war es die übliche Abendlandschaft: bunte Reklamelichter, die magisch leuchtende Schlange der Autos, die sich, von den Scheinwerfern des Kremlturms illuminiert, über die Uliza Soljanka wand, und in der Ferne die Zinnen der Möchtegernwolkenkratzer vom Neuen Arbat. Aber wenn man genauer hinsah, hatten all diese Gegenstände eine unterschiedliche Konsistenz und verhielten sich auch unterschiedlich. Der Kreml, die Kirchen und der Koloss des Erziehungsheims standen da wie kompakte, undurchsichtige Felsen; die anderen Häuser aber zitterten kaum merklich, und man konnte in sie hineinsehen. Hinter ihren verschwommenen, gleichsam trügerischen Wänden traten die Konturen anderer Gebäude hervor, die niedrig und größtenteils aus Holz waren und aus deren Schornsteinen Rauch aufstieg. Vom intensiven Hinschauen lösten

79

sich die Autos fast ganz in Nichts auf, zurück blieb nur das schillernde Spiel der Lichtreflexe auf dem Fahrdamm.

Nicholas blickte unter sich und sah dort unten, unter einem gläsernen Fußboden, ein mit Schindeln gedecktes Dach und in dessen Nachbarschaft auf derselben Höhe ebensolche Dächer sowie das spitze obere Ende eines Lattenzauns. Das waren die Vorratskammern für Salz, erriet der Magister der Geschichte. Etliche Zeit bevor die Korporation der Hausbesitzer am Anfang des zwanzigsten Jahrhunderts diesen grauen Koloss mit unzähligen Wohnungen hatte bauen lassen, befand sich hier der kaiserliche Salzhof. Es wundert keinen, dass in diesen engen Steinschluchten nichts wächst – die Erde ist durch und durch versalzen. Fandorin erblickte am Tor des Salzhofes einen Wachmann in Pelzmantel und Dreispitz, sein Bajonett funkelte im Mondschein. Das war zu viel des Guten; Nicholas schüttelte den Kopf, um sich von dem zu sehr ins Detail gehenden Bild zu befreien.

Kann man denn in einem solchen Maß in das achtzehnte Jahrhundert eintauchen? Die Zeit ist eine knifflige und nicht vorhersagbare Angelegenheit. Womöglich tauchst du eines Tages in ihre Tiefen ein und kannst dann nicht mehr zurück.

Er schüttelte sich noch einmal energisch, und der Spuk verschwand. Der Fußboden wurde wieder undurchsichtig, auf der Straße summten die Autos, und vom oberen Stock kam eine hysterische karibische Musik – da wohnte der Rastaman Filja.

Fandorins Beziehungen zu seinem Wohnort waren merkwürdig. Das lag an Moskau. Im Gegensatz zu Venedig oder Paris nimmt Moskau dich nicht sofort, bei der ersten Bekanntschaft, gefangen, sondern dringt erst mit der Zeit in die Seele ein. Du musst es wie eine riesige Zwiebel schälen: hundert Kleider, die alle keinen Reißverschluss haben, musst du eins nach dem anderen ausziehen, so dass dir die Tränen kommen. Du weinst, weil du verstehst: Du wirst es nie ganz schaffen.

Die tausendjährige Stadt hat eine Stimme und zwar nicht die trügerische für die Besucher der Hauptstadt, sondern eine authentische; sie macht keinen Krach und Lärm, sondern ist ein ganz leises Flüstern. Wem es bestimmt ist, der hört sie; Fremde dagegen brauchen sie nicht zu hören. Vor einiger Zeit hatte Nicholas es gelernt, diese gedämpften Reden zu verstehen. Und dann war es ihm gelungen zu sehen, was nur wenige können: zum Beispiel die Konturen früherer Häuser, die sich durch die Mauern von Neubauten hindurch abzeichnen. Zerstörte Kirchen, die über der Erde schweben. Särge, die von vergessenen Friedhöfen unter belebten Plätzen stammten. Sogar Menschen, die hier früher gelebt haben. Menschenmengen verschiedener Moskauer Zeiten glitten über die Straßen, ohne sich in die Quere zu kommen und ohne einander wahrzunehmen. Manchmal blieb Fandorin wie angewurzelt mitten auf dem Bürgersteig stehen und weidete sich am Anblick einer unbekannten Dame in einem prachtvollen Hut, der ihr Gesicht mit einem Schleier verdeckte. Die Leute rempelten den baumlangen Lulatsch von hinten an und beschimpften ihn wütend (zu Recht). Nicholas fasste sich, lächelte schuldbewusst und ging weiter, aber er drehte sich ständig um und suchte, ob nicht bei dem Schaufenster des Supermarkts »Der Siebte Kontinent« wieder eine Silhouette aus der fernen Vergangenheit auftauchen wollte.

Dumm, wie er war, erzählte er einmal seiner Frau von dem *anderen Moskau*. Die kriegte einen Schreck, wollte ihn zum Psychiater schleppen, er musste sich mit Händen und Füßen wehren. Wenn das auch Wahnsinn war, so gefiel es Nicki doch, und er wollte nichts weniger, als davon geheilt zu werden. Er war ja nur ein leiser Spinner, der niemand belästigte, im Unterschied zu dem heutigen Herrn Kusnezow. »Das Gericht zieht sich zur Beratung zurück.« So ein Ding! Gut, und er selber? Er selber war Präsident einer Firma für gute Ratschläge, hatte Halluzinationen und vergeudete eine Unmenge Zeit auf Spiele, die niemand haben wollte.

Er merkte bei dieser idiotischen Beschäftigung nicht, wie schnell die Zeit verging. Das Rätsel mit dem Sergeanten löste er schließlich irgendwie. Er wandte einen Trick an, da bist du platt, oder, wie Valja sagen würde, einen Trick der *ultimativen Superobersonderklasse*.

Der Sekretär schaute einmal ins Zimmer, er hatte wohl eine Frage, aber Nicholas winkte ab: Verschwinde, ich habe keine Zeit für dich; vor Daniel wollte sich die Tür zum Brillantzimmer partout nicht öffnen. Das Telefon klingelte am laufenden Band, aber da Valja alleine zurechtkam, konnte es nichts Wichtiges sein. Er musste nur einmal drangehen und sprach mit seiner Frau.

»Es brennt«, sagte Altyn, wie stets ohne Einleitung und zärtliche Worte, ja sogar ohne guten Tag zu sagen. »Ein Anruf aus Petersburg. Beim GV brennt's. Der Vorsitzende der Sektion für Notzucht ist krank. Ich muss einspringen. Ich fahre direkt von der Redaktion zum Flughafen. Hol die kleinen Raubtiere aus dem Kindergarten ab. In drei Tagen bin ich wieder da. Ist bei dir alles in Ordnung?«

»Ja, aber …«

»Lass es dir gut gehen.«

Und sie hängte auf. Nicholas' Frau war entsetzlich schlecht erzogen. Er war längst daran gewöhnt und ließ sich dadurch nicht die Laune verderben, nur manchmal, in philosophischen Augenblicken, wunderte er sich, was sie für ein sonderbares Paar waren: ein zwei Meter langer, räsonierender Schlappschwanz, der in einer Westend-Privatschule erzogen worden war, und ein kleiner fauchender Panther aus den Dschungeln von Beskudniki. Es war nicht zu übersehen, ihr Geschmack war unterschiedlich, das Temperament gegensätzlich, sogar die innere Uhr tickte bei ihnen verschieden: Altyn lebte nach dem Sekundenzeiger, während er die Zeit in Jahrhunderten maß. Warum die junge, starke, siegesgewisse Frau diesen »bekloppten Baronet« (das war die zahmste Variante, wie Altyn ihren Mann nannte, wenn sie wütend auf ihn war) noch nicht zu Mummy Queen (noch ein Ausdruck aus ihrem dynamischen Wortschatz) zurückgeschickt hatte, war Fandorin ein Rätsel, ein unerklärliches Wunder. Gott sei Dank, dass es Wunder auf der Welt gibt; man sollte sie nicht einer chemischen Analyse unterziehen.

Der volle Name der »Sektion für Unzucht« lautete folgendermaßen: Sektion für den Kampf gegen die Unzucht Minderjähriger. Die Sektion war Teil der Allrussischen Gesellschaft zur Verteidigung der Sittlichkeit der Jugend (im Volksmund: GV); einer der Gründer und Sponsoren der Gesellschaft war die Zeitung »Eross«. Diese gesellschaftlichen Verpflichtungen nahm Altyn genauso ernst wie die redaktionelle Arbeit; sie sah keinerlei Widerspruch zwischen diesen beiden Bereichen ihrer Tätigkeit. Auf Nicholas' sarkastische Bemerkungen antwortete sie: ein ausgefülltes Sexualleben ist kein Hindernis für die Sittlichkeit, und wenn du das mit deinen vierzig Jahren noch nicht kapiert hast … Es folgten Beleidigungen.

Die Kinder aus dem Kindergarten abholen? Nicholas hatte doch Valja Glen versprochen, mit IHM in die Music Hall zu gehen. Valja beschäftigte sich schon lange mit modernem Tanz, aber nur zum Spaß, und nun war ER auf einmal auf die Idee gekommen, seine Kräfte auf einer professionellen Bühne zu erproben. In der Music Hall fand ein offenes Casting für eine neue Superproduktion mit dem Titel »Pikbube« statt, und der Mensch der Zukunft war sehr nervös und hatte darum gebeten, ihn moralisch zu unterstützen. Wahrscheinlich hatte er auch deswegen bei Nicholas hereingeschaut: um zu kontrollieren, ob der Chef sich noch an sein Versprechen erinnerte.

Es war jetzt Viertel nach sechs. Der Kindergarten machte um acht Uhr zu, spätestens um halb neun. Er musste sich also beeilen.

Fandorin ging ins Vorzimmer.

Glen stand an dem Fenster, das zum Hof lag, und blickte aufmerksam hinaus. Über die Scheibe glitten außerirdische rotblaue Lichtstreifen. Nicholas wollte wissen, woher sie kamen, und trat zu seinem Assistenten.

Die Mauern des Hofes, die vom Hausmeister in Mondkrater-Farbe gestrichen waren, sahen unheimlich, aber schön aus. Die Fenster strahlten wie Himmelskörper, und unten stand ein Mondauto: ein Milizwagen, der rote und blaue Streifen über die Mauern jagte. Irgendwelche Leute richteten grelle Lichtkegel auf den Boden, und für einen Augenblick tauchten aus dem Halbdunkel die mit Kreide gezeichneten Konturen einer menschlichen Gestalt auf.

»Was ist da los?«, fragte Fandorin.

»Ein Abflug, ein Starfighter«, antwortete Valja verträumt.

»Was denn für ein Abflug?«

»Ein ultimativer. Ein Typ ist ausgeflogen. Ganz. Hat allen Fuck off gesagt, und weg isser. Er hat sich wahrscheinlich Schnee reingezogen oder Briefmarken abgeleckt, davon wachsen einem auch Flügel.«

»Hat sich jemand aus dem Fenster gestürzt?«, fragte Nicki mit zitternder Stimme. »Gerade eben?«

Da lebst du dein hundsgewöhnliches glückliches Leben, ärgerst oder freust dich über Lappalien, und gleichzeitig erstickt ganz in deiner Nähe jemand vor Schmerz oder unerträglicher Einsamkeit und spricht sich selbst das Todesurteil …

»Nein, es ist schon eine ganze Weile her. Drei Stunden. Zuerst haben die Klageweiber im Hof gejammert, dann kamen die Flics. Ich wollte es Ihnen sagen, aber Sie haben mir ja eins mit der Birkenrute über die Backside gebraten.«

»Was hast du da für einen Unsinn von Briefmarken erzählt?«, fragte Nicholas finster, während er vom Fenster wegging. »Was denn für Flügel? Du hast es mir doch versprochen, Valentin. Wenn du Drogen nimmst, fliegst du auf der Stelle, ohne Abfindung.«

»Da würde ich aber arm wie eine Kirchenmaus«, spottete der Assistent.

Volltreffer. Was wahr ist, ist wahr: Nicholas zahlte seinem Assistenten wenig und auch das mit Verzug. Andererseits arbeitete Glen im »Land der Räte« nicht aus merkantilen Interessen. Seine Mutter, eine Bankiersfrau (Valja nannte sie Mammon), gab ihrem Söhnchen für Kino und Eis weitaus mehr Geld, als Nicholas in den besten Zeiten vor der Krise verdient hatte. Fandorin hatte dem Repräsentanten der Jeunesse dorée mehrfach angedeutet, dass er bei der jetzigen Konjunktur durchaus ohne Sekretär klarkäme, aber die Reaktion auf derartige Demarchen war stürmisch. An blauen Tagen war er vor männlicher Gekränktheit wortkarg, an rosa Tagen kriegte er, das heißt SIE, einen hysterischen Anfall mit Geheule.

Glen machte kein Geheimnis aus dem Grund, warum er fünf Tage in der Woche von elf bis fünf im Vorzimmer des Office 13 a hockte. Der Grund war romantisch und hieß »Liebe«. In welcher von seinen beiden Gestalten Valja verliebt in den Chef war, blieb für diesen ein Rätsel, denn Nicholas schnappte die schmachtenden Blicke seines Assistenten sowohl an blauen wie an rosa Tagen auf. Glen hatte die sagenhafte Geduld eines Holzwurms, und trotz der totalen Immunität seines angebeteten Chefs gegen androgyne Verführungen verlor er nicht die Hoffnung, früher oder später doch ans Ziel zu gelangen. Fandorin gewöhnte sich allmählich an die ermüdenden Marotten seines Sekretärs: das einladende Zucken mit den Wimpern, das Ablecken der scheinbar ausgetrockneten Lippen, das ständige Herunterrutschen des Trägers von der spitzen Schulter, und beachtete sie nicht mehr. Schließlich erledigte Valja die Büroarbeit hervorragend und war bei Hausbesuchen einfach unersetzlich. Wie sollte er einen anderen ebenso guten Mitarbeiter finden und dann auch noch für dieses lächerliche Gehalt? Diese Logik hatte zweifellos etwas von Ausbeutung, aber Fandorin ging davon aus, dass Valjas Leidenschaft mit der Zeit eine platonische Form annehmen werde; das Sexualleben des Menschen der Zukunft verlief auch ohne Nicholas' Zutun sehr stürmisch.

Valja senkte vorwurfsvoll die Lider, fuhr sich mit einer zärtlichen Handbewegung über den dünnen Hals, der liebevoll eingerahmt war vom Rollkragen eines fünfhundert Dollar teuren Pullovers, und strich sich über den spiegelglatt polierten Scheitel. Er war sehr stolz auf die ideale Form seines Schädels und stellte ihn in seiner männlichen Variante demonstrativ zur Schau, während sie in der weiblichen Variante die Vielfalt unterschiedlichster Frisuren vorzog: Sie bewahrte in einem besonderen Schrank Dutzende von Perücken der unwahrscheinlichsten Formen und Farben auf.

»Take it easy«, sagte Glen und berührte dabei Nicholas' Schulter mit einem Finger. »Er wollte es so und ist weggeflogen. Das ist seine ureigenste Privacy. Wir sind doch alle Zug-Birds; knabbern ein bisschen an Kernen, brüten Küken aus und kruhkruikruh, kruhkruikruh, da ist es schon Zeit, ins Paradies aufzubrechen. Fahren wir nun ins Theater oder nicht, Chef? I am wahnsinnig nervous!«

Von wegen wahnsinnige Aufregung, alles gelogen. Das wurde klar, als dreißig Kandidaten auf der Bühne nach den Anweisungen des Regisseurs ihre Nummer tanzten. (»Wie ein Bächlein zurück! Sprung! Noch einmal! Jetzt mit den Beinen arbeiten! Sie da, Mädchen im gelben Trikot, ich habe gesagt, mit den Beinen und nicht mit dem Po! Eine Welle mit den Händen formen! So! Nun habt ihr also das Stretchprogramm hinter euch gebracht!«)

Inmitten dieser Brownschen Molekularbewegung wirkte Glen wie die Primaballerina des Ballettkorps. Seine Sprünge waren die höchsten, sein Bächlein das eleganteste, die Beine warf er so nach hinten, dass das Knie mit der Schulter verwuchs, und als der Regisseur die Anweisung gab, »ein wenig Erotik einfließen zu lassen«, schauten alle, die im Saal saßen, nur noch auf den wiedererstandenen göttlichen Antinoos.

Dabei schaffte es Valja noch, dem Chef kurze Blicke zuzuwerfen, deren Sinn eindeutig war: Er hatte ihn hergeführt, um ihn zu beeindrucken. Fandorin seufzte und sah auf die Uhr. In zehn Minuten musste er die Kinder abholen.

Der Regisseur entließ alle außer Valja von der Bühne und trieb nur ihn an, so dass man den Ausgang des Wettbewerbs als vorentschieden betrachten konnte.

Auch die folgende Kandidatengruppe, die Fans der Tänzer und selbst die durchgefallenen Kandidaten wandten kein Auge von dem göttlichen Tänzer, sondern stachelten ihn mit Zurufen und Beifall an. Besonders die Mädchen legten sich ins Zeug. Nicholas fiel auf, dass einige von ihnen sich auch mit unübersehbarem Interesse nach ihm umsahen. Das schmeichelte ihm. Wenn sich kleine Nymphchen an dem Vierzigjährigen nicht satt sehen konnten, dann taugte er noch zu etwas. Er streckte sich in den Schultern und schlang lässig den Arm um den Rücken des unbesetzten Sessels neben sich.

Ein Mädchen, ein sehr dünnes, das mit ihrem roten Kostüm einer Frühlingsmöhre glich, flüsterte mit ihren Freundinnen und trat dann zu Fandorin. Das war zu viel des Guten. Sich unschuldig an dem jungen Gemüse ergötzen, das ist eins, aber kann man denn in eine Unterhaltung mit ihm eintreten, womöglich noch in eine mit einem heiklen Thema?

Er nahm für alle Fälle den Arm vom Sessel, knöpfte das Jackett zu und runzelte die Stirn.

»Entschuldigen Sie, sind Sie schwul?«, fragte das Mädchen, das an ihn herantrat.

Da er die lockeren Sitten der Moskauer Jugend kannte, wunderte sich Nicholas nicht besonders. Er antwortete nur:

»Nein.«

Die Möhre strahlte, drehte sich zu ihren Freundinnen und zeigte ihnen zwei kreisförmig zusammengelegte Finger, was okay hieß.

»Dann sind Sie also sein Erz?«, sagte sie und nickte Richtung Bühne. »Sie sind sicher gekommen, um Däumchen zu drücken?«

Erst jetzt verstand Nicholas den Grund für das Interesse des Mädchens an seiner Person. Erz war die Kurzform für Erzeuger und sollte Vater bedeuten.

»Nicht der Erz, sondern ein Kollege«, antwortete er traurig. »Aber mein liebes Fräulein, ich rate Ihnen nicht, sich in Valja zu verlieben.«

Das Mädchen fasste sich ans Herz und sagte:

»Dann ist er also schwul? Er interessiert sich nicht für Mädchen, ja?«

Nicholas wusste nicht so recht, wie er die Spielart von Valjas Vorlieben erklären sollte.

»Er ist ... sowohl als auch. Aber ich sage noch einmal, ich rate Ihnen ab. Sie werden sich nur die Augen ausheulen.«

»Onkelchen, Ihr solltet Eure Ratschläge auf dem Markt verkaufen«, antwortete das aufgeheiterte Fräulein. »Da könnt Ihr ordentlich Kohle machen.«

Und sie ging weg. Wie heißt es doch so richtig: »Kindermund tut Wahrheit kund.«

Zur Pokrowka, zum Kindergarten »Peripatetiker«, schaffte es Nicholas schneller, als er gedacht hätte. Anders als am Vortag gab es keinen Stau auf dem Boulevard; Gott sei Dank war November, die Schlummerzeit, wo der Strom aller lebensbildenden Flüssigkeiten schwächer wird, darunter auch der des Moskauer Verkehrs.

Der Kindergarten war kein gewöhnlicher, staatlicher, sondern ein privater, progressiver. Eine pensionierte Lehrerin, die es leid gewesen war, von anderthalbtausend Rubeln im Monat dahinzuvegetieren, hatte eine Gruppe von zehn Kindern übernommen. Eine Mitbewohnerin aus ihrer Gemeinschaftswohnung, früher Graphikerin, war für das Essen zuständig. Der spontan zusammengekommene Personalbestand der Vorschulinstitution rekrutierte sich aus weiteren Mitbewohnern: eine arbeitslose Apothekerin und ein invalider Killerkommando-Major a. D., dem man Sport und Bewegungsspiele anvertraut hatte. Die Eltern zahlten nicht wenig, aber die Institution »Peripatetiker« war das wert, sogar die anspruchsvolle Altyn war mit dem Kindergarten zufrieden.

Tochter Gelja saß im Flur auf dem Schuhschrank und baumelte mit den Beinen.

»Na, endlich«, sagte sie (die Direktheit hatte sie von der Mutter gelernt). »Es ist schon acht Uhr. Kostja und Vika sind schon abgeholt worden.«

Nicholas horchte auf das Geschrei, das aus der Tiefe der Wohnung drang, und konterte:

»Aber die anderen sind doch auch noch hier.«

»Kostja und Vika sind aber schon abgeholt worden«, wiederholte die Tochter unbeirrbar, gab dem Vater aber einen Kuss auf die Backe, was Nicholas wie immer rührte, obwohl es nur ein Ritual war.

»Warum spielst du denn nicht?«

»Ich mag das Spiel ›Einnahme des Amin-Palastes‹ nicht.«

»Einnahme von was für einem Palast?«, fragte Fandorin verwundert.

»Bist du etwa ein Tschuksche, Papa?«, fragte Gelja empört und schüttelte den Kopf. »Amin, das ist der Afghanistaner, der uns alle verraten wollte.«

»Afghane«, korrigierte Nicholas in Gedanken und nahm sich zum x-ten Mal vor, mit Wladlenin Nikitowitsch zu reden, der die Kinder mit allem möglichen Unsinn verrückt machte. Und was sollte dieser Ausfall gegen das Volk der Tschukschen? Oder ich rede mit Serafima Kondratjewna, machte der Magister einen Rückzug, denn er hatte ein bisschen Angst vor dem Major a. D., dem eine Titanplatte in die Schädeldecke eingesetzt worden war.

Er brauchte zwanzig Minuten, um den Sohn aus dem Gefecht zu ziehen. Erast ließ sich erst evakuieren, nachdem er ein schweres Herztrauma erlitten hatte. Nicholas trug den Helden in den Flur und zog ihm die Kleider und Schuhe an. Der Verwundete kam erst auf der Treppe wieder zu Bewusstsein.

Es war wirklich seltsam, wie wenig die Zwillinge einander ähnelten. Gelja hatte helle Haare, aber die dunkelbraunen Augen ihrer Mutter. Erast dagegen hatte schwarze Haare und blaue Augen.

Wegen der Namen war es zwischen den Gatten zu einer Schlacht gekommen. Sie konnten sich nicht einigen, wie sie den Sohn und die Tochter nennen sollten. Am Ende triumphierte die Gerechtigkeit: über den Namen des Jungen entschied der Vater, über den Namen des Mädchens die Mutter. Beide, sowohl Nicholas als auch Altyn, waren äußerst unzufrieden über die Wahl der Gegenseite: Die Mutter sagte, die Kinder würden den Jungen mit diesem Namen aufziehen und ihn als Päderast beschimpfen; von dem heroischen Urgroßvater Erast Petrowitsch wollte sie nichts wissen. Nicholas seinerseits fand den Namen Angelina abgedroschen und prätentiös. Obwohl er zu der Tochter passte: Wenn sie wollte, konnte sie ein solches Engelchen sein, dass selbst Raffael sich hätte rühren lassen.

Wenn Altyn nicht da war, gab es keine Autorität in der Familie der Fandorins, und es machten sich Anarchie und Prinzipienlosigkeit breit; Nicholas gelang es daher erst gegen zehn, die Kinder ins Bett zu bringen. Jetzt musste er nur noch das Abendmärchen vorlesen, dann konnte er sich für den Kammersekretär weitere Abenteuer ausdenken.

»Iwan der Zarensohn und der böse Wolf«, las Nicholas den Titel des Märchens vor und legte eine spannungsvolle Pause ein.

Erast, ein dicker, langsamer, solider Knabe, stützte seinen Kopf mit der Hand ab und zog die Brauen zusammen. Die Ecke, in der sein Bettchen stand, strotzte vor Waffen und Schlachtenzeichnungen. Gelja hatte den Mund geöffnet, die Decke bis zum Kinn hochgezogen und stellte sich darauf ein, sich zu fürchten. An ihrer Wand hing eine Zeichnung, die ein Fenster mit einer Meeresaussicht darstellte, und über der Zeichnung hingen echte Vorhänge mit Spitzen.

»Es war einmal in einem Zarenreich, in einem russischen Lande, da lebte einst Iwan der Zarensohn«, begann Fandorin.

»Ein Junge?«, fing Gelja sofort an zu maulen. »Schon wieder? Entweder geht es um den Däumling oder um Jemeljan. Und wann kommt mal ein Mädchen dran?«

Erast verdrehte genervt die Augen, hielt sich aber zurück und sagte nichts.

»Es kommt auch ein Mädchen vor«, sagte Fandorin und überflog schnell die Zeilen; er erinnerte sich, ehrlich gesagt, nur lückenhaft an das Märchen vom bösen Wolf, er hatte nur die Bilder von Wasnezow im Kopf. »Du musst dich nur ein bisschen gedulden.«

»Das ist ungerecht. Das Mädchen muss sofort da sein.«

»Na gut. Da lebte auch ein Mädchen, nämlich die Zarentochter Marja. Hübsch, liebreizend und mit roten Apfelbäckchen …«

»Und der Zarensohn Iwan?«, sagte der Sohn, der sofort eifersüchtig wurde. »War der nicht schön?«

»Natürlich war er schön.«

»Und liebreizend und hatte rote Apfelbäckchen«, führte Erast den Satz zu Ende.

»Ja.« Nicholas legte das Buch beiseite. Bei dieser aktiven Beteiligung der Kinder gelang es selten, ein Märchen bis zum Ende vorzulesen; er musste sich spontan etwas einfallen lassen. »Der Zarensohn Iwan und die Zarentochter Marja verliebten sich ineinander und beschlossen zu heiraten …«

»Das geht nicht«, fiel ihm Erast ins Wort.

»Warum?«

»Weil sie Bruder und Schwester sind.«

»Wie kommst du denn dadrauf?«

»Sie haben doch denselben Vater. Schwestern und Brüder können nicht heiraten, das geht nicht.«

Nicholas dachte nach und fand einen Ausweg:

»Das ist doch ein Märchen. Du weißt doch selber, dass im Märchen alles Mögliche geht …«

Erast nickte, er konnte fortfahren.

»Der böse Zauberer Kastschej der Unsterbliche verliebte sich in die Zarentochter Marja, raubte sie und entführte sie in ein fernes Land, hinter den drei mal neun Reichen und den drei mal zehn …«

An dieser Stelle unterbrachen beide.

Gelja erklärte:

»Wenn er sich verliebt hat, dann kann er so böse auch wiederum nicht sein.«

Der Sohn dagegen runzelte die Stirn und sagte:

»Ich nix verstehn.« (Er hatte diesen Spruch in der Fernsehwerbung aufgeschnappt und musste ihn nun überall anbringen.) »Was denn für ein Kastschej der Unsterbliche? Der, dem wir mit Iwan dem Dummen erst das Ei zerschlagen und dann die Nadel zerbrochen haben? Der fiel doch hin und ist tot!«

»Na und …«, sagte Fandorin, der nicht sofort wusste, wie er sich aus der Affäre ziehen sollte. »Das war später. Die Zarentochter Marja hat er zuvor geraubt.«

»Dann hättest du auch zuerst von Iwan dem Zarensohn und erst danach von Iwan dem Dummen erzählen müssen«, maulte Erast. »So ist das verkehrt. Aber mach mal weiter.«

Auf Geljas völlig richtige Bemerkung zur Liebe antwortete

Nicholas nichts, er lächelte nur und strich ihr über die feinen Haare. Sie ruckelte ungeduldig mit dem Kopf, als wolle sie sagen, für diesen Quatsch ist jetzt keine Zeit, mach man lieber weiter.

»Iwan der Zarensohn setzte sich also auf das wackere Ross und machte sich auf die Suche nach der Zarentochter Marja. Auf seinem Weg durchquerte er dunkle Wälder, tiefe Meere, hohe Berge und blaue Seen. Er ritt einen Monat, zwei Monate, drei Monate und gelangte an einen Ort, wo es nichts gab, wo nur der Wind heulte und die Krähen krächzten. Da sah er, wie auf dem Weg ein riesig großer Stein lag, auf dem stand: ›Wenn du geradeaus gehst, verlierst du dein Leben; wenn du nach links gehst, verlierst du deine Seele; wenn du nach rechts gehst, verlierst du dein Ross; einen Rückweg gibt es nicht.‹«

»Ist das jetzt nicht genug vom Zarensohn Iwan?«, rebellierte Gelja. »Jetzt muss die Zarentochter Marja mal endlich drankommen. Wie geht es ihr denn bei Kastschej dem Unsterblichen, worüber unterhalten sich die beiden, was gibt er ihr zu essen und was für Geschenke macht er ihr?«

»Wie kommst du auf die Idee, dass er ihr etwas zu essen gibt und ihr Geschenke macht?«

»Na, er liebt sie doch.«

»Ach so, stimmt ja«, sagte Nicholas und kratzte sich an der Nase. »Na, also sie lebte bei ihm gar nicht so schlecht. Er war ein stattlicher Mann, noch jung, hatte in seinem Leben viel gesehen und war klug. Er erzählte tolle Geschichten. Aber die Zarentochter Marja konnte ihn nicht lieben, weil …«

»Weil sich Liebe eben nicht erzwingen lässt?«, fragte die Tochter.

Erast verkniff sich das Lachen und hüstelte unauffällig. Das bedeutete: Ist nun nicht endlich genug mit diesem Quatsch?

Fandorin fuhr fort:

»Iwan der Zarensohn steht vor dem Stein und überlegt, wohin er reiten soll. Sein Leben verlieren will er nicht, die Seele verlieren noch weniger …«

»Wie ist das eigentlich, wenn man die Seele verliert?«, wollte Gelja wissen.

»Das ist das Schrecklichste, was geschehen kann. Weil es gar nicht auffällt. Ein Mensch wie jeder andere auch, so scheint es, aber er hat keine Seele, er sieht nur so aus wie ein Mensch.«

»Gibt es viele davon?«, fragte die Tochter ängstlich.

»Nein«, konnte Nicholas sie beruhigen. »Ganz wenig. Und auch die sind nicht endgültig verloren, denn wenn man sich sehr anstrengt, kann man seine Seele wiederfinden.«

»Geht das Märchen nun weiter oder nicht?«, sagte Erast, um die spitzfindige Diskussion zu beenden. »Wohin ist er denn nun geritten?«

»Natürlich nach rechts.«

Gelja fragte mit zitternder Stimme:

»Und das Pferd? Es war doch ein wackeres Ross, das hast du doch selber gesagt.«

Der Sohn sah mürrisch drein: so eine Unordnung …

»Das Pferd hat er nicht mitgenommen«, sagte Nicki, eine neue Variante erfindend. »Er hat es an dem Stein stehen gelassen, damit es dort grasen kann.«

»Das ist gut«, fand der praktische Erast. »Er kann es ja auf dem Rückweg wieder mitnehmen.«

An dieser Stelle forderten die Gesetze der Gattung so etwas wie Suspense, so dass Nicholas seine Stimme möglichst unheimlich klingen ließ:

»Der Zarensohn Iwan ging nach rechts und kam in einen dichten, dichten Wald. Es war stockdunkel darin! Unter seinen Füßen raschelte es, über seinem Kopf schwirrten irgendwelche Flügel, und aus der Finsternis leuchteten irgendwelche Augen.«

»Puuuh«, sagte Gelja und zog sich die Decke bis an die Augen, während Erast nur mannhaft die Zähne aufeinander presste.

»Auf einmal kam der böse Wolf auf den Weg gesprungen«, sagte Nicholas und ließ die Spannung noch weiter wachsen. »Er hatte entsetzliche Zähne, entsetzliche Krallen, und das Fell stand ihm zu Berge. Und als er seine gelben, spitzen Hauer sehen ließ …«

Hier musste er unterbrechen, weil die Türklingel schrillte. Wer konnte das sein, nach zehn Uhr? Ob Altyn sich umentschlossen hatte und nicht zu ihrer Notzucht gefahren war?

»Ich mache nur die Tür auf und komme gleich«, sagte Nicki und stand auf.

Nein, das war nicht Altyn.

Auf der Treppe stand ein Mann in einer Sportjacke. Frisch rasiert, mit störrisch vorgeschobenem Unterkiefer und kleinen, lebhaften Augen. Unter dem Arm hatte der Unbekannte eine Mappe aus Kunstleder mit Reißverschluss.

»Wohnt hier ein gewisser Nikolaj Alexandrowitsch Fandorin?«, fragte er und musterte den langen Lulatsch vom Scheitel bis zur Sohle.

»Ja, das bin ich«, antwortete Nicholas vorsichtig.

Jeder Russe weiß, dass man von unangekündigten späten Besuchen nichts Gutes zu erwarten hat.

»Dann bin ich bei Ihnen also richtig«, sagte der Mann mit einem breiten Lächeln, als handele es sich um eine überaus erfreuliche Nachricht. »Ich komme von der Moskauer Kriminalpolizei, sechzehnte Abteilung. Mein Name ist Wolf, Sergej Nikolajewitsch. Ich bin Fahndungsleiter.«

Er hielt ihm kurz ein aufgeschlagenes Mäppchen vor die Nase – Fandorin konnte lediglich das Wort »Hauptmann« lesen.

»Kann ich reinkommen? Ich muss mit Ihnen sprechen.«

Der Hauptmann tat einen Schritt nach vorn, so dass Nicholas instinktiv zurückwich und ihn durchließ.

Während er die Schwelle überschritt, erklärte der Fahndungsleiter der Moskauer Kriminalpolizei fröhlich:

»Bürger Fandorin, Ihre Angelegenheiten sehen bescheiden aus. Sie werden wohl bald die Radieschen von unten besehen.«

Und er setzte ein Raubtierlächeln auf und zeigte seine spitzen, gelben Zähne.

Dieses Grinsen ließ Nicholas unwillkürlich zwei weitere Schritte zurückweichen. Der Hauptmann beanspruchte das frei gewordene Territorium sofort für sich; er drehte den Kopf nach rechts und nach links, und aus irgendeinem Grund strich er mit dem Finger über den antiken, in einem Ebenholzrahmen steckenden Spiegel (Nicholas hatte ihn auf dem Arbat in der Zeit des Wohlstands vor der Wirtschaftskrise erstanden).

»Ist das ein venezianischer? Ein Prachtstück!«

»Wieso denn ein venezianischer? Das ist ein russischer, aus einer Moskauer Werkstatt«, stammelte Nicki. »Was für Radieschen? Was wollen Sie damit sagen?«

»Wir müssen uns unterhalten«, flüsterte der Milizionär, wobei er den Hausherrn an einem Knopf festhielt – er hatte offenbar die schlechte Angewohnheit, alles mit den Händen anzufassen. »Jawohl, unterhalten.«

Von dieser taktlosen Anfasserei und dem idiotischen Geflüster kam Fandorin endlich zu sich und wurde wütend. Aber nicht auf den späten Besucher, sondern auf sich selbst. Was war das für ein Unsinn? Warum wurde er, ein ehrlicher, gesetzestreuer Mann, eigentlich nervös, wenn ihn ein Milizionär besuchte, selbst wenn es sich um einen von der Kriminalpolizei handelte?

»Wer braucht diese Unterhaltung?«, fragte er unfreundlich und entfernte die Hand des Hauptmanns von seiner Brust. »Warum haben Sie nicht vorher angerufen, zumal bei einem so späten ...«

»Sie brauchen sie«, unterbrach ihn Wolf. »Vor allem Sie sind es, die sie brauchen. Kann ich reinkommen?«

»Kommen Sie rein, wenn Sie schon einmal hier sind.« Nicholas betrat als Erster das Wohnzimmer.

Ob er telefonieren dürfe, fragte der Hauptmann erst gar nicht, sondern holte sein Handy aus der Tasche und drückte auf einen Knopf. Es war ein teures, teurer als das bescheidene von Siemens, das Nicki hatte.

Ein korrupter Milizionär, schloss Fandorin, dem der dreiste Beamte überhaupt nicht gefiel. Man wusste ja, wie niedrig das Gehalt der Milizionäre war, davon konnte man sich so ein Telefon nicht kaufen. Entweder er nimmt Bestechungsgelder oder er kassiert Schutzgeld, das kann sich jeder Fernsehzuschauer zusammenreimen.

»Hallo, Mischa?«, sagte Wolf und wandte sich ab. »Ich bin's, der böse Wolf. Na, was ist mit eurer Leiche? ... Alles klar. Und besondere Kennzeichen, Fehlanzeige? ... Klar ... Verdammt noch mal, geh selber hin, ich bin doch nicht euer Laufbursche ... Ja, ich habe hier noch zu tun ... Ja, bei diesem, bei dem Kandidaten.« Dabei drehte er sich kurz zu Nicholas um, und der begriff, dass er mit dem Kandidaten gemeint war. Aus unerfindlichen Gründen bekam er von diesem harmlosen Wort eine Gänsehaut. »Wenn ich fertig bin, melde ich mich ... Ja, klar, bis dann.«

Der Hauptmann deutete mit seinem runden Kopf zu den Seiten und fragte:

»Sie haben sicher ein Landhaus? Das hier ist ja wohl nur Ihre Stadtwohnung, die Sie gemeldet haben?«

»Wie kommen Sie denn da drauf?«, fragte Fandorin verwundert. »Nein, ich wohne hier. Ich habe kein Haus auf dem Land.«

Diese Information erstaunte den Fahndungsleiter aus irgendeinem Grund. Er steuerte entschlossen die Tür zum Arbeitszimmer an und steckte seine Nase auch da hinein – er hatte nicht die mindesten Skrupel.

»Hören Sie mal, Herr Hauptmann Sergej Nikolajewitsch Wolf von der Abteilung sechzehn«, begann Nicki streng, der dem unverschämten Kerl einen Denkzettel verpassen wollte, aber der Milizionär wandte sich ihm zu, drohte listig mit dem Finger und sagte seufzend:

»Eine mickerige Wohnung. Das haut nicht hin.«

Nicholas wunderte sich. Nach Moskauer Begriffen war das absolut keine Wohnung, die man als »mickerig« bezeichnen würde. Sie war zweihundert Quadratmeter groß und lag in einem alten, vollständig sanierten Haus mit hohen Decken; sie hatte seinerzeit einen erheblichen Teil des englischen Erbes verschlungen. Damals schien das ein Luxus zu sein. Aber angesichts der folgenden Wirtschaftskrise war die Wohnung die einzige vernünftige Investition gewesen.

»Was haut nicht hin?«

»Die Verdachtsmomente. Keine Marmorausstattung, Perserteppiche: nicht vorhanden, Kristallglas und Bronze: Fehlanzeige. Oder sind Sie etwa ein Untergrundmillionär? Wie Bürger Korejko in der Sowjetbibel ›Das goldene Kalb‹?«

»Wie bitte, wer bitte?«, fragte Fandorin ahnungslos, denn Daddy Sir Alexander hatte ihm in seiner britischen Kindheit nicht erlaubt, die sowjetische Klassik zu lesen. »Was fällt Ihnen eigentlich ein? Sie sind in eine Privatwohnung eingedrungen und schnüffeln überall herum! Was wollen Sie eigentlich?«

Der Milizionär nahm zwei Stühle und stellte sie so auf, dass sie sich gegenüberstanden. Er setzte sich und lud den Hausherrn mit einer Geste ein, ebenfalls Platz zu nehmen.

»Sag mal lieber schön die Wahrheit«, sagte er streng. »Das ist zu Ihrem eigenen Vorteil. Hast du meinen Dienstausweis gesehen? Ich bin aus der Abteilung sechzehn. Das ist die Abteilung zur Aufdeckung von so genannten Resonanz-Morden, kapiert? Ich bin nicht vom Raubdezernat und nicht vom Finanzamt. Mit Taschendieben beschäftigen sich andere. Packen Sie aus, Nikolaj Alexandrowitsch, und sagen Sie, wie Sie Ihre Kohle machen. Mein Ehrenwort, Sergej Wolf petzt nicht. Ich kann diese blutrünstigen Wanzen ja selber nicht ausstehen … Ich werde dir jetzt etwas zeigen, wonach du aufhören wirst, dich zu zieren wie ein Fräulein beim Gynäkologen.«

Nicholas runzelte die Stirn. Der Vergleich des Hauptmanns Wolf gefiel ihm ebenso wenig wie sein wildes Hin- und Herge-springe vom Sie zum Du. Aber von dem unverständlichen Gerede des Kriminalbeamten wurde Fandorin immer mulmiger zumute. Es hatte den Anschein, als braue sich da irgendeine trübe und un-angenehme Geschichte zusammen.

»Kann die Unterhaltung nicht bis morgen warten?«

Er schielte nach der Tür zum Kinderzimmer. Erast und Gelja warteten wahrscheinlich sehnsüchtig auf die Fortsetzung des Mär-chens. Er hätte den Hauptmann mit seinem unverständlichen Ge-fasel und den unheilverkündenden Andeutungen zu gerne zum Teufel geschickt und wäre in die klare, lichte Welt zurückgekehrt, wo es nichts Schrecklicheres als den bösen Wolf gibt und wo das Gute immer siegt.

Aber Wolf war schon dabei, ihm einen Zettel in die Hand zu drücken, und er wusste nicht, wie er diesen bösen Spuk loswer-den sollte.

»Lesen Sie. Und entscheiden Sie dann selber, ob Sie bis morgen warten wollen oder nicht. Es ist schließlich Ihr Leben und nicht meins.«

Es war die Kopie eines mit Schreibmaschine getippten Textes. Nicki las und traute seinen Augen nicht:

URTEIL

NIKOLAJ ALEXANDROWITSCH FANDORIN, *Präsident der Firma »Land der Räte«, ist als Schwein und Be-trüger entlarvt worden und wird aufgrund dessen zum höch-sten Strafmaß verurteilt: der Vernichtung.*

»Was ist denn das für ein Unsinn?«, rief Fandorin aus. »Woher haben Sie das?«

»Bis morgen, dann also bis morgen«, lachte der Hauptmann schadenfroh, nahm den Zettel wieder an sich und tat so, als wolle er gehen.

Aber sein Zorn machte der Gnade Platz, und er entnahm der Mappe ein großes Glanzfoto.

»Aus der Tasche dieses Bürgers.«

Auf dem Foto sah man ein totes Gesicht in Großaufnahme: große offene Augen und um es herum auf dem Asphalt eine Blutlache. Der Gesichtsausdruck war für einen Toten ungewöhnlich: zufrieden, ja gleichsam triumphierend.

Nicholas stöhnte.

»Kennen Sie ihn?«, fragte Wolf.

»Ja ... Dieser Mann war heute bei mir. In meinem Büro.«

»Das weiß ich. Er hatte eine Anzeige Ihrer Firma in der Tasche. Um wie viel Uhr war er da?«

»Gegen drei. Was ... Was ist mit ihm passiert?«

»Wissen Sie den Namen?«, fragte der Milizionär und begann zu flüstern, als habe er Angst, die Beute in die Flucht zu schlagen.

»Wessen Namen meinen Sie, seinen?«, fragte Fandorin begriffsstutzig zurück. »Kusnezow, ähähäh, seinen Vor- und Vatersnamen habe ich nicht behalten. So ein Allerweltsname. Iwan Petrowitsch, Sergej Alexandrowitsch oder so ... Ich komme nicht drauf. Aber er wird wohl kaum seinen wahren Namen angegeben haben. Was ist mit ihm passiert?«

»Warum sagen Sie ›wohl kaum‹?«

»Ich weiß nicht. Es kam mir so vor. Nun erklären Sie doch mal endlich, wie er umgekommen ist. Und was dieses idiotische Gespräch eigentlich soll?«

Der Hauptmann sagte enttäuscht:

»Das kam Ihnen wohl zu Recht so vor ... Sie sind ein geistesgegenwärtiger Mensch, Bürger Fandorin. Er hätte Ihnen nie im Leben seinen wahren Namen genannt ... Wie er umgekommen ist, fragen Sie. Er ist vom Dach gesprungen. Uliza Soljanka, Nr. 1, das ist ganz in der Nähe.«

»Dann war er das also!«

Nicholas erinnerte sich an das Mondauto im Krater und die mit Kreide gezeichneten Konturen auf dem Asphalt.

»Ich habe das Milizauto aus dem Fenster gesehen. Dort ist mein Büro!«

»Ich weiß. Was wollte er von Ihnen? Was hat er gesagt?«

»Ich habe, ehrlich gesagt, nicht verstanden, was er von mir wollte. Er hat sich merkwürdig benommen. Ihn bedrückte wohl irgendein persönliches Drama … Ich glaube, seine Frau war krank geworden oder gestorben. Vielleicht ist das auch die Ausgeburt eines kranken Hirns. Er war mit Sicherheit außer sich … Aber ich wäre nie auf die Idee gekommen, dass er sofort nach seinem Besuch bei mir Selbstmord begehen könnte!«

Na, du bist mir ja vielleicht ein schöner Berater und Seelenpräparator, warf er sich bitter vor. Du hast nicht gemerkt, dass dieser Mensch am Rande des Abgrunds steht. Vielleicht wollte er nur ein Wort der Anteilnahme hören, und da hast du ihm gesagt: »Haben Sie überhaupt ein Gewissen? Sie stören einen Menschen, der sehr beschäftigt ist.« Na, und womit war er beschäftigt? O Gott, er versank vor Scham!

»Von wegen Selbstmord«, sagte der Hauptmann kichernd. »Er hatte die Hände auf dem Rücken gefesselt. Und am Knöchel hatte er eine Brandblase von einem Elektroschockgerät.«

Er holte noch ein Foto heraus: die auf den Bauch gedrehte Leiche, deren Hände auf dem Rücken mit Handschellen gefesselt waren. Nicholas konnte die Augen nicht von den blutunterlaufenen Fingern des Toten abwenden und erschauerte.

Wolf steckte die schrecklichen Fotos weg und setzte sich wieder. Auch Fandorin musste sich setzen; er fühlte, dass seine Knie zitterten.

»Nikolaj Alexandrowitsch, einigen wir uns. Zuerst erzähle ich dir die ganze Wahrheit und dann du. Einverstanden?«

Nicholas nickte verstört. Sein Kopf war völlig leer; es war nicht so, als ob sich die Gedanken in seinem Kopf verwirrten, sondern sie waren einfach abwesend.

»Haben Sie von dem Mord an dem Generaldirektor der Geschlossenen Aktiengesellschaft ›Intermedconsulting‹ gehört?«, fragte der Beamte. »Ein gewisser Salzman. Sie haben ihn mit einer Bombe erledigt. In seinem Landhaus.«

»Nein, daran erinnere ich mich nicht … Ich interessiere mich nicht sonderlich für die Chronik der Verbrechen. Geschäftsleute werden bei uns ja häufig umgebracht.«

»Das stimmt allerdings, und es ist ja auch schon drei Monate her …« Wolf griff wieder nach seiner Mappe. »Das haben wir bei der Durchsuchung des Papierkorbs in seinem Arbeitszimmer entdeckt. Der Zettel war ihm offenbar per Post zugestellt worden, er hatte ihn für Blödsinn gehalten und weggeschmissen. Schauen Sie mal.«

Ein Foto eines zerknitterten Stücks Papier mit maschinengeschriebenem Text:

URTEIL

LEONID SERGEJEWITSCH SALZMAN,
Generaldirektor der Geschlossenen Aktiengesellschaft »Intermedconsulting«, ist als Schwein und Betrüger entlarvt worden und wird aufgrund dessen zum höchsten Strafmaß verurteilt: der Vernichtung.

Nicholas wollte schlucken, um den Kloß, der ihm im Hals saß, loszuwerden; aber er schaffte es nicht.

»Aber wie Sjatkow von der ›Ehrlichen Bank‹ umgebracht wurde, das musst du einfach gehört haben. Das ging durch alle Massenmedien.«

Ja, an diese Geschichte konnte Nicholas sich erinnern. Erstens weil bei der Pleite der Bank mit dem sympathischen Namen gute Bekannte von ihm all ihre Ersparnisse verloren hatten. Zweitens weil der Mord schrecklich brutal gewesen war. In dem Auto, das in die Luft gejagt wurde, hatten auch Sjatkows siebenjährige Tochter und ihre Klassenkameradin gesessen. Sjatkow wollte die Kinder zum Zoo bringen.

»Hier hast du noch etwas zu lesen.«

Wieder lag ein Foto da. Genau so ein Zettel wie die beiden vorigen.

URTEIL

WLADIMIR FJODOROWITSCH SJATKOW,
*Vorstandsvorsitzender der »Ehrlichen Bank«, ist als Schwein
und Betrüger entlarvt worden und wird aufgrund dessen zum
höchsten Strafmaß verurteilt: der Vernichtung.*

»Was ... was heißt das alles?«
Nicholas wollte den Kragenknopf aufmachen. Aber die Finger
gehorchten ihm nicht. Erst der zweite Versuch führte zum Ziel.

»Ehrlich gesagt, weiß der Geier«, sagte der Beamte und lächelte
treuherzig. »Die wahrscheinlichste Version, die wir haben, ist die:
Irgendjemand hat beschlossen, die Gesellschaft von den Blutsau-
gern und kapitalistischen Tyrannen zu befreien. Irgendwelche
durchgeknallten Kommunisten sind das, die sich als Veteranen
der internationalen Pflicht begreifen. Du kennst unser Land ja
selber: die Hälfte hat ruinierte Nerven, die andere Hälfte ist psychisch gestört, und die Hälfte jeder dieser Hälften hat gelernt, wie
man Leute umlegt.«

Fandorin wollte gegen diese ungeheure Übertreibung protestieren, aber als er noch einmal das Foto betrachtete, rief er aus:

»Das ist doch Terrorismus! Reinsten Wassers! Irgendjemand,
der sich auf irgendwelche Informationen stützt, fällt Todesurteile
über unschuldige Menschen und setzt sie in die Tat um! So etwas
hat es in Russland seit der Zarenzeit nicht gegeben! Die ganze
Presse müsste davon voll sein! Die Duma müsste eine Untersu-
chungskommission einrichten! Und stattdessen: Alles ist mucksmäuschenstill!«

»Aus gutem Grund. Es soll keine Panik, beziehungsweise wie
wir das in unserem Fachjargon nennen, ›Resonanz‹ geben. Genau
das ist der Aufgabenbereich der sechzehnten Abteilung: Verbrechen, die imstande sind, die Bevölkerung in Angst und Schrecken
zu versetzen. Die Gestorbenen sind ja, wie Sie selber sehen, keine
einfachen Leute, sondern Ausbeuter vom Feinsten oder vornehm
ausgedrückt: die Business-Elite. Es ist beschlossen worden, die
Ermittlungen unter Ausschluss der Öffentlichkeit anzustellen.
Sonst heißt es sofort: die rot-braune Gefahr, blahblahblah. Das
ist schon Politik. Damit habe ich nichts zu tun. Ich bin ein Schnüff-

ler. Ich stecke meine Nase ins Erdreich und schnüffele, ob dort eine Spur ist oder nicht. Kurz gesagt: Es ist ein Einsatz- und Untersuchungsstab eingerichtet worden. Er heißt: ›Die Operation der unfassbaren Rächer‹. Das war meine Idee«, unterstrich der Hauptmann, aber Nicholas verstand den Humor nicht, weil er im Ausland aufgewachsen war und die klassischen sowjetischen Abenteuerfilme nicht kannte.[5]

»Unfassbar?«, wiederholte er mit niedergeschlagener Stimme. »Kann man sie denn nicht doch irgendwie fassen? Und wofür wollen sie sich an mir rächen? Ich habe doch niemand etwas Böses getan. Das ist ja absurdes Theater …«

»Ein Theater bestimmt«, sagte Wolf zustimmend. »Oder richtiger: ein Zirkus. Das ist ein Circulus vitiosus. Diese Rächer liefern sich doch selber aus: Bevor sie den Kapitalisten um die Ecke bringen, schicken sie ihm ja das Urteil. Man braucht ihnen also nur eine Falle zu stellen, dann hat man sie, stimmt's?«

»Ja, stimmt eigentlich«, sagte Fandorin schon etwas hoffnungsvoller.

»Pustekuchen! Da es kein Gedöns in der Presse gibt, erfahren wir von einem neuen Abenteuer der Unfassbaren erst dann, wenn wieder eine abgefüllte und gut verpackte Leiche gefunden wird. Bei den Verurteilten handelt es sich um gestandene Leute, die den Verbrechern nicht so leicht auf den Leim gehen. Dass irgendwelche Kerle ohne Vorwarnung über sie herfallen, sind sie gewohnt; hier dagegen spielt sich irgendein dummes Spektakel ab: Da wird ›ein Schwein und Betrüger verurteilt‹. Salzman hat das Urteil in den Papierkorb geworfen, wie ich Ihnen sagte. Gut dass es ein Freitagabend war und die Putzfrau ihn noch nicht geleert hatte. Bei Sjatkow hat der Zettel eine Woche, wenn nicht länger, herumgelegen. Er zeigte ihn seiner Frau und sagte, guck mal, was für Bekloppte heutzutage herumlaufen. Er wollte ihn wegwerfen, aber seine Gattin ließ es nicht zu. Sie wollte ihn behalten, um mit ihren Freundinnen darüber zu lachen. Na, nun hat sie was zu lachen … Jetzt hat sie weder Mann noch Tochter noch ihren hunderttausend Bucks teuren Mercedes noch den Fahrer, mit dem Madame

5 Der Titel bezieht sich auf einen sowjetischen Film von 1966, beruhend auf der Erzählung »Die roten Teufelchen« von Pawel Bljachin. (Anm. der Übersetzerin)

Sjatkowa übrigens, wie die Untersuchung ergab, ein sexuelles Verhältnis hatte.« Wolf lachte kurz auf. »In beiden Fällen sind die Zettel mit dem Urteil nur per Zufall dem Untersuchungsstab in die Hände gefallen. Es könnte durchaus sein, dass auch andere unaufgeklärte Verbrechen an reichen Persönlichkeiten, die nun die Radieschen von unten besehen, auf das Konto dieser Bande gehen.« Und der lustige Hauptmann stimmte plötzlich das Lied an: »Wie Sensenmänner stehen an den Straßen Tote / Schuld ist die Teufelsbrut, die rote.«

»Aber was hat das alles mit mir zu tun? Sie sehen ja, ich bin kein Millionär und habe niemand, den ich ausbeuten kann. Ich beschäftige in meiner Firma mit Ach und Krach einen einzigen Mitarbeiter!«

»Was ist das für eine Firma?«, fragte der Fahnder misstrauisch. »Womit machen Sie Kohle?«

Etwas verlegen versuchte Nicholas, sein originelles Business zu erklären: Die Leute gerieten dauernd in schwierige und ungewohnte Situationen und wären froh, einen qualifizierten Ratschlag zu erhalten, wüssten aber oft nicht, bei wem. Und dabei gäbe es nichts Wertvolleres als einen Rat zur rechten Zeit … Er erklärte das und wand sich unter dem durchdringenden Blick des Detektivs, denn er spürte selbst, wie dumm das alles klang.

»Aha«, sagte der Hauptmann, als Nicki verstummte. »Sie wollen also nicht die Wahrheit sagen. Das ist aber gar nicht schön, Nikolaj Alexandrowitsch. Wir hatten doch ausgemacht …«

»Hören Sie!« Nicholas kam zu sich. Offenbar erholte sich sein Hirn wieder nach dem ersten Schock; eine erste, wenn auch absurde Hypothese kam ihm in den Sinn. »Wenn es sich um irgendwelche Splittergrüppchen handelt, die dem kommunistischen Regime nachtrauern, vielleicht sind sie dann empört über den Namen meiner Firma? Vielleicht sehen sie darin eine Verspottung der Ideale der Oktoberrevolution? Man kann doch sicher herausfinden, wer der Mann war, der sich vom Dach herunterstürzte … beziehungsweise, der vom Dach gestürzt wurde, oder?«

»Tja, schön wär's«, sagte Wolf seufzend. »Unser Fallschirmspringer hat weder besondere Kennzeichen noch Dokumente noch ein Handy. Wir haben ihm Fingerabdrücke abgenommen, die werden im Labor geprüft. Da werden wir einen Wust Papier ausfüllen müssen, und heraus kommt dabei nichts. Er hat keine Tätowierung, war also nicht im Lager. Man sieht auch so, dass er kein Krimineller ist.«

»Ja, vom Typus her wirkt er eher wie ein kleiner sowjetischer Funktionär. Aber wer sollte ihn umbringen wollen und warum?«

Der Milizionär stand auf, legte das letzte Foto in die Mappe und machte den Reißverschluss zu.

»Wahrscheinlich die eigenen Leute. Warum, das ist das Geheimnis zweier Ozeane, fragen Sie mich was Leichteres. Vielleicht hat er die Interessen des Proletariats verraten. Wer versteht diese perversen Missgeburten schon? Aber Missgeburten hin, Missgeburten her, sie verstehen ihr Metier. Und in diesem Zusammenhang gibt es eine höchst interessante Frage.« Der Hauptmann rückte Nicholas ganz dicht auf den Pelz und starrte ihm in die Augen, wofür er sich auf die Zehenspitzen stellen musste. »Was ist bei Ihnen, lieber Bürger Fandorin, schief gelaufen? Der Exekutor ist tot, und Sie leben. Sie sind schön blöd, dass Sie sich dumm stellen. Ja, ganz schön blöd. Und wenn man Sie nun doch noch so fürsorglich einpackt? Mir kann das ja egal sein, es geht schließlich nicht um mein Leben, das ist Ihr Problem.«

Und während er zur Tür schritt, trällerte er fröhlich das Lied des berühmten pazifistischen Zeichentrickfilm-Katers Leopold: »Auch diese Sorge / Löst sich schon morgen.«

Nicki fuhr ihn erschrocken an:

»Moment mal! Sie können mich doch nicht einfach meinem Schicksal überlassen, als wäre ich ein Multimilliardär mit Bodyguards!«

»Die kann man bei uns auch nicht ausleihen«, sagte der Fahnder achselzuckend. »Zwar gibt es bei der Kripo eine Abteilung zum Schutz von Zeugen, aber Sie lehnen es ja ab, sich als Zeuge zur Verfügung zu stellen. Wollen Sie wirklich bei Ihrer Version bleiben? Ich brauche unbedingt einen Hinweis.«

Er drehte sich nach Nicholas um und wartete ein wenig.

»Sie weigern sich also. Gut, jeder ist seines Glückes Schmied. Sollten Sie es sich anders überlegen, hier meine Telefonnummer.«

Er hielt ihm eine Visitenkarte hin, machte Winkewinke, und weg war er. Eine Sekunde später fiel die Wohnungstür ins Schloss, Fandorin war allein.

Stopp! Jetzt bloß nicht vor Angst schlottern! Damit musst du warten, bis die Kinder eingeschlafen sind!

Er zog die Lippen zu einem breiten Lächeln auseinander und ging zum Kinderzimmer. Was war das noch für ein Märchen, das er erzählt hatte? Ach, ja, vom bösen Wolf. Und wo war er stehen geblieben? Verflixt, er konnte sich nicht erinnern. Jetzt würden sie ihn wegen seiner Vergesslichkeit anpflaumen.

Er musste das Märchen nicht zu Ende erzählen. Wenigstens in diesem Punkt wurde Nicholas eine Amnestie gewährt. Ohne die Rückkehr des Märchenerzählers abgewartet zu haben, waren die Zwillinge eingeschlafen. Gelja war zu ihrem Bruder ins Bett gekrochen und hatte ihr goldenes Köpfchen auf seine Schulter gelegt.

In dieser Haltung sah sie so erwachsen aus, dass Fandorin zusammenzuckte. Altyn, Expertin für Fragen des Geschlechts, hatte Recht! Sie brauchten beide ein eigenes Zimmer. Das fünfte Lebensjahr ist eine Phase primärer Erotik. Und er hätte auf keinen Fall diesen Unsinn von der Liebe zwischen Bruder und Schwester erzählen dürfen!

Aber im nächsten Moment sah er die unter der Decke heraushängende Hand Erasts mit dem fest umklammerten Spielzeugdegen und schämte sich seiner erwachsenen Verderbtheit. Er hatte die Kinder im dunklen Wald allein gelassen, vor dem geöffneten Schlund des schrecklichen Wolfes, war weggegangen und lange nicht wiedergekehrt. Da hatte Gelja bei ihrem Bruder Schutz gesucht.

Nicholas lockerte vorsichtig die Finger seines Sohnes und nahm den Degen an sich. Er verließ das Zimmer auf Zehenspitzen, wobei er den Plastikdegen krampfhaft an sich presste.

Unsinn, was für ein Unsinn! »Schwein und Betrüger«? »Zum höchsten Strafmaß verurteilt: der Vernichtung«?

Ein Tag verläuft wie der andere; und so scheint es, als habe das Leben Logik und Sinn. Davon geht auch die Schnecke aus, die sich auf den Eisenbahngleisen wärmt. Und dann nähert sich auf einmal von irgendwo etwas Riesiges, Schwarzes, Rasselndes, vor dem es keine Rettung gibt … Wofür, warum – gibt es etwas Dümmeres als diese Fragen? Für nichts, aus keinem Grund. So hat es die Natur gewollt; warum, ist nicht unsere Sache.

Gott sei Dank war seine Frau nicht zu Hause, und niemand konnte sehen und hören, wie Nicki verzagt durch die Zimmer irrte und verwirrt jammerte und klagte.

Um seine Hysterie zu dämpfen, kippte er drei unverdünnte Whiskys. Sofort kam ihm der weise alkoholbedingte Fatalismus zu Hilfe, der ihm einflößte: Wenn es dein Schicksal ist, so entkommst du ihm nicht; aber strampeln solltest du trotzdem. Fandorin beschloss, die Sache zu überschlafen, und legte sich ins Bett, nachdem er für alle Fälle zwei Beruhigungstabletten eingenommen hatte, die ihm sofort einen beruhigenden Traum bescherten: Er war tot und war es nicht. Da lag er also wie Schneewittchen in einem Glassarg und blickte sich um. Draußen war ein Gewitter, die Blitze leuchteten, der Regen prasselte auf das durchsichtige Dach, aber die wunderbare Gruft war gemütlich und schützte. Er brauchte sich über nichts aufzuregen, brauchte nirgendwo hinzugehen und nichts zu tun, denn jede Handlung störte die Harmonie. Dieser Gedanke kam Nicholas' schlafendem Hirn wie eine in ihrer erhabenen Einfachheit geniale Entdeckung vor. Noch während er aufwachte, hing er diesem Gedanken nach und drehte und wendete ihn hin und her.

Es scheint uns nur, als ereigne sich etwas mit uns und wir schritten durch Zeit und Raum. Wir, das heißt: ich, das ist der einzige Fixpunkt im ganzen All. Um mich herum kann alles Mögliche geschehen, aber die Unerschütterlichkeit meines Ich ist garantiert, so dachte Fandorin, der noch nicht die Augen geöffnet hatte, und lächelte. Der Glassarg ist ein wunderbares Bild, dachte er, während er sich streckte. Aber da donnerte es draußen auf einmal wirklich, die regenüberströmten Fensterscheiben klirrten, und unter dem Ansturm des Windes öffnete sich das Klappfenster. Das Erste, was dem erschreckt aufspringenden Nicholas in den Sinn kam, war, ob er die Durchsichtigkeit und Stabilität dieser ungewöhnlichen Gruft nicht überschätzt hatte.

SECHSTES KAPITEL

PARADISE LOST oder DAS VERLORENE PARADIES

(Milton, 1674)

Gleich, gleich werden ihn die gespreizten fünf Finger am Kragen oder Ärmel packen, und dann wird sich dieser schmale Spalt für Mithridates Karpow in eine echte Gruft verwandeln. Es war völlig undenkbar, dass diese beiden Scheusale, die ein Kapitalverbrechen gegen die höchste Herrscherin planten, den Zeugen ihrer Untat am Leben ließen. So zu tun, als sei er noch klein und unbedarft, war vergeblich – schließlich hatte der Italiener gesehen, wie Mitja sich vor Seiner Durchlaucht hervorgetan und mit seinem Gedächtnis geglänzt hatte.

Zephirka knurrte wütend, krallte sich einen ihrer Schätze und drückte ihn an die Brust; doch das langte ihr noch nicht, und so wählte sie einen Finger dieser dreisten Riesenpranke und biss hinein.

Der Leibgardist fluchte, war aber so mutig, dass er die Hand nicht wegzog.

»Du Ratte!«, schnaubte er. »Na, warte …«

Er packte Zephirka am Fuß und zog sie ans Licht. Sie kreischte jämmerlich; das Fläschchen, das sie krampfhaft in ihrer Pfote hielt, glitzerte.

»Ach, du ahnst es nicht! Schaut mal, Jeremej Umbertowitsch«, sagte Pikin und lachte schallend. »Nicht der Rabe hat das Fläschchen geklaut, sondern ein anderes Vögelchen, eine diebische Elster! Da haben wir uns umsonst geängstigt. Was hat sie denn da noch erbeutet?«

Mitja traute sich nicht zu atmen – schon wieder streckte sich die Hand nach ihm aus.

Von Entsetzen gepackt, schob er ihr alles entgegen, was auf dem Ofen lag: Essensreste, seine Schnalle und den Stern des Alten.

Und dieser Stern rettete ihn.

»Das ist ja toll!« Pikin sprang polternd auf den Boden. »Lasst uns die Beute teilen, Exzellenz. Die Schnalle ist für Euch, meinetwegen auch der Apfelkuchen, aber der Alexander-Newski-Orden ist für mich. Ich löse die Diamanten heraus und bringe sie ins Pfandhaus, das lohnt sich ja auch für Euch, dann kann ich wenigstens einen Teil meiner Schulden bezahlen.«

Mitja tat der alte Mann, dem der Stern gehörte, Leid, aber was konnte er schon machen?

»Wie klein sie ist, als ob sie von einem Spielzeug stammt oder einem Kind gehört«, murmelte Metastasio zerstreut (er meinte offenbar die Schnalle, was hätte er sonst meinen sollen?). »Egal, Ende gut, alles gut. Zur Sache, Pikin. Mit diesen Steinchen werdet Ihr Eure Schulden nicht bezahlen können. Aber wenn Ihr jetzt alles genau ausführt, dann sind wir quitt. Sobald die Alte nachts Migräne kriegt und anfängt, zu erbrechen, bekommt Ihr Eure Wechsel und die Quittungen. Und wenn das Testament vollstreckt wird, eröffne ich Euch einen neuen Kredit über Zehntausend.«

»Über Fünfzigtausend«, sagte der wackere Preobrashenze. »Und dabei kommt Ihr noch gut weg. Wenn die Plattnase leer ausgeht, habt Platon und Ihr ganz Russland in der Tasche …«

Sie gingen zum Ausgang. Gott sei Dank, sie waren weg. Er konnte hinauskriechen.

Am Abend speisten sie im engsten Kreis bei der Herrscherin im Brillantzimmer. Die Kaiserin persönlich, der erhabenste Enkel ohne Gattin, der Favorit, zwei alte und sehr hässliche Damen und der Admiral Kosopoulos.

Es waren auch noch der Chef der Geheimexpedition Maslow dabei und der schreckliche Sekretär von Surow, aber die beiden saßen nicht am Tisch, sondern auf Hockern: Ersterer hinter der Kaiserin, Letzterer gegenüber, hinter dem Fürsten. Beide hatten eine Schreibunterlage, einen Stapel Papier und ein Tintenfass mit Feder auf dem Schoß – wenn Ihrer Majestät oder Seiner Durchlaucht ein staatswichtiger oder einfach ein bedeutender Gedanke in den Kopf kam, mussten sie ihn sofort notieren.

Allerdings geschah das den ganzen Abend kein einziges Mal. Das lag wahrscheinlich an dem Admiral. Er plapperte unablässig und erzählte Geschichten und Scherze, die uninteressant waren – jede Geschichte endete damit, dass sich jemand bei einer großen Versammlung in die Hose machte oder kotzte oder mit jemandes Weib ins Bett ging und nackt aus dem Fenster sprang. Mit einem Wort, die ewigen Witze der Erwachsenen. Dass sie es nicht leid werden!

Der Kaiserin gefiel das. Sie lachte Tränen über die Geschichten des Admirals, besonders wenn unanständige Wörter vorkamen; ein paar Mal wiederholte sie sie sogar. Und da prusteten die anderen ebenfalls.

Katharina wirkte jetzt ganz anders als zuvor in der Kleinen Eremitage. Ihre Kleidung war schmucklos: ein locker fallendes Gewand und eine weiße Tüllhaube; das Gesicht war gelöst und einfach.

»Köstlich«, sagte sie. »Nur hier kannst du mal nach Herzenslust ausspannen.«

Mitja fand das einen merkwürdigen Ort, um sich zu erholen. Feierlich funkelten in den Glasschränken die Reichsinsignien: die große und die kleine Krone, das Szepter, der Reichsapfel und die anderen Kronjuwelen. An den Wänden hingen Standarten aus Seide und Brokat. Hier müsste man in vollem Festornat erscheinen und strammstehen, und da will sie entspannen. Offenbar erholt sich die Seele der Herrscher auf andere Art als die der gewöhnlichen Sterblichen.

»Ja, das tut wirklich gut.« Die Kaiserin räkelte sich wohlig. »Als ob zwanzig Jahre von mir abgefallen wären. Verzeih, mein Freund«, sagte sie zu dem Enkel, »dass ich deine Lisa nicht geladen habe, sie ist zu rosig und hübsch. Mit diesen alten Tanten neben mir komme ich mir wie eine Schönheit vor.« Und lächelnd sagte sie zu der aufjaulenden Windhündin: »Ach, pardon, meine liebe Adelaida Iwanowna, ich hätte dich fast vergessen. Du bist natürlich ebenfalls eine Schönheit.«

Der Hund freute sich über die Aufmerksamkeit und wedelte mit dem Schwanz; die Zarin aber wandte sich nun ganz unzeremoniell, ohne ihn zu siezen, an den Favoriten und sagte kokett:

»Du musst traurig sein, mein Platochen. Der erste Beau, das

bist heute nicht du, sondern dieser liebreizende Kavalier.« Und sie deutete auf Mitja. »Spiel nur schön, mein Engelchen, spiel. Warte, ich komme nachher und spiele mit dir.«

Mithridates Karpow hatte folgende Anordnung erhalten: Man hatte ihm aufgetragen, auf dem Boden herumzurobben, wo man extra bunte Würfel hingelegt und Holzsoldaten aufgestellt hatte. Diese Aufmerksamkeit war natürlich nett gemeint, aber die Erwachsenen sind wirklich schwer von Kapee. Was sollten Würfel und Soldaten, wo sie doch schon gestern gesehen hatten, dass er ihnen an Verstand in nichts nachstand?

Aber auch wenn sie Mitja statt Säuglingsfreuden ein spannenderes Spielzeug angeboten hätten, zum Beispiel logarithmische Tafeln, ihm war momentan sowieso nicht nach Unterhaltung zumute. Die Holzwürfel rührte er noch nicht einmal an; er konnte die Augen nicht von einem Kristallfläschchen abwenden, das neben der Kaiserin stand. War es dasjenige welche oder nicht? Hatte Pikin es nun ausgetauscht oder nicht?

Da Fastentag war, stand nur Fisch und Obst auf dem Tisch, und der ganze Fisch wurde von Kosopoulos aufgegessen, die anderen rührten fast nichts an. Sie hatten wahrscheinlich gewusst, dass es hier nicht viel gab, und vorher gegessen, erriet Mitja. Was die Getränke betraf, so hatte jeder sein eigenes Gebräu: vor der Zarin stand außer dem Fläschchen noch eine Karaffe Johannisbeersaft, der Favorit trank Bier, der Admiral englischen Punch Fifty-fifty, der Großfürst begnügte sich mit Tee, die Alten nippten an einem Likör, während Maslow und der Engländer ohne etwas dasaßen.

Zweimal streckte sich Katharinas Hand nach dem fatalen Fläschchen, und Mitja erstarrte vor Entsetzen, aber im letzten Moment zog sie den Saft vor.

Wie, ja wie sollte er sie nur auf die Lebensgefahr hinweisen?

Den ganzen Tag über hatten sie Mitja in den Gemächern des Favoriten gehalten. Zu tun hatte er zwar nichts, aber weglaufen ging auch nicht – die Tür wurde streng bewacht, ohne Sondererlaubnis ließen sie ihn nicht hinaus. Er dachte, er werde es ihr abends sagen, wenn sie ihn in das Brillantzimmer brächten; aber ausgerechnet der Bösewicht Jeremej Metastasio führte ihn dorthin. Mitja fürchtete ihn so sehr, dass seine Augen zuckten. Als ihn der Italiener nach etwas fragte, konnte er kaum antworten.

Auch während des Abendessens schaute der Sekretär immer wieder nach Mithridates; das geschah zwar zerstreut, aber von diesen schwarzen Augen gefror in Mitjas Innerem alles zu Eis. Dann ist das mit dem schwarzen Auge also kein Märchen, sondern stimmt. Wer eine schwarze Seele hat, dessen Blick ist ebenfalls schwarz.

»Ein bisschen trinke ich von dem Likör«, sagte die Kaiserin entschieden. »Es ist zwar Freitag. Aber das ist ja keine große Sünde. Wenn es der Gesundheit förderlich ist, verbietet die Kirche es nicht. Ihr Likör ist doch hoffentlich gut für die Gesundheit, Konstantin Christoforowitsch, oder? Er hat mir gut gefallen, er wärmt einen richtig schön von innen.«

»Vorzüglich für Gesundheit, Majestät!«, versicherte der Grieche auf der Stelle. »Und gesegnet vom Metropoliten. Zeig deine Zunge, Mütterchen. Ist sie rosig, du kannst unbesorgt trinken.«

Die Semiramis streckte die Zunge heraus, und alle betrachteten sie neugierig, Mitja stellte sich sogar auf die Zehenspitzen. Leider war die Zunge zwar rau und grobkörnig, aber makellos rosig. Die Katastrophe war offenbar nicht abzuwenden.

»Das geht. Ein Gläschen, oder zwei«, erlaubte Kosopoulos und schenkte sofort ein.

Es war, als hätte eine höhere Kraft von Mitja Besitz genommen. Mit einem Schrei stürzte er zum Tisch und stieß gegen den Ellenbogen Ihrer Majestät. Nicht ohne die Seide des kaiserlichen Kleides zu bespritzen, fiel das Glas zu Boden.

»Um Gottes willen!«, schrie Katharina, während der Chef der Geheimexpedition mit überraschender Wendigkeit vom Hocker aufsprang und Mitja fest am Kragen packte.

Die Kaiserin war entsetzlich wütend.

»Der kleine Wilde! Fast wäre mir das Herz stehen geblieben! Jagt ihn fort, Prochor Iwanowitsch!«

Maslow zog den Flegel am Ohr zur Tür. Das tat weh und war ungerecht, Mitja wollte schreien: »Vorsicht, das ist Gift«, aber in diesem Augenblick fing er den Blick von Herrn Metastasio auf. Dieser tollwütige, vernichtende Blick erschreckte ihn zu Tode! Und dann blickte der Sekretär auf den Boden und zupfte krampfhaft an seinem Halstuch, als bekäme er keine Luft. Er hatte ihn erkannt, wurde Mitja klar. Er hatte den Schuh ohne die Schnalle gesehen. Er wusste Bescheid …

Irgendwie kam er, gezogen von Maslows Hand, die gnaden-los sein Ohr marterte, bis zur Tür. Plötzlich ertönte ein schriller Schrei der Verzweiflung, der von der Kaiserin kam, und Maslows eiserne Hände lockerten sich. Der Beschützer des Throns stürzte zu seiner Gebieterin.

»Was hat sie? Schaut mal! Es geht ihr schlecht!«, schrie Katharina und zeigte auf den Boden.

In der rubinfarbenen Lache lag die Windhündin Adelaida Iwanowna; sie hatte stumm den Rachen aufgerissen und zuckte mit allen vier Pfoten.

»Das ist Gift!«, brüllte Maslow mit Donnerstimme. »Der Likör ist vergiftet! Ein Anschlag auf das Leben der Kaiserin!«

Die Herrscherin sackte in sich zusammen. Leute stürzten herbei und warfen auf dem Weg Sessel um.

»Das Likör gut!«, versicherte Kosopoulos und schlug sich an die Brust. »Ich selbst getrunken, Mütterchen Zarin getrunken! Immer gut, nix schlecht!«

Der Geheimrat kam auf einmal zu Mitja zurück und packte ihn bei den Schultern.

»Warum hast du die Flasche hingeworfen?«, flüsterte er schmeichelnd. »Aus kindlicher Ungeschicklichkeit, oder wusstest du von dem Gift?«

Und er setzte leise hinzu:

»Sag mir die Wahrheit. Mich darf man nicht anlügen.«

Die Augen des dicklippigen Greises waren matt, ohne Glanz. Er hätte ihm gleich alles erzählen sollen, aber er machte einen Fehler – er blickte zu Metastasio und erstarrte unter dem Basiliskenblick des Verschwörers.

»Du weißt etwas, das sehe ich«, flüsterte Maslow. »Sagst du es im Guten, oder muss ich dich in die Geheimexpedition bringen? Ich nehme keine Rücksicht darauf, dass du noch klein bist …«

Da erklang eine schwache Stimme:

»Wo ist er? Wo ist mein Schutzengel? Prochor Iwanowitsch, was renkt Ihr ihm die Schultern aus? Komm her, mein Retter. Der Herrgott hat dich mir und Russland gesandt!«

Und der Griff des schwarzen Greises lockerte sich, er ließ ab.

Nach dem denkwürdigen Abend im Brillantzimmer ließ Fortuna

unseren Mithridates Karpow immer höher aufsteigen. Vom Pagen Seiner Durchlaucht des Fürsten Surow, der sich von solchen Knaben unterschiedlichen Alters gleich zwei Dutzend hielt, wurde er zum Studenten Ihrer Majestät ernannt. Er war der Einzige im ganzen Reich mit dieser hohen Auszeichnung. Er hatte außerdem auch weniger seltene Auszeichnungen, um die er zu beneiden war. Erstens kam Mitja in den Genuss einer Erhöhung seines militärischen Dienstgrades: früher war er außerplanmäßiger Korporal im Kavallerieregiment gewesen, während er jetzt Wachtmeister vom Dienst war, was dem Rang nach der Stufe eines Armeehauptmanns entsprach. Zweitens wurden seinem Vater für die Erziehung des wunderbaren Knaben der Orden des heiligen Wladimir und fünftausend Rubel in Silber geschickt. Die Erlaubnis, dass Vater und Mutter herkämen, bekam er allerdings nicht (was seinen Bruder Endimion betraf, so legte sich Mitja eingedenk der Schläge und der zerquetschten Frösche erst gar nicht ins Zeug). »Ich will dir eine Mutter und Platon Alexandrowitsch soll dir ein Vater sein«, antwortete Katharina auf seine Bitte. »Deinen Eltern schenke ich als Trost dafür eins der neuen Dörfer in Polen. Da gibt es viel Land und viele Bauern, das reicht für alle.« Mitja war zu diesem Zeitpunkt schon verständig und wusste, dass sie den Favoriten nicht verdrießen wollte: Fürst Surow duldete keine schönen Männer in der Nähe der Autokratin. Es gab sogar Familien, denen es gelang, ihren hübschen Sprösslingen auf diese Weise eine glänzende Karriere zu ebnen. Sie schickten so einen jungen Schönling an den Hof, wo er ein, zwei Tage Seiner Durchlaucht ein Dorn im Auge war, und siehe da, man schickte ihn als diplomatischen Boten los oder auf einen hohen Posten in die Armee; einer, ein Bildhübscher, war sogar als Gesandter an einen ausländischen Hof geschickt worden. Das Einzige, was Surow interessierte, war, dass er möglichst lange und möglichst weit weg war.

Mitja war also mutterseelenallein, oder, wie sich der Witzbold Lew Alexandrowitsch Kukuschkin ausdrücken würde, es ging ihm alles-in-Butter-so-fein, denn viele würden, wenn sie dafür so gut leben könnten, liebend gern Heimweh auf sich nehmen.

Man stellte dem Studenten eine eigene Wohnung zur Verfügung, in der Nähe der Gemächer Ihrer Majestät, mit Blick auf den Schlossplatz. Er bekam Diener, man stellte Lehrer für ihn an, und um die Gesundheit des unschätzbaren Kindes kümmerte sich der Leibarzt Cruise höchstpersönlich.

Mitja lebte im Luxus, war aber sehr viel eingeengter als in Trost.

Er stand nicht auf, wann er wollte, sondern wenn es noch dunkel war, um sechs, sobald die Schlossglocke schlug: Länger durfte keiner schlafen, denn Ihre Majestät geruhte, bereits auf den Beinen zu sein. Die Morgenwäsche sah so aus: Damit es Mithridates leichter fiele, seine schläfrigen Augen zu öffnen, rieb ihm ein Diener mit einem in Rosenwasser getauchten Schwamm über die Augenlider; dann führte man das unschätzbare Kind in das Bad, wo von einer Pumpe hochgesaugtes Wasser aus einem Bronzerohr floss, und zwar nicht eiskaltes, sondern warmes. Nur die Zähne putzte er sich eigenhändig, über die Reinigung der anderen Körperteile wachten zwei Diener, der eine, ein Älterer, war für alles oberhalb der Brust zuständig, der andere für das, was darunter lag.

Kleidung und Schuhe für den Liebling der Kaiserin wurden von einem ganzen Heer höfischer Schneider und Schuster innerhalb von zwei Tagen hergestellt. Die Gewänder, insbesondere die für Festtage, waren von einer unbeschreiblichen Schönheit; manche waren mit Edelsteinen besetzt und mit Goldstickerei verziert. Dieser ganze Reichtum nahm ein eigenes Zimmer in Anspruch, das Garderobe hieß. Schade war nur, dass er die Kleidung nicht selbst aussuchen durfte. Diese wichtige Angelegenheit oblag einem Kammerdiener. Der wusste genau, ob starker Frost herrschte und was heute in Mithridates' Terminkalender stand. Er erkundigte sich nicht nach Mitjas Wünschen, sondern reichte ein Gewand, das der Etikette und dem Anlass angemessen war. Für die verschiedenen Anlässe musste er sich sieben- bis achtmal pro Tag umziehen.

Sobald man ihn angezogen hatte, übergab man ihn dem Coiffeur, der ihm die Haare kämmte, sie mit Speck einrieb und mit Puder bestreute.

Dann gab es Frühstück. Das Essen war im Winterpalais schlecht, zum einen, weil die Kaiserin nicht sonderlich wählerisch war – ihr Lieblingsgericht war gekochtes Rindfleisch mit Salzgurken –, aber auch deshalb, weil Ihre Majestät nie die Köche ausschimpfte – sie hatte Angst, es könnte einer beleidigt sein und ihr Gift ins Essen streuen. Die Köche legten sich deshalb auf die faule Haut und servierten angebrannte Grütze, versalzenes Rührei und kalten Kaffee. In Trost hatte Mitja zwar nicht aus Silbergeschirr gegessen, aber das Essen war sehr viel leckerer gewesen.

Dann begann der Unterricht, für den ein besonderes Klassenzimmer vorgesehen war. Neben Interessantem – Mathematik, Geographie, Geschichte und Chemie – unterrichtete man ihn auch in manchem, wozu ihm die Zeit zu schade war.

Reiten auf einem britischen Pony oder Fechten, das ging ja noch an, ohne das kommt ein Adeliger nun mal nicht aus, aber Tanzen! Ein Menuett, den Russischen Tanz, die Anglaise, die Ecossaise, den Großvatertanz. Was für ein entsetzlicher Unsinn: zur Musik zu hüpfen, sich hinzuhocken, die Arme zu schwingen und mit dem Absatz zu stampfen. Als ob der Mensch nichts Wichtigeres zu tun hätte, als ob schon alle Geheimnisse der Natur entdeckt, alle Meeresabgründe erforscht, alle Krankheiten geheilt und das Perpetuum mobile erfunden wäre!

Und der Unterricht in der schönen Wortkunst? Wer braucht denn diese künstlichen, unwahrscheinlichen Märchen? Bevor er vier Jahre alt war, hatte Mitja noch selbst Romane gelesen, weil er noch nicht verständig genug gewesen war und gedacht hatte, das seien alles wahre Geschichten. Dann hatte er aufgehört, die Literatur liefert keine nützlichen Informationen, das ist vertane Zeit. Und nun musste er Stücke vortragen, mit verteilten Rollen: »Les précieuses ridicules«, »Hamlet, Prince of Denmark«, »Le cocu imaginaire« und ähnlichen Blödsinn.

Nach dem Mittagessen standen Billard und Bilboquet auf dem Stundenplan. Aber vorher hatte er Zusatzunterricht in den Disziplinen, die er schlecht beherrschte. Das waren zwei: Singen und Schönschrift. Wenn ein Mensch keinen Sinn für Musik hat, dann kann man nichts machen, aber gegen seine schlechte Schrift kämpfte Mitja mit großem Ernst an. Sie war wirklich unleserlich. Die Buchstaben klebten aneinander, die Worte verhakten sich zu einem Abrakadabra, und die Zeilen spazierten über das Papier, wie es gerade kam. Er hatte sich das Schreiben ja selber beigebracht, nicht wie andere Kinder, die lange die einzelnen Buchstaben malen. Sein Denken war immer schneller als seine Hand.

Als Mithridates einmal keuchend mit der Feder kratzte und das wunderbare Velin verdarb, betrat die Kaiserin das Zimmer. Sie betrachtete die Leiden des Kindes, küsste ihn in den Nacken, und um zu zeigen, wie man schreiben muss, kritzelte sie oben auf das Blatt: »In ewiger Dankbarkeit. Katharina«. Der Lehrer befahl, die unteren Krakeleien abzuschneiden und den oberen Rand als wertvolle Erinnerung aufzuheben. Mitja machte das auch und schickte den Zettel mit der nächsten Post nach Trost.

Die Verbrecher, die das Gift in das Fläschchen mit dem Likör des Admirals gestreut hatten, hatte man bisher nicht ausfindig gemacht. Er hätte Mütterchen Zarin alles erzählen mögen, was er auf dem Ofen gehört hatte, aber er hatte zu große Angst. Und wenn Metastasio es abstritt (und das würde er zweifellos tun!), wenn er forderte, ihm den Denunzianten vorzuführen (und das würde er zweifellos tun!)? Hauptsache, er musste nicht in die schwarzen, bohrenden Augen sehen! Schon von dem Gedanken an diesen Blick bekam er einen trockenen Mund und einen flauen Magen. Mitja hatte gehört, wie Prochor Iwanowitsch Maslow Ihrer Majestät vom Stand der Ermittlung berichtet hatte: Seine Leute rissen sich die Beine aus und seien auf etwas gestoßen, aber der Brocken sei zu groß, er fürchte, er ginge ihnen durch die Lappen. Das war allerdings wirklich ein großer Brocken! Vielleicht kommt der gründliche Alte selber dahinter, dachte Mitja ängstlich.

Die große Monarchin nannte ihren kleinen Retter »Talismännchen« und genoss es, ihn in ihrer Nähe zu haben, besonders wenn sie wichtige Staatsangelegenheiten erledigte. Sie wiederholte gerne, die Vorsehung selber habe ihr diesen Knaben geschickt, es sei Gott gewesen, der dieses kleine Kind gedrängt habe, das todbringende Glas auf den Boden zu werfen. Wenn die Gebieterin über einer schweren Entscheidung brütete, bedachte sie den Studenten manchmal mit einem merkwürdigen Blick, der halb prüfend und halb furchtsam war. Manchmal fragte sie ihn auch nach seiner Meinung. Mitja war zuerst stolz über eine solche Respektbekundung gewesen; aber dann war ihm klar geworden, dass sie nicht seinen Verstand, sondern etwas anderes brauchte. Es ging ihr nicht um den direkten Sinn des Gesagten, sondern sie versuchte, im Klang der Wörter eine geheime Bedeutung zu entdecken, als spräche nicht ein kleiner Höfling in Samtweste, sondern die Pythia von Delphi.

So war es beispielsweise beim nachmittäglichen Rapport geschehen. Die Kaiserin saß erschöpft da, mit geschlossenen Augen. Ob sie zuhörte oder nicht, war unklar. Hinter ihr stand ein Kammerfräulein, das Ihrer Majestät mit den Fingern durch die Haare fuhr. Sobald sie ein Insekt fand, drückte sie es mit dem Fingernagel gegen eine flache, goldene Schachtel, eine Läusefalle. Mitja saß an seinem üblichen Platz und las Linnés »Philosophia botanica«.

Der Kammersekretär, ein ungemein tüchtiger junger Mann, der allerdings sehr hässlich war (wer hätte denn auch einen schönen Mann zu einem solchen Amt zugelassen?), las die Depeschen vor.

»Im verflossenen Jahr, Anno Domini 1794, wurden in der Stadt Sankt Petersburg 6750 Menschen geboren, es starben 4015.«

Die Kaiserin öffnete die Augen:

»Um wie viel hat die Bevölkerung also zugenommen?«

Der Kammersekretär musste überlegen, Mitja aber sagte wie aus der Pistole geschossen:

»Zweitausendsiebenhundertfünfunddreißig.«

»Sie vermehren sich, das heißt, sie sind satt, haben keine Angst und sind mit ihrem Leben zufrieden«, sagte Katharina und schloss die Augen wieder.

Der Vortragende las weiter:

»Eine Nachricht aus Amerika. Gegen die Indianer, die die Gegend von Kentucky unsicher machten, wurde ein Corps von Freiwilligen geschickt, das sie vernichtend geschlagen hat.«

Mitja dachte an den riesigen Indianer. Er stellte sich vor, wie dieser sich nachts an die Farm eines weißen Siedlers heranschleicht. In der Hand hat er eine Streitaxt, auf dem Rücken einen Köcher mit Pfeilen. Wie schrecklich! Das haben die Freiwilligen toll gemacht.

»Ebenfalls aus Amerika. Eine unangenehme Nachricht von der Inselgruppe Guadeloupe. Anfang Oktober haben die Franzosen die Engländer gezwungen, zu kapitulieren und sich nach England zurückzuziehen, wobei sie versprechen mussten, die Französische Republik im weiteren Kriegsverlauf nicht mehr zu bekriegen.«

Die Zarin machte ein verdrießliches Gesicht, sie mochte die Franzosen nicht.

Der Kammersekretär druckste herum:

»Hier ist etwas noch Schlimmeres ...«

»Na los«, sagte die Kaiserin kopfschüttelnd. »Ich kenne dich doch, du Jesuit. Das Schlimmste hebst du dir für den Schluss auf. Du guckst erst, ob ich wütend bin. Du brauchst keine Angst zu haben, ich bin nicht wütend.«

Da las der junge Mann leise:

»Die Franzosen haben Amsterdam eingenommen ...«

»Um Gottes willen!«, stöhnte Katharina. »Wann bietet diesen verfluchten Kerlen denn endlich jemand die Stirn?«

Und sie drehte sich auf einmal zu Mitja und fragte ihn:

»Was soll ich machen, mein Lieber? Mich mit Europa gegen die Jakobiner verbünden oder weiter zugucken, wie sie sich gegenseitig abschlachten? Sag mir, mein Freund, wie kommt es, dass diese Habenichtse immer siegen? Dabei fehlt es ihnen doch an Gewehren und Kanonen, an Uniformen und Proviant! Wie erklärt sich dieses Unglück?«

Und sie blickte ihn hoffnungsvoll an, als müsse sich ihr jetzt eine große Wahrheit offenbaren.

Und Mitja setzte sich liebend gerne für das Wohl der Menschheit ein. Den Linné hatte er zur Seite gelegt, er gab sich Mühe, sich möglichst einfach auszudrücken und nicht zu schwülstig zu reden, damit sie es verstand:

»Sie besiegen deshalb jede Armee, weil bei den Franzosen jetzt Gleichheit herrscht und bei ihnen der Soldat kein Herdentier ist, das nur vorrückt, weil hinter ihm ein Korporal mit dem Stock steht. Ein freier Kämpfer versteht sein Metier und weiß, wofür er kämpft. Das ist nun mal so: Freie Menschen arbeiten und kämpfen immer besser als unfreie.«

Auf diese Weise wollte er der Protagonistin von Dershawins Ode »Feliza« wenigstens einen diskreten Wink geben, dass man am Ende des achtzehnten Jahrhunderts doch nicht einen Großteil der Untertanen in schändlicher Sklaverei halten konnte.

Sie antwortete aber:

»Das stimmt! Ja, wirklich, Kindermund tut Wahrheit kund!« Und sie wandte sich an den Sekretär und sagte ihm: »Schreib folgenden Erlass: Beim nächsten Mal sollen nicht die Leibeigenen, sondern die freien Bauern die Rekruten stellen, denn als frei Geborene taugen sie besser für das Kriegshandwerk.«

Sie küsste den vor Schreck erstarrten Mitja auf die Wangen und schenkte ihm einen lackierten Schlitten aus dem Zaren-Fuhrpark.

So ist das also, wenn man den Herrschenden einen Rat gibt: Da willst du das Beste, und es kommt das Gegenteil dabei heraus.

Oder noch ein Beispiel.

Die Kaiserin legte eine Patience; sie war in nachdenklicher Stimmung.

»Ach«, sagte sie seufzend. »Mein kleines Vögelchen, warum ist es für einen alten Mann, selbst wenn er sechzig ist, keine Schande, ein junges Mädchen zu heiraten, während es für eine reife Dame desselben Alters unmöglich ist, mit einem sechsundzwanzig- oder siebenundzwanzigjährigen Mann vor den Traualtar zu treten?«

Und wieder blickte sie hoffnungsvoll zu ihm und hielt ängstlich den Atem an.

Mitja dachte nach und antwortete:

»Das liegt wohl daran, Eure Majestät, dass ein sechzigjähriger Greis noch Kinder haben kann, während eine sechzigjährige Großmutter keinen Nachwuchs mehr haben kann. Man heiratet doch schließlich, um die Bevölkerung zu vermehren, warum sonst?«

Und dazu fiel ihm gleich ein gut passendes Faktum ein.

»Aber die Wissenschaft kennt auch Ausnahmen. Ich habe gelesen, 1718 sei im mexikanischen Vizekönigreich eine gewisse Manuela Sanchez im Alter von dreiundsechzig Jahren schwanger geworden und habe einen toten Säugling weiblichen Geschlechts auf die Welt gebracht, der sieben Pfund, drei Unzen und zwei Solotniks wog; der Wöchnerin platzten die Geschlechtsorgane, woran sie starb.«

Die Kaiserin schmiss die Karten zu Boden und warf ihn hinaus, ihr standen die Tränen in den Augen. Was hatte er denn Schlimmes gesagt?

Später kam sie ihm nach in den Flur, liebkoste ihn, nannte ihn ein »einfaches Herz« und »mein liebes Kind«. Das sahen viele, und Mitjas Stern glänzte noch heller.

Bei Hof sprach man ohnehin viel über den wunderbaren Knaben und die besondere Sympathie von Mütterchen Zarin für ihn. Natürlich fanden sich auch Bittsteller ein. Ein Kammerherr bat, man möge ihn zu den Versammlungen in der Kleinen Eremitage einladen. Er unterstrich seine Bitte mit einem Pfund brasilianische Schokolade. Der Vizedirektor der kaiserlichen Theater, der kam, um die Erlaubnis zur Aufführung eines Stücks zu erwirken, hatte offenbar nicht erwartet, dass der berühmte Mithridates so klein war. Er war etwas irritiert, als er ihm die mitgebrachten Geschenke aushändigte; es handelte sich nämlich um ein halbes Pfund Virginia-Tabak und die neueste Erfindung gegen eine üble Krankheit: eine durchsichtige kleine Kapuze, gefertigt aus der Blase eines afrikanischen Fisches. Den Tabak gab Mitja dem Kammerdiener, die Schokolade aß er selber, und die dehnbare Kapuze leistete ihm gute Dienste bei seinen Experimenten mit erwärmtem Gas.

Nach und nach lebte sich Mithridates in dem weitläufigen Palast ein, der Zeile für Zeile und Seite für Seite das Buch seiner zahllosen Geheimnisse vor ihm auftat. Natürlich nicht das ganze Buch, sondern nur einen kleinen Ausschnitt, denn diesen riesigen steinernen Folianten in seiner ganzen Wucht zu begreifen, das ist wohl für einen Sterblichen nicht zu bewältigen, noch nicht einmal für den Palastkommandanten. Und wenn du hundert Jahre in diesen stolzen Gewölben lebtest, würdest du nicht alles wissen. Nach dem Niedergang von Versailles gab es auf der ganzen Erde keine prächtigeren und geräumigeren Gemächer.

Um den Palast zu erkunden, unternahm Mitja Expeditionen: zuerst ins nahe Umfeld, in die Nebenräume, die Hängenden Gärten, die Chöre. Dann immer weiter und weiter. Mit der Zeit stellte sich heraus, dass das Winterpalais nicht nur voller wunderschöner Bilder und Skulpturen war, sondern auch voll zahlloser anderer Reichtümer steckte und auch viele Gefahren bereithielt. Der Palast hatte ganz offensichtlich ein geheimes Eigenleben, eine eigene Seele, und zwar eine wenig wohlwollende, die Neulingen Böses, ja den Untergang wünschte.

In der siebten Nacht nach Mitjas Einzug kam es zu einem unerklärlichen, wenig Gutes verheißenden Vorfall. Er lag nachts in seinem gigantischen hohen Bett, das man nur über eine Leiter erreichen konnte, und betrachtete den bronzenen Kronleuchter. Das heißt, er betrachtete ihn nicht eigentlich, denn was gab es da schon zu betrachten, er kannte ihn längst in- und auswendig – er starrte einfach an die Decke, wo der Kronleuchter hing. Zum Schlafen hatte er noch keine Lust. Die Kaiserin forderte, das Kind müsse um zehn ins Bett gebracht werden, und erlaubte es nicht, dass er nachts las, da das der Gesundheit schade. Er hatte versucht zu erklären, dass ihm für das Auftanken von Energie drei Stunden reichten, aber wie üblich hörte die Zarin nicht darauf. Ob er wollte oder nicht, er musste also herumliegen und nachdenken.

Der wuchtige Kronleuchter thematisierte den Triumph der Frömmigkeit: um die zentrale Gestalt eines bärtigen Mönches, der die Frömmigkeit symbolisierte, tanzten Sänger mit Zimbeln und Harfen einen Reigen. Er lag da und dachte darüber nach, wie man die Gerichtsbarkeit so verändern könne, dass die Richter zu einem ehrlichen Urteil kämen, keine Angst vor den Behörden hätten und keine Geschenke von Klägern und Angeklagten annähmen. Diese Aufgabe war nicht gerade leicht und eignete sich wenig für die Nacht, so dass Mitja unmerklich einschlummerte, allerdings nicht sonderlich tief und nicht für lange. Er wachte auf, denn es kam ihm so vor, als habe die Tür geknarrt. Dann hörte er ein leises Ächzen, als ob etwas risse. Er strengte seine Augen an, um zu verstehen, was vor sich ging. Auf der bronzenen Rundung des Kronleuchters flackerte der fahle Reflex einer Laterne vor dem Fenster. Auf einmal wackelte der Reflex; zuerst ruckelte er, dann bewegte er sich, immer größer und schneller werdend, nach unten. Mitja begriff weniger vom Verstand als vom Gefühl her, dass der Kronleuchter dabei war herunterzufallen, und warf sich auf den Boden. Er verstauchte sich den Ellenbogen, aber wenn er auch nur einen halben Augenblick länger gewartet hätte, hätte das herunterfallende Ungetüm Hackfleisch und Knochenmehl aus ihm gemacht. Die dicken Füße des Bettes brachen von dem Aufprall ab, und die Bettstatt barst in der Mitte in zwei Hälften.

Später, als man die Sache untersuchte, stellte sich heraus, dass die Fasern des Strickes gerissen waren, an dem man das Bronzeungeheuer herunterließ, um die Kerzen anzuzünden. In der ersten Zornesaufwallung befahl die Kaiserin, dem Diener, der über die Leuchter zu wachen hatte, wegen Fahrlässigkeit ein Brandmal aufdrücken zu lassen und ihn nach Sibirien zu schicken, aber später erbarmte sie sich und ordnete nur an, ihn auszupeitschen und zu den Soldaten zu stecken.

Mitja hatte sich nicht sonderlich erschreckt. Er erklärte sich den Vorfall mit der feindseligen Einstellung des Palastes, von dem man jeden bösen Spuk erwarten konnte. Aber nach einer Woche erschien die Angelegenheit in einem ganz anderen Licht.

Seine Expeditionen zur Untersuchung des steinernen Kolosses hatten inzwischen den Keller erreicht, wo sich Abstell- und Küchenräume befanden. Lebensmittel und Essenszubereitung interessierten Mithridates nicht, aber hinter dem Weinkeller hatte er eine interessante Stelle gefunden: einen alten, mit Stein ausgelegten Brunnen, möglicherweise das Relikt eines älteren Baus. Bevor man die Rohre verlegt hatte, hatte man wahrscheinlich hier das Wasser zum Kochen geholt; jetzt aber war er unbenutzt. Der Brunnen war nicht besonders tief, bis zum Wasserspiegel war es nicht mehr als einen halben Klafter (der Boden ist ja in Petersburg sumpfig, bis zum Grundwasser ist es immer nah). An allen vier Seiten waren Steinstufen, damit der Küchenjunge sich besser hatte bücken und mit dem an einem Stock befestigten Eimer Wasser schöpfen können.

Da der Brunnen keine Funktion mehr hatte, beschloss Mitja, ihn für ein chemisches Experiment zu nutzen: Er wollte dort die Kristalle von Kupfervitriol heranziehen. Der Ort war kalt und ohne störende Ausdünstungen. Er ließ also zwei Glasbehälter mit übersättigter Lösung an Stricken herab; in dem einen Behälter war ein einfacher Faden, in dem anderen ein Seidenfaden. Dreimal pro Tag ging er nachsehen, ob sich Kristalle gebildet hatten.

Am dreiundzwanzigsten Februar, an einem Freitag, frühmorgens, begann der Prozess in dem ersten Behälter. Unübersehbar funkelten die blauen Körnchen an dem rohen Zwirn. Hurra!

Mitja ließ den Behälter wieder hinunter. Er beugte sich nach vorne, um den zweiten Behälter hochzuholen, doch da packte ihn eine Hand am Rockschoß, die andere am Kragen und warf ihn kopfüber nach unten. Aus den Augenwinkeln konnte er noch gerade einen grünen Ärmel mit roter Manschette sehen, im nächsten Augenblick schlug auch schon das schwarze Eiswasser über ihm zusammen.

Spuckend und nach Luft ringend kam er in der Finsternis an die Oberfläche. Er strampelte mit Händen und Füßen. Er versuchte zu schreien, in dem steinernen Quadrat hallte der Schrei dumpf wider, aber in der Küche war er nie im Leben zu hören – sie war zu weit, und es war da zu laut. Wenn nicht die Stricke dagewesen wären, an denen die Glasbehälter aufgehängt waren, wäre er binnen kürzester Zeit ertrunken, denn Mitja war zwar ein Überflieger in der mathematischen Wissenschaft, verstand etwas von der Struktur der Materie und kannte sich in der Philosophie recht gut aus, aber schwimmen konnte er nicht; er hatte keine Zeit dazu gehabt, das zu lernen.

Auch die Stricke, an denen er sich festklammerte, hätten ihn letztlich nicht retten können. Nach ein oder zwei Minuten verkrampften sich seine Finger und ließen los. Nur einem glücklichen Zufall war es zu verdanken, dass der Vizekoch Wein holen ging und das Wimmern in dem Brunnen hörte; Mithridates Karpow hätte andernfalls seine Eltern und Mütterchen Zarin mit Sicherheit tief betrübt.

Als der Vizekoch den Knaben herausgezogen hatte, verpasste er ihm als Erstes ein paar Kopfnüsse, um ihm einzuschärfen, er solle gefälligst nicht überall herumschnüffeln, aber dann gab er ihm einen Schluck Wein, zog ihn aus, rieb ihn mit einem Wollhandschuh ab und wickelte ihn in zwei Schürzen ein. Mitja war trotz der ungerechten Kopfnüsse und der Tatsache, dass er ausgeschimpft wurde, nicht beleidigt. Er küsste dem Grobian zum Dank, dass er ihn gerettet hatte, die Hand, erklärte ihm aber nichts.

Später, als er schon nicht mehr in Schürzen, sondern in ein Bärenfell eingewickelt war, lag er in seinem Schlafzimmer und analysierte das Geschehene.

Das konnte man nicht auf die Missgunst des Palastes schieben, der Vorsatz eines Menschen war nicht zu übersehen. Jemand wollte den Studenten der Kaiserin umbringen, nur wie durch ein Wunder war er mit seiner Absicht gescheitert.

Und da brauchte es auch keine komplizierte Analyse. Wer hat eine grün-rote Uniform? Das Preobraschenski-Regiment.

Mitja zog an der Klingel und befahl dem Kammerdiener, in Erfahrung zu bringen, wer heute den Palast bewache. Ja, es war das Preobraschenski-Regiment. Kommandeur war Hauptmann Pikin. Als Mitja diesen Namen hörte, schüttelte es ihn wieder, aber diesmal nicht vor Kälte. Er überlegte weiter und erinnerte sich an den heruntergefallenen Kronleuchter.

Er zog sich hastig an, ohne die Hilfe des Kammerdieners. Er schlich in die Wachstube, wo das Verzeichnis der Wachdienste lag. Er wartete an der Tür, bis der Sergeant aufbrach, um die Posten zu kontrollieren, und ging hinein. Wer hatte vor einer Woche, am sechzehnten Februar, ebenfalls einem Freitag, Dienst gehabt? Ja-wohl: Hauptmann Andrej Pikin. Man hatte den Diener umsonst zu den Soldaten gesteckt. Auch das nächtliche Knarren der Tür war nun verständlich. Der Verbrecher hatte sich in das Schlafzimmer geschlichen, hatte mit dem Messer oder irgendeinem anderen Gegenstand den Strick angeschnitten und war abgehauen; das Weitere hatte dann das Gewicht des Kronleuchters besorgt.

So war das also! Herr Metastasio, dieser einfallsreiche Mann, hatte sich keineswegs beruhigt. Und er würde sich auch erst dann beruhigen, wenn er diesen gefährlichen Zeugen ins Jenseits befördert hätte!

Mitja war sichtlich angegriffen, er überhörte die sich nähernden Schritte. Als die Tür sich öffnete, war es zu spät, um wegzulaufen.

Pikin und der Sergeant, ein noch ganz junger Mann, betraten die Stube.

»Seht mal, Bibikow«, sagte der Hauptmann fröhlich, »wir haben Besuch. Seine Majestät Mithridates der Weise. Was machst du denn hier? Hast du gehört, was mit der neugierigen Warwara passiert ist? Ja?« Seine Riesenaugen durchbohrten den vor Schreck gelähmten Mitja. »Ich habe gehört, du bist im Brunnen Tauchen gegangen? Hast du die Froschkönigin gesucht? Meine Fresse, da hast du aber verdammtes Schwein gehabt. Solche Leute wie du gewinnen doch garantiert auch im Kartenspiel. Das müsste man dir beibringen. Zu zweit würden wir alle unter den Tisch spielen, hab ich Recht?«

Und da lachte der Mörder. Und kein Schatten, keine Wolke trübte sein Gesicht. Das machte alles noch schrecklicher.

Mitja kreischte auf, schaffte es, unter dem Ellenbogen des Sergeanten durchzukommen, und raste ohne Sinn und Verstand davon.

Das sagt man nur, dass jemand ohne Sinn und Verstand davonläuft, in Wirklichkeit weiß auch jemand, der große Angst hat, sehr wohl, wohin er laufen muss, um sich zu retten. Auch Mithridates wusste das, ja, er hatte keinen Zweifel.

Es gab einen Mann, dessen Aufgabe es war, die Kaiserin zu beschützen und Verschwörungen gegen ihre erlauchte Person zu unterbinden. Dieser Mann war bekannt, es war der Geheimrat Maslow, Chef der Geheimexpedition. Schon längst hätte er die Angst vor Jeremej Metastasio überwinden und Prochor Iwanowitsch alles gestehen sollen. Die Angst lähmt nur und nimmt einem die Freiheit, aber sie hat noch nie auch nur einen Einzigen vor dem Untergang retten können. Was nützt es, dass das Kaninchen zittert, wenn es auf den aufgerissenen Schlund der Schlange starrt? Die Untätigkeit des Kaninchens bringt die Schlange nicht von ihrer Absicht ab.

Der Geheimrat wohnte nicht weit entfernt vom Palast, in der Millionenstraße. Niemand kam Prochor Iwanowitsch freiwillig besuchen, aber wo er wohnte, wusste in Petersburg jeder. Da musste man den Seitenausgang nehmen, an dem gestreiften Wachhäuschen vorbeilaufen und in den Hof gegenüber sausen. Da, in dem gelben Amtsgebäude, wachte die Geheimexpedition, und da befand sich auch die Wohnung ihres Chefs.

Maslow hörte dem schluchzenden Jungen äußerst aufmerksam zu, unterbrach ihn kein einziges Mal, sondern nickte nur oder kommentierte »so so«, und das je länger, desto lebhafter. Misstrauen im Sinne von, na, da hat sich der Kleine ja was Feines ausgedacht, eine Reaktion, die Mitja am meisten gefürchtet hatte, zeigte Prochor Iwanowitsch gar nicht, und nach seinem Gesichtsausdruck zu urteilen, wunderte er sich noch nicht einmal sonderlich über die Geschichte. Ja, er freute sich sogar eher.

Er wanderte in dem engen, mit geschlossenen Schränken zugestellten Zimmer auf und ab und rieb sich fortwährend die trockenen weißen Hände, brummelte etwas in den Bart und nickte.

»Also, du wunderbarer Junge«, sagte er, »hilfst du mir nun, unser Mütterchen zu retten und die Verbrecher dingfest zu machen, ja? Dann kann ich dich auch vor ebendiesen Ungeheuern schützen.«

»Wie kann ich Euch denn helfen?«, fragte Mitja erstaunt. »Ich bin doch noch klein.«

Der Geheimrat legte ihm den Arm um die Schulter, setzte ihn neben sich auf das Sofa und sagte leise und sanft:

»Du bist zwar klein, aber klüger als viele, die groß sind. Du siehst ja, wir beide kennen die Wahrheit, aber das ist zu wenig.

Mütterchen Zarin wird uns nicht glauben, denn es geht hier um eine Person, die ihrem Herzen äußerst lieb ist.«

»Mir wird sie bestimmt nicht glauben«, sagte Mitja überzeugt. »Wer bin ich denn schon für sie, eine lustige Puppe, ein seltener Hampelmann. Aber mit Euch, ihrem Beschützer, ist das doch etwas anderes!«

Prochor Iwanowitsch stützte seine Hängebacke in die Hand und sagte betrübt:

»Auch mir treuem Hund wird sie leider nicht glauben. Du kannst sagen, was du willst, Hauptsache, du sagst nichts Böses über die Busenfreunde ihres lieben Platochens. Ich bin wirklich wie ein Hund: Fremde darf ich ankläffen, aber wehe, es geht um die eigenen Leute. Selbst wenn ich es schaffe, dass die Zarin Verdacht schöpft, was nützt das schon?«

»Was heißt das?«

»Dann wird bei Mütterchen Zarin eine Person vorsprechen, die sehr viel schöner als der alte Prochor Maslow ist, sie wird sich mit Ihrer Majestät im Schlafzimmer einschließen und wird Argumente finden, die dazu führen, dass man uns beide wie herumtollende Welpen aus dem Winterpalais wirft. Und dann wird unseren Freund Jeremej Umbertowitsch keiner mehr stören, seine böse Absicht in die Tat umzusetzen.«

»Was können wir dagegen machen?«, fragte Mitja niedergeschlagen. »Nichts?«

»Doch.« Maslow schärfte ihm ein: »Du musst alles so machen, wie ich dir sage, dann wird alles gut.«

»Wenn ich das kann …«, antwortete Mitja mit zitternder Stimme.

Gab es denn keine Möglichkeit, eine Gegenüberstellung mit dem schrecklichen Italiener zu vermeiden? Wenn ihm von der tödlichen Flamme seiner schwarzen Augen nur ja nicht die Zunge im Hals verdorrte …

»Das kannst du schon. Wenn du leben willst.«

Prochor Iwanowitsch kniff seine ohnehin kleinen Äugelchen zusammen, kaute auf seinen Lippen herum und glich dadurch noch mehr einem kahlen, alten Mops.

»Von Seiner Durchlaucht muss man ein Stückchen nach dem anderen abschneiden«, sagte er ganz leise, als spreche er mit sich selbst. »Das erste Stückchen ist der Hauptmann Pikin. Über ihn kommen wir zu dem Sekretär. Und danach tun wir so, als hätten wir gar nichts gegen Seine Durchlaucht. Wir behaupten, diese bösen Schmarotzer hätten dem armen Kerl Flausen in den Kopf gesetzt, aber er dächte natürlich nicht im Traum daran ... Wenn ich sichere Beweise habe, wird Platon Alexandrowitsch sich von dem Italiener lossagen und ihn mit Haut und Haaren ausliefern. Ich kenne ihn doch!«

Der Geheimrat dachte schweigend weiter nach. Dann nickte er und sagte:

»Ich brauche ein Geständnis von Pikin. Das ist der Erste, den wir aufs Kreuz legen, er hat am wenigsten Einfluss.«

»Er wird es doch nie zugeben!«, schrie Mitja. »Was hat er denn davon?«

»Nicht weil er etwas davon hätte, sondern weil ihm nichts anderes übrig bleibt«, lautete Maslows Antwort. »Komm, ich zeige dir den Grund, warum Andrej Pikin mir die ganze Wahrheit sagen wird. Gehen wir!«

Er führte seinen kleinen Komplizen in ein anderes Zimmer, das etwas geräumiger war und einen etwas gemütlicheren Anstrich hatte: an der Wand stand ein Sofa, auf dem sogar bestickte Kissen lagen, in einer Ecke hing ein trüber Spiegel, und an einem Tisch mit hübsch gebogenen Beinen standen zwei Sessel: der eine wirkte hölzern und unbequem, der andere glich, weich und einladend, einer tiefen Muschel.

»Das hier ist mein Wohnzimmer für Privatgespräche mit hoch stehenden Persönlichkeiten, die eine väterliche Zurechtweisung brauchen«, sagte Prochor Iwanowitsch, lächelte dabei listig und zwinkerte mit den Augen. »Einen lieben Gast, der auch weiblichen Geschlechts sein kann, behandele ich mit Respekt«, sagte er und zeigte auf den bequemeren Sessel. »Ich selber nehme mit diesem schlichten Stuhl vorlieb und tausche ihn auf keinen Fall gegen die weiche Sitzgelegenheit.«

»Warum nicht?«, fragte Mitja, der auf dem federnden Sitzplatz auf- und niederhüpfte. »Hier ist es doch viel besser.«

»Das kommt drauf an.«

Der Geheimrat drückte auf einen Hebel in der Lehne des Holzstuhls, und aus den Armlehnen des Besuchersessels kamen auf einmal zwei Metallstäbe hervorgeschossen, die sich vor Mitjas Brust schlossen. Er schrie vor Erstaunen auf, ließ sich auf den Boden gleiten und floh vor dem tollen Sessel in die hinterste Ecke.

»Was soll denn das?«

»Im Unterschied zu einem Kind, mein Lieber, kann sich ein Erwachsener aus dieser stählernen Umarmung nicht befreien. Ich binde ihn ja außerdem auch noch mit Riemen fest, oben und an den Füßen, damit er nicht herumstrampelt.«

»Und was dann?«

»Guck mal, was dann geschieht.«

Maslow drehte noch einmal an dem Hebel, und zusammen mit einem Quadrat des Parkettbodens rutschte der Sessel nach unten. Aber er verschwand nicht ganz in dem Loch, sondern die obere Hälfte der Rückenlehne ragte noch heraus.

»Das ist ja toll!«, sagte Mitja voll Bewunderung. »Aber ist diese technische Einrichtung auch für etwas gut?«

»Das wirst du gleich sehen.«

Prochor Iwanowitsch lachte, nahm den Gast an der Hand, führte ihn in den schmalen Flur und von da über eine Wendeltreppe in den Keller. Hinter einer Eisentür befand sich ein fensterloser Raum mit nackten Steinwänden. In seiner Mitte thronte ein Holzpodium, auf dem Mitja den unteren Teil des von oben heruntergelassenen Sessels sah.

Von der Wand löste sich ein geduckter Schatten: ein Mann mit langen Armen, in speckiger Weste, die Haare zu einem Zopf geflochten.

»Wünsche Gesundheit, Euer Exzellenz!«, brüllte er mit Donnerstimme. »Aber der Sessel ist ja leer! Da sitzt keiner drauf! Was soll das heißen?«

Mitja erblickte in der Hand des übertrieben laut sprechenden Mannes eine siebenschwänzige Peitsche und zuckte zusammen. So war das also …

»Das ist der Exekutor«, erklärte Maslow. »Er heißt Martin Koslow, ich nenne ihn Martin der Beichtvater. Dass er brüllt, kommt daher, dass er auf beiden Ohren taub ist. Für Geheimangelegenheiten eine überaus nützliche Voraussetzung.«

Er wandte sich dem Exekutor zu und sagte leise, deutlich die Lippen bewegend:

»Ein Test, lieber Martin, ein Test. Arbeit wird es erst gegen Abend geben.«

»Ach so«, antwortete der Langarmige und deutete auf Mitja. »Ist das ein Verwandter von Euch?«

»Mein kleiner Enkel«, log der Geheimrat, ohne mit der Wimper zu zucken, und strich Mitja über die Haare. »Geh jetzt, Martin, und ruh dich aus.«

Er führte Mitja zu dem Podium und zeigte es ihm.

»Guck mal, den Sitz des Sessels kann man abmachen. So. Dann werden der Person, die uns ins Netz gegangen ist, die Unterhosen aus- respektive das Kleid hochgezogen, das hängt von dem Geschlecht ab. Und dann beginnt die Arbeit. Ich ermahne von oben, vom Zimmer aus, mit Worten und mit der entsprechenden Höflichkeit, denn die Personen sind ja alle nicht einfacher Herkunft, sondern stammen aus dem Adel. Martin mahnt von unten.« Prochor Iwanowitsch blinzelte ihm verschwörerisch zu und sagte: »Manchmal kommst du in Versuchung, wenn es sich um ein junges Weib handelt und sie in Ohnmacht fällt. Dann gehst du runter und guckst sie dir an. Sonst nichts, da sei Gott vor. Höchstens, dass du sie ein bisschen streichelst.«

»Ist das hier die Peitsche, mit der sie geschlagen werden?«, fragte Mitja und zeigte auf das schreckliche siebenschwänzige Werkzeug.

»Wenn es ein einfaches Gespräch ist, wenn ein Weib beispielsweise Klatsch und Tratsch breitgetreten hat, dann reicht die Rute. Wenn es aber um die Antwort auf eine wichtige Frage geht, dann hilft womöglich nur die siebenschwänzige Peitsche. Da wird dein Hauptmann seine Sünden bekennen wie bei der Beichte.«

Mitja erinnerte sich, wie Zephirka den Preobrashenzen in den Finger gebissen hatte und dieser, obwohl er dachte, es handele sich um eine Ratte, keineswegs erschreckt war und die Hand nicht weggezogen hatte.

»Und wenn er nicht auspackt? Wisst Ihr, wozu Pikin fähig ist?«

Er hatte mehr der Ordnung halber gefragt. Natürlich war ihm klar, dass Pikin auspacken würde, was sollte er denn sonst machen? Mitja war auch einmal ausgepeitscht worden. Das war über drei Jahre her. Sein Bruder Endimion hatte ihm das damals eingebrockt: Er hatte die Kaminuhr kaputtgemacht und das auf den

Kleinen geschoben, der noch nicht sprechen konnte. Mitja wollte die Qual stoisch über sich ergehen lassen, wie Mutius Scaevola. Aber er schaffte es nicht, sondern schrie wie am Spieß. Dabei waren das Rutenstreiche, und dann auch noch leichte, für Kinder, während das hier … Da erzählst du mit Sicherheit alles.

»Und wenn ihm die in Salzwasser getauchte siebenschwänzige Peitsche nicht reicht«, sagte Maslow mit sichtlichem Behagen, »so hat Martin für solch Schweigsame noch die vornehmen Schraubstöcke, mit denen er sich die empfindlichen Körperpartien vornimmt. Für so einen geilen Bock wie Pikin ist das ideal. Da wird der singen wie eine Nachtigall.«

Was das mit den Schraubstöcken zu tun hatte und warum Prochor Iwanowitsch den Preobrashenzen einen »Bock« nannte, verstand Mitja nicht. Sonst beschimpften sie jemand, den sie nicht leiden konnten, immer als »Hund« oder »Hammel«. Und wenn sie ganz wild waren, als »Hurenbock«.

»Zuerst klopfen Martin und ich ihn mit vereinten Kräften weich«, erklärte der Geheimrat weiter. »Währenddessen hockst du in deinem Versteck. Hast du den Spiegel im Wohnzimmer gesehen? Es ist ein Einwegspiegel, du siehst dadurch alles ganz genau. Und wenn Pikin so weit ist, anfängt, sich zu winden und zu winseln, rufe ich dich. Dann hilfst du ihm auf die Sprünge. Nur Mut.« Der Chef der Geheimexpedition gab Mithridates einen Nasenstüber. »Die haben jetzt was anderes zu tun, als sich um dich zu kümmern. Lass dich bloß nicht einschüchtern.«

»Lass dich bloß nicht einschüchtern«, das ist leichter gesagt als getan. Als er in der engen Nische hinter dem Spiegel stand, fühlte Mitja sich nicht wie üblich: wie ein kleiner Erwachsener unter großen Kindern. Er kam sich vor wie ein klitzekleiner Span, der von einem unheimlichen Strudel fortgerissen wird und sich immerzu im Kreis dreht. Wie sehr sich dieser Span auch bemüht, er hat keine Chance, sich aus eigener Kraft aus dem Strudel herauszuarbeiten oder dessen Gesetze zu durchschauen.

Als der Geheimrat endlich den vorgeladenen Hauptmann ins Wohnzimmer führte, war Mitja schon ganz erschöpft. Prochor Iwanowitsch hatte sich damit gebrüstet, es wage nie jemand, zu spät zu ihm zu kommen, im Gegenteil, alle kämen zu früh; aber genau das hatte Pikin gemacht: Er war eine halbe Stunde zu spät gekommen.

»Was für eine Freude, werter Andrej Jegorowitsch, dass Ihr mich alten Mann besuchen kommt und das nicht für unter Eurer Würde haltet«, sagte Maslow mit gespielt wohlwollender Stimme, als er ihn zu dem Sessel führte.

»Na, das soll mal einer versuchen, nicht zu Euch zu kommen, Exzellenz, denjenigen würde man doch in Ketten zu Euch schleifen«, antwortete der Verbrecher.

Man konnte durch das Glas gut sehen, wie seine weißen Zähne in einem unbekümmerten Lächeln blitzten.

»Na, doch nicht gleich in Ketten. Das behaupten nur böse Zungen«, sagte der Chef der Geheimexpedition lachend. »In Ketten führt man nur Landesverräter vor. Es kann doch wohl nicht sein, dass Ihr zu denen gehört!«

Pikin musterte den Geheimrat dreist von oben bis unten und entgegnete:

»Ein Landesverräter, das ist eine undurchsichtige Gestalt. Es kommt vor, dass du heute als Verbrecher giltst und gejagt wirst; am nächsten Tag ist dann alles anders: Die Jäger, die dich gehetzt haben, sind selber angekettet.«

»Da habt Ihr aber eine hochinteressante Allegorie angeführt, Herr Hauptmann.« Maslow hielt den Hauptmann am Ärmel und führte ihn zu dem Sessel. »Setzt Euch, wir müssen uns unterhalten.«

Der Leibgardist verneigte sich und sagte:

»Danke. Aber in Gegenwart einer so hochgestellten Person wage ich es kaum, mich zu setzen.«

»Ich setze mich ebenfalls. Bitte möglichst ohne Umstände. Ihr seht ja selber, dass ich Euch nicht im Arbeitszimmer, sondern in meinem Wohnzimmer empfange. Ihr seid also mein Gast. Zumindest vorläufig.«

Die letzten Worte waren in einem ganz anderen Ton gesprochen, und Prochor Iwanowitschs Brauen hoben sich drohend. Aber auch das machte auf Pikin nicht den geringsten Eindruck.

»Und doch würde ich mit Eurer Erlaubnis gern stehen bleiben«, sagte er grinsend. »Ich hocke ja im Moment dauernd in der Wachstube und sitze mir den Hintern wund.«

»Nein, Ihr setzt Euch, das ist zu viel der Ehre!«

Wie es ein Gastgeber macht, der vor Freude nicht aus noch ein weiß, packte Maslow den Preobrashenzen an beiden Armen und wollte ihn mit Gewalt hinsetzen.

Na, deinen wunden Hintern, den werden sie dir jetzt schön weich klopfen, dachte Mitja schadenfroh. Du wirst schon sehen, was es heißt, Kronleuchter auf Leute herabstürzen zu lassen und Kinder in Brunnen zu werfen.

Doch der hartnäckige Hauptmann wollte sich nicht setzen, und so führten Prochor Iwanowitsch und Pikin einen merkwürdigen Tanz auf, stampften herum und drehten sich auf der Stelle.

Plötzlich packte Pikin den Alten unter den Achseln und warf ihn in den weichen Sessel.

»Setz dich doch selber hin, du alter Teufel! Ich kenne deine Tricks! Mitja Drubezkoj hat mir erzählt, wie du es ihm ausgetrieben hast, über die Zarin zu tratschen!«

Maslow wollte aufstehen, aber der unerschrockene Hauptmann hinderte ihn mit einem Schlag seiner Faust gegen die Stirn – Exzellenz landeten wieder im Sessel.

Wie sollte das nur enden? Mitja sah die beiden von der Seite: den breit grinsenden Pikin und den verwirrten Geheimrat.

»Dir verpass ich einen Denkzettel«, sagte der Leibgardist und suchte nach den Riemen, die hinter der Rückenlehne des Sessels versteckt waren. »So, Eure Exzellenz. Und nun dero Beinchen … Wo ist er denn, der Mechanismus, verdammt noch mal? Er müsste doch hier sein.«

Er ging zu dem Holzstuhl, ruckelte an verschiedenen Stellen und fand schließlich den Hebel.

Ratsch! Über der Brust von Prochor Iwanowitsch schlossen sich die stählernen Metallstäbe.

Zack! Der Sessel glitt langsam unter den Boden.

Da begriff Mitja endlich, wie es weitergehen könnte. Martin würde ja nicht verstehen, was für einen Braten er da vor sich hatte. Wenn er sich nun an die Arbeit machte?!

»Hiermit verabschiede ich mich als ergebener Diener Eurer Exzellenz«, sagte Pikin ironisch zu dem Bewusstlosen. »Ich wage es nicht, Euch weiter mit meiner Gegenwart zu belästigen. Der Dienst ruft.«

Und er drehte sich auf dem Absatz um und rannte mit schallendem Gelächter fort, dieser tollkühne Bursche.

Von unten hörte man etwas pfeifen und klatschen, und Prochor Iwanowitsch kam auf einmal zu sich.

»Auuu!«, stieß er gellend aus. »Martin, du Schwein, ich komme ja um!«

Wieder hörte man ein Pfeifen.

Nun brüllte der Chef der Expedition nicht mehr, der Schrei blieb ihm im Halse stecken.

Was für ein Unglück! Martin war ja taub. Da ist es egal, ob du schreist oder nicht.

Mitja stürzte aus seinem Versteck und lief die Wendeltreppe hinunter. Das Gestöhne wurde leiser.

Als er in dem finsteren Keller ankam, sah er gerade noch, wie Martin der Beichtvater lustvoll ausholend dem weißen Hintern einen roten Striemen aufbrannte. Der gepeinigte Körperteil hing in dem Loch des Sessels und war in Gänze zu sehen.

»Onkel Martin«, flehte Mitja und umklammerte die sehnige Hand des Folterknechts, »lass das! Das ist doch Prochor Iwanowitsch!«

Der Exekutor blickte sich nach ihm um.

»Ach, du bist es, das Enkelchen. Schau ihn dir mal an, den Schamlosen«, sagte Martin und lachte dabei merkwürdig glucksend. »Das ist mir vielleicht ein Lüstling!«

Der Finger des Peitschenschwingers zeigte auf den Steiß seiner Exzellenz. Über der ausgepeitschten Stelle, wo das Steißbein ist, war ein kleines Bild zu sehen: eine rote Blume, die aussah wie eine Gänseblume.

»Das ist jetzt so eine Mode bei diesen geilen Böcken«, erklärte Martin und wischte sich die Stirn. »Das heißt Tätowierung und kommt von den türkischen Kriegsgefangenen. Es gibt Weiberhelden, die sich, um die Weiber zu beeindrucken, mitten auf der Eichel mit Tusche Zeichnungen eingravieren lassen. Der hier ist bestimmt ein Sodomit. Bei denen sitzt die ganze Potenz im Steiß. Pfui Spinne! Dem hab ich seine geliebte Präportia aber ordentlich gestreichelt!«

Und er grölte lachend über seinen Witz.

»Warte ein bisschen, Kleiner. Ich muss arbeiten. Erst wenn Prochor Iwanowitsch an der Schnur zieht, kann ich mit dem Schlagen aufhören.«

Und wie er dann ausholte und zuschlug! Da hörte man von oben nur noch ein Röcheln.

An der Decke hing tatsächlich eine stramme Schnur, nur wer sollte oben an ihr ziehen?

Mitja warf sich auf die Hand mit der Peitsche.

»Was willst du?«, fragte der Exekutor.

»Das ist nicht irgendjemand, sondern Prochor Iwanowitsch höchstpersönlich«, sagte Mitja, die Lippen deutlich bewegend. »Da ist ein Fehler passiert!«

»Um Gottes willen!«, antwortete Martin erschrocken. »Und da schlage ich aus voller Kraft zu! Und denke mir noch, was ist das nur für ein Dickkopf; und ich wollte schon zum Schraubstock greifen! O Gott, o Gott, o Gott! Ich bin verloren.«

Und er kam in Bewegung und wusste weder ein noch aus.

»Sofort, Eure Exzellenz! Ich hole Wundessig! Und reibe Euch dann mit Öl ein«, sagte der Peiniger in kläglichem Ton und schleppte ein kleines Kupferbecken an.

Mitja sah nicht länger zu, sondern drehte sich um und ging nach Hause. Er verstand, dass es dem Geheimrat nach dem, was geschehen war, peinlich sein würde, dem Jungen in die Augen zu blicken.

Aber Pikin, was war mit Pikin?

Am Abend fand ein Maskenball aus Anlass des Geburtstags Ihrer Kaiserlichen Hoheit statt, der rechtgläubigen Großfürstin Maria Pawlowna, die vor kurzem neun Jahre alt geworden war. Es gab allen Grund dafür, dass die Feier prächtig und glanzvoll werden sollte. Die Tochter des Thronfolgers war seit Beginn des Winters bettlägerig gewesen; sie hatte Mumps gehabt, und alle hatten schon gedacht, sie werde es nicht überleben, doch der Allmächtige hatte ein Einsehen gehabt. Noch vor wenigen Tagen war sie sehr schwach gewesen, weshalb man mit der Feier hatte warten müssen, und nun lief sie schon wieder herum und unternahm Spazierfahrten. Die Kaiserin, die den Wildfang ausgesprochen liebte, hatte sich etwas Besonderes einfallen lassen: einen Waldball. Als Maria Pawlowna todsterbenskrank daniederlag, hatte die kaiserliche Oma, die schon die Hoffnung aufgegeben hatte, gefragt, um sie aufzumuntern: »Was soll ich dir zum Geburtstag schenken, mein Liebes?« – »Einen Waldigel«, hatte Ihre Hoheit mit schwachem Stimmchen geantwortet. Wenn diese Geschichte erzählt wurde, wischte man sich bei Hof immer ein Tränchen ab.

Und nun hatte sich der Taurische Palast in ein Waldreich verwandelt. Die Wände des Festsaals waren über und über mit Fichten- und Kiefernzweigen bedeckt, die Sessel drapierte man so, dass sie aussahen wie Baumstämme, hinter den mit echter Baumrinde beklebten Säulen waren Bären, Wölfe und Füchse zu sehen, und für den Einzug der Gäste hatte man den Seiteneingang in der Form eines Riesenigels gestaltet. Es war ein Igel mit gewaltigen Holzstacheln und leuchtenden Glasaugen; und die Tür führte in seinen Bauch.

Als man die Großfürstin brachte und sie das wunderbare Tier sah, klatschte sie in die Hände und quietschte vor Vergnügen. Ihre Hoheit war im Erdbeer-Kostüm: rotes Kleidchen und auf dem geschorenen Kopf ein smaragdgrüner Kranz. Die Eingeladenen sollten die Waldfauna oder -flora darstellen: Pilze, Tiere, Waldgeister, Nixen und ähnliche Wesen. Sich nicht zu kostümieren, war niemand erlaubt; sogar die ausländischen Gesandten, die den Festakt nicht unter sentimentalen, sondern unter politischen Gesichtspunkten bewerteten, erschienen verkleidet: der preußische Gesandte als Milchling, der britische als Zobel, der schwedische als Holzkäfer, der neapolitanische als Hase, aber am meisten Mühe hatte sich der bayerische Gesandte gegeben, der als stolze Eiche kostümiert war. Später schrieben sie dann den heimischen Regierungen in ihren Relationen, dieses Fest habe zweifelsohne den Triumph des Waldes (id est: der Waldmacht Russland) über den langjährigen Konkurrenten, das Feld (id est: Polen), gezeigt.

Mitja verkleidete der Kammerdiener als Waldschrat. Er wusch ihm den Puder aus den Haaren und klebte ihm ein Bärtchen an. Ansonsten war das Kostüm recht primitiv und bäurisch: Bastschuhe, Plisshosen, weißes Wams mit Gürtel. In der Hand musste er einen Lärchenzweig halten, mit dem er allen Entgegenkommenden drohen sollte; ja er sollte sie sogar damit schlagen, die Nadeln waren weich und machten keine Kratzer.

Natürlich schlug er niemand und ließ bald gleichsam unabsichtlich den Zweig auf den Boden fallen. Er spazierte zwischen den Gästen auf und ab, besah sich die Kostüme und wunderte sich wie immer über den Unverstand der Erwachsenen. Seine Stimmung war betrübt.

Und sie wurde noch schlechter, als er hörte, wie hinter seinem Rücken geflüstert wurde:

»Ich habe Euch ja gesagt, Eure Exzellenz, natürlich ist er kein Kind, sondern ein babylonischer gelehrter Zwerg. Und er ist bestimmt nicht jünger als fünfzig; schaut doch mal, die graue Locke – die hat er nicht gefärbt.«

O ihr Ignoranten, ihr Plapperzungen und Schwachsinnigen!

Doch es kam noch schlimmer.

Plötzlich kam der Favorit zu ihm gestürzt, beugte sich herab und flüsterte ihm etwas zu. Seine Augen glänzten wie die eines Verrückten.

»Sie ist hier, meine Psyche! Man hat gemeldet, sie ist vorgefahren. Drei Wochen schon hat sie sich nicht bei Hofe blicken lassen, aber diesmal hat sie sich nicht getraut, die Kaiserin zu enttäuschen. Hast du den Brief auch nicht vergessen?«

»Nein, ich weiß ihn noch«, murmelte Mitja.

»Hervorragend. Am Ende füge Folgendes hinzu«, sagte er und flüsterte ihm direkt ins Ohr: »*Warte heute Nacht. Sobald die Verhasste einschläft, komme ich. Weder Schlösser noch Mauern können uns aufhalten.* Das flüstere ihr ins Ohr. Und wehe, du plauderst, ich reiße dir die Gedärme aus dem Leib!«

»Wer ist denn mit ihr eigentlich gemeint?«, fragte der arme Mithridates und seufzte hörbar. »Ich bin ja gar nicht auf dem Laufenden, welche Person das Herzensinteresse Eurer Exzellenz hat hervorrufen können.«

»Die Gräfin Chawronskaja. Pawlina Anikitischna, Paulinchen.« Surow sprach diesen Namen so zärtlich, als sänge er ihn.

»Siehst du das Cembalo und die Harfe? Es wird jetzt musiziert. Zuerst wird der Thronfolger eine Romanze zu Ehren seiner Tochter singen, dann kommt sie dran, meine goldkehlige Nixe.«

Mitja ging ergeben zu der Erhöhung, wo sie schon den mit Treibhausmaiglöckchen geschmückten Sessel für die Kaiserin herrichteten und für das Geburtstagskind ein Tischchen in Form eines Moospolsters aufstellten.

Der Thronfolger war als Erlkönig kostümiert; er trug eine Krone aus Tannenzapfen und einen Mantel aus Biberschwänzen. Er sang entsetzlich, aber mit viel Gefühl und schön laut. Selbstvergessen öffnete er den breiten Mund mit seinen paar Zähnen, so dass die Spucke in alle Richtungen flog. Keiner hörte ihm zu. Die Höflinge schwätzten und flüsterten, während die Zarin sich mit der roten Nixe unterhielt: sie trug die mit Seerosen bekränzten Haare offen, auf ihr einfaches weißes Kleid war Flitter geklebt, der Fischschuppen darstellen sollte.

Sobald die letzten Akkorde verklungen waren und der Sänger, ohne dass auch nur ein einziger Zuhörer applaudiert hätte, das Podium verlassen hatte, sagte Katharina laut:

»Meine Brave, mach uns doch eine Freude und sing uns mein Lieblingslied.«

Die Nixe erhob sich, machte einen Knicks vor Ihrer Majestät und ging zu dem Cembalo.

Das war also die Passion von Platon Alexandrowitsch, er sollte sie also genauer unter die Lupe nehmen.

Mitja hielt sich nicht für berechtigt, die Schönheit eines Weibes zu beurteilen, da er nicht das entsprechende Alter erreicht hatte; aber die Gräfin Chawronskaja zu betrachten, war zweifellos eine Freude. Ein rundes, herzförmiges Gesicht, gekräuselte Lippen, klare graue Augen, sehr lange Wimpern und rosig weiße Haut, alles war wunderschön. Dabei hätten schon die fülligen gewellten Haare gereicht, um auch ein im Gesicht hundertmal weniger schönes Weib anziehend zu finden.

Pawlina Anikitischna sang von einer graublauen Taube, die Tag und Nacht seufzt, weil ihr kleiner Freund für lange Zeit von ihr fortgeflogen ist; und der Zauber ihrer zarten Schönheit und ihrer sanften Stimme steigerte sich schier ins Unerträgliche – da stockte einem fast der Atem, die Luft blieb einem vor Begeisterung in der Kehle stecken und wollte nicht die Brust füllen.

Sie klatschten der Gräfin lange Beifall und riefen sogar »Bravo!«. Als sie an ihren Platz zurückkehrte, näherte sich Mitja ihr und baute sich hinter der Lehne des Sessels der Zarin auf.

Pawlina Anikitischna war vom Singen noch röter geworden, ihre Augen strahlten, aber die Wimpern zügelten diese Flamme, indem sie bescheidene Schatten warfen. Die Schöne blickte niemanden an; den Blick gesenkt, lauschte sie Katharinas Worten.

»Dein lieber Freund ist fortgeflogen, ja, das ist er«, sagte die Kaiserin zärtlich zu ihr. »Und das nicht für lange, sondern für immer, er kommt nicht zurück. Du hast geweint, du hast getrauert, nun ist es gut. Du kannst dich doch nicht lebendig begraben! Schluss mit den Dummheiten! Später, wenn du alt bist, wirst du dich ärgern. Meine Schwägerin will jeder haben, du kannst dir einen beliebigen Bräutigam aussuchen. Und wenn du nicht heiraten willst«, Katharina beugte sich zu dem bescheidenen Weib und flüsterte ihr mit verschmitztem Lächeln zu: »… dann schaff dir einen Herzensfreund an. Da wird keiner etwas gegen haben, du bist ja schon seit fünf Jahren Witwe.«

Schrecklich, wie Leid ihm die große Monarchin nun tat. Die Arme wusste ja nicht, was für eine Schlange sie am Busen nährte. Sancta simplicitas, nun beförderte sie auch noch selbst den bösen Plan dieses Unholds. Die Schöne würde den Rat bedenken, sich die Sache mit dem Herzensfreund überlegen, und ausgerechnet in diesem Augenblick traf bei Psyche der Bote von Amor ein.

»Danke für Eure gütige Teilnahme, Eure Majestät«, sagte die Gräfin leise. »Aber ich brauche niemanden. Wenn Ihr doch nur meine alte Bitte erfüllen und mich aufs Land ziehen lassen würdet, ich wäre ganz …«

»Kommt überhaupt nicht in Frage!«, protestierte Katharina und schlug dem schönen Weib zornig mit dem Fächer auf die Finger. »Ich unterstütze diese Dummheiten nicht! Ihr werdet mir später noch dankbar sein, gnädiges Fräulein!«

Mitja sah, wie sich unter den zarten Wimpern von Pawlina Anikitischna zwei Kristalltränchen lösten; ihm standen selber die Tränen in den Augen.

Nein, er konnte nicht bei der Untat des Favoriten mitmachen.

Er lief in die Eingangshalle, wo die zu spät gekommenen Gäste ihre Pelze ablegten. Dann ging er die Treppe hoch auf die Galerie. Da war es gemütlich und dunkel. Mitja war müde von dem Licht. Warum hatte Vater nur so nach diesem Paradies gelechzt? Was war daran denn gut? Selbst einen Siebenjährigen können sie nicht in Ruhe lassen.

Er kletterte auf das breite Fensterbrett und presste seine glühende Stirn an die kühle Scheibe. Unten brannten Fackeln und bunte Lampions, Kutschen fuhren vor und entfernten sich, die eisigen Stacheln des wunderbaren Igels funkelten.

Mitja sprang auf den Boden und ging traurig und nachdenklich durch die menschenleere Galerie.

Nein, sie war absolut nicht menschenleer, wie sich herausstellte!

Aus der nächsten Fensternische hörte er jemand rascheln, flüstern und hecheln.

Ein Kavalier und seine Dame hatten es sich auf dem Fensterbrett bequem gemacht und tauschten Zärtlichkeiten aus.

»Vorsicht!«, piepste ein Weiberstimmchen. »Da ist jemand!«

Da raschelten die Seidenröcke, und ein Fräulein in einem reichlich zerknautschten und zerrissenen Pfifferling-Kostüm sprang zu Boden. Sie schrie auf, schlug die Hände vors Gesicht und rannte weg. Aber Mitja hatte sie trotzdem erkannt: Es war eins der Kammerfräulein, wie hieß sie noch gleich, es war so ein baltischer Name.

Dann sprang der Kavalier auf den Boden, trampelte mit seinen Stiefeln, zog den Gürtel fest und drehte sich um.

Pikin! In Uniform, mit Degen – er war offenbar direkt vom Dienst gekommen.

Das war zu viel des Guten. Was für ein Unglückstag!

Mitja zitterte am ganzen Körper und wich zurück, aber es war zu spät.

»Donnerwetter«, sagte der Hauptmann erfreut und streckte seinen langen Arm aus. »Einem guten Jäger läuft die Beute direkt in die Arme.«

Weiter sagte er nichts, packte den Waldschrat am Gürtel, warf ihn mit einem Ruck auf das Fensterbrett und stieß ihn mit Macht gegen den Fensterrahmen! Von draußen drang eine eisige Brise herein und Schneegestöber.

»Onkel Pikin, lasst los!«, winselte Mithridates wie ein kleiner Hund. »Was habe ich Euch denn getan?«

»Bisher noch nichts, du Spatz, aber bald wirst du mir einen großen Dienst erweisen«, teilte ihm der Leibgardist fröhlich mit und stellte sich mit den Füßen auf das Fensterbrett. »Ich habe es dir zu verdanken, wenn ich die Hälfte meiner Schulden begleichen kann.«

Er machte das Fenster weit auf, packte sein Opfer fester und schwang es hin und her.

»Sie werden es rauskriegen!«, warnte Mitja und appellierte an die Vernunft des Verbrechers. »Prochor Iwanowitsch wird dahinterkommen!«

Pikin hörte auf, den Jungen hin- und herzuschwingen und dachte kurz nach.

»Er wird es nicht nachweisen können. Der Bengel ist am Fenster herumgeklettert und dabei abgerutscht. Nun flieg mal schön, mein Spätzchen.«

Und mit diesem Geleitwort schleuderte er den Studenten der Zarin nach unten, geradewegs gegen die scharfen Igelstacheln.

Aber der Preobrashenze hatte sich verrechnet – das Wurfgeschoss war eben reichlich leicht und flog ein Stückchen weiter als geplant.

Die tödlichen Stacheln huschten unmittelbar vor dem Gesicht des brüllenden Mithridates vorbei und spießten ihn nicht auf. Er hätte sich ohne Zweifel aber auch so auf den Granitstufen das Genick gebrochen, wenn nicht ein Wunder geschehen wäre, schon das zweite an diesem schrecklichen Tag, wenn man an die Rettung aus dem Brunnen dachte.

Die Treppe stieg eine Dame empor, die barocke Ausmaße hatte; ihre Frisur bestand aus Zweigen, auf denen eine Pappnachtigall thronte, und das weite korbförmige Gewand stellte eine blühende Lichtung dar. Und auf ebendiese Lichtung plumpste Mitja. Er trug von den Rosenzweigen und dem Weidenruten-Reifrock Kratzer davon und zerriss sich das Wams, aber er stürzte nicht zu Tode, sondern prallte von dem elastischen Reifrock ab und kugelte nur die Treppe hinunter. Die Retterin des Knaben war mehr tot als lebendig. Die ganze rechte Hälfte ihres Gewandes war verschwunden, und in ihrem Schlüpfer von der rosigen Farbe angeknackster Keuschheit glich die Dame nun einer nackten Najade, die hinter einem Strauch hervorlugt. Ihr Schrei, der eine Sekunde später ertönte, war herzzerreißend, und der Junge, der von dem Fall benommen war und auch sonst nichts mehr verstand, stürzte Hals über Kopf weg von diesem Geheul, von dem Holzigel und von dem ganzen lichtdurchfluteten Palast.

Wie er durch den Garten gelaufen und aus dem Tor gestürzt

war, wusste er hinterher nicht mehr. Durch die Kälte kam er wieder zu sich. Er rannte auf dem verschneiten Platz noch eine Weile hin und her, war aber schließlich zu sehr durchgefroren und verstand: Er konnte nirgends hin, er musste zurückgehen und sich der Kaiserin zu Füßen werfen und ihr alles haarklein erzählen. Entweder würde sie es glauben und ihn verteidigen, oder sie würde einen Wutanfall kriegen und ihn zu Vater und Mutter zurückschicken. Letzteres wäre vielleicht sogar besser.

Er verschränkte die Arme vor Kälte und schlenderte zurück zum Tor.

»Wohin willst du?«, brüllte ihn ein Wachposten an. »Zisch ab.«

»Ich bin Mithridates, der Student der Zarin«, erklärte Mitja, aber der Soldat antwortete nur mit einem unflätigen Fluch und sagte:

»Da hast du Miststück dir aber einen schönen Bart angeklebt!«

Und er riss den künstlichen Bart von Mitjas Kinn und gab ihm eine solche Ohrfeige, dass der Wunderknabe kopfüber in einer Schneewehe landete.

Er schüttelte den Kopf, um das Ohrensausen loszuwerden. Ihm war nicht gleich bewusst, dass ihm der Rückweg endgültig versperrt war.

Er lief zu einem anderen Tor, wo ein freundlicherer Soldat stand. Der lachte einfach über die Schnapsidee von einem Studenten der Zarin und winkte ab, schlug ihn aber wenigstens nicht.

Und wirklich: Was sollte der lumpige Kerl in seinen Bastschuhen denn auch für ein Mithridates und Liebling der Kaiserin sein? Da lachten ja die Hühner.

Mitja hüpfte auf der Stelle, um nicht ganz zu erfrieren, und versuchte, die beste Waffe zu nutzen: die Vernunft. Aber je mehr er über das geschehene Ungeschick nachdachte, umso verzweifelter stellte sich ihm seine Lage dar.

Sollte er ins Winterpalais laufen, nach Hause? Da würden sie ihn erst recht nicht hineinlassen. Die in gehöriger Entfernung vom Palast aufgestellten Wachposten, an denen man nicht vorbeikam, waren schlimmer als Hunde. Wie oft hatte er gesehen, wie sie die Schaulustigen mit Püffen und Kolbenstößen verjagten.

Ob er warten sollte, bis der Maskenball zu Ende war, und sich an einen Bekannten wenden? Aber wie lange konnte er es noch in der Kälte aushalten? Da ginge er bei drauf.

Der unzugängliche Palast strahlte mit seinen wunderbaren Lichtern, der Wind trug die Töne einer Himmelsmusik her; offenbar hatten die Tänze begonnen. Hinter dem Zaun und den schwarzen Gartenbäumen lag ein richtiges Paradies. Solange er im Inneren dieses Paradieses gesteckt hatte, hatte der undankbare Mithridates sein Glück nicht zu schätzen gewusst. Nun aber hatte sich das Himmelstor geschlossen, und der Verstoßene war allein mit der Nacht, mit dem bösen Nordwind und dem eisigen Geniesel. Er konnte nirgends hingehen, aber stehen bleiben konnte er auch nicht – er würde erfrieren.

Vom schlechten Wetter verjagt, entfernte sich der frühere Himmelsbewohner zitternd und schluchzend allmählich immer weiter von dem Paradies.

SIEBTES KAPITEL

GREAT EXPECTATIONS oder
GROSSE ERWARTUNGEN

(Dickens, 1861)

Das ist einfach ein Sturm, sagte sich Nicholas und rieb sich die Augen. Regen mit Schnee vermischt, Nordwind, das in die Länge gezogene Ende eines warmen Herbstes.

Die geträumte Offenbarung von dem Glassarg war bei genauerem Hinsehen vollkommener Blödsinn, aber der Morgen brachte wirklich etwas mehr Klarheit als die nächtliche Panik. Nicholas hatte eine einfache und produktive Idee, durch die sich Angst und Lähmung zwar nicht in Nichts auflösten, aber zumindest lichteten.

Du bist doch Experte für Ratschläge, sagte sich Fandorin. Stell dir einmal vor, da kommt jemand zu dir mit solch einem schwierigen Problem. Was würdest du ihm raten?

Und sein Hirn entledigte sich auf der Stelle von der Last der Emotionen und nahm schnell und kundig den Betrieb auf.

Erstens: Auf die Miliz, die noch nicht einmal einen zum Tode verurteilten Steuerzahler zu schützen in der Lage ist, brauchen wir nicht zu hoffen. Der forsche Fahnder mit dem verdächtig teuren Mobiltelefon machte nicht gerade einen vertrauenerweckenden Eindruck. Die Rettung der Ertrinkenden müssen die Ertrinkenden selbst in die Hand nehmen. Das ist das Grundprinzip des russischen Lebens, das man in die Verfassung aufnehmen sollte, damit sich die Bevölkerung keinen unnötigen Illusionen hingibt.

Zweitens: Einen Ansatzpunkt, wie ihn Hauptmann Wolf vermisste, gab es durchaus. Woher hatte der Pseudo-Kusnezow die Adresse der Firma? Die Telefonnummer, die in der Anzeige angegeben war, war nicht die des »Landes der Räte«, sondern die der Chefredakteurin der Zeitung »Eross«. Altyn hatte versprochen, selber die Aussichtslosen im Vorfeld abzuwimmeln, und obwohl es dem einen oder anderen »Erossianer« per Zufall oder mit List und Tücke gelungen war, diesen Wall zu durchbrechen, war die Mehrheit der Verrückten und Perversen doch bereits von der Redaktion herausgefiltert worden. Kusnezow dagegen war durchgekommen. Wie?

Nicholas wählte die Handynummer seiner Frau.

»Ja«, hörte er die bekannte raue Stimme.

Wie oft hatte Fandorin seiner Frau schon gesagt, dass sie sich am Telefon völlig unmöglich benahm! Also wirklich, statt »Hallo« oder »Ja, bitte«, sagte sie einfach »Ja«, und als Antwort auf ein höfliches »Guten Tag« kam von ihr kurz angebunden »Tachchen«.

»Na, wie geht es dir? Wie ist das Wetter in Pieter?«, fragte Nicholas und redete erst einmal um den heißen Brei herum. »Hier ist seit heute Morgen ein Gewitter.«

Altyn hatte ein Näschen wie ein Spaniel. Wenn er sie nicht alarmieren wollte, musste er sein Anliegen deshalb gut kaschieren.

»Mach's kurz, Fandorin«, unterbrach ihn seine Frau. »Ich leite gerade eine Sitzung. Ist etwas mit den Kindern passiert?«

»Nein.«

»Und mit dir?«

Er zitterte. Hatte sie etwas gemerkt?

»Nein, nein, es ist alles in Ordnung«, versicherte ihr Nicholas schnell.

»Was ist denn los?«

Oh, du unsentimentale Urenkelin des Khans Mamaj, du Gegnerin nichtssagender Zärtlichkeiten und liebenswerten Gemurmels! Nicki hatte von ihr nie gehört »Ich liebe dich«, obwohl er keinen Zweifel daran hatte, dass sie ihn – wofür auch immer – liebte. Wäre das nicht der Fall, sie würde nicht mit der Wimper zucken, sie würde ihn auf Nimmerwiedersehen verlassen.

»Na los, zur Sache, Schätzchen«, drängte Altyn.

Aus Angst, sie könne, wie das so ihre Art war, einfach aufhängen, beeilte sich Nicholas zu sagen:

»Du hast mir gestern so einen tollen Kunden geschickt. Einen gewissen Kusnezow, kannst du dich erinnern? Ich wollte mich dafür bei dir bedanken.«

»Du hast wohl nicht mehr alle Tassen im Schrank, Fandorin«, unterbrach ihn Altyn. »Ich bin doch nicht blöd und unterhalte mich mit deinen Bekloppten. Das macht Ziza.«

»Ziza«, so nannte sie ihre Assistentin Cäcilia Abramowna. Er hätte also gar nicht in Petersburg anzurufen brauchen. Er hätte sich auch selber denken können, dass Altyn nicht die Anrufe jedes x-Beliebigen entgegennahm, das wäre nun wirklich zu viel verlangt.

Männer können sich nicht so oft und so radikal ändern wie Frauen, dachte Fandorin und blickte auf den Hörer, aus dem das Besetztzeichen tönte. In den sechs Jahren, die er Altyn kannte, hatte sie mindestens viermal ihre Haut gewechselt und sich total verändert. Am Anfang ihrer Liebesbeziehung hatte sie sich von einem kleinen, bösen Igel in eine leidenschaftliche, zärtliche Huri verwandelt (ach, waren das Zeiten gewesen, wie schade, dass sie vorbei waren). Dann, nach der Geburt der Kinder (es mussten natürlich unbedingt gleich zwei sein, Halbheiten und Kompromisse waren ihre Sache nicht), ging sie so auseinander, dass man kaum noch die frühere dünne und wendige Altyn in ihr erkennen konnte, sie verwandelte sich in ein starkes, schönes, fruchtbares Muttertier. Sie sagte, die dringendste Aufgabe einer Frau bestehe darin, Kinder zu kriegen und zu erziehen, etwas Wichtigeres auf der Welt gäbe es nicht. Sie verließ ein für alle Mal die Zeitung, bei der sie gearbeitet hatte, ohne das je zu bereuen. Als Nickis Kompagnon, der damals noch nicht ins Religiöse abgedriftet war, einen Medienkonzern schaffen wollte (ein Hobby, das zu jener Zeit bei den russischen Neureichen gerade aufkam) und Fandorins Frau vorschlug, ein erotisches Wochenblatt zu leiten, war Nicki der festen Überzeugung, Altyn werde empört ablehnen. Als sie unerwarteterweise einwilligte, bekam er Angst, ihr werde diese anspruchsvolle, unangenehme Arbeit über den Kopf wachsen.

Doch sie schaffte es und zwar spielend. Sie bewahrte die Familie vor Armut und machte den Investor reich. »Eross« war das einzige lebensfähige Glied eines auf die Schnelle aufgebauten und genauso schnell zerfallenden Medienimperiums. Aber Altyn änderte sich noch einmal, und zwar wieder bis zur Unkenntlichkeit.

Wenn wieder einmal eine Metamorphose mit seiner Frau vor sich ging, änderte sich alles an ihr: ihr Aussehen, ihre Figur, die Art zu reden, sich anzuziehen, ihre Gewohnheiten, und all das überhaupt nicht demonstrativ, sondern auf ganz natürliche Weise.

Also gut, dann also Ziza.

Erst Kaffee trinken, die Kinder in den Kindergarten bringen und dann in die Redaktion.

Zum untergegangenen Konzern von Nickis Gönner gehörten in seiner Blütezeit der Satellitenkanal »Super TV«, das lokalpolitische Blatt »Konservative Zeitung« (vertrieben auf der Basis des auflagenstarken Lokalblattes »Junge Leute von heute«), die Hochglanzzeitschrift »Die Drohne« (Nachfolger des früheren Monatsblattes »Arbeitsnorm«) und das Wochenblatt »Eross«. Letzteres hatte das Büro und einen Großteil des Personals des Fachblattes »Sozialistischer Atommaschinenbau« übernommen, das der Medienzar zusammen mit der »Arbeitsnorm« und dem Lokalblatt »Junge Leute von heute« in einem Billigpaket gekauft hatte. Damals war der Mitbegründer der Firma »Land der Räte«, der gleichzeitig Miteigentümer einer Vielzahl anderer Firmen und Unternehmen mit völlig unklarem Profil war, begeistert von der Idee der Meinungsbildung gewesen und bereit, einige Dutzend Millionen in den Aufbau einer mit dem notwendigen Rüstzeug versehenen Medienlandschaft zu investieren. Aber er verlor mehr und mehr seine machtpolitischen Ambitionen, und die Zeit der unkontrollierten Experimente mit der öffentlichen Meinung neigte sich dem Ende zu, so dass die einzelnen Produkte des Konzerns sich selbst überlassen blieben: Wer schwimmen konnte, blieb oben, wer nicht, ging unter.

Wie schon gesagt, blieb nur »Eross« am Leben. Vielleicht war der Grund für die Lebensfähigkeit der leichtsinnigen Publikation die Tatsache, dass Eros und Vitalität eng verschwistert sind und das eine ohne das andere nicht existieren kann, aber am ehesten waren es doch die unerschöpfliche Energie und der Biss der Chefredakteurin Mamajewa. Sie war es, die sich den Namen und die Konzeption ausdachte, nach der es das Erossland gab, in dem ganz bestimmte Leute, nämlich die Erossianer, wohnen, die sich von den Russen durch eine weniger große Verklemmtheit, das

Fehlen von Komplexen und eine ausgeprägte Liebe zum Leben unterscheiden. Altyn war fest davon überzeugt, dass sie mit der Herausgabe dieser unanständigen Zeitung nicht nur Geld verdiente, sondern auch eine gute Tat vollbrachte, die darin bestand, dass sie Toleranz und Kreativität bei ihren Landsleuten förderte. Die Zeitung war farbig und hatte sechzehn Seiten: zehn Seiten Text und sechs Seiten Reklame. Letztere nannte man in der Redaktion liebevoll »Futterkrippe«, und jede der Textseiten war einem bestimmten Thema gewidmet. Zur schon erwähnten Rubrik »Wünschelrute«, die männlichen Intimitäten gewidmet war, gab es ein weibliches Pendant mit dem Titel »Rote Blume«. In der Abteilung »Ich schreibe Ihnen« arbeiteten zwei schamlose Journalistinnen, die von der eingegangenen »Konservativen Zeitung« übrig geblieben waren, und verfassten herzzerreißende Leserbriefe. Die Rubrik »Liebesträume« brachte feurige Phantasien von Erossianern (die im Gegensatz zu den herzzerreißenden Briefen echt waren). Außerdem gab es in der Zeitung noch die Seiten »Spezialreportage«, »Tobereien« und »Was tun?« (gemeint war: bei sexuellen Störungen), zwei Fotogalerien (»Miss Erossianka« und »Mister Erossian«) sowie die super populäre Klatschspalte »Wussten Sie schon?«, wo der Leser pikante Geschichten aus dem Leben der Stars des Showbusiness vorgesetzt bekam. Mit Letzteren prozessierte die Wochenzeitung ständig, denn sie wurde mit Verleumdungsklagen überschüttet (der Ausgang des Prozesses und die Auswahl des kompromittierenden Materials waren zwischen den beiden Seiten vorher abgesprochen).

Nicholas kam zu einer ungünstigen Zeit: Der ganze Redaktionsstab hatte sich zur täglichen Konferenz versammelt. Auch die Assistentin der abwesenden Chefredakteurin saß dabei und stenographierte die Diskussion. Das war zwar gar nicht notwendig, aber die eifrige Cäcilia Abramowna hatte, um besser für ihr Amt präpariert zu sein, extra stenographieren gelernt und stenographierte nun alles, was ihr unter die Finger kam. Außerdem wusste sie nicht, was sie machen sollte, wenn die Chefin weg war, und Nichtstun war sie nicht gewohnt.

Der stellvertretende Chefredakteur lächelte dem hereinschauenden Nicholas freundlich zu und fragte:

»Wollen Sie zu mir?«

»Nein, ich möchte mit Cäcilia Abramowna sprechen. Ich kann aber ruhig warten, bis Sie fertig sind«, sagte Fandorin verlegen und wurde natürlich sofort zu ihnen an den langen Tisch gebeten. Die Besprechung näherte sich Gott sei Dank dem Ende.

Alle Redakteure kannten Nicki und lächelten ihm freundlich zu, nur der Star und Stolz des »Eross«, die überragende Amanda Law, schleuderte ihm einen verächtlichen Blick an den Kopf und wandte sich ab. Als einsame Wölfin gehörte sie nicht zu den festen Angestellten und arbeitete mit der Redaktion nur aus Leidenschaft für extreme Empfindungen zusammen, so recherchierte sie zum Beispiel für Spezialreportagen zu exotischen Sexfragen. Amanda war nicht nur berühmt für ihre inspirierte Feder, sondern auch für ihre unglaubliche journalistische Opferbereitschaft: mal hatte sie sich als Domina in einem masochistischen Salon verdingt, mal war sie mit Fernfahrern unterwegs gewesen, mal war sie in einen Sodomitenklub eingetreten. Fandorin wusste, dass der verächtliche Blick der fatalen Frau sich auf ihn als Ehemann der Chefredakteurin bezog, mit der Amanda vor kurzem einen Konflikt gehabt hatte. Die vorbildliche Extremjournalistin hatte in Eigeninitiative sensationelles Material zu einer seltenen perversen Variante, nämlich der Koprophilie, gesammelt, wofür sie in einen Geheimzirkel eingetreten war und mit einer versteckten Kamera sogar Fotos geschossen hatte; Altyn hatte den Artikel aus ästhetischen Gründen nicht durchgehen lassen. Die arme Amanda, die sich um der Kunst willen schwersten Prüfungen unterzogen hatte, brach einen heftigen Streit vom Zaun, nannte das »Zensur« und »Tatarenjoch« und drohte zur Konkurrenzzeitschrift »Süße Beere« oder »Boudoir« abzuwandern, tat das aber natürlich nicht, denn Niveau wie Honorare waren dort deutlich niedriger.

Amanda war aber eher eine Ausnahme, die meisten Redaktionsmitglieder waren ruhig, kultiviert und nicht mehr ganz jung. Etliche von ihnen hatte Altyn von dem Fachblatt »Sozialistischer Atommaschinenbau« übernommen; sie hatten sich die neue Sparte in Windeseile angeeignet. So hatte zum Beispiel Sexuali Lochankin (natürlich ein Pseudonym), der Leiter der Spielplatzrubrik »Toberei«, sich früher mit Rationalisierungs- und Innovationsmaßnahmen in der Produktion beschäftigt, und das betagte Mädel Ljalja Drujan hatte sich von der Leiterin eines Betriebskindergartens zur Expertin für nicht vaginale Praktiken gemausert. In der Besprechung ging es gerade um ihr Material.

»Igor Iwanowitsch«, sagte Ljalja mit weinerlicher Stimme zu dem stellvertretenden Chefredakteur. »Mit meinem Analsex, das klappt einfach nicht. Ich habe es vorne und hinten versucht. Es passt einfach nicht rein.«

Nicholas wurde rot und schielte hilfesuchend zu seinen Nachbarn, doch die waren die Fachsprache gewohnt und saßen mit gelangweiltem Gesicht da. Igor Iwanowitsch sagte wohlwollend:

»Wenn es nicht mehr in diese Nummer passt, kommt es eben in die nächste. Da haben wir mehr Platz.«

Cäcilia Abramowna verstand Fandorins Herumgerutsche falsch und zeigte beruhigend auf die Uhr, als wolle sie sagen: Warten Sie noch einen Moment, es dauert nicht mehr lang.

Sie war eine gepflegte Dame im Rentenalter, oder, wie sie sich selbst auszudrücken pflegte, »in der atomaren Zerfallsperiode«. Nachdem sie Philologie studiert hatte, hatte sie ihr ganzes Leben bei dem Fachblatt »Atommaschinenbau« als Korrektorin gearbeitet und war es gewohnt, einen Zeitungstext wie eine Anhäufung unzusammenhängender Worte zu behandeln, Hauptsache, die Orthographie stimmte. Früher hatte sie es mit diesen Termini zu tun, heute mit jenen, das war alles. Aber die Augen von Ziza wollten nicht mehr so richtig, und Altyn, unter deren rauer Schale sich ein weicher Kern verbarg, stellte die Alte als ihre Assistentin ein. Aber vielleicht hatte es auch gar nichts mit Mitleid zu tun, sondern mit dem makellosen Näschen der Chefin, denn Cäcilia Abramowna war einfach eine Perle. Als alleinstehende Frau hatte sie es nicht eilig, nach Hause zu kommen, zeichnete sich durch eine strikte Gewissenhaftigkeit aus und nahm die Telefonanrufe wie eine echte Lady entgegen, was dem »Eross« Respekt verschaffte und das gewisse Etwas gab. Auf ihre Chefin ließ Ziza einfach nichts kommen, und Altyn ging es mit ihrer Assistentin ebenso. Die Probleme der Familie Fandorin sah die Assistentin als ihre eigenen an, woraus man folgern konnte, dass Altyn sich ihr zu offen anvertraute, was hoffentlich nur die Kinder betraf. Aber eigentlich mochte sie Nicholas; sie nannte ihn Nikotschka.

»Ja, Nikotschka, natürlich«, sagte sie, als sie nach der Besprechung im Vorzimmer Tee tranken. »Gestern haben sich acht Personen nach dem ›Land der Räte‹ erkundigt. Einen Augenblick, ich habe alles mitstenographiert.« Sie setzte die Brille auf und nahm sich ihr Notizbuch vor. »Einer von ihnen war eindeutig verrückt, kläffte in den Hörer und sagte, er sei ein Hundemensch. Dann rief eine Dame an. Ein hoffnungsloser Fall. Sie sehnt sich nach jemand, möchte einfach mit jemand quatschen, aber sie ist Rentnerin, kann also nicht viel zahlen. Altyn Farchatowna hat gesagt, ich soll solche abwimmeln. Einem Mann, der seinen Namen nicht genannt hat, habe ich geraten, sich an einen Sexologen zu wenden. Der Mann hat ein Problem. Er ist zweiundsiebzig und verdienter Kulturarbeiter und hat eine Fünfundzwanzigjährige geheiratet; aber seine Gesundheit macht nicht mehr mit. Ich habe ihm gesagt …«

»Cäcilia Abramowna«, unterbrach Fandorin sie vorsichtig. »Bitte reden Sie nur von denen, denen Sie meine Adresse gegeben haben. Wie viele waren es?«

»Zwei. Ein junger Mann, der sich mit dem Problem herumquälte, ob er sich ein Eurokonto zulegen oder das Dollarkonto beibehalten soll. Ich habe ihm Ihre Adresse und die Telefonnummer gegeben. Hat er nicht angerufen?«

»Nein. Aber ich hätte ihm wohl kaum helfen können. Ich bin ja schließlich kein Spezialist für den Devisenmarkt. Und der Zweite?«

»Ein sehr anständiger Mann. Nicht mehr jung. Er hat gesagt, er habe ein kompliziertes, einfach unlösbares Problem, ihm könne nur ein Magier oder Zauberer helfen. Ich habe ihm gesagt, Nikolaj Alexandrowitsch ist so ein Magier und Zauberer, er ist teuer, aber er ist sein Geld wert.« Ziza schaute stolz auf Nicholas, denn sie erwartete ein Lob für ihr kommerzielles Geschick. »Ich habe außerdem noch gesagt, dass Sie nur mit wohlhabenden und soliden Leuten zu tun haben wollen und sich nicht mit Lappalien abgeben. Dass Ihr Business floriert, dass Sie in Arbeit ersticken und dass Sie einer unserer wichtigsten Werbekunden sind. Habe ich das richtig gemacht?«

Fandorin zuckte zusammen und fragte:

»Haben Sie ihm die Adresse der Firma gegeben?«

»Natürlich, keine Angst. Er sagte, es solle nicht am Geld scheitern, wenn er Hilfe bekommen könne. Ein kultivierter, solider Mann. Hat sich ehrlich vorgestellt.«

»Kusnezow? Nikolaj Iwanowitsch?«, fragte Nicholas, der sich nun doch an den Vor- und Vatersnamen des »Fallschirmspringers« erinnerte.

Als habe Nicki einen guten Witz gemacht, brach Cäcilia Abramowna in Lachen aus, entgegnete aber:

»Nein, so romantisch auch wieder nicht.«

»Was ist denn an dem Namen ›Nikolaj Iwanowitsch Kusnezow‹ romantisch?«, fragte Nicki verwundert.

»Ihre Generation weiß von den Kriegshelden aber auch gar nichts mehr«, sagte Ziza und schüttelte vorwurfsvoll ihre grauen Haare. »Na, der legendäre Nikolaj Kusnezow, der die faschistischen Generäle umgebracht hat. Erinnern Sie sich an den Film ›Die Heldentat des Kundschafters‹? Und dann gab es noch einen sehr guten Film mit Gunar Zilinski: ›Der Kundschafter‹. Haben Sie den nicht gesehen?«

Nein, Nicholas hatte diese Filme nicht gesehen, aber durch seine Brust fuhr ein kalter Schauer. Wie falsch es doch war, dass Sir Alexander seinen Sohn nicht mit den Werken der sowjetischen Massenkultur hatte bekannt werden lassen. Er hatte das Gefühl, dass genau aus dieser Ecke, aus der für Nicki so unverständlichen und geheimnisvollen Vergangenheit Russlands, sich zischend eine Schlange erhob, die ihre todbringenden Giftzähne in ihn schlagen wollte.

»Hier«, sagte Cäcilia Abramowna. »Ich habe es aufgeschrieben. 10 Uhr 45. Ilja Lasarewitsch Schapiro.«

Nicholas zuckte zusammen. Schapiro, das war zwar ebenfalls ein weit verbreiteter Nachname, aber nicht Kusnezow. Doch sofort war er wieder ernüchtert. Nie im Leben hieß er Schapiro. Er hatte einfach den typisch jüdischen Singsang in Cäcilia Abramownas Stimme wahrgenommen und beschlossen, sich einen jüdischen Nachnamen zuzulegen, um sie für sich einzunehmen.

»Was bedrückt Sie denn so? Ist der auch nicht gekommen? Keine Angst, der kommt bestimmt. Ein ernster Mann mit einem ernsten Problem, das hat man schon an der Stimme gehört.«

Nicholas dankte und näherte sich niedergeschlagen dem Ausgang. Er hatte leider doch keinen Ansatzpunkt gefunden.

Da klingelte das Telefon.

»Redaktion der Zeitung ›Eross‹. Guten Tag, was kann ich

für Sie tun?«, sagte Ziza mit ihrer jeden für sich gewinnenden Stimme.

Fandorin drehte sich um, um ihr zum Abschied zuzunicken, und sah auf einmal, wie über das kleine Display des Telefons immer wieder kleine Zahlenreihen liefen, die sich zu einer siebenstelligen Nummer fügten. Eine Anrufer-Identifizierung!

Worüber die Assistentin mit dem Anrufer sprach, das kriegte Nicholas nicht mit – zu laut pochte ihm das Blut in den Ohren.

Als Ziza sich mit den Worten »Machen Sie es gut« verabschiedet und den Hörer aufgelegt hatte, zeigte er auf den Apparat und fragte:

»Funktioniert die gut?«

»Die funktioniert ausgezeichnet, manchmal zeigt sie sogar bei Ferngesprächen die Nummer an. Wissen Sie, Nikotschka, hier haben schon oft irgendwelche Flegel angerufen. Hallo, haben die gesagt, ich möchte folgende Anzeige aufgeben. Und dann kamen allerhand Obszönitäten und übelste Flüche. Ich habe dafür gesorgt, dass die Verwaltung mir einen Telefonapparat mit Anrufer-Identifizierung hinstellt; auf diese Weise weiß ich im Handumdrehen, mit wem ich es zu tun habe. Es stellte sich heraus, dass es sich um Achtklässler handelte, Schulschwänzer.«

»Können Sie die Anrufe von gestern durchsehen?«

»Möchten Sie Ilja Lasarewitsch von sich aus anrufen? Das sollten Sie nicht tun, das ist unprofessionell. Aber ich gucke sofort, einen Augenblick.«

Und sie betätigte irgendwelche Knöpfe.

»Hier. 10 Uhr 45. Sehen Sie?«

Und sie drehte den Apparat so, dass Nicki möglichst leicht die Nummer notieren konnte. Sie begann mit 235, das war der Bezirk um den Leninprospekt.

»In Ihrem Computer müsste es eine Datenbank der Teilnehmer des Moskauer Telefonnetzes geben«, sagte Fandorin mit vor Aufregung zitternder Stimme. »Gucken Sie bitte, was für eine Nummer das ist.«

»Gerne.«

Das Arbeiten mit dem Computer hatte Cäcilia Abramowna gleichzeitig mit dem Stenographieren gelernt; sie freute sich über die Möglichkeit, ihr Können unter Beweis zu stellen. Sie startete flott das entsprechende Programm, gab die gesuchte Nummer ein, und ein paar Sekunden später tauchte das gewünschte Resultat auf dem Bildschirm auf: »Schibjakin, Iwan Iljitsch. Uliza Lyssenko 5, Wohnung 36.«

»Schade«, sagte Ziza verstimmt. »Hat nicht geklappt. Die Anrufer-Identifizierung hat wahrscheinlich eine der Ziffern verwechselt, das kommt vor.«

»Ja, sieht so aus. Aber ich notiere es trotzdem.«

Vielleicht war der Anrufer-Identifizierung ja wirklich ein Fehler unterlaufen. Und wenn nicht? Was, wenn das wirklich das Fadenende war, an dem man ziehen musste, um das ganze Knäuel zu entwirren?

Als er die Redaktion verließ, dachte Fandorin angestrengt darüber nach, ob er Hauptmann Wolf von seiner Entdeckung erzählen sollte oder nicht.

Zu früh, beschloss er. Es wäre besser, er würde sich erst einmal unter dieser Adresse erkundigen und zu klären versuchen, um was für eine Wohnung es sich handelte und wer dieser Schibjakin war. Wie er aussah. Womöglich wohnte da ein schmächtiger Mann mittleren Alters mit Geheimratsecken und blauen Glupschaugen, der einen sackförmig herunterhängenden Anzug trug. Oder man hatte obiges Subjekt dort gesehen, kannte es und würde es identifizieren können. Natürlich könnte auch die Miliz diese leichte Aufgabe übernehmen, aber sie würde kaum so viel Ehrgeiz und Schwung an den Tag legen wie ein zum Tode Verurteilter.

Auch wenn die Adresse eine totale Fehlanzeige war, ein negatives Ergebnis war schließlich auch ein Ergebnis. Angenommen, die Anrufer-Identifikation hatte eine Ziffer verwechselt. Dann sollten die Kollegen von Hauptmann Wolf nicht nur die Verbindungen von Iwan Iljitsch Schibjakin unter die Lupe nehmen, sondern auch Informationen zu allen Teilnehmern einholen, deren Nummer der angegebenen ähnelte. Das war natürlich eine mühselige Arbeit, aber so kompliziert nun auch wieder nicht. Wenn sie wirklich diese »Unfassbaren« fangen wollten – natürlich nicht Nicholas Fandorins wegen, sondern wegen ihrer »Resonanz« – bei Generaldirektoren und Vorstandsvorsitzenden –, dann sollten sie sich ruhig anstrengen. Und wenn sich nun doch herausstellen sollte, dass der verstorbene Besucher in der Wohnung 36 wohnte ...

Nicholas spürte, wie ihn ein Gefühl überkam, das jeder Geschichtsforscher und Erfinder von Computerspielen kennt: der Jagdinstinkt, einer der stärksten Anreize, die der aufgeklärten Menschheit bekannt sind. Und er riss sich am Riemen und sagte sich: immer mit der Ruhe, eins nach dem anderen.

* * *

Die Uliza Lyssenko befand sich an der Stelle, wo vor der Revolution die Vorstadt der Abdecker war, und hatte sich in den sechziger Jahren des vorigen Jahrhunderts in einen schicken sowjetischen Neubau-Bezirk verwandelt.

Fandorin stieg vor dem Haus Nr. 5 aus und sah sich um; er fröstelte in dem kalten Wind, der die letzten Reste des Anstands von den Bäumen geblasen hatte, so dass sie nun ganz nackt waren und Gestorbenen auf dem Seziertisch glichen. Diese Metapher dämpfte im unpassendsten Moment (oder vielleicht auch gerade im passendsten) Nicholas' Aufregung. Das ist kein Quest, sagte er sich. Wenn du verlierst, kannst du nicht zurück an den Start gehen.

Das Haus gehörte zu denen, um die man sich in der Sowjetzeit riss: vierzehn Stockwerke, heller Backstein, ein großes Vordach über dem Haupteingang. Aber nun war daneben ein schnuckeliger neureicher Prunkbau aus dem Boden gesprossen, mit Türmchen und bauchigen Säulchen, eine richtig fette Buttercremetorte, und dadurch hatten die früheren Luxuswohnungen an Attraktivität eingebüßt und wirkten wie arme Verwandte – oder sogar noch nicht einmal wie Verwandte, sondern wie ein hungriger Straßenjunge, der in das Schaufenster einer Bäckerei guckt.

Na, bild dir mal bloß nicht zu viel ein, sagte Nicki zu dem neureichen Pseudo-Biedermeierstil. Warte nur ein Weilchen, dann wird auch bei dir die Farbe abblättern und verblassen, weil die neue Elite aufs Land zieht, wo die Luft gut ist und wo man sich von den Mitbürgern, die es nicht geschafft haben, durch einen Zaun abgrenzen kann.

Der Eingang zum Haus Nr. 5 war geschlossen. In der Hoffnung, dass irgendeine alzheimerkranke Alte in der Ecke den Code zum Öffnen der Tür notiert hätte, hockte sich Fandorin hin und untersuchte die verkratzte Tür. Bei dieser Beschäftigung traf ihn ein Muttchen an, das sich mit ihren zwei Taschen dem Eingang näherte.

»Zu wem möchten Sie?«, fragte sie, aber nicht aggressiv, sondern eher neugierig – immerhin sah Nicholas anständig und nicht wie ein Einbrecher aus.

»Wohnung sechsunddreißig«, sagte er. »Ich komme nur nicht rein.«

Das Muttchen beeilte sich nicht, ihm die Tür aufzumachen.

»Zu Schibjakin?«

»Ja, zu Iwan Iljitsch«, antwortete er scheinbar naiv und nickte zustimmend.

Die Antwort war richtig. Es gab zwar keinen triumphalen Heulton, wie es bei den Quests der Fall ist, wenn du die nächste Stufe erreicht hast, aber der Sesam öffnete sich.

»Warum hat er Ihnen denn den Code nicht gesagt?«, fragte die Einheimische kopfschüttelnd, hängte eine ihrer Taschen an einen Haken und drückte die Tasten für den Code. »Seit seine Frau gestorben ist, geht es immer mehr mit ihm bergab, er ist kaum wiederzuerkennen. Hat furchtbar abgenommen, sieht aus wie ein Penner, und seine Augen flackern wie die eines Irren. Danke, ich schaff das schon alleine.« (Das sagte sie als Antwort auf seinen Vorschlag, ihr die Taschen abzunehmen.) »Ich wohne unter ihm. Er hat bei mir einen Wasserschaden angerichtet, ich bin zu ihm gegangen, Sie glauben nicht, wie es bei ihm aussieht. Staub, Müll, überall Kakerlaken. Die arme Ljuba, wenn die das sehen würde. Solange sie da war, war immer alles tipptopp, sie war superordentlich. Sind Sie ein Bekannter von ihm?«

Nicholas schluckte, als er von der gestorbenen Frau hörte. Also doch ein Volltreffer? Nein, das wäre zu einfach!

»Iwan Iwanowitsch ist ein früherer Kollege von mir«, murmelte er.

»Von der ›Prawda‹? Sind Sie auch Journalist?«

»Ja, so etwas Ähnliches.«

Schibjakin war also bei der kommunistischen »Prawda« gewesen? Alles passte zusammen!

Während sie im Aufzug hochfuhren, hielt die Nachbarin keine Sekunde den Mund, teilte aber nichts Wertvolles mehr mit – sie schimpfte über die heutige Zeit. Sie beklagte sich, dass früher in der Eingangshalle Gummibäume gestanden, eine Wandzeitung gehangen und Portiers die Leute empfangen hätten; das sei nun alles vorbei. Ehrliche Menschen müssten mit Einkaufsnetzen nach etwas Essbarem suchen, schleppten ihre zehn Jahre alten Bisammützen, bis diese auseinander fielen, und die Hälfte der Wohnungen kauften alle möglichen Tschetschenen auf, die den Hof mit Westautos voll stellten.

»Ja, wenn es nur der Hof wäre«, sagte das sozialistische Klageweib zum Abschluss ihres Lamentos, während sie im achten Stock ausstieg. »Was haben sie nur mit unserem Land angestellt! Man braucht sich nur Ihre Zeitung anzugucken. Die war doch früher nicht so!«

»Das kann man wohl sagen!«, sagte Fandorin seufzend. Sein Herz klopfte immer schneller.

Im neunten Stock stand er lange vor der braunen Tür, an der das Kupferschildchen mit den Ziffern 3 und 6 befestigt war. Das hatte wohl früher einmal imposant ausgesehen, aber inzwischen hatte das Metall seinen Glanz verloren und war fleckig geworden.

»Das war Nayk Borzov, der unseren Radiohörern auf ewig verbunden ist«, drang eine forsche Mädchenstimme durch die Tür »Und nun die Werbung ...«

Unter den Klängen eines ergreifenden Duetts, das eine Hymne auf das »Stomatologische Zentrum Master Dent« sang, drückte Nicholas mehrmals auf die Klingel.

Wie zu erwarten, rührte sich nichts; nur brachte das Radio jetzt den Wetterbericht: Regen, Nordwind, Nachtfrost.

Er hatte eigentlich alles getan. Er hatte die Hälfte der Arbeit der sechzehnten Abteilung erledigt. Er brauchte nur Wolf anzurufen, damit der käme, in Begleitung von Untersuchungsführer und Zeugen, oder wie das eben so bei ihnen gehandhabt wurde.

Nicholas zog am Türgriff, ohne Absicht, in Nachdenken versunken.

In der Tür schnappte etwas ein, und der Türflügel öffnete sich nach innen, wie es bei Häusern sowjetischer Bauweise Vorschrift war. Nicki hatte irgendwo gelesen, es habe irgendwann eine spezielle Instruktion des Geheimdienstes gegeben, nach der sich die Eingangstüren nur nach innen öffnen durften, damit man sie bei der Verhaftung leichter einschlagen konnte.

Fandorin kam es vor wie ein Déjà-vu; ihm schien, er habe früher schon einmal gesehen, wie sich die Tür mit einem leisen Knarren öffnete und jemand in die leere Wohnung lockte. Es war ein echtes Déjà-vu, denn er hatte diese Szene schon unendlich oft im Kino gesehen: wie jemand an einer vermeintlich verschlossenen Tür zieht und diese auf einmal unheilverkündend in den Angeln quietscht und nachgibt. Und er hatte das unerklärliche Gefühl, als sei an diesem Faktum überhaupt nichts Verwunderliches, die Tür habe sich öffnen lassen *müssen*. Verwunderlich war etwas anderes: Durch den Spalt fiel elektrisches Licht auf den halbdunklen Treppenaufgang. Und das bei Tage?

Nicholas erstarrte, nachdem er die kalte Klinke heruntergedrückt hatte. Er traute sich nicht einzutreten, sondern spähte nur durch den Türspalt. Nach den Gesetzen Hollywoods müsste jetzt im Inneren die Leiche des Wohnungsinhabers gefunden werden, aber dass die nicht da war, wusste er sicher. Das heißt, es gab sie zwar, aber nicht in Wohnung 36, sondern im Leichenschauhaus der Miliz.

Spannung hin, Spannung her, aber gegen Gesetze darf man nicht verstoßen. Fandorin stieß die Tür noch ein kleines Stückchen weiter auf. Eine Diele wie jede andere, nur dass auf dem Boden Schuhe herumflogen. Okay, er musste Wolf anrufen.

Da klapperte die Tür des Nachbarn, und Nicholas huschte in Panik in die verwaiste Wohnung und schlug die Tür hinter sich zu. Wie hätte er erklären sollen, wer er war und warum er vor der geöffneten Tür einer fremden Wohnung stand!

Als Erstes, noch bevor er sich umgeschaut hatte, bemerkte er den Schalter und löschte das Licht. Er presste sein Ohr gegen das Türleder.

Auf der Treppe hörte man langsam schlurfende Schritte. Ganz in der Nähe kamen sie zum Stehen, in einer Entfernung von einem Meter. Die Türklingel schrillte durchdringend, und Fandorin verstand erst jetzt, was für eine wahnsinnige, womöglich nie wieder gutzumachende Dummheit er begangen hatte.

»Iwan Iljitsch!«, hörte man die gereizte Stimme eines alten Mannes. »Machen Sie doch auf! Ich habe doch gehört, wie Sie die Tür zugeschlagen haben. Iwan Iljitsch!«

Und wieder klingelte es, einmal lang, dann mehrere Male kurz.

»Verflixt, was soll denn das! Bei Ihnen war die ganze Nacht das Radio an! Irgendwelche wüsten Neandertalergesänge! Ich habe ja Verständnis, Sie tun mir wirklich Leid und so weiter, aber so geht es ja nun auch nicht! Iwan Iljitsch!«

Und leiser, wütend:

»Der ist völlig durchgeknallt! Da kannst du gleich die Klapsmühle anrufen ...«

Und wieder hörte man Schritte, aber diesmal entfernten sie sich. Der Aufzug kam.

Gott sei Dank, der war weg. Uff!

Er musste möglichst schnell abhauen. Einfach weggehen, die Tür zuziehen und Wolf anrufen. Zu sagen, dass er die Dummheit besessen hatte, die Wohnung zu betreten, war nicht nötig. Damit würde er nur Verdacht erregen.

Stopp! Und die Fingerabdrücke an der Innenseite der Klinke? Hatte er sie angefasst oder nicht, als er die Tür zuschlug? Er wusste es nicht mehr. Wenn er sie angefasst hatte, musste er sie mit einem Tuch abwischen. Und wenn er nun irgendwelche wichtigen Fingerabdrücke beseitigte? Er sollte besser nichts anrühren.

Erst jetzt schaute der vor Anspannung nass geschwitzte Nicholas sich um und bemerkte, dass in der Wohnung ohnehin schon jemand alles durchgewühlt hatte und zwar nicht zu knapp!

Der Inhalt des Schuhschranks war ausgekippt, die Mäntel, die auf den Haken hingen, waren auf den Boden geworfen und die Regale leergefegt.

In den Zimmern sah es noch schlimmer aus: Alles war auf den Kopf gestellt; das Sofa, die Sessel und die Stühle waren aufgeschlitzt, die Fensterbänke abgerissen, die Bücher auf einen Haufen geschmissen, an einigen Stellen war das Parkett herausgebrochen, und sogar die Tapeten waren zum Teil heruntergerissen. Und über diesem ganzen Schlachtfeld, das von hellem elektrischem Licht überflutet war, verkündete eine klangvolle Stimme mit typischem Moskauer Einschlag triumphierend:

»Einen Gruß an die gesamte progressive Menschheit auf der Wellenlänge ›Radio Relax‹! Wir hören zu, sind high, sind happy!«

Nicki fand das Radiogerät unter einem aufgeschlitzten Kissen, wollte den Ton abstellen, dachte aber wieder an die Fingerabdrücke und zog lieber den Stecker aus der Dose.

Sofort ging alles leichter, und sein Kopf schaltete sich ein.

Die Durchsuchung musste am Abend oder in der Nacht stattgefunden haben, jedenfalls in der Dunkelheit, warum hätte sonst das Licht brennen sollen? Sie konnte nicht von einem Einzelnen durchgeführt worden sein, der hätte die große Wohnung nicht so gründlich auf den Kopf stellen können, in der Küche waren sogar sämtliche Linoleumfliesen herausgerissen. Folgerung Nummer zwei: Es musste sich um eine Gruppe handeln. Die Suchenden hatten keine Vorsichtsmaßnahmen ergriffen; sie wussten also, dass der Wohnungsinhaber nicht kommen würde. Folgerung Nummer drei: Aller Wahrscheinlichkeit nach waren sie es, die ihn umgebracht hatten.

Auch den Sender hatten sie ausgewählt. Herr Schibjakin würde kaum von solcher Musik »high« sein. Sie hatten sie angestellt, um ein wenig Spaß beim Suchen zu haben. Folgerung Nummer vier: Es waren junge Leute, sie gehörten mit Sicherheit nicht zu der kommunistischen Generation. Wie hatte Hauptmann Wolf noch gesungen: »Wie Sensenmänner stehen an den Straßen Tote / Schuld ist die Teufelsbrut, die rote.«

Und noch eins. Sie hatten das Radio in voller Lautstärke laufen lassen, ohne Angst zu haben, dass die Nachbarn sich beschwerten oder die Miliz riefen. Als sie weggingen, machten sie nicht das Licht aus und verschlossen nicht die Tür. Zwar hatte es auch kaum Sinn, die Spuren verwischen zu wollen; der Wohnungsinhaber war tot, früher oder später würde man die Leiche identifizieren; und doch war die Dreistigkeit bemerkenswert. Diese Leute hatten aber auch vor nichts Angst! Was hatten sie hier gesucht? Hatten sie es gefunden oder nicht?

Er ging durch die verwüsteten Zimmer. Hob ein Foto mit gesprungenem Glasrahmen vom Boden auf. Auf dem Foto war der gestrige Besucher zu sehen, aber unbekümmert und wohlgenährt, mit einem zufriedenen Lächeln im runden Gesicht. Neben ihm stand eine Frau: kleine Dauerwellen, Doppelkinn, Ohrringe aus massivem Gold. Mit einem Wort: ein typisches Paar der Spezies Homo sovieticus. Früher hatte man solche Leute in einer europäischen Menschenansammlung auf Anhieb erkannt: an der Kleidung, am ängstlich gierigen Gesichtsausdruck. Sie waren jetzt ausgestorben wie die Dinosaurier und total in Vergessenheit geraten.

Einerseits kann man da nur sagen: Hol sie doch der Teufel, da gehören sie auch hin, andererseits war das ja schließlich auch ein Stück der eigenen Geschichte, und es handelte sich um lebendige Menschen.

Auf dem eingeschlagenen Fernseher stand ein Teller mit einem Rest Buchweizengrütze. Nicki stellte sich in der verwahrlosten Wohnung, die bessere Zeiten gekannt hatte, einen einsamen Mann vor: wie er am Herd steht, um sich sein spartanisches Frühstück zu machen, und nicht weiß, dass es seine Henkersmahlzeit ist.

Die ausgeräumten Schreibtischschubladen standen offen, der Fußboden war über und über mit alten Quittungen, Wohnungsunterlagen und anderem Papierkram übersät. Ein Stapel alter Ausschnitte aus der »Prawda« lag neben einem Hefter, den man zubinden konnte. Offensichtlich waren sie darin aufbewahrt gewesen. Nicholas hockte sich hin und raschelte mit dem Zeitungspapier. Nichts Besonderes: Artikel und Artikelchen mit für die sowjetische Presse gewöhnlichem Inhalt. Aus Havanna, Hanoi, Damaskus und anderen exotischen Orten. Und überall die Unterschrift: »I. Schibjakin, Sonderkorrespondent« oder »I. Schibjakin, eigener Korrespondent«. Und ebenda lag auch die Kopie eines vor zehn Jahren im Zusammenhang mit Rationalisierungsmaßnahmen verfassten Kündigungsschreibens.

So, so war das also.

Ein Paket mit der Aufschrift »Ljuba«. Darin Fotos ebendieser Frau, in verschiedenen Altersstufen: mit Zöpfchen, mit Zopf, mit langen offenen Haaren, mit Hochfrisur, mit Kurzhaarfrisur, mit Dauerwelle. Die Heiratsurkunde. Der Totenschein – hm, es stellte sich heraus, dass Schibjakin schon seit anderthalb Jahren verwitwet war. Ein Auszug aus der Krankengeschichte und die Kopie eines mehrseitigen medizinischen Berichts. Weitere Analysen, Urkunden, Rezepte.

Fandorin seufzte und legte ehrfürchtig das Paket auf den Tisch. Wie traurig es doch ist, die Fragmente eines fremden Lebens in der Hand zu halten, das abgerissen, nicht an ein Ende gekommen ist.

Er richtete sich auf. In der Ecke über dem Fernseher sah er ein kleines Brett. Das konnte doch wohl nicht eine Ikone sein?!

Er schaute genauer hin: doch, tatsächlich. Eine neue Lithographie mit dem strengen Gesicht des Herrgotts und der Unterschrift in kyrillischer Schrift mit Ligaturen: »Sehet / ewr Gott der kompt zur Rache. Jesaja 35, 4.«

Er wunderte sich nur im ersten Moment über die Frömmigkeit des ehemaligen Korrespondenten der »Prawda«. Dann fiel ihm ein, dass die heutigen russischen Kommunisten in nichts den früheren Bolschewiki gleichen und sich weder an den Atheismus noch an den Internationalismus gebunden fühlen. Prominente nationalistische Denker und Politiker des neunzehnten Jahrhunderts wie Graf Uwarow und Obergeneralstaatsanwalt Pobedonoszew hätten ihre Freude an ihnen gehabt und sich blendend mit ihnen verstanden.

Es hatte auch etwas Rührendes, dass die Kerle, die die Wohnung verwüstet hatten, die Ikone nicht auf den Boden geworfen hatten. Natürlich hatten sie das Brett abgetastet (Fandorin sah aus der Höhe seiner zwei Meter Länge die Spuren des aufgewirbelten Staubes), aber sie hatten die Ikone verschont. Das wundert nicht, in Russland sind heute auch die Banditen alle fromm, sie hängen sich ein Kreuz um den Hals und stiften den Kirchen Glocken. Richtig wie in Sizilien.

Aber es wurde Zeit, auf den Boden des Gesetzes zurückzukehren.

Nicholas wählte die Nummer, die auf der Visitenkarte des Fahnders stand, und schon nach dem ersten Klingelton antwortete die Stimme des Hauptmanns:

»Hallihallo.«

Fandorin erklärte schnell das Wesentliche, ohne dabei auf die daraus abgeleiteten Einzelheiten einzugehen; er sagte einfach, er habe den Toten identifiziert und befinde sich in dessen Wohnung, wo bereits jemand eine Durchsuchung vorgenommen habe. Sehr viel wortreicher fielen die Entschuldigungen für das illegale Eindringen in die Wohnung des Bürgers Schibjakin aus. Nicholas erzählte sogar ehrlich, wie er wegen des Nachbarn erschrocken war, aber entweder Wolf interessierte sich nicht für diese Details oder er glaubte sie nicht. Wie dem auch sei, er hatte jedenfalls auch nichts zu beanstanden.

»Bitte ohne Einzelheiten, Nikolaj Alexandrowitsch. Ich habe schon gestern begriffen, dass Sie ein ernstzunehmender Mann sind. Richtig zupackend, das muss man Ihnen lassen. Wie heißt es doch so schön: Hut ab! Geben Sie mir die Adresse und die Telefonnummer, ich setze mich sofort ins Auto und bin gleich da.«

Nicholas wartete erst am Fenster stehend auf den Hauptmann; dann nahm er sich einen umgeworfenen Stuhl, stellte ihn hin und setzte sich. Er wollte nichts mehr anrühren und nicht mehr durch die Zimmer gehen; er hatte sich auch so schon mehr als genug herausgenommen.

Auch wenn Schibjakin ein Mörder war, er tat ihm Leid. Der Mann hatte seine Frau verloren und war vor Kummer übergeschnappt – eine solche Liebe nötigte einem, ohne dass man es wollte, Respekt ab. Er hatte von einer schweren, unheilbaren Krankheit gesprochen. Was für eine Krankheit hatte sie denn gehabt?

Er nahm wieder das Paket mit der Aufschrift »Ljuba« in die Hand. Sie hatten darin ebenfalls herumgewühlt, aber nicht besonders gründlich; es sah aus, als hätten sie die Zettel schnell durchgeblättert und wieder zurückgelegt. Die Fans des »Radios Relax« waren an der Geschichte von Madame Schibjakinas Krankheit und Tod nicht sonderlich interessiert, während diese Ljuba für Nicki nach dem gestrigen Gespräch mit dem Witwer und den Fotos, die er gesehen hatte, ein ganz realer Mensch, ja fast eine Bekannte war.

Die Reklame der Privatklinik »Hippokrateseid«, deren Devise »Für uns gibt es keine unheilbaren Krankheiten!« mit Filzstift unterstrichen war; die Anzeigen von Kurpfuschern und Wahrsagerinnen, all das war die beredte Chronik eines immer weiteren Abstiegs in die Hölle. Was hatte sie denn nun gehabt?

Nicholas nahm die eng beschriebenen Blätter mit der Überschrift *Postume Epikrise von L. P. Schibjakina, geb. 1949* in die Hand. Im erklärenden Untertitel hieß es: »*Erstellt aufgrund des schriftlichen Antrags von I. I. Schibjakin, Ehemann der Verstorbenen, als Ergänzung zur Krankengeschichte.* Diese verflixte Klaue der Ärzte, ob man ihnen absichtlich diese Hieroglyphen beibrachte, damit Uneingeweihte unter keinen Umständen etwas davon verstünden?

Er konnte viele Worte nicht entziffern, und von denen, die er entziffern konnte, verstand er nur die Hälfte; ein Fachbegriff jagte den anderen. L. P. Schibjakinas Krankheit war nichts Exotisches, es handelte sich um Leukämie. Unmittelbare Todesursache war, wie auf der dritten Seite stand, eine akute Herz- und Lungeninsuffizienz auf der Basis einer zweiseitigen Pneumonie, ihrerseits Folge einer extremen Schwächung des Organismus.

Aber damit endeten die Notizen nicht.

Direkt neben dem finalen *Der Exitus trat um 4.30 Uhr morgens ein* war in derselben Farbe mit Kuli hinzugefügt: *Neun Tage. Ljuba, wo bist du? Vierzig Tage. Ljuba, warum erscheinst du mir nicht im Traum?*

Fandorin zuckte zusammen und ging ans Fenster, um mehr Licht zu haben.

Obwohl ebenfalls klein und unleserlich, war es eine andere Handschrift. Wenn man nicht genau hinsah, konnte man meinen, es handele sich um die Fortsetzung des medizinischen Berichts. Noch eine Krankengeschichte, diesmal aber die Geschichte einer Gemütskrankheit.

Mitleidig seufzend las Nicholas den traurigen Bewusstseinsstrom. Der Witwer hatte seine Notizen wohl in Abständen zu Papier gebracht, aber nur am Ende ein Datum angegeben:

Die Schweine werden immer fetter, und du bist nicht da. Ljuba, erschein mir im Traum!!! Ljuba, ich kann nicht mehr. Ljuba, ich bin verrückt, ich habe den Fernseher zertrümmert, da war ein Schwein, es hat schon wieder gelogen. Ljuba, Ljuba, Ljuba, Ljuba, Ljuba, Ljuba, Ljuba, Ljuba (und so weiter, vier Zeilen lang). *Heute ist es ein Jahr her. Ich war den ganzen Tag unterwegs, hab geguckt und dich dreimal gesehen: in der Straßenbahn, dann im Auto und in einem Schaufenster. Warum bist du weggefahren, warum hast du dich aufgelöst? Erschein mir im Traum, ich flehe dich an! 9. Juni* (das Datum war zweifach unterstrichen). *Danke, Ljuba! Ich hab alles verstanden, ich mache alles. Die Rache ist mein, mein ist die Vergeltung! 13. August* (dreifach unterstrichen). *Ich bin nicht allein!!!*

Damit endeten die Notizen.

Es war eigentlich alles klar. Auf den Tag genau ein Jahr nach dem Tod seiner Frau war dem armen Iwan Iljitsch endlich die maßlos von ihm vergötterte Ljuba im Traum erschienen und, ähnlich dem Geist von Hamlets Vater, hatte sie Vergeltung gefordert, das heißt, er sollte sich für sie und andere Opfer an diesen »Schweinen«, die immer »fetter werden«, rächen. Das war nicht besonders verwunderlich, der Wahnsinnige hatte sein Unterbewusstsein ja längst auf solch einen Traum vorbereitet. Rätselhaft war dagegen der letzte Satz. Was hieß: *Ich bin nicht allein!!!* Offenbar hatte der Rächer einen Gleichgesinnten gefunden. Oder mehrere Gleichgesinnte. Wen? Das sollten die Kriminalbeamten gefälligst klären, dazu waren sie ja schließlich da.

Am unteren Rand des linierten grauen Dokumentes war noch Platz frei; die angeheftete »Epikrise« umfasste aber noch ein zweites Blatt.

Nicholas schaute es sich an: eine Liste mit Wörtern und Zahlen.

Er fing an zu lesen; der Zettel zitterte in seinen Händen.

Oh, ihr unbekannten Wandalen, gleichgültig gegen Krankheiten und Unglücksfälle fremder Leute, habt ihr eure barbarische und offenbar ergebnislose Durchsuchung womöglich wegen ebendieser Liste veranstaltet?

SUCHOZKI
Präsident der Aktiengesellschaft »Hippokrateseid«
Urteil: 9. Juni
Zugestellt: 11. Juni
Vollstreckt: –

LEWANJAN
Generaldirektor der GmbH »Wer mitspielt, gewinnt«
Urteil: 25. Juni
Zugestellt: 28. Juni
Vollstreckt: –

KUZENKO
Direktor der Aktiengesellschaft
»Meeresfee Melusine«
Urteil: 6. Juli
Zugestellt: 6. Juli
Vollstreckt: –

SALZMAN
*Generaldirektor der Geschlossenen Aktiengesellschaft »Inter-
medconsulting«*
Urteil (Anordng.): 14. August
Zugestellt: 15. August
Vollstreckt: 16. August

SCHUCHOW
Vorsitzender des Direktorenrats der Agentur »Klondike«
Urteil (Korr.): 22. August
Zugestellt: 23. August
Vollstreckt: –

SJATKOW
Ehem. Vorstandsvorsitzender der »Ehrlichen Bank«
Urteil (Anordng.): 10. September
Zugestellt: 13. September
Vollstreckt: 19. September

JASTYKOW
Vorsitzender des Direktorenrats der Aktiengesellschaft »DrWW«
Urteil (Anordng.): 11. Oktober
Zugestellt: 13. Oktober
Vollstreckt: –

FANDORIN
Präsident der Firma »Land der Räte«
Urteil (Korr.): 8. November
Zugestellt: –
Vollstreckt: –

Nicholas raufte sich die Haare, so aufgeregt war er. Das war ja
vielleicht ein Dokument!

Aber immer mit der Ruhe, eins nach dem anderen. »Hippokrateseid«, das war klar. Das war die Firma, die versprochen hatte, die
Kranke zu heilen, und sie betrogen hatte. Das Urteil über den
Chef Suchozki war einen Tag, nach dem Ljuba ihrem Mann Schibjakin im Traum erschienen war, ergangen.

Die Firma »Wer mitspielt, gewinnt« kannte jeder: Sie hypnotisierte die Fernsehzuschauer mit ihrer penetranten Werbung für Spielautomaten und versprach phantastische Gewinne. Klarer Betrug, das hatte sogar in der Zeitung gestanden.

Von der »Meeresfee Melusine« hatte Nicholas ebenfalls schon gehört; er hatte ihre Anzeigen in Hochglanzzeitschriften gesehen. Es handelte sich um eine Kette von Schönheitskliniken, die angeblich wahre Wunder vollbrachten: sie gaben Frauen die Jugend zurück, machten Hässliche hübsch und aus Hübschen umwerfende Schönheiten – natürlich für ein Heidengeld. Klar, dass dieses in aller Öffentlichkeit breit für sich werbende Unternehmen aus Schibjakins Sicht ein »Schwein und Betrüger« war.

Von Salzman hatte Hauptmann Wolf erzählt. Ein Geschäftsmann, den sie auf seiner Datscha hatten hochgehen lassen. »Intermedconsulting«? Ja klar, das passt ja.

»Klondike« war eine Agentur für Arbeitssuchende im Ausland. Sie hatte überall an den Autobahnen ihre Reklametafeln und Schilder hängen. Panama? Kein Problem. In dieser Branche wimmelte es von Schwindlern.

Sjatkow von der »Ehrlichen Bank«. Für die Ermordung dieses Mannes hätten viele um ihr Geld betrogene Anleger den »Rächern« Beifall gespendet, wären nicht die im Auto in die Luft gejagten Kinder.

»DrWW«, das waren die durchgehend Tag und Nacht geöffneten Apotheken »Doktor Wehwehchen«. Der Konzern existierte noch nicht lange. Es war der erste Versuch, in Russland so etwas zu schaffen wie die amerikanischen Drugstores: eine Mischung aus Apotheke und Cafeteria. Äußerst bequem und modern. Womit hatten die Apotheken denn Schibjakins Zorn auf sich gezogen?

Na, und schließlich das Schlusslicht der Liste, dessen Schicksal Fandorin am meisten beschäftigte. Wie er in diese Schlinge geraten war, war nicht schwer zu erraten: Das hatte er der tollen Reklame im »Eross« zu verdanken. Jetzt interessierte ihn mehr die Frage, was den Präsidenten der Firma »Land der Räte« in Zukunft erwartete.

Beim zweiten Lesen des spannenden Dokuments tauchten viele Fragen auf. Warum gab es ab dem vierten Kandidaten nach dem

Wort »Urteil« Klammern, in denen Korr. oder Anordng. stand. Was bedeuteten diese Abkürzungen? Warum waren die Urteile gegen Suchozki, Lewanjan und Kuzenko, vom Zeitpunkt her die ersten, bis jetzt nicht vollstreckt worden, während Salzman und Sjatkow sofort hingerichtet worden waren? Und die Frage, die ihm am meisten unter den Nägeln brannte: Sind die »Unfassbaren« der Meinung, Fandorin sei das Urteil schon zugestellt worden oder nicht?

Nicholas drückte die Stirn gegen die eisige Glasscheibe, blickte zerstreut nach unten und sah, wie ein Shiguli mit angestelltem Blaulicht an der Straßenkante hielt.

Die Miliz! Endlich!

Dem Auto entstieg der Beamte Wolf. Er legte den Kopf in den Nacken und sah an dem Haus hoch. Wieso kam er alleine, ohne Spurensicherung, ohne Fotografen? Merkwürdig.

Der Hauptmann nahm sein Handy aus der Tasche und wählte. Richtig, er kannte ja den Türöffnungscode nicht. Er rief wahrscheinlich hier in der Wohnung an.

Fandorin sah sich nach einem Telefon um und fand es, fachmännisch in seine Bestandteile zerlegt, auf dem Boden. Die Schlaumeier hatten sogar den Apparat auseinander genommen, statt sich die Zeit zu nehmen, die Papiere durchzusehen.

Er musste nach unten. Selbst wenn das Telefon funktioniert hätte, Nicholas wusste den Türöffnungscode ja sowieso nicht.

Ohne den wertvollen Zettel aus der Hand zu legen, ging er ins Treppenhaus.

Während er auf den Aufzug wartete, dachte er: Es gibt viele Unklarheiten in der Liste, aber die Miliz weiß jetzt wenigstens, wer gejagt wird. Sie wird also diese Leute, wie wir hoffen, beschützen.

Sie kamen fast gleichzeitig an der Haustür an, Nicholas von innen und Wolf von außen.

Irgendwo hier in der Nähe musste sich der Knopf befinden, der das Schloss öffnete. Die Lampe brannte nicht, Fandorin tastete mit der Handfläche die Wand ab.

Er wollte rufen: »Einen Augenblick!«

Aber er tat es nicht.

Durch die getönte Scheibe (offenbar ein Rest des früheren

Glanzes der Nomenklatura) sah man, wie der Hauptmann ein kleines Notizbuch konsultierte und ohne Zögern auf die Knöpfe drückte.

Er kannte den Code? Woher?!

Die Tür öffnete sich nach innen und drückte den wie vor den Kopf geschlagenen Magister an die Wand. Ohne Fandorin zu bemerken, ging der Hauptmann vorbei und lief leichtfüßig die Stufen zum Aufzug hoch.

Nicholas rief nicht.

Er wartete, bis der Aufzug weg war, und lief Hals über Kopf aus dem Hauseingang.

Er drückte so aufs Gas, dass er fast den Motor abgewürgt hätte.

So ein Ding! Das war ja ein feiner Beamter! Wenn er den Code kannte, kannte er also auch die Adresse. Warum hatte er das verschwiegen?

Die nicht von der Hand zu weisende Schlussfolgerung war wenig erfreulich. Herr Wolf steckte offenbar mit den nächtlichen Besuchern der Wohnung 36 unter einer Decke. Ob er womöglich auch mit den Mördern des verrückten Iwan Iljitsch bekannt war?

Und was, wenn er gar kein Milizionär war? Vielleicht war er ja der Mörder. Deshalb war er auch allein gekommen. Um das Urteil an dem Unternehmer Fandorin zu vollstrecken, ja?

Aber der Miliz-Shiguli? Und die dienstliche Telefonnummer auf der Visitenkarte?

Autofahren in der Stadt Moskau ist eine ausgezeichnete Psychotherapie; zuverlässiger als jedes Beruhigungsmittel senkt es die nervliche Anspannung, indem es an ihre Stelle eine andere, weniger starke, normale Anspannung treten lässt. Ob du willst oder nicht, du wirst von jedem beliebigen, selbst dem panischsten Gedanken abgelenkt, wenn du dauernd den Kopf drehen musst, weniger, um die Regeln zu beachten, als um die anderen Autos im Blick zu behalten und die Aufmerksamkeit auf gefährliche Individuen wie Jeeps und Mercedesse zu konzentrieren, die die Angewohnheit haben, ohne zu blinken schlagartig die Spur zu wechseln.

Wie jeden Tag ereignete sich wieder das übliche Wunder, ein

kleiner Triumph glücklicher Zufälle: Nicholas erreichte ohne Unfall sein Office.

Valja (der das Leben heute in einem rosa Licht erschien) wies er an, ihn mit niemand zu verbinden, schloss sich in seinem Zimmer ein und nahm sich die entwendete Liste vor.

Die Fahrt durch den Dschungel der Straßen hatte Fandorin gut getan. Er war wieder imstande, ruhig nachzudenken.

Also, erst einmal nur die Fakten, ohne Hypothesen.

Erstens. Den Hass der »Unfassbaren Rächer« (ein blöder Name, aber so lange es keinen anderen gab, wollte er vorläufig dabei bleiben) zogen zwei Kategorien von Unternehmern auf sich: Geschäftsleute aus dem Bereich der Medizin und Auftraggeber besonders aggressiver und irreführender Werbung.

Zweitens. Sofort nach Schibjakins Feststellung am 13. August, dass er »nicht allein« sei, nahm das Morden seinen Anfang. Der Komplize oder die Komplizen waren offenbar Männer der Tat und hatten professionelle terroristische Fertigkeiten. Das passte nicht besonders gut zu der infantilen Motivierung der Todesurteile. »Schwein und Betrüger«? Der reinste Kindergarten. Oder Klapsmühle. Obwohl der zwielichtige Hauptmann Wolf natürlich Recht hatte: Im heutigen Russland verstehen es viele, mit einem Gewehr und Sprengstoff umzugehen, und darunter sind etliche mehr oder weniger eindeutig Verrückte sowie Opfer des Afghanistan- und des Tschetschenien-Krieges.

Schließlich die dritte und wichtigste Tatsache: Sechs Menschen waren umgebracht worden. Fünf wurden Opfer des Terrors: der in seinem Landhaus in die Luft gejagte Salzman, dann Sjatkow mit den beiden Kindern und dem Chauffeur. Das sechste Opfer war einer der »Rächer«; jemand hatte ihn vom Dach geworfen.

Formulieren wir nun die wichtigsten Fragen, die sich aus dem oben Dargelegten ergeben, und versuchen wir, auf jede Frage eine Antwort zu finden.

Es sind genau drei Fragen.

Die erste Frage ist persönlich. Hat Schibjakin seinen Komplizen oder seine Komplizen davon informiert, welches Urteil gegen den Inhaber der Firma »Land der Räte« ergangen war? Wir wollen nicht verhehlen, dass dies unter den drei Fragen diejenige ist, die uns am meisten beschäftigt.

Die zweite Frage ist eine Krimifrage. Wer hat Schibjakin ermordet, und welche Rolle spielt Wolf bei dieser Geschichte?

Die dritte ist eine humanitäre Frage. Wie kann man die anderen Verurteilten vor der Gefahr warnen, die ihnen droht, wenn man der Miliz nicht trauen kann?

Was für eine bemerkenswerte, erhebende Sache doch die systematische Methode ist! Jede Situation, die einem Kopfzerbrechen macht, ist, wenn man sie in ihre Bestandteile zerlegt, nicht mehr so kompliziert und durchaus lösbar; die Reklame des »Landes der Räte« lügt also nicht. Unbedacht, meine Herren Rächer, rechnen Sie Nicholas Fandorin zu den »Schweinen und Betrügern«!

Moment mal, Moment mal. Schibjakin hatte, als er wegging, doch gesagt: »Das Gericht zieht sich zur Beratung zurück!« Hieß das nicht, dass die Bestätigung des Urteils noch ausstand? Eine Diskussion konnte noch nicht stattgefunden haben, weil der »Richter« sofort nach seinem Weggang aus dem Office 13 a am eigenen Leib überprüft hatte, mit welcher Beschleunigung sich ein frei fallender Körper auf die Erde zubewegt.

Getragen von der unerhörten Erleichterung, die wahrscheinlich nur die wenigen Menschen kennen, die einmal zum Tode verurteilt waren und dann begnadigt wurden, trällerte Nicholas sogar den »Hit der sowjetischen Estrade«, das optimistische Lied »Ich liebe dich, Leben, auch wenn das nicht sonderlich neu ist«. Und sofort fiel ihm Dostojewski ein. Wie das über diesen verhängte Urteil, das auf Erschießung lautete, in Zwangsarbeit umgewandelt worden war und er in der feuchten Kasematte der Peter-Paul-Festung vor Glück laut zu singen begann.

Nun fiel es auch leichter, dem Krimiaspekt des Denkrätsels nachzugehen. Eine genaue Antwort konnte natürlich nicht gegeben werden, dazu lagen zu wenige Fakten vor, aber eine mehr oder weniger wahrscheinliche Hypothese konnte man aufstellen. Zum Beispiel folgende: Jemand von denen, die das Urteil erhalten hatten (Sjatkow, Salzman und Nicholas selbst schieden aus, es musste jemand von den fünf anderen sein), hatte entgegen den Mutmaßungen von Hauptmann Wolf den Zettel ernst genommen und Vorsichtsmaßnahmen getroffen. Dieser »Jemand« war nicht nur »ein Schwein und Betrüger«, sondern auch ein krimineller Typ, der es gewohnt war, sich zu verteidigen. Er hatte eigene Untersuchungen angestellt, war irgendwie auf Schibjakin gekommen und hatte mit ihm auf seine Weise abgerechnet. Es war sehr wahrscheinlich, dass ihm Hauptmann Wolf, Mitglied des Untersuchungsstabs im Fall »Unfassbare Rächer«, bei seiner Suche behilflich gewesen war. In den heutigen Zeiten war eine Zusammenarbeit von Milizionär und Banditen leider nichts Ungewöhnliches. Der Teufel sollte sie alle holen! Sollten sie ihre Sachen doch allein regeln.

Und die letzte Frage, die humanitäre: Man musste die fünf Verurteilten über die Gefahr, in der sie schwebten, informieren. Wenn die deduzierte Hypothese richtig war, wusste einer von ihnen das ohnehin, aber die anderen …

Jetzt, da die Fragen auf dem Tisch lagen und sich auf jede eine Antwort gefunden hatte, konnte man auch handeln.

Als Erstes rief Nicholas den Beamten an. Er entschuldigte sich kurz, dass er nicht auf ihn habe warten können, es sei etwas Dringendes dazwischengekommen. Wolf verhielt sich sehr viel respektvoller als gestern. Offenbar hatte die Geschwindigkeit, mit welcher der Chef der Firma »Land der Räte« den Toten identifiziert hatte, dem Hauptmann starken Eindruck gemacht. Er duzte ihn nicht, stellte keine überflüssigen Fragen und dankte sogar für die Hilfe bei der Fahndung, dieser Heuchler! Klar, dass er kein Killer war, er hatte sich einfach schmieren lassen. Wegen solcher Milizionäre, wie er einer war, nannte man sie »Müllmänner«, das war seit Ewigkeiten so.

Dann rief Fandorin Valja zu sich und trug ihr auf, die Adressen der Firmen »Hippokrateseid«, »Wer mitspielt, gewinnt«, »Meeresfee Melusine«, »Klondike« und »Doktor Wehwehchen« ausfindig zu machen. Das dauerte zehn Minuten, wobei die fixe Valentina auch gleich die Telefon- und Faxnummern der Firmenleitung in Erfahrung brachte.

»Nur der ›Hippokrateseid‹ ist out«, teilte sie Nicki mit und richtete den Lederriemen, den sie um die Stirn trug (Valja hatte heute das Aussehen einer Squaw: zwei Indianer-Zöpfchen, perlenbestickte Jacke, Wildlederhose mit Fransen, in Handarbeit hergestellte Mokassins). »Die haben dichtgemacht. Ihr Chef ist über den großen Teich gegangen.«

»Ist er umgebracht worden?«, fragte Fandorin stöhnend, weil er dachte, der Chef sei über den Jordan gegangen.

»Nein, er ist wirklich ausgewandert. Hat alles stehen und liegen gelassen und auf ›Escape‹ gedrückt. Schon im Sommer. Er suhlt sich in Amerika oder auf den Bahamas.«

Ob er vor dem Urteil davongelaufen war?, fragte sich Nicholas. Oder Herr Suchozki hatte einfach Schwein gehabt: war rechtzeitig geflohen und hatte so sein Leben gerettet.

Den anderen vier schrieb Fandorin einen Brief folgenden Inhalts:

Sehr geehrter Herr (Lewanjan, Kuzenko, Schuchow, Jastykow),

(Datum) Sie haben vor kurzem ein merkwürdiges Schreiben erhalten, in dem Unbekannte Sie zum Tode verurteilen. Wahrscheinlich haben Sie diesen Zettel für einen dummen Witz gehalten. Aber ich kann Ihnen versichern, diese Leute scherzen nicht. Zwei Unternehmer, denen ähnliche Benachrichtigungen zugesandt wurden, sind bereits umgebracht worden. Wenn Sie die Bestätigung haben wollen, können Sie sich an die 16. Abteilung der Moskauer Kriminalpolizei wenden. In jedem Fall rate ich dringend: Treffen Sie strengste Sicherheitsvorkehrungen.

Ich bitte um Entschuldigung, dass ich diesen Brief nicht mit meinem Namen unterzeichne.

Er war absolut nicht darauf versessen, dass diese Herrschaften womöglich beim »Land der Räte« um Erklärungen nachsuchten. Nicht umsonst hatte sie der verstorbene Schibjakin als »Schweine und Betrüger« eingestuft. Sie könnten auf die Idee kommen, Nicholas Fandorin wolle sie erpressen. Außerdem sollte man nicht vergessen, dass einer von ihnen keine sonderliche Scheu hatte, sich über die Unantastbarkeit fremden Lebens und fremder Wohnräume hinwegzusetzen.

Er trug Valja auf, die Briefe per Fax zu verschicken, die Telefonnummer und das Logo der Firma »Land der Räte« aber vorher unkenntlich zu machen.

»Chef«, sagte die Assistentin, nachdem sie die Aufgabe – die einzige an dem ganzen Arbeitstag – erledigt hatte. »Was haben Sie denn so dizzy Augen, als wären Sie im Nirwana? Ich will auch dahin. Sie könnten die Office-Lady ja mal einladen abzuhotten. Nein, really. Es gibt ein supergeiles Klubrestaurant namens ›Cholesterin‹. Totales Pêle-mêle, das wird Ihnen gefallen. Und zur Afterparty kann man beim ›Rattenfänger‹ antanzen. Sie sind doch ein freier Mensch – Ihre MM ist ja in Leninburg.«

»Nenn meine Frau gefälligst nicht MM«, sagte Fandorin zum x-ten Mal. »MM« war die Abkürzung für »Madame Mamajewa«, und was »totales Pêle-mêle« hieß, war ihm sowieso schleierhaft.

Aber seine Stimmung war nach dem Widerruf der Einladung zur Enthauptung festlich und ein bisschen hysterisch. Wenn schon abhotten, dann auch richtig, warum eigentlich nicht? Er würde sich ohnehin heute nicht mehr auf den Kammersekretär konzentrieren können.

Sie verabredeten sich für elf Uhr – wenn die lieben Kleinen das Abendmärchen intus hätten und eingeschlafen wären. Beide telefonierten: Valja mit dem »Cholesterin«, Nicki mit der Babysitterin Lidija Petrowna, die bei ihnen übernachten sollte.

Dann eilte die beflügelte Valja nach Hause, um sich schön zu machen, Fandorin dagegen blieb noch eine Weile im Office, ging im Zimmer auf und ab und redete sich ein, alles sei noch einmal gut gegangen, das Chaos habe ihm nur seinen heißen Atem ins Gesicht geblasen, ihn aber nicht in Schutt und Asche gelegt und noch nicht einmal angesengt.

Vielleicht stimmte das alles nicht so ganz, aber das hing nicht mehr von ihm ab. Tu, was du tun musst, dann kommt, was eben kommt.

Man kann doch nicht jede Sekunde seines Lebens zittern, dass einem ein Unglück geschehen kann: ein Ziegelstein auf den Kopf fallen oder der Fahrer am Steuer eines entgegenkommenden Autos schlafen oder in dem Café, in dem du einen Espresso trinkst, eine Aktentasche mit Sprengstoff explodieren kann. Irgendwann wird sich das Unglück zweifellos ereignen, da kannst du nichts machen. Wenn nicht eine Aktentasche mit Sprengstoff explodiert, dann ist es eben ein Geschwür oder eine Thrombose (da weiß man noch nicht einmal, was schlimmer ist), aber dann gibt es nur eins: entweder zittern oder leben. Geh deines Weges und hoffe, dass er dich nicht zu bald in den geöffneten Schlund der Katastrophe führt.

Hoffen wir das Beste, beschloss Nicki. Nämlich, dass das Urteil nicht bestätigt worden war und noch nicht dem Vollstrecker vorlag.

Sowie, dass die anderen Verurteilten sich die Warnung zu Herzen nähmen.

Bevor er aufbrach, trat er wie gewöhnlich ans Fenster und betrachtete die Stadt bei Nacht. Lampen, vom Regen glänzende Dächer, das kurzsichtige, durch den Nebel leuchtende Auge des Mondes.

Wenn die Welt so ruhig und weise ist, scheint es, man brauche keine Angst zu haben. Der Tod, na und? Wenn man Glück hat, ist er schnell und nicht zu schrecklich. Wie heißt es im Happyend der Märchen, die von der Liebe handeln: »Sie lebten lange und glücklich und starben am selben Tag.« Vielleicht ist so ein Tod das wahre, endgültige Glück, philosophierte Nicholas. Dann werden wir, an den Händen gefasst, im Himmel zur Quelle dieses friedlichen Lichtes schreiten, auf dass der Abendnebel genauso nach oben abziehe und der weite, vom ruhigen Mondlicht überflutete Raum sich vor uns ausbreite, ohne dass der Schatten einer erneuten Trennung darüber läge.

ACHTES KAPITEL

LES CRIMES DE L'AMOUR oder
VERBRECHEN DER LIEBE

(De Sade, 1800)

Aber der Himmel war dunkel und gnadenlos, und der Mond hatte sich hinter den lockeren Wolken versteckt, als wolle er den Verstoßenen nicht mit der eitlen Hoffnung auf Rettung locken: unmöglich, der blinden Naturgewalt zu entkommen.

Der frierende Mithridates konnte nur das letzte Mittel mannhafter Vernunft zu Hilfe nehmen: die Philosophie. Der Fall aus den Höhen über den Wolken, vom Fuß des Throns hinab in den dunklen, kalten Abgrund, war in schwindelerregendem Tempo geschehen, so wunderte er sich. Aber worüber wunderte er sich eigentlich? Es war ja auch aus der Physik bekannt: Ein Körper steigt sehr viel schwieriger und langsamer nach oben, als er nach unten fällt. Es gibt nichts Natürlicheres als das Fallen, wohinter immer der Wunsch steht, sich an den Busen von Mutter Erde zu schmiegen. Auch der Untergang, der jedem droht, ist ein Fallen. Aber ein Fallen, das sich vom Standpunkt der Religion in einen Aufschwung verwandelt.

Meine Güte, wie kalt es doch war!

Auf dem Platz brannten ein paar Feuer, um die sich die Kutscher und Diener drängten, die auf ihre Herren warteten. Mitja wollte sich auf die nächstbeste Wärmequelle stürzen, aber als er das grobe Lachen des Gesindes hörte, hielt er sich zurück. Je unsensibler die Seele eines Menschen ist und je niedriger der Stand, desto härter und unbarmherziger begegnet er seinem Nächsten. Sie würden ihn wegjagen, sie würden ihn wieder wegjagen! Noch ein einziger solcher Versuch, und man könnte für immer die Liebe und den Respekt vor dem Menschengeschlecht verlieren, und wozu sollte man dann leben? Dann wäre es besser, in Wind und Schnee zu erfrieren!

Umso mehr als es gar nicht unbedingt sein musste, dass er erfror.

Seine von der Philosophie gestärkte Vernunft kam zu sich und offenbarte ihre wundertätige Kraft.

Na, da standen doch jede Menge Kutschen auf dem Platz. Er könnte doch in irgendeine hineinklettern, ohne dass es die Diener bemerkten, und warten, bis sie losfuhr. Dann würde er schon weitersehen. Egal, wem die Kutsche gehörte, es würde für ihn leichter sein, sich ihrem Besitzer, einem großherzigen Adeligen, anzuvertrauen als einem Plebejer. Er brauchte ja nur auf Französisch zu sagen: »Ich flehe Euch an, hört mir zu!«, schon wäre klar, dass der kleine Lausejunge kein gewöhnlicher Bettler war.

Mitja huschte durch den Freiraum zwischen den zwei langen Wagenreihen hindurch, um sich eine geeignete Zuflucht zu suchen. Die Pferde standen da, klirrten mit dem Geschirr, fraßen schmatzend den Hafer aus den um ihren Hals gebundenen Futtersäcken, der Winter machte ihnen nichts aus. Da kam einem der Gedanke: Wie viel niedriger und unvollkommener als das Vieh, das wir malträtieren und verachten, doch der Mensch seiner physischen Natur nach ist!

Schließlich wählte er eine schmucke siebenfenstrige Kutsche mit einer Fürstenkrone auf der Tür. Vielleicht gehörte sie jemand aus dem Kreis der Vertrauten der Kaiserin? Dann könnte es durchaus sein, dass der Besitzer Mithridates schon einmal gesehen hatte.

Er war schon die Stufe hochgeklettert und wollte an der Tür ziehen, da sah er auf einmal, dass aus der Nachbarkutsche weißer Rauch stieg. Eine Winterkutsche, mit Heizung! Das wäre etwas für ihn!

Er blickte über die Kruppe des Pferdes und schaute auf das Feuer, das keine zehn Schritte entfernt war. Dort war es hell und hier finster, sie würden nichts bemerken.

Er lief zu der Reisekutsche, stellte sich auf den Tritt und spähte vorsichtig ins Innere, ob dort vielleicht der Kutscher saß und sich aufwärmte.

Die Kutsche war leer; offenbar war es den Dienern nicht erlaubt, im Inneren zu sitzen, oder sie fanden es am Feuer bei den anderen lustiger.

Eine Sekunde, und Mitja war drinnen, in der wohligen Wärme.

Es war dunkel und leise, im Ofen brannte funkenstiebend die Kohle, die Fenster waren bis zur Mitte beschlagen. Oh, wie wenig es im Leben braucht, damit eine Katastrophe in Seligkeit umschlägt! Man muss seinen frierenden Körper nur an eine heiße schmiedeeiserne Fläche drücken können, sonst nichts, rein gar nichts.

Mitja schlang beide Arme um den Ofen, hockte sich mit seinen feuchten Bastschuhen hin, hüllte sich bis über den Kopf in eine Pelzdecke, die auf dem Sitz gelegen hatte, und dachte an nichts mehr, sondern genoss nur noch Trockenheit und Wärme.

Er wachte von einer lauten Stimme auf, die rief:

»Schneller! Treib sie an!«

Im ersten Augenblick verstand er nicht, warum die Welt wackelte. Dann hörte er, wie die Kufen knirschend über die schneebedeckten Pflastersteine glitten und erinnerte sich: Ach so, er war ja in einer Kutsche.

Zitternd lüftete er den Rand der Decke. Auf dem Vordersitz saß jemand. Er konnte in der Dunkelheit nicht sehen, wer, hörte aber kurze, aufgeregte Atemzüge.

Die sitzende Person richtete sich auf, und auf dem grauen Hintergrund des Vorderfensters zeichnete sich eine Kapuze mit Bändern ab. Es war also eine Frau. Das war gut, denn das schöne Geschlecht ist barmherziger als das männliche und lässt sich weniger leicht zu plötzlichen Gewaltausbrüchen hinreißen, wie zum Beispiel, den ungeladenen Gast ohne irgendwelche überflüssigen Gespräche einfach hinauszuwerfen.

Da musste er aber fest geschlafen haben! Mitja hatte weder gehört, wie die Kutsche irgendwo vorgefahren war, noch, wie sich die Besitzerin hineingesetzt hatte.

Die kam auf einmal in Bewegung und klopfte mit dem Ring ans Fenster. Sie schrie laut:

»Doch nicht zur Morskaja! Ich kann doch nicht nach Hause!«

Eine junge Stimme.

Der Kutscher hatte offenbar nichts gehört, denn die Dame löste den Fensterriegel, öffnete das Fenster einen Spalt und wiederholte durch das Heulen des Windes:

»Nein, nicht nach Hause! Fahr Richtung Moskau!«

Sie ließ das Fenster herunter und murmelte:

»Herrgott, Barmherziger, behüte mich, rette mich …«

Ihr musste irgendein Unglück zugestoßen sein. Sie seufzte stark und schluchzte sogar. War das gut oder schlecht? Eher schlecht. Wenn du selbst einen Schmerz hast, hast du kein Auge für fremdes Leid.

Schade, man konnte nicht sehen, was für ein Gesicht sie hatte, ein böses oder freundliches.

Er quälte sich mit Zweifeln, ob er sich bemerkbar machen oder warten sollte, bis die Besitzerin der Kutsche sich ein wenig beruhigt hätte. Sie wurde partout nicht ruhiger, flüsterte ängstlich und rutschte hin und her.

Plötzlich stand sie abrupt auf, kniete sich auf den hinteren Sitz, so dass sie nur zwei Werschok von Mitja entfernt war, und riss ihm den Pelz vom Leib.

Er wollte schon ausrufen: »Ayez pitié, madame!«, da begriff er, dass sie ihn gar nicht sah.

Sie zog an dem Riegel des Hinterfensters, öffnete es und wollte die Decke durch das Fenster stecken.

»Der Weg ist weit. Kommt, zieht sie euch über!«

Zwei Männerstimmen antworteten:

»Danke, gnädige Frau.«

»Und jetzt noch Wodka zum Aufwärmen!«

Die Dame versprach:

»Den bekommt ihr beim ersten Halt.«

Mitja ließ die Zeit nicht ungenutzt verstreichen. Während sie den Schneesturm zu übertönen versuchte, glitt er leise zu Boden und versteckte sich unter dem Sitz. Es gibt ja eine gute Regel: Wenn du nicht weißt, was du tun sollst, dann warte lieber.

Der Fensterrahmen klapperte, die Federn über Mitjas Kopf quietschten – das Weib hatte sich nach hinten gesetzt. Recht hatte sie. Wenn man weit fährt, sitzt es sich hinten besser, da wird einem weniger leicht übel.

Er hörte, wie ein Feuerstein klickte und Glas klirrte; über den Boden liefen auf einmal Schatten. Sie hatte die Deckenlampe angezündet.

Vor seiner Nase standen zwei Füße in weißen Schühchen. Der linke Schuh hatte sich in seinen Bruder verhakt und warf ihn auf den Boden, woraufhin sich das unbeschuhte Bein im Seidenstrumpf auf dieselbe Weise des linken Schuhs entledigte, so dass die beiden Schühchen einsam und verwaist dastanden, denn die Dame legte auch die Beine auf den Sitz.

Ein Schühchen flog zu Mitja in sein hartes staubiges Asyl und kam mit dem goldglänzenden Absatz direkt vor seinen Augen zu liegen – ein Gast aus einer anderen Welt, wo Schönheit und Eleganz herrschen.

Das Gerüttele hatte ein Ende, die Schlittenkutsche glitt wie ein Boot im Wasser gleichmäßig dahin. Sie hatten also die Pflasterstraße hinter sich gelassen, folgerte Mitja. Bald würden sie auch an das Ende der Stadt gelangen.

Wohin fahren wir eigentlich? Sie hatte gesagt: »Nicht nach Hause, sondern Richtung Moskau.« Ob sie da, Richtung Moskau, ein Landhaus oder ein Gut hatte?

Von oben hörte man Schniefen und kurzes krampfhaftes Stöhnen. Sie weinte.

Dann wieder brach sie in Klagen aus, aber sehr leise; man verstand nur einzelne Worte: »Niemand, absolut keiner ... Was ist das nur, Herrgott ...? Irgendwie nicht richtig«, und ähnlich Unverständliches.

Nachdem sie sich ausgeweint hatte, schnäuzte sie sich und murmelte:

»Wie kalt es ist!«

Da hatte sie nun wirklich Recht. Auch Mitja fror ohne die Pelzdecke, seitdem er nicht mehr so dicht am Ofen war.

Wieder kamen die kleinen Füße mit den Seidenstrümpfen und den spitzen Knöcheln herunter. Der linke Fuß schlüpfte sofort in den Schuh, der rechte tastete den Boden ab, er konnte den Schuh nicht finden. Da kam eine dicke Hand mit einem funkelnden Ring am weichen Finger unter der Bank auf ihn zu.

Das hatte er doch alles schon einmal erlebt, doch. Mitja hatte sich schon einmal genau so an die staubige Wand gepresst, während sich eine Hand nach ihm ausgestreckt hatte, aber damals war das ganz entsetzlich gewesen, diesmal war es dagegen kein Problem. Und das führte Mithridates zu einem philosophischen Urteil, das man glatt zum Frommen der Nachkommen hätte notieren können: Ein kluger Mensch hat nicht zweimal vor demselben Angst.

Er schubste den flüchtigen Schuh der Hand entgegen, aber es kam, wie es kommen musste: Letztere hatte gerade vor, tiefer unter dem Sitz zu suchen, und stieß prompt auf Mitjas Finger.

Alles Weitere ist ja klar: Gekreische, Schreien.

Die Füße wie die Hand verschwanden schleunigst aus Mitjas Sichtfeld.

Er musste sich beeilen, solange sie die Diener, die hinten auf dem Wagentritt standen, noch nicht gerufen hatte.

Ächzend kroch er auf allen vieren aus dem Versteck. Er hatte sogar schon eine richtig vernünftige und respektvolle Formulierung vorbereitet. Sie lautete: »Gnädige Frau, zittert nicht. Ihr seht ja, wie klein ich bin. Ich zittere selber vor Euch und hoffe einzig auf Euer Erbarmen.«

Aber die Worte blieben ihm in der Kehle stecken. Die großen Augen aufgerissen, die Beine untergeschlagen und die Hände an die Brust gepresst, so saß Pawlina Anikitischna Chawronskaja da – dieselbe Person, mit der, wenn man die logische Kette verfolgte, alle Unglücksfälle von Mitja ihren Anfang genommen hatten.

Aus der Nähe betrachtet schien sie noch schöner zu sein, obwohl man doch hätte denken können, schöner ginge es gar nicht. Aber nur so, aus allernächster Nähe, waren das blaue Äderchen am Hals, der Pfirsichflaum auf den Wangen und der prächtige Leberfleck über der rosigen Lippe zu sehen.

Als sie ein winziges Kind vor sich erblickte, hörte die Gräfin sofort auf zu schreien.

»Hast du da gesessen?«, fragte sie mit zitternder Stimme. »Oder ist da noch jemand?«

Mithridates war der Schreck so in die Glieder gefahren, dass er noch nicht wieder sprechen konnte; er schüttelte nur den Kopf.

»Du bist ja noch ein richtiges Kind«, sagte die wunderschöne Pawlina Anikitischna endgültig beruhigt. »Wie bist du denn da hingekommen?«

Da er auf diese Frage unmöglich eine kurze Antwort geben konnte, schwankte Mitja, womit er anfangen sollte.

»Wie klein du bist! Kannst du denn schon sprechen?«

Er nickte und dachte, am besten sei wohl, zuerst zu erklären, wieso er das Waldschrat-Kostüm anhatte.

»Kindchen, mein Jüngelchen, was für klare Äugelchen du hast! Hab keine Angst, die Tante ist lieb und tut dir kein Leid. Weißt du denn, wie alt du bist? Und wie heißt du? Na, das weißt du bestimmt, so groß sind wir doch schon. So groß, riesengroß. Frierst du? Komm her, komm doch.«

Sie war wohl wirklich ein gütiges, mitleidiges Weib. Sie strich Mithridates über den Kopf, umarmte ihn und küsste ihn auf die Stirn.

Als er an ihren elastischen, warmen Busen gedrückt wurde, dachte er auf einmal: Wenn ich zu ihr wie ein Erwachsener sprechen würde, dann würde sie mich nicht so liebkosen.

Und in diesem Moment hatte Mitja eine Erleuchtung.

Woher rührten all seine Kümmernisse und Katastrophen? Daher, dass er für sein Alter zu vernünftig und gebildet war und sich mit den Erwachsenen nach den Regeln der Erwachsenen arrangieren wollte. Wenn er nicht so klug tun würde, sondern in Übereinstimmung mit seinem Alter lebte, dann befände er sich jetzt im Hause seines Vaters und würde keinen Kummer kennen. Was folgte daraus? Tja, verehrte Herrschaften, dass es einfacher, vorteilhafter und entschieden ungefährlicher war, ein unvernünftiges Kind zu sein.

Und als die Gräfin ihre Frage wiederholte:

»Na, wie heißen wir denn? Weißt du das noch?«

Antwortete er, absichtlich babyhaft lispelnd:

»Missja.«

Und wurde mit neuen Küssen belohnt.

»Was für ein toller Junge, so ein kluger Kerl! Und wie alt sind wir?«

Er beschloss für alle Fälle, ein Jahr zu unterschlagen, und streckte ihr seine fünf Finger entgegen.

»Fünf Jahre?«, fragte die Schönheit begeistert. »Wie groß wir schon sind! Und was wir alles wissen! Und Mama und Papa, wo sind die?«

Die Antwort auf diese Frage war schon schwieriger. Mitja runzelte die Stirn und dachte nach, was er am besten sagen sollte.

Pawlina Anikitischna sagte mitleidig seufzend:

»Ach, da hat er die Stirn in Sorgenfältchen gelegt. Das arme Waisenkind! Und mit wem lebst du? Mit deiner Oma?«

Mitja nickte.

»Und wo ist die, deine Oma?«

Mitja war sich unschlüssig, ob er sagen sollte: »Im Winterpalais.«

Besser nicht. Erstens wird sie es nicht glauben. Zweitens, je weiter vom Winterpalais, desto sicherer war es jetzt wahrscheinlich.

Frau Chawronskaja war ein gutherziges Weib, sie würde das Kind nicht in den Frost jagen! Wenn er wenigstens eine kurze Zeit bei ihr überwintern und seine Gedanken ordnen könnte.

Wieder interpretierte sie sein Schweigen auf ihre Weise:

»Ach, sie ist gestorben! Du armes Häschen.« Und auf Mitjas Scheitel, wo die weiße Locke war, fiel eine große Träne. Gut, dass die Gräfin die graue Strähne im Halbdunkel nicht bemerkte, sonst hätte sie sich vor Mitleid noch ganz in Tränen aufgelöst.

»Hast du denn überhaupt jemand, Mitjuschenka?«, fragte Pawlina Anikitischna betrübt.

Er schüttelte den Kopf.

»Ich habe auch niemand«, sagte sie traurig. »Das macht nichts. Am Anfang ist es schwer, aber dann gewöhnt man sich daran. Sei nicht traurig, ich nehme dich mit.«

»Wohin?«

»Nach Moskau. Kommst du mit?«

Das konnte doch nicht wahr sein! Was für ein unerhörtes, unwahrscheinliches Glück! Nach Moskau zu kommen und von da weiter nach Hause, zu Papa und Mama! Das war wirklich ein Wink des Schicksals, das endlich die Jagd auf den kleinen Mithridates leid war und beschlossen hatte, ihn zu begnadigen.

»Du weißt nicht, was Moskau ist? Das ist eine riesengroße Stadt, noch größer als Petersburg. Und besser. Da sind die Leute einfacher und freundlicher. Es gibt viel Schnee, alle fahren in Schlitten und rodeln den Berg hinunter. Kommst du mit nach Moskau?«

»Ja, ich komme mit.«

»Ja, ich komme mit«, wiederholte die Schöne mit dünnem Stimmchen und lächelte zärtlich. »Das ist toll. Ich habe einen Onkel, der da wohnt. Aber zusammen zu fahren, ist viel lustiger.« Und sie seufzte überhaupt nicht besonders lustig. »Mitjuschenka, ich habe mich Hals über Kopf dazu entschlossen. Ich habe praktisch gar nicht gepackt. Ich habe noch die Sachen an, in denen ich auf dem Ball war.«

Er sah, dass sie die Wahrheit sprach. Unter dem geöffneten Zobelpelz sah man das weiße Kostüm, und unter der Kapuze hatten sich lange Nixenhaare gelöst, in denen immer noch die Seerosen hingen.

»Wie, Kopf über Hals?«, fragte Mithridates vorsichtig. »Und was ist mit Ssuhen und Spielzeuss?«

»Spielzeug?«, wiederholte sie traurig lachend. »Ich wäre fast selber ein Spielzeug geworden, mein Lieber.« Und weniger zu Mitja als zu sich selbst sagte sie: »Bitte schön, Platon Alexandrowitsch! Herzlich willkommen! Tretet ein, mein lieber Gast! Das Vögelchen ist ausgeflogen. Und auch Eure Spione haben keine Ahnung, wohin.«

Aha! Aus dem Gesagten ging hervor, dass Seine Durchlaucht der Fürst auch ohne Mithridates ein Mittel gefunden hatte, dem Objekt seiner Begierde von seinem Plan zu berichten, noch in dieser Nacht alle Schlösser und Mauern zu überwinden. So hatte die Chawronskaja also beschlossen, direkt vom Ball aus die Flucht zu ergreifen, und war noch nicht einmal nach Hause gefahren, wo der Favorit mit Sicherheit gekaufte Spione hatte.

»Wir kriegen das schon hin!«, sagte Pawlina Anikitischna, setzte Mitja neben sich und legte ihren Arm um seine Schulter. »Wir türmen wie der Pfannkuchen. Über Felder und durch Wälder. Keiner kriegt uns ein. Kennst du das Märchen vom Pfannkuchen? Nein? Dann hör mal zu.«

Was soll's, von solch einer Göttin ließ er sich sogar die Geschichte vom Pfannkuchen gefallen.

Sie stürmten ohne Pause die halbe Nacht durch vorwärts, bis nach Ljuban. Mitja musste das Märchen vom Pfannkuchen, das Märchen vom bösen Wolf und das Märchen von Hänsel und Gretel über sich ergehen lassen. Die zärtliche, gelassene Stimme der Er-

zählerin regte ihn herrlich zum Nachdenken an. Über die Widrigkeiten des Schicksals und darüber, wie viel besser die Weiber als
die Männer sind.

Den Kopf legte er auf die weichen Knie der Gräfin, ihre seidi-
gen Finger strichen ihm durchs Haar. Und ihm kam der schaden-
frohe Gedanke: Graf Surow würde sich wohl auch gerne so verwöhnen lassen, ihm wäre kein Geld zu schade dafür, aber da hatte
er nun mal Pech gehabt, der allmächtige Favorit.

An der Poststation trug der Diener Lewonti den dösenden
Mitja auf seinen Armen ins Zimmer der Herberge. Dann wärmten Lewonti, der Diener Foma und der Kutscher Touko sich mit
Wodka auf, und Mitja half der Gräfin, sich zu entkleiden (sie hatte ja ihre Kammerzofe nicht dabei). Sie selbst zog ihn ebenfalls
aus, und sie schliefen Arm in Arm bis zum Morgengrauen in dem
knarrenden Bett. Obwohl das Lager hart und der vergangene Tag
entsetzlich gewesen war, hatte Mithridates einen schönen Traum.
Er träumte vom Goldenen Zeitalter. Die Wissenschaft hatte das
Kunststück vollbracht, einen so vollkommenen Homunculus zu
schaffen, dass die Existenz der groben Hälfte der Menschheit
nicht mehr notwendig war.

Die Männer waren alle nach und nach verschwunden, und mit
Kränzen geschmückte Weiber und Mädchen schlenderten durch
die grünen Wiesen in weißen Chitonen. Es gab keine Kriege, keine Überfälle, keine Schlägereien mehr. Die Weiber umgaben Hir-
sche und Giraffen, denn keiner machte mehr Jagd auf die wilden
Tiere; und die Kühe guckten ohne Trauer, weil keiner sie in die
Schlachthäuser brachte. Es ist ja bekannt, dass die Weiber keine
großen Liebhaber von Fleisch sind, sie essen lieber Gemüse, Gräser und Früchte.

Am Morgen setzte Pawlina Mitja auf einen kleinen eisernen
Topf und nahm selbst Platz auf einem etwas größeren. Mithridates lief rot an, wandte sich ab und konnte vor Scham seine Notdurft nicht verrichten. Die Gräfin dagegen plätscherte fröhlich,
kämmte sich gleichzeitig die restlichen Seerosen aus den Haaren,
betrachtete sich im Spiegel und sagte:

»Macht nichts, macht nichts. Kommt Zeit, kommt Rat. Was
nachts ängstigt, ist morgens gebändigt. Ach, wie blass ich bin, wie
blass! Das ist ja entsetzlich!«

Dabei war sie gar nicht blass, sondern hatte rote Apfelbäckchen. Nur das Licht war morgendlich und noch fahl.

Pawlinas Stimmung war unvergleichlich viel besser als am Vortag. Während sie Mitja anzog, sang sie etwas auf Französisch, kitzelte ihn an den Rippen und lachte. Aber als er ihr dann die Haare kämmte und half, sie zu einem dicken Knoten zu winden, da hörte die Gräfin auf einmal auf zu singen, und er sah im Spiegel, dass ihre Augen feucht waren und sie ein ums andere Mal blinzelte. Was war passiert? War ihr Surow eingefallen?

Nein, das war es nicht.

Die Chawronskaja drehte sich abrupt um, umarmte Mitja und drückte ihn an ihre Brust. Sie sagte schluchzend:

»Fünf Jahre. Ich könnte einen Sohn deines Alters haben …«

Und sie schniefte. Diese Weiber sind doch wirklich seltsame Wesen!

Bevor sie weiterfuhren, gingen sie in einen Laden für Reisende und kleideten sich ein. Für sich selber kaufte Pawlina nur ein halbes Dutzend Leibchen und eine Flasche Kölnisch Wasser, aber für Mitja wählte sie ordentlich warme Sachen: einen Pelzmantel, Filzstiefel und Fausthandschuhe aus Hundewolle. Als Kopfbedeckung bekam er ein weiches Mädchenkopftuch. Mitja protestierte aus Leibeskräften, soweit das in der armseligen Babysprache überhaupt möglich war, er wollte eine Schaffellmütze, aber die Gräfin war unerbittlich. Sie sagte: »Diese Mütze ist voller Flöhe. Warte ein wenig, mein Schatz. In Moskau kleide ich dich ein wie einen Prinzen.«

Sie kaufte auch für die Diener ein. Außer warmer Kleidung schaffte sie für sie Waffen an, um sich gegen Räuber wehren zu können, für Lewonti und Foma je einen Säbel, für den finnischen Kutscher eine Flinte. Ihr Auge fiel auf eine englische Reisepistole, sie war klein und hatte einen Griff mit Intarsien, die kaufte sie ebenfalls.

»Na siehst du, Mitjuschenka«, sagte sie, »wie wir beide kämpfen können. Jetzt haben wir vor nichts mehr Angst.«

Die sechs Pferde setzten sich einträchtig in Bewegung, trabten über den in der Nacht gefrorenen Weg, und die Kutsche glitt, aus dem Schornstein Rauch blasend, nach Südosten.

Sie frühstückten unterwegs: Piroggen und auf dem Ofen erhitzte Milch. Mitja gingen die am Morgen vergossenen Tränen seiner schönen Gönnerin nicht aus dem Kopf. Er erinnerte sich, wie die Kaiserin zu ihr gesagt hatte: »Du bist jetzt seit fünf Jahren Witwe.« Was war nur mit ihrem Gatten geschehen, und was für ein Mann war er wohl gewesen?

»Passja«, begann Mithridates vorsichtig (das hatte sie gewollt, dass er sie einfach »Pascha« nannte, was in lispelnder Kindersprache zu »Passja« wurde), »wo ist denn dieser Onkel?«

Gemeint war: Wo ist dein Mann? Aber sie verstand es anders.

»Mein Onkel ist in Moskau, er ist da Gouverneur. Gouverneur, das ist ein fürchterlich wichtiger Mann, dem müssen alle gehorchen.«

Gut, dann versuchen wir es eben direkt.

»Passja, hast du einen Mann?«

Er fragte das und erschrak. War das nicht zu viel für ein fünfjähriges Dummerchen?

Kein Problem, sie lachte nur.

»Du bist mir ein schöner Ritter. Willst du mich heiraten? Wenn du groß bist, heiraten wir.« Dann wurde sie wieder traurig. »Vielleicht habe ich dann endlich meinen Kummer überwunden.«

Sie schwieg und zwar lange, während im Fenster die weißen Felder und die schwarzen Bäume vorüberzogen. Mitja wollte sie nicht zu sehr mit Fragen peinigen, er dachte über etwas anderes nach. Wie wäre es, wenn man den Weg zwischen Moskau und Petersburg im Winter mit Wasser begösse? Vielleicht nicht in der ganzen Breite, aber am Rand. Dann käme jeder, der wollte, auf Schlittschuhen in raschem Tempo einfach und billig ans Ziel. Lasten könnte man ja auch weiterhin mit Pferden transportieren. Eine noch bessere Idee wäre: Man könnte ein glattes Eisen- oder Kupferblech auf den Boden legen, dann könnte man zu jeder Jahreszeit, ohne durchgeschüttelt zu werden, darübergleiten. Und wenn nicht ein Blech, das recht teuer würde, dann eben …

Aber er konnte den interessanten Gedanken nicht zu Ende führen, weil Pawlina auf einmal wieder anfing zu sprechen. Es war schon später Nachmittag, und sie fuhren durch Tschudowo.

»Mitjuschenka, ich habe dir doch gestern Märchen erzählt. Weißt du noch?«

Er nickte.

»Möchtest du noch eins hören?«

Die Gesetze des Respektes verlangten eine positive Antwort.

»Ja, mösste iss.«

»Dann hör mal zu. Es war einmal eine Zarentochter, die hieß Marja ... Nun, Zarentochter war sie eigentlich nicht, aber ein gnädiges Fräulein.« (Offenbar erzählte sie von sich selber, erriet Mitja und spitzte die Ohren.) »Sie lebte mit ihrem Vater, die Mutter hatte sie schon als Kind verloren. Und auch ihren Vater sah sie nicht oft, der war immer im Krieg und kämpfte mit dem Flunderwunderwalfisch, der die christlichen Völker unterjochen wollte.« (Ihr Vater fuhr also zur See und kämpfte gegen die Türken. Aha.) »Und eines schönen oder richtiger entsetzlichen ... Das heißt, sie fand das entsetzlich, später stellte sich dann aber heraus ... Obwohl das natürlich wirklich entsetzlich war ...« An dieser Stelle verhedderte sich Pawlina Anikitischna selber, was das nun für ein Tag war, ein schöner oder entsetzlicher; aber da sie es nicht entscheiden konnte, winkte sie ab und fuhr in ihrer Erzählung fort. »Eines Tages kam jedenfalls ein Recke in ihren Palast, ein alter Kamerad ihres Vaters, und sagte: ›Weine, mein schönes Mädchen, dein Vater ist tot, er wünscht dir ein langes glückliches Leben und hat dich vor seinem Tod meiner Sorge anvertraut; ich soll aufpassen, dass dich niemand beleidigt, und soll dir einen guten Bräutigam suchen.‹« (Aha, ihr Vater hatte also einen Kampfgefährten vor seinem Tod zu ihrem Vormund bestellt. Das geschah häufig.) »Sie weinte natürlich und litt schrecklich, aber sie musste ja irgendwie weiterleben, und dieser Recke blieb eine Weile bei ihr. Anfangs gefiel er ihr gar nicht. Dürr, hager, mit Hakennase, wie das Klappergestell Kastschej der Unsterbliche aus dem Märchen, und heimlich nannte sie ihn auch so. Er war ebenfalls viel zur See gefahren, war weit herumgekommen und hatte durch seine Schiffe verschiedene Länder kennen gelernt.« (Nicht »ein Schiff«, sondern »Schiffe«. Wahrscheinlich war es kein einfacher Offizier, sondern ein Admiral.) »Wenn er erzählte, konnte man sich nicht satt hören. Allmählich gewöhnte sie sich an Kastschej, hatte keine Angst mehr vor ihm und freundete sich mit ihm an. Und als er ihr Hand und Herz antrug – so sagt man, wenn jemand ein Mädchen heiraten will –, da dachte sie: Warum nicht. Er ist ein guter Mensch, klug, mit der Zarenfamilie verwandt und mein Vater hat ihn geschätzt. Besser als einen jungen Trottel heiraten, der sich noch nicht die Hörner abgestoßen hat. Und sie willigte ein.« (Ach, darum hatte die Zarin sie also »Schwägerin« genannt – sie war durch ihren Mann Gräfin Chawronskaja geworden. Die Chawronskis, das wusste jeder, waren mit dem Kaiserhaus verwandt.) »Und sie bereute es nicht. Sie lebte wie bei ihrem verstorbenen Vater, nur noch besser, weil Kastschej sie noch mehr verwöhnte, er scheute keine Ausgabe für sie. Alte Männer sind in der Liebe klüger als junge und wissen, wie man ein Weiberherz für sich einnimmt. Du bist für sie Weib und Tochter in einem, was kann es Besseres geben? Nur Mutter zu werden, das war der Zarentochter Marja nicht gelungen … Kastschej machte sich in kalte Meere auf, geriet in einen schrecklichen Sturm, und sein Schiff und er verschwanden spurlos. Sie wartete lange auf ihn. Sie dachte, er kommt zurück, er war ja unsterblich. Aber offenbar war sein Licht erloschen, und Kastschej lebte nicht mehr.«

Die Gräfin seufzte nur schwer, während Mitja schnell kombinierte: Sie war seit fünf Jahren verwitwet, also kamen zwei Kriege in Frage, der mit den Türken und der mit den Schweden; da sie von »kalten Meeren« gesprochen hatte, musste Admiral Chawronski gegen die Flotte von König Gustav III. gekämpft haben und dabei umgekommen sein. So viel war klar.

»Marja grämte sich fürchterlich. Dachte: Ich Unglückliche, bin ich ein Weib oder nicht, bin ich eine Jungfrau oder nicht?; ich bin ganz allein auf der Welt; es gibt niemand, an den ich mich anlehnen kann. Aber als sie älter und klüger wurde, da dachte sie: Warum soll ich mich denn an jemand anlehnen? Gott sei Dank bin ich nicht arm, nicht krank und nicht dumm. Sollen die Männer doch bleiben, wo der Pfeffer wächst. Sie bringen nur Ärger und Tränen. Wenn man sich umsieht, der eine tyrannisiert sein Weib, der andere behandelt sie wie Luft. Und wenn ein Wunder geschieht und du an einen Vernünftigen gerätst, den du lieben kannst, dann zieht der mit Sicherheit in den Krieg und kommt dort um; und das bricht dir das Herz. Nein, wirklich, alleine ist es entschieden lustiger.« Pawlina lächelte und fuhr Mitja über die Haare. »Was guckst du denn so nachdenklich? Ist dir das Märchen zu langweilig? Ich erzähl dir jetzt ein anderes. Willst du das Märchen vom Zarensohn Iwan hören?«

Aber das Märchen vom Zarensohn Iwan bekam Mitja nicht erzählt, weil in diesem Augenblick ein verzweifeltes Klopfen an der Hinterscheibe zu hören war. Der Diener Lewonti brüllte etwas und verdrehte ängstlich die Augen. Zuerst war nichts zu verstehen, die Kutsche fuhr bergauf, und der Kutscher trieb das Pferd mit der Peitsche an. Dann hörte man:

»Gnädige Frau! Ein Unglück! Ein Überfall!«

Die Chawronskaja stürzte an das linke Fenster, um es zu öffnen, Mitja an das rechte. Sie guckten an beiden Seiten heraus.

Von hinten kamen fünf sich schnell nähernde Reiter angaloppiert: einer vorneweg, die restlichen vier dahinter. Dem Ersten sah man sofort an, dass er ein Räuber war; sein Gesicht war unter einer schwarzen Maske versteckt. Er saß auf einem riesigen Rappen, der schwarze Mantel blähte sich hinter seinem Rücken, und den Dreispitz hatte er tief in die Stirn gezogen.

Überall Einöde, weit und breit kein Mensch, sie waren an beiden Seiten von dichtem Wald umgeben.

Die Gräfin wandte sich an den Kutscher und schrie:

»Jag los! So schnell du kannst!«

Die Reiter kamen zu der Steigung und mussten ihr Tempo verlangsamen, während die Reisekutsche schon oben angekommen war und nun schneller wurde.

Links öffnete sich der Wald auf eine breite Lichtung mit Baumstümpfen: Hier war gerodet worden. Am hinteren Rand befand sich eine kleine Hütte, die aussah wie ein Jagdhäuschen. Aus dem Schornstein stieg Rauch auf, also waren Menschen darin. Wie konnte man sie auf sich aufmerksam machen? Mit einem Schrei käme man nicht weit.

Heureka! Einen Schuss abgeben!

Mitja zeigte auf die Hütte und sagte:

»Piffpaff!«

Die kluge Pawlina verstand, was er meinte. Sie klopfte an das Vorderfenster und schrie:

»Touko! Gib einen Schuss ab!«

Der Finne antwortete mürrisch: »Ihr habt gut reden! Wie soll ich denn dabei die Zügel halten?!«

Mit einem Ruck öffnete sie das Fenster und sagte:

»Gib sie mir!«

Bis der Kutscher ihr die Flinte mit einer Hand durch das Fenster gereicht und die Gräfin sie auf dieselbe Weise den Dienern auf dem hinteren Wagentritt übergeben hatte, waren sie an der Lichtung mit der Hütte längst vorbei, und es umgab sie auf beiden Seiten Wald.

Wieder drohte sie der Vordermann einzuholen. Sein Pferd lief im Galopp, es griff mit seinen breiten Hufen weit aus. Die Augen des Rappen waren schrecklich, sie quollen aus den Höhlen hervor; von den herabhängenden Lippen flogen weiße Schaumfetzen; und der Reiter hatte statt Augen zwei Löcher, und einen Mund hatte er überhaupt nicht. Entsetzlich!

»Schieß auf ihn!«, befahl die Gräfin.

Foma legte die Flinte an, es rauchte und krachte, aber er verfehlte sein Ziel. Das machte den Räuber nur wütend, er war schon ganz dicht aufgerückt, es fehlten lediglich fünf Klafter. Irgendwoher zog er eine Pistole mit einem langen Lauf und zielte genüsslich.

»Mutter Gottes!«, schrie Foma auf, warf die Flinte weg und sank, die Hände über dem Kopf zusammenschlagend, zu Boden.

Auch Lewonti krümmte sich nach unten. Mitja schien, als habe die schwarze Mündung es nun direkt auf ihn abgesehen. Er griff nach Pawlinas Hand und zog sie zu Boden. Sie pressten sich aneinander und kniffen die Augen zu.

Der Schuss war nicht besonders laut, sehr viel leiser als der aus der Flinte. Sie hatten Glück und blieben beide verschont.

Nein, sie blieben nicht verschont.

Es gab einen Knall, vorne kratzte etwas an der Wand, und die Kutsche wurde sofort von einer Seite auf die andere geschleudert.

Man hörte Lewontis Schrei:

»Gnädige Frau! Der Finne ist vom Bock gefallen! Wir sind verloren!«

Ach, dieser Missetäter hatte über die Kutsche hinweg gefeuert und den Kutscher Touko erschossen!

Sofort gab es ein Knirschen und Krachen, die Pferde wieherten auf, die Schlittenkutsche hielt und kippte zur Seite. Die Achse war gebrochen, wurde Mitja klar. Als er mit seinem Vater nach

Petersburg gefahren war, war ihnen das auch einmal passiert; die Reparatur hatte einen halben Tag gedauert.

Die Gräfin war toll. Ein anderes Weib hätte bestimmt angefangen zu kreischen oder wäre auf Garantie in Ohnmacht gefallen; Pawlina dagegen verlor ihre Geistesgegenwart nicht und schrie die Diener an:

»Haut mit den Säbeln auf ihn ein, solange die anderen noch nicht da sind! Schnell!«

Mitja drückte sich die Nase an der Hinterscheibe platt.

Er sah, wie zuerst Lewonti und dann Foma in den Schnee sprangen, auf den Räuber zugingen und die Säbel zückten. Er dachte, der werde zurückreiten und Verstärkung holen, aber der Missetäter ließ das Pferd sich aufbäumen und brachte es wieder in Stellung. Er steckte die entladene Pistole weg und zog den Degen.

Spielerisch leicht klirrte er mit der Klinge gegen Lewontis Säbel und traf den Diener sofort unter dem Ohr. Der Arme tat keinen Muckser und fiel zu Boden. Foma wollte zurückweichen, aber es war zu spät. Der Reiter beugte sich vor und stach mit dem Degen zu. Auch Foma wimmerte sofort, fiel in den Schnee und konnte nur noch strampeln.

Sie waren verloren!

Mitja ließ sich vom Sitz auf den Boden fallen. Seine Zähne schlugen aufeinander, und dieses gleichmäßige Klappern hallte in seinem ganzen Schädel wider.

Auch Pawlina saß auf dem Boden und spannte mit zitternder Hand den Hahn an der Pistole.

»Keine Angst, mein Kleiner«, sagte sie. »Ich kann schießen, das hat mir mein Mann beigebracht.«

Dabei war sie selber leichenblass.

Draußen knirschten Schritte im Schnee. Er war vom Pferd gestiegen und näherte sich ihnen.

Sie richtete die Mündung, biss sich auf die Unterlippe und stieß Mitja unter den Sitz. Sie flüsterte:

»Halt dir die Ohren zu und schließ die Augen, es ist für dich noch zu früh, so etwas zu sehen.«

Zwar versteckte er sich, machte aber nicht die Augen zu, sondern linste an ihrem Mantelschoß vorbei.

Die Tür öffnete sich.

Der Räuber war ein wahrer Riese, er verdeckte die ganze Aussicht mit seinem Körper.

»Um Gottes willen! Nimm, was du willst, und geh! Und versündige dich nicht!«, flehte die Gräfin, die mit beiden Händen die Waffe umklammerte und auf seine Stirn zielte.

Er lachte heiser, und seine Augen verengten sich davon zu Schlitzen.

Da gab sie einen Schuss ab.

Die Kutsche füllte sich mit Rauch, aber noch davor hatte Mitja gesehen, wie der Unhold sich geschickt duckte, so dass die Kugel ihm nichts anhaben konnte.

Pawlina schlug mit dem Griff auf seinen Kopf ein, was dem Riesen aber nichts ausmachte. Er nahm ihr nur die Pistole ab und schleuderte sie zu Boden. Doch die Kühne gab auch da nicht auf. Sie verkrallte sich in seinem Gesicht und zog ihm die Maske weg.

Es war Pikin!

Mitja verkroch sich so weit wie möglich unter dem Sitz, er konnte nichts mehr sehen, sondern nur noch die Stimmen hören.

»Da brauche ich mich also gar nicht zu verstecken«, sagte der schreckliche Preobrashenze. »Nur Ihre Diener muss ich jetzt kaltmachen. Denunzianten kann ich nicht brauchen.«

»Nein, bloß nicht!«, flehte sie. »Schließlich sucht Ihr nicht die beiden, gnädiger Herr, sondern mich. Oder hat Euer Herr Euch den Befehl gegeben zu morden?«

Der Hauptmann schnitt ihr das Wort ab:

»Da seid Ihr selber schuld. Ihr hättet mir ja nicht die Maske abzuziehen brauchen, sondern hättet in Ohnmacht fallen können. Was mir der Fürst befohlen hat, das soll zwischen mir und ihm bleiben. Es geht dabei ja gar nicht um Mord, sondern um Verbrechen der Liebe, um das Spiel der Leidenschaften. Bleibt hier sitzen.«

Er schlug die Tür wieder zu.

Eine jammernde Stimme, ob die von Foma oder die von Lewonti war unklar, bat inständig:

»Guter Mann, guter Mann ...«

Die Gräfin wiederholte immer wieder:

»Um Gottes willen, um Gottes willen ...«

Die Schritte näherten sich wieder, und die Angeln quietschten.

»Wunderschöne Psyche«, erklärte Pikin. »Ich habe den Befehl, Euch an einen lieblichen Ort zu bringen, wo Euch Amor, der Gott der Leidenschaft, erwartet. Und außerdem soll ich ausrichten …«

»Woher wusstet Ihr, wo Ihr mich suchen müsst?«, unterbrach ihn die Chawronskaja. »Ich habe es niemand gesagt.«

Pikin sagte höhnisch grinsend:

»Ihr hättet etwas leiser vor dem Palast ›Richtung Moskau‹ rufen sollen. Aha, da kommt ihr also endlich, ihr verfluchten Kerle.«

Das sagte er, als er das Getrappel der ankommenden Pferde hörte.

Er ging seinen Heiducken, oder wer sie nun waren, entgegen, brüllte sie an und fluchte.

Pawlina aber ging in die Hocke und zog Mitja aus dem Versteck.

»Schnell, mein Lieber, schnell. Lauf los! Dieses Tier wird auch ein kleines Kind nicht verschonen! Los! Gott schütze dich!«

Und sie stieß ihn gewaltsam aus der Kutsche.

Ohne einen Laut von sich zu geben, fiel Mitja in den Schnee. Er kroch zu den Schneewehen am Wegrand.

Die fünf näherten sich der Schlittenkutsche, die Schlagseite hatte.

»Gnädiger Herr, da ist die Achse gebrochen«, sagte der eine. »Damit sind wir bis zum Einbruch der Dunkelheit beschäftigt. Bis wir im Wald geeignetes Holz gefunden und es richtig eingepasst haben. Die Kutsche ist riesig, Espen- oder Birkenholz taugt nicht, da braucht man Eiche. Wer weiß, vielleicht müssen wir sogar hier übernachten.«

»Das macht nichts«, sagte Pikin, der einen halben Kopf größer als seine Begleiter war. »Ich bin in der Kutsche am Ofen, und ihr macht Feuer. Was steht ihr herum? Marsch in den Wald, ihr zwei! Du und du, ihr räumt hier auf. Die Kadaver werft in den Straßengraben und bedeckt sie mit Schnee. Dann kommt ihr den Kutscher holen. Wenn er lebt, macht ihn fertig. Wenn er weggekrochen ist, rennt hinter ihm her. Und verscharrt ihn ebenfalls. Marsch!«

Nachdem er die Befehle erteilt hatte, kehrte der Leibgardist zu der Schlittenkutsche zurück. Er stellte seinen Fuß auf den Tritt, zog den Hut, verbeugte sich und sagte:

»Madame, es scheint, Euch steht eine romantische Nacht bevor. Um Zweideutigkeiten zu vermeiden, werde ich wie der treue Roland ein Schwert zwischen uns legen.«

Und er wieherte los, dieser ungebildete Flegel. Wie kann man nur Roland mit Tristan verwechseln!

Mitja kroch auf allen vieren rückwärts zum Wald zurück. Hinter schwarzen Sträuchern, an denen unzählige tropfenförmige rote Beeren hingen, richtete er sich auf und rannte los. Aber das ist nur so hingesagt: rannte los; in dem lockeren Schnee kam man nicht gerade schnell vom Fleck.

Als er einen Pfad fand, dachte er nach.

Sie würden erst am Morgen weiterkommen. Also konnte er Pawlina noch retten. Das Einzige, was er tun musste: Er musste Leute hierher bringen.

Frage: Wo sollte er die Leute hernehmen?

Die genaue Ortsangabe wusste er nicht. Irgendwo zwischen Tschudowo und Nowgorod. Wo hier die nächste Siedlung war, wie weit der Fußweg bis zu ihr war und in welche Richtung man gehen musste, das wusste Gott allein.

Und das Jagdhäuschen?

So weit hatten sie sich doch gar nicht davon entfernt. Einen Werst, allenfalls zwei.

Dazu musste er zurückgehen und möglichst nicht vom Weg abweichen, so leicht war das.

Die Dämmerung setzte ein, aber bis zur Dunkelheit war noch Zeit. »Ich werde Euch retten, teuere Pawlina Anikitischna«, sagte Mithridates laut und lief den schmalen Pfad entlang, der möglicherweise gar nicht von Menschen, sondern von Tieren gemacht worden war. Irgendwo in dieser Richtung mussten die gerodete Stelle und das Häuschen sein.

Traurige Winterzweige schlugen ihm ins Gesicht, und seine Gedanken waren auch nicht gerade heiter. Warum stehen dem Verbrechen immer alle Wege der Welt offen, während es für die Tugend nur einen schmalen, mit stacheligen Dornen zugewachsenen Pfad gibt? Und noch eins. Wenn man sich Pawlina, Pascha, anschaute. Warum musste eine solche Schönheit denn unbedingt auch noch die Last von Sensibilität, Würde und Freiheitsliebe tragen? Ohne diese Last wäre ihr Leben sehr viel einfacher und angenehmer. Wie viele Weiber und Mädchen würden das Ansinnen des Fürsten Platon Alexandrowitsch für ein großes Glück halten.

Was ist der Edelmut nur für ein Kreuz? Nicht genug, dass er einen Menschen schweren Prüfungen aussetzt, er lässt ihn auch noch ohne irgendeine Belohnung für die Qual, ja, lohnt sie nur mit Unglück und Leid!

NEUNTES KAPITEL

MOSKAU UND DIE MOSKAUER

(Giljarowski, 1926)

»Was ich alles ausgestanden, was für Qualen ich seinetwegen auf mich genommen habe!«, jammerte die beleidigte Valja. »Sie sollten mal versuchen, sich die Brauen zu zupfen, das ist ein Albtraum! Ich habe mir die Augen aus dem Kopf geweint! Fucking miracle, dass meine Augen nicht knatschrot sind. Und dabei habe ich nur an Sie gedacht, an Ihre Reputation. Das ›Cholesterin‹ ist so ein Ort, da trifft man jeden. Es hätte ja gerade noch gefehlt, dass die denken, Sie hätten sich mit einer Transvestitin eingelassen. Barbie-Dress, fadendünn gezupfte Brauen und peppige Bemalung, das ist doch alles nur Ihretwegen, und da fallen Sie über mich her wie Präsident Bush über die Taliban. Was ist denn dabei, wenn ich eine halbe Stunde zu spät komme? Ich habe ja schließlich gearbeitet und nicht ein Buch gelesen.«

Nicki war es schon selber peinlich, dass er sich wegen der Verspätung so auf das arme Mädchen gestürzt hatte. Sie war so glücklich aus dem Taxi geflattert: goldene Löckchen bis zu den Schultern, Rüschenkleid, Netzstrümpfe, auf der Wange ein Schönheitspflästerchen mit einer chinesischen Hieroglyphe, kurz: wie Natascha Rostowa aus Tolstojs »Krieg und Frieden« bei ihrem ersten Ball. Kein Mensch würde auf die Idee kommen, an der geschlechtlichen Zugehörigkeit dieser Naiven zu zweifeln. Und da hatte er ihr Vorwürfe gemacht. Das war nicht in Ordnung, nein, das war sexueller Chauvinismus. Ein echtes Mädchen hätte er bestimmt nicht ausgeschimpft, wenn es zu spät gekommen wäre, stimmt's?

»Okay, okay, Entschuldigung«, sagte Nicholas. »Du bist heute einfach umwerfend schön!«

Und Valja, die von ihrem Chef nicht gerade mit Komplimenten überschüttet wurde, fing sich sofort, ja sie strahlte. Sie drehte sich mit ihrem ganzen Körper dem Fahrer zu, klimperte mit ihren superlangen Wimpern, zupfte ihre künstlichen Brüste zurecht und bohrte die Ellenbogen in die Rückenlehne des Sitzes.

Sie gurrte leidenschaftlich:

»Da stehe ich nun vor Ihnen, eine einfache russische Frau.«

Das war so eine Mode in ihren Kreisen: egal, ob es passte oder nicht, mit Zitaten aus vorsintflutlichen sowjetischen Filmen aufzuwarten. Was fanden diese »Kinder der Sonne«, wie man sie nach einem Theaterstück Gorkis nennen könnte, diese ersten Schneeglöckchen des einundzwanzigsten Jahrhunderts, an den abgestandenen primitiven Erzeugnissen des sozialistischen Realismus, dass diese sie so anzogen? Das war doch ganz gewöhnlicher Propaganda-Schwachsinn. Nicholas hatte sich ein paar Kassetten angeguckt, die Valja mitgebracht hatte: die Filme »Tschapajew«, »Lustige Burschen« und dann noch den, wie hieß er noch?, aus dem dieser Spruch mit der »einfachen russischen Frau« stammte, und hatte es aufgegeben. Er, der mit den antisowjetischen Philippika von Sir Alexander aufgewachsen war, würde nie die Kunst der totalitären Zeit als etwas Stilvolles oder Exotisches auffassen können.

»Hier to the left abbiegen«, sagte Valja und legte Nicholas gleichsam aus Versehen die Hand auf die Schulter. »Dann to the right, und da ist dann das ›Cholesterin‹.«

»Ein merkwürdiger Name für ein Restaurant«, sagte Fandorin und sah sich nach einem Parkplatz um; die Straße war vollgeparkt mit teuren Autos. »Cholesterin ist doch schädlich.«

»Schmeckt aber ex-qui-sit«, hauchte ihm die Zauberin leidenschaftlich ins Ohr.

Nicholas sagte streng:

»Also, Valentina. Wir haben doch ein für alle Mal abgemacht …«

»No problem«, sagte sie und fuhr zurück. »Ich verstehe: ein Haus, eine Frau, was braucht der Mensch denn sonst noch, um dem Alter gelassen entgegenzusehen?«

Na, weißt du, dachte Nicholas kopfschüttelnd, vierzig und ein paar Zerquetschte, das ist doch wohl kein Alter, oder?

Gegenüber dem strahlenden Schild in Form eines sich suhlenden Ferkels wurde ein Platz frei – ein roter Audi fuhr weg; Fandorin wollte sich in die Lücke klemmen, aber Valja machte Schmolllippen und sagte:

»Chef, können wir nicht ein Stückchen weiter fahren? Wie soll ich denn mit meiner ganzen Grazie vor den Augen von tout le monde aus dieser Blechkiste aussteigen? Ich interessiere mich wer weiß wie für Ihren Ruf, und meiner ist Ihnen total egal.«

Ohne ein Wort des Protestes bog Nicholas mit seinem Shiguli um die Ecke. Er hatte sich dieses unansehnliche Auto seinerzeit aus dem patriotischen Überschwang des Spätheimkehrers zugelegt – er wollte die Werbekampagne »Auf zum Kauf einheimischer Produkte« unterstützen. Stoisch ertrug er die störrischen Eskapaden der Blechkiste, kurierte ihre unzähligen Zipperlein, tauschte endlos kaputte Griffe und Spiegel aus und, was das Wichtigste war, gab sich Mühe, seine Frau nicht zu beneiden, die mit einem Landrover-Schlitten herumkutschierte. Der radikale Erast nannte das Fahrzeug seines Vaters »Staubsauger« und weigerte sich, damit zu fahren, während der sentimentalen Gelja der Shiguli Leid tat und sie ihn zärtlich Teddy nannte, wobei sie an das Gedicht dachte: »Sie warfen Teddy weg / Und rissen ihm die Arme aus. / Ich holt ihn aus dem Dreck / Und hab's jetzt warm in meinem Haus.«

Als er durch die dunkle Gasse zu dem mit bunten Lämpchen lockenden Nachtklub ging, überkam Fandorin auf einmal ein längst vergessenes faszinierendes Gefühl: so etwas wie Vorfreude auf ein Fest, wie in Studentenzeiten, wenn er mit seiner Freundin tanzte oder in einem engen, völlig verrauchten Imbiss auf Tuchfühlung mit ihr ging. Und auch wenn das hier nicht Soho, sondern Dmitrowka war, und auch wenn das, was neben ihm mit den Absätzen klapperte, kein echtes Mädchen, sondern ein nicht eindeutig definierbares Wesen war, so hatte er dennoch das Gefühl, als fielen mit einem Mal zwanzig Jahre von ihm ab, und sein Gang wurde federnd, sein Kopf tönend, und seine Lungen füllten sich mit Lachgas.

»Pêle-mêle« bedeutete, wie sich herausstellte, Toleranz und Verbrüderung (oder Verschwisterung) aller erdenklichen sexuellen Orientierungen. Im Klub »Cholesterin« waren wirklich alle willkommen.

»Hier machen sie Livemusik!«, brüllte Valja Nicholas ins Ohr, als sie in einen dunklen, proppevollen Raum gelangten, wo eine Hardrockband spielte. »Heute ist eine unheimliche Drainage, das ist einfach incroyable. Das ist ›Warum?‹.«

»Wie, Warum?«, fragte Fandorin verständnislos.

»So nennt sich die Gruppe: ›Warum?‹ Der volle Name lautet: ›Warum liebt einen Mohren / Othellos Desdemona?‹ Einer der Solisten der Gruppe ist ein Schwarzer aus Burkina Faso. Das sieht man jetzt nicht, weil sie sich alle schwarz angemalt haben.«

»Warum?«

»Ein blöder Name, stimmt«, sagte Valja zustimmend; diesmal war sie es, die die Frage nicht verstanden hatte. »Kommen Sie, lassen Sie uns die Kurve kratzen, bevor wir das Kotzen kriegen.«

In dem anderen Zimmer, wo Stuhlreihen vor einer Bühne aufgebaut waren, brannte dagegen grelles Licht. Das Publikum bestand fast nur aus Männern, auf dem Podium stand eine stark geschminkte Madame am Mikrofon, die Arme in die Hüften gestemmt. Bei etwas sorgfältigerer Betrachtung erwies sich die Madame als Mann in einem prächtigen Frauenkleid und roter Perücke.

»Eine Transvestiten-Show«, erklärte Valja, die diese Karikatur auf die schöne Hälfte der Menschheit nachsichtig betrachtete. »Das ist Lola, der Conferencier. Ein geiler Typ. Sollen wir uns das angucken?«

Señor Lola sandte dem Publikum eine Kusshand und kündigte mit kreischender Stimme an:

»Liebe Püppis, wie froh ich bin, euch alle bei unserem ›Entre-nous‹ zu sehen! Ihr seid alle so begehrenswert, so erotisch, ich bin wahnsinnig erregt, ja, ich zerfließe fast!«

Mit diesen Worten riss er sich die Perücke vom Kopf, und man sah, wie über einen vollkommen kahlen Schädel Bäche von Schweiß rannen.

Alle lachten und klatschten; Lola zwinkerte dem zwei Meter langen Fandorin zu, spitzte seine dicken Lippen zu einem Kussmündchen, das er hoch- und runterschob, und sagte:

»Ich schwärme für große Männer. Besonders, wenn auch die anderen Proportionen stimmen.«

Wieder Lachen und Beifall. Nicholas spürte viele auf ihn gerichtete neugierige Blicke und duckte sich unwillkürlich. Valja hakte ihn beruhigend unter, und diesmal ließ er es mit sich geschehen; irgendwie war es so entspannter: Von außen sah es aus wie ein normales heterosexuelles Paar.

Lola puderte seine blaugraue Nase und erklärte feierlich:

»Und jetzt, ihr lieben intakten Jungfernhäutchen, seht ihr die göttliche Tschi-Tschiki-San, den Star des japanischen Striptease.«

Eine jaulende fernöstliche Musik setzte ein, und auf die Bühne kam mit kleinen Trippelschritten ein hübsches, schlitzäugiges Mädchen in einem weißen Kimono. Sie drehte sich graziös und spielte dabei mit ihrem Fächer. Sie ließ den weißen Kimono von den Schultern gleiten, darunter trug sie einen roten. Die Tänzerin hob die Schöße zur Seite und stellte ihr schönes nacktes Bein zur Schau. Der Saal pfiff und johlte begeistert.

»Los, wir gehen«, sagte Valja und zog Fandorin am Ärmel. »Von wegen Japanerin, das ist ein shithead aus Ulan Ude. Verflixt, dass die so obergeil auf den sind!«

»Bist du eifersüchtig?«, fragte Nicholas lachend, während er sich zum Ausgang durchkämpfte.

Valja fauchte:

»Das hätte mir gerade noch gefehlt, vor allen möglichen Päderasten zu tanzen.«

Aber man sah, dass der Erfolg der Pseudojapanerin ihm schwer zu schaffen machte.

Im dritten Saal, dem größten von allen, befand sich das Restaurant, und in einer Ecke hinten war Platz zum Tanzen, von wo man monotone Musik hörte, die ein bisschen so klang wie das quietschende Geräusch, das Scheibenwischer machen, wenn sie über die trockene Glasscheibe rutschen.

»Super!«, sagte Valja und presste die Hände an die Brust. »Das ist Musik! Das hat drive! Der heizt ein! In zweihundert Jahren wird man von uns sagen: Die waren lucky bastards, sie waren Zeitgenossen des großen DJs Ritter von Gluck.«

»Hat diese Musik denn irgendetwas mit Gluck zu tun?«

Fandorin hörte genau hin, konnte aber keine Ähnlichkeit entdecken.

»Finden Sie etwa nicht?«, fragte Valja mit halb geschlossenen verschleierten Augen. »Ich bin gleich wieder da, ich muss einem call of nature folgen.«

Sie ging zur Toilette; das dauerte nur zwei Minuten, aber als sie zurückkam, war sie nicht wiederzuerkennen: in den geweiteten Pupillen glitzerten wilde Fünkchen, der Mund war zu einem seligen Lächeln verzogen, und ihr ganzer Körper vibrierte im Rhythmus der Musik.

»Chef, avanti! Ab ins Nirwana!«, rief sie aus, packte Nicholas' Hand und zog ihn auf die Tanzfläche. »Sonst sterbe ich auf der Stelle! Da ist der Donner, und ich bin der Blitz.«

Offenbar hatte sie irgendeinen Mist geschluckt oder inhaliert, erriet Fandorin. Ecstasy oder Kokain. Vielleicht auch »Blitz«, es gab so einen Stoff. Aus Erfahrung wusste er, dass es jetzt völlig zwecklos war, Valja den Kopf zu waschen.

Aber er schaffte es nicht stillzuhalten und sagte zornig:

»Geh, geh du bloß und tob dich aus. Wenn mit dir wieder etwas anzufangen ist, dann müssen wir miteinander reden.«

Aber Valja ließ das jetzt völlig kalt. Sie hatte sich offenbar schon von der Erde losgelöst und brüllte den schwachsinnigen Satz:

»Mach den Stall zu, es raucht!«

Und rhythmisch zuckend ging sie Richtung Tanzfläche.

Nicki blieb allein.

Er nuckelte mit einem Strohhalm an seinem leichten »Tequila-Sunrise«-Cocktail, betrachtete gelassen die unbekümmerten Bewohner des dritten Jahrtausends der christlichen Ära und dachte darüber nach, wie Moskau und die Moskauer sich geändert hatten seit der Zeit, da er erstmals in diese Stadt gekommen war. Das war erst sechs Jahre her, aber Moskau war nicht wiederzuerkennen. Moskwa: Im Russischen ist die Stadt Moskau eindeutig eine Frau. Ihr Zeitgefühl ist unterentwickelt. Deshalb ist sie im Unterschied zu männlichen Städten gleichgültig gegenüber der Vergangenheit und lebt ausschließlich in der Gegenwart. Die Helden und Denkmäler von gestern bedeuten ihr wenig. Moskau trennt sich ohne Mitleid von ihnen, die Stadt hat ein kurzes Gedächtnis und ein unsentimentales Herz. Ein Mann hat Herzklopfen und Tränen der Rührung in den Augen, wenn er eine frühere Geliebte trifft. Eine Frau oder zumindest die meisten von ihnen interessieren sich nicht für ein solches Treffen, ja, es ist ihnen sogar unangenehm, denn es hat mit ihren gegenwärtigen Problemen und ihrem heutigen Leben nichts zu tun. Genauso ist es mit Moskau, und es ist völlig sinnlos, der Stadt das übel zu nehmen. Wie es in einem schönen Lied heißt, ist Moskau wie das Wasser, das die Form des Gefäßes annimmt, in dem es sich befindet.

Als Fandorin die Stadt zum ersten Mal sah, war sie ein armes Aschenbrödel, das nach bunten ausländischen Markenzeichen schielte und andere um ihren Reichtum beneidete. Aber die materielle Lage der Stadt hatte sich seitdem verbessert, Moskau hatte den angestammten Speck wieder angesetzt und war zu seiner natürlichen Beschäftigung zurückgekehrt. Die Stadt erinnerte Nicholas am ehesten an die typische Frauenfigur bei Tschechow: eine schöne, ein wenig überreife Dame, etwas zynisch und übersättigt, nicht allzu glücklich in der Liebe, eine Frau, die schon alles auf der Welt gesehen hat und doch noch nach dem Leben giert. Tagsüber ist Moskau eine Frau vom Typ Arkadina oder Ranjewskaja oder Wojnizewa, die ihre Launen hat und wie eine Schlampe herumläuft, aber am Abend, wenn sich die Gäste versammeln, malt sie sich an, putzt sich heraus, zieht ihr feuriges Brillantcollier an, behängt sich mit strahlenden Ohrringen und verwandelt sich in eine solche Salonlöwin, dass man glatt erblinden kann.

»He, Sie da, stranger in the night«, hörte er plötzlich eine wohlklingende Frauenstimme. »Ist es schwer, der Vater einer erwachsenen Tochter zu sein?«

Nicholas drehte sich um und sah am Nachbartisch, der gerade eben noch leer gewesen war, eine Frau sitzen. Ihr Gesicht sah man im Halbdunkel nur undeutlich, aber dass sie eine Schönheit war, stand außer Frage: sonst hätte ihre Stimme nicht so sicher geklungen, ihre Augen hätten nicht so träge geleuchtet und die feuchte Zahnreihe hätte nicht so siegreich geglänzt. Im ersten Moment schien es, als habe die Stadt Moskau, von seiner eigenen Phantasie gewebt, in ihrer Person Gestalt angenommen, umso mehr, als am Hals der Unbekannten ein Geschmeide blitzte und im Ohr ein Brillant in makellosem Regenbogenleuchten erstrahlte. Und erst dann erreichte Nicholas der Sinn der merkwürdigen Frage: Sie hatte Valja gemeint. Sie dachte, er sei mit seiner Tochter in den Klub gekommen. War der Altersunterschied denn wirklich so auffällig? Aber andererseits, wieso wunderte er sich eigentlich? Wie alt war Valja denn: zweiundzwanzig oder dreiundzwanzig?

»Na, habe ich Sie getroffen? Das war doch nicht ernst gemeint.

Welcher Vater würde sein Töchterchen denn in diese Spelunke mitnehmen? Allenfalls irgend so ein Blutschänder. Aber danach sehen Sie eigentlich nicht aus.«

Die Unbekannte war geil gestylt: Ihre schwarzen Haare schmiegten sich in zwei Herrenwinkern an die Wangen. Die Mulden unter den Backenknochen wirkten wie fliederfarbene Schatten. Ein richtiger Sog, dachte Fandorin. Ja klar, die »Unbekannte« aus dem gleichnamigen Gedicht von Alexander Blok: »Parfüm verströmend und den Duft von Nebeln«.

»Wonach sehe ich denn aus?«, fragte er, unwillkürlich ihrem Ton, seiner sorglosen Stimmung und dem Zauber des Augenblicks nachgebend.

Sie rückte etwas an ihrem Stuhl, um ihn besser sehen zu können, blieb aber an ihrem Tisch sitzen. Nach kurzem Nachdenken antwortete sie:

»Nach einem Mann, der über das Alter hinaus ist, in dem einem Überraschungen gefallen. Der also aufhört, ein Mann zu sein. Und …« Das vorher blassrote Feuer der Zigarette wurde auf einmal scharlachrot und beleuchtete eine Sekunde lang die ironische Kurve ihrer schmalen Lippen. »Und dann sehen Sie noch aus wie ein Riesenschiff, das es in einen Kanal namens Moskwa verschlagen hat.«

»Wegen meiner Größe?«, fragte Nicholas.

»Nein. Weil Sie sich im Alltagsleben dazu zwingen, sich wie ein Ausflugsbötchen zu benehmen, und Ihnen das nicht besonders gut gelingt.«

Sie will mich anmachen, wurde Fandorin auf einmal bewusst. Früher hielten im Restaurant die Männer nach den Frauen Ausschau. Die Unverschämtesten warteten den Moment ab, wenn der Begleiter der Dame tanzen ging. Jetzt war die Revolution der Geschlechter angesagt, die Rollen änderten sich. Das selbstbewusste Raubtier-Weibchen machte sich nachts auf die Jagd. Sie verdrehte einem den Kopf mit ihren Worten, schenkte immer ordentlich Alkohol nach, kutschierte einen mit dem Auto und sagte einem am Morgen: »Tschüs, mein Goldschatz. Ich ruf dich an.«

»Was lächeln Sie?« Die Unbekannte zog wieder an der Zigarette. »Bin ich Ihnen zu direkt?«

»Ja, ein bisschen«, sagte er lachend.

»Mit Männern geht das nicht anders«, erklärte sie kaltblütig. »Da muss man Perlen vor die Säue werfen. Zumal wir wenig Zeit haben, Ihre Pionierin ist sicher gleich wieder da. Langweilen Sie sich denn nicht mit ihr? Okay, Sie haben es mit so einer Minderjährigen getrieben, haben sich also bewiesen, dass Sie noch ganz toll sind, aber dann kann sie doch wirklich wieder mit ihren Altersgenossen im Sandkasten spielen gehen. Ein gewöhnliches dummes Ding. Vielleicht wird sie irgendwann mal eine richtige Frau, aber allzu bald bestimmt nicht.«

»Ich kann Ihnen versichern, Valja ist alles andere als gewöhnlich, um nicht zu sagen, höchst ungewöhnlich.«

Die Unbekannte lehnte sich zurück und verschränkte die Arme.

»Sie interessiert mich nicht. Hören Sie, ich sage so etwas nicht zweimal. Und Zeit zum Nachdenken lasse ich Ihnen auch nicht. Wir stehen jetzt auf und gehen. Ohne Abschied, Lügerei von wegen dringender Angelegenheit und dergleichen. Ich möchte, dass das Mädchen, wenn es zurückkehrt, einen leeren Stuhl vorfindet. Stopp! Hier spreche ich, Sie halten erst mal den Mund. Wenn Sie denken, ich bin jeden Tag so unternehmungslustig – nein, das bin ich nur, wenn mich der Hafer sticht. Sie können es für eine Laune halten. Also: ja oder nein?«

Dabei klang sie so lässig, als zweifele sie absolut nicht an der Antwort, und das war das Verführerischste.

»Nein«, sagte Nicholas. »Danke, aber nein.«

»Aber doch nicht wegen dieses Flittchens?«, sagte die Frau weniger beleidigt, als verwundert. »Gucken Sie sich die doch einmal genauer an.«

Fandorin drehte sich um und guckte.

Valja schwebte im freien Flug: küsste sich schwesterlich mit einem feuerroten Mädchen ab, setzte sich sofort danach zu zwei jungen Machos kaukasischen Aussehens, fing lebhaft an, ihnen etwas zu erzählen, und gestikulierte. Um diese Dame musste man sich keine Sorgen machen. Nicki wusste, dass sie nicht auf den Mund gefallen war. Der leichte und zerbrechliche Eindruck, den sie machte, täuschte. Außer mit modernem Tanz beschäftigte sich Valja noch mit einem fernöstlichen Kampfsport (irgend so ein Hahnenkampf, der Name endete mit »do«). Ganz am Anfang ihrer Zusammenarbeit, als Fandorin noch nicht alle Talente seiner Assistentin kennen gelernt hatte, musste er einmal in einem Café für sie einstehen. Der Angreifer war entschieden kleiner als Nicholas, aber doppelt so breit in den Schultern, so dass die Chancen für einen Sieg bei Null lagen. Aber es war nichts zu machen, der Konflikt (übrigens von Valja selber provoziert) drohte sich gewalttätig zu entladen. Während Nicki mit blassem Gesicht stammelte, er werde jetzt die Miliz holen, trat Valentina hinter seinem Rücken hervor, lupfte ihren Minirock, legte so etwas wie eine Pirouette hin, holte mit dem Bein aus und beförderte den Kraftprotz mit einem gezielten Tritt zu Boden. Dann holte sie ihren Taschenspiegel heraus und puderte sich die Nase.

»Nein, nicht ihretwegen«, sagte Nicholas. »Und nicht deshalb, weil ich Sie nicht anziehend finde. Ganz im Gegenteil …«

Die Unbekannte kicherte, als habe er etwas Lustiges, aber nicht ganz Anständiges gesagt.

»Du musst es ja wissen, du Dummkopf.« Sie schüttelte bedauernd den Kopf. »Du wirst dir hinterher noch in den Hintern beißen. Solche Abenteuer bieten sich nur ein einziges Mal im Leben an. Und bei weitem nicht jedem.«

Sie war gekränkt; das konnte man ja verstehen. Aber eine Dame beleidigen, die ihm schließlich einen verdammt schmeichelhaften Vorschlag gemacht hatte, das wollte Nicholas nun wirklich nicht. Sein Vater hatte immer gesagt: »Ein Gentleman, Nikolka, das ist jemand, der nie Leute beleidigt, die er nicht beleidigen will.«

»Verstehen Sie«, sagte Fandorin und lächelte entmutigend. »Ich liebe die Frauen, und wie Karl Marx schon sagte: nichts Menschliches ist mir fremd. Aber für russische Verhältnisse habe ich erst recht spät geheiratet, so dass ich genügend Zeit hatte, meine Neugier in Bezug auf die Vielfalt der Frauentypen zu befriedigen. Ich habe lange nach der Frau gesucht, in deren Person ich alle Frauen der Welt lieben kann, und sie gefunden. Und was meine Begleiterin angeht, so irren Sie; wir haben nichts miteinander.«

»Du liebst deine Frau so sehr?«, fragte die Unbekannte mit ernstem Gesicht, als hätte sie eine so ungewöhnliche und wichtige Nachricht gehört, dass sie eine Bestätigung brauchte. Und als er nickte, winkte sie genervt ab. »Gut, das ist deine Sache, was ändert das schon? Ich will ja schließlich nicht vor den Traualtar mit dir treten. Wir vergnügen uns, und das ist alles. Ich vergesse dich sofort und du mich auch.«

»Und der Betrug?«, sagte er leise. »Meine Frau wird es nicht erfahren, aber ich werde ja wissen, dass ich sie betrogen habe.«

Die Frau drückte die Kippe im Aschenbecher aus, grinste verächtlich und sagte:

»Jetzt reicht's. Was habe ich das denn nicht sofort gesehen? Ich kenne diese Prinzipienreiter. Du quälst deine Frau, und vor den anderen Frauen hast du Angst. Hast Angst, dass es bei dir mit keiner anderen klappt, das ist der wahre Grund für deine Treue.«

Sie stand abrupt auf, so dass der Stuhl über den Boden polterte, und setzte sich an die Bar.

Nun ist sie doch beleidigt, dachte Fandorin niedergeschlagen.

Die Unbekannte saß jetzt weit weg, war aber besser zu sehen als aus der Nähe, weil die Bar von einer Unmenge Lämpchen beleuchtet war. Während er die gut gebaute Silhouette der Verführerin und ihren bildschönen Fuß betrachtete, der lässig mit dem halb ausgezogenen Pumps wippte, versuchte sich Nicholas vorzustellen, wie das mit ihnen gelaufen wäre. Er hatte keinerlei Schwierigkeiten, sich das vorzustellen, und zwar so plastisch, dass er anfing, auf dem Stuhl herumzurutschen.

Seine Stimmung war auf dem Nullpunkt. Erstens hatte er Gewissensbisse Altyn gegenüber wegen der Zügellosigkeit, die er seiner Phantasie gestattet hatte. Nannte man so etwas nicht »in Gedanken sündigen«? Aber noch stärkere Gewissensbisse hatte er, weil sich in seinem Inneren Bedauern regte. Wie hatte sie doch gesagt: »Du wirst dir hinterher noch in den Hintern beißen?«

Was habe ich hier überhaupt zu suchen, schimpfte Fandorin mit sich selber. Na, was für ein toller Liebhaber verbotener Genüsse ich doch bin! Ich würde besser zu Hause bei meinen Kindern sitzen und mich freuen, dass ich noch lebe.

Er legte Geld auf den Tisch und warf einen letzten Blick auf Valja, die mit einem der Kaukasier tanzte. Ihr Kavalier und sie lachten schallend. Die Unbekannte hatte Recht, dachte Nicholas. Sollte Valja sich doch mit ihren Altersgenossen abgeben, schließlich hatten sie ihre eigenen Spiele und sprachen dieselbe Sprache. Sie gehörte nicht zu den Mädchen, die man nach Hause begleiten muss. Valja würde diese Nacht wohl kaum allein verbringen.

Als er an der Bar vorbeiging, nickte er der zwielichtigen Frau etwas verlegen zu – sie stand mit ihrem Handy da, redete mit jemand und verabschiedete sich von ihm, lässig ihre Finger mit den langen roten Nägeln bewegend.

Er trat auf die nächtliche Straße und sog den wunderbaren Moskauer Geruch ein: Regen, Asphalt und faules Laub, gewürzt mit Abgasen. Sich ans Steuer setzen, Musik anstellen (alte Musik aus seiner Jugendzeit: die noch nicht verpoppten Bee Gees der Platte »Odessa«) und durch die leere Straße nach Hause fahren, wo die Kinder schlafen. Was kann schöner sein?

In der Nähe des Eingangs zum Klub parkte ein riesiger Jeep. Die Tür des Wagens stand sperrangelweit offen. Der stolze Besitzer des funkelnden Monsters stand in malerischer Pose da, den einen Fuß auf die ausfahrbare Stufe gesetzt, und telefonierte. Moskau schlägt alle Rekorde, was die Pro-Kopf-Zahl der Handys betrifft, dachte Fandorin im Vorbeigehen.

»Geht klar«, sagte der Besitzer des Jeeps, ein junger Mann in einer teuren Lederjacke und mit getönter Brille (nachts!), zu seinem unsichtbaren Gesprächspartner. »Wird sofort erledigt!« Und packte den vorbeigehenden Fandorin auf einmal kräftig am Ärmel.

»Nikolaj Alexandrowitsch, setzen Sie sich ins Auto«, sagte er leise, man sah durch die Brillengläser seine ruhigen, aber unangenehm konzentrierten Augen. »Da möchte jemand mit Ihnen sprechen.«

Die Hoffnung, er sei noch einmal davongekommen, brach ohne Vorwarnung in sich zusammen. Das war's! Jetzt hatten sie ihn!

Ihm rutschte das Herz in die Hose, und trotzdem tat Nicholas so, als verstünde er nichts und ahne nichts.

»Mit mir?«, fragte er übertrieben verwundert und spürte selber, wie künstlich seine Intonation war. »Wer denn? Und warum?«

Er hätte auch die berühmte Formel »Sie müssen mich mit jemand verwechseln« sagen können, aber das Unglück wollte es, dass sie ihn mit Vor- und Vatersnamen angeredet hatten.

Er schaute sich um und sah, dass die beiden Türsteher des Klubs in seine Richtung guckten. Er fasste ein wenig Mut.

»Ich denke nicht daran, mit Ihnen irgendwohin zu fahren!«, erklärte er und versuchte, sich loszureißen.

Umsonst. Der Brillenträger hielt ihn mit zwei Fingern am Ärmel, doch diese Finger waren aus Stahl.

Hinten hörte man Schritte, und in Fandorins Rücken bohrte sich etwas hartes Rundes mit einem kleinen Durchmesser. Ihm schwante sofort, was es war, obwohl man ihm nie zuvor die Mündung einer Pistole an die Wirbelsäule gehalten hatte.

»Ohne Dramatik, Verehrter«, sagte derselbe Mann. »Wir setzen uns schön hin, fahren los und veranstalten keine Szenen und Happenings.«

Die fehlerlose, ja kultivierte Rede des Banditen machte Nicki am meisten Angst. Er guckte sich in Panik um. Zwei Männer standen hinter ihm: der eine hatte ein verschlafenes Gesicht und eine platte Nase, der andere war noch ganz jung und hatte wohl rote Haare, obwohl man sich im Lampenlicht da nicht ganz sicher sein konnte.

Am schlimmsten war, dass sich die Türsteher, sobald sie die Waffe sahen, wie auf Befehl abgewandt hatten. Sie verstanden offenbar, dass es sich hier nicht um eine gewöhnliche Schlägerei handelte, sondern um eine ernste Unterhaltung.

Und doch sollte er sich auf keinen Fall zu diesen Totschlägern ins Auto setzen, egal, wer sie waren, ob die Komplizen von Schibjakin oder dessen Mörder. Das war gehupft wie gesprungen. »Es möchte jemand mit Ihnen sprechen!« Sie wollten ihn also nicht sofort umbringen. Das kennen wir aus der Zeitung: sie schmieden dich an den Heizkörper, schlagen dich und stellen Fragen, auf die du keine Antwort weißt. Oder wenn es die »Unfassbaren Rächer« sind, dann veranstalten sie einen Pseudo-Prozess gegen dich »Schwein und Betrüger«.

»Zwingen Sie mich nicht, zu stärkeren Mitteln zu greifen«, sagte der Mann in der dunklen Brille immer noch genauso ruhig; offenbar war er der Boss der Entführer. »Sie wissen ja, das hat schon einmal zu einem tödlichen Ausgang geführt.«

Er hob seine rechte Hand, die jetzt kein Handy, sondern etwas Dünnes, Metallisches hielt – es war wohl eine Nadel. »Tödlicher Ausgang«, das bezog sich auf Schibjakin. Also waren es nicht die »Unfassbaren«, sondern deren Gegner. Er setzt mir jetzt eine einschläfernde Spritze, und wenn ich zu mir komme, habe ich Handschellen an und befinde mich in irgendeinem Keller, dachte Nicholas resigniert. Und dann werde ich wie dieser arme Spinner mit offenem Mund und glasigen Augen in einer Pfütze liegen.

»Hej, Chef!«, hörte er hinter sich ein wildes Gebrüll. »Wohin wollen Sie denn? Ça ne marche pas! Und ich?«

»Valja!« Mit den Absätzen klappernd kam sie aus dem Klub gelaufen. Ihr Gesicht war zornig.

Der Mann mit der Spritze zischte:

»Sagen Sie ihr, sie soll abhauen. Das ist mit Sicherheit besser.«

Vom unheilverkündenden Sinn dieser Worte erzitternd (für ihn war es also bereits zu spät), sagte Nicholas mit belegter Stimme:

»Valja, ich habe Bekannte getroffen. Ich muss mit ihnen sprechen. Warte am Tisch auf mich.«

»Bien sûr, Bekannte«, lachte sie bitter und kostete genüsslich die Rolle der Verführten und Sitzengelassenen aus. »Ich habe doch gesehen, wie Sie mit der femme fatale rumgeturtelt haben! Haben Sie ein date mit ihr gemacht, ja? Ich werde MM alles erzählen, das sage ich Ihnen!«

Sie riss wütend an der Hand des Brillenträgers, damit der Nickis Ärmel losließ.

»Vorsicht, hands off! Finger weg von dem, was dir nicht gehört!«

»Kleine«, bat der Brillenträger inständig. »Tu uns einen Gefallen, bleib noch ein bisschen leben. Du hast zwei Sekunden, um zum Gartenring zu rennen.«

Jetzt wird es zur Katastrophe kommen, dachte Nicholas zitternd und sagte hastig:

»Valja, lass, sie haben eine Kna ...«

Es gelang ihm nicht, sie vor der Pistole zu warnen.

Aber es kam nicht zur großen Katastrophe: Alles spielte sich in dem Zeitraum der zwei Sekunden ab, die der nichtsahnende Verbrecher Valja schenkte. Mit einem Wahnsinnsschrei rammte ihm das empfindliche Fräulein ihre Stirn gegen die Nase und warf gleichzeitig die Arme zu beiden Seiten: mit der rechten Hand versetzte sie der Plattnase einen Schlag gegen die Kehle, mit der linken Hand traf sie die Nase des Rothaarigen.

Das Schauspiel war effektvoll, um nicht zu sagen imposant, und erinnerte ein wenig an den Start eines Raumschiffs: vor einer Minute noch von den Stahlstützen gehalten, schaltet die Rakete auf einmal die Motoren ein und hüllt sich in eine Wolke von Rauch und Feuer; da fällt die Halterung zu beiden Seiten ab und entlässt das Raumschiff in stolzer Einsamkeit zu den Sternen.

Valja atmete laut aus, verschränkte die Arme und setzte ihre Anklagerede fort:

»Aha, da haben wir's, so sieht der treue Ehegatte also aus? A family man, yes? Und ich Blöde hab ihm das doch glatt abgenommen und ihn nicht angerührt! Und da kommt die erstbeste Kurva, schnippt mit den Fingern – und bittschön! Wo wollt ihr denn hin? Zu einem flotten Dreier? Und was bin ich? Eine bloody Binde? Zum Wegwerfen?«

Nicholas war noch nicht wieder imstande zu sprechen und zeigte deshalb nur stumm auf den Fahrdamm, wo die dem Rothaarigen aus der Hand gefallene Pistole lag.

Valja pfiff durch die Zähne und hockte sich hin.

»Das ist ja eine Bazooka! Wow! Chef, was sind das für people?«

Der Boss der Banditen, der, an das eine Autorad gelehnt, auf dem Asphalt saß, öffnete die Augen. Die dunkle Brille war über seine stark blutende Nase nach unten gerutscht. Plattnase stöhnte und versuchte, sich auf seinen Ellenbogen zu stützen.

Auch in die Türsteher war wieder Leben gekommen: der eine war in den Klub gelaufen, der andere schrie etwas über Funk.

»Wirf dieses Mistding weg!«, brüllte Nicholas entsetzt, als er sah, dass Valja die Pistole aufgehoben hatte und sie neugierig untersuchte. »Schnell, hauen wir ab, solange sie noch nicht zu sich gekommen sind!«

Er packte die Sekretärin an der Hand und zog sie in die Finsternis.

»Du bist wohl verrückt geworden!«, schrie Fandorin nach Luft ringend. »Ist dir wenigstens klar … was du … angerichtet hast? Jetzt bringen sie uns auf Garantie um! Sowohl mich als auch dich! O Gott, o Gott, wo ist denn hier die U-Bahn?«

Es gab in der Nähe eine Haltestelle – wie hieß sie noch gleich? »Ochotny Rjad«. Er wusste das mit Sicherheit, hatte aber von der Erschütterung völlig die Orientierung verloren, hetzte über die Kreuzung hin und zurück und wiederholte hilflos:

»Wo ist denn ›Ochotny Rjad‹? Wo ist ›Ochotny Rjad‹?«

ZEHNTES KAPITEL

LE MÉDECIN MALGRÉ LUI oder
ARZT WIDER WILLEN

(Molière, 1666)

Und wo ist das Jagdhäuschen?, fragte sich Mitja und versuchte sich wieder auf die Suche zu konzentrieren, nachdem er seinen traurigen Gedanken nachgehangen hatte. Er rannte schon lange nicht mehr, sondern ging nur noch, denn er war aus der Puste gekommen, und die gerodete Stelle war weit und breit nicht zu sehen. Der Pfad, der schon zu Beginn nicht gerade ausgetreten gewesen war, hatte sich nun ganz stark verengt. Bei genauer Betrachtung der Spuren sah man, dass sie nicht von Menschen stammten; es gab nur rundliche Spuren, und zwar unangenehm große, mit Krallen.

Es war schon fast ganz dunkel, Büsche und Bäume waren dicht aneinander gerückt. Er hatte sich verirrt, begriff Mithridates. Und er begriff auch, dass die Bücher, die er gelesen hatte, und die weisen Maximen hier nicht halfen. Das Blödeste war, dass ihm auf einmal ein Liedchen einfiel, mit dem ihn die dumme Amme in den ersten stummen Jahren seines Leben gequält hatte: »Kommt da nun der Wolf geschlichen, nimmt dich zack! bei dem Schlafittchen.« So sah er denn auch wirklich, wie hinter einem Strauch in nächster Nähe zwei phosphoreszierende Flämmchen aufleuchteten und der Canis lupus, der in der russischen Ebene ja so verbreitet ist, als lautloser Schatten auf den Pfad gesprungen kam, auf seinen federnden Tatzen auf- und niederhüpfte und ihm die scharfen Zähne in den Leib schlug.

Da wackelte der Strauch auf einmal wirklich. Mitja erschrak, wich aus, verlor das Gleichgewicht und fiel hin. Das war gar kein

Wolf, sondern ein großer Vogel. Der war offensichtlich selbst erschrocken – er flatterte mit seinen grauen Flügeln, flog auf und stieß einen Schrei aus.

Der Fuß! Das tat vielleicht weh!

Er ruhte sich ein bisschen aus und aß etwas Schnee; es schien ihm besser zu gehen. Aber als er aufstehen wollte, heulte er auf. Er konnte einfach nicht auftreten.

Der Fuß war gebrochen, so viel war klar.

Er kroch irgendwie bis zum nächsten Baum und lehnte sich mit dem Rücken an den Stamm.

Was sollte er denn jetzt machen?

Jetzt hätte er wirklich Angst bekommen müssen, nicht kindliche vor dem bösen Wolf, sondern echte, erwachsene, denn vor Mitjas Verstand trat das Bild des nahen Endes seines Lebens in aller Unabweisbarkeit und Unausweichlichkeit: gehen konnte er nicht, die Nacht brach an, und wenn ihn nicht der Wolf oder der Luchs fräßen, dann wäre er in etwa zwei Stunden sicher erfroren.

Aber vielleicht spürte Mitja gerade darum, weil er den tödlichen Ausgang so unumgänglich vor sich sah, keine Angst. Mehr um sein Gewissen zu entlasten als zur Probe versuchte er noch einmal aufzustehen und überzeugte sich davon, dass er nicht gehen und noch nicht einmal stehen konnte. Er überlegte, ob er zurückkriechen sollte. Nein. Er war recht lange gerannt und dann gegangen, so weit kannst du gar nicht kriechen. Und wozu auch? Selbst wenn du es bis zur Straße schaffst, wenn es dunkel ist, kommt da sowieso niemand vorbei. Dann erfrierst du am Straßenrand. Der einzige Trost wäre, dass ihn nicht die Füchse und die Raben auffräßen, sondern ihn Leute finden und begraben würden. War Mitja sein totes Fleisch etwa zu schade für die Füchse und Raben? Sollten sie es doch fressen. Statt auf dem Bauch zu kriechen und sinnlos die letzten Kräfte zu vergeuden, sollte er sich lieber wie die Weisen Seneca und Sokrates mit Würde auf das Ende seiner irdischen Existenz vorbereiten. Der Kältetod ist, wie beschrieben wird, keineswegs qualvoll. Du wirst schläfrig, döst ein und wachst nicht mehr auf.

Nun waren die weisen Bücher doch von Nutzen. Zwar kannst du mit ihrer Hilfe nicht dein Leben retten, aber das Sterben fällt dir leichter.

Und Mitja drehte sich auf den Rücken und machte sich ans Sterben: sog die Waldluft ein und zog Bilanz. Er lag weich und bequem, und ihm war noch nicht kalt. Seine Gedanken strömten so dahin, was durchaus etwas Angenehmes hatte.

Nun ja, Mithridates-Dmitri Karpow hatte nicht lange auf dem Erdball gelebt, sieben Jahre minus einen Monat. Aber immerhin länger als die Mehrheit der zur Welt kommenden Menschen, von denen jeder Dritte in der ersten Woche und jeder Zweite in den ersten zwei Jahren nach der Geburt stirbt. Im Vergleich zu den meisten Menschen war Mitja also ein Glückspilz. Hinzu kam: Er hatte seinen Weg nicht in der Finsternis der erwachenden Vernunft zurückgelegt, sondern im hellen Licht des vollen Verstandes, was eine fast unglaubliche Leistung war. Er hatte so viel erfahren, so viel für sich entdeckt, so viel nachgedacht und die Gesetze der Natur entschlüsselt. Wenn du diese natürlichen Gegebenheiten verstehst, dann brauchst du eigentlich vor nichts Angst zu haben. Zunächst werden die durch deine Adern strömenden Lebensflüssigkeiten nach den Gesetzen der Physik unter der Einwirkung der niedrigen Temperatur ihr Fließen einstellen, was zur Trennung von Seelensubstanz und Körper führt. Dann zeitigen die Gesetze der Chemie ihre Wirkung, und der Organismus, der früher Mitja hieß, beginnt in seine Bestandteile zu zerfallen. Aber wahrscheinlich werden sich noch davor die Gesetze der Biologie bemerkbar machen und zwar in Gestalt von Zähnen und Schnäbeln der Waldtierchen.

Über die Schneekruste legte sich ein leichter Puder, der allmählich die Filzstiefel und den Pelzmantel zuwehte. Mitja wischte ihn erst weg, später ließ er es. Wozu?

Seine Beine fingen an kalt zu werden, was wenig später wieder aufhörte.

Seine Gedanken verloren ihre Klarheit, aber davon wurde ihm noch wohliger, wie vor dem Eintauchen in den Schlaf. Es war leise, ganz leise, nur die Zweige knarrten und das träge Schneetreiben rauschte. Mitja hob die Augen.

In den Zwischenräumen zwischen den grauen Baumkronen zeichnete sich der schwarze Himmel ab. Was war dort, jenseits von ihm? Es schien ihm plötzlich, wenn er genauer hinsähe, müsste er es bestimmt sehen können. Er musste sich nur beeilen, damit er es schaffte, bevor die Seele den Körper verließ und fortflog.

Er blinzelte, da rückte der Himmel auf ihn zu. Mitja wunderte sich zuerst, begriff dann aber, dass nichts Verwunderliches daran war. Es stellte sich heraus, dass er gar nicht mehr auf der Erde lag, sondern in der Luft schwebte, zwischen den spitzen Fichtenwipfeln, und er fühlte sich unheimlich wohl. Er schaute nach unten, dort auf dem Schnee lag wohl wirklich jemand, aber ihn sich anzusehen, war uninteressant, der Himmel war sehr viel verlockender. Mitja drehte ihm sein Gesicht zu, da näherte er sich rasch. Merkwürdig, er war immer noch genauso schwarz, wenn nicht sogar noch etwas schwärzer, aber überhaupt nicht dunkel. Er begriff: Im Himmel ist ein so grelles Licht versteckt, dass es wehtut, es zu sehen, die Augen überziehen sich mit einem Film. Erstaunlich, dass er das früher nicht bemerkt hatte. Je höher Mitja flog, desto mehr gewöhnten sich die Augen an dieses dichte Strahlen, und er flog schon durch die Schwärze und durch das bernsteinfarbene Licht, und vor ihm zeichnete sich etwas ab: so etwas wie ein Kreis oder eine Öffnung. Mitja bemühte sich, noch schneller zu fliegen; er konnte es nicht erwarten, möglichst schnell zu sehen, was das war.

Und da hörte er eine Stimme, die war heiser, alt, uralt. Was die Stimme sagte, war unverständlich; aber es war sicher, dass sie ihn rief. Sie nannte ihn allerdings nicht Mitja, sondern rief ihn bei einem ihm unbekannten Namen.

»Lütter!«, heulte die Stimme. »He, Lütter!«

Offenbar würde er im Himmel diesen Namen haben. Erst war er Dmitri, dann Mithridates und nun Lütter?

Er öffnete die Augen weiter und sah: Was ihm aus der Ferne als Kreis oder Öffnung erschienen war, war in Wirklichkeit ein Gesicht.

Als er dieses Gesicht genauer betrachtete, erzitterte er, so schrecklich war es: runzlig, mit struppigen grauen Brauen, Hakennase und einer mitten auf der Nase prangenden Warze.

Und die wunderbare Welt verblasste auf einmal, es wurde wieder dunkel. Mitja klapperte mit den Zähnen vor Kälte und sah, dass er gar nicht im Himmel war, sondern im Schnee lag, unter den schwarzen Fichten; eine unheimliche Alte, die ganz in dreckige Tücher gehüllt war, beugte sich über ihn.

»Lütter, he, Lütter«, krächzte sie mit ihrer heiseren Stimme.

»Was ist mit dir? Ist dir kalt? Na, komm. Na, komm.« Und sie reckte ihre knochigen Finger nach ihm.

Baba Jaga, die Hexe, wurde Mitja klar, und er wunderte sich nicht im Geringsten darüber. Er erschrak nur heftig, noch mehr als vorhin über den Wolf. Knochiges Bein, grauer Schnurrbart und riesige Eisenzähne. Schon der weise d'Alembert hatte geschrieben (oder war es d'Holbach? – sein Kopf war durchgefroren und verworren): Nicht alles an den Volkssagen ist Aberglaube und Erfindung. Die Märchendrachen zum Beispiel sind ein Relikt der alten Reptilien, die früher einmal den Planeten bevölkerten; heute stößt man bei Ausgrabungen an verschiedenen Orten auf die Skelette jener Monstren. Auch die Baba Jaga ist eben kein Hirngespinst, sondern eine quietschfidele Waldhexe.

Er hatte keine Kraft, sich dem bösen Zauber zu widersetzen. Und als die Baba Jaga Mitja huckepack nahm, da winselte er nur jämmerlich. Sie brachte ihn weg, wahrscheinlich irgendwo hinter die dunklen Wälder und blauen Seen, in schwarze Sümpfe und tiefe Höhlen. Sie knurrte:

»Is der abber swer, der! Wohin mit dem, wohin? Müllers Mühle? Ssaff ich nich. Besser ssu Daniel dem Gerechten. Ja, ssu Daniel, das ist gut. Jaja.«

Er verstand den Sinn ihrer Zaubersprüche nicht, denn – bedingt durch die Kälte, seine Schwäche und Angst – hatte sein Hirn den Denkstrom eingestellt. Das Einzige, was blieb, war Wildes, Dunkles, aus frühester Kindheit: Die Baba Jaga würde ihre Beute jetzt in ihre auf Hühnerfüßen stehende Hütte schleppen und sie auffressen, die Knochen würde sie ausspucken.

Auf würdige antike Weise fortzugehen, gelang ihm nicht. Sein Leben endete irgendwie sehr russisch, sehr kindlich und furchtbar schrecklich.

Mitja fing leise an zu weinen. Er wollte nach seiner Mutter rufen und sah sie sogar vor sich: ganz rosig und nach Veilchenessenz duftend; aber Mutter saß vor dem Spiegel und sah sich nicht nach dem armen Kleinen um.

Die Hexe legte den Gefangenen auf einer kleinen Lichtung in den Schnee. Er richtete sich ein wenig auf und sah ein Blockhaus mit einem winzigen Glimmerfenster, in dem widernatürlich gleißendes Licht brannte. Die Hühnerfüße unter der Hütte konn-

te Mitja nicht sehen – wahrscheinlich hatte der Schnee sie zuge-
weht.

Die Alte schlug mit dem Eisenring laut gegen die Tür, nahm
dann auf einmal ihre Rockzipfel in die Hand und sauste mit überraschender Behändigkeit in den Wald. In Nullkommanichts war
sie weg, die Dunkelheit hatte sie verschluckt.

Das seltsame Benehmen der Hexe machte Mitja noch mehr
Angst, aber geht das überhaupt, kann man denn überhaupt noch
mehr Angst haben?

Sie hat mich zu jemandem gebracht, dem sie mich als Geschenk,
als Opfer anbieten will, schloss er. Irgendein Ungeheuer, das über
ihr steht, also noch schrecklicher als sie selber ist. Was gab es außer der Baba Jaga bei der Amme Malascha noch an Waldgeistern?
Den Erlkönig gab es. Der sich zu den Leuten, die durch den Wald
fahren, leise hinten auf das Fuhrwerk setzt und ihnen die kleinen
Kinder stiehlt. Wie hatte Malascha noch gesungen? »Setzt sich der
Erlkönig dazu, Mitenka, Vorsicht, weg bist du!«

Die Tür rasselte, und vor Mitja stand der Erlkönig.

Er ähnelte der maskierten Gestalt, die der Thronfolger gestern
dargestellt hatte, überhaupt nicht. Der wirkliche Erlkönig war
groß und schlank, gerade wie ein Stock, mit einem langen grauen
Bart und schulterlangen grauen Haaren, aber schwarzen Brauen.
Auch die Augen waren schwarz und glänzten. Sie blickten streng
von oben nach unten auf den zusammengekauerten Mitja. Eine
volltönende Stimme, die absolut nichts Greisenhaftes hatte, sagte
drohend:

»Was ist denn das für eine Apparitio? Findelkinder, das hat mir
gerade noch gefehlt! Meint ihr, das ist hier ein Waisenhaus?«

Er stieg über Mitja hinweg und sprang so, wie er war, nur mit
einem schwarzen, mit einer Lederschnur umgürteten Wams bekleidet, auf die Lichtung. Er drehte den Kopf nach rechts und
nach links, aber, wie schon gesagt, die Baba Jaga war spurlos verschwunden.

Da wandte sich der Erlkönig Mitja zu und überschüttete ihn
mit seinem Zorn:

»Na, du Teufelchen, untersteh dich, nicht zu sagen, wer deine
Eltern sind und aus welchem Dorf du kommst. Aus Saltanowka?
Oder aus Pokrowskoje? Ich kriege es sowieso heraus und bringe

dich zurück! Ach, was die sich da wieder haben einfallen lassen, diese undankbaren Plebejer!«

Er stampfte zornig mit dem in einem kurzen Filzstiefel steckenden Fuß auf.

»Willst du da noch lange liegen bleiben? Die ganze Kälte dringt in die Hütte! Komm rein, ich kann dich doch nicht draußen lassen. Aber morgen früh, das sag ich dir, da bringe ich dich zum Popen nach Pokrowskoje. Soll der sich doch den Kopf zerbrechen! Los, steh auf!«, schrie er so wild, dass Mitja aufstehen wollte und aufschrie.

»Was hast du denn? Was ist denn mit deinem Fuß?«

Er hob den Jungen ohne Anstrengung hoch und trug ihn in die Hütte.

Die Behausung war auf den ersten Blick ganz einfach: ein aus Brettern gezimmerter Tisch, statt eines Stuhls ein ausgehöhlter Baumstumpf, ein verrußter Ofen, aber an der Wand hingen Regale mit Büchern, und die einzige Kerze brannte mit einer ungewöhnlich grellen, nicht flackernden Flamme.

So lebte der Erlkönig also. Vielleicht war er doch nicht so schrecklich, wie Malascha ihn dargestellt hatte?

Der Gebieter über den Wald zog Mitja den Pelz aus, er wollte ihm auch die Filzstiefel ausziehen, aber Mitja kreischte auf:

»Au! Das tut weh!«

»Aha, du kannst also sprechen! Gut, wir unterhalten uns später.«

Der Hausherr ließ Mitja auf der Bank Platz nehmen, zog ein kleines Messer aus dem Stiefel und schnitt den Filzstiefel auf. Er hatte hagere, lange Finger mit kurz geschnittenen Fingernägeln.

Er tastete vorsichtig den Knöchel ab.

»Alles klar. Na, beiß da rein!« Er steckte ihm einen Zwiebackkringel zwischen die Zähne. »Schlag deine Zähne mit aller Kraft rein!«

Und dann zog er an dem Fuß! Mitja biss den steinharten Kringel in der Mitte durch, und Tränen schossen ihm aus den Augen.

Aber der Alte verband den Fuß schon mit einem Lappen, und der Schmerz ließ nach.

»Steh mal auf.«

Mitja konnte es noch nicht glauben und stand vorsichtig auf. Der Fuß hielt ihn!

»Morgen wirst du noch ein wenig humpeln, aber übermorgen wirst du schon den Berg runterflitzen. Eine Lappalie, eine ganz ordinäre Verstauchung: Luxatio«, sagte der Alte.

Er war natürlich kein Erlkönig; von der Kälte und vor Angst war Mitja ein solcher Unsinn in den Kopf gekommen, jetzt schämte er sich selber dafür, aber ein lateinisches Wort aus dem Munde des Wunderheilers zu hören, war wirklich seltsam. Ein gebildeter Mann, ein belesener Gelehrter, und da lebt er allein, im wilden Wald! Wenn das nicht seltsam war!

Mitja rief aus:

»Gnädiger Herr! Ihr müsst mir vom Himmel geschickt worden sein! Ich sehe, Ihr seid tugendhaft und barmherzig! Helft mir, eine edle Person aus den Händen von Verbrechern zu befreien. Aber vorher mag es mir erlaubt sein zu fragen, wer Ihr seid und warum Ihr hier in der Einöde fern von Menschen wohnt?«

Der Wunderheiler prallte zurück und musterte Mithridates erstaunt. Dann kniff er die Augen zusammen und bewegte seine Hand vor den Augen hin und her, als müsse er ein Trugbild wegscheuchen. Da es nicht verschwinden wollte, verschränkte er wie ein Stoiker die Arme und antwortete langsam, ohne den Blick von Mitjas Gesicht abzuwenden:

»Ihr wünscht zu wissen, wer ich bin? Das ist die schwierigste Frage, die man einem Menschen stellen kann. Ich habe mein ganzes Leben darangesetzt, um eine Antwort auf diese Frage zu finden. Der Zufall will es, dass ich russischer Staatsbürger und orthodoxen Glaubens bin. Meine Eltern gaben mir den Namen Daniel. Meine augenblickliche Beschäftigung: Arzt wider Willen. Und jetzt, da ich den Gesetzen des Respekts gehorchend auf Eure Frage geantwortet habe, antwortet Ihr mir, seltsames Menschenkind, wer Ihr seid. Ein Incubus? Ein Homunculus? Die Frucht meiner ins Kraut geschossenen Phantasie? Oder der Satan selbst, der das Aussehen eines Bauernjungen angenommen hat?«

»Nein, nein«, beeilte sich Mitja seinen verständlichen Zweifel zu zerstreuen. »Ich bin ein ganz gewöhnlicher Sterblicher. Auch wenn ich noch jung an Jahren bin, so habe ich doch viel gelesen und nachgedacht, wodurch sich mein Verstand schneller entwickelt hat, als das normalerweise der Fall ist. Ich heiße Dmitri Karpow.«

Er verbeugte sich, und der Mann, der sich Daniel nannte, antwortete ihm mit einer nicht weniger höflichen Verbeugung.

»Ich schwöre auf den Verstand!«, rief er aus. »Ich habe von dergleichen Fällen gelesen, habe solche Erzählungen aber immer für Übertreibung gehalten. Jetzt sehe ich, dass es tatsächlich Varianten der Vernunft gibt, die schneller als üblich heranreifen, wie der Bambus sehr viel schneller als andere Bäume in die Höhe wächst. Darf ich fragen, wie viel Jahre Ihr genau seid, verehrter Herr Karpow?«

»Sechs Jahre und elf Monate minus einen Tag.«

Daniel verbeugte sich mit noch mehr Ehrerbietung.

»Es ist für mich ein echtes Glück, eine solch seltene Person kennen zu lernen. Als ich Student der Moskauer Universität war, gab es bei uns einen Jüngling, der sehr viel jünger und gescheiter war als wir; er war gerade dreizehn, während wir anderen sechzehn oder manche sogar über zwanzig waren. Aber mit noch nicht sieben so gehaltvoll und gewandt zu sprechen! Da muss man ja begeistert sein!«

»Danke.« Mitja verbeugte sich noch einmal und dachte, wie seltsam sich diese Zeremonie doch zwischen den Bretterwänden der kargen Hütte ausnehmen musste. »Aber ich habe eine ganz dringende …«

»Er ist gestorben, der Arme«, sagte der Alte seufzend und hing traurig nickend seinen Erinnerungen nach. »An Hirnfieber. Er hat noch nicht einmal seinen vierzehnten Geburtstag erlebt. Was für ein Talent hätte da heranwachsen können, wie viel Nutzen hätte er seinem Vaterland, ja vielleicht sogar dem ganzen Menschengeschlecht bringen können!«

Mitja wollte die Pause nutzen, um den Mund zu öffnen und etwas von Pikins Verbrechen und der verzweifelten Situation von Pawlina Chawronskaja zu erzählen, aber Daniel fing wieder an zu reden:

»Schade, dass ich nicht an der Universität geblieben bin und mich schon in jungen Jahren der Wissenschaft gewidmet habe. Wie viel Zeit habe ich sinnlos vertan! Schrecklich! Mein Vater hatte mich seit meiner Geburt für das Semjonow-Regiment bestimmt und duldete mein Studium nur bis zu dem Zeitpunkt, da sich bei Hof eine Vakanz für mich bot.«

Erst da bemerkte er auf einmal, dass er seinen Gast überhaupt nicht zu Wort kommen ließ. Er lächelte schuldbewusst. Das Lächeln dieses Arztes wider Willen (zu dem er sich selbst ernannt hatte) war weich, sympathisch.

»Ich bitte ergebenst um Verzeihung, dass ich ohne Unterlass rede. Ich bin hier ein wenig verwildert, ich bin eine gebildete Unterhaltung einfach nicht mehr gewohnt. Mich besuchen hier allenfalls die hiesigen Dorfbewohner, und worüber soll man sich mit denen unterhalten? Seid so gut, mein lieber Herr Karpow, und seht mir meinen Wortreichtum eine kleine Weile nach. Ich werde mich bald ausgesprochen haben und dann schweigen.«

Tja, dachte Mitja, das wird wirklich vernünftiger sein. Denn es ist ja bekannt, dass ein Mensch, der sich nicht ausgesprochen hat, auch weniger aufmerksam zuhört. Die Schlittenkutsche würde bis zum Morgen nicht vom Fleck kommen, es war also genug Zeit.

»Und was für eine Vakanz fand Ihr Herr Vater für Euch bei Hof?«, fragte Mitja, der davon ja etwas verstand. »Danke.«

Letzteres bezog sich auf die angebotene Bewirtung – der Hausherr schenkte aus einem Kessel duftendes Apfelgebräu ein, rückte Brot und einen Korb mit Honig heran. Oh, da stellte sich heraus, was für einen Mordshunger er doch hatte nach all dem Gefriere und dem Schrecken!

Daniel setzte sich ihm gegenüber, brach sich ein Stückchen von dem Brotlaib ab, führte es aber nicht zum Mund.

»Die Stelle war für die damalige Zeit nicht gerade ein Geschenk: Briefschreiber bei der Großfürstin Katharina Alexejewna. Letztere galt bei Hof als eine unbedeutende, um nicht zu sagen, aufgrund ihres Gatten bedauernswerte Person. Erst später sollten alle erfahren, was für eine Manneskraft in Cathérine Le Grand steckte.«

»Voltaire hat sie so genannt, nicht wahr?«, beeilte sich Mitja zu bemerken. Er musste ja dem gelehrten Mann zeigen, dass er nicht nur »gehaltvoll und gewandt zu sprechen« verstand, sondern auch die großen Zeitgenossen hochhielt.

»Ja, so hat sich der alte Schmeichler wörtlich ausgedrückt. Er dachte, der Adressat seiner Briefe sei das weiseste aller Weiber. In Wirklichkeit habe ich die Briefe verfasst, denn Katharina beherrschte das schriftliche Französisch nicht besonders gut und hatte wenig eigene Gedanken. Ich war eben damals ihr Kammersekretär.« Er sagte das und war verlegen; offenbar dachte er, seine Worte klängen angeberisch. »Ach, mein Freund, Kammersekretär, das ist kein besonders bedeutendes Amt und steht nicht in hohen Ehren. Obwohl viele der Meinung sind, beim Monarchen ein Amt zu haben, sei schon an und für sich die höchste Ehre. Diese unglückseligen Falter! Wie viele sich an den Zungen dieser falschen Flamme die Flügel, ja schlimmer noch die Seelen verbrannt haben! Wenn Ihr Katharina einmal aus der Nähe säht, es wäre für Euch mit Eurem Verstand und Eurem Scharfblick kein Problem, sie von Grund auf zu durchschauen. Sie ist keine dumme, aber auch keine kluge, keine bösartige, aber auch keine gütige Frau, deren einziges Talent in einem untrüglichen Riecher besteht. Sie errät die Erwartungen der aktiven Fraktion, noch bevor dieser Teil der Gesellschaft selber eine Ahnung von ihnen hat. Das ist die wahre Kunst eines von Natur begabten Herrschers.«

Dass er die Kaiserin aus geringerer Nähe als jeder Kammersekretär gesehen hatte, verschwieg Mitja vorsichtig, und ob der geäußerten Überzeugung von seinem Scharfsinn senkte er bescheiden den Kopf, aber das letzte Urteil des wunderlichen Arztes ließ ihn die Stirn runzeln.

»Wirklich?«, fragte er. »Meint Ihr, das Wesen der ganzen Macht besteht nur darin, den Wunsch der Untertanen zu erraten? Und was ist mit der aktiven Fraktion gemeint, die Ihr erwähntet?«

»Der Herrscher muss nicht die Erwartungen aller Untertanen erraten, sondern nur die desjenigen Teils, von dem etwas abhängt. Ich nenne diesen Stand *die aktive Fraktion der Gesellschaft.* In den unterschiedlichen Ländern und zu unterschiedlichen Zeiten variieren Zahl und Zusammensetzung dieser Kohorte. Im spätantiken Rom zum Beispiel hat es Zeiten gegeben, zu denen nur die Prätorianergarde des Kaisers als aktiver Teil in Betracht kommt. Und auch bei uns in Russland ist die über Einfluss verfügende Fraktion der Gesellschaft nicht besonders groß: Adel, Beamte, die reichen Kaufleute und die hohe Geistlichkeit. Ein wahrer Staatslenker hat ein besseres Gespür für Verfassung und Stimmung der aktiven Schicht als diese selbst; er lässt es nie zu, dass ihn die Welle der Ereignisse überrollt – er behält immer die Oberhand und bleibt auf dem Kamm dieser Welle. Manche Gelehrte, welche die

Geschichte studiert haben, verstehen nicht, wie so abscheuliche Tyrannen wie Tiberius und Iwan der Schreckliche so lange haben herrschen können, ohne dass ihre Untertanen sie umbrachten. Das Geheimnis ist einfach – diese blutrünstigen Bestien führten nur das aus, was der aktive Teil der Gesellschaft im Grunde seines Herzens wollte; anderenfalls hätten sie keinen Boden unter den Füßen gehabt.«

Mitja dachte über das Gesagte nach und hatte sofort Einwände, aber Daniel war schon bei etwas anderem.

»Ich habe diese Wahrheit schon in meiner Jugend verstanden und sah für mein Vaterland nur einen segensreichen Weg: die Zahl der Vertreter der aktiven Fraktion zu erhöhen, wofür man Stände aufnehmen müsste, die nie zuvor bei Staatsentscheidungen mitzureden hatten. Als die junge Kaiserin die Gesetzgebende Kommission einrichtete, sah ich darin den Prototyp eines russischen Parlamentes. Ich fühlte mich geschmeichelt, dass die junge Katharina auf meine Argumente hörte und sie mit Wohlwollen aufnahm.« Er lächelte bitter. »Ich lächerlicher Träumer! Der Weg zu Katharinas Verstand führt nicht über ihre Ohren, sondern über eine andere Öffnung. Andere Schlaumeier, die ich in meiner Naivität für Nullen hielt, haben diese Wahrheit sehr viel früher als ich begriffen. Tagsüber mochte Katharina auf ihre gelehrten Ratgeber hören, zu denen auch ich zählte, nachts aber hatte sie andere Nachtigallen, deren Stimme überzeugender klang. Wie oft hat sie, die meine Arbeiten schätzte, mir Belohnungen und Reichtümer angeboten, die ich ablehnte, denn ich war glücklich, an einer großen Sache mitwirken zu können. Andere hatten da entschieden weniger Skrupel ...«

Der Waldbewohner erzählte unglaubliche Geschichten, aber er sprach so einfach und traurig, dass man ihm glauben musste. Nein, einem Lügner und hohlen Angeber glich er nicht. Man sah, dass es auch in seinem Leben eine Zeit gegeben hatte, da er die höchsten Höhen der staatlichen Macht erklommen hatte.

»Hat jemand der Favoriten dafür gesorgt, dass Ihr in Ungnade fielt?«, fragte Mitja, der sich fast sicher war, dass er den Grund erraten hatte. »Die Orlows? Oder der Fürst Potjomkin?«

Daniel schüttelte stolz den Kopf.

»Nein, ich ging aus eigenem Antrieb, als ich verstand, dass

meine Projekte reine Chimären sind. Dann bin ich viel gereist. Habe die Augen und Ohren aufgemacht, wollte die Natur und die Menschen kennen lernen und verstehen. Ich habe viel gelernt, besonders über die Natur. Verstanden habe ich erheblich weniger, besonders vom Menschen. Und als ich in meine Heimat zurückkam, geschahen Dinge, die dazu führten, dass ich mich in diese abgeschiedenen Wälder zurückzog.«

Das Wort »Dinge«, das an sich ja wenig Aussagekraft hat, gebrauchte der Alte, als bezeichne es etwas ganz Konkretes. Aus dem Ton konnte man schließen, dass das Ereignis, das er damit meinte, unerfreulich war.

Nach einem Seufzer fuhr Daniel fort:

»Ich sehe, Herr Karpow, Ihr seid nicht nur gebildet und klug, sondern habt auch eine feine Seele, die Euch daran hindert, einen auszufragen. Ich weiß das zu schätzen und danke Euch. Etwas lässt mich ahnen, dass wir uns in der Zukunft vielleicht näher kommen; dann werde ich Euch auch von meinem Unglück erzählen. Vorläufig möge es Euch genügen zu erfahren, dass ich nicht vor der menschlichen Gesellschaft davongelaufen bin, weil ich ein Einsiedler bin, der heilig sein will. Aufgrund der Dinge, die sich ereigneten, waren mir die Gesichter der Menschen einfach zuwider. Aber auch in diesen Gefilden habe ich keine völlige Abgeschiedenheit finden können! In den Jahren meiner Wanderungen, als ich das Geheimnis begreifen wollte, das als Mensch bezeichnet wird, habe ich an der Universität von Padua Medizin studiert. Dem Geheimnis bin ich natürlich nicht auf die Spur gekommen, denn es ist nicht im Mechanismus unseres Körpers beschlossen, aber die ärztliche Kunst habe ich gelernt. Vor zwei Jahren habe ich einmal aus Dummheit einem Einheimischen, der in besoffenem Zustand unter das eigene Fuhrwerk geraten war, die Knochen wieder eingerenkt. Seitdem habe ich keine Ruhe mehr. Kranke und Verkrüppelte machen sich auf den Weg zu mir, und ich heile sie alle aus Dummheit und Schwachheit. Und da ich kein Geld dafür nehme, haben sich die hiesigen Bewohner in den Kopf gesetzt, ich sei ein Gerechter und heiliger Mönch. Sie kommen, gaffen, verbreiten Lügen über mich und bringen Essen, das ich nicht brauche. Pilze mit Beeren und Gräser reichen zur Ernährung völlig aus.«

Der einstige Kammersekretär und Reisende und jetzige Arzt

spuckte erzürnt aus, richtete mit den Fingern den Docht seiner ungewöhnlich hellen Kerze, die von der Berührung noch stärker auflodderte. Mitja fiel auf, dass das Wachs während des ganzen Gesprächs nicht ein einziges Mal tropfte.

»Das habe ich herausgefunden«, erklärte Daniel, der den Blick seines kleinen Gastes auffing. »Ich mische unter das Bienenwachs einen Extrakt aus Löwenzahn und einigen anderen Pflanzen, dann brennt die Kerze eine ganze Nacht und einen weiteren halben Tag, und sie verbreitet so viel Licht wie ein ganzer Kronleuchter. Es gibt nur einen Haken, der es verhindert, dass dieser Leuchter überall gebraucht wird: Wenn der Docht ganz abgebrannt ist, dringen die angehäuften Ausdünstungen nach draußen, und es gibt einen explosionsartigen Knall. Ich lasse die Kerze deshalb nie ganz abbrennen und übergieße sie mit einer besonderen Lösung.« Er zeigte auf ein Fläschchen mit einer weißlichen Flüssigkeit und schwieg.

Dann lachte er verlegen und hob ratlos die Hände.

»Da hab ich mich also mit meinem Gerede auf Euch gestürzt, wie einer nach dem Fasten über Fleisch herfällt. Erzählt Ihr mir nun, was Euch so mutterseelenallein und dann auch noch nachts in den Wald geführt hat. Schließlich gibt es hier sogar Wölfe.«

Daniels Gesicht verdüsterte sich auf einmal.

»Moment! Habt Ihr nicht am Anfang etwas von Verbrechern und einer edlen Person gesagt, die befreit werden muss? Ich habe den Sinn der Worte nicht richtig wahrgenommen, weil ich so von Eurer sprachlichen Gewandtheit beeindruckt war. Verzeiht mir um des Verstandes willen! Oh, wie oberflächlich und hartherzig ich bin! Euch ist ein Unglück widerfahren?«

Es war also richtig, dass er ihn hatte ausreden lassen, sagte sich Mitja. Er würde jetzt aufmerksamer zuhören und wohlwollender reagieren.

»Ja, ja!«, sagte Mithridates, der mit jedem Wort aufgeregter wurde. »Es ist ein entsetzliches Unglück geschehen, ein gemeines Verbrechen! Ich war unterwegs von Sankt Petersburg nach Moskau, um eine Dame zu begleiten, die höchste Ehrerbietung verdient. Nicht nur wegen ihres Adels – Pawlina Anikitischna stammt in der Tat aus einer der vornehmsten Familien des Reiches –, sondern vor allem wegen ihrer einzigartigen Qualitäten.

Das Unglück will es, dass sie von einer seltenen Schönheit ist, die ...«

»Moment!« Der Alte hob die Hand. »Mein junger Freund, Eurer Aufregung entnehme ich, dass Ihr von etwas höchst Wichtigem erzählt, aber die Worte kommen mit einem Eifer von Euren Lippen, dass ich nicht folgen kann und nur die Hälfte verstehe. Erbarmt Euch derer, die nicht wie Ihr über solch eine außerordentliche Wendigkeit von Sprache und Geist verfügen, denn ...«

Mitja wurde klar, dass er mal wieder – eine schlechte Angewohnheit von ihm – die Worte verschluckt hatte. Aber Daniel äußerte sich so langatmig und altmodisch geschraubt, dass er ihn unterbrechen musste.

»Schon gut, schon gut!«, pflichtete ihm Mitja bei, winkte ungeduldig mit der Hand ab und gab sich Mühe, die Worte langsamer auszusprechen. Das war auch besser so, denn er musste ja gleichzeitig auch noch überlegen, was er sagen und was er besser verschweigen sollte.

So zum Beispiel musste der Name des durchlauchtigsten Fürsten Surow nicht unbedingt genannt werden. Wer würde schon den Mut aufbringen, gegen den Favoriten höchstpersönlich vorzugehen?

»Wir saßen in der Kutsche, Frau Chawronskaja und ich. Da überfiel uns ein schrecklicher Mensch, der die Diener tötete und Pawlina Anikitischna gefangen nahm. Er tat dies auf Befehl einer bedeutenden Person, die von lüsternem Wahnsinn besessen ist ...«

So, ohne auf überflüssige Einzelheiten einzugehen, erzählte er alles.

Daniel hörte zu und bekam ein immer finstereres Gesicht. Zuerst saß er da, dann sprang er auf und wanderte in der Stube hin und her.

Mitja endete mit den Worten:

»Wir müssen ins Dorf rennen und Unterstützung holen. Am besten wären Soldaten. Es sind fünf Banditen, alle bewaffnet. Wir müssen zum Kreisrichter.«

Der Hausherr zupfte wütend an seinem grauen Bart.

»Der Kreisrichter ist in Wischera, bis dahin sind es zwanzig Werst. Und ich kenne ihn: ein Dummkopf, der nichts unternehmen wird. Wir brauchen keine Hilfe. In der Nacht kommen die nicht von hier weg, und vor dem Morgengrauen gehen wir an die Straße und sehen uns diesen Pikin einmal an. Wir werden mit dieser Angelegenheit schon alleine fertig.«

Mitja dachte sich seinen Teil. Ein Greis und ein Kind, was sollten die schon ausrichten können!

»Gnädiger Herr, Ihr seid doch nicht der Ritter Lanzelot, sondern Arzt!«, versuchte er den waghalsigen Greis zur Vernunft zu bringen.

Aber der stampfte nur auf und sagte wütend:

»Dmitri Karpow, Ihr habt mich mit Eurer Geschichte erzürnt. Ich sehe, während ich mich im Wald vor den Menschen in Sicherheit gebracht habe, ist das Leben noch niederträchtiger als vorher geworden, und ich konnte Niedertracht nie ausstehen. Ihr habt Recht, ich bin eigentlich ein friedliebender und ruhiger Mann und von Beruf Arzt, aber ich schwöre Euch bei dem Verstand (und Ihr könnt mir glauben, denn Daniel Vondorin lügt nie): Der Zorn eines Arztes, das ist etwas sehr viel Gefährlicheres, als manche denken.«

ELFTES KAPITEL

THE INVISIBLE MAN oder
DER UNSICHTBARE

(Wells, 1897)

»Chef, haben Sie noch alle? Oder soll ich einen Arzt rufen?« Valja zog Nicholas in die andere Richtung. »Was denn für eine U-
Bahn? Sie haben nicht mehr alle Tassen im Schrank. Erstens ist
jetzt tiefste Mitternacht, und zweitens: Wir sind doch mit Ihrem
Panzerwagen hergekommen.«

Sie liefen zu dem um die Ecke geparkten Auto, stiegen ein, kamen aber nicht weit.

Wie sich herausstellte, waren die Türsteher des Nachtklubs
nicht auf den Kopf gefallen: Sie hatten nicht nur die Miliz gerufen,
sondern sie hatten sich auch gemerkt, mit was für einem Wagen
der lange Lulatsch und seine aparte Begleiterin gekommen waren.
Sie hatten sie sich schon ausgeguckt, als Fandorin noch vor dem
Klub parken wollte, es sich dann aber aus irgendeinem Grund
anders überlegte und ein Stückchen weiter fuhr. Ein Wagen des
Überfallkommandos war in der Nähe. Sage und schreibe eine Minute, nachdem Nicholas sich ans Steuer gesetzt hatte, und fünfzehn Sekunden, nachdem der Shiguli beim dritten Startversuch
angesprungen war, versperrte ihm ein Milizauto den Weg.

»Hast du die Pistole weggeworfen?«, fragte Fandorin nervös,
während er ausstieg und in seiner Tasche nach dem Ausweis
suchte.

Ach, wie blöd! Jetzt würde er lange Erklärungen abgeben müssen. Und die Banditen würden in der Zwischenzeit zu sich kommen und schnell schalten. Wenn du aus dem Revier kommst, erwarten sie dich bestimmt schon ungeduldig.

»Nimm die Pfoten raus, ich leg dich um!«, wurde der Magister aus der Dunkelheit wütend angebrüllt.

Der Verschluss der Maschinenpistole klickte, und Nicholas riss erschreckt die Arme hoch. Man hielt sie natürlich für Mafiosi, die sich nach einer Klärung interner Angelegenheiten aus dem Staub machen wollten. Man würde sie durchlöchern und hätte nicht einmal Unrecht.

»Die Pfoten auf die Motorhaube, du Wichser!«

Er stützte sich mit den Händen auf dem kalten Metall ab. Valja stellte sich neben ihn.

»Hast du irgendeinen Ausweis mit?«, flüsterte Fandorin.

Valja antwortete nicht. Sie blinzelte ins Licht der Scheinwerfer und guckte über ihre Schulter nach hinten. In der Tat, selbst wenn sie ihn hätte, was für einen Sinn sollte jetzt ein Ausweis haben? Da stünde »Valentin Sergejewitsch Glen«. Und dann würde der Affenzirkus losgehen.

»Pardon, Chef, ich katapultiere mich von hinnen«, flüsterte der Mensch der Zukunft.

Leichtfüßig, aus dem Stand, hüpfte Valja auf die Motorhaube, sprang an der anderen Seite des Shigulis ab und stürzte aus dem Lichtkegel in die Finsternis.

»Halt, ich schieße! Sanja, hinterher!«, brüllten die Milizionäre, aber der Trommelwirbel der Absätze hallte schon in einem Innenhof, so dass das Ziel außer Sichtweite war.

Einer (offenbar ebenjener Sanja) wollte die Verfolgungsjagd aufnehmen, überlegte es sich aber anders und sagte:

»Hol sie der Teufel. Ich bin doch kein Laufbursche, der über die Höfe rennt.«

Der andere fluchte, tastete Fandorin auf die Schnelle ab und versetzte ihm ohne irgendeinen Grund einen Schlag mit dem Knüppel auf die Hüfte. Nicholas stöhnte nur auf, meldete aber keinen Protest an. Die Polizei eines jeden Landes auf der Welt würde sich unter diesen Umständen ähnlich verhalten.

»… der hier … wird uns schon erzählen, wie diese Sportlerin heißt«, sagte ein Dritter, der mit der Taschenlampe Nickis Führerschein inspizierte. »Stimmt's, Herr Fandorin?«

Und noch einmal sauste der Knüppel auf seine Hüfte – nicht besonders kräftig, sondern sozusagen prophylaktisch.

»Ich habe das Mädchen auf der Straße aufgelesen. Sie wollte trampen. Ich weiß nur, dass sie Margot heißt«, erfand Nicholas aus dem Stegreif, denn er wusste, dass diese Lüge überzeugender klang als die Wahrheit – zur Nachtzeit gab es in Moskau unzählige solcher »Tramperinnen«. »Aber das hat mit ihr nichts zu tun. In der Nähe des Klubs haben uns drei Männer überfallen, die in einem Jeep saßen. Schnell ihnen nach, das sind Verbrecher. Na, nehmen Sie doch mal endlich Ihren Knüppel weg. Ich bin Präsident der Firma ›Land der Räte‹, hier meine Visitenkarte!«

Gott weiß, was auf die Ordnungshüter mehr wirkte: das wohlklingende Wort »Präsident« oder der solide Name der Firma, aber man ließ ihn die Hände herunternehmen und führte ihn zum Eingang des Klubs »Cholesterin«.

Doch der Jeep war über alle Berge, nur auf dem Bürgersteig sah man ein paar Tropfen Blut – sie stammten aus der Nase des Brillenträgers. Die Beobachtungsgabe der Türsteher erwies sich als selektiv. Fandorins Shiguli hatten sie sich gemerkt, aber die Nummer des imposanten Jeeps und selbst seine Farbe hatten sich ihnen nicht eingeprägt. Und was noch schlimmer war, beide behaupteten übereinstimmend, Fandorin und sein »halbverrücktes Mädchen« hätten sich selber auf die anständigen jungen Leute gestürzt und sie halbtot geschlagen.

»Fahren wir zur Klärung ins Revier«, entschied der Leiter der Gruppe, sagte aber zu Nicholas: »Wenn die Geschädigten keine Anzeige erstatten, lasse ich dich morgen früh raus. Um eine Strafe kommst du natürlich nicht herum.«

Fandorin wurde rot und flüsterte:

»Kommen Sie, ich erledige das sofort. Ich zahle die drei- oder vierfache Höhe der Strafe. Was haben Sie davon, wenn Sie mich dabehalten? Meine Personalien haben Sie doch aufgenommen, oder?«

Nie im Leben hätte Nicholas A. Fandorin es sich herausgenommen, einen Offizier der Miliz zu bestechen, und erst recht nicht einen, der gerade sein Amt ausübt und seine dienstliche Pflicht tut! Bisher hatte er sich nicht einmal von den Verkehrspolizisten wegen irgendeines Verstoßes gegen eine Lappalie losgekauft – statt ihm einen Fuffziger zuzustecken, verlor er wie ein Trottel jedes Mal zwei Stunden, um die Strafe bei der Sparkasse einzuzahlen, und war auch noch stolz darauf.

Aber hier ging es um Leben und Tod. Während er im Revier säße, würden es die »anständigen jungen Leute« womöglich schaffen, sich auf ein neues Treffen vorzubereiten.

Der Leutnant ließ sich Nickis Vorschlag durch den Kopf gehen. Er winkte einen der Türsteher heran.

»Okay, Farbe und Nummer, scheißegal. Was war es denn für eine Marke?«

»Der Jeep? Ein Brabus.«

Der Milizionär nahm Fandorin am Ellenbogen und führte ihn zu dem Milizauto. Friedfertig erklärte er ihm:

»Nein, das geht nicht. Mit einem Brabus fahren keine Anfänger. Was soll ich mir überflüssigen Ärger einhandeln? Du bleibst bis zum Morgen da, davon stirbst du nicht.«

Sie setzten Nicki ohne Handschellen und nicht wie irgendeinen Besoffenen gesittet auf die Hinterbank.

Lass dir etwas einfallen, lass dir etwas einfallen, wiederholte Nicholas fieberhaft. Du musst etwas tun, aber was?

Hauptmann Wolf anrufen, ja, das war eine Idee!

Besser ein zwar suspekter, aber doch bekannter und zurechnungsfähiger Milizionär als diese Nachtjäger mit ihren Maschinenpistolen und Knüppeln.

Er fischte die Visitenkarte des Fahnders heraus und wählte seine Nummer.

»Das steck mal schön weg, aber dalli«, sagte der neben ihm sitzende Sergeant.

»Ein Anruf – darauf habe ich ein Recht.«

»Du kannst es gleich von rechts wie von links haben«, drohte der Gesetzesdiener.

Das war offene, grobe Willkür. Unter anderen Umständen hätte Fandorin darauf bestanden, nur nicht jetzt, nicht jetzt …

»Herr Leutnant«, sagte er und beugte sich nach vorn zu dem Offizier. »Ich zahle Ihnen die Geldstrafe doch schon jetzt. Unter der Bedingung, dass Sie mir erlauben anzurufen.«

Der überlegte und schniefte.

»Okay. Schieb hundert Bucks rüber und ruf an.«

»Tausend Rubel«, sagte Fandorin mit gesenkter Stimme. »Mehr hab ich nicht.«

»Schieb rüber.«

Der Leutnant wäre wohl auch mit fünfhundert einverstanden gewesen, aber gut, das war jetzt nicht so wichtig.

Während er die Nummer wählte, hatte er am meisten Angst davor, die Ansage zu hören: »Der Teilnehmer ist vorübergehend nicht erreichbar.« Es war immerhin zwei Uhr nachts. Er flüsterte sogar: »Guter Gott, guter Gott!«

»Hallihallo«, meldete sich Wolf mit nicht die Spur schläfriger, sondern putzmunterer Stimme.

»Hier Fandorin. Ich habe Neuigkeiten. Dringende. Ich …«

»Wo sind Sie?«, unterbrach ihn der Hauptmann.

»In einem Milizauto. Man hat mich verhaftet …«

»Nicht verhaftet, sondern festgenommen«, korrigierte ihn der Leiter der Gruppe.

»Ich bin festgenommen worden. Von Milizionären. Sie bringen mich aufs Revier.«

»Auf welches?«, fragte der Fahnder.

Man musste es ihm lassen, für jemand, der mitten in der Nacht geweckt worden war, schaltete er erstaunlich schnell und stellte auch nur die nötigsten Fragen.

Fandorin warf einen Blick in die steinernen Gesichter der Männer, die um ihn herum saßen. Besser nicht fragen.

»Weiß ich nicht. Ich bin in der Nähe von Ochotny Rjad.«

»Alles klar. Ich komme gleich.«

Im Hörer tutete es.

Während sie das Protokoll aufnahmen und den Festgenommenen »durch das zentrale Adressbüro der Moskauer Miliz und das regionale Infozentrum« (was das war, blieb Nicholas schleierhaft) überprüfen ließen, saß er im so genannten »Affenkäfig«: einem vergitterten Loch. Auf dem Boden schliefen zwei verdreckte Männer und eine Dame, die noch weniger appetitlich aussah. Hinter dem Affenkäfig waren zwei Türen mit kleinen Gucklöchern. Den Stimmen nach zu schließen, befanden sich dort ebenfalls Verhaftete, offenbar Gesetzesbrecher von anderem Kaliber als der Rowdy N. A. Fandorin und seine Zellengenossen.

Eigentlich saß der Magister gar nicht wirklich, sondern ging auf und ab. Das lag noch nicht einmal daran, dass man sich nirgends hinsetzen konnte – seine Zellengenossen hatten es sich ja schließlich richtig gemütlich auf dem Boden eingerichtet. Wichtiger war, dass seine zum Zerreißen gespannten Nerven keine Unbeweglichkeit vertrugen, sondern nach motorischer Abfuhr verlangten.

Von einer Ecke in die andere tigernd, legte Nicholas so eine Strecke zurück, die länger war als die Twerskaja Uliza. Wolf tauchte endlich auf, als der müde Magister sich schon virtuell der Uliza Prawdy, wenn nicht sogar schon dem Stadion »Dynamo« näherte.

Die Freilassung ging erstaunlich einfach vonstatten, ohne irgendwelche Formalitäten. Wolf tuschelte mit dem Aufseher, und sofort erhielt Fandorin die bei der Festnahme einbehaltenen Gegenstände zurück: Handy, Ausweise, Schlüssel, Brieftasche und Metallkamm.

»Wo kann man sich hier unter vier Augen unterhalten?«, fragte Wolf.

»Wo du willst, die Büros sind alle frei«, antwortete der Aufseher. »Hier hast du die Schlüssel vom Vizepersonalchef. Da sind weiche Sessel.«

Sie gingen in den zweiten Stock, in das Zimmer mit dem Schildchen »Stellvertretender Leiter der Personalabteilung«. Sie setzten sich in die abgewetzten Ledersessel, die vermutlich noch aus den sowjetischen Zeiten des Volkskommissariats für Innere Angelegenheiten stammten.

»Na?«, fragte der Hauptmann und holte seine Zigaretten heraus . »Reden wir jetzt Tacheles?«

»Okay, reden wir Tacheles.« Nicholas rieb sich wütend die pulsierende Schläfe, um seine Kopfschmerzen loszuwerden – die hatten ihm jetzt gerade noch gefehlt. »Sagen Sie, Hauptmann, wie hoch ist Ihr Gehalt?«

Wolf wunderte sich überhaupt nicht über die Frage.

»Zweitausendachthundert. Und?«

Dafür wunderte sich Fandorin aber. Ein Fahnder bei der Kriminalpolizei, ein Mann, der einen gesellschaftlich bedeutsamen und dazu auch noch gefährlichen Beruf ausübt, soll weniger als dreitausend Rubel im Monat verdienen? Es war in Moskau doch unmöglich, von diesem Geld eine Familie zu unterhalten!

»Und Ihr Nokia kostet sechshundert Dollar. Werden diese Handys in der Petrowka an Sie ausgegeben?«

»In der Petrowka kriegen wir 'nen Arsch mit Ohren«, sagte Wolf höhnisch. »Ich verstehe, worauf Sie hinauswollen, und bin bereit, darauf zu antworten. Sie bekommen jetzt ein ehrliches Geständnis. Ich verdiene mir etwas dazu, Bürger Fandorin.«

»Und darf ich wissen, auf welche Weise?«

»Wie alle normalen Menschen, mit dem, was ich kann. Der Arzt einer Poliklinik macht nach der Arbeit Hausbesuche bei seinen Privatpatienten, oder? Ich habe einen anderen Beruf. Und andere Patienten. Fing je ein Schaf ein Wolf im Schlaf? Ich laufe mir die Hacken ab.« Der Hauptmann lachte breit. »Was sperren Sie den Mund auf? Hier ist Russland und nicht Europa. So ist es bei uns von alters her: Der Staat gibt einem Diener das Amt. Aber für seine Ernährung muss er schon selber sorgen und zwar, wie man so sagt, je nach dem Grad seiner Verderbtheit. Keine Angst, ich bin ein ehrlicher Bulle und kein Ungeheuer, ich bringe niemand für die Knete um.«

»Wofür bekommen Sie sie denn dann? In meinem Fall arbeiten Sie ja eindeutig nach bestem Wissen und Gewissen. Ich habe Sie mitten in der Nacht geweckt, und Sie sind trotzdem sofort gekommen.«

Fandorin war auf alles gefasst, nur nicht auf eine eindeutige und klare Antwort.

Aber er irrte sich.

»Mein friedlicher Traum wurde zehn Minuten vor Ihrem Anruf unterbrochen. Eine schlechte Angewohnheit: das Handy nachts nicht auszuschalten.«

»Und wer hat angerufen?«

»Wollen Sie den Namen wissen? Ich weiß ihn nicht, ich kenne nur die Stimme. ›Wir brauchen den Engländer‹, sagen die. ›Der hat ganz schön was auf dem Kasten, und seine Bodyguards sind auch nicht zu verachten. Eine Prämie ist Ihnen sicher.‹ So dass ich, als Sie anriefen, schon putzmunter war. Ich zerbrach mir den Kopf über drei Fragen. Erstens: Wie ich Euch finden sollte. Zweitens: Warum nennen die Sie Engländer?«

Die sind schon über alles auf dem Laufenden, dachte Nicholas niedergeschlagen. Was bin ich schon für ein Experte für weise Ratschläge, wenn ich selber dem Wolf in die Fänge laufe?

»Und die dritte Frage ist«, fuhr der Milizionär nach einer Pause fort, »ob die mir nicht mal am Abend begegnen sollen.«

»Wie, wann?«, fragte Fandorin und riss die Augen auf. »Nein, ich wollte etwas anderes fragen. Arbeiten Sie nun für die oder nicht?«

»Ich arbeite für sie«, antwortete Wolf. »Wenn sie keine Killer sind. Aber wenn sie jemand abknipsen wollen, da mache ich nicht mit.«

»Abknipsen wollen?«

»Ja, das ist so ein neuer Ausdruck. Man kann es auch anders ausdrücken: über den Haufen knallen, kalt machen, umnieten, aus dem Weg räumen …«

»Und Schibjakin?«, unterbrach Nicki. »Haben Ihre ›Patienten‹ den nicht ebenfalls *abgeknipst*?«

»Das glaube ich nicht. Wozu hätten sie das tun sollen? Sie wollten mit dem Fallschirmspringer reden, da ist irgendetwas schief gelaufen. Entweder ist es ein Unfall gewesen und er ist heruntergefallen, oder er ist von selbst aus dem Fenster gesprungen. Das ist ein anderer Fall als Ihrer. Sie stehen auf der Abschussliste, das ist sicher. Der Anrufer hat richtig mit den Zähnen geknirscht vor Wut, und das, wo er früher doch immer so intelligent und höflich war.«

Wahrscheinlich der junge Mann mit der dunklen Brille, dachte Fandorin und bekam eine Gänsehaut.

»Sergej … entschuldigen Sie, ich habe Ihren Vatersnamen vergessen …«

»Ist doch scheißegal. Nennen Sie mich einfach Sergej«, knurrte der Fahnder.

»Sergej, ich bitte Sie. Wenn Sie wirklich nichts mit den Morden zu tun haben, dann erzählen Sie mir alles von Anfang an«, bat Nicholas leise und sah Wolf in die Augen. »Was wissen Sie über diese Leute? Wer sind sie? Was wollen sie von mir?«

Der Hauptmann wandte die Augen ab und ließ den Rauch durch die Nase entweichen.

»Ich hätte sie natürlich erst unter die Lupe nehmen und mir ein Bild machen müssen, mit wem ich es da zu tun habe«, sagte er bekümmert. »Das tue ich sonst immer. Aber sie haben es sehr raffiniert eingefädelt. Ich kriegte einen Anruf vom Pförtner: Wolf, du, hier ist ein Paket für dich abgegeben worden. Ich mach auf: ein Handy, dieses hier. Mit einem Bombenvertrag: Da kannst du anrufen, so viel du willst. Es ist auf meinen Namen ausgestellt, alles stimmt: Adresse, Ausweisnummer. Ich hab den Wink mit dem Zaunpfahl verstanden: Es handelt sich also um solide Leute, die wissen, was sie wollen. Ich denke, gut, mal sehen, was kommt. Kaum hatte ich mich mit der Tastatur zurechtgefunden und einen Klingelton ausgesucht, da klingelt's auch schon. Ein Mann; betont höflich. ›Na‹, fragt er, ›wie gefällt Ihnen das Spielzeug?‹ Ich antworte: ›Das Spielzeug ist durchaus nach meinem Geschmack, sonst noch was?‹ Er sagt: ›Sie sind doch der Vertreter der Sechzehnten Abteilung im Einsatz- und Untersuchungsstab, der den Fall ›Unfassbare Rächer‹ bearbeitet?‹ Die Ermittlungen waren geheim, das hab ich Ihnen ja schon gesagt. Ich sage nichts und warte. Am anderen Ende sagt jemand: ›Es geht um eine zeitlich befristete Zusammenarbeit. Nichts irgendwie Kriminelles. Wir haben ein gemeinsames Interesse. Wir sind ebenfalls hinter diesen Scheusalen her. Wir sollten uns gegenseitig helfen. Was wir in Erfahrung bringen, gebe ich Ihnen weiter, das dürfte Ihrer Karriere förderlich sein. Und Sie halten mich bitte ebenfalls auf dem Laufenden. Ich zahle dreihundert pro Tag plus Erfolgsprämie.‹ Ich frage wie ein Vollidiot zurück: ›Dreihundert Rubel?‹ Er lacht: ›Nein, Dollar.‹ Nicht zu verachten, oder?«, fragte Wolf und hob ratlos die Hände. »Ich habe einen Sohn und dann noch eine Tochter aus erster Ehe in Noginsk, die Jura studieren will. Sie können sich nicht vorstellen, was das kostet. Da braucht man Repetitoren noch und nöcher. Und da kommt so einer daher und bietet dir dreihundert Bucks pro Tag! Und die Sache hat keinen Haken: Da will einer nur sein Leben retten.«

»Wer?«, fragte Fandorin schnell und biss sich auf die Zunge. Es war noch zu früh; der Hauptmann musste noch nichts von der Liste der Verurteilten wissen.

»Wie, wer?«, fragte der Hauptmann. »Was das für einer ist? Das weiß ich nicht, aber dass es ein dicker Fisch ist, ist sicher. Ich arbeite jetzt eine Woche für sie, stimmt's? Und habe zweitausendeinhundert für meinen Zeitaufwand plus einen Tausender für die Kopie des Gutachtens über den Fallschirmspringer plus Tausend für meine Bekanntschaft mit Ihnen bekommen. Viertausendeinhundert Dollar, das ist ja schließlich kein Pappenstiel. Und dann auch noch den Dank der Abteilung dafür, dass ich herausgefunden habe, dass der Tote Schibjakin ist. Meinen Sie, ich habe das von Ihnen erfahren?«

»Nein.«

»Stimmt. Das hat mir dieser Höfliche geflüstert: Name, Adresse und sogar den Türöffnungscode. ›Wir haben dort eine Durchsuchung durchgeführt‹, sagt er, ›wir haben nichts entdeckt, was der Rede wert wäre. Jetzt kann Ihre Spusi die Arbeit aufnehmen.‹«

»Wie bitte, wer?«

»Die Spurensicherung vom Kolobowski Pereulok. Das sind Männer, die ihr Metier verstehen. Und da sitze ich und grübele, wie ich meinen Chefs erklären soll, woher ich weiß, wer der Fallschirmspringer ist, da rufen Sie gerade an und machen mir ebenfalls Angaben zu Schibjakin. So kam eins zum anderen. Da melde ich also: Ich habe Ostankin aus freien Stücken die Maßnahme Nummer sieben (das ist die offizielle Bezeichnung für ›Überwachung im Freien‹) angedeihen lassen, die mich zur richtigen Adresse geführt hat.«

»Und warum Ostankin? Das Haus ist doch in der Uliza Lyssenko.«

Wolf lachte.

»Damit sind Sie gemeint, Sie heißen bei uns Ostankin. Wie der Fernsehturm. Wegen Ihrer Größe. Sie stoßen bei uns auf reißendes Interesse, denn Sie sind einer der Kandidaten, den die ›Unfassbaren‹ verurteilt, aber noch nicht umgelegt haben.«

Das winzige Wörtchen »noch« ließ Nicholas' Atem beinahe stillstehen. Er überlegte, ob er Wolf die Liste geben sollte oder nicht, doch ihm fiel sofort der alte Spruch ein: Vorsicht ist die Mutter der Porzellankiste.

»Der andere ›Kandidat‹ ist der Chef meines höflichen Auftraggebers«, fuhr der Hauptmann fort. »Offenbar ein kluger Mann, der versteht, dass dieses Urteil kein Flachs ist. Und deswegen ist er nervös. Für ihn hat sich seit gestern etwas geändert. Als ich ihm von Ihrem Urteil erzählt habe – ich meine das, was wir in der Tasche des Fallschirmspringers gefunden haben –, wollte der Höfliche, dass ich mir ein Bild mache und Euch beschnuppere. Ich habe ihm ausgerichtet: ein interessanter Mann, der harmlos aussieht, sich aber offenbar verstellt. ›Wir werden es schon herauskriegen‹, war die Antwort. Und dann diese Staatsaktion heute.

Offenbar haben die etwas über Sie in Erfahrung gebracht, was Sie mir nicht erzählen.«

Der Fahnder starrte Fandorin erwartungsvoll an, doch der seufzte nur. So eine unverzeihliche Dummheit, ein Fax ohne Angabe des Absenders zu verschicken und zu meinen, das reiche. Für eine ernstzunehmende Organisation war das kein binomischer Lehrsatz, sondern gehörte zum kleinen Einmaleins. Sie hatten die Warnung erhalten und im Handumdrehen den Absender ausfindig gemacht. Ach, er hätte Valja wenigstens auf die Post schicken sollen ...

»Ich verstehe diese Leute«, sagte der Fahnder, der immer noch keine Erklärung bekommen hatte. »Sie sind wirklich undurchsichtig. Da kriegt jeder Angst. Wie sind Sie dem Fallschirmspringer auf die Spur gekommen? In weniger als vierundzwanzig Stunden. Und von Ihrer Leibwache hat man mir auch erzählt. Keine Stiere mit rasiertem Nacken, sondern eine flotte Nikita! Kompliment!«

»Das ist reiner Zufall. Ich habe im Alleingang gehandelt«, sagte Nicholas finster, der sehr wohl verstand, dass der Milizionär sich schon eine Vorstellung gemacht hatte, von der er nicht mehr so einfach abzubringen sein würde.

»Ja, klar. Und das wunderbare Fräulein mit ihrem Taekwondo ist vom Himmel gefallen, um Ihnen zu helfen, und danach auch wieder dorthin zurückgeflattert. Vielleicht sind Sie ja ein Spion, Nikolaj Alexandrowitsch? Nein, wirklich, warum nennen die Sie eigentlich Engländer?«

Fandorin runzelte die Stirn. Das hatte ihm gerade noch gefehlt. Dass die Russen sich mit ihrem Verfolgungswahn an seiner Biographie festbissen!

»Wenn ich ein Spion oder ein ›dicker Fisch‹ wäre, wie Sie sich auszudrücken belieben, dann würde ich Sie nicht um Hilfe bitten.«

Wolf überdachte das, was er gehört hatte, und wiegte den Kopf wie der Prinz von Dänemark, der sagt: »Es gibt mehr Ding im Himmel und auf Erden, als unsere Schulweisheit sich träumt, Horatio ...«

»Okay, ich ziehe mich da raus. Sehen Sie zu, wie Sie mit denen klarkommen. Was habe ich damit zu tun? Wenn sie noch einmal anrufen, schicke ich sie zum Teufel. Und werde natürlich vorwar-

nen: Wenn dem Bürger Fandorin etwas passiert, dann weiß die
Moskauer Kriminalpolizei, wo sie zu suchen hat. Die werden sich
allerdings einen Scheiß darum scheren. Ein solider Mann hat Sie
zum Gespräch aufgefordert. Er hat Sie nicht einfach so, sondern
nach allen Regeln der Kunst dazu aufgefordert. So eine Einladung
schlägt man nicht aus. Das haben Sie aber getan. Und zwar in einer Form, die beleidigend ist. Jetzt wird er noch mehr Angst vor
Ihnen haben. Ernsthafte Männer verstehen sich schlecht darauf,
Angst zu haben und beleidigt zu sein. Sie kennen nur eine Antwort darauf.«

Der Hauptmann griff sich mit der Hand an den Hals und machte eine ruckartige Bewegung.

»Was s-soll ich denn tu-tu-tun?«, rief Nicki aus und stotterte
vor Schreck. »Glauben Sie mir, Sergej … Stellen Sie sich das doch
nur mal vor: Ich bin ein ganz gewöhnlicher Mann, den nichts und
niemand schützt! Ich habe ein ganz normales Leben geführt, und
auf einmal stecke ich in einem Albtraum, in einem wahnsinnigen
Schlamassel.«

»Ja, das kommt vor.«

Wolf schaute Fandorin skeptisch an, entdeckte aber offenbar
auf einmal etwas Neues im Gesicht seines Gesprächspartners. Die
Augen des Hauptmanns zwinkerten, ein kleiner Funke leuchtete
auf. Vielleicht war es auch Mitgefühl.

»Dann gnade dir Gott. Hast du denn keinen Beschützer?«,
fragte der Fahnder und runzelte mitleidig die Stirn. »Und keinen,
der dich raushauen könnte?«

Nicki schüttelte den Kopf.

»Na, wenn du nicht lügst …« Wolf zuckte die Achseln. »Dann
verschwinde. Lös dich in Luft auf. Mach es wie der Unsichtbare.
Hast du diesen Film gesehen? Nein? Da geht es um einen Typ,
der …«

»Ich kenne den Roman von Wells. Was soll das denn heißen:
›Verschwinde‹? Ich habe eine Familie, ich muss arbeiten.«

»Was denn für eine Familie, verfluchte Scheiße. Geh bloß nicht
nach Hause oder ins Büro. Mach einen Bogen um die Orte, an
denen du dich gewöhnlich aufhältst. Ruf bloß keinen an. Dein
Handy kannst du wegschmeißen. Ich bringe dich jetzt hier raus,
und dann löst du dich in Luft auf.«

»Und … und wie lange soll das dauern?«

Der Milizionär seufzte nur.

»Wenn du dich schlecht versteckst, nur kurz. Komm, schreib dir eine Nummer auf. Sie ist von Tanja. Ruf morgen oder übermorgen an, aber aus der Zelle. Sag, du wärst vom Fernsehstudio. Wenn es etwas Neues gibt, sagt Tanja dir Bescheid.«

»Ist das deine Frau?«, fragte Fandorin und holte einen Kuli raus.

»Nein, eine Schlampe, gegen die wir ermitteln. Schwer in Ordnung. Auf die kannst du dich verlassen!«

Verschwinden? Mich verstecken? Aber wie und wo?

»Imagine, two days in Männerklamotten, das ist zum Schwulwerden! Schon als ich aufstand, ging mir alles gegen den Strich! Der Tag ist rosa, rosaner geht's gar nicht. In der Frühe guck ich in den Spiegel: porco dio, so schön zu sein, gehört glatt verboten! Jetzt einen roten Afrolook, Stiefelchen mit Perlschnürchen (weißt du noch, solche mit einem Schleifchen an den Knöchelchen), einen Seidenschal, der im Wind flattert, und dann über die Twerskaja Street flanieren, das haut die Männer einen nach dem andern um. Aber nichts da, verboten. Ich bin ja schließlich nicht blöd, I understand. Deine Kidnapper suchen ein Mädchen. Wenn sie die finden, kriegt die eine Abreibung, die nicht von schlechten Eltern ist. Wie diese klobigen Schuhe und die Glatze mir zum Hals raushängen! Ich sehe aus wie ein Penner, ein Penner! Nur hier auf der Datscha kann ich a little bit relaxen. Stört es dich, dass ich ungeschminkt bin?«

Valja drehte sich vom Herd weg, wo ein besonders ausgefallenes Omelett zu Hochform auflief, und schnappte sich den Spiegel vom Tisch. Sie drehte und wendete den Kopf und zupfte an ihren Löckchen.

»Ein Albtraum!«, sagte sie stöhnend. »Die Perücke ist verheerend, ich habe mir die erstbeste geschnappt. Und was das Outfit angeht, da halte ich lieber den Mund … Schließlich sind wir hier auf der Datscha. Da kommt es nicht so genau drauf an.«

Während der zwei Tage, die er an dem Zufluchtsort zugebracht hatte, waren Fandorin die Einsamkeit und die schrecklichen Gedanken so auf die Stimmung geschlagen, dass ihm Valjas Stimme wie Engelsmusik vorkam. Die Assistentin hatte aus Moskau Essen und Zeitungen mitgebracht; aber was die Hauptsache war, sie hatte den Gefangenen aus dem schrecklichen Dämmerzustand geholt, wo Wachen und Traum sich ablösten, ohne dass man sagen konnte, welcher dieser Albträume nun schlimmer war.

Nachdem er sich von Hauptmann Wolf verabschiedet hatte, hielt es Nicholas doch für nötig, jemand anzurufen: Er ging zum Hauptpostamt und rief bei Valja an. Er musste ja schließlich klären, ob die Flüchtige wohlbehalten zu Hause eingetroffen war.

Wie sich herausstellte, hatte sie es glänzend geschafft. Fandorins Gehilfin ließ sich durch das verworrene Gestammel ihres Chefs (»dringend verschwinden … ich weiß nicht, wohin … denk dir etwas für Altyn aus« und so weiter) nicht beirren und bewies eine außerordentliche Geistesgegenwart. Sie zog ihn regelrecht aus einem Abgrund der Verzweiflung.

»Haben Sie money?«, unterbrach sie ihren Chef. »Wie viel?«

Nicki guckte in seiner Brieftasche nach.

»Anderthalbtausend. Und Kleingeld.«

»Ça suffit. Nehmen Sie ein Taxi und lassen Sie sich zu unserer Datscha bringen. Können Sie sich noch erinnern, Sie waren schon einmal da, als meine Frau Mammon Geburtstag hatte? Sie müssen die Rubljowsko-Nikolski-Chaussee nehmen und bis zum Kilometer 43 fahren, da steht ein Schild. Im Moment ist niemand da, das Haus ist leer. Ich rufe bei der Pförtnerloge an, die haben Ersatzschlüssel. Sie können dableiben und abwarten. Im frigo müsste etwas zu essen sein. Fromage und saucissons. Anrufen werde ich Sie nicht. Die wissen, dass ich Ihr Sekretär bin, und könnten das abhören. Ihren Babysitter werde ich aufsuchen und ihm ausrichten, er möchte sich weiter um die Kinder kümmern.«

Wer hat denn schon einen so wunderbaren Assistenten? Valjas Vernunft, Kaltblütigkeit und Präzision hätten Fandorin fast Tränen der Rührung in die Augen getrieben. Auch die Panik legte sich sofort, Logik und Ordnung hielten wieder Einzug.

Schon der erste Taxifahrer war bereit, den nächtlichen Reisenden an den Stadtrand zu bringen. Er wollte zuerst zweitausend, war dann aber auch mit eineinhalbtausend einverstanden – Fortuna wurde zusehends freundlicher zu dem Opfer unglücklicher Umstände.

Die Datscha von Valjas Mutter war ein tolles Haus, das zu der berühmten Cottage-Siedlung »Auf den Bergen« gehörte. Sieben Zimmer, ein Garten mit Laube und einem Brünnchen, ein Billardtisch im Keller und ein Solarium unterm Dach: kurz, das Paradies der Neureichen, wie es im Buche steht. Das einzige Unglück war, dass Nicholas nicht dahinterkam, wie die Heizung funktionierte, und entsprechend fror. Um es warm genug zu haben, zog er den wattierten, mit Pfauen bestickten Morgenmantel und die Lammfellpantoffeln von Valjas Mutter an (deren Leibesfülle ihm jetzt nur recht sein konnte).

Licht anzuschalten, wagte er nicht, um die Bewohner der Siedlung nicht auf sich aufmerksam zu machen. Auch den Fernseher rührte er nicht an und sah keine Nachrichten. Er ernährte sich von Wurst und sah sich vor Langeweile in der nächsten Umgebung um: an drei Seiten standen Häuser, die ungefähr genauso wie seins aussahen; an der vierten Seite war ein drei Meter hoher Lattenzaun, der mit Stacheldraht gespickt war. Nicht schlecht, wie die reichen Leute in Russland leben, da kann man eigentlich nicht meckern.

Am Ende des zweiten Tages seiner Festungshaft tauchte Valja auf. Sie war mit dem Motorrad hergebraust und mit Dreck bespritzt. Noch nicht ganz angekommen, schrie sie schon:
»Ich kann nicht mehr! Ich halte das nicht mehr aus!«
Und riss sich die Männerkleidung vom Leib.

Jetzt trug sie ein poppiges Negligé und brutzelte ihnen am Herd ein warmes Abendessen. Nicholas saß am Küchentisch und genoss Valjas Geschnatter. Wie wohl ihm das tat! Er lebte noch, war nicht allein, die Heizung würde bald warm werden, und wenn es dunkel würde, könnten sie das Licht anmachen.

Das Einzige, was ihn störte, war die Tatsache, dass Valja sich sehr schnell und zielstrebig daran machte, die Situation auszunutzen.

Erstens ging sie sofort zum Du über. Das war ein allgemeiner Trend in der Umgebung, mit der Nicholas es im Moment zu tun hatte: Keiner machte seinetwegen irgendwelche Umstände, was zweifellos auf seinen sozialen Abstieg deutete. Von einem soliden Mann, der eine Firma besaß, hatte er sich in ein unsichtbares Wesen, ja in einen Schatten verwandelt. Einen Schatten sieht man nicht. Wie hieß es doch so richtig: »Schatten, bleib, wo du bist.«

Zweitens schlachtete Valja die Rolle des Verbindungsmannes zwischen dem Gefangenen im Cottage-Ghetto und der Außenwelt reichlich ungeniert aus. Auf die Frage, ob sie Verbindung mit Altyn habe aufnehmen können, antwortete das hinterlistige Wesen mit Unschuldsmiene:

»Ich habe ihr eine Nachricht in den Briefkasten geworfen. Anrufen konnte ich nicht. Deine Unterschrift kann ich nachmachen, den Text habe ich auf dem Computer getippt. Er lautet ungefähr so: Verzeih, Liebste, dass ich ein bisschen Abstand vom family life brauche, ich möchte ein Weilchen tout seul sein.«

Als Nicki aufstöhnte, bemerkte Valja gönnerhaft:

»Sie wird dich nur mehr zu schätzen wissen deshalb. Das kannst du mir als Frau glauben.«

Vielleicht war das so ja wirklich besser. Sie sollte lieber beleidigt sein, als dass sie die Nerven verlöre. Sie würde morgen früh aus Petersburg zurückkommen, den Briefkasten aufmachen … Und was würde sie dann denken? Dass ich mir eine andere Frau angelacht habe?

»Hör mal«, sagte er laut. »Du musst da noch mal hin. Deinen Brief nimmst du raus und legst dafür meinen hin. Ich schreibe ihn jetzt.«

Und er machte sich an die Arbeit.

Meine liebe Altynka, ich bin für ein paar Tage weggefahren. Eine dringende Angelegenheit, ich habe sogar Lidija Petrowna nicht vorher Bescheid sagen können. Du kannst mir gratulieren: Ich habe endlich einen seriösen Kunden gefunden, deine Anzeige hat Erfolg gehabt. Allerdings wohnt er ein bisschen weit, im Gebiet von Archangelsk. Ich habe versucht, dich anzurufen, aber es hat nicht geklappt. Ich fürchte, ich kann von da auch nicht telefonieren. Das ist hinterste Provinz, die werden wohl kaum ein Roaming zustande kriegen. Wenn ich zurückkomme, erzähle ich dir alles. Es ist eine tolle Geschichte.

Dein Baronet

Er hatte den richtigen Ton gefunden: witzig und ein bisschen abenteuerlich. Das müsste seine Wirkung tun.

Valja hätte die Notiz durchaus in die Tasche des Morgenmantels legen können. Doch sie zog es vor, langsam den Saum zu lüpfen und das zusammengefaltete Quadrat hinter das Gummi ihres

Spitzenhöschens zu stecken. Nicki wandte sich ab und seufzte leidend.

»Ich weiß nicht, vor wem ich mehr Angst haben soll, vor den Mafiosi oder vor meiner Frau Mammon«, plapperte sie hinterlistig weiter und legte Nicki eine große Portion Omelette mit Trüffeln auf den Teller. »Wenn sie Wind davon kriegt, in was für eine Geschichte ich da gerasselt bin, dann macht sie kurzen Prozess. Die lässt mich glatt unter Bewachung auf die Tuamotu-Inseln bringen, da kennt sie nichts. Und diese Typen, also die … Iss nur ruhig weiter, iss. Willst du Butter aufs Brot?«

Sie legte die Wange an ihre Hand und setzte sich ihm wie eine treu sorgende Hausfrau mit aufgestützten Ellenbogen gegenüber. Familienidylle pur.

»Gestern haben sie bei mir zu Hause angerufen. Sie sagten (Valja imitierte eine Männerstimme): ›Herr Glen? Entschuldigen Sie, dass wir Sie zu Hause stören. Aber wir können Nikolaj Alexandrowitsch nirgends finden; wir müssen etwas Dringendes mit ihm besprechen. Könnten Sie vielleicht …?‹ – ›Nein, kann ich nicht. Ich habe Urlaub. Suchen Sie ihn selber.‹ Und ich hab den Hörer aufgeschmissen. Interessant ist, dass meine Frau Mammon eine raffinierte Telefonanlage hat, die bei allen Anrufen die Nummer registriert, aber in diesem Fall rührte sich nichts; das heißt, sie müssen einen Blocker haben. Kannst du mir folgen? Eh bien. Heute Morgen bin ich ins Office gefahren und hab die Blumen gegossen. Das ist wahrscheinlich der Punkt, wo sie sich mir an die Fersen geheftet haben. Und zwar so geschickt, dass ich nichts davon mitgekriegt habe. Ich bin ins ›Pierre-Paolo‹ gefahren, das ist so ein Lokal, das dir nicht gefallen würde. Ich sitze an der Bar, unterhalte mich mit Margot (das ist der dortige Barmann) und trinke einen Cappuccino. Plötzlich tauchen die drei Männer auf, die ich beim ›Cholesterin‹ auf die Matte gelegt habe. Willst du nicht weiteressen? Schmeckt es dir nicht?«

Nicholas legte die Gabel hin.

»Und was … was haben sie zu dir gesagt? Sind sie auf dich zugegangen?«

»Nur der eine, so ein Rothaariger. Die beiden anderen sind an der Tür stehen geblieben. Ich sitze wie auf glühenden Kohlen und denke, hoffentlich erkennen sie dich nicht. Pas du tout. Der Rothaarige kommt auf mich zu, gibt mir mit seiner verschwitzten Hand einen Klaps auf den Scheitel und sagt: ›Na, Skinhead, wo ist dein Chef?‹ Ein unheimlicher Schlägertyp! Ich hab ihm wieder was von Urlaub erzählt. So was wie: ›Vorgestern hat mich der Chef angerufen und mir mitgeteilt, dass er dringend wegfahren muss. Ich hab so lange frei, hat er gesagt.‹ Ich dachte, er glaubt es nicht und macht Terror. Aber der Rothaarige regte sich nicht weiter auf, zwinkerte nur und alle drei haben fiché le camps.«

»Was haben sie gemacht?«, fragte Fandorin mit gerunzelter Stirn.

»Sie haben den Schwanz eingezogen und sind abgedampft. Aber nicht richtig. Fünfzehn Minuten später kommt Max, er arbeitet da als guardian. Er meldet: ›Diese Holzköpfe haben sich in den Jeep gesetzt und warten. Sind die hinter dir her?‹ Du musst wissen, im ›Pierre-Paolo‹ verkehren nur waschechte Gays. Die mögen keine Fremden. An mich haben sie sich gewöhnt und akzeptieren mich als Towarischtsch. Max sagt: ›Ich geh jetzt und schmeiß ihnen ein Brettchen mit Nägeln unter die Reifen. Du kannst also ruhig fahren, Valja.‹ Ich geh raus, setze mich auf mein Motorrad und gebe Gas. Der Jeep rast mir nach, kommt aber nicht weit … So dass ich sie abgeschüttelt habe und, ohne Spuren zu hinterlassen, hergekommen bin.«

Und Valja lachte höchst zufrieden mit sich selbst.

»Und wenn sie dir diesen Streich übel nehmen, dich abpassen und erschießen?«, sagte Nicholas kopfschüttelnd. »Das sind schreckliche Menschen, du weißt noch zu wenig über sie.«

»Das wollen wir mal sehen, wer wen erschießt«, erklärte das unerschrockene Mädchen angriffslustig. Sie sprang auf, holte ihre Tasche und nahm eine Pistole heraus; es war die, die sie in der Nähe des Nachtklubs aufgehoben hatte.

»Denen lege ich einen tollen Countdown hin!«, prahlte Valja, streckte die Hand mit der Pistole aus und drohte: »Zack! Zack!«

Er nahm der Halbverrückten die Waffe ab und wollte sie in die Tasche des Morgenmantels stecken, konnte sich aber, von dem matten Glanz und der Eleganz des schrecklichen Instruments fasziniert, nicht dazu entschließen. Warum ist eine Waffe immer schön?, fragte Nicki sich. Wie ein Kunstwerk. Und er gab sich selber die Antwort: Weil sie wie die Kunst das Geheimnis von Leben und Tod in sich trägt. Eine leichte Anspannung der Muskeln des Zeigefingers und das Geheimnis ist dahin. Wie sagte doch der russische Goethe: »Was uns mit Untergang bedroht, hat für den Menschen einen Zauber …«

Man hörte die Klingel im Flur, ein einschmeichelndes musikalisches Motiv, aber Nicholas zuckte trotzdem zusammen und steckte die Pistole hektisch in die tiefe Tasche des Morgenmantels. Er sprang auf.

»Wer kann das sein?«

Valja antwortete lächelnd:

»Nur die Ruhe, mein illustrer Herr Dunkelmann. Wir sind hier in der Siedlung ›Auf den Bergen‹, da gibt es keine Fremden. Ich habe die guardians gebeten, mir Zweige mit Vogelbeeren zu bringen. Ich will sie in die Vase stellen – das ist très, très joli.« Und sie trippelte in den Flur und rief in melodiösem Singsang: »Ich komme!«

Nicholas wischte sich die Lippen mit der Serviette ab und griff nach der Teekanne.

Man hörte das Schloss rasseln. Valja kreischte begeistert:

»Ach, wonderwonderful …«

Dann polterte etwas im Flur – entweder war etwas von oben heruntergekracht, oder jemand war hingefallen.

Fandorin stürzte dahin, woher der Lärm kam, er warf noch nicht einmal vorher die Serviette hin.

Er lief in den Flur und blieb wie angewurzelt stehen.

Valja lag auf dem Rücken. Die Arme hatte sie ausgestreckt, über ihr Gesicht liefen zwei Ströme Blut, die Augen waren geschlossen.

Und in der Türöffnung stand der Mann, der Nicholas an dem Nachtklub angehalten hatte. Heute trug er keine dunkle Brille, und statt der Lederjacke war er in Anzug und Krawatte. In der linken Hand hielt er einen großen Strauß Vogelbeerzweige, die rechte Hand (sie steckte in einem Handschuh) schüttelte er leicht.

»Da ist ja auch Mister Fandorin«, sagte der schreckliche Mensch, als wäre das ganz normal, und fügte hinzu: »Quod erat demonstrandum.«

Und warf den Strauß zur Seite.

Als Nicholas nach hinten zurückwich, stürmte der Mann vorwärts und schnalzte mit der Zunge.

»Lassen Sie das, Sir, wir hatten genug Lauferei. Das gibt doch nur noch zusätzliche Probleme, und wer die auslöffelt, sind in erster Linie Sie.«

Nicki schämte sich seiner Feigheit und wollte in die entgegengesetzte Richtung, um zu sehen, was mit Valja los war.

Der Bandit schnalzte wieder. Das Geräusch war nicht laut aber lähmend, wie das Rasseln einer Klapperschlange. Und Fandorin war gelähmt. Er erstarrte.

»Was haben Sie mit ihm ... mit ihr getan?«, fragte er mit schwacher Stimme.

»Kein Grund zur Aufregung. Ich habe Ihrem Zwitter nur eins auf die Nase gegeben, wie er mir. Damit er uns aus den Füßen ist.« Er blickte nach unten auf die entblößten glatten Beine des ohnmächtigen Valja und bemerkte dann ironisch: »Sie haben ganz schön viel Phantasie. Ihr Outfit ist einfach umwerfend.«

Nicki zog den Morgenmantel mit den Pfauen über der Brust zusammen. Sollte dieser Typ doch von seinem Verhältnis zu Valja denken, was er wollte. Er hatte jetzt andere Probleme. Wie war er hergekommen?

»Wie haben Sie uns gefunden? Er hat gesagt, er hat die Verfolger abgeschüttelt.«

»Verfolgungsjagden, Mister Fandorin, das sind olle Kamellen. Das ist ein Sport für Dilettanten, denen die technischen Möglichkeiten fehlen.«

Der Mann beugte sich herunter, riss Valja die falschen Haare vom Kopf und tätschelte seinen rasierten Schädel.

»Hier, mein Kompagnon hat seine Tonsur genauso wie ich getätschelt, nur war der Handschuh mit einer besonderen Lösung getränkt, mit so etwas Ähnlichem wie einer Klebe. Die sendet ein Signal an ein Radargerät. Das ist alles, leichter geht's nicht. Wie vermutet, hat uns der Zwitter dahin gebracht, wo wir hin wollten.«

»Aber wie sind Sie in die Siedlung gelangt? Man muss doch an einer Wache vorbei.«

»Für wen halten Sie uns eigentlich, Nikolaj Alexandrowitsch?«, fragte er und schüttelte vorwurfsvoll den Kopf. »Da habe ich Ihnen gerade die Grenzenlosigkeit unserer technischen Möglichkeiten vorgeführt, damit Sie endlich aufhören, sich blöd zu stellen, und uns ernst nehmen. Und dann fragen Sie nach einer solchen Lappalie. Ich habe einen Ausweis, mit dem ich nicht nur in ein Datschendorf hereingelassen werde, ich komme damit in den Kreml.«

Er drehte sich zu der geöffneten Tür und gab jemand ein Zeichen.

Nicholas schaute über seine Schulter und sah den bekannten Jeep vor dem Haus stehen. Zwei Männer stiegen aus, ebenfalls alte Bekannte. Der Rothaarige ging zur Treppe, der mit der platten Nase blieb am Auto.

Als er sah, wie Fandorin sich mit der Serviette den Schweiß von der Stirn wischte, lächelte der Boss der Banditen und sagte:

»Melden sich die Schweißdrüsen? Das kommt von der Nervosität.«

»Hören Sie, was wollen Sie eigentlich? Warum sind Sie hinter mir her? Ich weiß nichts von Ihnen und von Ihren Angelegenheiten. Das schwöre ich Ihnen!«

Das klang so erbärmlich und verzweifelt, dass Nicki sich schämte und alles tat, um sich zusammenzunehmen. Worauf es in solch einer schrecklichen Situation am meisten ankommt, das ist, seinen Stolz nicht zu verlieren. Alles kann passieren, Hauptsache nicht das.

Verärgert steckte er die Serviette in die Tasche – seine Finger stießen auf etwas Hartes, Kaltes.

Die Pistole! Wie hatte er das vergessen können?!

Die Hand schlang sich von selbst um den Griff, der Zeigefinger legte sich an den Abzug.

Die von dem Boss erwähnten Schweißdrüsen meldeten sich jetzt noch stärker – dicke Tropfen traten auf die Stirn.

Nein, ich bringe es nicht über mich, wurde Nicki klar.

Ein James Bond oder mein Vorfahr Erast Petrowitsch, der würde einfach durch die Hosentasche schießen, ohne nachzudenken. Aber ich kann das nicht.

Schießen, gut, das ist natürlich schrecklich, das ist Mord. Aber er könnte doch die Pistole ziehen und mit wahnsinniger Stimme brüllen: »Halt! Stopp! Die Hände in den Nacken!«

Er tastete die Sicherung ab und zog sogar daran, aber er wusste nur zu gut, dass er sich selber etwas vormachte, nein, er würde sie nicht ziehen und nicht brüllen. Und erst recht nicht schießen.

Der Magister schlug die Zähne in die Unterlippe.

»Nun, Mylord«, sagte der Mann. »Legen Sie Ihre wunderschönen Pfauen ab, ziehen Sie einen Mantel an und los geht's. Die Kutsche ist vorgefahren. Der Mann, der mit Ihnen sprechen will, ist es nicht gewohnt, zweimal zu rufen.«

Der Rothaarige kam in den Flur. Er sah die am Boden liegende Valja und Fandorin. Und pfiff durch die Zähne.

»Ich hab's doch gesagt«, sagte der Anführer und warf ihm einen Seitenblick zu. »Das garantiert die Firma. Geh einmal durchs Haus, einfach so, für alle Fälle. Sir Nicholas und ich setzen uns schon mal ins Auto.«

Er packte Fandorin resolut am Ellenbogen und führte ihn zur Garderobe.

»Und der da?«, fragte der Rothaarige und deutete auf Valja.

Der Boss antwortete hart:

»Er hat mir ins Gesicht geschlagen. Hast du das vergessen?«

»Alles klar.«

Der schreckliche Mann riss einen Mantel vom Bügel und zog Nicki zur Tür. Doch dieser drehte sich auf der Schwelle noch einmal um und sah, wie der Rothaarige seine Pistole mit einem Schalldämpfer herausholte und sie an Valjas Stirn hielt. Die Arme hatte ihre trüben Augen geöffnet, verstand aber offenbar nicht, warum sie vor ihrem Gesicht ein schwarzes Stahlrohr hatte, und schloss ihre Lider wieder.

Was im nächsten Augeblick geschah, passierte wie von selbst, ohne irgendeine Beteiligung der Ratio von Nicholas' – wie in seinen früheren Basketball-Zeiten, in denen die Reflexbewegung schneller erfolgt war, als das Hirn Anweisungen geben konnte.

Halb schluchzend und halb krächzend befreite Fandorin seinen linken Ellenbogen aus den Fingern des Begleiters und versetzte ihm mit dem ganzen Körper einen Stoß, dass dieser aus der Tür flog und die Treppe herunterfiel. Seine rechte Hand mit der Waffe richtete Nicki auf den Rothaarigen, durch die Hosentasche hindurch, wodurch sich der Morgenmantel wölbte und wie ein buntes Kirmeszelt aussah.

Der Rothaarige zuckte zusammen, sein Blick wanderte zu dem

drohend aufgebauschten Morgenmantel, erfasste in Sekundenschnelle, was los war, und im selben Augenblick ruckte die starke Hand mit den Sommersprossen ein schwarzes Rohr in Richtung Nicholas. Als das Rohr sich zu einem schwarzen Loch verengte, presste Fandorin aus Leibeskräften seine rechte Faust zusammen.

Mit einem ohrenbetäubenden Knall spuckte der güldene Pfau aus der Tasche Feuer und schleuderte den Rothaarigen an die Wand. Er rutschte zu Boden, wobei er an der Tapete einen glänzenden roten Streifen hinterließ.

Nicholas wandte sich schleunigst ab, um nicht in das Gesicht des von ihm erschossenen Mannes sehen zu müssen. Stattdessen sah er, was draußen vor sich ging.

Der die Treppe heruntergefallene Bandit war noch nicht wieder auf den Beinen, hatte aber den Arm schon unter die Achsel geklemmt. Der mit der platten Nase hatte sich hinter dem Jeep versteckt, über die Motorhaube ragte ein Gewehrlauf.

Nicki hörte auf zu gucken, warf die Tür ins Schloss und verriegelte sie.

Er konnte es doch nicht vermeiden, den Rothaarigen anzusehen.

Mit dem Nacken an die Wand gelehnt, lag er da, der Kopf war ihm auf die Schulter gefallen. Das blutjunge, mit blassen Sommersprossen übersäte Gesicht machte einen gekränkten Eindruck. Wie das eines Jungen, der einen Film nicht zu Ende sehen dürfen, ging es Fandorin durch den Kopf.

Aber er hatte jetzt keine Zeit, darüber nachzudenken. Immer noch im Bann seiner Basketball-Motorik griff er Valja unter die Achseln und zog sie durch den Flur und das Wohnzimmer – er wusste selbst nicht wohin und wozu.

Valja, die sich ohne Perücke wieder in einen Jüngling verwandelt hatte, klimperte immer noch sinnlos mit den Augen.

»Wohin?«, stammelte er. »Pourquoi?«

Aber er stellte sich auf die Beine. Er schwankte, fiel jedoch nicht um.

Sie traten durch die Glastür der Veranda in den Garten. Valja an der Taille festhaltend, bahnte sich Fandorin einen Weg durch die nackten, stacheligen Büsche, wobei er an den Zweigen güldene und silberne Fäden hinterließ.

Sie kämpften sich irgendwie durch, stießen aber nur auf einen riesigen Zaun, der die Siedlung umgab.

»Und wohin jetzt?«, fragte Nicholas und packte den immer noch nicht zurechnungsfähigen Valja am Kragen.

Aus dessen Nase kam nach wie vor Blut; und auf der Wange prangten zwei frische lange Kratzer – die stammten offenbar von den Büschen.

Valja fasste an seine Nase und jammerte:

»Meine Nase ist gebrochen! O Gott, o Gott! Was für ein Albtraum! Guck mich nicht an! Bitte, guck mich nicht an!«

Und er hielt den Ärmel vor das entstellte Gesicht.

»Wir müssen verschwinden!«, schrie Fandorin ihm ins Ohr. »Kommt man aus der Siedlung irgendwie raus, ohne an der Wache vorbeizumüssen?«

»Ja«, kam von Valja. »Da.«

Sie rannten an dem Zaun entlang. Glen kam schon ohne Hilfe klar, lief aber noch in Schlangenlinien.

Sie kamen an den fahlen Hecken und dem gemähten Rasen vorbei, auf dem zwei weiße, unbenutzte Schaukeln standen, und erreichten einen Pfosten mit einem Scheinwerfer, wo der Zaun im rechten Winkel nach links abbog.

Ohne sein Gesicht zu zeigen, sagte Valja:

»Hier ist eine Latte lose. Die habe ich letzten Sommer herausgebrochen. Ich hatte damals ein Techtelmechtel mit einem Maschinenschlosser von der Farm im Dorf.«

Er zog den Nagel heraus und löste die Latte. Er kam ohne irgendwelche Schwierigkeiten durch die schmale Ritze, während Fandorin sich schwer tat.

Vor ihnen lag ein graues Herbstfeld, dahinter zeichnete sich Wald ab.

Mit den Pantoffeln durch den schmatzenden Schlamm watend, lief Nicholas vor. Er drehte sich um und sah, dass Valja sich nicht vom Fleck rührte.

»Was ist denn? Schneller! Wir müssen den Wald erreichen, bevor sie uns entdecken!«

Valja stand da, sie hatte die Hände vors Gesicht geschlagen. Ihre Schultern hoben und senkten sich vom Schluchzen.

Er musste zurückgehen.

»Was hast du denn? Los, wir müssen rennen!«

»Geh fort!«, schluchzte Glen und wandte sich ab. »Lauf alleine, ich …«

»Was heißt denn hier ›allein‹? Wohin denn ›allein‹?«

Der Mensch der Zukunft nuschelte, wobei er wohl zum ersten Mal im Leben wirklich nicht mehr wusste, ob er nun Männlein oder Weiblein war:

»Ich möchte nicht, dass du mich so siehst … Ich schaffe es schon alleine. Lauf. Hinter dem Wald ist ein Bahnhof. Vier Kilometer nach Osten …«

»So ein Unsinn! Die bringen dich um!«

»Ich gehe zu der Farm, zu Wolodja …«

»Was denn für ein Wolodja?«

»Na, der Maschinenschlosser, hab ich doch gesagt … Der ist in Ordnung … Zwar denkt er, ich bin ein Mädchen … Aber ich sag ihm, ich hab mir die Haare abgeschnitten. Das ist jetzt der letzte Schrei … Nun mach doch endlich, dass du wegkommst!«

Valja stampfte zornig auf und schluchzte noch heftiger.

Fandorin suchte die Ritze im Zaun und rannte über das Feld zum Waldsaum. Als er sich einen Augenblick später umdrehte, war von Valja nichts mehr zu sehen.

Er blickte nicht mehr zurück, bis er bei den Bäumen angekommen war. Erst als er hinter dem ersten Busch stand, holte er Luft, schob die Zweige beiseite und schaute hindurch.

Die Cottage-Siedlung »Auf den Bergen« sah aus wie eine Märcheninsel, die aus dem Meer aufgetaucht war: hinter der Mauer waren Türmchen, Wetterfahnen und Satellitenschüsseln zu erkennen. Wie hieß es doch noch in dem Märchen: »Da sah er ein Eiland im Meer, und auf diesem Eilande stand eine Stadt …«

Er blieb ein Weilchen stehen und presste seine heiße Stirn gegen die feuchte kalte Eichenrinde. Bevor er losging (es waren ja nur vier Kilometer, oder?), holte er die Pistole aus der Tasche, streifte das Mordinstrument mit einem Blick voller Ekel und warf es in einen Graben, welcher, der Farbe des Wassers nach zu schließen, selbst im Sommer nicht austrocknete.

Anfangs schritt er schnell aus und blickte sich für alle Fälle ab und zu um. Er knöpfte den idiotischen Morgenmantel auf – es war heiß. Was vor fünf oder höchstens zehn Minuten geschehen war, daran versuchte er nicht zu denken. Es war klar, er würde jetzt nicht mehr wie früher leben können, aber das musste er nicht jetzt bedenken: später, später. Er musste sich erst mal möglichst weit entfernen und wieder einen kühlen Kopf kriegen.

Tatsächlich wurde es Fandorin schneller kühl, als ihm lieb war. Zuerst zog er den Morgenmantel zu, dann schlug er den Kragen hoch und versteckte die Hände in den weiten Ärmeln mit den Manschetten.

Teufel, wie kalt es war!

Worüber wunderte er sich eigentlich: Es war Mitte November. Wie viel Grad es jetzt wohl war? Zwei oder drei. Mehr kaum.

Er war Hals über Kopf in den Wald gestürzt, aber wo war hier eigentlich Osten? Nicki blieb stehen und sah sich um.

Der Moskauer Wald ist im November menschenleer und ungemütlich. Die Leute gehen da nicht hin, weil es nichts Interessantes gibt: Der goldene Herbst ist vorbei, und für Spaziergänge auf Skiern ist es noch zu früh.

Durch die Abwesenheit von Menschen hatte sich dieses winzige Wäldchen im Einzugsbereich von Moskau auf wunderbare Weise den Reiz wilder Natur zurückerobert.

Es war sehr leise und düster. Es roch nach Tod.

Auf einer Lichtung sah man einen verkohlten Lagerfeuerrest, zwei Ziegelsteine und ein paar leere Flaschen. In einer Pfütze blitzte ein Stück Folie. Das war alles, was hier von Menschen zurückgelassen worden war. Nicholas dachte auf einmal, dass es nur noch eine bestimmte Zahl an Jahren währt, dann wird die Menschheit genauso von der Erdoberfläche verschwunden sein, wie die Datschabesitzer aus diesem Wald verschwanden. Und von der Menschheit werden nur sinnlose Bruchstücke und Trümmer übrig sein.

Er rief sich zur Ordnung: Jetzt war ja wohl nicht gerade Zeit zum Philosophieren. Also, wo war denn nun Osten?

In Büchern heißt es, die Nordseite der Bäume ist moosbedeckt. Aha, da auf der Birke war ein grüner Samtstreifen. Wenn man davor steht, müsste der Osten also links sein.

Aufgemuntert schlug Fandorin diesen Kurs ein und schritt recht munter fürbass, bis er direkt vor seiner Nase auf eine andere Birke stieß, die ihm eine ebenso moosbedeckte Seite zuwandte.

Wie konnte das sein? Dann hatte er sich also nicht in östlicher, sondern in südlicher Richtung bewegt?

Nicholas warf den Kopf in den Nacken und schaute in den grauen, allmählich dunkel werdenden Himmel. Und stellte sich vor, wie er von da oben aussah: ein merkwürdiges Wesen in buntem Morgenmantel und Hausschuhen und um ihn herum nur die nackten Skelette der Bäume.

Wie der Zarensohn Iwan in dem verzauberten Märchenwald, nur der böse Wolf war nicht da.

Und kaum hatte er das gedacht, da raschelte in der Nähe das gefallene Laub. Nicholas zuckte zusammen, blickte sich um, und er wollte seinen Augen nicht trauen, als er über dem Baumstamm eine graue pelzige Schnauze mit gerunzelter Stirn, spitzen Ohren und stechenden Augen sah, die einen Augenblick lang in einem unguten Phosphorglanz aufleuchteten.

Nein, das war nicht der böse Wolf, sondern nur ein böses Wolfsjunges. Genauer gesagt: eine Promenadenmischung, unter deren Ahnen sich mit Sicherheit auch ein Schäferhund befunden hatte.

Fandorin freute sich über das Lebewesen. Zu zweit war es lustiger.

Er pfiff, machte ein schmatzendes Geräusch und streckte die Hand aus.

Der Hund schaute genauso angespannt wie vorher. Er bellte nicht, knurrte nicht und rührte sich nicht von der Stelle.

Da ging er langsam auf ihn zu und sagte dabei:

»Na komm, keine Angst, du Hund. Lass uns Bekanntschaft schließen ...«

Der Hund wich zurück. Dann trottete er durch den Wald, wobei er sich ständig umsah. Er lief nicht sehr schnell, als wüsste er nicht, ob er weglaufen sollte oder nicht.

Nicki lief hinter ihm her.

»Warte! Der Mensch ist doch dein Freund!«

Der Hund lief auf eine Lichtung, wo abgesägte, offenbar seit Ewigkeiten vergessene Pfähle lagen, und blieb stehen.

Fandorin kam angerannt und sah nicht sofort, dass neben dem Stapel eine ganze Hundemeute ihr Lager aufgeschlagen hatte. Ein Köter mit breiter Brust und halb kahlem Kopf stand auf und bleckte seine gelben Zähne. Sofort sprangen auch die anderen auf.

Wie wenig diese Waldräuber den Hunden in der Stadt glichen! Keinerlei Schüchternheit oder Schmeichelei, keinerlei Gewedel mit dem Schwanz. Und die Augen nahmen Maß, schätzten ab, als was sie ihn einordnen sollten: als Gefahr oder Beute.

Nicki grauste; er erinnerte sich an einen Artikel, in dem er gelesen hatte, wie viele herrenlose Hunde in den Moskauer Wäldern herumlungern. Sie sind schon seit langem, weiß Gott, wie viele Generationen es her ist, verwildert und greifen ohne weiteres Rentiere, Elche und manchmal auch Menschen an.

Vor Schreck bereute Nicholas, dass er die Pistole weggeworfen hatte, schämte sich aber gleich wieder. Sollte er jetzt keinen Schritt mehr ohne Pistole tun? Sollte er jetzt, sobald er ein Problem hätte, schießen und alle Probleme mit Waffengewalt lösen? Nach dem Motto: Wenn du einen Menschen getötet hast, dann kannst du jetzt auch die Hunde abknallen! Aber können die denn etwas dafür, dass die Menschen sie oder ihre Vorfahren aus dem Haus gejagt haben? Als ob du diesen Teddy mit der quadratischen Schnauze erschießen könntest! Oder vielleicht diese rote Missgeburt mit der Schnauze eines Collies und den kurzen Beinen eines Dackels?

Er wich nach hinten zurück, aber nicht zu schnell, damit es nicht wie eine Flucht aussah. Die Hunde folgten ihm mit den Augen, wurden jedoch noch nicht aggressiv.

Fandorin trat hinter einen Baum, drehte sich um und rannte, so schnell er konnte.

Er lief, bis sich die nass gewordene Sohle an seinem Pantoffel löste. Irgendwie befestigte er sie wieder. Er setzte sich auf einen gefällten Baum und analysierte die Situation.

Schließlich war hier nicht die Taiga. Wie groß kann ein Waldgebiet in der Umgebung von Moskau sein? Höchstens ein paar Quadratkilometer.

Er war einfach in Panik geraten und ohne Sinn und Verstand durch die Gegend gelaufen.

Was sagt der Experte für kluge Ratschläge seinen Klienten in einem solchen Fall? Als Erstes muss man die Ursache des Stresses finden.

Sie liegt klar zutage, antwortete Nicholas Fandorin in Gedanken dem Experten. Ich habe einen Mord begangen. Es ist mir schon einmal passiert, dass ich auf einen Menschen geschossen habe, doch damals ist es Gott sei Dank gut gegangen. Aber diesmal nicht. Der sommersprossige Junge, der aussah, als wäre er fünfundzwanzig, ist tot. Seine Mutter ist neun Monate mit ihm schwanger gegangen, dann wuchs er langsam heran, entdeckte die Welt, träumte von etwas, und all das habe ich zunichte gemacht. Egal, wie schlecht dir einer vorkommt, du darfst ihn nicht umbringen, weil jeder Mensch ein eigenes Weltall ist. Und jeder Mensch (oder fast jeder) wird von irgendjemand geliebt, er ist für jemand das Licht, ohne das sein Leben kein Leben ist.

Der Ratgeber war zum Wesen des Problems vorgedrungen und nickte traurig.

Ja, du hast jemand umgebracht, aber nicht kaltblütig, nachdem du Für und Wider abgewogen hast, sondern du bist deinem Instinkt gefolgt, der dem Menschen befiehlt, sich selbst und seine Freunde zu beschützen. Gut, der rothaarige Bandit ist ein Weltall. Und Valja? Wird er oder war es nun sie, egal, wird er von niemand geliebt? Und dann, du selbst. Du bist ja auch ein Weltall, und zu diesem Weltall gehören außer dir noch deine Frau, eine Tochter und ein Sohn. Oder willst du alle Menschen gleich lieben wie Christus, dann halt auch die linke Wange hin und widersetz dich nicht der Gewalt, opfere dich auf und all so was, nur schaff dir keine Familie und keine Freunde an. Wenn du das aber getan hast, dann musst du sie und dich auch schützen. Selbst wenn du dafür jemand umbringen musst.

Das war ein dermaßen blutrünstiger Rat, dass Fandorin ganz schlecht wurde.

Aber seine Seele hatte sich auf wunderbare Weise von der Panik befreit und überließ nun dem Verstand das Terrain: Jetzt bist du dran, denk mal schön.

Und da stellte sich heraus, dass er sich den Kopf gar nicht sonderlich zu zerbrechen brauchte. Er musste einfach möglichst geradeaus gehen, bis er auf einen Weg oder Pfad stieß; der würde ihn dann schon aus dem Wald bringen.

Das Herumirren im Wald endete erst bei völliger Dunkelheit. Zweimal nahm Fandorin den falschen Weg: erst einen schmalen Waldweg, der sich endlos schlängelte und sich schließlich in mehrere kleine Pfade teilte; dann kam er auf eine durchaus ernstzunehmende, ja sogar asphaltierte Straße, die zu einer Steinmauer und einem geschlossenen Tor ohne irgendein Aushängeschild führte. Erst mit dem dritten Versuch gelangte er, vor Kälte erstarrt und mit nassen Füßen, dahin, wohin er wollte. Ein auf den ersten Blick unauffälliger Pfad brachte ihn direkt zu einer Landstraße, die Nicholas entlanglief, bis er zu einer Siedlung kam. Noch ehe er auf die ersten Häuser stieß, hörte er in der Ferne einen Zug vorbeidonnern. Uff! Da war also auch der Bahnhof.

Bevor er die erste Laterne erreichte, zog er den Morgenmantel aus und warf ihn in den Graben. Sich in einem solchen Aufzug den Leuten zu zeigen, war zu viel des Guten; dann schon lieber im bloßen Hemd.

Die Lage des flüchtigen »Schweins und Betrügers« war, zurückhaltend ausgedrückt, wenig beneidenswert: ohne Mantel, praktisch barfuß, er hatte kein Geld und keine Ahnung, wo er hin sollte. Aber während des langwierigen Waldspaziergangs hatte Nicholas einen Plan ausgebrütet, unter den gegebenen Umständen den einzig möglichen.

Es gab auf der ganzen Welt nur einen einzigen Menschen, der dem Paria helfen konnte, vorausgesetzt, er wollte es. Nicki meinte, trotz des kurzen und, wie man jetzt zu sagen beliebt, nicht unproblematischen Kontaktes würde ihm dieser Mann seine Hilfe nicht verweigern.

Aber er musste zuerst eine technische Schwierigkeit überwinden: ihn trotz seiner totalen Liquiditätsschwäche anrufen.

Fandorin trat vor dem Bahnschalter von einem Bein aufs andere und spähte durch den Spalt der geöffneten Tür mit dem Schild »Bahnhofsvorsteher«. Da saß eine beleibte Dame mit Schirmmütze und las einen Taschenbuchroman. Auf dem Tisch stand das heiß ersehnte schwarze Telefon.

Nicholas zauberte das charmanteste Lächeln, das er in seinem Arsenal hatte, auf sein Gesicht und steckte den Kopf durch den Türspalt.

»Entschuldigen Sie um Gottes willen, dass ich Sie beim Lesen störe«, sagte er. »Ich habe eine Riesenbitte …«

Die Beamtin legte den Roman mit dem Rücken nach oben auf den Tisch und schaute unzufrieden auf den langen Lulatsch, der nur ein Hemd anhatte.

»Mir ist etwas Unangenehmes passiert«, fuhr der Magister fort. »Ich habe meine Jacke verloren, in der meine Brieftasche war. Ob ich einmal in Moskau anrufen dürfte?«

»Das ist ja hochinteressant, wo die Leute heutzutage so ihre Jacken verlieren«, antwortete die Dame. »Sie sehen gar nicht aus, als ob Sie betrunken wären. Da ist wohl der Ehegatte zur falschen Zeit von seiner Reise zurückgekehrt?«

Auf dem Umschlag des Taschenbuchs war ein Medaillon in Herzform abgebildet; in diesem Medaillon prangte eine halbnackte Schönheit, an die Brust eines muskulösen Machos geschmiegt; darunter der Titel: »Verbotene Frucht.«

Vielleicht sollte er sich auf das Spiel einlassen? Wenn diese Frau gerne Liebesromane las, verwöhnte das Leben sie offenbar nicht mit romantischen Abenteuern. Die Frage war nur, auf wessen Seite ihre Sympathien lagen, auf der Seite der betrogenen Ehefrauen oder auf der der leidenschaftlichen Liebhaberinnen. Dem Aussehen nach war sie keine Herzensbrecherin, aber wenn sie sich für unerlaubte Früchte interessierte ...

»So was Ähnliches«, antwortete er bescheiden und senkte pikant den Blick.

Nach einer lastenden Pause sagte die Beamtin:

»Rufen Sie an. Und zwar schnell. Diese Leitung muss eigentlich frei bleiben.«

Nicholas wählte die Nummer der Freundin von Hauptmann Wolf und gab sich Mühe, nicht daran zu denken, sie könne außer Haus sein.

Die Leserin der »Verbotenen Frucht« saß mit vor der Brust verschränkten Armen da und blickte Fandorin streng an – sie wartete auf schlüpfrige Einzelheiten. Das erschwerte die ohnehin nicht einfache Aufgabe noch mehr. Wie sollte er in Gegenwart dieser Gorgo einer völlig unbekannten Person namens Tanja die Sachlage darstellen?

»Nimmt keiner ab?«, fragte die Tante schadenfroh und griff nach dem Apparat. »Ich kann Sie nicht noch einmal anrufen lassen. Das ist nicht statthaft.«

Hurra! Man hörte eine junge Frauenstimme:

»Hallo.«

»Ist dort Tanja?«

»Ja. Wer ist denn da?«

»Ich bin ein Freund von Sergej«, sagte Nicholas, vorsichtig die Worte wählend und ohne die über dem Telefon hängende dicke Hand aus den Augen zu lassen. »Wir sind Arbeitskollegen … im Fernsehstudio. Er hat Ihnen sicher von mir erzählt.«

»Ja und?«, fragte Tanja ohne eine Spur von Begeisterung, stellte aber Gott sei Dank auch nicht die Gegenfrage: »Von was für einem Fernsehstudio denn?«

»Sagen Sie ihm, ich bin am Bahnhof Lepeschkino an der Eisenbahnlinie nach Riga. Und richten Sie ihm doch bitte außerdem aus, dass ich in einer äußerst schwierigen Situation bin.«

»Sehr angenehm«, antwortete Tanja etwas unpassend und führte ihren Gedanken weiter, indem sie hinzufügte: »Verflixte Wanzen, ihr.«

»Wer?«, fragte Nicki verblüfft.

»Ihr Männer. Sobald man ein wenig nachgibt, fangt ihr an, den Macker zu spielen. Ich bin eure Milizspielchen leid.«

Und es tutete im Hörer. Ob sie aufgelegt hatte? Oder ob die Verbindung unterbrochen worden war?

Er wollte die Nummer noch einmal wählen, um der unbeirrbaren Tanja die Dringlichkeit seiner Bitte klarzumachen, aber die Bahnhofsvorsteherin nahm ihm den Apparat weg.

»Nicht mehr als einen Anruf«, sagte sie. »Na, hat dich die Frau deines Freundes zum Teufel gejagt? Dann sieh man zu, wie du das auslöffelst, du geiler Bock. Die vom Fernsehen meinen aber auch, sie dürfen alles.«

Sie ist von der Ehefrauen-Fraktion, begriff Nicholas. Und interessiert sich nur für die verbotene Frucht, um die Psychologie des Gegners einschätzen zu können.

Er trottete zum Ausgang. Die böse Herrin des Bahnhofs Lepeschkino knurrte ihm nach:

»Versuch bloß nicht, dich ohne Fahrkarte in den Zug zu setzen. Abends ist nicht so viel Betrieb, da haben die Kontrolleure ein leichtes Spiel. Sobald sie einen schnappen, kommt der aufs Revier.«

Die Frage, die über seine Existenz entschied, lautete im Moment: Würde Tanja dem Hauptmann die Bitte ausrichten oder nicht? Alle anderen lebenswichtigen Fragen hingen von der Antwort ab. Wenn sie es ausrichtete, wie schnell würde sie das tun? Und würde der Fahnder kommen?

Warum sollte er eigentlich? Profitieren konnte er davon nicht, aber Unannehmlichkeiten konnte er sich durchaus einhandeln und zwar nicht zu knapp.

Fandorin setzte sich auf eine Bank in einen verglasten Warteraum, umschlang die Ellenbogen und zog den Kopf ein. Er zitterte vor Kälte und dachte nach. Außer diesen beiden Dingen konnte er ohnehin nichts tun.

Was sollte er machen, wenn Wolf nicht käme?

Er müsste sich wohl der Miliz stellen. Auch wenn es Notwehr war, immerhin war ein Mord geschehen. Man würde ihn bis zur Gerichtsverhandlung einsperren. Da war es wenigstens warm. Und ungefährlich.

Aber war es wirklich ungefährlich? Wenn diese Leute Kenntnis davon hatten, wer in dem streng geheimen Einsatz- und Untersuchungsstab zum Fall der »Unfassbaren Rächer« welche Funktion hatte, und wenn sie, wie der Anführer gesagt hatte, ohne Probleme Zutritt zum Kreml hatten, würden sie wohl auch im Untersuchungsgefängnis an einen herankommen können.

Und es gab noch eine weitere Schwierigkeit: Die Miliz würde wissen wollen, woher der Bürger Fandorin eine Schusswaffe hatte. Sollte er etwa Valja verraten?

Als hätte ihm das gerade noch gefehlt, tauchte in diesem Moment ein Milizionär auf.

Allerdings keiner von höherem Rang, sondern nur ein einfacher Sergeant.

»Was sitzen wir denn so herum?«, fragte er interessiert. »Schon drei Züge sind durchgefahren, und Sie sitzen immer noch da und sonnen sich. Und so leicht angezogen. Hat man Sie beklaut?«

Fandorin schwankte eine Sekunde und log dann:

»Nein, es ist alles in Ordnung. Mein Auto ist kaputt. Ich warte, bis es repariert ist, und wärme mich hier auf.«

»Wer repariert es denn? Ljocha von der AuRepWerk?«

Was AuRepWerk ist, wusste Nicholas nicht, nickte aber. Beruhigt nahm der Beamte seinen Patrouillengang wieder auf.

Fandorin befand sich nicht zum ersten Mal in einer lebensgefährlichen Situation. Nicht, dass er diese Situationen liebte – ganz im Gegenteil. Aber offenbar war das sein Schicksal: Er war ein Magister der Geschichte, der in eine Geschichte nach der anderen hineingeriet. Die Spezies Homo sapiens hat mehrere Unterarten. Es gibt Menschen, deren Leben glücklich und ruhig verläuft, und es gibt solche wie Nikolaj Alexandrowitsch Fandorin, denen ständig irgendein Malheur passiert. Bemerkenswert ist dabei, dass in seiner ersten Lebenshälfte, die er in England verbrachte, nichts dergleichen passierte; alle Widrigkeiten hatten mit der Übersiedlung nach Russland eingesetzt. Das liegt eben an diesem Land: es lässt einen nicht auf friedliche Weise alt werden, sondern haut einen um und wirft einen aus dem Gleis, fühlt einem auf den Zahn und prüft einen auf Herz und Nieren.

Vielleicht ist das auch besser so? In einem normalen Land kann man hundert Jahre leben, ohne auch nur eine einzige ernste Prüfung bestehen zu müssen, so dass man wahrscheinlich auch nicht erfährt, wer man eigentlich ist und was man im Extremfall aushält. Seine englischen Bekannten sagten: Nicki Fandorin ist verrückt geworden. Nach Russland zu ziehen, die Staatsbürgerschaft zu wechseln – was für ein Wahnsinn! Aber wenn man davon ausgeht, dass es das Hauptziel im Leben ist, sich selber zu verstehen, Schwaches und Schlechtes an sich zu überwinden und dadurch stärker und besser zu werden, dann ist Russland genau das richtige Land. Oder China. Oder ein Land wie Eritrea. Eben eins, wo die Leute in Geschichten hineingeraten.

Nachdem er sich wieder einmal davon überzeugt hatte, dass er den richtigen Weg gewählt hatte, schloss Nicholas die Augen, lehnte sich an die Wand und schlief ein. Die nervliche und physische Müdigkeit drängte die Kälte in den Hintergrund, doch in seinen Träumen fror Fandorin bitterlich und wusste nicht, wie er sich aufwärmen sollte.

Das Aufwachen war unangenehm.

Jemand rüttelte unsanft an der Schulter des schlafenden Magisters.

Nicholas öffnete die Augen und sah den Sergeanten vor sich.

»Ausweis«, sagte der Sergeant und streckte die Hand aus.

Fandorin blinzelte irritiert und überlegte, was er machen sollte.

»Der ist in meiner Jacke, und die Jacke ist im Auto. Ich habe Ihnen doch gesagt …«

»Ich war in der Autowerkstatt«, unterbrach ihn der Sergeant. »Die haben dicht. Und Ljocha ist seit vorgestern betrunken. Ausweis, habe ich gesagt!«

Nicholas schwieg.

»Sie haben keinen Ausweis? Dann vorwärts.«

Der Sergeant packte den Festgenommenen an der Schulter und veranlasste ihn aufzustehen. Nicholas war einen ganzen Kopf größer als er; für alle Fälle drohte ihm der Milizionär mit dem Knüppel.

»Sieh dich vor, du Scheißkerl. Wenn ich dir in die Fresse haue, kommst du nicht so schnell zu dir.«

Da hatte sich also alles von selbst entschieden, dachte Fandorin, während er spürte, wie sich die harten Finger des Streifenbeamten in seine Hand bohrten. Die Freiheit der Wahl ist dahin, ich habe mich in einen Gegenstand verwandelt, der sich mit einer Beschleunigung von 9,81 Meter pro Quadratsekunde bewegt.

Auf dem Bahnsteig war noch ein Milizionär, ohne Schirmmütze, aber dafür in einer schwarzen Jacke mit Epauletten. Er drehte den Kopf nach rechts und nach links und wandte sich dann ihm zu – Nicholas hätte fast vor Erleichterung aufgeschluchzt.

Hauptmann Wolf! Gott sei Dank!

Zwei Minuten später saß Fandorin in dem Miliz-Shiguli, der hinter den Frachtdepots geparkt war, und rieb sich die steif gefrorenen Handflächen. Der Fahnder hatte die Jacke abgelegt, sie dem armen Opfer übergezogen und schaltete auch noch die Heizung ein. Das Leben schien in die gewohnten Bahnen zurückzukehren.

»Die Jacke ist Mist«, sagte Wolf. »Kunstleder. Es ist nicht meine, sie flog in dem Auto rum. Die Karre ist auch Mist, aus dem Fuhrpark. Ich hab genommen, was ich kriegen konnte, um möglichst schnell bei dir zu sein. Und was sind das für neue Albträume in deinem spannenden Leben?«

»Ich da-dachte, Tanja ri-richtet es nicht aus«, sagte Nicki zähneklappernd. »Ich ha-hatte kei-keine Hoffnung.«

»Wer, Tanja? Auf die ist Verlass.« Der Hauptmann seufzte. »Woher kommt es, dass Schlampen eindeutig die verlässlichsten Weiber sind? Was meinst du?«

Das war keine schwierige Frage, Nicholas hätte Wolf mit Leichtigkeit dieses Phänomen erklären können, aber der gegenwärtige Augenblick war nicht gerade ideal für abstrakte Gespräche.

Bevor er anfing zu erzählen, fragte Fandorin vorsichtig: »Wie bist du mit denen verblieben? Haben sie angerufen?« Der Fahnder winkte ab:

»Na klar. Eine halbe Stunde, nachdem du dich in Nichts aufgelöst hast. Wie ich vorhatte, habe ich sie zum Teufel geschickt.«

»Und?«

»Nichts und. Sie haben mir das Handy abgeschaltet. Aber das ist kein Beinbruch, ich habe für zwölf Bucks die SIM-Karte ausgetauscht und mir eine Nummer mit Vorwahl geben lassen. Das ist billiger. Ich schreibe sie dir nachher auf.«

Aus der Dunkelheit näherte sich ein Landrover mit blendenden Scheinwerfern und kam direkt vor der Motorhaube des Shigulis zum Stehen. In Hochspannung fuhr Wolf mit der Hand in die Hosentasche, und auch Nicholas starrte in Panik auf die undurchlässigen dunklen Scheiben des großen Wagens.

Aber dem Monstrum entstieg eine elegante, den Bewegungen nach zu schließen, noch junge Frau. Die Fernbedienung fiepte, die Absätze der Frau klapperten auf dem Fahrdamm, und schon war sie in der Nacht verschwunden.

»Puh«, sagte der Hauptmann, spuckte aus und nahm die Hand aus der Hosentasche. »Ich hab schon wer weiß was gedacht … Eine clevere Biene, die stellt sich extra neben ein Milizauto, da wird ihr Prachtexemplar nicht geklaut. Also, was ist denn eigentlich passiert, Bürger Ostankin? Bitte nur die Fakten. Zu den Kommentaren kommen wir später.«

Und Nicholas beschränkte sich auf die Fakten. Es war erstaunlich, wie einfach und kurz die Erzählung wurde, als er sie unter Ausklammerung der eigenen Emotionen beschrieb: die Killer-Troika hatte sich an die Fersen seines Assistenten geheftet, der ihn besuchen kam. Sie wollten den Assistenten umbringen; deshalb musste er den einen erschießen und vor den anderen flüchten. Und das war alles? Als er dann durch den toten Wald ging, hatte er sich mindestens wie der Held einer Shakespeare-Tragödie gefühlt.

Aber der Fahnder fand die erzählte Geschichte gar nicht so trivial.

»Das sieht ganz schön beschissen aus«, sagte er besorgt. »In den Knast kannst du nicht, Kolja. Da findet sich mit Sicherheit ein Dreckskerl in Beamtenkluft, der einen Menschen gegen Knete dem Tod ausliefert. Er wird sich das noch nicht einmal besonders teuer bezahlen lassen. Wenn es um einen der ihren geht, hast du keine Chance; ich kenne ihren Kodex. Da kannst du nach Australien fahren, die kriegen dich auch da. So dass du jetzt zwei Todesurteile hast. Du machst Fortschritte.«

Die kompetente Meinung des Profis schützte Nicki vor der Illusion, sein Leben sei in die gewohnten Bahnen zurückgekehrt.

»Was rätst du mir, Sergej?«, fragte der Experte für Ratschläge, wobei seine Stimme verräterisch zitterte.

Der Hauptmann kam nicht dazu zu antworten.

An dem von der Besitzerin verlassenen Jeep gingen auf einmal alle Lichter an: das Fernlicht und der Nebelscheinwerfer auf dem Dach. Die grellen Strahlen fielen Nicholas direkt ins Gesicht und blendeten ihn.

Er drehte sich um, aber hinten leuchteten ebenfalls Scheinwerfer – zweihundert Meter hinter ihnen stand noch ein Jeep.

»Bravo, Hauptmann!«, rief ihm jemand zu und zwar nicht von vorne und nicht von hinten, sondern aus der Dunkelheit, von links. »Du hast die Ware wirklich in bestem Zustand geliefert.«

Fandorin erkannte die Stimme. Es war die des höflichen Banditen, der bei ihnen der Anführer war. Aber nicht das war es, was den Magister am meisten erschütterte, sondern der scheußliche Verrat des Moskauer Kriminalbeamten. Wie überzeugend seine Lügen ausgesehen hatten, wie sehr er den Kumpel herausgekehrt hatte!

»Aussteigen, meine Herrschaften!«, fuhr die fröhliche Stimme fort. »Wir haben noch einiges vor.«

Wolf pfiff durch die Zähne und schlug fluchend mit der Faust gegen das Steuer.

»Diese Arschlöcher! Die haben mir einen Sender untergeschoben. Wie der letzte Vollidiot ...«

Also hatte ihn der Fahnder doch nicht verraten, und obwohl das an der augenblicklichen Situation wenig änderte, spürte Fandorin darüber eine ungeheure Erleichterung.

»Ich steige aus, bleib du drinnen«, sagte er und fasste nach dem Handgelenk des Hauptmanns. »Du hast damit nichts zu tun. Danke, dass du hast helfen wollen.«

Er zog an dem Türgriff, aber Wolf stieß ihm den Ellenbogen in die Schulter, so dass es wehtat.

»Bleib sitzen, du unglückseliger Fernsehturm! Meinst du, Sergej Wolf ist ein kleiner Junge? Gleich, gleich …«

Der Hauptmann drehte schnell den Kopf: erst nach links und nach hinten, dann noch mal nach links und nach vorne.

»Nein, so komme ich nicht raus, ich sitze in der Klemme. Dann muss ich es eben so machen.«

Unten klickte etwas. Nicholas senkte die Augen und sah, dass die Hand des Milizionärs eine Pistole hielt.

»Nur keine Panik, Kolja. Ich hab im Schießen promoviert, wir kommen schon durch. Ich zerschmettere jetzt die Scheinwerfer des vorderen, dann schlag du dich sofort nach rechts und ich halte mich links. Renn so schnell weg, wie du kannst. Gott weiß schon, wessen Stunde gekommen ist und wessen nicht.«

Fandorin wollte gegen diesen selbstmörderischen Plan protestieren, aber der tollkühne Hauptmann hatte schon die Hand mit der Pistole ausgestreckt und auf den Abzug gedrückt. Die Lampe auf dem Dach des vorderen Jeeps zersplitterte.

Zwar hörte man nur einen Schuss, aber die Frontscheibe hatte aus irgendeinem Grund zwei Löcher. Wolf stieß mit dem Nacken energisch gegen die Kopfstütze und blieb in dieser Haltung sitzen, die Hand mit der Pistole gesenkt. Der von dem Lärm noch betäubte Nicki sah, wie sich die Lippen des Hauptmanns blähten, als wolle er gleich vor Lachen prusten, aber dem Mund entrang sich kein Lachen, sondern ein Glucksen, und auf das Kinn des Milizionärs ergoss sich eine schwarze Flüssigkeit, in der Bruchstücke von Zähnen glänzten.

Ohne verstanden zu haben, was Sergej zugestoßen war, riss der Magister am Türgriff, ließ sich auf den Boden fallen und kroch, wie wild mit den Ellenbogen arbeitend, zu den Büschen am Straßenrand. Dort angekommen, sprang er auf und raste orientierungslos in die Dunkelheit.

»Wir brauchen ihn lebend!«, schrie ihm jemand nach.

Die Stimme war hoch und dünn und klang jugendlich.

Nicholas stieß mit dem Schienbein gegen irgendeine Kiste, spürte aber noch nicht einmal einen Schmerz.

Seinen Kopf durchfuhr der Gedanke: Gut, dass ich eine schwarze Jacke anhabe, im weißen Hemd wäre ich von weitem zu sehen.

Er hörte hinter sich Getrappel. Es war unklar, um wie viele Verfolger es sich handelte, aber mehr als einer oder zwei waren es bestimmt. Ein Motor heulte auf, dann ein zweiter.

Seine langen Beine in den weichen Pantoffeln berührten geräuschlos den Boden. Nicki zwängte sich in eine Lücke zwischen den Güterschuppen, nahm Anlauf, sprang auf einen Zaun, zog sich hoch (woher hatte er nur die Kraft?) und landete auf dem Boden der anderen Seite.

Schienen, an der Seite sah man die Lichter des Bahnhofs.

Polternd rollte ein Güterzug über ein Ferngleis.

Fandorin lief hin und rannte ein Weilchen in riesigen Sprüngen neben ihm her, passte dann den Augenblick ab und klammerte sich an einer Stange der Bremsplattform des letzten Waggons fest und hing in der Luft. Er zog die Beine ein, damit sie nicht auf dem Boden schleiften. Erst konnte er ein Knie auf die Stufe stellen, dann das zweite. Er sah sich um.

Hinten auf den Gleisen huschten irgendwelche Schatten hin und her, die Lichtkegel von Taschenlampen irrten hierhin und dahin.

Ob sie ihn gesehen hatten?

Aber es galt in jedem Fall: Je weiter er sich von Lepeschkino entfernte, desto besser.

Nicholas rieb sich das geprellte Schienbein und setzte sich auf den Metallboden. Es war ihm egal, dass er staubig und dreckig war und ihn Ölflecken oder eine andere stinkende Flüssigkeit bedeckten.

Er wollte sich auf den Rücken legen und zu Atem kommen.

Er versuchte, sich auf der engen Plattform möglichst bequem auszustrecken, da stieß sein Kopf auf einmal auf etwas Weiches. Genauer, auf einen Menschen.

Er unterdrückte einen Schrei und drehte sich um.

Zusammengekauert saß auf der anderen Seite der Plattform ein in Lumpen gehüllter Mann. Eine Laterne ließ für einen Moment die glänzenden Augen, einen buschigen Bart und eine abgewetzte Kaninchenmütze im Dunkel aufscheinen.

»Sie sind aber ganz schön wagemutig«, sagte der Mann. »Und wie Sie springen können, ich bin ganz begeistert. Haben Sie etwa meinetwegen Ihr Leben so aufs Spiel gesetzt? Um mich aufs Revier zu bringen?«

»Wer sind Sie?«, fragte Fandorin, der befürchtete, durch die ganzen Erschütterungen habe er nun schon Halluzinationen.

»Mischa, der Reisende. Ich lebe zwischen Himmel und Erde. Ich wollte zu meinem Winterlager im Gouvernement Nowgorod. Natürlich nur, wenn Sie mich nicht aus dem Zug schmeißen.«

Nicholas hatte sich ein bisschen an die wackelige Eisenbahnbeleuchtung gewöhnt, von der alle Gegenstände mal angestrahlt, mal in die Schatten gedrängt wurden, und konnte seinen überraschenden Weggenossen nun besser erkennen.

Undefinierbares Alter, eine abgerissene Jacke aus Kunststoff, über den Schultern eine Tischdecke oder ein Vorhang. Kurz: ein Penner.

»Ich bin kein Milizionär«, beruhigte der Magister den Obdachlosen. »Die Jacke gehört nicht mir. Ich habe sie mir geliehen, um mich zu wärmen.«

»Ach so«, sagte Mischa fröhlich. »Das ist etwas anderes. Wir können uns nachher aufwärmen gehen. Da muss man in den sechsten Wagen, da haben sie Watte geladen. Wir schnappen ein bisschen frische Luft, damit wir besser schlafen können, und dann nichts wie dahin. Wohin wollen Sie, Sir?«

Woher weiß er denn, dass ich Sir bin?, fragte sich Fandorin ängstlich zusammenzuckend und beantwortete die Frage nicht. Doch der Penner war überhaupt nicht beleidigt.

»Ich fahre zu meinem Winterlager. Ich habe zwei Tage auf diesen Zug gewartet. Er geht von Rshew nach Petersburg, der Schlafwagen mit der Watte aber wird direkt in die Stadt Buchalow geleitet. Da haben sie einen tollen Knast. Da wird dir das Essen nicht geklaut, und der Leiter, Major Sawtschenko, ist in Ordnung. Ich überwintere immer da. Wollen Sie auch da untergebracht werden, Sir?«

Aha, das mit dem Sir ist nur seine Art, die Leute anzureden, stellte Nicholas beruhigt fest und fragte:

»Und wo ist Buchalow?«

»Im Gouvernement Nowgorod, Kreis Tschudowo. Ein tolles, ruhiges Städtchen. Da erholt man sich richtig. Das Gefängnis hat eine gute Bibliothek, Schachspiele und andere Sachen. Wir werden straffällig, indem wir schnell etwas auf dem Bahnhof klauen, und laufen dann sofort zu Stepan Filimonytsch, um uns zu stellen ...«

Mischa holte weit aus und beschrieb genüsslich, wie sie es sich in dem Städtchen Buchalow gemütlich machen würden, aber Nicholas hörte nicht mehr zu, weil ihn die Erwähnung des Kreises Tschudowo aufgewühlt hatte.

Das war wirklich ein Fingerzeig des Schicksals! Ein Wink des Himmels, anders konnte man das nicht nennen!

Wie hatte er den Menschen vergessen können, der ihm früher einmal aus einer schwierigen Situation geholfen hatte und der ihm sicher auch jetzt seine Hilfe nicht verweigern würde?

An ebendiesem Ort, in den Wäldern von Tschudowo, hatte sich der Kompagnon von Fandorin und Mitbegründer der Firma »Land der Räte« niedergelassen, ein ehemaliger Bankier, Oligarch und Medienmagnat. Der Kapitalist war durchgedreht; er hatte sich in den Kämpfen um den Mehrwert überanstrengt, seine Geschäfte aufgegeben und sich vor der eitlen Welt in eine Klause zurückgezogen. So war das zwar, aber er war wirklich ein Mann mit unbegrenzten Möglichkeiten und einem phantastischen Unternehmungsgeist. Ausgeschlossen, dass nichts mehr von seinen früheren Talenten und Beziehungen vorhanden sein sollte.

Aber würde er sich über ein Treffen mit einem Zeugen seines früheren, milde ausgedrückt: nicht gerade sündenfreien Lebens überhaupt freuen? Die mit ihm heute Umgang hatten, ahnten nichts von der stürmischen Biographie des heiligen Mönchs. Und das war auch richtig so. Die früheren Sünden waren nur dem Einsiedler selbst und dem Herrgott bekannt; und bis zu seinem Tod würde kein anderer davon erfahren.

ZWÖLFTES KAPITEL

LES MALHEURS DE LA VERTU oder
DAS UNGLÜCK DER TUGEND

(De Sade, 1797)

»… Und wann einen jeden von uns der Tod erwartet, das weiß nur
Gott, oder einfacher gesagt: niemand, denn Gott ist niemand.«
Daniel Vondorin blieb mitten auf dem Weg stehen und streifte seinen kleinen Weggenossen mit prüfendem Blick. »Ich sehe, mein
junger Freund, Ihr nehmt keinen Anstoß an meiner Auffassung
von Gott als einem Niemand, dem Nichts oder der Leere. Das
spricht für die Aufgeschlossenheit Eures Verstandes. Der Vikar
von Nowgorod, Eminenz Ambrosius, der mich manchmal in meiner Hütte besucht, ist zwar ein aufgeklärter Mann, aber solche
Worte bringen ihn so aus der Fassung, dass er mir am liebsten
den Ruf, ich sei ein Gerechter, den er mir selbst eingebracht hat,
absprechen würde.«

»Gnädiger Herr, es wird hell«, sagte Mitja mit kläglicher Stimme, denn Daniel ließ sich so von seiner Philosophie mitreißen,
dass er mehrmals stehen blieb. »Wir kommen zu spät! Und außerdem habe ich gebeten, mich nicht mit ›Ihr‹ anzureden – ich fühle
mich noch nicht reif genug für eine solche Anrede.«

»Gut, Dmitri, ich werde es nicht mehr tun. Was hältst du von
Gott? Glaubst du an ihn?«

»Natürlich glaube ich an ihn. Lasst uns bitte weitergehen!«

»Das habe auch ich getan. Aber was ist der Glaube eigentlich?«

»Was er ist?«, wiederholte Mitja verzweifelt, denn er wusste
schon, dass Vondorin sich nicht von der Stelle rühren würde, bevor er seinen Gedanken nicht ganz ausgeführt hätte.

»Der Glaube beruht entweder auf vollkommener Sicherheit, das heißt absolutem Wissen, oder auf völliger Unsicherheit, also absolutem Nichtwissen. Alle Leute, die ich kenne, glauben aus Unsicherheit, sie glauben der Kirche aufs Wort. Ich hingegen habe mich vom vollkommenen Nichtwissen entfernt, bin aber noch nicht bei einem allumfassenden Wissen angelangt und kann deshalb nicht glauben. Bisher habe ich nur die Kraft des Verstandes ganz begriffen, also ist dieser jetzt auch mein Gott.«

»Lieber Herr Vondorin, wir müssen uns beeilen!«

Sie hatten die Lichtung verlassen und gingen im Morgengrauen in die Richtung, wo der Weg nach Moskau lag. Der Arzt hatte keinerlei Waffe, wenn man den mehr als einen Klafter langen Stock, mit dem er bei jedem Schritt munter auf den Boden klopfte, nicht rechnete. Daniel hatte den ganzen Weg ohne Pause geredet – offenbar hatte die Nacht wieder in ihm die Sehnsucht nach einem Zuhörer geweckt. Mitja hatte anfangs gehumpelt, dann aber fast ganz aufgehört – der Fuß schwoll ab und lief sich ein.

»Keine Sorge, Dmitri, wir sind schon da.«

Der Alte verließ den Pfad, trat in den Schnee und zog die Büsche auseinander. Dahinter öffnete sich ein Weg, der im Morgengrauen kaum zu erkennen war.

»Von hier können wir es hören und sehen, wenn sie kommen.«

»Aber woher nehmt Ihr die Sicherheit, dass sie Pawlina Anikitischna in diese Richtung bringen wollen?«

»Du hast doch selbst gesagt, dass sie euch eingeholt haben. Ergo: Sie bringen sie dahin, woher sie gekommen sind, nach Petersburg. Wenn die von dir nicht beim Namen genannte einflussreiche Person sich nicht gescheut hat, eine Dame aus dem Geschlecht der Chawronskis zu entführen und einen ihrer Diener zu töten, dann wohnt sie sicher in der Hauptstadt. Ich gehe davon aus, mein verschlossener Freund, dass sich in ganz Russland nur ein Lüstling findet, der ein solches Verbrechen wagt, ohne Angst zu haben.«

Mitja wurde rot. Der Alte durchschaute also alles. Und wenn er nicht davor zurückschrak, dem Favoriten entgegenzutreten, dann musste er sehr kühn sein. Nur was sollte der alte, unbewaffnete Mann schon gegen den Recken Pikin und seine vier Mordgesellen ausrichten können?

Diese entscheidende Frage stellte Mitja denn auch, wobei er sich Mühe gab, dies in einer möglichst wenig beleidigenden Form zu tun.

»Mein prächtiger Dmitri, ein gutes Wort und die Wissenschaft siegen immer über rohe Kraft«, antwortete Vondorin gelassen und stützte sich auf seinen Stock. »Du zweifelst daran, wie ich sehe. Hier der Beweis: Was erhebt den Menschen über die anderen Lebewesen, die zum Teil sehr viel stärker als er sind, wenn nicht der Glaube an Gott, das heißt das gute Wort und die Wissenschaft?«

»Da sind sie! Sie kommen!«, rief Mitja und deutete mit zitterndem Finger auf den Weg.

Im Sattel schaukelnd führte nicht Pikin, sondern jemand anderes den Zug an, es war wohl einer der Heiducken. Ein Zweiter saß auf dem Bock, und weitere zwei ritten hinterher.

»Pikin sitzt bestimmt in der Kutsche«, flüsterte Mitja.

»Das glaube ich nicht«, antwortete Vondorin unaufgeregt. »Es gibt nur ein Pferd, das hinten angebunden ist, und das gehört dem Kutscher. Der Anführer ist nicht dabei. Wahrscheinlich ist er zu seinem Herrn gefahren, um mit dem Sieg zu prahlen.«

So war es wohl auch. Das reiterlose Pferd war ein Apfelschimmel und nicht der riesige Rappe, auf dem Pikin gesessen hatte. Nur, was änderte das schon? Dann waren es eben nicht fünf, sondern nur vier Feinde. Auch das war für den Arzt entschieden zu viel.

»Mein prächtiger Freund, bleib du hier stehen«, sagte Daniel. »Ich gehe mich mit diesen Leuten unterhalten und versuche, an ihren Verstand zu appellieren.«

Erst jetzt, als er den geraden Rücken dieses auf den Weg getretenen Eigenbrötlers sah, wurde Mitja auf einmal klar, dass alles verloren war. Sie hatten zu viel Zeit vertan, sie würden Pawlina nicht retten können. Und schuld daran war nur er, Mithridates Karpow. Statt sich die Geschichten Vondorins anzuhören und sich die ganze Nacht am Ofen zu wärmen, hätte er Hilfe holen müssen. Oh, verfluchter Unverstand und Leichtsinn! Wie hatte er sich einem Philosophen anvertrauen können, der in einer idealen abstrakten Welt lebte?

Wie das klang: »An den Verstand appellieren«!

Vondorin arbeitete sich aus einer Schneewehe auf den Weg und stampfte auf, um den Schnee von den Filzstiefeln zu schütteln. Er trat mitten auf den Weg und stützte sich auf seinen Stock.

Mit den Kufen im Schnee knirschend, näherte sich die Kutsche. Der erste Reiter schrie:

»He, Alter, was willst du?«

Die Pferde verlangsamten ihren Lauf und blieben stehen, noch bevor der Kutscher die Zügel anzog; sie witterten offenbar in der reglosen Gestalt etwas Besonderes.

Daniel hob den rechten Arm und sprach klangvoll und laut – Mitja verstand in seinem Versteck jedes einzelne Wort.

»Ihr Diener des Favoriten! Ich weiß, dass ihr nicht aus freien Stücken, sondern gezwungen von eurem Vorgesetzten und Herrn zu Verbrechern geworden seid. Lasst die Gefangene frei; ich verspreche euch, es wird euch nichts geschehen.«

Der vordere Reiter richtete sich in den Steigbügeln auf und sah um sich. Auch der Kutscher auf dem Bock stand auf. Die beiden hinteren Reiter rückten näher.

»Wie viele seid ihr?«, fragte der Vordere und legte die Hand an den Griff des Säbels. Offenbar war er der Anführer, wenn Pikin nicht da war.

»Ich bin alleine.«

Der Anführer spuckte aus und prustete erleichtert.

»Aus dem Weg, du alter Tropf! Los! Sonst setzt es was mit der Peitsche!«

Er näherte sich mit dem Pferd Daniel. Die breite, reifbedeckte Pferdebrust drängte Vondorin an den Wegrand.

»Warte, Ochrim!«, schrie der Kutscher. »Woher weiß er überhaupt etwas? Schnapp ihn dir! Wir verhören ihn!«

»Auch wieder richtig.«

Ochrim beugte sich vor und streckte die Hand nach dem Kragen von Vondorins Pelzmantel aus.

»Schade, dass ihr nicht auf die Stimme der Vernunft gehört habt«, sagte Daniel kopfschüttelnd und trat einen Schritt zur Seite.

Der Stab sauste mit einem Ruck nach unten, man hörte ein ekelhaftes Krachen, und der Reiter griff mit der linken Hand nach seiner kraftlos herunterhängenden rechten Hand. Ohne die Bewegung zu unterbrechen, drehte sich ihm der Stock mit der Spitze zu und bohrte sich dem Reiter in die Darmgegend – er überschlug sich und fiel aus dem Sattel zu Boden. Aber damit war die Nummer des Zauberstabs noch nicht zu Ende. Er flog in die Höhe, drehte sich um und landete wieder in Daniels Hand, diesmal mit dem anderen Ende. Vondorin hüpfte nach vorn, holte aus, indem er in der Luft einen anderthalb Klafter großen, pfeifenden Kreis beschrieb, und schlug dem erstarrten Kutscher mit dem fernen Ende seines Knüppels aufs Ohr. Der Kutscher fiel vom Bock, als habe ihn eine Kanonenkugel getroffen.

All das ging mit einer Geschwindigkeit vonstatten, dass es kaum jemand geschafft hätte, bis fünf zu zählen, selbst im Tempo eines Zungenbrechers nicht.

Mitja rieb sich die Augen – hatte er das vielleicht geträumt?

Nein, er hatte es nicht geträumt. Daniel stand da, die beiden Heiducken lagen auf dem Boden, das verwaiste Pferd drehte sich um die eigene Achse und zerrte mit den Zähnen an dem lockeren Zaum.

Aber da waren ja noch die beiden Reiter, und die waren weit davon entfernt, dem wilden Alten mit derselben leichtsinnigen Unterschätzung zu begegnen, die ihre Kameraden umgebracht hatte.

Der Erste holte eine Pistole aus dem Gürtel, der Zweite zog den Säbel aus der Scheide. Beide gaben ihrem Pferd die Sporen.

Doch auch Vondorin rührte sich. Er warf den Stab wieder hoch, fing ihn in der Mitte ab, nahm Anlauf und schleuderte dem Mann mit der Pistole, der gerade zielte, seine seltsame Waffe wie einen antiken Wurfspieß ins Gesicht. Der klatschte in die Hände, wankte und fiel auf die Seite.

Jetzt stand Daniel nur noch ein Gegner gegenüber, aber er begegnete ihm mit leeren Händen und hatte nichts, womit er den Schlag mit dem Säbel abwehren konnte.

Er wehrte ihn auch nicht ab, sondern sprang wendig zur Seite, um der Klinge auszuweichen, packte dann den letzten Heiducken am Gürtel und riss ihn aus dem Sattel.

Der rollte über die Erde, machte einen Purzelbaum und sprang wieder auf die Beine. Er hatte den Säbel beim Fallen in der Hand behalten und stürzte sich mit einem wütenden Fluch auf Vondorin.

Dieses Mal kam Vondorin ohne Tricks aus – er bückte sich einfach und hob die am Boden liegende Pistole auf.

»Hör auf, du Unvernünftiger«, sagte er. »Sonst …«

Er konnte den Satz nicht zu Ende sprechen.

Der Heiducke bückte sich ein wenig und ging auf ihn los. Er wollte offenbar unter der Kugel durchkommen, doch das Blei traf ihn ausgerechnet am Scheitel.

Daniel schüttelte traurig den Kopf, als er den ausgestreckten Körper zu seinen Füßen sah.

Er inspizierte der Reihe nach die anderen überwältigten Gegner. Zwei fesselte er mit ihren eigenen Gürteln, einen ließ er, wie er war.

Er drehte sich zum Wald und winkte Mitja zu sich heran. Der konnte sich kaum auf den Beinen halten, kam aber.

»Ein Unglück ist geschehen, Dmitri, ein Unglück« sagte er betrübt. »Zwei Diener des Favoriten sind durch widrige Umstände umgekommen. Dem einen hat die Wurfstange die Nasenwurzel zerschmettert – sie hatte zu viel Schwung. Der Zweite hat sich im ungünstigsten Moment gebückt. Ich wollte ihm in den Schenkel schießen, habe ihm aber stattdessen das Hirn rausgepustet. Dem Verstand sei Dank, dass die beiden anderen nicht so viel abbekommen haben, denen kann ich helfen. Aber zuerst müssen wir die Dame beruhigen, die Schießerei und die Schreie haben ihr bestimmt Angst eingejagt.«

Er ging auf die Kutsche zu und klopfte. Es kam keine Antwort.

Da riss er sich die Mütze vom Kopf, öffnete die Tür und verbeugte sich respektvoll.

Pawlina lebte Gott sei Dank und war unversehrt. Mitja sah, wie sie ihr erschrecktes bleiches Gesicht dem unbekannten Mann mit dem grauen Bart zuwandte.

»Bist du ein Räuber?«, fragte die Gräfin mit zitternder Stimme.

Sicher! Was hätte sie auch sonst denken sollen? Sie war vom Regen in die Traufe gekommen, hatte ein bitteres Los vielleicht gegen ein noch bittereres eingetauscht.

Daniel richtete sich auf, öffnete den Mund, um zu antworten, und blieb mit offenem Mund stehen. Kunststück! Er hatte in seiner Einöde lange nicht mehr die Schönheit eines Weibes gesehen.

Das Schweigen machte Pawlina noch mehr Angst.

»Was schweigst du so unheimlich? Wie viele seid ihr?«

Vondorin hatte sich endlich wieder gefangen, zeigte auf Mitja und sagte:

»Zwei. Dieser Euch nicht unbekannte Jüngling, der mich hierher geführt hat, und ich.«

Pawlina beugte sich aus der Kutsche, sah Mitja und sprang mit einem Freudenschrei auf den Schnee.

»Mein Junge! Mitja! Du lebst! Ich habe kein Auge zugetan aus Angst, dass du im Wald erfrierst oder dass dich die Tiere fressen.«

Sie fiel vor Mitja auf die Knie, umarmte und küsste ihn, und über ihr schönes Gesicht strömten Tränen.

»Mein Fischlein! Mein Kleiner! Du, sag doch mal was! Na du, nenn mich Passja! Das klingt bei dir so liebenswürdig! Freust du dich, mich zu sehen?«

Was sollte man da machen? Mitja schielte zu Daniel, der diese zärtliche Szene gerührt betrachtete und unwillkürlich ebenfalls Pawlinas Namen vor sich hin lispelte:

»Passja.«

Was konnte er noch sagen, damit sie sich freute?

»Passja hat Mitja gefehlt.«

»Du hast dich also nach mir gesehnt, mein Lieber!«

Da schossen aus ihren klaren grauen Augen noch mehr Tränen, und Daniel hob verwundert eine Augenbraue. Über dem goldenen Köpfchen der knienden Gräfin zuckte Mitja ausdrucksvoll mit den Achseln, womit er sagen wollte: Anders geht es nun mal nicht mit ihr.

Und wirklich – wie sollte er jetzt, nachdem sie zusammen auf dem Nachttopf gesessen und sich umarmt hatten und nach all den anderen Intimitäten plötzlich mit Pawlina wie ein Erwachsener reden? Sie würde ja vor Scham vergehen, und er würde sich fühlen wie ein gemeiner Betrüger.

Als taktvoller Mensch enthielt sich Vondorin jeder Bemerkung. Er stand abseits und wartete geduldig.

Nachdem sie sich die Tränen abgewischt und die Nase geputzt hatte, wandte sich die Gräfin an ihren Retter und sagte:

»Wo hast du es gelernt, dich so geschickt mit dem Stock zu

schlagen, Alter? Du hast bestimmt in der Armee gedient, nicht wahr?«

»Natürlich habe ich gedient«, antwortete Daniel würdevoll. »Und zwar nicht in der Armee, sondern in der Garde. Aber den Kampf mit dem Stab habe ich gelernt, als ich in England auf Reisen war. Die dortigen Müßiggänger, die man Gentlemen nennt, haben eine ganze Wissenschaft daraus gemacht, wie man sich mit Knüppeln prügeln kann. Man braucht dafür nicht viel Kraft, sondern nur die Kenntnis bestimmter Regeln. Ich habe ja gesagt, ein gutes Wort und die Wissenschaft siegen immer über rohe Kraft. Aber wo ist denn der Anführer der Räuber? Ich habe damit gerechnet, auf fünf Gegner zu treffen, doch es waren nur vier.«

»Ich habe ihn nicht zum Übernachten in die Kutsche gelassen, sondern ihm befohlen, sich zu entfernen. Als er versuchte, das nicht zu beachten, habe ich ihm gedroht, ich würde mich bei Surow darüber beschweren, dass er mir den Hof macht. Davor hat der Schuft Angst. Er hat die Nacht mit seinen Spießgesellen am Lagerfeuer verbracht. Und als er mich am Morgen begrüßen wollte, habe ich ihm laut eine geknallt. Da fluchte er, schwang sich in den Sattel und jagte das Pferd direkt durch den Waldrand über den Schnee. Seinen Leuten hat er zugerufen, er erwarte sie in Tschudowo, um die Pferde zu wechseln.«

Sie zitterte und sagte besorgt:

»Wir müssen möglichst schnell hier weg. Wenn er es sich anders überlegt und uns entgegenreitet? Pikin ist ein Mörder, ein schrecklicher Mensch, kein Vergleich mit diesen Tölpeln. Mit der englischen Stabkunst kriegst du ihn nicht unter. Ich bitte dich, kühner Alter, bring Mitja und mich zur Station. Ich werde dich großzügig belohnen.«

Vondorin zog die Brauen zusammen. Er antwortete knapp:

»Ich begleite Euch. Aber nicht bis zur Station, wo Ihr kaum Schutz finden würdet, sondern bis Nowgorod. Bitte geht in die Kutsche, gnädige Frau. Und du, Dmitri, setz dich hin.«

Pawlina sagte, vor Lachen prustend:

»Wie komisch du meinen Mitja nennst. Für mich ist er mein Süßer, mein Zuckerknirps. Stimmt's, Mitja? Er ist ja noch ganz klein und hat es doch geschafft, einen erfahrenen Mann zu Hilfe zu rufen. Wie hat er sich nur verständlich gemacht?«

»Für sein Alter erstaunlich gut«, antwortete Vondorin belustigt, und in seinen Augen blitzte ein Funke.

»Wie klug du bist«, flüsterte die Gräfin Mitja ins Ohr. »Möchtest du mein Söhnchen sein? Ja? Nenn mich ›Mama Pascha‹. Einverstanden, mein Kleiner?«

»Mama Pascha«, wiederholte Mithridates verdrossen und wurde sofort mit einem Dutzend heißer Küsse belohnt.

»Und was sollen wir mit diesen Räubern tun?«, sagte Pawlina und deutete auf die beiden Gefesselten. »Hier lassen können wir sie nicht. Sie bringen Pikin auf unsere Spur.«

Einer der beiden Heiducken, der mit der gebrochenen Hand, war noch nicht zu sich gekommen und lag reglos im Schnee. Der andere, den der Stab vom Bock gefegt hatte, fing bei diesen Worten an, mit den Beinen zu strampeln, und kroch weg, im Sitzen, so, wie er war. Sein Kiefer zuckte.

»Ja, das ist ein Problem«, stimmte Vondorin zu. »Natürlich bringen sie ihn auf unsere Spur. Aber ich kann sie doch nicht umbringen.«

»Was denn sonst?«, sagte die Gräfin hart. »Pikin hat meine Diener umgebracht, und die hier haben ihm dabei geholfen.«

Daniel murmelte, gleichsam niemand ansprechend, in Wirklichkeit aber an Mitja gewandt:

»Was ist das für ein grausames Jahrhundert, in dem sogar so zarte Geschöpfe zum Mord aufrufen?«

»Was hast du gesagt, Großvater?«, fragte die Chawronskaja und drehte sich um.

Er runzelte wieder die Stirn und sagte:

»Gnädige Frau, ich habe gesagt, dass ich sie nicht umbringen werde, denn jeder Mensch ist ein Bündel von Geheimnissen. Nicht ich habe es geknüpft, und es ist nicht meine Sache, es zu lösen. Ich habe leider Menschen umbringen müssen, aber das geschah immer ohne mörderische Absicht, aufgrund von unglücklichen Umständen.«

Vondorin ging zu dem vor Entsetzen krächzenden Heiducken und verband ihm in Windeseile den verletzten Kopf. Dem anderen, Besinnungslosen, band er den gebrochenen Arm an die Scheide des Säbels. Mitja wusste, dass die Ärzte so etwas Schiene nannten.

Pawlina schaute und schaute, rang die Hände und sagte:

»Gerade wegen deiner Milde werden sie Pikin auf dich hetzen. Du weißt nicht, was für ein grimmiger Wolf das ist. Er würde dich auch unter der Erde finden, um sich für die Beleidigung zu rächen.«

»Daran zweifle ich nicht«, stimmte Daniel leise zu. »Sie umzubringen, wäre einfacher. Aber ich bin kein Anhänger einer so verstandenen Einfachheit. Wir fahren los, ehrwürdige Erlaucht. Die Zeit ist kostbar.«

Und er stieg auf den Kutschbock.

Als es ganz hell war, belebte sich der Weg nach Moskau. Einzelne Fuhrwerke tauchten auf und auch ganze Züge beladener Schlitten. Die sechsspännige Kutsche stürmte schnell dahin. Sie verlangsamte die Fahrt nur, wenn der Weg anstieg, und wenn er fiel, hörte man die Bremsen quietschen. Daniel knallte mit der Knute wie ein richtiger Kutscher, das Pferdegeschirr klingelte lustig, unter den Kufen stoben Eissplitter. Im Winter kommt man gut voran, das ist etwas anderes als im Sommer. Man wird nicht durchgeschüttelt und hat eine ganz andere Geschwindigkeit. Ein Feldjäger hatte einmal im Palast damit geprahlt (das hatte Mitja selber gehört), er habe die sechshundert Werst bis Moskau im Winter in sechsunddreißig Stunden zurückgelegt. Er aß und schlief nicht unterwegs, nur die Pferde wechselte er.

Kurz nach Mittag erreichten sie Nowgorod, eine so alte Stadt, dass das Gründungsjahr unbekannt ist, sie stammt noch aus der Zeit vor dem Russischen Reich. Während Mithridates blinzelnd die in der Sonne strahlende Kuppel der Sophienkathedrale bestaunte, prüfte er sein Gedächtnis: die Siedlung hat eine Ausdehnung von 452 Desjatinen, die Zahl der Einwohner beträgt zweitausend. Noch im fünfzehnten Jahrhundert gab es hier zweihundertmal so viele Einwohner. Wenn man es recht bedenkt, dann wird mit Moskau, Petersburg und sogar Paris einmal dasselbe passieren. Sie werden verfallen und sich entvölkern, denn alles auf dieser Welt hat einmal ein Ende.

Er kniff die Augen zusammen und stellte sich die zukünftigen Ruinen Moskaus vor: die eingestürzten Kremlmauern; den nackten Roten Platz, über den eine verwilderte Katze streunt; die von

Unkraut überwucherte Twerskaja Uliza; die blinden Fenster der Häuser. Brrr, eine schreckliche Aussicht!

»Mitjuschenka, was verziehst du denn das Gesicht?«, fragte Pawlina und strich ihm über den Kopf. »Bist du müde? Wir ruhen uns jetzt aus, trinken Tee mit Keksen, wir brauchen uns nicht mehr zu beeilen. Die Stadt ist groß, hier gibt es keine Schreckgespenster, die Mitjuschenka etwas antun könnten. Das ist Nowgorod, Neustadt. Vor langer, langer Zeit war sie wirklich einmal neu, aber jetzt ist sie alt, uralt. Du bist jetzt auch jung, ganz neu, aber wenn viele, viele Jahre vergehen, dann wirst du ein alter Greis sein wie der alte Daniel. Ist das nicht komisch?«

»Ja, das ist komiss«, stimmte Mitja zu.

Da hältst du dir den Bauch vor Lachen. Es geschieht nichts Neues unter der Sonne. Geschieht auch etwas, davon man sagen möchte: Siehe, das ist neu? Es ist zuvor auch geschehen in den langen Zeiten, die vor uns gewesen sind …

Sie quartierten sich im besten Gasthof ein. Daniel passte auf, dass sie die Pferde ausspannten, und verschwand dann – er sagte, er wolle einen alten Bekannten besuchen, bei dem er auch gleich esse. Mitja und Pawlina bekamen Fischsuppe mit Grütze und gingen einkaufen. Das war offenbar so eine Angewohnheit der Gräfin: Wohin sie auch kam, selbst wenn es das hinterletzte Kuhdorf war, sie ging sofort gucken, was es zu kaufen gab.

In Nowgorod waren die Läden sehr viel reicher als in Ljuban, und Pawlina wollte Mitja herausputzen. Zuerst hatte sie in einem Geschäft ein »wunderwunderschönes« Batistkleid gesehen und wollte Mitja unbedingt wie ein Mädchen anziehen, aber er stimmte ein solches Gebrüll an (andere Mittel der Verteidigung standen ihm nicht zur Verfügung), dass die Gräfin von diesem Plan Abstand nehmen musste. In beidseitigem Einverständnis verwandelten sie Mitja in einen kleinen Kosaken: er bekam eine blaue Pekesche, Stiefel aus Saffianleder, und das Schönste war die Lammfell-Kosakenmütze mit einem scharlachroten Tuchzipfel. Er besah sich im Spiegel und gefiel sich ausnehmend: wie ein echter Saporoger Kosak.

Sie verbrachten den Tag mit angenehmen Dingen und setzten sich abends in den Speisesaal des Hotels, um Kakao zu trinken. Pawlina hatte angeordnet, wenn der graubärtige Daniel komme, möge man ihn sofort zu ihnen bringen. Sie wollte ihn großzügig belohnen, mit hundert Rubeln, ihm herzlich für seine Güte danken und ihn zurück in den Wald ziehen lassen. Sie hatten jetzt einen eigenen Kutscher, die Chawronskaja hatte einen unter den Einheimischen gefunden.

Pawlina war fröhlich und ausgeglichen. Sie erzählte Mitja, wie angenehm und ruhig ihre Reise nach Moskau sein werde. Sie würden nicht alleine fahren, da sei Gott vor, nein, nur zusammen mit verlässlichen Weggefährten. Und kein Pikin könne ihnen da ein Leid antun.

Abends verwandelte sich der Gasthof offenbar in so eine Art Salon oder Klub; im Saal waren ziemlich viele Besucher. Sowohl durchreisende als auch einheimische Adlige waren anwesend. Sie aßen etwas, tranken Tee oder Kaffee, unterhielten sich nicht zu laut und mit Anstand. Mitja betrachtete dieses erfreuliche Bild und dachte: Wenn die ganze Bevölkerung in Russland so anständig wäre, dann würden wir nicht in Dreck und Suff leben, sondern so kultiviert wie die Leute in Holland oder der Schweiz. Daniel hat Recht, tausendfach Recht: man musste überall die aktive Fraktion vergrößern.

Ein solider, nicht mehr junger Mann trat an ihren Tisch. Er stellte sich ordentlich vor:

»Kollegienrat Sisow, ich diene in der Kanzlei Seiner Exzellenz des Herrn Statthalters. Ich sehe es als Pflicht der Gastfreundschaft an, die Gasthöfe zu inspizieren, in denen Reisende adeliger Herkunft Station machen, und zu fragen, ob es Klagen gibt.«

Das gefiel Mitja ebenfalls.

Pawlina stellte sich als Petrowa, eine Adelige aus Moskau, vor und bedankte sich für die Aufmerksamkeit.

»Was für ein prächtiger kleiner Kosak. Wie heißt du?«

Er hatte einen durchdringenden, aufmerksamen Blick. Es handelte sich offenbar um einen so wichtigen Mann, dass er selbst mit Kindern nicht anders umging.

Er stammelte:

»Mitjusja.

»Na, siehst du.«

Der Kollegienrat ging an den Nachbartisch, wo eine durchreisende Gutsbesitzerin aus Moskau mit Sohn und Tochter saß. Er redete mit der Gutsbesitzerin und vergaß auch die Kinderchen nicht. Dann schäkerte er mit dem kleinen rotbackigen Deutschen, der mit dem Gouverneur nach Twer fuhr, wo sein Vater im Steueramt arbeitete. Und erst nachdem er die Pflicht der Gastfreundschaft erfüllt hatte, setzte er sich ans Feuer und trank Bier.

Bald kam noch ein Herr in den Saal: er trug eine braune Jacke aus Kamelott, die Wildledersiefel reichten bis zu den Knien, die Haare waren ordentlich gepudert. Er stand ein Weilchen an der Schwelle, hustete und ging dann schnurstracks zu dem Kamin, in dessen Nähe die Chawronskaja und Mitja saßen.

Mitja sah dem Neuankömmling ins Gesicht und kam aus dem Staunen nicht mehr heraus. Unmöglich, diesen Blick unter den schwarzen Brauen, die skeptischen Fältchen an den Augen und die hohe Stirn nicht wiederzuerkennen.

Das war doch Daniel! Aber wie verwandelt er war!

Ohne den Bart sah er mit seinem hageren, dünnlippigen, runzligen Gesicht gar nicht wie ein Greis aus. Eher wie ein reifer Mann, der soeben noch seine Blütezeit hatte. Die langen Haare waren unterhalb der Ohren abgeschnitten, nach oben gekämmt und hinten zu einem Zopf zusammengebunden; die graue Farbe sah jetzt wie ganz gewöhnlicher Puder aus.

Verlegen blinzelte Vondorin Mitja zu und verbeugte sich vor der Gräfin. Die runzelte die Stirn, als habe sie Mühe, sich an einen alten, fast vergessenen Bekannten zu erinnern.

»Da ich schon einmal in der Stadt war«, setzte Daniel stockend an und errötete ein wenig, »habe ich beschlossen, mir ein städtisches Aussehen zuzulegen, wobei mir mein Freund und langjähriger Korrespondent, der hiesige Richter, behilflich war. Ich habe mich aus seiner Garderobe bedient.«

Erst jetzt hatte Pawlina ihn an seiner Stimme erkannt.

»Ach!«, rief sie aus. »Dann kommt Ihr also nicht vom Land. Das hätte ich eigentlich schon an Eurer Sprache merken müssen. Aber wer seid Ihr dann? Welchem Stand gehört Ihr an?«

»Daniel Ilarionowitsch Vondorin, ein echter russischer Adeliger. Ich stehe ehrwürdiger Erlaucht zu Diensten.«

Die Chawronskaja antwortete mit einem zeremoniellen Kopfnicken. Ihre grauen Augen fixierten den verwandelten Daniel mit Interesse.

»Wie? Von Dorn? Seid Ihr dann nicht ein Verwandter des Generalleutnants Andron Lwowitsch von Dorn, des Statthalters von Jaroslawl? Aber bitte, setzt Euch doch!«

»Na klar, er ist der Sohn meines Onkels, also mein Cousin.«

Daniel setzte sich auf den Rand des Stuhls und stützte den Ellenbogen elegant auf den Tisch. Wenn die ursprüngliche Verlegenheit nicht ein Hirngespinst von Mithridates gewesen war, so war jedenfalls jetzt nichts mehr davon zu spüren. Der einstige Kammersekretär trat sicher auf und redete glatt und ungezwungen wie ein richtiger Salonlöwe.

»Andron ist schon Generalleutnant? Da hat er aber eine steile Karriere gemacht. Vor zwei Jahren, als ich Moskau verließ, hatte er den Rang eines Obersts und war Staatsrat. Aber das wundert mich nicht. Ihr Zweig ist forscher als unserer. Wir haben schon lange keinen Kontakt mehr mit ihnen, seit dreißig Jahren oder so. Sie nennen sich von Dorn, während ich Vondorin heiße, wie unser Großvater Nikita Kornejewitsch es schrieb. In der kurzen Zeitspanne der Regentschaft Peters des Dritten, als die Deutschen und Holsteiner an Einfluss gewannen, hat Onkel Lew untertänigst um die Erlaubnis gebeten, sich wie unsere alten Vorfahren von Dorn nennen zu dürfen. Als unter der Kaiserin Katharina gebürtige Russen vorgezogen wurden, wollte der Onkel wieder Vondorin heißen, bekam aber keine Erlaubnis.« Daniel unterdrückte ein schadenfrohes Lachen, so dass Mitja klar wurde, das hatte wohl kaum ohne die Mitwirkung eines gewissen Kammersekretärs geschehen können. »Er und seine Nachkommen müssen bei dem Namen von Dorn bleiben. Und die zahlreichen Bastarde des Onkels, die von leibeigenen Mädchen zur Welt gebracht wurden, haben kein ›von‹, sondern heißen einfach ›Dorn‹.«

Die Gräfin lachte. Die Erzählung amüsierte sie.

»Macht es Euch doch gemütlich, Daniel Ilarionowitsch. Möchtet Ihr Kakao oder Grog? Mitja und ich haben Euch so viel zu verdanken. Mir kommt es fast so vor, als wäre ich schon jahrelang mit Euch bekannt. Man erkennt sofort den erfahrenen Mann, der weit herumgekommen ist. Erzählt doch etwas von Euch. Einer der größten Genüsse im Leben besteht darin, an einem Winterabend am Kamin einem guten, klugen Erzähler zu lauschen.«

»Findet Ihr wirklich?« Daniel lächelte angenehm berührt. »Das ist ein bemerkenswertes Urteil aus dem Munde einer jungen, schönen Person. Eure Altersgenossinnen, die aussehen wie Ihr, ziehen gewöhnliche andere Genüsse vor.«

Man sah, dass der Gräfin das Kompliment gefiel.

»Dann bin ich eben anders als andere«, sagte sie und nahm eine Prise wohlriechenden Tabak aus der goldenen Dose und stopfte ihn in ihr Nasenloch. »Möchtet Ihr Eure Nase reinigen?«

»Danke für das Angebot. Aber ich mag weder Grog noch Tabak. Ich meide bewusst Gewohnheiten, die den Willen schwächen oder die zu Verweichlichung führen.« Und er fügte hinzu: »Aber diese freiwilligen Beschränkungen habe ich mir erst in reifem Alter auferlegt. In der Jugend ist übertriebene Enthaltsamkeit schädlich, sie kann zur Verkümmerung der Seele führen.«

Pawlina lächelte und nieste wohlklingend in ihr Seidentüchlein.

»Gesundheit und ein langes Leben, Pawlina Anikitischna.«

Sie wischte sich die Tränen ab und sagte nickend:

»Danke, das ist sehr liebenswürdig von Euch. Aber erzählt doch, wie Ihr auf die Idee gekommen seid, im Wald zu wohnen. Ich muss zugeben, auch ich habe schon mehrfach Lust gehabt, vor der Eitelkeit der Welt in die unberührten Wälder zu fliehen und da ein einfaches, unkompliziertes Leben zu führen.«

»Da habt Ihr sicher zu viel Bernardin de Saint-Pierre gelesen, Pawlina Anikitischna.« Daniel seufzte. »Ein äußerst gefährlicher Lesestoff, der mir meinen Bruder, einen empfindsamen und wunderbaren Jüngling, genommen hat. Er reiste in die Neue Welt, um das Paradies natürlicher Einfachheit zu suchen, und kam um. Nein, Gräfin, ich bin aus einem anderen Grund Einsiedler geworden.« Er schwieg und blickte seine Gesprächspartnerin prüfend an, als überlege er, ob er weiterreden solle, fand aber offenbar in ihren Augen etwas, das ihn zur Offenheit trieb. »Wenn Ihr wünscht, erzähle ich es, aber ich warne, es ist eine traurige Geschichte.«

»Ich bitte Euch herzlich darum!«, rief sie und presste ihre Hände an die Brust. »Mich interessiert das sehr. Und was das Traurige am Leben betrifft, da wird Euch kaum jemand besser verstehen als ich.«

Mitja hörte dieses in jeder Hinsicht raffinierte Gespräch und war einfach hingerissen. Ein wirklich gutes Gespräch ist wie ein

Menuett, das von geschickten Tänzern aufgeführt wird. Jeder kennt seine Partie in- und auswendig und doch steckt in jedem Ton, in jeder Bewegung unendlich viel Eleganz!

Er setzte sich bequemer hin, um zuhören zu können. Pawlina hatte die Hände unter ihrem rundlichen Kinn gefaltet. Vondorin blickte in die Flamme und löste während des ganzen Gesprächs kein einziges Mal den Blick von den roten Zungen des Phlogistons, das mit einem Knacken den Holzscheiten entwich.

»Ich will Euch den Beginn meines Lebens nicht in allen Einzelheiten beschreiben, denn es hängt nicht direkt mit den Umständen zusammen, die mich dazu bewegt haben, die Waldeinsamkeit zu suchen. Ich will nur sagen, dass ich in der ersten Zeit meiner Existenz wie die meisten Menschen einfach drauflos ging und weniger den Pfad auswählte, den ich gehen wollte, als vielmehr dem Pfad folgte, der mir am nächsten lag. Diese Zufallswege führten mich ab und zu auf hohe Hügel oder in tiefe Schluchten, aber mein Weg war die ganze Zeit von Nebel verhüllt und, wie viel Mühe ich mir auch gab, ich konnte nur einen Bruchteil der mich umgebenden Landschaft sehen. So wäre ich bis an mein Lebensende wie ein unvernünftiges Kind herumgeirrt, wenn ich nicht eines Tages, ohne dass ich es gewollt hätte, nur dank eines glücklichen Zufalls auf meinen Weg gestoßen wäre.«

»Wie das?«, fragte Pawlina neugierig. »Ich verstehe, dass Ihr in Allegorien sprecht, aber wie habt Ihr erraten, dass es sich um Euren Weg handelt? Gab es dort einen Wegweiser, auf dem stand: ›Für Daniel Vondorin‹?«

»Nein, es gab keinen Wegweiser, aber wenn man seinen Weg gefunden hat, kann man sich unmöglich irren.«

»Wieso?«

»Weil der Nebel, der den Blick vorher behindert hat, sich sofort auflöst. Und man sieht auf einmal die Wälder, Berge und Meere der Umgebung, man sieht den hohen Himmel und, was das Wichtigste ist, man sieht den vor einem liegenden Weg und das Ziel dieses Weges.«

»Und was ist das für ein Ziel?«

Die Gräfin wartete so ungeduldig auf eine Antwort, dass sie sich ganz gespannt nach vorn beugte.

»Mein Ziel erschien mir in Gestalt einer fernen Stadt, die durch hohe Mauern geschützt ist und viele gülden und rosig schimmernde Turmspitzen hat. Einem anderen, der anders als ich gelagert ist, wäre sicher ein anderes Ziel erschienen, vielleicht auch eins, das sich nicht auf der Erde, sondern im Himmel befindet. Aber mir war sofort klar: Ich muss dahin, vorwärts, zu diesen Mauerzinnen, denn dahinter finde ich die Stadt, die Vernunft, Würde und Schönheit auf sich vereint.«

»Und wie ging es weiter?«

»Ich ging also diesen Weg, liebe Pawlina Anikitischna. Und nach einiger Zeit, nachdem ich Länder und Jahre durchwandert hatte, entdeckte ich, dass ich auf diesem Weg nicht allein war. Es tauchten Weggefährten auf, nicht viele, aber solche, über die ich mich freute. Wir schlossen uns zu einer Gemeinschaft zusammen, deren Mitglieder ihre eigene Vollkommenheit zu bescheiden einschätzten, als dass sie die Umgestaltung des menschlichen Zusammenlebens anstrebten, und die deshalb vor allem nach der Erkenntnis von Gott, Natur und dem eigenen Ich – denn diese drei Geheimnisse sind eigentlich eins – suchten.«

»Ich verstehe nicht ganz …« Pawlina runzelte die Stirn. »Was Ihr sagt, ist nicht ganz klar.«

Was gibt es dann da zu verstehen?, ärgerte sich Mitja. Sie hindert einen nur zuzuhören! Er räusperte sich sogar vor Ärger und ruckte so mit dem Kopf, dass die wunderbare Saporoger Mütze auf den Boden flog und er sie aufheben musste.

Daniel dagegen reagierte überhaupt nicht gereizt, sondern nickte zustimmend, als sei die Begriffsstutzigkeit der Chawronskaja ganz natürlich.

»Wisst Ihr denn nicht, meine liebe Gräfin, dass die wichtigsten Geheimnisse und die wichtigsten Ereignisse sich nicht außerhalb von uns, sondern in unserem Inneren abspielen? Alles, was um uns herum geschieht, sind nur Fragen, die uns gestellt werden, und unsere Taten sind die Antworten, die uns entweder dem Geheimnis, das in uns versteckt ist, näher bringen oder davon entfernen. Wir, die Bruderschaft des Gold- und Rosenkreuzes, wollten zunächst unsere eigene Organisation verstehen und erst, falls diese sich bewährt hätte (und nur in diesem Fall), auch andere auffordern, sich uns anzuschließen und mit uns zu dieser Stadt der Wunder zu ziehen. Aber diese ganze Suche war natürlich nur ein Teil meines Lebens, vielleicht der wichtigste und größte, aber sie hinderte mich nicht daran, im Übrigen ein normales Leben zu führen. Von meinen Reisen brachte ich ein Weib mit, ließ mich mit ihr in Moskau nieder und begann das Leben eines glücklichen Familienvaters.«

»Dann seid Ihr also verheiratet?«, fragte Pawlina und lächelte erfreut über diese unerwartete Nachricht. »Und wie heißt Euer Weib?«

»Sie hieß Giulia«, antwortete Vondorin mit leiser Stimme, ohne den Blick vom Feuer abzuwenden. »Sie war das bildschöne Kind eines sonnigen Landes, voller Leben und Liebe; doch ich habe sie zugrunde gerichtet, und das ist das erste der von mir verübten Verbrechen, für die mich mein Gewissen jeden Tag peinigt.«

»Ist sie ums Leben gekommen?« Die Gräfin schlug die Finger vor den Mund, ihre Wimpern zuckten gefährlich; es war nicht zu übersehen, dass in ihren weit aufgerissenen Augen die Tränen standen. »Ich glaube nicht, dass die Schuld dafür bei Euch liegt.«

»Sie hat die Widrigkeiten unseres Klimas nicht ausgehalten. Wer hat sie denn ausgerechnet zu Beginn des Winters hierher gebracht? Ich. Ich konnte es nicht erwarten, wieder mit meinen Gesinnungsgenossen zusammen zu sein und die bei den Wanderungen erworbenen Kenntnisse praktisch anzuwenden. Ich brachte das fügsame Mädchen, das gerade Mutter werden sollte, in ein fremdes, kaltes Land. Giulia sehnte sich so nach dem Frühling, nach Wärme und Sonne; sie starb in einer verschneiten Nacht im blinden Monat Februar …«

Da rollten die Tränen über Pawlina Anikitischnas Wangen, leicht und reichlich. Vondorin schwieg ein Weilchen, hustete dann und setzte seine Erzählung fort.

»Sie starb bei der Geburt in meinen Armen. Ich hätte wahrscheinlich vor Kummer den Verstand verloren oder Zuflucht bei dem letzten Mittel gegen unerträglichen Schmerz, dem Selbstmord, genommen, wenn ich nicht das Bedürfnis gehabt hätte, das Kind zu retten. Mein Sohn war sehr schwach und klein, als er auf die Welt kam. Da ich selber Arzt bin, hatte ich keine Hoffnung, dass der Junge überlebt, kämpfte aber mit der Wut der Verzweiflung um sein Leben und schaffte, dem Verstand sei Dank, das Unmögliche. Das Kind überlebte. Ihr könnt Euch sicher vorstellen, was für ein übervorsichtiger und ängstlicher Vater ich nach all dem geworden war. Mein Sohn war kränklich und hinfällig; deshalb nannte ich ihn Samson, der Name des biblischen Helden sollte ihm Gesundheit und Kraft verleihen. So lebten wir also zu zweit, und meine Existenz hatte einen doppelten Sinn: einen höheren, der mir im Zeichen des Gold- und Rosenkreuzes leuchtete, und einen alltäglichen, ohne den das Leben dürr und undenkbar ist. Und dann, vor zwei Jahren, brachen in Moskau die Ereignisse über uns herein. Das heißt, eigentlich geschahen sie zuerst gar nicht in Moskau, sondern in Paris, wo die Menge dem letzten Bourbonen den Kopf abschlug, aber nachdem die Welle der Angst und des Wahnsinns mit Windeseile ganz Europa überrollt hatte, erreichte sie auch unser am Rand gelegenes Reich. Es gibt keinen besseren Hebel, um auf die Mächtigen dieser Welt Druck auszuüben, als die Angst. Es ist bekannt, dass unsere Kaiserin, die durch einen Mord auf den Thron kam, immer verzweifelte Angst um ihr Leben hatte und noch heute hat.«

Diese aufrührerischen Worte sagte Daniel, ohne seine Stimme auch nur im Mindesten zu dämpfen. Pawlina und Mitja schauten sich spontan um, aber die Leute neben ihnen waren Gott sei Dank mit ihren eigenen Sachen beschäftigt und hörten Vondorin nicht zu.

Nur der Kollegienrat (wie hieß er noch? Sisow?) schaute ununterbrochen in ihre Richtung, fixierte aber nicht den Sprechenden, sondern Mitja. Er saß übrigens auch so weit entfernt, dass er ohnehin nichts hören konnte. Da fragt man sich, warum starrte er dann so?

»Katharina hatte einen schwarzen Mann neben sich, einen gewissen Maslow«, fuhr Vondorin unbeeindruckt fort, und Mitja vergaß den unhöflichen Einheimischen sofort, als er den bekannten Namen hörte. »Er leitet die suspekte Behörde, die von der Abwehr der Staatsverbrecher lebt und ohne Staatsverbrecher nicht leben kann. Da diese aber nun einmal relativ selten sind, muss die Behörde sie sich häufig selber ausdenken, und je schrecklicher sie sind, desto besser. Je mehr Angst die Macht hat, desto größeren Spielraum haben die Maslows. Und da fällt nun so ein Geschenk vom Himmel: die Französische Revolution. Maslow sucht unter den Freimaurern in Petersburg Jakobiner. Aber es ist ja bekannt, warum unsere Adeligen bei den Freimaurern eintreten: um ohne Damen zu dinieren und um nützliche Bekanntschaften zu schließen. Was kann es in der Nähe des Throns für Revolutionäre geben? Da lachen ja die Hühner! Alle Logen haben sich vor Schreck sofort untertänigst selber aufgelöst. Da hatte Maslow die Idee, die zweite Hauptstadt unter die Lupe zu nehmen. Da sitzt der Moskauer Hauptkommandeur Fürst Osorowski, ein Rabe, der Maslow in nichts nachsteht. Er freut sich, dass er etwas zu tun kriegt. Jawohl, meldet er, eine Gesellschaft, eine höchst geheime. Die bringen Bücher heraus, verteilen Brot an Hungernde und heilen kostenlos Krankheiten. Wofür und zu welchem Zweck? Klarer Fall: um einen Aufstand vorzubereiten. Auch der Name ist unverständlich: Bruderschaft des Gold- und Rosenkreuzes. Wie bitte, was soll das eigentlich heißen?«

»Ja, stimmt doch, was heißt das denn?«

»Unser Gründer gehörte zum Rosenkreuzorden, der die Rose und das Goldene Kreuz verehrt. Ich habe meinen eigenen Sinn in diesen Namen gelegt, in Erinnerung an die mir in der Vision erschienene gülden und rosig schimmernde Stadt. Aber es wurde keine Stadt daraus, sondern ein Kreuz, weil der Geheimrat Maslow und sein Fürst Osorowski meine hochgeistigen Brüder an eben dieses Marterinstrument nagelten. Sie fahndeten nach ihnen, und meine Kameraden waren alles offene, vertrauensselige Menschen, die ihre verbotenen Bücher nicht sonderlich versteckten und mit ihren Gedanken nicht hinterm Berg hielten – diese Narren konnte man mit der bloßen Hand einfangen. Was auch geschah. Der Erste kam nach Sibirien, der Zweite in die Festung, der Dritte verlor den Verstand, der Vierte starb von selbst – es waren ja alles sehr empfindsame Menschen mit einer feinen Seele. Ich habe Glück gehabt … Eine hochgestellte Persönlichkeit hat sich für mich eingesetzt. Ich wurde nur einen Monat in der Hauptwache festgehalten und ohne Folgen freigelassen.«

Die Kaiserin persönlich musste sich für ihn eingesetzt haben, sie hatte ihren Kammersekretär nicht vergessen, erriet Mitja. Und es gefiel ihm sehr, dass Daniel vor der Gräfin nicht mit seiner früheren Stellung prahlte, sondern sie als unwesentlich abtat.

»Also ist noch einmal alles gut gegangen?«, rief Pawlina erleichtert.

»Nein.« Vondorin beugte sich vor und stieß mit der Ofengabel ein Holzscheit ins Feuer. Sein Gesicht war leidenschaftslos, rote Lichtstreifen fuhren über die von Runzeln zerklüfteten Wangen. »Nach der Verhaftung kehrte ich unerwartet in mein Haus zurück. Das Gesinde rechnete nicht mehr damit, seinen Herrn je wiederzusehen; den Gerüchten nach zu urteilen, hatte mir mindestens lebenslängliche Zwangsarbeit gedroht. Die Dienerschaft hatte an einem Leben ohne Herren Gefallen gefunden. Ihre Gesichter waren satt und glänzend, sie hatten alle Rhein- und ungarischen Weine aus dem Keller ausgetrunken, die Möbel und Bilder hatten sie verkauft. Sie dachten, es wäre sinnlos, etwas aufzubewahren, es würde sowieso alles konfisziert. Als sie mich sahen, bekamen sie einen Schreck. Warfen sich mir zu Füßen, winselten und baten um Verzeihung. Ich sagte zu ihnen: ›Nicht der Rede wert, meine Freunde. Hol der Verstand die Möbel, ich schaffe mir neue an.‹ Sie winselten noch mehr: ›Und verzeihe uns auch Herr, dass wir dein Söhnchen, dein Blut, nicht haben retten können.‹ Da wurde mir schwarz vor Augen. Ich habe aufgeschrien und wohl für eine Weile sogar das Bewusstsein verloren, was noch nie in meinem Leben vorgekommen ist. Es hat lange gedauert, bis ich von der Dienerschaft die Wahrheit erfahren habe … Es war folgendermaßen geschehen.« Daniel hustete wieder. »Ich wurde ja unter großem Wirbel verhaftet, als habe man einen neuen Pugatschow oder Robespierre höchstpersönlich geschnappt. Eine ganze militärische Abteilung kam, mit Gewehren und auf Pferden. Da wurde gerasselt und gebrüllt. Samson war ein Junge mit ängstlicher Seele. Wenn er auf der Kirmes einen Bären an der Kette sah, konnte er sich danach eine Woche lang nicht beruhigen, so Leid tat ihm das Tier. Und hier ging es ja nicht um einen Bären, sondern man hatte seinen eigenen Vater in Fußketten geschmiedet und auf die Straße gezerrt … Und da bekam mein Samson Nervenfieber. Ich glaube, dass sich keiner richtig um ihn gekümmert hat, denn für die Dienerschaft hatte ein freies Leben begonnen, da interessierte sie ein krankes Kind nicht. Dabei hatte es das Gesinde bei mir ausgesprochen gut.« Vondorin schüttelte den Kopf, als wundere er sich wirklich über dieses merkwürdige Benehmen. »Ich habe sie gesiezt, habe nie jemand ausgepeitscht, selbst wenn es einen Grund dafür gab. Habe mit ihnen Gespräche geführt, um sie zu

Bürgern zu erziehen. Jetzt denke ich, dass aus Sklaven nicht so schnell Bürger werden. Aber das hat mit der Sache nichts zu tun, darum geht es jetzt nicht … Mein Sohn phantasierte die ganze Zeit und wollte zu seinem Vater. Eines Tages guckten die Diener in sein Zimmer – das Bett ist leer, das Fenster steht sperrangelweit offen. Er muss, nur mit dem Hemd bekleidet, nach draußen geklettert und – keiner weiß, wohin – gegangen sein. Das war im Winter. Sie haben angeblich sogar nach ihm gesucht, aber vielleicht lügen sie auch. In jener Nacht kam ein Gemisch von Regen und Schnee vom Himmel. Da hatten sie wahrscheinlich keine Lust, ihr warmes Eckchen zu verlassen …«

Hier legte er eine lange Pause ein und trommelte mit den Fingern auf den Tisch. Pawlina schluchzte und wischte sich die Tränen mit dem Tuch ab. Mitja hielt sich tapfer, er schluckte die Tränen herunter, sein Gaumen war ganz salzig davon.

»Und weiter? Ich habe mich auf die Suche begeben. Habe eine Belohnung versprochen und Himmel und Erde in Bewegung gesetzt. Aber keiner hatte ihn gesehen, den Knaben von sieben Jahren, mit seinen schwarzen Haaren, der hageren Gestalt und dem blassen Gesicht. Von meinem Jungen fehlte jede Spur. Mein Verstand sagte mir, dass er nicht zu retten war, so krank und leicht gekleidet, wie er war. Ich stellte mir alles Mögliche vor, eine Vision schrecklicher als die andere: Er war irgendwo erfroren oder im Eis durchgebrochen, oder noch schlimmer, er war an einen Unmenschen geraten, der nach verbotenen Lastern gierte.«

Seine Finger, die auf die Tischdecke trommelten, ballten sich auf einmal zur Faust und schlugen so heftig auf den Tisch, dass die Tassen in die Höhe hüpften. Die Leute im Saal drehten sich nach ihnen um, die Gräfin rief nach dem Diener, er solle die Tischdecke wechseln.

Daniel wartete, bis sich alle beruhigten, und setzte seine Erzählung fort.

»Und ich hatte keine Kraft mehr, die Menschen zu sehen. Ich ließ die Bauern frei, gab das Moskauer Haus auf und zog in den Wald. Ich stellte es mir da schön vor: zwischen Pflanzen, Tieren, Vögeln. Die fressen sich zwar gegenseitig auf, quälen einander aber nicht. Doch mein Robinson-Dasein dauerte nicht lange. Auch in meiner Klause ließen mich die Menschen nicht in Ruhe. Da hieß es: Kurier sie, die Verhassten, koch den Weibern mit ihrem dicken Bauch ein Gebräu, reib die Insektenstiche der Kinderchen ein … Und es wurde immer schlimmer. Im letzten Frühling suchte mich Seine Eminenz Ambrosius, der hiesige Weihbischof, auf. Er hatte gerüchteweise von einem im Wald hausenden Alten gehört, den die Bauern verehrten. Er kam, um zu prüfen, ob es sich dabei etwa um einen Ketzer oder um Heilkunst durch heidnische Zauberei handelte. Wir haben uns unterhalten, ich habe ihn von seinen Hämorrhoiden mit Leukozinakraut-Zäpfchen kuriert, und er hat mich so lieb gewonnen, dass er mich ab und zu besuchen kommt. Und dann hat er auch noch überall verkündet, ich führe ein heiliges Leben, ja ich sei ein Gerechter. Sie haben allerhand Märchen über mich erzählt, so zum Beispiel: Wie zu Sergej von Radonesch kämen die Bären zu mir, um sich segnen zu lassen, und dergleichen mehr. Ich habe in letzter Zeit mehrfach gedacht, ob ich meine Klause nicht verlassen und mir einen besseren Platz suchen soll. Und in diesem Augenblick hat mir der Verstand gerade Euch geschickt …«

»Wollt Ihr denn nicht zurückkehren?«, fragte die Gräfin.

»Das geht jetzt nicht mehr. Ich habe so eine ganz besondere Kerze. Dmitri hat sie gesehen, er weiß das. Als ich heute Morgen aus dem Haus ging, habe ich sie brennen lassen. Ich dachte, ich kann sie ausmachen, wenn ich zurückkehre. Und wenn nicht, dann soll eben alles verbrennen. Dann werden die Dorfbewohner sagen: Daniel der Gerechte ist wie der Prophet Elias in einem Feuerwagen zum Himmel aufgefahren. Auf diese Weise finde ich mich bei den Heiligen wieder.«

Pawlina, die sich noch nicht ausgeschluchzt hatte, konnte nicht anders, als zu lächeln. Mitja dagegen dachte: Er ist wirklich ein meisterhafter Erzähler. Gegen Ende seiner Erzählung hat er das Gespräch vom Traurigen weggelenkt und sogar einen Scherz gemacht – so bleibt im Herzen der Zuhörer kein bitterer Nachgeschmack.

»Und was haben ehrwürdige Erlaucht so rote Äugelchen und so ein heiseres Stimmchen?«, fragte Vondorin, wandte sich der Chawronskaja zu und schaute ihr forschend ins Gesicht.

»Eure Erzählung hat mich zu Tränen gerührt.«

»Nein, das liegt an etwas anderem. Erlaubt mir, dass ich …« Er führte vorsichtig seine Hand zu ihrem Gesicht und hob ein

Augenlid. »Ja, stimmt. Ihr habt Euch erkältet, meine Liebe. Man muss die Krankheit im Keim bekämpfen, sonst werdet Ihr ernstlich krank. Wollt Ihr das?«

»Ich habe wirklich ein Kratzen im Hals«, gestand Pawlina. »Aber was soll ich denn machen? Ob ich will oder nicht, ich muss fahren.«

»Natürlich sollt Ihr fahren. Ich gebe Euch nur vorher ein Elixier zu trinken, das ich selber zusammengestellt habe. Ich habe gerade von meinem Bekannten die nötigen Ingredienzien bekommen. Ich wusste ja, dass man es unterwegs brauchen kann.«

Er holte ein paar Fläschchen, ein kleines Päckchen und ein Bündel getrockneter Kräuter aus der Tasche. Er winkte den Kellner heran und sagte:

»Hey, bring ein Schnapsgläschen mit dem besten Wodka und eine Zitrone.«

In einer Minute hatte er den Heiltrunk fertig. Die Hälfte musste sie sofort trinken, den Rest füllte er mit heißem Wasser auf.

»Damit müsst Ihr gurgeln. Gehen wir zum Waschbecken, ich zeige es Euch. Ihr werdet sehen, die Entzündung ist dann wie weggeblasen.«

»Bleib hier sitzen, mein Kleiner, wir sind gleich wieder da«, sagte Pawlina, und Mitja blieb allein am Tisch zurück.

Daniel hatte seinen heißgeliebten Sohn also vor zwei Jahren verloren. Da war Samson sieben, so alt wie Mitja jetzt. Musste es für den verwaisten Vater nicht eine Qual sein, einen Knaben desselben Alters vor sich zu sehen?

Und er träumte davon, wie er den verlorenen Samson finden würde: Er lebte und war unversehrt, nur sein Gedächtnis hatte er durch das Fieber verloren. Er lebte bei guten Menschen und kannte keine Not. Aber wenn Mitja dann seinen Vater zu ihm führte, würde sich Samson natürlich an alles erinnern. Was für ein Glück, was für eine Freude! Und der traurige Daniel wird froh sein und wird zu ihm, zu Mitja, sagen …«

»Freundchen, ich sehe dich an, und du gefällst mir unheimlich gut«, hörte er auf einmal direkt an seinem Ohr eine einschmeichelnde Stimme.

Mitja drehte sich um und sah dicht neben sich den einheimischen Beamten stehen, der ihn so angestarrt hatte.

»Du siehst so niedlich aus, mein Lieber, dass ich dir etwas schenken möchte«, fuhr ebendieser Sisow fort und lächelte, aber seine Augen lachten nicht mit, sondern blieben angespannt. »Lass uns auf den Hof gehen. Ich habe da einen ganzen Sack voller Lebkuchen. Und eingelegte Äpfel habe ich auch.«

»Iss will aber keine Äpfel«, antwortete Mitja dem aufdringlichen Onkel.

Der aber nahm ihn in die Arme und presste ihn an sich.

»Komm, Junge, wir gehen. Ich zeig dir mein Pferd. Es ist zottig und hat Silberglöckchen. Zieh die Pekesche an. Eine tolle Pekesche ist das! Und auch die Mütze ist schön.«

Er zog ihm die Mütze vom Kopf, streichelte ihn und setzte sie ihm wieder auf.

Der war aber aufdringlich!

Mitja strampelte in den starken Händen des Kollegienrates und schrie:

»Lass los! Iss will deine Lebkuchen nisst! Und auch das Pferd will iss nisst!«

Vielleicht würde ihm ja jemand zu Hilfe kommen?

Die neben ihm sitzende Gutsbesitzerin sah sich nach ihm um und sagte zu ihren Kindern:

»Seht mal, was für ein Schreihals. Er ist bockig und sträubt sich gegen alles.«

Sisow trug den Widerstand leistenden Mitja schnell zur Tür.

Das war entschieden zu viel des Guten!

»Mama Passja!«, schrie Mitja verzweifelt. »Daniiiil!«

Im finstern Flur war keine Menschenseele.

»Still, du Teufelchen!«, zischte ihn der Beamte an, legte auf einmal die Finger um seinen Hals und schnürte ihm die Luft ab, so dass Mitjas Schrei in ein Röcheln überging. »Wenn du Krach machst, drück ich dir auf die Halsschlagader!«

»Seid Ihr verrückt geworden?«, wollte Mitja den Nowgoroder ganz ohne kindliche Lispelei fragen, aber von seinen Lippen kam nur ein Krächzen.

Sisow schnappte sich ein Taschentuch und stopfte es ihm in den geöffneten Mund, riss sich dann die Krawatte vom Hals und band sie darüber. Erst jetzt ließ er die Kehle wieder los, aber mit einem verstopften Mund kannst du keine Reden halten.

Er nahm ihn wieder auf den Arm und rannte durch den kalten Flur nach draußen.

Auch da war niemand. Durch die dunkle Straße fegte ein Schneesturm. Eine trübe Funzel brannte.

»Schnell, schnell«, knurrte der Verrückte und band seinen keineswegs zottigen und schon gar nicht mit Glöckchen behängten Goldfuchs los.

Das Pferd war in eine Einmann-Schlittenkutsche gespannt, die wie ein auf die Seite gekippter Korb aussah.

»Still!«, fauchte der Kollegienrat Mitja an, der sich sträubte und unartikulierte Laute ausstieß. »Ich bring dich um!«

Er schlug den Sitz zurück; darunter war ein leerer Korb. Mit dem Kopf vorneweg wurde Mitja von Sisow da hineingestopft. Der Deckel klappte zu, und dem Lärm nach zu schließen hatte sich Sisow oben draufgesetzt.

Mithridates versuchte, sich zu befreien. Von wegen! Zu eng, keine Chance. Er stemmte sich mit dem Rücken gegen den Sitz – der dachte nicht daran, sich vom Fleck zu rühren.

Um Gottes willen, was sollte das?

»Los, hüh!«

Der Schlitten setzte sich in Bewegung, aber sie kamen nicht weit.

Man hörte, wie sich schnelle Schritte näherten, das Pferd wieherte und blieb stehen, offenbar hatte es jemand an den Zügeln gepackt.

»Was wollt Ihr?«, schrie Sisow. »Lasst die Zügel los!«

»Gnädiger Herr, wo ist der Junge?«

Das war Vondorins Stimme!

Mitja stieß unartikulierte Laute aus und stemmte sich gegen die Wände des verfluchten Korbs. Hier bin ich! Daniel Ilarionowitsch, mein Guter, hier!

»Was für ein Junge? Ich habe es eilig. Weg da!«

»Der kleine Kosak meiner Bekannten. Man hat mir berichtet, Ihr habt ihn aus dem Saal getragen.«

»Ach, der Kleine. Das weiß ich wirklich nicht. Ich habe ihm ein Fruchtbonbon gegeben, und dann ist er weggelaufen. Ein ganz schöner Wildfang. Auf Wiedersehen, gnädiger Herr. Ich muss weiter.«

»Weggelaufen? Und was höre ich da für ein Klopfen unter Eurem Sitz?«

Aha, er hatte es also gehört! Mitja strengte sich noch mehr an.

»Da habe ich die verfluchten Welpen hineingesteckt, damit sie nicht erfrieren. Das geht Euch übrigens überhaupt nichts an. Was belästigt Ihr mich? Man denke, was für eine Staatsaffäre, der kleine Kosak ist verloren gegangen!«

Daniel sagte nichts, und der Kollegienrat ließ seine Stimme drohend anschwellen:

»Nimm die Hand weg, du Dummkopf! Ich bin hier in Nowgorod eine stadtbekannte Persönlichkeit! Kollegienrat Sisow! Mir untersteht sogar der Polizeimeister! Ich brauche ihm nur einen Ton zu sagen, dann wanderst du für eine Nacht in die Eiskammer! Los!«

»Meiner Weggefährtin ist dieser Kosak sehr ans Herz gewachsen«, sagte Vondorin, als müsse er sich rechtfertigen. »Was soll ich ihr sagen?«

Der Beamte hielt den Streit wohl für beendet und milderte den drohenden Unterton etwas:

»Sagt ihr, sie soll unsere Stadt verlassen, und zwar schleunigst.«

»Verlassen?«, fragte Daniel zweifelnd nach. »Der Kosak ist ihr Eigentum. Er kostet Geld, und seine Ausstattung ist auch nicht gerade umsonst gewesen. Die Pekesche, die Lammfellmütze, die Pelzstiefel ...«

Sisow unterbrach ihn ungeduldig, barsch:

»Richtet Eurer Weggefährtin aus, sie soll den Kosaken und die Pekesche vergessen. Jeder Versuch, diesen Verlust rückgängig zu machen, wird schlimme Konsequenzen für sie haben.«

DREIZEHNTES KAPITEL

GEBORGTES LEBEN

(Remarque, 1959–61)

Man kann nie wissen, wofür etwas gut ist … Diese simple Weisheit kam Nicholas mehrfach in den Sinn, während er mit dem gemächlichen Güterzug in nordwestlicher Richtung fuhr. Das Leben hatte den Magister vieler Dinge beraubt, aber es hatte ihn auch vieles gelehrt.

Zum Beispiel ein neues Verhältnis zu den Hauptkategorien der Bewegung, nämlich Zeit und Raum, zu entwickeln. Die gewohnten Vorstellungen erwiesen sich als falsch. Wenn der Zug hielt, verschwand der Raum, nur die Zeit schritt fort; wenn er aber mit voller Geschwindigkeit dahinstürmte, war alles umgekehrt.

Auch von seinem Weggefährten Mischa konnte er einiges lernen. Er war ein Narr in Christo, mit dem man leicht zurechtkam, einer aus der nie aussterbenden Schicht russischer Vagabunden, die sich innerhalb der tausendjährigen Existenz Russlands gar nicht so sehr geändert hat. Man konnte sich Mischa gut in der Zeit vor hundert oder zweihundert Jahren vorstellen. Klar, statt der alten Sportschuhe hätte er Schuhwerk aus Bast an und statt der chinesischen Lederjacke irgendwelche Lumpen, aber die kindlich unschuldigen Augen würden die Welt mit derselben Neugier betrachten, das Bärtchen hinge genauso herunter wie ein Bastwisch, und seine Sprache wäre genauso irreführend einfach. Die sozialen Erschütterungen, die Arbeitslosigkeit und der Zusammenbruch des sowjetischen Systems hatten in diesem Fall keine Auswirkungen gehabt – Mischa streunte schon zwanzig Jahre durch Russland und hatte die Strecke von Wladiwostok nach Wyborg mehr als einmal zurückgelegt.

Der zweitägige Kontakt mit dem zeitlosen Mischa, die Tatsache, dass er aus seinem gewohnten Lebenszusammenhang herausgerissen war, und das seltsame Ziel seiner Reise, eine Einsiedlerklause, all das ließ bei Fandorin den Eindruck entstehen, ein alter Traum von ihm habe sich endlich erfüllt, und es sei ihm gelungen, in die Vergangenheit zu gelangen. Allerdings nicht vollständig, sondern gleichsam nur halb: Er war irgendwo zwischen den verschiedenen historischen Epochen hängen geblieben. Übrigens genauso wie das Land, das er auf den Watteballen liegend an sich vorbeiziehen ließ.

Es hatte sich so ergeben, dass er die ganzen sechs Jahre, die er als russischer Staatsbürger verbracht hatte, fast ununterbrochen in Moskau geblieben war. Die Provinz kannte er nur von den Datschen im Umland Moskaus und vom Weg zum Flughafen Scheremetjewo 2. Und nun zeigte sich, dass Russland ganz anders war und aus lauter Zeitsprüngen bestand.

Mal zog ein Dorf vorüber, in dem es nur verfallene Hütten gab: ein, zwei rauchende Schornsteine, ein schiefer Glockenturm ohne Kreuz – das wirkte wie ein Bild aus der Zeit der Wirren. Mal prangte auf einem Hügel ein funkelnagelneues Kloster der Art, wie man sie so um 1870 baute, als die wilde Mischung aus klassischem und slawischem Stil die russischen Architekten schier zur Verzweiflung brachte. Und dann tauchte auf einmal eine moderne, energiegeladene Stadt auf, voller Neubauten und Mobilfunkreklame. Warum die einen Orte blühend aussahen und die anderen verwahrlosten, war unverständlich, und das Gefühl, dass Zeit und Raum hier ein rätselhaftes Spiel trieben, verstärkte sich dadurch noch.

Am Bahnübergang 15 Kilometer vor Tschudowo endete die Zugstrecke von Nickis Reise; weiter musste er zu Fuß gehen.

Mischa steckte Fandorin ein gekochtes Ei in die Tasche, das er beim letzten Halt ergattert hatte, riet: »Wickel dir etwas um die Schuhe, sonst bist du deine Füße los«, und Nicholas sprang auf die Böschung.

Der Zug kroch im Schneckentempo, so dass es ohne Verletzung abging. Der Magister kullerte über den reinen, in der Nacht gefallenen Neuschnee, klopfte ihn ab und ging geradeaus über das Feld. Dann, so hatte Mischa erklärt, müsse man sich rechts halten, ein ganz kleines Stück die Landstraße entlanggehen und in den Wald abbiegen – da sei ein Wegweiser. Der Bettler wusste alles, war schon überall gewesen, darunter auch bei dem im Wald hausenden Greis, im vergangenen Frühling. Er hatte den heiligen Mann sehen und hören wollen, was er sagte. Aber trotz seiner Gesprächigkeit wollte Mischa nichts von seinen Eindrücken erzählen, er sagte nur: »Du wirst es schon selber sehen«, und lächelte rätselhaft.

Der Wegweiser auf der Landstraße fand sich tatsächlich: ein Holzpfosten, an dem eine ordentliche Tafel hing, auf der »Zum Gr. Syssoj« stand. Nicki erriet nicht sofort, was mit Gr. Greis gemeint war, und als er es verstanden hatte, schüttelte er nur verwundert den Kopf: Wer hätte gedacht, dass aus so einem Rübezahl ein heiliger Greis wird? Obwohl, andererseits gibt es in der Geschichte des Christentums und auch in anderen Religionen doch nicht wenige ähnlich gelagerte Fälle. Heilige, die früher große Sünder waren, sind entschieden überzeugender als solche, die früher ordentliche Mitglieder der Gesellschaft waren. Da sieht man das Wunder besser.

Der Weg durch den Wald war gepflegt und liebevoll mit Steinen ausgelegt. Diese Steine ruinierten Nicholas' Schuhwerk endgültig, das ohnehin kurz vor dem Ableben stand. Er hatte nicht auf den erfahrenen Vagabunden gehört, hatte die zerrissenen Fetzen nicht umwickelt, hatte gemeint, er käme auch so zum Ziel. Und da löste sich die eine Sohle in Stücke auf, und nach hundert Schritten gab auch die zweite ihren Geist auf. Die Schuhe waren zu nichts mehr nutze, so dass Fandorin, als er in der Ferne den Bretterzaun und das mit einem Eichenkreuz geschmückte Tor sah, die sinnlosen Überreste wegwarf und nur mit Strümpfen bekleidet den Weg entlangstürmte. Irgendwie würde es schon gehen, es war nur noch ein kleines Stück – da war ja schon die Klause.

Ja, das war die Klause, aber sie zu betreten, war gar nicht so einfach. Am Tor drängelte sich eine Schlange, und hinter dem Zaun sah man einen Parkplatz, auf dem ein strahlender, lang gezogener BMW stand.

Er musste sich hinten anstellen und mal auf dem einen, mal auf dem anderen Bein hüpfen.

Vor Fandorin stand ein älteres Paar: eine Frau mit blassem, verweintem Gesicht und neben ihr ein grauhaariger Schönling athletischen Körperbaus. Er starrte auf Nickis Jacke (die Epauletten hatte er abgetrennt, aber die Knöpfe mit den Wappen waren ja noch da) und schmetterte ironisch:

»Sina, guck mal, da kommt ein Milizionär und will Abbitte für seine Sünden leisten. Tiptop in Pilgeruniform: barfuß und barhäuptig.«

Die Frau schlug den Kragen ihres Nerzmantels hoch, der schlecht zu dem schwarzen Nonnen-Kopftuch passte, und sagte vorwurfsvoll:

»Kostja, du hast doch versprochen.«

Der ironische Schönling bekam einen schuldigen Gesichtsausdruck.

»Entschuldigung, kommt nicht wieder vor. Frierst du? Setz dich doch so lange ins Auto.«

Und er zeigte auf die Limousine, woraus man entnehmen konnte, dass der BMW nicht das Eigentum des Einsiedlers war. Dem »Greis Syssoj« wäre das durchaus zuzutrauen, dachte Fandorin.

»Das geht nicht«, antwortete die Frau. »Das ist gegen die Regel.«

Mit Ausnahme dieses Paars standen in der Schlange ärmlich angezogene und niedergeschlagene Leute. Am Tor empfing sie ein Diener in Priestergewand und Käppchen. Er wechselte mit jedem ein paar Worte, notierte sich etwas und ließ ihn durch.

Als er sah, dass Nicki keine Schuhe anhatte, ging er auf ihn zu und schüttelte missbilligend den Kopf.

»Warum kasteit Ihr Euch? Der Greis mag so etwas nicht. Zieht sofort Eure Schuhe an.«

»Ich habe keine«, murmelte Nicholas, irritiert über die Aufmerksamkeit, die seine nackten Füße erregten.

Der Klosterbruder wunderte sich nicht, sondern musterte den zwei Meter langen Fandorin nur mit einem Blick von Kopf bis Fuß, verschwand hinter dem Tor und brachte schon eine Minute später Latschen der Kollektion »Olle« an.

»Größe fünfundvierzig. Mehr haben wir nicht.«

Und er ging wieder seinen Pflichten nach.

Jetzt machte Nicholas das Warten nichts mehr aus, er weidete sich an der Wärme und war wunschlos glücklich. Ja, er lächelte sogar, als der grauhaarige Mann abfällig zu seiner Frau sagte:

»Wie die Schlappen, die man im Museum bekommt. Allerdings haben die keine Schnürsenkel.«

Und wieder rief ihn seine Frau zur Ordnung:

»Kostja!«

Und wieder guckte der Ehemann betreten.

»Du verstehst das nicht«, sagte sie leise. »Man muss daran glauben, darauf kommt es an. Auch du musst daran glauben. Sonst klappt es nicht.«

»Ich verstehe das ja«, antwortete der Mann. »Autosuggestion, Psychotherapie und all so was. Ich geb mir ehrlich Mühe, Sina.«

Sie griff erregt nach seiner Hand:

»Spürst du denn nicht, wie ungewöhnlich die Luft hier ist, wie die Stille widerhallt. Das ist so ein Ort der ... wie war das Wort noch, ich habe es vergessen ...«

»Magie?«, kam ihr der Mann zu Hilfe.

»Nein, nein! Ich habe es vergessen!«

Etwas so Einfaches wie ein vergessenes Wort rief bei der Frau einen wahren Ausbruch der Verzweiflung hervor – ihr Gesicht löste sich in Tränen auf.

»Ist ja gut, ist ja gut«, tröstete sie der bestürzte Mann. »Was ist denn dabei? Das passiert mir doch auch, dass ich mal ein Wort vergesse.«

»Aber nicht so eins! Ich sage es sonst immer ... Wenn ich an einen Ort komme, wo viel gebetet wird.«

»Ort der Einkehr«, sagte der Alte, der vor dem Ehepaar stand. »Na klar ist das hier ein Ort der Einkehr. In alten Zeiten lebte hier der heilige Daniel. Mit einer einzigen Berührung heilte er jede Krankheit, egal, ob Menschen oder Tiere des Waldes. Und wegen seiner Heiligkeit fuhr er zu Lebzeiten in den Himmel auf. Das war so: Die Einheimischen kamen auf diese Lichtung, und er war nicht da. Na, haben sie gedacht, vielleicht ist er Kräuter oder Wurzeln suchen gegangen, er wird schon wiederkommen. Auf dem Tisch brannte ja eine Kerze. Und dann loderte die auf einmal auf, hüllte alles in Licht, und das ganze Haus erstrahlte in einem himmlischen Feuer. Die das gesehen haben, konnten sich gerade noch in Sicherheit bringen. Ein solches Zeichen ist hier geschehen. Und seitdem haben sich hier viele Wunder ereignet. Im letzten Krieg hatten die Deutschen hier einen Partisanentrupp umzingelt. Die einen töteten sie, die anderen fingen sie lebend und brachten die Kriegsgefangenen dann auf diese Lichtung, um sie zu erschießen. Auf einmal begann ihr Offizier, der ranghöchste SS-Mann, zu zittern und fuchtelte mit den Händen, als wolle er etwas wegscheuchen, das nur er sah. Und er befahl ›Kehrt Marsch!‹. Und das Strafkommando zog ab, und die Partisanen überlebten. Mir hat jemand erzählt, der Greis Syssoj sei selbst einer dieser Partisanen.«

»Was erfinden Sie denn für Geschichten?«, schaltete sich ein Mädchen ein, das nach Fasten aussah und genauso ein schwarzes Tuch trug wie die vergessliche Dame. »Haben Sie den Greis denn schon mal gesehen? Er ist höchstens fünfzig, bestimmt nicht älter. Ihre Partisanen müssten jetzt mindestens achtzig sein.«

»Nee, meine Liebe, ich sehe schon, mit Ihrem Glauben ist es ja nicht weit her.« Und er fing geheimnisvoll an zu flüstern: »Mit achtzig aussehen, als ob man fünfzig wäre, das ist noch kein Kunststück. Ich will Ihnen mal etwas ganz anderes sagen: Der Greis Syssoj, das ist in Wirklichkeit Daniel der Gerechte. Im Krieg ist er als Partisan erschienen, damit die heilige Lichtung nicht durch einen Mord besudelt würde. Und nun ist er in der Gestalt eines Einsiedlers zurückgekehrt, weil die Zeiten jetzt so sind, dass wir ohne Gerechte alle untergehen. Meinen Sie, es ist ein Zufall, dass die Klause eben an diesem Ort gebaut wurde?«

»Du willst doch nicht etwa, dass ich an diese Märchen der Scheherazade glaube«, warf der Grauhaarige seiner Frau leise vor.

»An was?«, fragte sie verwundert. »Was denn für Märchen?«

Der Mann blinzelte unsicher.

»Aber Sina, was ist denn mit dir los? Die Märchen der Scheherazade: ›Tausendundeine Nacht‹. Ali-Baba, Aladin. Steht bei uns im Regal, so ein schönes Buch mit Goldschnitt. Erinnerst du dich?«

»Ja«, antwortete die Frau zweifelnd, »mir ist so, als wüsste ich …«

Die Schlange kam relativ schnell vorwärts. Schon waren sowohl das Fasten-Mädchen als auch der Alte mit dem Hang zur Mystik hinter dem Tor verschwunden. Jetzt kam das wohlhabende Paar an die Reihe.

Der Mönch hörte sich an, was die Frau ihm ins Ohr flüsterte, schlug eine neue Seite im Terminkalender auf und sagte: »Heute um zwei. Gehen Sie durch in die Klause, man wird Ihnen einen Platz zuweisen.«

Der Besitzer der Limousine klopfte vielsagend mit seinem Knöchel gegen den Torrahmen und fragte:

»Hören Sie mal, Mann Gottes, was verschanzen Sie sich so hinter Mauern und Riegeln gegen uns Unwürdige?«

Die Frau packte ängstlich ihren unbändigen Ehemann am Ärmel, aber der Torhüter war nicht wütend über die dreiste Frage. Er antwortete etwas unverständlich:

»Nicht wir verschanzen uns gegen euch, sondern ihr verschanzt euch gegen uns. Der Nächste bitte.«

Er fragte Fandorin:

»Was wollen Sie von dem Greis? Hilfe oder ein Gebet?«

»Hilfe, ich brauche unbedingt Hilfe.«

»Dann …«, sagte der Klosterbruder und blätterte im Inventarbuch, »übermorgen früh um Viertel nach sechs.«

»Warum denn so spät?«, fragte Nicholas empört. »Denen da haben Sie einen Termin für heute gegeben! Oder richtet man sich bei euch nach der Kleidung, genauso wie in der Welt draußen?«

»Wir haben zwei Wartelisten, eine für Hilfe und eine fürs Gebet. Das Gebet wollen nur wenige, Hilfe ist immer mehr gefragt, deshalb ist da die Liste auch länger.« Er inspizierte die unansehnliche Hose des Pilgers, an der überall Wattebällchen hingen, und sagte streng: »Eins müssen Sie wissen, der Greis hilft niemandem umsonst. Er hat mir befohlen, schick Leute, die kein Geld haben, zum Teufel. Der Greis kennt den Wert des Geldes, er war im zivilen Leben Bankier.«

Fandorin wunderte sich. Hieß das, der Patron versteckte seine frühere Tätigkeit nicht und schämte sich ihrer auch nicht?

»Ich brauche kein Geld. Ich muss einfach mit ihm reden. Wir sind alte Bekannte, ja sogar Freunde. Sagen Sie ihm: Fandorin ist da.«

Der Klosterbruder gähnte und machte schnell ein Kreuzzeichen über seinen Mund.

»Der Greis hat jetzt nur noch Freunde, egal, ob sie ihm bekannt sind oder nicht … Wenn Sie nicht wegen finanzieller Hilfe kommen, dann trage ich Sie in die Warteliste fürs Gebet ein. Kommen Sie um zwei Uhr dreißig wieder. Der Nächste bitte!«

Die Klause hatte folgende Anlage: eine »Höhle«, wo der Greis wohnte, eine Hütte für den Bruder, ein Gasthaus für die Pilger, bestehend aus zwei Hälften, einer für die Männer und einer für die Frauen, und einen Wirtschaftsblock mit einem eigenen kleinen Kraftwerk. Alle Bauten waren aus glatt gehobelten Balken und hatten Dächer mit fröhlichen grünen Ziegeln. Es gab keine Kirche oder Kapelle auf dem eingezäunten Gelände – nur eine Ikone des Erlösers, und auch die befand sich an einer seltsamen Stelle: Sie war an einer Kiefer befestigt. Über der Ikone hing ein schräges Vordach gegen den Regen, an der Seite schützten sie Bretter, kurz, das Ganze sah aus wie ein Vogelhäuschen.

Das Rätsel klärte sich bei Tisch, als Fandorin mit den anderen Pilgern magere Kohlsuppe und einen Brei aß (die beiden simplen Gänge schienen dem ausgehungerten Magister ungewöhnlich wohlschmeckend). Die Leute, die neben ihm an dem langen Brettertisch saßen, erklärten, der Greis sei gar nicht in einen Orden eingetreten und auch nicht zum Priester geweiht. Er segnete die Leute nicht, die zu ihm kamen, weil das gar nicht in seiner Macht stand, sondern betete einfach zusammen mit ihnen, was vielen half. Ein gehässiger Typ, der aus Petersburg angereist war, um zu beten, behauptete, dass die Kirchenleitung anfangs den Gläubigen sogar verboten habe, sich an den Greis im Wald zu wenden, und sich dieser Zorn erst dann in Wohlwollen verwandelt habe, nachdem Syssoj eine Million für eine Ikonenfabrik spendete. Zwar bezeichneten andere Pilger diese Information als böse Erfindung und Verleumdung, was zu einem kleinen Streit im Esssaal führte, aber er legte sich schnell. Die festliche, wohlige Stimmung der Gekommenen überwog.

Zeuge zu sein, wie man von einem Geschäftspartner, den Nicki von einer ganz anderen Seite kannte, mit ersterbender Stimme und Ehrfurcht sprach, war seltsam. Kann sich denn ein Mensch so sehr ändern? Zwar hatte er sich nicht erst gestern für religiöse Dinge interessiert und die Lust, Unternehmer zu sein, verloren. Im letzten Jahr seines weltlichen Lebens hatte der Partner ein zurückgezogenes Leben geführt, und sie hatten sich überhaupt nicht mehr getroffen. Aber der Abstand zwischen einem frommen Geschäftsmann und einem im Wald lebenden Einsiedler war doch entschieden zu groß. Er war so jovial gewesen, hatte gern getrunken und gegessen und sollte dann auf einmal ein Heiliger gewordn sein, zu dem man von weitem anreist, damit er für einen betet und einem hilft?

Zu beten konnte Nicholas natürlich nicht schaden, aber es wäre entschieden besser, tatkräftige Hilfe zu bekommen. Früher, als Syssoj noch nicht Syssoj war, hätte er wohl kaum für ihn gebetet, aber geholfen hätte er mit Sicherheit ...

Fürchterlich aufgeregt, stieg Fandorin um Punkt halb drei die Freitreppe der so genannten Höhle hoch, die realiter ein prächtiges, schmuckes Häuschen mit weißen Vorhängen vor den Fenstern war.

Es stellte sich heraus, dass er zu früh gekommen war. Das Ehepaar, das um zwei an die Reihe hätte kommen sollen, wartete noch – es saß in der Diele –, und aus der offenen Tür der Zelle drang die leise, Nicholas wohlbekannte Stimme, die einen leichten kaukasischen Akzent hatte.

»... Was heißt hier ›wozu‹?«, fragte die Stimme verwundert. »Du weißt nicht, wozu du auf der Welt bist? Du bist vielleicht komisch!«

Die Dame hatte ihren Nerz auf dem Schoß und zupfte nervös an ihrem Spitzentüchlein mit Monogramm. Sie nickte Fandorin wie einem Bekannten zu und flüsterte:

»Bei uns wird es später. Die Frau, die vor uns an der Reihe ist, ist immer noch nicht gegangen.«

»Pst«, zischte ihr Mann, der das Gespräch in der Zelle mithören wollte.

Sein Gesichtsausdruck schwankte zwischen Spott und Staunen, wobei Letzteres aber überwog.

»Ich weiß es wirklich nicht, Vater«, versicherte eine verzagte Frauenstimme, »wozu bin ich geboren, wozu habe ich so viele Jahre gegessen, geschlafen und gearbeitet? Wozu habe ich geheiratet, wozu vier Kinder auf die Welt gebracht? Wer braucht sie denn, wer braucht mich? Der Grund, warum ich zu Ihnen gekommen bin, ist folgender. Ich habe einen Gedanken, der mich nicht in Ruhe lässt. Ich bin mit sieben Jahren an Tuberkulose erkrankt. Alle dachten, ich sterbe. Doch ich hatte gute Ärzte und habe überlebt. Aber ich denke jetzt: Wozu habe ich überlebt? Wenn ich damals gestorben wäre, wäre das für alle besser gewesen und in erster Linie für mich selbst. Ich habe keinen Funken, kein Talent. Ich habe niemals Freude am Leben gehabt, und das Leben hat keine Freude an mir.«

»Das stimmt«, schloss sich der Greis mit Vergnügen an. »Ich rede jetzt eine Stunde mit dir und sehe, wie langweilig und dumm du bist. Du jammerst immer und jammerst – mir tut davon schon mein Zahn unter der Krone weh. Dabei hast du dein Leben gar nicht umsonst gelebt.«

Die Pilgerin entgegnete lahm: »Das sagen Sie ja nur aus Güte, um mich zu trösten.«

»Nein, Magd Gottes, ich neige nicht dazu, etwas zu sagen, was aus der Luft gegriffen ist, das verbietet mir mein Background.«

»Was ist das denn?«

»Es passt nicht in meine Biographie, etwas einfach so daherzusagen, verstehst du? Wie kann denn dein Leben umsonst sein, wenn du vier Kinder auf die Welt gebracht hast? Weißt du, was ein Kind ist, du Dummerchen? Das ist eine besondere Chance, seinem Leben einen Sinn zu geben. Ein Lotterieschein mit garantiertem Gewinn. Vielleicht ist dein Leben nicht gelungen, vielleicht bist du ein Wesen, das zu nichts nutze ist, aber wenn du ein Kind auf die Welt gebracht hast, spielt das absolut keine Rolle mehr. Verstehst du das?«

»Nein, Vater, das verstehe ich nicht.«

»Puh, du bist aber wirklich ganz schön dumm«, eiferte sich Syssoj. »Ich habe es dir doch wirklich klipp und klar auf Russisch gesagt: Das ist ein Lotterieschein, kapiert? Vielleicht hat dich der Herrgott deshalb gerettet, damit du ein Kind auf die Welt bringst, ein solch ungewöhnliches, wie es noch nie eins gegeben hat? Vielleicht wird durch dein Kind die ganze Welt besser! Und dabei hast du gleich vier Lotteriescheine, und kannst mit jedem eine Greencard gewinnen und zwar keine für Amerika, sondern für das Paradies!«

»Alles wegen der Kinder?«, fragte die Pilgerin zweifelnd. »Mein Ältester sitzt im Gefängnis, zum dritten Mal. Saschka, der zweite Sohn, wollte nicht studieren und ist jetzt bei der Armee. Er ist dumm wie Bohnenstroh. Und die Töchter, die beiden Zwillinge Olga und Ira? Die sind erst dreizehn und treiben sich in wilder

Kriegsbemalung herum. Ich wäre heilfroh, wenn ich das nicht mitbekäme.«

Der Greis lachte und sagte:

»Dass sie sich schminken, dagegen ist doch nichts einzuwenden! Sie suchen Liebe. Was soll denn daran schlecht sein? Und dass dein Saschka strohdumm ist, macht auch nichts. Vielleicht wird er ja noch klug, aber Klugheit ist nicht die Hauptsache. Und auch den Ältesten solltest du nicht aufgeben. Der Herrgott wirkt alle möglichen Wunder, es gibt Menschen, denen gerade im Gefängnis ein Licht aufgeht. Weißt du was, Natalja Wolosjuk, komm in zehn Jahren wieder. Und dann erzählst du mir, wozu es all deine Kinder gebracht haben. Dann können wir über den Sinn des Lebens sprechen. Kescha, notier den Termin: 15.11.2011.«

Man hörte schnell klickende Tasten, und Fandorin, der glaubte, sich verhört zu haben, spähte durch die offene Tür. Es konnte doch wohl nicht sein, dass hier jemand am Computer saß?!

Doch es war wirklich so. Ein junger Bursche in schwarzer Kutte ratterte in einer Ecke der Zelle mit der Tastatur. Der Greis und seine Gesprächspartnerin saßen am Tisch, und zwischen ihnen stand ein Diktiergerät, dessen Lämpchen rot aufleuchtete. Die Frau sah Nicki sich gar nicht an, ihn interessierte nur der Greis. Sein Geschäftspartner hatte sich einen prächtigen halb schwarzen, halb grauen Bart wachsen lassen, statt des italienischen Anzugs trug er einen alten schwarzen Mantel, doch diese Metamorphose war eigentlich auch alles. Die Körperfülle des früheren Vielfraßes war nicht geschrumpft – es waren wohl immer noch dieselben 125 Kilo, und auch die lebhaften schwarzen Augen glänzten wie früher.

»Ach, Nikolaj Alexandrowitsch!«, rief der Greis nicht verwundert, sondern freudig aus. »Das ist ja toll! Ich habe für Sie Gottlosen gebetet, aber dass Sie herkommen, hätte ich mir wirklich nicht träumen lassen.«

»Ich soll also in zehn Jahren wiederkommen, Vater?«, fragte die Pilgerin und stand auf.

Sie beugte sich vor, drückte dem Einsiedler einen schmatzenden Kuss auf die füllige Hand und trat den Rückzug an.

»Weißt du, wer das ist, Innokenti?«, sagte der Greis, an seinen Gehilfen gewandt. »Das ist der Mann, der mir einmal einen richtigen Rat gegeben hat, auf den hin ich den ersten Schritt in die richtige Richtung getan habe. Um einen Weg von zehntausend Li zurückzulegen, muss man mit einem Schritt in der richtigen Richtung anfangen, so sagt man in China. Weißt du, was ein Li ist?«

»Ja, weiß ich, Vater«, antwortete Innokenti, der eine Brille trug, mit gelassener Stimme, »eine Längeneinheit, die vier Kilometern entspricht.[6]«

»Das sind insgesamt vierzigtausend Kilometer, das heißt, die Länge des Äquators. Unendlich viele also.« Syssoj sprach wie ein Schulmeister. »So einen unendlich wertvollen Rat hat mir mein Freund Nikolaj Alexandrowitsch Fandorin gegeben.«

Der Novize warf einen ehrfürchtigen Blick auf Nicki und verneigte sich tief.

Das war der ideale Moment, wo er sofort zur Sache hätte kommen können, aber da schaute der grauhaarige Skeptiker herein und polterte los:

»Moment mal. Wieso kommt dieser Milizionär außerhalb der Reihe dran?«

Er musste rausgehen. Das war im Grunde noch besser: Nicholas war der Letzte vor der Mittagspause, auf diese Weise würde ihnen kein Unbefugter zuhören können. Er setzte sich auf die Bank, um zu warten, und hörte, ohne es zu wollen, das Gespräch mit an.

»Heiliger Vater, mir ist ein Unglück zugestoßen«, jammerte die Frau, »ich habe eine schreckliche Krankheit, gegen die die moderne Medizin machtlos ist. Die Alzheimer-Krankheit, vielleicht haben Sie davon gehört? Vereinfacht gesagt, Altersschwachsinn.«

»Ich weiß, ich weiß«, reagierte Syssoj, »Ronald Reagan hatte das auch.«

»Wer?«, fragte die Pilgerin verwundert.

Ihr Mann klärte sie gereizt auf:

»Der frühere Präsident von Amerika. Ein Hollywood-Schau-

---

6 Diese Angabe ist falsch. Lt. Brockhaus ist Li eine Längeneinheit in China, Korea und Annam (Vietnam). Das chinesische Li entspricht 576,496 m, das Annams 444 m und das koreanische 403 m, d. h. nicht 4 Kilometer, sondern 0,4 Kilometer. Ich bin dafür, trotzdem die Version des Autors beizubehalten. Nobody is perfect. (Anm. der Übersetzerin)

spieler. Weißt du noch, als er in Moskau zu Besuch war, sind wir zu einem Empfang gegangen. Du hast die ganze Zeit auf das Kleid seiner Frau gestarrt.«

»Nein, weiß ich nicht mehr ...«

Es folgte eine Pause, in der sie schniefte und schluchzte.

»Ach so«, besann sie sich auf einmal. »Entschuldigt, Vater, ich habe vergessen, meine Ohrringe auszuziehen. Man darf hier bestimmt keine Brillanten tragen, an diesem heiligen Ort! Ich zieh sie sofort aus!«

»Macht nichts«, beruhigte sie Syssoj. »Das sind ja keine Brillanten, die der Heiligkeit im Weg stehen. Das sind doch maximal anderthalb Karat, oder? Kein Problem. Magd Gottes, komm zur Sache, ich will Mittag essen. Unser Leib stammt von Gott, wir dürfen ihn nicht missachten.«

»Retten Sie mich, Vater! Wir haben alle medizinischen Mittel ausprobiert! Drei Stunden am Tag lege ich diese ... Na, wie heißen sie noch? ... diese Dingsbumse vor die Ikone. Ich spende Geld, und zwar viel. Ich habe meinen Mann überredet, mich zu Ihnen zu bringen. Man erzählt über Sie reine Wunder! Ich bin erst sechzig, Vater ...«

»Vierundsechzig, das hast du vergessen«, korrigierte ihr Mann.

»Ja, ja, entschuldigen Sie, vierundsechzig! Ich habe schlechte Erbanlagen, meine Mutter hatte das auch. Ihre letzten Jahre waren ein Albtraum! Sie hat Kinderlieder gesungen und im Fernsehen nur noch Zeichentrickfilme über Tscheburaschka und Winnie Puh geguckt. Ich möchte kein Idiot werden! Ich lege lieber Hand an mich als so zu werden wie meine Mutter!«

Fandorin hörte sich die Klagen der Armen an und dachte aus professionellen Gründen darüber nach, was er ihr denn raten würde. Das war gar nicht so einfach. Aber Syssoj hatte keinerlei Probleme damit.

»Hand an sich legen, das darf man nicht. Das ist eine Sünde«, sagte er streng. »Wehe, du denkst auch nur daran. Gott hat das Leben geschenkt, damit wir es ganz durchleben, bis ins Alter, egal wie das im Einzelnen aussieht. Die Alzheimer-Krankheit ist eine besondere Gnade Gottes. Beim Säugling erwacht die menschliche Seele ganz allmählich und gewöhnt sich an den Leib, im Alter dagegen entwöhnt sich die Seele des Leibes und bereitet sich auf den

Schlaf vor. Aber von wegen Schlaf, in Wirklichkeit handelt es sich ja um ein Erwachen. Guck mal, was deine Mutter für ein Glück gehabt hat. Sie hat gar nicht gemerkt, wie sie von diesem Leben in jenes einging. Und genauso wird es bei dir sein. So dass man dich um dein leichtes Schicksal nur beneiden kann. Was ist denn schlecht daran, wenn man Zeichentrickfilme guckt? Wer es schwer haben wird, das sind deine Angehörigen, die dich lieben.«

Man hörte schnelle Schritte. Der Grauhaarige trat aus der Zelle. Sein Gesicht zitterte und Nicholas wurde klar, dass dieser Mann seine aufgetakelte Alte wirklich liebte. Weshalb war unklar, aber man kam um die Tatsache, dass er sie liebte, nicht herum.

»Komm, Sina«, sagte der Mann. »Ich habe dir ja gesagt, das ist reine Zeitverschwendung. Fünfhundert Kilometer hin und fünfhundert Kilometer zurück, alles für die Katz. Wir fahren in die Schweiz. Ich habe gehört, dass man da ein neues Mittel gefunden hat. Es heißt Amildetox.«

Die Frau stand auf, ohne zu murren, und kam heraus, ihr Gesicht war nicht mehr weinerlich, sondern eher nachdenklich.

Der Grauhaarige aber konnte sich partout nicht beruhigen. Er fuchtelte zornig mit den Händen herum und sagte zu Syssoj:

»Das ist Unsinn, heiliger Vater. Eine Kapitulation vor sich selber und vor dem Leben. Wenn mich der Tod ereilt, dann wird er das im Galopp tun – ich werde einfach aus dem Sattel kippen! Haben Sie meine Muskeln gesehen?« Er zog den Ärmel seines Kaschmirpullis hoch und stellte seinen kräftigen, sehnigen Arm zur Schau. »Seit ich vierzig wurde und mir zum ersten Mal aufging, dass ich nicht mehr so jung bin, habe ich es mir zur Regel gemacht, jeden Morgen eine Stunde Gymnastik zu treiben, zu der mindestens vierzig Kniebeugen gehören. Und seit diesem Zeitpunkt mache ich jedes Jahr eine Kniebeuge mehr und trotze so dem Alter. Jetzt mache ich sechsundsechzig, ab dem ersten Januar werden es siebenundsechzig sein. Außerdem mache ich Gewichtheben und im Winter tauche ich in einem Eisloch. Meinen Sie, das ist leicht? Nein, es ist schwer und wird mit jedem Tag schwerer. Irgendwann werde ich bei der Gymnastik einen Herzschlag kriegen. Und ich bin darüber heilfroh!«

Syssoj trat aus der Zelle und kreuzte die Finger auf seinem großen Bauch.

»Und was wird dann aus deiner Frau? Wer braucht sie schon außer dir? Wer wird für sie das Kindermädchen spielen und ihr die Zeichentrickfilme einschalten? So dass ich dir, Knecht Gottes, raten würde, es mit den Kniebeugen nicht zu übertreiben. Möge der Herrgott euch beide behüten!«

Er schlug ein Kreuz und lockte Fandorin mit dem Finger, was heißen sollte: Komm rein.

Er sagte zu dem Novizen:

»Kescha, komm, geh essen. Und schalte das Diktiergerät aus, das brauchen wir nicht.«

Als die Geschäftspartner allein waren, drückte Syssoj den Gast fest an seine weiche Brust und fragte halblaut:

»Wollen Sie wissen, Nikolaj Alexandrowitsch, was das Schwierigste an der christlichen Lehre ist? Alle Menschen gleich zu lieben – egal, ob sie dir nahe oder fern stehen. Das gelingt mir noch nicht. Herr, ich bin sündig.« Er bekreuzigte sich reuig. »Alle zu lieben, das gelingt mir schon, aber die einen liebe ich bisher eben mehr als die anderen. Zum Beispiel Sie. Kommen Sie, setzen wir uns und sprechen miteinander wie in alten Zeiten. Wie schön, dass Sie gekommen sind! Alle kommen und geben mir Rätsel auf, aber ich selber habe auch eine Frage. Wer könnte darauf antworten, wenn nicht Sie?«

Sie setzten sich und schwiegen. Nicholas wartete auf die Frage. Syssoj druckste herum und legte dann endlich los:

»Meinen Sie, ich hätte, sobald ich an Gott glaubte, gleich beschlossen, in einer Höhle zu wohnen? Ich wäre nie im Leben auf die Idee gekommen. Wenn mir das jemand prophezeit hätte, wäre ich vor Lachen gestorben. Was war zuerst? Ich wollte weniger Böses und mehr Gutes tun, das war alles. Alle Menschen zu lieben, war nicht mein Anliegen, Ehrenwort. Ich habe ja früher nach einem anderen Gesetz gelebt. Als ich sieben Jahre alt war, hat mir mein großer Bruder gesagt: ›Wenn du ein Mann bist, lass keinen an deinen A… bend.‹ Nein, ich kann dieses Wort nicht in den Mund nehmen, ich bin immerhin ein Einsiedler. Lass dich also nicht *erkennen* wie Eva in der Bibel, sondern *erkenne* du die anderen. Nach dieser Devise habe ich früher gelebt, als ich noch nicht an Gott glaubte. Jemanden erkennen und jemanden lieben, das sind, wie man in Odessa so schön sagt, zwei dicke Unterschiede.

Wie sich herausstellt, braucht man gar nicht jemanden zu erkennen. Man muss ihn lieben! Das ist alles, basta.«

»All you need is love?«, sagte Nicholas und nickte. »Als ich ein Kind war, kam dieses Lied aus allen Lautsprechern. Ich weiß noch, wie ich zuhörte und dachte: Wie neu, wie einfach und wie richtig das doch ist! Man muss nur alle in seine Liebe einbeziehen, wieso verstehen die Leute das denn nicht? Als ich älter wurde, erkannte ich, dass das absolut nichts Neues war. Man kann alle Menschen einteilen in die, die sagen: Liebe die anderen auch dann, wenn sie dir nichts Gutes getan haben, und in die, die darauf beharren: Lass dich nicht verarsch … Und das ist noch nicht das, was am traurigsten ist, denn man sieht, wenn jemand das sagt, ja sofort, wer gut und wer schlecht ist. Aber wie oft ist es in der Geschichte vorgekommen, dass die Bösen die Liebe predigten? Und sie brachten allen die Liebe bei und zwangen die Leute mit Gewalt zu lieben und töteten die, die nicht oder anders lieben wollten.«

»Ach, warum muss man von ihnen sprechen?«, fragte Syssoj, winkte verärgert ab und sagte: »Was kann es denn für eine Liebe geben, wenn du kein Mitleid mit den Menschen hast? Mich bringt mein Mitleid noch um. Zuerst fingen mir meine ganzen Bekannten an, Leid zu tun. Die einen sind arm dran, denn sie sind unglücklich. Die Glücklichen wiederum sind arm dran, weil ihr Glück nicht ewig währen kann. Mit der Zeit wurde es immer schlimmer. Mein Mitleid erstreckte sich auch auf Geschäftsleute, mit denen ich zu tun hatte. Ich wickelte sie um den Finger, ging mit ihnen um wie mit den letzten Idioten, aber es machte mir nicht mehr so viel Spaß wie früher. Schade. Daraufhin habe ich mich auch vom Management zurückgezogen und einen Trust gegründet. Ich hatte nicht Angst vor einer Pleite, sondern die Leute, die für mich arbeiteten, taten mir Leid. Wohin sollten sie denn gehen, wovon sollten sie leben? Das war das Ende. Die Armen tun mir Leid, die Kranken tun mir Leid, die Kinder tun mir Leid, die Alten tun mir Leid, die Bewohner Schwarzafrikas tun mir Leid … Und das nicht nur momentan, sondern immer. Da beschloss ich, mich an einen stillen Ort zurückzuziehen, wo ich die ganze Menschheit von morgens bis abends bemitleiden konnte, nur im Schlaf nicht. Zwar fingen sie schon an, mir auch in der Nacht Leid zu tun, ich hatte wirklich entsprechende Träume. Dann wurde mir auch die Menschheit auf einmal zu wenig. Da fingen die Tiere an, mir fürchterlich Leid zu tun. Wie kommen wir dazu, sie zu schlachten und ihnen das Fell abzuziehen? Das ist Sünde. Ich hörte auf, Fleisch zu essen. Wissen Sie noch, wie gern ich früher Schaschlik und Saziwi gegessen habe? Fisch kann ich auch nicht essen. Ich stelle mir sofort vor, wie diese stummen Wesen mit den Glotzaugen dahinschwimmen und die Lippen bewegen, und auf einmal erwischt sie von oben das Netz, und sie werden aufs Deck geworfen, wo sie keine Luft kriegen … Brrr!«

Der Greis schüttelte sich und fragte dann auf einmal ängstlich:

»Nikolaj Alexandrowitsch, ich habe über das Internet herausgefunden, dass auch Pflanzen Schmerz empfinden, dass sie ebenfalls lieben und hassen können. Zu dem einen Gärtner fühlen sich die Pflanzen hingezogen, von einem anderen wenden sie sich ab. Meinen Sie, das stimmt?«

»Keine Ahnung.«

»Wenn das stimmt, bin ich erledigt«, stellte Syssoj traurig fest. »Dann verhungere ich glatt. Wenn ich das Gefühl bekomme, Kohl und Möhren müssten mir Leid tun, dann bin ich geliefert. Ach, Nikolaj Alexandrowitsch, Güte ist eine gefährliche Sache, wenn man so ungehemmt danach strebt wie ich. Bei Ihnen ist das anders, Sie sind in allem maßvoll.«

Diese Worte, die Fandorin absolut nicht als Kompliment verstand, kamen ihm ehrfürchtig über die Lippen, ja sie klangen fast neidisch.

Aber der Guru strahlte gleich wieder und lächelte.

»Macht nichts, der Herr ist gnädig und wird mir schon Speise besorgen. Dann esse ich eben Magerjoghurt und synthetisches Eiweiß. Den Weizen braucht man auch nicht zu bedauern, er wäre sowieso verblüht. Auch Fallobst, also Früchte, die man nicht pflückt, sondern nur vom Boden aufhebt, wären eine Alternative. Die schmecken sogar besser … Sehen Sie, da habe ich Ihnen mein Herz ausgeschüttet, und mir geht es sofort besser. Aber jetzt erzählen Sie erst mal, wieso Sie hergekommen sind?«

Und Nicholas erzählte alles von A bis Z, die ungeschminkte Wahrheit.

»… Wenn mir überhaupt jemand helfen kann, dann Sie«, mit diesen Worten schloss er sein Schauermärchen.

Syssoj guckte finster und schwieg eine Weile. Dann schlug er mit seiner dicken Hand auf den Tisch, fluchte in seiner georgischen Muttersprache und verwandelte sich auf einmal von einem heiligen Einsiedler in den früheren Freibeuter:

»Verfluchte Scheiße! Früher hätte ich Ihr Problem ganz einfach gelöst. Ich hätte nachgeforscht, wer hinter dem Ganzen steht. Wenn es ein ernstzunehmender Mann ist, würde ich kuschen. Wenn das nicht der Fall ist, würde ich den Fall meiner Sicherheitsabteilung übergeben. Wissen Sie noch, was das für tolle Kerle waren? Es gibt sie nicht mehr. Ich habe sie entlassen und ihnen eine Abfindung gezahlt. Jetzt arbeiten sie für andere Leute. Nur Giwi ist noch bei mir. Er wurde x-mal angesprochen und mit viel Geld von anderen Auftraggebern gelockt, hat aber kein Angebot angenommen. Er ist jetzt bei mir Küster, obwohl er gar nicht an Gott glaubt. Jedenfalls meint er das. Ich würde ihn Ihnen ausleihen, Giwi ist auch allein zu allem Möglichen imstande. Aber er wird den Fall nicht übernehmen, er bringt es nicht übers Herz, mich auch nur einen Augenblick allein zu lassen …«

»Aber Ihre anderen Unternehmen funktionieren doch noch! Alles läuft nach dem Motto: ›business as usual‹. Also müssen doch auch Ihre alten Beziehungen noch bestehen!«

»Was für Beziehungen?«, fragte der frühere Oligarch ratlos. »Ich sage doch, der Trust hat alles in der Hand. Ich habe noch nicht einmal Geld. Die Hälfte der Einnahmen geht für wohltätige Zwecke drauf, die andere Hälfte bekommen meine Frau und meine Tochter. Business as usual! Meine Frau ist natürlich eine Schlampe, Gott möge mir dieses böse Wort verzeihen.« Als er das gesagt hatte, bekreuzigte er schnell seinen Mund. »Aber sie kann ja nichts dafür, dass sie mit solchen Genen auf die Welt gekommen ist. In der Heiligen Schrift heißt es: »VND da der HERR anfieng zu reden / durch Hosea / sprach er zu jm / Gehe hin / vnd nim ein Hurenweib vnd Hurenkinder / Denn das Land leufft vom HERRN der Hurerey nach.« Es steht nicht in meiner Macht, Sie vor der eitlen Welt zu schützen. Ich gehöre nicht mehr dazu, Nikolaj Alexandrowitsch, mit keiner Faser und unwiderruflich.«

»Soll das heißen, es gibt keinen Ausweg?«

Nicholas wurde bleich. Es konnte doch wohl nicht sein, dass sich seine letzte Hoffnung in Luft auflöste. Die lange Reise aus

Moskau konnte doch nicht reine Zeitverschwendung gewesen sein?

»Einen Ausweg gibt es immer, Knecht Gottes«, antwortete Syssoj, der sich wieder in einen alten Heiligen verwandelt hatte. »Ich kann dich in der Welt draußen nicht vor dem Bösen bewahren, aber hier, auf dieser Insel der Seligen, kann ich das sehr wohl. Lass deine Altyn kommen, lass deine Kinder kommen, bau dir eine Hütte, ich helfe dir dabei. Ihr würdet hier völlig angstfrei leben, denn kein Mensch kann euch ein Haar krümmen.«

Nicki kniff für einen Augenblick die Augen zusammen und malte sich diese Waldesidylle aus.

Er sah folgendes Bild vor sich: In schlabberigem Hemd und Gürtel schnitzt er selbst, die Axt in der Hand, einen Balken zurecht, in Bastschuhen kommen Gelja und Erast, beide mit Körben voller Walderdbeeren, und die Chefredakteurin der Zeitung »Eross« trägt ein Kopftuch und hat ein Tragejoch geschultert.

»Nein, daraus wird nichts«, sagte er laut. »Altyn wird es hier nicht aushalten.«

»Macht nichts, dass sie Mohammedanerin ist«, der Guru hatte Nicholas missverstanden, »es gibt ja nur einen Gott. Alles andere ist Formsache.«

Auf dem Rückweg zur Eisenbahn dachte Fandorin an die unweigerliche Auseinandersetzung mit seiner Frau.

Es lag durchaus im Bereich des Möglichen, dass sie es strikt ablehnen würde, mit ihrem geflohenen Ehemann überhaupt ein Wort zu wechseln. Er konnte nicht darauf hoffen, dass es Valja gelungen war, die Notiz für sie im Briefkasten auszutauschen. Am wahrscheinlichsten war, dass der Assistent, um Unannehmlichkeiten aus dem Wege zu gehen, längst im Eiltempo von seiner Frau Mammon evakuiert worden war und sich bereits bei den sieben Zwergen hinter den sieben Bergen seiner zertrümmerten Nase annahm.

Altyn wüsste also nur, dass ihrem Mann aus heiterem Himmel das Familienleben stank und er den Wunsch hatte, ein Weilchen allein zu leben. Dann konnte man sich kaum vorstellen, was für einen Rochus sie jetzt auf ihn haben musste. Und anrufen konnte er auch nicht. Das Telefon wurde mit Sicherheit abgehört.

Er musste Mittel und Wege finden, sie mit einer List an einen ungefährlichen Ort zu locken, um sich mit ihr zu treffen. Als Erstes würde sie ihn natürlich anbrüllen. Es konnte auch sein, dass sie ihn schlagen würde. Das hatte es durchaus schon gegeben. Aber wenn er ihr endlich von dem Vorgefallenen erzählen könnte, würden sie schon gemeinsam eine Lösung finden.

Was für eine?

Zu seinem bisherigen Leben, das ihm nun wie ein verlorenes Paradies erschien, gab es kein Zurück. Das heißt, es gab nur einen Ausweg: die Flucht.

Ob Altyn ihrerseits Lust haben würde, Haus, Arbeit und Heimatstadt aufzugeben, um mit ihm zusammen die Flucht anzutreten?

Das war fraglich.

Und wenn sie wollte, wohin könnten sie denn fliehen?

Ins Ausland? Wie das der kühne Hauptmann Wolf vorgeschlagen hatte? »Wenn es um einen der ihren geht, hast du keine Chance; ich kenne ihren Kodex. Da kannst du nach Australien fahren, die kriegen dich auch da.« So zeigte sich, dass es hier im Wald unter dem Schutz des Weisen Syssoj vielleicht wirklich am sichersten war. Denn auf diese Idee kämen die Banditen auf Garantie nicht.

Es war ja eigentlich auch gar nicht so schlimm. Ihm würde eigentlich nichts von dem fehlen, was man zum Leben wirklich braucht. Altyn würde die Kinder großziehen, er würde als Syssojs Assistent arbeiten – im Grunde genommen machten sie beide ja dasselbe: Sie halfen Menschen, die in Not waren.

Wer von den Pilgern den Rat eines Geistlichen oder ein Gebet brauchte, würde zu dem Guru gehen. Wer nur einen praktischen Rat brauchte, der würde sich an Nicholas wenden.

Und sie würden ein einfaches, klares und gutes Leben haben. Wie Paul und Virginia bei Bernardin de Saint-Pierre.

Hinter ihm quietschten Reifen und heulten Bremsen auf. Die niederen Geräusche der Zivilisation brachten Nicholas in die Wirklichkeit zurück.

Neben dem Fußgänger hielt ein großes Auto mit dunklen Fenstern. Fandorin hatte keine Zeit, einen Schreck zu kriegen, denn eins der Fenster wurde heruntergekurbelt – am Steuer saß Gott sei Dank eine Frau. Sie war jung, modisch durchgestylt und sehr,

sehr schön, das sah man, obwohl ihr halbes Gesicht von einer lila Brille verdeckt wurde.

»Entschuldigen Sie, kennen Sie sich hier aus?«, fragte diese Venus und strich mit der Hand über ihren tollen Silberfuchskragen.

Seltsam, Fandorin hatte das Gefühl, er habe diese Schönheit schon einmal gesehen. Vielleicht auf einem Gemälde von Kramskoj? Ein kalter Tag, ein silbern funkelnder Pelz und eine schöne Unbekannte mit arrogantem, forderndem Blick.

Er schüttelte den Kopf, um den Spuk zu vertreiben. Es handelte sich offenbar mal wieder um eine Pilgerin. Wahrscheinlich war auch ihr irgendein Unglück zugestoßen, vor dem weder Schönheit noch Reichtum einen feien.

»Wenn ich wenigstens wüsste, wo ich bin«, sagte die Schöne und lächelte hilflos. »Wenn es um Topographie geht, bin ich eine totale Niete. Ich verstehe noch nicht einmal, in welcher Richtung ich eigentlich fahre. Ich habe eine Karte mit, aber ich komme damit nicht zurecht. Könnten Sie vielleicht mal gucken?«

Nicholas lächelte ebenfalls; es war das ewige Lächeln der Männer, das ungefähr Folgendes besagt: Oh, ihr modernen Herrinnen des Lebens, wie schnell verliert ihr doch die Sicherheit und den Mut, wenn ihr mit nicht für Frauen bestimmten Dingen in Berührung kommt: mit der Straße, der Karte, dem Raum.

Man konnte eine so naive und teilweise ja auch schmeichelhafte Bitte doch nicht abschlagen!

Er öffnete die Tür und setzte sich auf den elastischen Ledersitz.

»Wo ist denn Ihre Karte?«

Er spürte unwillkürlich eine stechende Enttäuschung: Hinten saß noch jemand (wie es schien, sogar gleich zwei). Er genierte sich, sie genau in Augenschein zu nehmen, zumal es im Wageninneren hinter den getönten Scheiben ja dunkel war.

Die Frau drückte auf einen Knopf. Sie wandte sich ihren Weggefährten zu und sagte, offenbar als Fortsetzung eines unterbrochenen Gesprächs:

»Da könnt ihr lernen, mit Köpfchen zu arbeiten, Jungens. Ohne Schlägerei und Schießerei.«

Diese seltsamen Worte veranlassten Nicholas doch, sich die beiden auf dem Rücksitz genauer anzusehen.

Einer von ihnen antwortete mit einer erschreckend bekannten Stimme beleidigt:

»Ja, ja, ohne Schießerei. Und wer hat den Bullen abgeknallt?«

Diese Stimme hatte Nicki schon dreimal gehört: vor dem Nachtklub, auf der Datscha und aus dem Dunkel des Miliz-Shigulis. Das war der Anführer der Banditen! Und neben ihm saß noch ein unguter Bekannter: der mit der platten Nase.

Fandorin rüttelte an dem Türgriff, der nicht daran dachte nachzugeben. Das Auto fuhr an, sanft, aber so schnell, dass der Zeiger des Tachos schon ein paar Sekunden später Hundert anzeigte, da aber nicht stehen blieb, sondern weiterkroch und dann selbst in den Kurven nicht mehr unter 160 fiel.

»Wie ich Sie leid bin, mein schöner Sir«, sagte die verrückte Fahrerin, während sie sich in die Lücke zwischen zwei Lieferwagen klemmte und sich gleichzeitig eine dünne, schwarze Zigarre anzündete. »Wir mussten aus dem weiten Moskau herkommen, um Sie zu finden; es war interessant nachzuforschen, wohin es Sie verschlagen hat. Da haben Sie also eine Wallfahrt unternommen!«

Sie hauchte eine kleine, duftende Rauchsäule aus, löste sich aus dem Verkehrsstrom und raste auf die Gegenfahrbahn. Ein frontal entgegenkommender Tankwagen hupte verzweifelt, aber wie durch ein Wunder kam es nicht zu einem Zusammenstoß. Fandorin blieb die Luft weg.

»Während ich hinter Ihrem Zug herfuhr, habe ich ein Dossier über Sie zusammenstellen lassen, und zwar sowohl in Moskau als auch in England. Ich konnte es zunächst nicht glauben, ich dachte, wir hätten nicht tief genug gegraben. Doch es stellte sich heraus, dass Sie eine taube Nuss sind.«

Der Stau lag jetzt hinter ihnen, so dass die Slalommeisterin fahren konnte, wie sie wollte. Wenn jemand Fandorin erzählt hätte, man könne auf einer popeligen Landstraße zweihundert fahren, hätte er das nie im Leben geglaubt. Der Magister schaute gebannt auf das sich rasend schnell abspulende graue Band der Straße, und in seinem Kopf klopfte es: nur ein einziges kleines Schlagloch, und sie wären geliefert …

»Das ist doch gut, dann wissen Sie also jetzt, dass ich keinerlei Gefahr für Sie darstelle«, sagte er und schluckte. »Warum wollen Sie mich dann entführen? Sie hätten mich doch umlegen können, und basta. Sie werden mich ja sowieso umbringen, weil ich Ihren Rothaarigen auf dem Gewissen habe.«

»Dass Sie meinen Knaben umgebracht haben, geht ja noch. Was schlimmer ist, ist die Tatsache, dass ich Ihretwegen so viel Zeit verloren habe. Ein Arbeitstag von mir ist teurer als …« Sie stockte, winkte lässig mit der Hand ab, in der sie die Zigarre hielt, und fuhr fort: »Wenn man Sie ausweiden würde und alle Ihre inneren Organe zur Transplantation den uralten Ölscheichs verkaufen würde, wäre das noch nicht genug.«

Der Vergleich war so deftig, dass Nicholas für eine Sekunde die Augen von der Landstraße losriss.

»Sie umzulegen, dazu gehört nicht viel«, setzte die gereizte Schöne hinzu. »Wir könnten Sie einfach aus dem Auto schubsen, dass Sie den Asphalt ölen, basta …«

Sie riss sich die Brille von der Nase und knallte sie vor die Windschutzscheibe. Fandorin konnte zum ersten Mal ihr Gesicht studieren.

Er hatte die Frau wirklich schon einmal gesehen, aber das hatte nichts mit Kramskojs Gemälde »Die Unbekannte« zu tun.

Wieso hatte er sie nicht gleich an der Stimme erkannt? Zwar hatte damals die Musik einen Mordskrach gemacht, und sie hatte nicht böse und abgehackt gesprochen, sondern gedehnt und schmachtend …

Er hatte die Verführerin aus dem »Cholesterin« vor sich. So dass die Kette der Ereignisse eine Logik bekam.

Zuerst hatte diese Skalpjägerin versucht, Nicholas mit Hilfe ihres weiblichen Charmes in eine Falle zu locken. Als das nicht klappen wollte, rief sie ihre Kopfjäger, die ihn auf der Straße abpassten. Und die Frau, die vor Wolfs Tod dem aus dem Nichts aufgetauchten Jeep bei den Güterschuppen des Bahnhofs Lepeschkino entstieg, das war ebenfalls sie, so viel war sicher.

Da hatte der Magister, der sich auf seinen Tod einstellte, auf einmal eine hervorragende Idee: Er könnte sich mit beiden Händen in das Steuer verkrallen und es in seine Richtung drehen, um den in einem Wahnsinnstempo dahinrasenden Wagen in den Straßengraben zu setzen. Weiter würde dann der Herrgott entscheiden, ob er alle Insassen zu sich nehmen und richten sollte oder ob er ein Wunder wirken und jemand am Leben lassen wollte.

Dieser verrückte Gedanke ließ seine Angst ein wenig in den Hintergrund treten.

»Wir werden das eher nicht tun«, sagte die Venus nachdenklich. »Sie umzulegen, würde bedeuten, dass man die verlorene Zeit in unproduktive Ausgaben investiert, und das mache ich gewöhnlich nicht.«

Sie betrachtete Nicholas mit einem so langen taxierenden Blick, dass er wieder erstarrte. Diese Psychopathin, wie konnte sie bei einer Geschwindigkeit von 190 denn noch auf den Weg achten?

»Sie werden erst Ihre Schuld abarbeiten müssen, und dann sehen wir weiter.« Ohne den Kopf zu drehen, ruckte die Venus ein bisschen am Steuer, um ein schmales, aber recht tiefes Schlagloch zwischen die Räder zu kriegen. »Sie haben folgende Schulden. Erstens: vier Arbeitstage von mir. Zweitens: Sie haben einen meiner Gehilfen erschossen. Na und drittens: Ihretwegen hat der Hauptmann der Moskauer Kriminalpolizei eine Kugel abgekriegt, das wird noch Ärger geben. Die Endsumme ist keine Kleinigkeit.«

»Wie hoch ist sie denn?«, erkundigte sich Fandorin, der durch den Übergang auf die Sprache der Buchhaltung wieder Hoffnung schöpfte. »Ich bin nicht reich, aber wenn wir uns auf Ratenzahlungen einigen könnten …«

Die grausame Göttin sagte, kurz und böse lachend:

»Sie sind daran schuld, dass ich mich vor dem Auftraggeber blamiert habe. Mein Ruf hat gelitten, und bei dem Beruf, den ich ausübe, ist die Reputation das A und O. So einen Verlust kann man nicht mit Geld kompensieren. Sie haben Ihr Leben verwirkt, Nicki.«

Aus dem Mund dieser schrecklichen Frau klang die vertraute häusliche Anrede »Nicki« so befremdlich, dass Fandorin erzitterte. Sie lächelte auf einmal und nickte ihren Gedanken zu. Dann murmelte sie:

»So … so … und so … Ein kluges Mädchen.«

Man hatte den Eindruck, die Lenkerin von Nicholas' Geschicken entwürfe gerade einen Plan.

Fandorin rutschte nervös hin und her und schaute sich um – die beiden Pistoleros saßen reglos da. Die Plattnase schaute gleichgültig aus dem Fenster, während der Zweite, vor dem Nicki früher solche Angst gehabt hatte, ihm im Vergleich mit der brutalen Venus gar nicht mehr so schrecklich erschien. Jedenfalls strahlten die Augen dieses Banditen etwas Menschliches aus – Mitleid oder so etwas Ähnliches. Und er dachte: Die Repräsentantinnen des schönen Geschlechts sind im Allgemeinen natürlich besser als die Männer: weicher, gütiger, barmherziger, aber wenn eine Frau einmal ein Ausbund des Bösen ist, dann steckt sie auf Garantie jeden männlichen Bösewicht in die Tasche.

»Mirat sucht eine Gouvernante für sein Aschenbrödel-Töchterchen«, sagte dieser Ausbund des Bösen in einem Ton, als wäre die Rede von gemeinsamen Bekannten.

»Was?«, fragte Nicholas erstaunt.

Sie redete weiter, ohne die Frage zu beachten. Es wurde klar, dass sie keinen Wert auf einen Dialog legte, sie dachte nur laut.

»Ein zweisprachiger Engländer und dann auch noch ein echter Baronet. Inga wird begeistert sein. Keiner hat sonst so einen Gouverneur, ihre Freundinnen werden vor Neid platzen. Und wer soll sie auf diese Idee bringen, damit sie nicht den wahren Sinn errät? Die Agentur, das ist doch nahe liegend. Sie hat ihr ja einen entsprechenden Auftrag erteilt. Nichts leichter als das. Fandorin, alles klar, Sie werden Gouverneur.«

»Ich? Gouverneur?«, fragte er fassungslos. Er hatte alles Mögliche erwartet, selbst den Befehl, einen Mord zu begehen, aber bestimmt nicht eine so harmlose Aufgabe. »Und wo?«

»In der Familie eines reichen Typs. Sie werden seiner heißgeliebten Tochter Englisch und gute Manieren beibringen. Sie sind doch ein Gentleman, oder?«, erkundigte sie sich lachend.

»Und was muss ich da noch machen?«, fragte Nicholas, der verstehen wollte, wo der Haken war.

Das Lächeln verschwand nicht von ihrem Gesicht, aber ihre Stimme wurde hart:

»Alles, was ich sage. Wenn ich es befehle, dann musst du nachts in Mirats Schlafzimmer gehen und ihm mit den Zähnen die Kehle durchbeißen. Wenn ich es befehle, musst du Ingas Schoßhündchen bumsen. Alles klar?«

Der Übergang zur offenen Aggression und Grobheit war so abrupt, dass Nicki zurückwich.

»Hören Sie, wie hei …«

»Na, nehmen wir an: Jeanne«, antwortete sie und lachte wieder über etwas.

»Hören Sie, Jeanne, ich bin kein Zombie und tue nichts, was gegen meine Prinzipien ist. Da können Sie mich gleich aus dem Auto schmeißen!«

»Sie wollen den Mops also nicht bumsen!«, fasste sie zusammen. »Und Sie wollen dem unbekannten Typen auch nicht die Kehle durchbeißen? Sie haben Prinzipien. Das verstehe ich sehr gut! Natürlich wollen Sie lieber aus dem Auto geworfen werden. Aber das ist nicht das Schlimmste, was einem Menschen passieren kann. Besonders, wenn er so ein vorbildlicher Familienvater ist ...« Und sie befahl mit derselben gelassenen Stimme: »Max, halt mal den Herrn Fandorin fest, sonst greift er mir noch ins Steuer, da sei Gott vor ...«

Der hinten sitzende Mann (der, in dessen Blick Nicholas Mitleid entdeckt hatte) nahm den Magister leicht und sicher in den Schwitzkasten.

»Ich werde Sie nicht töten«, fuhr Jeanne fort. »Leben Sie ruhig weiter. Aber Ihre Schulden müssen Sie so oder so begleichen. Ich bin bereit, einen von Ihren entzückenden Zwillingen in Zahlung zu nehmen. Wen mögen Sie mehr: den kleinen Erast oder die kleine Angelina? Ich bin kein Unmensch, mir reicht einer, Sie können selber auswählen ...«

Nicholas wollte sich verkriechen, keuchte und wollte nur noch eins: so schnell wie möglich aufwachen. Ihm wurde erst jetzt klar, dass die wahnwitzigen Ereignisse der letzten Tage einfach ein Albtraum waren. Und schuld daran war der verrückte Besucher, der sich als Richter bezeichnet hatte. Er hatte von Geiseln gesprochen und von der scheußlichen Wahl zwischen den eigenen Kindern. Na bitte, nun träumte er also davon.

Doch das war natürlich eine Selbsttäuschung, eine Schutzreaktion der bedrängten Psyche. In der nächsten Sekunde dachte Nicki schon nicht mehr ans Aufwachen – es geschah etwas Merkwürdiges, ganz Unerklärliches mit ihm.

Er sah das, was mit ihm passierte, auf einmal von außen, aus der Distanz. Die Landstraße; das dahinrasende Auto darauf; im Auto ein Mann, dem es an die Kehle geht. Es war eine Qual, diese Szene verfolgen zu müssen. Aber dann sah er dasselbe Auto von oben – erst im natürlichen Maßstab, dann verwandelte sich das Auto in dem Maße, wie sich der Beobachtungspunkt nach oben verschob, immer mehr in einen kleinen Käfer, einen Wurm, einen winzigen Punkt. Es gab nicht nur eine Welt – sondern zwei: eine große und eine kleine. In der kleinen ereignete sich eine Tragödie, während die große ihre Majestät und ihr Gleichgewicht behielt. Und es blitzte der unverständliche Gedanke auf: *Ich kann alles umstoßen.* Es steht in meinen Kräften, die Harmonie in der kleinen Welt wiederherzustellen, aber die große Welt wird es dann nicht mehr geben. Diese schlimme Alternative, *dass es die große Welt dann nicht mehr gäbe,* erschien ihm aus irgendeinem Grund unerträglich.

»Nein«, sagte Nicholas keuchend.

»Wie nein?«, fragte Jeanne, gab sich aber gleich selber die Antwort. »Sie haben Probleme, sich das vorzustellen? Da kann ich Ihnen helfen. Ich führe es Ihnen vor.«

Nicholas wusste nicht, was sie meinte, und folgte ihrem Blick.

Es war das erste Mal, dass das Auto auf dieser albtraumhaften Fahrt anhielt – sie waren an einen Bahnübergang gekommen. Polternd fuhr ein Zug vorbei. Es gab keine anderen Autos an der Schranke, nur ein blonder Dorfjunge stand da und hielt den Lenker eines für ihn zu großen Fahrrads. Er musterte neugierig das tolle Auto, starrte in die dunklen Scheiben, streckte vor Langeweile seinem eigenen Spiegelbild die Zunge heraus und lachte. Max, der Nicholas eisern festhielt, prustete ihm ins Ohr, der kleine Wildfang hatte ihn erheitert.

Dann ertönte eine Glocke, die Schranke hob sich, der Junge wedelte mit seinem knochigen Hintern und radelte los. Der Schulranzen mit den bunten Aufklebern hüpfte fröhlich auf seinem Rücken.

»Da gucken wir genau hin«, sagte Jeanne und fuhr an.

Alles andere ereignete sich binnen einer einzigen unendlichen, in der Zeit stehen gebliebenen Sekunde.

Als Nicholas sah, dass die Stoßstange des immer schneller fahrenden Jeeps sich dem Hinterrad des Fahrrads näherte, schrie er auf und riss sich los. Dieser Spielraum von zwei bis drei Zentimetern reichte Fandorin, um einen verzweifelten Vorstoß zu unternehmen und ins Steuer zu greifen.

Das Vorderteil des Autos tat einen Ruck nach links und streifte den Fahrradreifen leicht. Trotzdem flog der kleine Junge im hohen Bogen in den Straßengraben.

Da lockerte der Aufseher den Stahlgriff um Nicholas, sie schauten sich beide um und sahen, wie der Kleine neben dem umgefallenen Fahrrad auf dem Boden saß, dem Jeep wütend mit der Faust hinterher fuchtelte und schrie. Er lebte Gott sei Dank!

Der mit der platten Nase, der sich ebenfalls nach hinten umgeschaut hatte, nahm wieder seelenruhig seine frühere Haltung ein. Max' Kinn dagegen zuckte kurz, seine Wimpern zitterten etwas, und als er den Hals des Gefangenen wieder umschloss, hielt er ihn sehr viel lockerer als vorher.

»So mache ich das mit Ihrem pummeligen Erast«, erklärte Jeanne. »Der einzige Unterschied ist, dass mir dann keiner ins Steuer greifen wird. Ist das angekommen? Ja? Sonst demonstriere ich es ein zweites Mal. Diese Gegend ist so verschlafen, dass man die ganze Bevölkerung überfahren kann, da kräht kein Hahn nach.«

Vor ihnen strampelte eine ganze Schar kleiner Radfahrer, die sich möglichst dicht am Straßenrand hielt. Vielleicht war eine Schule in der Nähe.

»Halt ihn fest«, befahl Jeanne und beschleunigte.

Max schluckte, führte den Befehl aber aus.

Und Nicholas hatte wieder dieselbe Vision, nur in der umgekehrten Reihenfolge.

Er sah zuerst die dreckige Binde der Landstraße, über die wacker eine fette, glänzende Fliege im Eiltempo kroch. Der Zoom vergrößerte das Bild, und die Fliege wurde zu einem Auto. Man sah das Innere des Autos: vier Menschen, Nickis verzerrtes Gesicht. Dann schrumpfte die Welt auf Nickis Körpergröße, und es wurde klar, dass diese kleine Welt mit ihrer niedrigen Zahl von Einwohnern: Altyn, Gelja, Erast, sehr viel wichtiger war als die große. Ohne die große Welt konnte man leben, ohne die kleine nicht.

Und Fandorin sagte schnell:

»Ja, ja.«

»Eben«, sagte Jeanne spöttisch. »Mit Ihren Prinzipien kommen Sie da nicht weit. Ein Mensch, der nicht bereit ist, alles für seine Prinzipien zu opfern, hat kein Recht, Nein zu sagen.«

Der Verpflichtung, die sie übernommen hatte, kam sie nach: den Bruchteil einer Sekunde, bevor sie mit dem Letzten der kleinen Radfahrer zusammenzustoßen drohte, drehte sie das Steuer ein wenig zur Seite.

Der kurze Augenblick der Erleichterung in einer Reihe dicht hintereinander folgender Albträume: das ist das wahre Glück, begriff Nicholas auf einmal. Und war im Verlauf der folgenden Sekunden wirklich so glücklich, wie es ein Mensch nur sein kann.

VIERZEHNTES KAPITEL

LA PRÉCAUTION INUTILE oder
DIE NUTZLOSE VORSICHT

(Beaumarchais, 1775, Rossini, 1816)

»Ihr habt Glück, dass ich es eilig habe!«, brüllte der Kollegienrat, dem offenbar der Geduldsfaden gerissen war. »Bei uns in Nowgorod macht man kurzen Prozess mit solchen Ignoranten. Ich rufe die Polizisten, die bringen ihn ins Revier und brennen ihm fuffzig auf den Hintern. Die scheren sich nicht darum, dass einer einen Gehrock anhat.«

»Ihr wollt mir doch wohl nicht damit drohen, mich auspeitschen zu lassen?«, erkundigte sich Vondorin ungläubig.

Man hörte zwei Laute: einen kurzen knackenden und einen zweiten länger gezogenen, als ob etwas Schweres hingeplumpst wäre und weiterrollte.

Der Deckel des verfluchten Korbes öffnete sich, und kräftige Hände holten Mitja aus der Falle.

»Bist du unversehrt, Dmitri?«, fragte Daniel ängstlich und tastete schnell den befreiten Gefangenen ab.

Der stammelte bejahend, hatte aber noch den Knebel im Mund. Als er ihn herausgenommen hatte, zeigte er auf den reglos ausgestreckten Körper und fragte:

»Habt Ihr ihn getötet?«

Vondorin hob vorwurfsvoll die Hände und sagte:

»Du weißt doch, dass ich ein überzeugter Gegner vorsätzlichen Mordes bin. Nein, ich habe wieder die englische Technik angewandt, nur nicht die des Stab-, sondern die des Faustkampfes. Sie heißt ›Boxen‹ und ist sehr viel humaner als das bei uns übliche Stechen beim Fechten.«

Er drehte den am Boden liegenden Beamten um und versetzte ihm einen kurzen, kräftigen Tritt in die Leistengegend. Mitja schrie auf und hockte sich hin: Sein Bruder Endimion hatte ihm einmal mit dem Knie einen zwischen die Schenkel gegeben, und zwar nicht mit ganzer Kraft, sondern ganz leicht. Es hatte entsetzlich wehgetan.

»Warum macht Ihr das?«

»Zu seinem Besten.« Daniel fasste Mitja an den Schultern und brachte ihn zurück in den Gasthof. »Weißt du, Dmitri, es gibt auf der Welt lüsterne Ungeheuer, die kleinen Jungen nachstellen. Seitdem ich meinen Sohn verloren habe, bin ich in dieser Beziehung besonders empfindlich, obwohl mir klar ist, dass es sich aus medizinischer Sicht nicht um Ungeheuer handelt, sondern um kranke Menschen. Mit einem kurzen Schlag habe ich eine menschenfreundliche chirurgische Operation vorgenommen und diesem Herrn geholfen, sich von seinen Fleischesgelüsten zu befreien und in die Reihen der zivilisierten Welt zurückzukehren. Und diese Operation ist schmerzfrei verlaufen, denn, wie du ja gesehen hast, war dein Feind dabei bewusstlos.«

Im Flur fügte er hinzu:

»Mein Freund, lass dir dieses dreiste Vorkommnis nicht zu nahe gehen. Es gibt viel Finsteres auf der Welt, aber es gibt auch nicht wenig Lichtes. Und noch eins. Lass uns Pawlina Anikitischna nicht von diesem kleinen Vorfall erzählen, sie hat ein zu weiches Herz. Einverstanden?«

»Einverstanden!«

»Aber du zitterst ja. Frierst du denn so? Du hast doch eine Mütze an und die Pekesche.«

Mitja zitterte nicht vor Kälte, sondern von der Angst, die er durchgemacht hatte; aber wie soll man das einem Menschen erklären, der, obwohl grauhaarig, trotzdem nie die Bedeutung dieses Wortes kennen gelernt hat? Das musste toll sein: auf der Welt zu leben und vor nichts Angst zu haben! Nichts und gar nichts! Ob man das lernen konnte oder ob das ein Geschenk der Natur war?

»Von deinem Alter her bist du ein Löwenjunges, aber dem Verstand und dem Herzen nach bist du ein richtiger Löwe«, sagte Daniel. »Wenn du nicht mit den Fäusten gehämmert und gebrüllt hättest, hätte ich diesem listigen Wahnsinnigen geglaubt und ihn ziehen lassen.«

Ich soll kühn, ich soll ein Löwe sein? Mitja hörte auf zu zittern und dachte darüber nach, wie groß der Unterschied ist zwischen der Tatsache, wie du in Wirklichkeit bist und wie du auf die Leute wirkst. Der wollüstige Beamte Sisow hatte ihn als »Teufelchen« bezeichnet. Warum? Was hatte seine kranke Phantasie in dem siebenjährigen Knaben gesehen? Wie interessant es sein musste, das Hirn eines Menschen studieren zu können, der geistig umnachtet ist!

»Darf ich fragen«, unterbrach Vondorin seine Gedanken, »warum du mit Frau Chawronskaja so merkwürdig redest? Das muss doch einen besonderen Grund haben?«

Mitja schwankte, ob er die ganze Wahrheit erzählen sollte, von dem hinterlistigen Italiener, von dem Gift, von seinem Leben im Paradies und der Vertreibung?

»Du zweifelst? Dann schweig lieber. Ich sehe, es gibt hier irgendein Geheimnis. Du musst es nicht preisgeben nur aus Dank. Daniel Vondorin ist wissbegierig, aber nicht neugierig. Lass uns lieber entscheiden, wie wir die uns anvertraute Dame vor diesen Haien schützen können. Einmal hast du sie schon gerettet«, fügte er hinzu und schob damit großzügig den ganzen Verdienst Mitja zu, »lass uns diese Angelegenheit zu einem guten Ende bringen. Sie werden Pawlina Anikitischna nicht in Ruhe lassen, so viel ist sicher. Der Weg nach Moskau ist noch lang und führt an vielen einsamen Stellen vorbei. Ich habe das in Gegenwart der Gräfin nicht gesagt, aber zufällige Weggenossen werden sie kaum vor den Verfolgern beschützen.«

»Das stimmt, Pikin hat keine Angst vor Zeugen.« Mitja blickte auf die Tür, die nach draußen ging. »Vor allem müssen wir so schnell wie möglich aufbrechen. Habt Ihr gehört, dass diesem Operierten die Polizei der Stadt untersteht? Wenn er das Bewusstsein wiedererlangt, wird er seine Wut an uns auslassen wollen.«

Vondorin seufzte und sagte:

»Armes Russland! Warum vertraut man hier den Schutz des Gesetzes nie den Lämmern, sondern immer den wilden Wölfen an? Aber diesen Mann brauchst du nicht zu fürchten. Wenn er von dem Schlag zu sich kommt, wird er Grund genug zum Nachdenken haben und eine Beschäftigung finden.«

»... Und deshalb sind Mitja und ich zu dem Schluss gekommen, dass wir uns besser trennen.«

So schloss Daniel seine an Pawlina gerichtete kurze, äußerst überzeugende Rede. Dmitri hätte er allerdings besser außen vor gelassen. Die Chawronskaja fasste das als Witz auf, der den finsteren Sinn des Gesagten ein wenig aufhellen sollte, und lächelte einen Moment.

»Ihr verlasst uns also, Ihr guter Geist?«, fragte sie traurig und beeilte sich hinzuzufügen: »Nicht, dass ich murre oder das verurteile. Ich habe Euch sowieso schon einer zu großen Gefahr ausgesetzt. Ich danke Euch für alles, Daniel Ilarionowitsch. Mitja und ich haben eine Kutsche und einen Kutscher. Wir schaffen das schon alleine nach Moskau. Gott ist gnädig, er lässt die Schwachen nicht im Stich.«

Vondorin biss sich auf die Lippe; er war offenbar gekränkt über ihre Worte, wollte aber Pawlina nicht widersprechen. Stattdessen sagte er kurz angebunden:

»Ihr irrt Euch in allen drei Punkten, Gräfin. Ihr werdet weder eine Kutsche noch einen Kutscher noch den Knaben haben. Die nehme ich nämlich.«

»Wie?«, stammelte sie. »Das verstehe ich nicht.«

»Die Kutsche kennen Eure Verfolger gut, da finden sie Euch im Handumdrehen. Ihr braucht keinen Kutscher zu mieten, ich besorge Euch jemand. Was Dmitri angeht, der fährt mit mir.«

»Ich verstehe nach wie vor nicht ...«

»Was gibt es denn da zu verstehen! Mit Ihrer Kutsche fahre ich. Ich setze mich ans Fenster, ziehe Ihren Mantel an und schiebe die Kapuze ins Gesicht. Der kleine Kosak sitzt beim Kutscher auf dem Bock, so dass ihn alle sehen können. Kein Mensch kommt auf die Idee, dass Ihr nicht in der Kutsche sitzt. Euren Verfolgern wird man sagen, Ihr seid unterwegs nach Moskau.«

»Und wo soll ich hin?«, fragte Pawlina verwundert.

»Ich setze Euch jetzt auf einen Schlitten und schicke Euch zu einem guten Bekannten, den ich schon erwähnt habe. Hier ist der Brief, in dem ich ihn bitte, Euch in Begleitung eines treuen Dieners auf einem Umweg nach Moskau zu schaffen. Modest wird alles gewissenhaft ausführen, er ist mir treu, denn er ist mein Bruder.«

»Ein leiblicher Bruder?«, fragte die Gräfin fassungslos.

»Nein, ein geistiger, das ist wertvoller als ein leiblicher.«

»Aber … Der Zorn dieser bösen Menschen wird sich doch gegen Euch richten, wenn sie den Tausch entdecken.«

»Das ist nicht Eure Sorge.«

»Wie, nicht meine Sorge?« Ihre Verstörung ging in Wut über. »Meint Ihr allen Ernstes, ich sei imstande, dieses Kind Pikin zu überlassen? Auch das Geschick von Ihnen ist mir nicht gleichgültig. Ihr Plan hat einen Fehler. Es wäre besser, wenn wir die Kutsche hier ließen und die großzügige Hilfe Ihres Freundes in Anspruch nähmen. Wir fahren zusammen auf Schleichwegen nach Moskau!«

Pawlina sprang abrupt auf und stürzte mit flehend erhobenen Händen zu Vondorin. In ihren Augen glänzten Tränen.

Die im Saal Sitzenden beobachteten diese Szene neugierig. Mitja dachte: Wir unterhalten sie jetzt, das wird eine richtige Pantomime.

»Bitte, bitte«, flüsterte die Gräfin und fiel plötzlich überschwänglich auf die Knie.

Daniel streichelte vorsichtig ihre Haare.

»Liebe Pawlina Anikitischna, wir müssen die Verfolger auf eine falsche Fährte locken. Um uns braucht Ihr Euch nicht zu sorgen. Für Dmitri und mich interessiert sich niemand. Wenn sie uns einholen, sehen sie, dass man sie an der Nase herumgeführt hat, und lassen uns laufen. Was sollen sie mit einem Greis und einem Kind? Wenn Ihr aber in Eurem Schlitten mit dem Jungen fahrt, dann holen sie Euch auf Garantie ein und entführen Euch. Und was für ein Los wartet dann auf Euch und auf den armen Kleinen?«

Die letzten Worte sagte dieser Chrysostomus mit besonderem Nachdruck und blinzelte dabei Mitja zu, was bedeutete: Na, wie gefällt dir das mit dem »Kleinen«?

Die Chawronskaja erhob sich langsam.

»Ihr habt Recht, gnädiger Herr … Aber versprecht mir, dass Ihr den kleinen Mitja nach Moskau bringt, mir ist dieses Dummerchen so ans Herz gewachsen!« Und sie fügte leise hinzu: »Und auch auf Euch, Daniel Ilarionowitsch, werde ich warten …«

Sie fuhren ganz offen von dem Gasthof los. Mitja saß neben dem Kutscher auf dem Bock, Daniel war ans Fenster gelehnt, hatte sein

Gesicht verdeckt und fächelte sich mit einem weißen Tuch Luft zu, als wäre es stickig, obwohl es gegen Abend fror. Auf der Freitreppe standen zwei Diener des Gasthofs und glotzten. Wenn die Verfolger angaloppiert kämen, würden sie sagen: Die gesuchte Person ist mit ihrem kleinen Kosaken Richtung Moskau abgefahren. Die echte Frau Chawronskaja entwischte währenddessen durch die Hintertür, ohne von jemand gesehen zu werden.

Dann stieg Mitja in den Schlitten um. Sie rasten über den Schnee und ließen die alte Stadt Nowgorod unter dem gelben Mond frieren und auf die Morgendämmerung warten.

Vondorin war nicht wiederzuerkennen. Er schlief zwar nicht, kriegte aber den Mund nicht auf und antwortete auf Fragen, selbst auf die verführerischsten, wie zum Beispiel nach der Fauna auf dem Mond oder der chemischen Zusammensetzung des Äthers, nur mit einem Brummen.

Als Mitja die Hoffnung verloren hatte, ihn zu einem wissenschaftlichen Gespräch zu bewegen, und einnickte, brach es auf einmal aus Daniel heraus.

»Das haben sie im Blut«, sagte er hitzig, als nähme er einen langen heftigen Streit auf. »Selbst die Besten! Und sie sind genauso wenig daran schuld, wie ein Kätzchen an der Brutalität schuld ist, wenn es mit einer Maus spielt, die es gefangen hat! Wie eine Rose nicht schuld daran ist, dass sie ein verlockendes Aroma verströmt! Auch sie folgen der Stimme ihres Instinktes und locken einen, bringen Schimären hervor und unerfüllbare Träume!«

»Wer ist denn ›sie‹?«, erkundigte sich Mitja, als Daniel eine Pause machte.

»Na, die Weiber, wer denn sonst! Ach, mein Freund, das liegt noch nicht einmal an ihnen, sondern an dir selbst. Da wartest du, dass diese Pest dich in Ruhe lässt, hoffst, dass mit den grauen Haaren eine selige Gelassenheit und Klarheit des Verstandes einkehren. Doch die Jahre vergehen, und es ändert sich nichts. ›Ich werde warten‹, das hat sie in jenem besonderen Ton gesagt, den nur wunderschöne Weiber verwenden. Du brauchst es mir nicht zu versichern, ich weiß selber, sie meint nichts von dem, was ich gerne hätte. Eine Freundlichkeit, sonst nichts. Und es kann ja auch nichts zwischen uns sein! Wer ist sie, und wer bin ich? Ein Blick in den Spiegel zeigt es! Wie ich Herrn Sisow beneide, der jetzt im Bett liegt und sich über die ihm widerfahrene Metamorphose ärgert. Er müsste mir dankbar sein, dass ich ihn für immer von dieser verdammten Last der Sinnlichkeit befreit habe.«

Mitja hörte aufmerksam den Klagen des älteren Freundes zu, aber der Sinn der Worte, die eigentlich verständlich waren, entging ihm. Nur die letzte Bemerkung war interessant.

»Ihr habt ihn von der Sinnlichkeit befreit, indem Ihr ihm einen Schlag in die Lenden versetzt habt? Liegt denn da wirklich das für die Sinne verantwortliche Zentrum?«, fragte Mithridates lebhaft und berührte vorsichtig den Hodensack.

Vondorin schielte zu ihm herüber und murmelte:

»Wenn man mit dir spricht, vergisst man ganz, dass du noch ein Kind bist, auch wenn du sehr belesen bist.«

Er wandte sich ab und hatte keine Lust mehr zu erzählen, an was er dachte.

Na dann eben nicht. Mitja schlug den Kragen hoch, schmiegte sich an den Ofen und schlief bis Krestzy, wo sie die Pferde der Gräfin gegen Postpferde eintauschten. Sie waren zwar vielleicht schlechter, aber frisch.

Sie aßen heiße Kartoffeln mit Öl und fuhren weiter.

Jetzt schlief Daniel, während Mitja durch das Fenster auf die weiße Winterwelt schaute, die manchmal von abgelegenen schwarzen Dörfern unterbrochen wurde, und über Russland nachdachte.

Was ist Russland eigentlich?

Das heißt, man kann natürlich ohne weiteres eine einfache Antwort geben: fünfzehn Millionen Quadratwerst Niederungen und Berge, wo dreißig Millionen Einwohner leben und jetzt, seit der Annexion Polens, sogar fünfunddreißig. Das stimmt zwar, aber was vereint diese ungeheure Anzahl von Menschen? Warum heißen sie alle zusammen »Russland«?

Sprechen sie alle dieselbe Sprache? Nein.

Haben sie dieselbe Religion? Ebenfalls nein.

Oder haben sie lange nachgedacht und sich geeinigt, dass sie zusammenleben wollen? Wieder nein.

Haben sie vielleicht eine gemeinsame Erinnerung an frühere Zeiten? Keineswegs. Gestern bekämpften sich die heutigen Mitbürger noch gegenseitig, und jeder hat eine andere Erinnerung an diese früheren Fehden. Die Russen können die Tataren und Polen nicht leiden, und umgekehrt wohl genauso.

Und was haben wir dann eigentlich gemeinsam?

Als Erstes kam ihm folgende Antwort in den Sinn: Russland, das ist der Wille, der Staatsmacht heißt; an ihr hängt letztlich alles.

Da bekam er Angst, denn er hatte ja die Macht von nahem gesehen und wusste, wie sie aussah: eine dicke Alte, die in Platon Surow verliebt war, vor den Jakobinern Angst hatte und an die Zauberkräuter des Admirals Kosopoulos glaubte. Und diese Alte würde vermutlich bald vergiftet.

Aber mit Katharinas Tod würde Russland nicht aufhören zu existieren.

Also war Russland nicht die Macht, sondern etwas anderes.

Er kniff die Augen zusammen, um sich die unvorstellbar weiten Räume mit dem winzigen Fleck der Hauptstadt am westlichsten Rand vorzustellen, und sah auf einmal, dass dieser Fleck ein grelles, pulsierendes Leuchten ausstrahlte.

Dann war also das Russland!

Diese konzentrierte Energie, die Stämme und Länder um sich schart, und zwar mit einer solchen Macht, dass diese Anziehungskraft über Tausende von Werst spürbar ist und mit jedem Jahr wächst. Solange dieses Feuer brennt, solange dieser mysteriöse Sog existiert, wird es Russland geben. Und diese Kraft, das sind keine Kanonen, keine Soldaten, keine Beamten, sondern dieses Leuchten, wie die Stadt der Wunder, die Daniel erschienen war. Wenn das Leuchten verblasst und die Kraft erschlafft, dann werden ganze Stücke von Russland abfallen. Wenn die Flamme ganz verlöscht, wird Russland untergehen wie das Alte Rom. Oder an ihre Stelle wird vielleicht eine neue Kraft treten, wie das auch in Rom geschah, aber ob diese Kraft Russland oder irgendwie anders heißen wird, das weiß nur Gott.

Bei der schnellen Fahrt und Daniels ruhigem Atmen konnte er gut denken, richtig mit Schwung. Vorwärts, weiter vorwärts!

Sie hielten nur an, um die Pferde zu wechseln, und legten so in einer Nacht und einem Tag dreihundert Werst zurück. Vondorin zahlte an den Haltestellen großzügig (er hatte offenbar bei seinem Nowgoroder Freund viel Geld aufgetrieben), so dass sie keine Verzögerung hatten.

Sie übernachteten in Twer. Nicht in einem Gasthaus und nicht auf einem Posthof, sondern im Hause eines Bürgers, um nicht aufzufallen. Morgens früh, noch vor dem Tageslicht, brachen sie wieder auf. Bei diesem Tempo konnten sie schon abends in Moskau eintreffen.

Von wegen!

Anderthalb Stunden hinter Twer, als sie durch ein großes Dorf kamen, löste sich bei dem Mittelpferd ein Hufeisen. Der Kutscher brachte es zu einer Schmiede, während die Reisenden sich die Beine vertraten.

Das Dorf hieß Gorodnja, und was in ihm vor sich ging, war ein Rätsel.

Überall hörte man Weiber jammern und sah, wie Soldaten im Dreispitz mit weißen Gamaschen und langen Zöpfen junge Burschen von den Höfen zerrten. Wer sich weigerte, bekam eins mit dem Stock.

»Was ist das für eine ausländische Invasion?«, fragte Daniel finster. »Das sind doch preußische Uniformen!«

Aber es sah nicht nach dem Einmarsch eines deutschen Heeres aus, denn die Soldaten gebrauchten saftige Ausdrücke, welche die Untertanen des preußischen Königs nie im Leben kennen konnten. Man trieb die Gefangenen auf den Platz vor der Kirche.

Dahin wollten Mitja und Vondorin gerade.

Auf dem Platz schlug jemand träge eine Trommel, Fuhrwerke standen herum, ein Offizier saß auf einem Klappstuhl in einem über die Schultern geworfenen Halbpelz und malte gelangweilt mit dem Stock Zeichen in den Schnee. Das Gesicht des Vorgesetzten war aufgedunsen, verkatert.

Daniel ging auf ihn zu und fragte:

»Kann ich erfahren, Herr Oberleutnant, was hier vor sich geht? Mit welchem Ziel sammeln Ihre Soldaten diese Jünglinge ein und fesseln sie? Sind das denn alles Verbrecher?«

Der Offizier blickte den Fragenden an, und als er sah, dass es sich um einen Adeligen handelte, erhob er sich.

»Das Übliche, gnädiger Herr. Wir suchen Rekruten; sie verstecken sich, weil sie nicht dem Vaterland dienen wollen. Hirnlose

Idioten sind das. Die wollen nicht verstehen, dass bei den Soldaten das Essen besser und der Dienst lustiger ist.«

Sie dankten für die Erklärung und gingen weiter. Es ging ihnen nahe, die herzzerreißenden Schreie der armen Mütter zu hören, deren Söhne man einzog, und die Tränen der Mädchen zu sehen, die ihre Bräutigame verloren.

»Was hältst du davon, mein Freund?«, fragte Daniel.

Mitja legte sich ins Zeug und trug seine Gedanken zu einer Armee freier Menschen vor – es waren dieselben, die er noch vor kurzem der Kaiserin hatte beibringen wollen und die so unerwartet traurige Folgen gehabt hatten.

Vondorin hörte zu und nickte.

»Wie richtig das ist, mein guter Dmitri. Seltsam, dass unsere Herrscher so eine einfache Sache nicht verstehen. Die Verteidigung des Vaterlandes ist eine der wichtigsten und vornehmsten Beschäftigungen. Wie kann man sie Grünschnäbeln anvertrauen, die, wie man an ihrem Geheul sieht, nicht das geringste Faible für dieses Handwerk haben? Ich wäre zu vorsichtig, um solchen unsicheren Bürgern eine tödliche Waffe in die Hand zu geben – der Verstand möge verhüten, dass sie sich oder anderen eine Verletzung beibringen. Eine Waffe sollten Leute tragen, deren Wunsch das entspricht.«

»Aber nur Freiwillige, das reicht wahrscheinlich nicht?«, äußerte Mitja Zweifel. »Woher soll man so viele nehmen, dass man das ganze Reich verteidigen kann? Viele wollen uns an den Kragen. Gerade erst haben wir die Türken, die Polen und die Schweden geschlagen, da rücken uns schon wieder die Franzosen auf die Pelle.«

»Und ob das reicht! Weißt du, Dmitri, die Natur hat es so eingerichtet, dass jedes Jahr eine gewisse Anzahl kühner Jungen ohne Sitzfleisch auf die Welt kommen, die nur Unruhe in das friedliche Leben bringen. Je älter sie werden, desto flegelhafter benehmen sie sich, sind gewalttätig und schlagen ihr Weib; manche werden sogar zu Dieben und Räubern. Diese Feinde eines ruhigen Lebens sind für das Heer geeignet. Man muss solche Kämpfer für ihren gefährlichen Dienst großzügig honorieren: mit Geld, Ehre und schmucker Kleidung; auf diese Weise hat man die beste Armee der Welt. Man braucht ja gar kein so großes Heer, weil ein Einziger deiner Soldaten zehn dieser feindlichen Möchtegernkämpfer schlägt.«

Daniel zeigte auf die verheulten Rekruten und verzog mitfühlend das Gesicht.

Da kam der Truppenführer, und das interessante Gespräch riss zwangsläufig ab.

»Gnädiger Herr«, wandte sich der Offizier an Vondorin und druckste herum, »habt Ihr nicht vielleicht in Eurer Kutsche irgendein Getränk auf Vorrat? Es ist so kalt bei dem Frost. Da holt man sich schnell eine Erkältung.«

»Aber sicher«, antwortete Daniel höflich. »Nicht in der Kutsche, sondern gleich hier in meiner Tasche. Rum für medizinische Zwecke, das wichtigste Mittel gegen Erkältungen.«

Und er zog eine flache Kupferflasche aus der Hosentasche.

»Wie schön«, sagte der Oberleutnant strahlend. »Besser als Rum ist nur Wacholderwodka! Erlaubt Ihr?«

Er streckte seine Hand nach der Flasche aus, aber Vondorin träufelte ihm etwas in den Deckel: einen Schluck.

»Von mehr rate ich ab. Ihr seid ja im Dienst.«

Der Offizier kippte den Deckelinhalt hinunter und hielt ihn hin, um Nachschub zu bekommen.

»Sagt einmal, Herr Oberleutnant, was ist das für eine ungewöhnliche Uniform? Ich dachte, Locken, Haarpuder, Gamaschen und enger Kaftan sind in der russischen Armee seit langem abgeschafft?«

»In der russischen Armee ja, aber in unserer, der von Gatschina, gelten die Regeln der Vorschrift König Friedrichs des Großen. Wenn ein Knopf offen steht, gibt es zwanzig Stockschläge. Sogar für die Offiziere. Wenn du zu wenig gepudert bist, gibt es eine Ohrfeige. Und wenn du Puder auf den Kragen verkippt hast, ist das noch schlimmer, und du kommst in die Hauptwache. Seine Majestät der Thronfolger ist da streng.«

»Ach, aus Gatschina seid Ihr …« Vondorin zog die Worte in die Länge und blickte Mitja vielsagend an.

»Genau. Wir haben den Befehl, in den Statthalterschaften des Nowgoroder und Twerer Gebiets ein neues Bataillon aufzustellen. Wir sind jetzt viele, eine ganze Armee!« Der Offizier bekam doch den Nachschub, trank und streckte wieder die Hand aus.

»Wenn in Petersburg etwas passiert … Ihr versteht doch?« Er zwinkerte ihm zu. »Drei Stunden strammer Marsch, und wir sind am Winterpalais.«

»Drei Stunden? In diesen engen Hosen und den geknöpften Halbstiefeln? Unwahrscheinlich«, schnitt Daniel ihm das Wort ab und nahm den Deckel an sich. »Alles Gute, mein gnädiger Herr.«

»Ich habe von den Regeln in Gatschina gehört«, sagte er, nur an Mitja gerichtet. »Der Thronfolger hat da ein kleines deutsches Fürstentum. Die Häuser für die Bauern sind ganz toll, aus Stein, sie stehen in Reih und Glied. Die Bauern sind sauber gekleidet, nach europäischer Mode. Die Hausfrauen haben alle denselben Satz Töpfe und Pfannen, Seine Majestät ordnet selber an, welche. Bei einem Verstoß hagelt es Prügel. Die Untertanen sollen sich in keiner Weise voneinander unterscheiden, davon träumt der Thronfolger.«

»Genau«, bestätigte der Oberleutnant. Er war überhaupt nicht böse auf Vondorin und spekulierte offenbar auf noch eine Portion des Mittels gegen Erkältungen. »Da steh ich vor kurzem auf der Wachparade. Alles in der Kompanie ist paletti: die Stiefelspitzen möglichst dicht beieinander, der Schnurrbart guckt bei allen Soldaten in die gleiche Richtung, auch die Augen glotzen bei allen gleich. Aber Seine Majestät, sehe ich, blickt finster, ist unzufrieden. Er hockt sich hin und lässt den Kopf hin- und herbaumeln. ›Was ist das denn?‹ Und er zeigt auf die Mitte, wo sich die enge Hose vorne wölbt. Ich melde: ›Das sind die Schamglieder der Kompanie, Eure Majestät der Kaiser!‹ Da sagt er: ›Das seh ich auch, dass es die Schamglieder sind, du Idiot! Warum zeigen sie in verschiedene Richtungen, bei den einen nach rechts, bei den anderen nach links? Sie sollen bei allen nach rechts zeigen!‹ So ist das also bei uns in Gatschina. Hm! Darf ich vielleicht noch ein bisschen Rum?«

Daniel reichte ihm das ganze Fläschchen. Er schüttelte den Kopf.

»Gehen wir, Dmitri. Möge der Verstand das arme Russland retten. Was hat es bei einem solchen Kaiser zu erwarten?«

Mitja dachte ein wenig nach und sagte:

»Wäre es nicht besser, wenn der Enkel der Kaiserin nächster

Kaiser würde? Ich habe ihn gesehen. Der Jüngling macht einen klugen und gütigen Eindruck.«

»Vielleicht. Aber auch der Thronfolger war einmal ein wohlwollender und vernünftiger Knabe. Leider wirkt sich das Leben in der Nähe des Throns auf Verstand und Herz negativ aus ...«

Sie waren mitten auf dem Platz, als einer der Wachsoldaten die Hand über die Augen hielt, durch die Zähne pfiff und ausrief:

»Der hat ja vielleicht ein Tempo drauf! Dass er sich nur nicht das Genick bricht.«

Aus der Moskauer Richtung kam, umhüllt von einer Schneewolke, ein Reiter angestürmt.

»Bestimmt ein Kurier auf einem Postpferd«, sagte der Korporal träge und paffte den Rauch aus der Pfeife. »Sein eigenes Pferd würde man nie so jagen!«

Vondorin griff nach Mitjas Hand.

»Lass uns zur Kutsche zurückkehren. Das Hufeisen ist bestimmt ausgetauscht, wir können weiterfahren.«

Der Reiter galoppierte schwer vorbei, Mitja sah nur den aufgeblähten schwarzen Mantel und die Kruppe des Rappen. Man sah, der Beamte hatte es eilig.

Aber an der Schlittenkutsche stoppte er auf einmal das Pferd und schimpfte:

»Da ist sie also!«

Die Stimme war heiser von der Kälte, aber schrecklich bekannt.

Pikin! Er hatte sie eingeholt!

»Wenn ich mich nicht irre, ist dieser Herr unseretwegen gekommen«, sagte Daniel ruhig und legte einen Schritt zu.

Mitja sagte nichts, denn er bekam große Angst.

Der schreckliche Hauptmann sprang vom Pferd und klopfte an die Tür der Kutsche.

»Ehrwürdige Erlaucht!«, schrie er. »Pikin kann man nicht entwischen! Wie habe ich nur vorbeigaloppieren können, wir haben doch denselben Weg genommen! Am Stadttor zu Twer wurde mir gesagt: Ja, die Schlittenkutsche ist vorbeigekommen, in Sawidowo wurde mir gesagt: Nein, sie ist nicht vorbeigekommen. Merkwürdig. Ich musste also umdrehen. Pawlina Anikitischna, was antwortet Ihr nicht? Hallo!«

Er riss die Tür auf; in diesem Augenblick näherte sich Daniel gerade. Mitja hielt sich vorsichtshalber in einiger Entfernung.

Jetzt würde es losgehen!

Vondorin tippte dem Preobrashenzen auf die Schulter und sagte:

»Wer seid Ihr, gnädiger Herr, und was sucht Ihr in meiner Kutsche?«

»In *Eurer* Kutsche?«

Pikin starrte den Unbekannten verblüfft an.

»Das ist die Schlittenkutsche der Gräfin Chawronskaja, das weiß ich ganz genau!«

»Die Kutsche hat früher in der Tat der Dame gehört, deren Namen Ihr erwähntet, aber seit Nowgorod fahre ich mit ihr. Die Gräfin war so liebenswürdig, sie mir abzutreten, und zwar zu einem äußerst bescheidenen Preis. Sucht Ihr die ehrwürdige Erlaucht? Es tut mir Leid, aber ich kann Euch absolut nicht sagen, wo sie jetzt ist.«

»Verflixt und zugenäht!«

Pikin hämmerte vor Wut mit der Faust gegen die Wagentür.

»Dreihundert Werst umsonst! Dieses verdammte Weib!« Er holte noch mit dem Bein aus, um mit dem Kanonenstiefel gegen das Rad zu treten, fragte aber stattdessen: »War nicht ein alter Mann mit ihr zusammen, so ein struppiger, verwilderter, mit grauem Bart?«

Daniel zog die Augenbrauen zusammen und sagte beherrscht:

»Nein, das von Euch beschriebene Subjekt habe ich nicht in der Nähe von ehrwürdiger Erlaucht gesehen. Sie war mit einem durchaus ansehnlichen, respektablen Landmann reiferen Jahrgangs zusammen.«

Pikin musterte Vondorin von Kopf bis Fuß.

»Und wer seid Ihr denn eigentlich? Nennt Euren Namen!«

Sein Gegenüber verschränkte die Arme vor der Brust.

»Stellt Ihr Euch zuerst vor, wie das bei anständigen Leuten so üblich ist.«

»Wie kommt Ihr denn darauf, dass ich anständig bin?«, fragte der Hauptmann grinsend.

»Weil Ihr die Uniform des Preobrashenski-Regiments Ihrer Kaiserlichen Majestät tragt.«

Diese gelassenen, mit Würde gesprochenen Worte verfehlten ihre Wirkung nicht.

Der Bösewicht hob den Kopf und stellte sich vor:

»Gardehauptmann Pikin.« Dann machte er eine künstliche Pause und setzte wichtigtuerisch hinzu: »Adjutant Seiner Durchlaucht des Fürsten Platon Alexandrowitsch Surow. Und wer seid Ihr? Wohin geht die Reise? Mit welchem Ziel?«

»Daniel Vondorin, Gardehauptmann a. D. und Ritter.« Mitjas Beschützer beugte den Kopf etwas und machte in der nächsten Sekunde einen schrecklichen, nicht wieder gutzumachenden Fehler. Er sagte: »Ich reise mit meinem Zögling von Sankt Petersburg nach Moskau, wo ich früher wohnte und jetzt wieder wohnen möchte. Erlaubt mir meinerseits, mich zu erkundigen ...«

Er redete nicht weiter, denn er merkte, dass der Preobrashenze ihm nicht mehr zuhörte, wegsah und den Mund aufsperrte.

Das war wahrscheinlich nur ein Ausdruck der Verwunderung, aber dem armen Mithridates schien, als blecke der Hauptmann wie ein Raubtier die Zähne, wie ein Wolf.

»Donnerwetter!«, sagte Pikin, dem die Luft wegblieb. »So ein Glück!«

»Was wollt Ihr damit ...?«

Der Hauptmann schubste sein Gegenüber zur Seite.

»Hau ab, du alter Idiot! Wenn das dein Zögling ist, dann bin ich ein persischer Eunuch. Na, Andrjuscha, da hast du aber Glück!«

Und er ging mit gespreizten Armen auf Mitja los, als wollte er ein Huhn fangen.

»Ihr habt mich geschubst, das ist sehr unhöflich!«, rief ihm Daniel nach. »Was wollt Ihr von dem Kleinen? Wir haben doch unser Gespräch über die Gräfin noch nicht beendet.«

Pikin winkte ab.

»Hol sie der Teufel, die Chawronskaja! Der Fürst hat mir nur eine Beförderung für sie versprochen und sonst nichts! Während eine andere Person mir für dieses Küken sehr viel mehr versprochen hat. Ga-ga-gack, komm doch her.«

Mitja wich zurück. Er wusste sehr gut, welche Person Pikin meinte. Auch von der Belohnung hatte er gehört: Ihm sollte die Hälfte seiner Schulden erlassen werden.

Einen Moment, bevor das Monstrum ihn an der Kehle packen

konnte, nahm eine starke, sehnige Hand den Hauptmann am Kragen und stellte ihn mit dem Rücken vor Mitja.

»Erstens habt Ihr eine angesehene Dame beleidigt, indem Ihr sie zum Teufel geschickt habt. Zweitens habt Ihr meinen Zögling beleidigt, indem Ihr ihn als Kind eines Vogels, der nicht fliegen kann, bezeichnet habt. Drittens habt Ihr mich beleidigt, einen Adeligen und Ritter.«

Pikin war so froh, Mitja gefunden zu haben, dass er noch nicht einmal böse war. Er entfernte nur Daniels Hand.

»Ich weiß nicht, alter Lügner, was für ein Ritter und was für ein abgehalfterter Hauptmann a. D. du bist, aber wenn du nicht sofort verschwindest, haue ich dir deinen eigenen Kiefer in die Kehle.«

Vondorin sagte verwundert:

»Nimmt man jetzt im Preobrashenski-Regiment eine Herausforderung zum Duell auf diese Weise auf? Zu meiner Zeit war das anders.«

»Eine Herausforderung zu einem Duell?«, fragte der Hauptmann verwundert. »Mit dir etwa? Kannst du denn überhaupt einen Degen halten, du Poltawa-Veteran?«

»Das lasst mal meine Sorge sein!«, sagte Daniel belehrend. »Eure Aufgabe ist es, die Ehre wiederherzustellen, die ich jetzt handgreiflich verletze.«

Mit diesen Worten gab er dem Preobrashenzen eine schallende, wenn auch nicht heftige Ohrfeige.

Auf dem Gesicht des Hauptmanns zeichnete sich eine hochgradige Verwunderung ab; er fasste sogar an die getroffene Stelle, als wolle er sich davon überzeugen, ob sich wirklich mit seiner Wange so etwas hatte ereignen können.

Vondorin zog bedauernd die Schultern hoch und sagte:

»Nun, mein gnädiger Herr, der Platz ist voller Zeugen, darunter auch solche militärischen Standes. Entweder Ihr schlagt Euch oder Ihr verlasst die Garde. So sieht es das Statut für Duelle vor.«

Der Preobrashenze schaute ihm nachdenklich ins Gesicht und sagte leise:

»Gut, Alter, dann kommt es so, wie du willst. Ich habe dir in meiner ersten Freude spontan vorgeschlagen, du sollst dich aus dem Staub machen. Aber laufen lassen kann man dich nicht. Dieser Spatz hat dir wahrscheinlich etwas zugetragen, was keiner wissen darf …«

»Nein!«, schrie Mitja. »Kein Sterbenswörtchen!«

»Ich gehe lieber auf Nummer sicher. Dann stechen wir uns also, du Held. Und wo willst du den Degen hernehmen?«

»Den leihe ich mir beim Herrn Truppenführer.« Daniel zeigte auf den Offizier von Gatschina, der den Streit mit großem Interesse verfolgt hatte. »Oberleutnant, kann ich mit dieser Liebenswürdigkeit von Eurer Seite rechnen?«

»Mit großem Vergnügen«, antwortete dieser sofort; man sah, dass das keine Lüge war, seine Augen strahlten sogar. »Ein Adeliger hilft dem anderen. In einer Ehrensache! Immer! Ich kann mich auch als Sekundant betätigen. Und der zweite …« Er schaute sich nach seinen Soldaten um. »Zum Beispiel der Korporal Ljuchin. Auf den ist Verlass, und er ist schriftkundig.«

»Mir ist egal, wer.« Pikin legte schon Mantel und Hut ab. »Unter einer Bedingung: Wir schlagen uns bis zum Tod. Deshalb bitte ich die Herren Sekundanten, sich nicht einzumischen und uns nicht zu trennen – wenn einer das doch tut, schneide ich ihm die Ohren ab. Ist das klar?«

Der Oberleutnant erklärte bereitwillig, er werde sich keinesfalls einmischen; der Korporal Ljuchin stand sogar stramm, woraus zu entnehmen war, dass er sich ohne Befehl nicht vom Fleck rühren werde.

»Das ist ja vielleicht eine Waffe«, sagte Vondorin ächzend, als er den Degen des Oberleutnants aus Gatschina untersuchte. »Damit macht man allenfalls bei der Parade eine gute Figur. Aber ich habe keine Wahl. Fangen wir an?«

Sie stellten sich mit dem Gesicht zueinander auf: Daniel nur im Hemd; Pikin war zu faul, sich auszuziehen – er hatte offenbar keinen Zweifel, dass er mit dem Gegner leicht fertig werden würde.

Die Fuhrwerke und die gefangenen Rekruten befahl der Oberleutnant, an den Rand des Platzes zu schaffen, damit sie den Zweikampf nicht störten. Der Korporal und er standen zehn Schritte entfernt, die anderen Zuschauer drängten sich ängstlich in einiger Entfernung.

Mitja hätte am liebsten die Augen zusammengekniffen oder wäre einfach weggelaufen, um nicht zu sehen, wie Daniel von Pikin erstochen wurde. Aber er zwang sich, nach vorne zu gehen und zuzusehen. Von dem niederträchtigen Gardisten konnte man jede Gemeinheit erwarten, der Gewissenhaftigkeit der Sekundanten konnte man sich auch nicht sicher sein, aber Mithridates hatte ja schließlich nicht umsonst Fechten gelernt. Wenn er einen Verstoß von Pikin merkte, würde er ihm das nicht durchgehen lassen, sondern aufschreien.

Vondorin schaute auf den lässig mit der Waffe herumwedelnden Hauptmann und sagte:

»Wie ich sehe, gebt Ihr der Genfer Position den Vorrang. Ich halte mich an die Schule von Mantua, sie ist von allen mir bekannten Schulen die beste.«

Und er nahm eine unbeschreiblich elegante Haltung ein: das eine Bein im Knie gebeugt und nach vorne gesetzt, das andere mit der Fußspitze zur Seite gerichtet, die linke Hand in die Hüfte gestemmt und in der Rechten den diagonal nach oben zeigenden Degen.

»Aha!«, staunte Pikin lachend. »So ein rüstiger Alter! Lässt die Gicht noch auf sich warten?«

»Gicht hängt mit unmäßigem Genuss von Wein und Fett zusammen.« Daniel trat schnell nach vorn und nach hinten, um zu prüfen, ob der Schnee fest genug gestampft war. »Ich dagegen bin ein Anhänger der Mäßigung. Und nennt mich bitte nicht immer Alter! Ich bin über fünfzig, und diese Jahre ehrten die weisen Männer der Antike als Zeit der männlichen Reife …«

Der Satz blieb unvollendet, weil Pikin auf einmal einen Ausfall machte. Das entsprach nicht ganz den Regeln, weil der Sekundant noch nicht »En avant!« gerufen hatte, war aber auch kein klarer Verstoß, denn beide Gegner standen sich schon mit gezückter Waffe gegenüber.

Die schwere Klinge stieß gegen Daniels Spielzeugdegen und prallte mit einem Klirren ab; Pikin musste einen Satz nach hinten machen, um keinen Schlag gegen die Brust zu kriegen. Vondorin nutzte den Erfolg und tänzelte vor. Die ausgestreckte Hand bewegte sich nur im Handgelenk, aber der Degen änderte seine Position so schnell, dass er wie ein silberner Kegel aussah.

»Donnerwetter!«, rief der Hauptmann aus, lief nach hinten und zog seinen Kaftan aus. »Das wird ja interessant!«

»Ich sage Euch: In der Wissenschaft des Fechtens sind die Italiener bedeutend weiter als die Schweizer«, versicherte Daniel seinem Gegner und wartete, bis der den Arm aus dem Ärmel gezogen hatte.

Mitja schöpfte wieder Mut. Wenn der Arzt die Wissenschaft des Fechtens mit demselben Eifer studiert hatte wie die Kunst des Stab- und des Faustkampfes, dann musste Pikin auf der Hut sein.

Sie gingen wieder aufeinander los, aber diesmal war der Preobrashenze, vorsichtiger: Er preschte nicht vor, sondern versuchte den Feind aus der Ferne zu erreichen, wobei er sich die Länge der Klinge zunutze machte. Und trotzdem wich er langsam Schritt für Schritt zurück.

Nach ein oder zwei Minuten prallte er mit dem Rücken gegen ein Fuhrwerk. Vondorin ließ sofort von ihm ab und forderte den Gardisten auf, in die Mitte zurückzukehren.

Pikin zog auch die Weste aus, er schleuderte sie auf das Stroh.

Sie gingen das dritte Mal aufeinander los.

Daniel trat beiseite, um dem Angriff des Hauptmanns auszuweichen, beugte sich dann selbst vor und traf mit der Spitze das Schlüsselbein seines Gegners. Wenn seine Klinge einen Werschok länger gewesen wäre, wäre der Zweikampf beendet gewesen, so aber fuhr Pikin nur nach hinten.

Er riss sich auch die Weste vom Leib. Auf dem weißen Hemd zeigte sich ein roter Fleck. Na, hast du dein Fett weg? Das ist eine Wissenschaft und keine Prügelei!

»Wohin willst du, Schlingel?«, rief der Oberleutnant aus Gatschina und hielt Mitja am Gürtel fest. »Da wirst du totgetreten!«

Er zog ihn möglichst weit weg von den Duellanten.

»Los, Daniel, zerschmettere ihn!«, schrie Mitja, der die Regeln total vergessen hatte.

Vondorin selbst reichte es offenbar ebenfalls. Er hob das Handgelenk auf Augenhöhe und richtete den Degen von oben nach unten.

Immer schneller vom einen Fuß auf den anderen tretend, zog er pfeifende Kreise in der Luft und näherte sich dem Preobrashenzen.

Als sich die Klingen kreuzten, hörte man auf einmal einen durchdringenden Laut, als wäre eine Saite gesprungen – die verfluchte Spitze des Degens aus Gatschina war abgebrochen.

Der Oberleutnant stöhnte auf und jammerte:

»Fünfzig Rubel!«

Pikin ging sofort von der Verteidigung zum Angriff über – Daniel gelang es mit seinem Degenstummel kaum, die heftigen Schläge von oben abzuwehren.

»Halt!«, wimmerte Mitja. »Das ist gegen die Regeln.«

Der Truppenführer fuhr ebenfalls dazwischen und sagte: »Halt, Stopp, Herr Gardehauptmann! Wenn Ihr ihn totschlagt, wer soll dann für den Degen bezahlen?«

»Weg da!«, brüllte der Preobrashenze. »Wenn wir ausgemacht haben: bis zum Tod, dann halten wir uns auch daran!«

Wie schrecklich sich alles gewendet hatte! Vondorin war geliefert, da gab es nicht den geringsten Zweifel.

Pikin änderte seine Taktik. Als er sah, dass der Degengriff und das zehn Werschok lange Stück Stahl seinem Gegner reichten, um seine Schläge abzuwehren, ging er zu einem sicheren Angriff mit schnellen, kurzen Ausfällen über, gegen die Daniel nichts ausrichten konnte.

Eine Zeit lang wich er zurück und entzog sich den Stichen. Dann blieb er stehen.

Er wischte sich den Schweiß von der Stirn und sagte: »Ich muss zugeben, bei so einem Stummel bringt die Wissenschaft der Schule von Mantua nichts.«

Mit zuckendem Schnurrbart drohte der Hauptmann:

»Und wenn du auf die Knie fällst, ich denke nicht daran, dich zu schonen!«

»Gnädiger Herr, ich bin mein ganzes Leben nur vor der Ikone auf die Knie gefallen, und auch das mache ich seit langem nicht mehr.« Vondorin blickte auf seine unbrauchbare Waffe und stellte fest: »Ich kann diesen Degen allenfalls als Hebel benutzen.«

Auf einmal ließ er sich etwas einfallen: Er zog ein Tuch aus seiner Hosentasche, wickelte es schnell um die Klinge und nahm sie in die Hand, so dass der abgebrochene Degen mit dem Griff nach vorne zeigte. Hatte er etwa doch beschlossen, den Gegner um Gnade zu bitten? Vergebens! Der dachte nicht daran, Gnade walten zu lassen.

Mitja stöhnte vor Verzweiflung.

Ja, so war es, Pikin brüllte:

»Ich akzeptiere keine Kapitulation!« Und er machte einen Ausfall und zielte direkt auf den Bauch des Gegners.

Daniel fing Pikins Klinge in seiner Degenglocke ab, sein Handgelenk tat einen Ruck, der Degen fiel dem verblüfften Hauptmann aus der Hand und flog zur Seite. Vondorin holte aus und schlug dem Gegner mit dem Griff auf den Hinterkopf, was den Regeln des Duells natürlich ebenfalls nicht entsprach, aber Mitja kreischte trotzdem vor Begeisterung.

Pikin fiel benommen mit dem Gesicht in den Schnee. Er drehte sich sofort um, aber es war zu spät: Daniel trat ihm mit dem Stiefel auf die Brust, und der Stummel, der schon wieder mit dem Stahl nach vorne zeigte, war auf die Kehle des Besiegten gerichtet. Die Klinge, die zwar stumpf war, hätte ihm bei starkem Druck zweifellos das Genick bis zu den Wirbeln durchtrennt.

»Endlich!«, jubelte Mitja und stürmte vor. »Na, hast du nun die Schnauze voll?«

Die anderen Zuschauer liefen ebenfalls vor, denn sie wollten zugucken, wie der Gardist umgebracht wurde.

Aber Vondorin sagte laut, ohne sich umzudrehen:

»Weg mit euch! Der Tod ist ein großes Geheimnis, er duldet die Blicke von Uneingeweihten nicht.«

Und er brüllte gellend:

»Weg, ihr Plebejer!«

Alle stoben auseinander, nur Mitja blieb stehen. Nicht weil er ein Adeliger war, sondern weil er doch bestimmt das Recht hatte zu sehen, wie der besiegte Drachen vom Stahl durchbohrt wurde und seinen Geist aushauchte.

Vondorin sagte:

»Danach zu urteilen, was ich über Euch gehört und was ich mit eigenen Augen gesehen habe, seid Ihr einer der gemeinsten Menschen. Ich bin ein überzeugter Gegner des Mordens, werde Euch jetzt aber trotzdem Euer Leben nehmen, nicht im Affekt und nicht aus Rache, sondern um Personen, die mir am Herzen liegen, zu retten. Wenn Ihr an Gott glaubt, so betet.«

Pikin fuhr sich nervös mit der Zunge über die Lippen, grinste dann und sagte:

»Zum Beten ist es zu spät für mich. Du hast mich überwältigt, stich zu! Mir hat mal eine Zigeunerin geweissagt, dass ich vom Eisen sterben werde.«

Und er blickte nicht mehr auf die Klinge, sondern richtete den Blick auf den Himmel, blies die Nüstern auf und öffnete den Mund, um ein letztes Mal gierig die kalte Luft einzuatmen.

Vondorin wartete – er gab dem Schuft die Möglichkeit, sich vom Leben zu verabschieden.

Oder hatte er etwas anderes vor?

»Ich weiß aus Erfahrung«, sagte er nachdenklich, »wenn es in dem schlimmsten Übeltäter auch nur einen einzigen anziehenden Aspekt gibt, so heißt das, er ist noch nicht endgültig für die Vernunft und die Menschheit verloren. Bei Euch sehe ich gleich zwei Aspekte: Ihr seid kühn, und Ihr wisst, was Würde ist … Das stimmt. Möchtet Ihr Eure Todesstunde aufschieben?«

»Wer will das nicht?«

»Gebt mir Euer Wort als Offizier und Adeliger, dass Ihr in Zukunft weder diesen Jungen noch die Euch bekannte Dame verfolgen werdet. Nie und unter keinen Umständen, selbst wenn es Euch Eure Vorgesetzten befehlen.«

Pikins Augen zwinkerten. Auf seinem Gesicht zeichnete sich zuerst eine schreckliche Verwunderung ab, dann wurde es bleich und bleicher. Merkwürdig, als sein Leben an einem Haar gehangen hatte, da hatte er rote Backen gehabt; jetzt, wo er Hoffnung auf Rettung hatte, war er auf einmal bleich geworden.

Ach, Daniel Ilarionowitsch, was tut Ihr da? Dieser ehrlose Kerl leistet doch jeden Schwur und wird dann später nur über Euch lachen!

Mitja knurrte sogar etwas aus Ärger über diesen einfältigen Gläubigen an das Gute und den Verstand.

Aber der Preobrashenze hatte es nicht eilig, sich an den Strohhalm zu klammern. Er lag schweigend da und blickte Vondorin in die Augen.

Schließlich schluckte er und sagte ganz leise:

»Ich gebe mein Ehrenwort als Offizier, Adeliger und als Andrej Pikin, dass weder der Teufel noch Beelzebub noch Jeremej und Platon mich fürderhin veranlassen können, hinter diesem Spatz da und hinter dem Wei …«

»Hinter Pawlina Anikitischna«, unterbrach ihn Daniel streng.

»Hinter Pawlina Anikitischna herzujagen«, wiederholte der Hauptmann noch leiser.

»Gut.« Vondorin nahm den Stummel von Pikins Kehle. »Auch ich gebe mein Wort, das Wort des Daniel Vondorin. Wenn Ihr Euer Versprechen brecht, so schwöre ich, ich werde Euch unter allen Umständen finden und umbringen. Und Ihr könnt mir glauben: Alle Listen und Tücken, die Ihr unternehmt, um diesem Ende zu entgehen – Ihr könnt Euch meinetwegen unter dem Thron der Zarin verstecken oder ans Ende der Welt flüchten –, sie werden mit vollem Recht nur den Namen verdienen: nutzlose Vorsicht.«

FÜNFZEHNTES KAPITEL

IM LANDHAUS TRAFEN DIE GÄSTE EIN

(Puschkin, 1822)

Alle Vorsichtsmaßnahmen waren vergebens. Er rief absichtlich um elf Uhr morgens an, weil Altyn da in der Arbeit und die Kinder im Kindergarten waren. Er wollte auf den Anrufbeantworter einen vorbereiteten, mehrmals redigierten und auswendig gelernten Text sprechen. Wenn Altyn auf einmal zu Hause wäre, wollte er den Hörer auflegen.

Alles begann wie geplant: Es tutete, und dann schaltete sich der Anrufbeantworter ein. Nicholas sprach nach dem Pfeifton, wobei er sich Mühe gab, seine Stimme möglichst fröhlich klingen zu lassen:

»Altyn, ich bin's. Den Zettel im Briefkasten kannst du vergessen, das war Valjas Eigeninitiative. Es geht um etwas ganz anderes. Ich habe einen dringenden, wichtigen Auftrag. Entschuldige, dass ich dir nichts erklären kann, ich habe vertraglich zugesichert, die Sache vertraulich zu behandeln. Ich bin nicht in Moskau, darum ...«

»Wo bist du denn?«, erklang die Stimme seiner Frau. Fandorin prallte gegen die Glastür der Zelle und fragte wie ein Idiot:

»Bist du zu Hause?«

»Was ist passiert? Wo bist du? In was für eine Geschichte bist du gerasselt? Warum ist Glen im Krankenhaus? Und du? Bist du gesund?«

Um die Maschinengewehrsalve der kurzen, hysterischen Fragen zu unterbrechen, brüllte Nicholas in den Hörer:

»In welchem Krankenhaus ist er?«

»Irgendwo im Ausland. Seine Mutter hat nicht gesagt, wo genau.

Sie war überhaupt sehr grob. Ich habe nach dir gefragt, da sagte sie: ›Schade, dass Ihr Mann verschwunden ist, sonst würde ich ihn für meine Valja aufs Kreuz legen.‹ Herrgott, ich habe zwei Nächte nicht geschlafen. Ich laufe in der Wohnung auf und ab und weiß nicht, ob ich Semjon Semjonowitsch anrufen soll oder nicht.«

Das war ein Oberst aus der Leitung der Abteilung Kampf gegen das organisierte Verbrechen, der die Aufgabe hatte, die Zeitung »Eross« vor Unannehmlichkeiten sowohl vonseiten möglicher Gesetzesbrecher als auch vonseiten der Gesetzeshüter zu bewahren. Altyn hatte ihren Mann nicht in die Einzelheiten dieser delikaten Beziehungen eingeweiht, sie hatte nur gesagt: »Das machen jetzt alle so.«

»Semjon Semjonowitsch brauchen wir nicht«, sagte Fandorin schnell, und als er verstanden hatte, dass sie ihm die Version mit dem »wichtigen Auftrag« nicht abnahm, fügte er hinzu: »Unternimm nach Möglichkeit gar nichts! Und warte!«

Altyn rang krampfhaft nach Luft. Nicholas entnahm daraus, dass es keinen Sinn hatte, sie zu belügen, sie kannte ihn zu gut. Aber er konnte auch nicht die Wahrheit sagen. Ob er sie mit den Kindern möglichst weit weg von Moskau schicken sollte, wie es Valjas umsichtige Mutter getan hatte? Aber ob Jeanne das zulassen würde?

»Es steht alles sehr schlecht, meine Liebe«, sagte er dumpf. »Aber ich werde mir Mühe geben. Große. Es gibt noch Hoffnung …«

Und er drückte auf die Gabel, denn er merkte, er würde gleich schmählich losheulen.

Das war ja vielleicht ein schönes Gespräch, das konnte man nicht anders sagen! Dabei hatte er seine Frau beruhigen wollen. Was für ein Feigling er doch war, ein Waschlappen! »Ich werde mir große Mühe geben, es gibt noch Hoffnung …« So ein Schwachsinn, hilfloses Gestammel! Die arme Altyn …

Aber andererseits, was hätte er denn sonst sagen sollen?

Selbst wenn Max und die Plattnase nicht hinter ihm gestanden hätten.

Nicki fuhr zu der neuen Arbeitsstelle wie zum Schafott.

Nein, schlimmer als zum Schafott, denn wenn man dich zur

Hinrichtung führt, brauchst du nicht viel zu machen: Du darfst nicht vor Entsetzen heulen, du bekreuzigst dich in alle vier Himmelsrichtungen, legst den Kopf auf die nach rohem Fleisch riechende Richtstatt und kneifst möglichst fest die Augen zu. Die Aufgabe hier dagegen war komplizierter, sie hatte etwas Masochistisches.

Er musste nicht nur am Ort der Hinrichtung erscheinen, sondern er musste sich auch noch ein Bein ausreißen, damit man ihm erlaubte, das verfluchte Podest zu besteigen. Im Landhaus von Herrn Kuzenko, Direktor der Klinik »Die Meeresfee Melusine« (ja genau, derselbe Kuzenko, der in Schibjakins Liste der Verurteilten genannt ist), wartet man auf den Kandidaten für die Stelle des Gouverneurs, er ist der Hausfrau aufs Wärmste empfohlen worden, aber er muss trotzdem zu einem Vorstellungsgespräch erscheinen. Wenn Nicholas aus irgendeinem Grund, egal aus welchem, abgelehnt wird, dann ... Jeanne hatte die Folgen mit erschöpfender Klarheit dargelegt. Und hatte noch hinzugefügt (als hätte sie den Rat gehört, den Fandorin erst vor gar nicht langer Zeit für genau diese Situation gegeben hatte): »Kommen Sie bloß nicht auf die Idee, wenn Sie Hand an sich legen, könnten Sie das Leben Ihrer Kinder retten. In diesem Fall gehe ich einfach davon aus, dass Sie mir nicht ein Kind sondern Ihre beiden Kinder schulden.«

Vor keinem Examen hatte der Magister der Geschichte so gezittert wie vor diesem. War das nicht die Aufnahmeprüfung für die Hölle?

Die Finger drückten das Steuer so heftig, dass die Knöchel weiß wurden. Fandorin fuhr das Auto auf eine gar nicht zu ihm passende Weise: ruckartig und in Schlangenlinien, er überholte wahllos links und rechts, und nachdem er vom Kutusow-Prospekt in die Rubljowskoje-Chaussee eingebogen war, beschleunigte er, kaum dass der Strom sich ein wenig gelichtet hatte, auf mehr als hundert. Was war das: die Ungeduld des Patienten vor einer qualvollen, aber unvermeidlichen Operation oder das unbewusste Streben, in einen Unfall verwickelt zu werden und zwar möglichst in einen mit tödlichem Ausgang? Als ihm klar wurde, welche Konsequenzen diese Wendung der Dinge haben würde, drosselte Nicholas die Geschwindigkeit stark, aber das währte nicht lange, schon nach einer Minute brach der VW Golf wieder aus.

Das Auto war zwar nicht neu, aber gut. Jeanne hatte gesagt, so ein Auto fahre ein nicht reicher, aber ernstzunehmender Aristokrat, der gezwungen ist, seinen Lebensunterhalt als Lehrer zu verdienen. Die Kleidung hatte Nicholas im »Patrick Hellmann«-Laden gekauft: zwei konservative Tweedjacketts, ein paar Hemden, das Stück für 200 Dollar, und Krawatten in gedeckten Farben. Die Verkäuferinnen hatten gerührt gelächelt, als sie sahen, wie eine schicke Dame im Pelz ihren baumlangen Gatten ausstattete, und der stand griesgrämig da und war völlig desinteressiert. Es ist doch ein Kreuz mit diesen Männern!

Fandorin schaute auf den Stadtplan und bog ab; er musste danach noch einmal abbiegen: auf die Landstraße nach Swenigorod. Jetzt war es nicht mehr weit.

Da war schon die Abfahrt auf die frisch asphaltierte Straße, die mit jungen Linden begrünt war. Ein Wegweiser mit dem pathetischen Namen »Gutshof Trost« (neurussischer Kitsch in voller Schönheit) hing unter dem Verkehrsschild, das die Einfahrt verbot.

Das Gut sah man von weitem: ein pseudoklassizistisches Haus mit Säulen, Seitenflügeln und Wirtschaftsgebäuden, umgeben von einer hohen Steinmauer.

Als er sich näherte, sah Nicholas, dass auf der Mauer alle zehn Meter eine Videokamera installiert war; auch das Tor war nicht ohne, es war mit Stahl beschlagen, nicht einmal ein Panzer wäre da durchgekommen. Die »Unfassbaren Rächer« würden es nicht leicht haben, sich zu diesem »Schwein und Betrüger« vorzuarbeiten. Der Sittenwächter kniff die Augen zusammen und wackelte mit dem Kopf. Er musste sich zusammennehmen und beruhigen. Die Arbeitgeberin durfte auf keinen Fall in seiner Stimme oder Mimik etwas Künstliches entdecken – dann wäre es aus, er wäre durchgefallen.

»Lassen Sie das Fenster herunter«, sagte eine Stimme, die aus dem Lautsprecher kam.

Er ließ es herunter und zog die Lippen zu einem gleichgültigen Lächeln auseinander.

»Fahren Sie weiter, Herr Fandorin. Der Parkplatz für Gäste ist rechts vom Beet.«

Das Tor öffnete sich lautlos. Er fuhr hindurch.

Das Haus war gar nicht neu, wie es Fandorin von weitem vorgekommen war. Echter russischer Klassizismus. Wenn man genau hinsah, konnte man hinter den späteren An- und Umbauten an der Fassade und den Säulen noch das achtzehnte Jahrhundert ausmachen. Es war nur schade, dass die neuen Russen kein Gefühl für die Schönheit des Verfalls hatten, es sah alles zu frisch gestrichen und auf Hochglanz gebracht aus. Sie würden dieses Gefühl schon noch entwickeln. Wie Bronze braucht Reichtum Zeit, bis er sich mit einer edlen Patina überzieht.

Nicholas ließ die Putzfrau (die mit ihrer Schürze und dem Spitzenhäubchen schon fast komisch, wie einem Film entsprungen wirkte) mit Absicht ein bisschen warten, während er skeptisch die Decke im Flur inspizierte: Wolken, gut genährte Putten, Apollon auf dem Wagen – ein Mischmasch, phantasielos auf Rokoko getrimmt. Er wackelte vielsagend mit dem Kopf. Als hätte er noch nicht entschieden, ob er einwilligen könne, in einem Haus zu arbeiten, wo die Besitzer so wenig Wert auf das Interieur legten.

Er betrat das Wohnzimmer mit einer herablassenden und etwas besorgten Miene: der Maler Makowski, das Bild »Besuch der Armen«. Und diktierte seinem Herzen den Rhythmus, statt tack, tack, tack, tack: tack … tack … tack … tack. Das Herz bemühte sich aus Leibeskräften, aber es wollte ihm nicht gelingen.

All das war vergebens: sowohl die aufgesetzte Würde als auch der Druck auf den Adrenalinspiegel. Die Hausfrau interessierte nur eine einzige Frage: ob es stimmte, dass Nicholas ein echter Baronet war.

Madame Kuzenko war eine junge und unglaublich schöne Frau. Alles an ihrem Gesicht war ideal: die Haut, die Zeichnung der Lippen, das graziöse Näschen und die Form der Augen. Nicholas versuchte in Gedanken, doch an irgendetwas Anstoß zu nehmen, brachte es aber nicht fertig – Inga Sergejewna war die Vollkommenheit in Person. Hätte sie ein wenig geschielt oder etwas abstehende Ohren oder einen breiteren Mund gehabt – mit einem Wort, irgendeinen Defekt –, sie wäre einfach unwiderstehlich, dachte Fandorin. So aber war sie der Inbegriff einer Barbiepuppe, frisch tiefgekühlter Erdbeeren.

»People at the agency told me that you have a hereditary title. Is it true?«, fragte die Besitzerin, wobei sie sich Mühe gab, die englischen Worte richtig auszusprechen, was ihr aber nicht sehr gut gelang.

»I am afraid, yes«, antwortete der Bewerber aristokratisch bescheiden lächelnd und zuckte noch ein wenig die Achseln, als wolle er sich für diesen Umstand seiner Biographie entschuldigen. »Nobody is perfect. Allerdings stammt unser Baronet-Titel erst aus jüngster Zeit, mein Vater ist der erste Baronet Fandorin.«

»Für einen Briten sprechen Sie zu gut Russisch«, sagte Frau Kuzenko skeptisch. »Und ...« Sie druckste herum, traute sich dann aber doch zu fragen: »Sagen Sie, wie kann jemand ... Wie kann er beweisen, dass er wirklich einen Titel hat? Steht das im Pass Lord Sowieso oder Baronet Sowieso?«

»Warum denn im Pass? Man bekommt eine vom Monarchen unterschriebene Urkunde. Wollen Sie, dass ich Ihnen zeige, wie das aussieht? Ich habe sie bei mir. Sie trägt die eigenhändige Unterschrift von Queen Elizabeth.«

Fandorin bedeutete der Putzfrau, sie möge den Reisesack aus dem Flur holen, wobei er erstaunt über Jeannes Umsicht war. Zusammen mit den Autoschlüsseln, dem Telefon und dem Führerschein hatte man ihm die Urkunde seines Vaters ausgehändigt, die neben anderen Erbstücken in einem Schränkchen zu Hause gelegen haben musste. Daraus konnte man mindestens zwei Schlussfolgerungen ziehen. Die erste: Jeannes Gehilfen konnten also in fremde Wohnungen eindringen und dort eine Hausdurchsuchung durchführen, ohne dabei ein Chaos anzurichten und ohne überhaupt irgendwelche Spuren zu hinterlassen. Die zweite Schlussfolgerung, die noch beängstigender war: Altyn und die Kinder waren gegen ein solches Eindringen absolut machtlos. Wahrscheinlich hatte ihm Jeanne genau das noch einmal demonstrieren wollen.

Während Inga Sergejewna neugierig die heraldischen Tiere auf der Urkunde studierte, fügte Nicholas, um noch eins draufzusetzen, hinzu:

»Wie Sie sehen, ist unser Baronet-Titel noch keine dreißig Jahre alt, aber das Geschlecht der Fandorins ist uralt, es lässt sich auf die Kreuzritter zurückführen.«

Die Frau bat irritiert:

»Darf ich mir vielleicht eine Kopie machen? Nein, nein, nicht zum Nachprüfen, wie kommen Sie darauf?« Und sie setzte ein Hollywood-Lächeln auf und gab zu: »Ich möchte es meinen Freundinnen zeigen, sonst glauben die das nicht. Wissen Sie, ich stamme ebenfalls aus einem adeligen Geschlecht. Mein Urgroß-vater Semjon Pimenowitsch Konjuchow wurde unter dem Za-ren Alexander III. persönlich geadelt. Das hier ist er, sehen Sie? Ich habe das nach einem alten Foto machen lassen.« Mitten an der Wand hing an einem Ehrenplatz das vom Lack glänzende Gemälde eines Beamten, der sich – nach den Glupschaugen und der Knubbelnase, besonders aber nach Vor- und Vatersnamen zu urteilen – aus einer Popenfamilie hochgearbeitet hatte. Nicholas wurde es peinlich, dass er mit seinen Kreuzrittern geprahlt hat-te, aber Inga betrachtete ihren Vorfahren mit Stolz. Sie meinte wahrscheinlich, persönlicher Adel sei eine besonders ehrenvolle Variante der Aristokratie, mit persönlichem Chauffeur und per-sönlichem Leibwächter.

Danach ging die Unterhaltung zu praktischen Dingen über: wie viel der Gouverneur verdienen, wo er wohnen, mit wem er essen sollte. Nicholas wurde daraus klar, dass er sich nun glücklicher-weise seinen Passierschein zum Schafott verdient hatte, und seine Anspannung legte sich etwas.

»Unsere Mira ist ein ganz ungewöhnliches Mädchen, das wer-den Sie schon selber sehen«, erzählte die Frau über die Schülerin. »In einigem ist sie sehr viel erwachsener als ihre Alterskameradin-nen, in anderem ist sie dagegen noch ein richtiges Kind.«

Kann ich mir denken, dachte Fandorin missmutig, als er sich vorstellte, was für ein Kind in diesem Puppenhaus hinter der mit Videokameras bespickten Mauer wohl hatte aufwachsen können. Was wirklich ungewöhnlich war, das war ihr Name. Inga Serge-jewna sah nicht wie eine Jüdin aus. Vielleicht war Herr Kuzenko Jude?

»Wie heißt das Mädchen, Myrrha?«, fragte Nicholas noch ein-mal nach.

»Nein, nein«, wehrte die Frau lachend ab. »Sie hat natürlich ei-nen furchtbaren Namen, aber nicht ganz so schlimm, wie Sie dach-ten. Sie heißt nicht Myrrha, sondern Mira, das ist eine Verkleine-rungsform von ›Miranda‹. Das klingt natürlich etwas prätentiös, das muss ich zugeben, aber wir sind nicht gefragt worden.«

Diese rätselhafte Äußerung verunsicherte Fandorin, aber er traute sich nicht nachzufragen.

»Erstens müssen Sie Mira Englisch beibringen, damit sie so eine wundervolle Aussprache wie Sie bekommt.« Nach dem Daumen streckte Inga Sergejewna jetzt ihren dünnen Zeigefinger mit dem silbernen Nagel aus. »Zweitens wäre es gut, wenn sie auch so gut Russisch spräche wie Sie. Dass sie die Sätze nicht richtig baut und Vulgarismen gebraucht, das geht ja noch, aber sie muss diese fürchterliche Aussprache loswerden! Weiter. Das allgemeine Niveau. Stellen Sie ein Kulturprogramm zusammen, bringen Sie ihr guten Geschmack bei und vermitteln Sie ihr ein Grundwissen in bildender Kunst und Musik. Mein Mann und ich legen besonderen Wert auf die richtige Lektüre. Nicht die obligatorische, die zum Schulprogramm gehört, sondern die Privatlektüre. Was man an Literatur dieser Art gelesen hat, das ist genau das Kriterium, nach dem die feinen Leute einen einschätzen.«

Nicholas nickte ernst und dachte, wie rührend doch das Bemühen der neuen Elite um Raffinement ist. Die Männer haben natürlich keine Zeit für »Privatlektüre«, sie sind zu beschäftigt damit, zu überleben und die anderen zu fressen, sie müssen »schmieren«, »zu Geld machen«, »lavieren«. Aber die Frauen, die ewigen Beschützer und Förderer der Kultur, sehnen sich nach Schönem, selbst wenn es sich bisher lediglich in pummeligen Putten an der bemalten Decke und scheußlichen Porträts im Goldrahmen zeigt. Das macht nichts, sie heuern teure Bonnes und Gouverneur für ihre Sprösslinge an und bringen ihnen bei, Kunst von Kitsch zu unterscheiden. Schnell, sehr schnell überzieht sich die geschlagene Milch des russischen Lebens mit einer Sahneschicht vom Feinsten.

»Agbartschik, mein Goldstück!«, rief die Frau auf einmal und unterbrach ihren Monolog. Sie spitzte die Lippen zu einem Kuss, streckte die Arme nach unten, und ein weißes, gepflegtes Hündchen sprang ihr auf den Schoß. »Guck mal, das ist unser neuer Freund, den darfst du nicht anbellen und erst recht nicht beißen.«

Fandorin hatte immer ein gutes Verhältnis zu Hunden, aber als er den hier sah, zuckte er zusammen – er erinnerte sich an Jeannes Worte, die sie während der irren Raserei auf der Landstraße gesagt hatte.

Das Schoßhündchen sprang auf den Boden und drückte seine Schnauze auffordernd gegen seinen Schuh. Nicholas schaute mit Abscheu auf die nasse Nase und die hängende rosa Zunge und sagte mit gepresster Stimme:

»Ein toller Hund. Aber warum heißt er ›Agbar‹? Das ist doch ein männlicher Name!«

»Er ist ja auch ein Junge«, flötete sein Frauchen und nahm den winselnden Agbar auf den Arm. »Gucken Sie mal, wie er Sie ansieht. Sie haben ihm gefallen … Wo war ich gleich stehen geblieben? Ach so. Das mit der Privatlektüre habe ich schon gesagt. Jetzt die Hauptsache. Dem Mädchen muss Benimm beigebracht werden, sie ist verheerend unerzogen. Die Schulfächer, darum brauchen Sie sich nicht zu kümmern. Unsere Kleine wird von Fachlehrern unterrichtet, und sie macht in allen Disziplinen große Fortschritte. Aber ihre Haltung, ihre Sprache, ihr Gang! Das Mädchen ist entsetzlich verwildert. Sie gähnt schamlos mit offenem Mund und hält noch nicht einmal die Hand davor. Wenn sie einen Hick hat, sagt sie: ›Hick, Hick, geh zu Dick, von Dick zum Fick, vom Fick zum Flick.‹ Wenn jemand niest, sagt sie doch tatsächlich coram publico ›Gesundheit‹. Ist das nicht unerhört?«

Nicholas nickte verständnisvoll.

»Ich möchte sie möglichst schon Silvester in die Gesellschaft einführen können.«

Er gab sich Mühe, ein Schmunzeln zurückzuhalten, als er sich die »Gesellschaft« vorstellte: Geschäftsleiter von gestern sowie ehemalige Mitarbeiter und Buchhalter des Bezirkskomitees der Kommunistischen Partei, das waren die Leute, die in diesem aristokratischen Salon verkehrten.

»Aber noch davor, am nächsten Dienstag, wird es die erste ernste Prüfung für Mirotschka geben. Ihr Vater hat beschlossen, an ihrem Geburtstag zu einem Empfang zu laden. Es werden viele Gäste kommen. Sie darf sich nicht blamieren. Was meinen Sie, Sir Nicholas, können Sie in dieser kurzen Zeit schon viel erreichen?«

Er schüttelte besorgt den Kopf und runzelte die Stirn, wie das ein Klempner zu tun pflegt, der sagt: »Boss, hm, also ich weiß nicht, du siehst ja selber, da ist noch massig zu tun, und meine Schicht ist gleich zu Ende.«

Doch richtig in Fahrt gekommen, meinte er:

»Das kriegen wir schon hin. Sie wird den Mund beim Gähnen geschlossen halten, das kann ich Ihnen garantieren. Ach, damit ich es nicht vergesse, wie alt ist Ihr Kind eigentlich?«

Die Antwort war eine Überraschung:

»In drei Tagen wird sie achtzehn.«

Das war ja ein Ding! Und das, wo die Mutter nie im Leben älter als dreißig aussah.

Inga Sergejewna lächelte, sie interpretierte die Verwunderung ihres Gesprächspartners zu Recht in einem Sinn, der ihr schmeichelte:

»Sie haben gedacht, Mira ist meine Tochter? Nein, nein, sie ist die Tochter meines Mannes. Das ist eine romantische Geschichte ...« Frau Kuzenko machte eine vage Geste, gab aber keine Erklärungen, sondern hielt es für nötiger mitzuteilen: »Wir leben noch nicht lange zusammen, aber ich liebe Mira wie meine eigene Tochter.«

Von draußen hörte man, wie Räder über den Kies fuhren, und das Gesicht der Frau hellte sich auf.

»Das ist mein Mann! Er wird nur kurz bleiben, er muss bald wieder zur Arbeit, aber ich möchte, dass er einen Blick auf Sie wirft. Bleiben Sie bitte so lange sitzen.«

Und sie verließ den Raum und ließ Fandorin allein.

Höflicher wäre gewesen, wenn sie gesagt hätte, ich möchte Sie mit meinem Mann bekannt machen, korrigierte er die Arbeitgeberin in Gedanken und musste selber grinsen: Das hatte ihm gerade noch gefehlt, Lehrer für gutes Benehmen. Ob er nicht den Beruf wechseln sollte? Fünfzig Dollar pro Woche bei freier Kost und Logis, das war doch gar nicht so schlecht, oder?

Frau Kuzenko kehrte ins Wohnzimmer zurück, begleitet von einem kleinen Mann von fünfundvierzig bis fünfzig Jahren, der ein hässliches, aber imposant zu nennendes Gesicht hatte: eine hohe Stirn, einen höckerigen, kahlen Schädel, aufmerksame Augen hinter den dicken Brillengläsern und einen auffällig sinnlichen Mund mit dicken Lippen.

Soso, kombinierte Nicholas. Man konnte die Geschichte dieser Familie leicht erraten. Dieser Kuzenko war vor ein paar Jahren auf einmal reich geworden, hatte ein junges Flittchen geheiratet und die frühere Gefährtin seiner schweren Jahre, wie das bei Männern vor den Wechseljahren so üblich ist, in den Vorruhestand geschickt. Vor kurzem hatte er ihr auch die Tochter abgenommen, wofür er wohl eine Menge Geld hatte hinlegen müssen. Etwas Banaleres gibt es nicht.

Der Hinzugekommene streckte ihm seine Hand mit den – wie bei einem Bildhauer oder Pianisten – langen Fingern entgegen und sagte:

»Mirat Leninowitsch. Es freut mich, dass Sie Inga gefallen.«

»Sehr angenehm, Marat Leninowitsch«, sagte Fandorin, der meinte, er habe den Namen nicht richtig verstanden, als Antwort auf den Händedruck.

»Nicht ›Marat‹, sondern ›Mirat‹«, berichtigte der Hausherr. Die wunderbaren Lippen streifte ein sanftes, ironisches Lächeln. »Das ist eine Abkürzung von ›mir-ny at-om‹, das heißt ›friedliches Atom‹. Mein Vater arbeitete als Ingenieur, man war damals begeistert vom technischen Fortschritt.«

»Hast du zu Mittag gegessen?«, fragte Inga Sergejewna ihren Mann und entfernte eine Fluse von seinem Ärmel.

Er schüttelte den Kopf und beachtete den Gouverneur nicht mehr. Müde rieb er sich die Augenlider.

»Ich hatte keine Zeit dazu. Mach mir irgendein belegtes Brot, und dann fahr ich wieder. Ich muss unterwegs noch die Videodokumentation einer Patientin angucken.«

Seine Frau reichte ihm seufzend eine Plastikdose.

»Ich wusste es ja. Hier, mit Fleischwurst und Gurken, das magst du doch. Und wechsle das Hemd; das, was du anhast, ist nicht mehr frisch genug.«

Mirat Leninowitsch hatte wirklich großen Hunger. Er nahm das schöne kleine Sandwich aus der Dose, biss die Hälfte ab und ging zur Tür.

»Entschuldigen Sie«, erklärte er Fandorin zum Abschied, konzentriert mit dem Kiefer mahlend, »ich muss um eins operieren.«

Und er ging.

»Ich gebe dir ein Hemd!«, rief Inga Sergejewna und rannte hinter ihm her.

Die ganze Begegnung verunsicherte Nicholas zutiefst. Er hätte es lieber gehabt, wenn der Hausherr unsympathisch gewesen wäre, dann fiele es ihm wenigstens nicht so schwer, hinter ihm herzuspionieren. Aber Kuzenko gefiel dem Magister eher, und auch die Beziehungen zwischen den Bewohnern des Puppenhauses waren durchaus menschlich, nicht wie bei Barbie und Ken.

»Ist Ihr Mann Arzt?«, fragte Fandorin, als die Frau zurückkam. »Ich dachte, er ist ein Geschäftsmann.«

»Wie kommen Sie denn darauf?«, sagte Frau Kuzenko verwundert. »Mirat ist eine Koryphäe in der Schönheitschirurgie. Keiner kann es in unserem Land mit ihm aufnehmen, vielleicht sogar in der ganzen Welt. Er hat schon Ende der achtziger Jahre als einer der Ersten eine Privatklinik aufgemacht. Das Management kostet jetzt natürlich viel Zeit, aber er operiert nach wie vor selbst. Haben Sie denn nie von der Kuzenko-Methode gehört?«

»Doch, ich habe so etwas gelesen, über das Wunder der Verjüngung und von Menschenhand geschaffene Schönheit. Und ich habe die Reklame gesehen: wie Aschenbrödel von einer Fee mit einem Zauberstab berührt wird und der Schmutzfink sich in ein bildschönes Weib verwandelt.«

»Sie brauchen gar nicht zu lächeln«, sagte Inga Sergejewna streng. »Das ist keine Übertreibung, sondern die lautere Wahrheit. Mirat ist ein richtiger Zauberer. Ein hässliches Entlein verwandelt er in eine attraktive Frau mit Charme, und ein gewöhnliches Gesicht, sagen wir: guter Durchschnitt, wird bei ihm ein echtes Kunstwerk. Er ist einfach ein begnadeter Chirurg!«

Nachsichtig lächeln durfte er also nicht. Nicholas beeilte sich, seinen Fauxpas wettzumachen, und sagte:

»Mir ist aufgefallen, was er für schlanke, schöne Finger hat.«

Die wunderschönen Augen der Frau verschleierten sich, und ihre Stimme klang verträumt:

»Ach, Sie können sich gar nicht vorstellen, was für geniale Hände er hat! Manchmal sind sie kräftig, ja brutal, und manchmal sind sie so zärtlich! Wissen Sie, wie sehr die Pflanzen Mirat lieben? Sie spüren die lebensspendende Energie. Wir haben in unserem Wintergarten fürchterlich kapriziöse Blumen. Wenn unser Dienstmädchen sie begießt, drohen sie zu vertrocknen. Bei Mirat dagegen blühen sie auf wie im Dschungel. Auch die Tiere fühlen sich zu ihm hingezogen, Hunde, Katzen, Pferde. Auch sie spüren diese genuine Kraft, die aus seinem Inneren kommt!«

Nicholas war sprachlos von dieser offenen Zurschaustellung ehelicher Vergötterung. Er fühlte sich immer elender.

Herrgott, wozu brauchte dieses grässliche Weib namens Jeanne, genauer: ihr geheimnisvoller Auftraggeber, diesen Doktor?

Die letzte Hoffnung war die Tochter, diese neurussische Infantin, die der schnelle Reichtum bestimmt verdorben hatte und die außerdem auch noch stockdumm sein musste, wenn sie trotz aller Nachhilfelehrer mit achtzehn immer noch keinen Schulabschluss hatte.

Die Frau führte Fandorin durch eine Zimmerflucht, deren aufwendige Modernisierung sich merkwürdig mit den antiken Möbeln und dem an manchen Stellen erhaltenen Stuck vertrug, zu ihrer Stieftochter und erzählte unterwegs die Geschichte des Gutshofes. Offenbar hatte ihn jemand aus der Umgebung von Kaiser Pawel erbaut oder umgebaut; Nicholas hörte nur mit halbem Ohr zu, weil er sich auf das Treffen mit der Schülerin vorbereitete: Er zwang sich dazu, sich keinerlei Nervosität anmerken zu lassen und ein Maximum an Geduld aufzubringen. Das Wichtigste war, gleich den richtigen Ton zu treffen, damit der Unterricht für ihn nicht zu einer erniedrigenden Folter ausartete.

Das Zimmer der Prinzessin war im ersten Stock. Aus dem riesigen halbrunden Fenster hatte man eine herrliche Aussicht auf ein Feld, den Wald und den Fluss; aber Nicholas hatte keinen Sinn für die Schönheit der Natur. Er inspizierte schnell das geräumige Zimmer, das man eher einen richtigen Saal nennen musste, zumal es darin weiße Säulen und eine kleine, an der Wand entlanggeführte Galerie gab. Die Schlossherrin war offenbar ausgeflogen, aber die überall herumliegenden Kleider und die durch Abwesenheit glänzenden Bücherregale sowie der ins Auge stechende Supercomputer, dessen überdimensionaler Bildschirm das primitive Spiel Schiffeversenken festhielt, bestätigten Nickis Vermutungen über das intellektuelle Niveau der jungen Kuzenko durchaus.

»Mira, schläfst du?«, fragte die Frau, während sie auf den mit einem Vorhang verhängten Alkoven zuging.

»Nein, Inga Sergejewna«, hörte man ein von oben, gleichsam vom Himmel kommendes helles, klares Stimmchen. »Ich bin hier.«

Nicholas drehte sich um, hob den Kopf und sah über der Balustrade einen wahren Engel: ein feines Gesicht, eingerahmt von flachsblondem, fast weißem Haar, weit aufgerissene blaue Augen, magere bloße Schultern mit Trägern von einem BH oder einem Unterhemd.

»Warum sitzt du da? Warum bist du nicht angezogen?«

»Ich habe das Kleid ausgezogen, damit es nicht dreckig wird. Hier ist entsetzlich viel Staub. Niemand macht hier sauber; ich habe beschlossen, Staub zu wischen«, sagte die Nymphe, die sich hinter dem Geländer versteckte und Nicholas musterte. »Und hingesetzt habe ich mich, weil ich nichts anhabe. Ich schäme mich. Sie sind ja schließlich nicht allein …«

Endlich erfasste Nicholas die Lage und wandte sich irritiert ab.

»Ich komme hoch und bringe dir dein Kleid und die Schuhe. Sir Nicholas guckt weg. Apropos, darf ich vorstellen? Das ist der Herr, der deine Erziehung in die Hand nehmen und dich für den Ball vorbereiten soll.«

»Guten Tag«, gurrte das Engelsstimmchen.

Fandorin verbeugte sich, ohne sich umzudrehen, was einigermaßen dumm aussah. Madame Kuzenko hätte selber eine Gouvernante brauchen können, so viel war sicher. Hätte sie denn nicht mit seiner Vorstellung warten können, bis das Mädchen angezogen war und herunterkam?

Aber da stieg Mira vom Himmel herab auf die Erde, und es stellte sich heraus, dass sie gar kein Mädchen, sondern noch ein richtiges Kind war. Dem Aussehen nach konnte man sie auf dreizehn schätzen, aber nur, wenn man einmal die heutige Verfrühung der Geschlechtsreife außer Acht ließ. Ihr Kopf reichte dem Magister bis zum Ellenbogen, sie war von schmächtiger Gestalt, ohne irgendwelche Andeutungen weiblicher Rundungen. Der BH, der durch das dünne Batistkleid durchschien, war jedenfalls mit Sicherheit überflüssig.

»Ich lasse euch allein, damit ihr euch in Ruhe miteinander bekannt machen könnt. Lauf nicht weg«, sagte Frau Kuzenko freundlich, fuhr zärtlich mit der Hand über die Locken des Mädchens und fragte: »Versprichst du mir das?«

»Ja, Inga Sergejewna.«

»Wie oft soll ich dir noch sagen, nenn mich einfach ›Inga‹. Sir

Nicholas, ich bitte Klawdija, sie möchte in zehn Minuten kommen und Ihnen beim Auspacken helfen.«

Als sich die Tür hinter der Frau geschlossen hatte, trat Mira zwei Schritte zurück, und zwar nicht, weil sie sich schämte, sondern damit sie den zwei Meter langen Lehrer besser sehen konnte.

»Was, redet man Sie echt mit ›Sir Nicholas‹ an?«, fragte sie ungläubig und konnte nicht verhindern, dass sie losprustete.

»Nennen Sie mich ›Nikolaj Alexandrowitsch‹. Und lassen Sie uns gleich ausmachen: Ich bin dafür da, um Ihre sprachlichen Fehler zu korrigieren; also seien Sie mir deshalb bitte nicht böse. Einverstanden?«

Nicholas wartete, bis sie nickte, und fuhr fort:

»Erstens. Im Gegensatz zu ›Wie‹ hat ›Was‹ immer einen etwas unhöflichen Unterton. Zweitens, eleganter als der Ausdruck ›echt‹ wäre hier die kurze Floskel ›in der Tat‹. Und drittens: Wenn man sich mit einem kaum bekannten Menschen, wie ich es bisher für Sie bin, unterhält, ist ein Kopfnicken als Zeichen des Einverständnisses zu vertraulich. Man sollte unbedingt laut ›Ja‹ oder ›Gut‹ sagen. Verstehen Sie, was ich meine?«

»Ja. Aber siezen Sie mich bitte nicht, ja? Ich fühle mich sonst nicht die Bohne angesprochen.«

Mira schaute nach unten – Nicholas dachte, sie geniere sich. Aber nein, sie schaute heimlich auf ihre Uhr. Als sie dem Blick des Lehrers begegnete, flüsterte sie:

»Das ist eine französische, mit echten Brillanten. Eine Cartier-Uhr. Papa hat sie gekauft. Die kostet ein Mordsgeld. Ist die nicht echt schön? Huch«, verbesserte sie sich, »ich wollte sagen: Ist sie nicht in der Tat schön?«

Fandorin seufzte. O du große und mächtige russische Sprache! Da muss selbst der Teufel noch dazulernen!

Aber das Mädchen gefiel ihm leider. Wie hätte es auch anders sein können: sie war ja so nett, sah hübsch aus und war außerdem überhaupt nicht verdorben, sondern ganz offen und natürlich. Und ihr Wolga-Akzent war einfach rührend. Offenbar war dieser Akzent genau das, was Frau Kuzenko als »fürchterliche Aussprache« bezeichnet hatte. Mira hatte wohl mit ihrer Mutter nicht in Moskau, sondern in der Provinz gelebt.

Um nicht gleich als Pedant und Langweiler abgestempelt zu

werden, schimpfte Nicholas nicht über das unfeine »nicht die Bohne« und »Mordsgeld«. Er ging zum Schreibtisch und beugte sich über den Computer.

»Spielst du Schiffeversenken? Macht dir das Spaß?«

»Eigentlich nicht besonders«, bekannte Mira und zog die Nase hoch. »Aber das ist das einzige Spiel, das ich kenne. Ich hatte bisher keinen Computer.«

»Es heißt nicht Computer, wie Puter, sondern Compjuter. Und was für Spiele würdest du gerne lernen?«

»Kennen Sie welche? In der Tat?« Mira packte ihn am Ärmel. »Ich habe im Fernsehen Jungen gesehen, die Abenteuer-Computerspiele spielten! Ein unterirdisches Gewölbe mit Schätzen, Skelette, und wenn du nicht die richtige Antwort gibst, bist du verratzt! Kennen Sie so was?«

Nickend schaute er in ihre klaren, freudig erregten Augen und dachte: »Sie ist reichlich infantil für ihr Alter, aber das macht sie noch anziehender.«

»Jetzt haben Sie aber selber genickt«, sagte Mira lachend. »Und haben nicht Ja gesagt! Zeigen Sie mir jetzt, wie die Abenteuerspiele gehen?«

Nicki lächelte und versprach:

»Ja, mach ich. Und nicht nur das. Wenn du möchtest, erfinden wir beide sogar neue Spiele. Das macht noch mehr Spaß.«

Das Mädchen quietschte vor Vergnügen, hüpfte in die Höhe und drückte Fandorin mit der Treffsicherheit eines dressierten Delfins einen Kuss mitten auf die Wange.

Es sah so aus, als gestalte sich der Kontakt mit der Schülerin zu seiner Zufriedenheit.

Aus dem »Kinderzimmer«, wie Nicki Miras Zimmer nannte, brachte man den Gouverneur zum Verwalter des Gutshofes, zu dem gemütlichen Schnurrbartträger Pawel Lukjanowitsch mit seinem weißrussischen Akzent und den Manieren eines ehemaligen Soldaten. Dieser händigte dem neuen Bewohner von Trost die Schlüssel der »Partamenty« (der Appartements) und eine Chipkarte aus, mit der man das Tor öffnen konnte. Er warnte vor, dass auf dem »Territorium des Objekts« besondere Sicherheitsvorkehrungen zu beachten seien, denn, so sagte er: »Mirat Leninowitsch ist ein großer Mann, und ein großer Mann hat eben auch große Probleme.« Diese Worte unterstrich Pawel Lukjanowitsch mit einem merkwürdigen Augenzwinkern, ohne zu lächeln; das sollte wohl heißen: Ich scherze zwar, aber es ist trotzdem etwas dran.

Als Fandorin hinter dem Dienstmädchen zu seinen »Partamenty« ging, sah er aus dem Fenster, wie der Hausherr durch das Tor fuhr: vor ihm ein Jeep als Geleitschutz, hinten ebenfalls einer, und in der Limousine saß neben dem Chauffeur ein Riese, der so groß wie Nicholas, aber doppelt so breit war. Für eine Koryphäe der Chirurgie ein bisschen viele Leibgardisten, fand Nicki und fragte, auf den Goliath deutend:

»Sein persönlicher Bodyguard?«

»Nein, das ist Mirat Leninowitschs Sekretär Igor«, antwortete das Dienstmädchen, eine liebenswürdige Frau mittleren Alters namens Klawdija. »Er hat einen amerikanischen Universitätsabschluss.«

Den hat er wahrscheinlich mit einem Football-Stipendium finanziert, mutmaßte Nicholas.

Die »Partamenty« waren eine Zweizimmerwohnung, klein, aber durchaus komfortabel. Allerdings war die Aussicht aus dem Fenster nicht besonders reizvoll, die Wirtschaftsgebäude versperrten ihm den Blick.

Klawdija hängte seine Sachen in den Schrank und bat:

»Seien Sie vorsichtig mit Mira; nicht zu streng, Nikolaj Alexandrowitsch. Sie ist so nett und so sensibel. Sie hat sich hier noch nicht eingelebt. Wenn Sie wüssten, wie das ganze Dienstpersonal sie hier bedauert.«

»Warum bedauert es sie denn?«, fragte Fandorin verwundert.

»Wenn alle Mädchen in solchen Verhältnissen aufwachsen würden …«

Dem Dienstmädchen wäre fast das Hemd aus der Hand gefallen.

»Alle Mädchen? Wie können Sie nur so etwas sagen! Das ganze Land hat sich die Augen über Miras Schicksal ausgeweint.«

Aus dem Gesicht des Gouverneurs sprach totales Unverständnis; Klawdija griff sich an den Kopf und sagte:

»Ach ja, Sie sind ja Engländer. Ihr Russisch ist so akzentfrei, dass ich das glatt vergessen habe. ›Bitte melde dich!‹, kennen Sie diese Fernsehsendung?«

»Das ist eine Talkshow, oder? Nein, ich gucke fast kein Fernsehen, nur die Nachrichten vom Kanal Sechs.«

»Und Zeitung lesen Sie auch nicht? Über Mira haben der ›Moskauer Komsomolze‹, ›Fakten und Argumente‹ und ›Lunte‹ berichtet, im Grunde genommen haben sich alle Blätter zu diesem Fall geäußert.«

Nicki zuckte mit den Achseln.

»Ich lese diese Blätter nicht. Nur die ›Times‹.« Und dann hellte sich sein Gesicht auf, und er erinnerte sich auf einmal: »Doch, manchmal auch die Wochenzeitung ›Eross‹.«

»Dann braucht man sich nicht zu wundern«, sagte Klawdija und wandte sich ab.

Nicholas hatte sich in ihren Augen vermutlich heillos kompromittiert. Sie beendete schnell ihre Arbeit und ging aus dem Zimmer, wobei sie es sogar unterließ, sich zu verabschieden.

Fandorin ließ das kalt. Er hatte jetzt etwas Besseres zu tun, als auf die scheinheiligen Vorurteile des Dienstpersonals Rücksicht zu nehmen.

Er stellte sich ans Fenster und versuchte, sich zu sammeln.

Die Eintrittskarte zur Hölle hatte er also bekommen. Dass dieser Ort eher wie das Paradies aussah, machte die Sache noch schlimmer. Er war also als Spitzel des Satans hierher bestellt. Man hatte Nicholas keinerlei Instruktionen gegeben oder Aufgaben übertragen – er sollte nur die Stelle eines Gouverneurs antreten, das war alles. Aber man hatte ihm nicht zufällig ein Telefon in die Hand gedrückt. Es würde bald klingeln, daran gab es keinen Zweifel. Was Jeanne von ihrem Agenten im Einzelnen fordern würde, war unklar, aber es war mit Sicherheit etwas, was die Bewohner von Trost ins Unglück stürzen würde …

Es klopfte an der Tür. Das Dienstmädchen kam wieder herein. Sie legte eine Mappe auf den Tisch und sagte barsch:

»Das ist mir ja vielleicht ein schöner Lehrer, der nicht weiß, wen er unterrichtet. Hier, lesen Sie. Ich sammle die Artikel über Mira.«

Und sie entfernte sich mit arroganter Miene.

Fandorin löste die Schnüre. Obenauf lag eine Hochglanzzeitschrift für Frauen. Auf dem Umschlag war die schüchtern lächelnde Mira zu sehen. Und die Ankündigung in Großbuchstaben: »MIRANDA KUZENKO: DAS ASCHENBRÖDEL UNSERER ZEIT«.

Er setzte sich in den Sessel und begann zu lesen.

DIE MEERESFEE KAM IN EINEM MERCEDES

... Im städtischen Kinderheim von Krasnokommunarsk gab es mehr als zweihundert solcher Mädchen und Jungen. Die meisten waren hierher gekommen, als sie noch ganz klein waren, schon als Babys.

»Kinderheim«, »Internat«, diese Worte sind falsch, sie führen in die Irre. Man sollte sich nicht scheuen, das Wort »Waisenhaus« in den Mund zu nehmen, denn darum handelt es sich hier: Hier wird Waisenkindern Zuflucht gewährt, so gut es geht. Diese Kinder haben nie eine richtige Familie gehabt, sie sind immer in der Heimuniform herumgelaufen und haben nie etwas anderes als das Heimessen genossen, das leider mager ist, denn der Landkreis hier ist arm, er lebt von Subventionen und hat einfach nicht die Mittel, seine Waisenkinder zu verwöhnen.

Aber je rauer und trostloser das reale Leben ist, desto mehr sehnt sich die menschliche Seele danach zu fliegen, in Wunschträume zu fliehen; desto mehr lechzt sie nach dem Unmöglichen. Und jeder kleine Heimbewohner wiegt sich natürlich in der Hoffnung, dass seine Eltern ihn nicht im Stich gelassen, sondern verloren haben, dass sie nach ihrem lieben Kind suchen und es sicher eines Tages finden werden. Wie viele rührende, naive und einfach phantastische Geschichten die mit Ölfarbe gestrichenen Mauern der Schlafsäle gehört haben! Geschichten von Vätern, die Spione, von Müttern, die Schauspielerinnen sind, und Geschichten von Verwechslungen auf der Entbindungsstation ...

Wie der Direktor des Waisenhauses von Krasnokommunarsk R. Mowsesjan dem Verfasser dieser Zeilen erzählte, versiegen solche Phantasien gewöhnlich, wenn die Kinder dreizehn Jahre alt sind, wenn der Heranwachsende sich auf das reale Leben eines Erwachsenen einzustellen beginnt. Sie versiegen, verschwinden aber nicht ganz, sondern ziehen sich auf den tiefsten Herzensgrund des jungen Menschen zurück.

Oh, wie das Wasser in diesen tiefen Strudeln in Wallung kam und
zu brodeln begann nach jenem Wunder, das sich in dem verschla-
fenen Wolgastädtchen ereignete! Das Märchen stieg vom Himmel
auf die Erde und erhellte das Leben aller Waisenkinder unseres
unermesslichen Landes mit dem Zauberlicht der Hoffnung. Und
man muss diese Geschichte auch so erzählen: wie ein Märchen.

Es war einmal ein Mädchen, das hatte den zauberhaften Na-
men Miranda. Aber außer dem klangvollen Namen hatte das
Mädchen absolut nichts, noch nicht einmal einen Vater und eine
Mutter. Sie wuchs heran wie der Halm auf dem Feld. Mütterliche
Zärtlichkeit und väterliche Sorge schützten sie nicht vor bösem
Wind und vor eisigem Regen, so dass sie mager und schwach war.
Sie war in ihrer Kindheit häufig krank, so dass sie zweimal eine
Klasse wiederholen musste, und obwohl sie wieder gesund wurde,
blieb sie dünn und blass und unterschied sich krass von ihren rosi-
gen Altersgenossinnen, die Eltern hatten.

Wovon Miranda wie viele ihrer Freundinnen am meisten träum-
te, das war das Märchen von Aschenbrödel, dem eines Tages eine
gute Fee erscheint, die ihm mit einem Wink des Zauberstabs ein
neues wunderbares Leben schenkt. Die Jahre zogen ins Land, das
Märchen blieb Märchen, das Leben blieb, wie es war. Die anderen
elternlosen Mädchen verschlangen schon Alexander Grins Erzäh-
lung »Purpursegel« und träumten nicht von einer Fee, sondern
von einem Prinzen. Aber Miranda hatte es mit dem Erwachsen-
werden nicht eilig und glaubte nach wie vor an ihr Kindermär-
chen. Und sie wurde für ihre Treue belohnt.

Und jetzt erlauben Sie mir, statt des Märchens die Fakten spre-
chen zu lassen.

Im Februar 1983 verbrachte ein junger Moskauer mit dem unge-
wöhnlichen Namen Mirat seinen Urlaub in einem Sanatorium auf
der Krim. Ebendiesen Ort hatte auch Nastja, eine junge Frau aus
Perm, für ihren Urlaub gewählt. Sauregurkenzeit, das Meer ist
kalt, die Strände sind leer. Wen wundert's, wenn sich zwischen den
beiden eine kurze, aber stürmische Kur-Romanze entspinnt? Sie
kannten einander nur dem Vornamen nach; sie fanden noch nicht
einmal die Zeit, einander nach dem Nachnamen zu fragen. Zwei
Monate später klingelte in Mirats Moskauer Wohnung plötzlich
das Telefon. Es war Nastja. Sie sagte, sie erwarte ein Kind. »Wie

hast du mich gefunden?«, fragte der junge Mann, der einen schlimmen Verdacht hatte. »Über deinen Vornamen«, antwortete sie. »Er ist so selten!« – »Lass es abtreiben«, sagte er und fügte finster hinzu, da ihm klar war, dass er würde bluten müssen: »Ich schicke dir Geld. Gib mir deine Adresse.« Aber Nastja brach in Tränen aus und warf den Hörer auf die Gabel. Sie rief ihn nie mehr an.

Jahre später wurde Mirat ein berühmter Chirurg, ein erfolgreicher Unternehmer und Eigentümer mehrerer Schönheitskliniken. Sicher haben Sie die Werbung dieser Firma auch schon hier in unserem Heft und in anderen Hochglanzzeitschriften gesehen. Die Firma heißt – ja, und wer wollte darin nicht die mystische Handschrift des Schicksals sehen? – »Meeresfee Melusine«.

Mirat Leninowitsch heiratete eine bildschöne Frau, und es stand bei den beiden alles bestens, nur Kinder wollte ihnen Gott nicht schenken. Da erinnerte sich der Millionär an die alte Geschichte. Er suchte diese Nastja aus Perm, was nicht ganz einfach war, denn ihr Vorname war nicht wie seiner eine Seltenheit, sondern hundsgewöhnlich. Aber Mirat Leninowitsch scheute keine Mittel und Mühe, und nach mehreren Jahren unermüdlicher Suche brachte er Nastjas Nachnamen und ihre Anschrift in Erfahrung. Und er fand heraus, dass sie nach der Geburt dieses Mädchens gestorben war und man das Kind in ein Waisenhaus eingewiesen hatte.

Der Rest war eine technische Frage, und hier schalte ich wieder auf die Märchenwelle um.

Eines Tages öffnete die siebzehnjährige Insassin des Internats von Krasnokommunarsk das Fenster ihres Zimmers, wo sie mit fünf anderen Mädchen wohnte, und sah, wie ein pechschwarzer Märchenschlitten – so einen hatten die Bewohner der Kreisstadt ihr Lebtag nicht gesehen – über die Straße glitt ...«

Der Artikel war lang, aber Nicholas las ihn bis zum Schluss. Hin und wieder runzelte er die Stirn ob des kitschigen Stils, aber die Geschichte war wirklich ungewöhnlich und herzzerreißend.

Er sah auch die anderen Artikel durch, es waren mehrere Dutzend; fast alle enthielten Fotos des reizenden Mädchens mit den großen Augen: vor dem Waisenhaus, in der Limousine, neben dem verlegenen Kuzenko. Wie viel Staub die Geschichte des Aschenbrödels von Krasnokommunarsk und des Besitzers der Klinik

»Die Meeresfee Melusine« aufgewirbelt hatte! Kein Wunder, es handelte sich ja wirklich um eine echte Seifenoper vom Typ: »Reiche weinen auch«.

Fandorin klappte die Mappe zu und ging zum Spiegel.

Sein Gesicht sah aus wie immer, aber er wusste ja, dass er nicht Nicki Fandorin vor sich hatte, sondern einen Werwolf.

Sollte er die kleine Welt um den Preis der großen retten?

Er kniff die Augen zusammen.

Um nicht den Mut zu verlieren, zwang er sein optisches Gedächtnis, ihm die kleine Welt vor Augen zu führen: Altyn, Erast, Gelja.

Auf einmal erinnerte er sich daran, wie ihn seine Tochter gefragt hatte: »Wie ist das eigentlich, wenn man die Seele verliert?«

Er zuckte zusammen. Er stellte dieselbe sinnlose Frage, die seit den Zeiten der Bibel unzählige Male gestellt worden ist: Mein Gott, was habe ich getan, dass mir diese Prüfung auferlegt worden ist? Sie übersteigt meine Kräfte. Das halte ich nie und nimmer aus!

Dann öffnete er die Augen und sagte zu seinem Spiegelbild: »Ich bin ein Schuft.«

* * *

Mit der Hausfrau war abgesprochen, dass der Unterricht zwei Stunden vor dem Mittagessen (Betragen und Englisch) und zwei Stunden vor dem Abendbrot (Englisch und Betragen) dauern sollte. Aber vom ersten Tag an trennten sich der Lehrer und die Schülerin nur für die Zeit des nächtlichen Schlafes und morgens, vor zwölf, wenn Mira mit den Fachlehrern arbeitete. Auf den Englischunterricht verwandten sie so viel Zeit wie vom Stundenplan vorgesehen, aber »Betragen« zog sich ganz unzulässig in die Länge und verschlang den ganzen Abend und manchmal sogar die halbe Nacht – bis zu dem Moment, da der Gouverneur sich endlich besann und das Mädchen schlafen schickte.

Erziehung und Unterricht in guten Manieren fanden von Fall zu Fall statt, wie es gerade kam; mit der Beiläufigkeit einer Beilage zum Hauptgang, das heißt der Entwicklung des Computerspiels über Erast Petrowitsch Fandorin. Den unvollendeten »Kammersekretär« ließ Nicki auf sich beruhen, weil diese Geschichte schon zur Hälfte fertig war; er wollte sich lieber neuen Abenteuern widmen.

Am ersten Morgen, als Miranda Unterricht hatte, raste er nach Moskau, um die nötigen Programme zu holen. Er überzeugte sich davon, dass niemand zu Hause war, und betrat erst dann die Wohnung.

Er seufzte im Kinderzimmer, als er Erasts ordentlich gemachtes Bett und Geljas wild herumfliegende Puppen sah. Er hinterließ keine Nachricht für seine Frau. Er legte einfach eine unterwegs gekaufte Lilie als Symbol der Hoffnung auf ihr Bett. Altyn würde das sicher verstehen.

Er musste so schnell wie möglich zurück nach Trost. Er schaffte es gerade zur rechten Zeit.

Die Grundlagen des Programmierens erfasste Mira im Handumdrehen, umso mehr, als er sie nicht mit den technischen Details belastete, sondern sich beeilte, von seinem interessanten Vorfahren zu erzählen. Er demonstrierte auf dem Bildschirm dessen Porträt und war höchst zufrieden, als das Mädchen ausrief: »Der ist ja bombig schön!« Er unterließ es sogar, sie auf ihren Vulgarismus hinzuweisen.

Miranda hatte die Wahl zwischen drei Abenteuern des heldenhaften Detektivs (zu keinem gab es irgendwelche glaubwürdigen Fakten, so dass der Phantasie keine Grenzen gesetzt waren): »Erast Petrowitsch gegen Jack the Ripper«, »Erast Petrowitsch in Japan« und »Erast Petrowitsch in der Stadt unter Wasser«.

Zum Erstaunen des Lehrers, der ihr die nötigsten Informationen zu jedem Thema gab, wählte die Schülerin ohne Zögern die blutigste Variante: die von dem Monster in Whitechapel.

Zuerst dachte Nicholas, das sei die Folge ihrer späten emotionalen Entwicklung – etwas wie Sehnsucht nach den Schreckgespenstern der Kindheit, mit denen die kleinen Waisenkinder einander früher in der Nacht Angst eingejagt hatten. Aber als er seinen Zögling näher kennen lernte, begriff er, dass das nichts mit den nächtlichen Schauermärchen nach Art der »Fliegenden Särge« und »Gelben Handschuhe« zu tun hatte. Die engelsgleiche Naive hatte ein erstaunlich abgeklärtes Verhältnis zu Dingen, vor denen Mädchen ihres Alters normalerweise große Angst haben: zum Tod, zu Blut und Leid.

Eigentlich war das nicht verwunderlich. In ihrem kurzen Leben, das sich zu allem Übel auch noch in einem geschlossenen Raum abspielte, hatte Mira wiederholt gleichaltrige Kinder sich quälen, ja sterben sehen; viele von ihnen waren von Geburt an krank; und so gewissenhaft die staatliche Fürsorge auch sein mochte, sie konnte natürlich nicht die Fürsorge von Eltern ersetzen.

»Auch die Medikamente kriegst du nicht immer, vor allen Dingen, wenn sie zu teuer sind«, plapperte Miranda unbekümmert weiter, während sie die Blutlache am Ort einer neuen Gräueltat des Schlächters rot färbte. »Robert Aschotowitsch hat sich zwar ein Bein ausgerissen, aber er kann ja auch nicht zaubern. Ich hatte in der dritten Klasse eine Freundin namens Ljussenka, die hatte einen Herzfehler. Sie wartete auf eine Operation, hat sie aber nicht mehr erlebt. Auch Julik hat die Behandlung in Tuapse nicht mehr erlebt; er ist vorher an seinem Asthma erstickt.«

Auf Robert Aschotowitsch kam sie oft zu sprechen. Er war der Direktor des Internats – ihren Erzählungen nach zu schließen, ein ungewöhnlicher, energischer Mann. Er dachte sich höchstpersönlich die Namen für seine ganzen Zöglinge aus, der eine Name bizarrer als der andere; und wenn der Vater eines Kindes unbekannt war, dann schenkte er ihm auch einen Vatersnamen.

»Solange Papa mich nicht gefunden hatte, hieß ich Miranda Robertowna Krasnokommunarskaja«, sagte Miranda stolz, wobei sie diesen schauerlichen Namen aussprach, als handele es sich um einen Ehrentitel. »Ist das nicht schön? Alle, die keinen Nachnamen hatten, wurden bei uns Krasnokommunarski genannt. Erstens klingt es gut und zweitens sagte Robert Aschotowitsch: »Außer uns kann es keinen mit diesem Nachnamen geben. Wo auch immer euch ein Krasnokommunarski über den Weg läuft, wisst ihr sofort, dass es einer von euch ist.«

Merkwürdig, sie sprach sehr viel weniger von ihrem Vater als von diesem Robert Aschotowitsch. Oder richtiger: Sie sprach fast gar nicht von ihm. Aber wenn sie Mirat Leninowitsch begegnete oder jemand nur seinen Namen erwähnte, dann kam in Mirandas Augen ein Leuchten, und ihre Wangen röteten sich. Aha, so muss man es also machen, um sich der leidenschaftlichen Liebe seiner Tochter zu versichern, dachte Nicholas. Man muss sich von ihr lossagen, sie siebzehn Jahre im Waisenhaus schmoren lassen und dann im Mercedes vorfahren und sagen: Guten Tag, mein Töchterchen. Ich bin dein Vater. Er dachte das zwar, aber er wusste natürlich selber, dass das Unfug war; er war einfach neidisch.

In den verbleibenden vier Tagen bekam Fandorin den Hausherrn nur einmal zu Gesicht. Mirat Leninowitsch verließ das Haus am frühen Morgen, kehrte spät zurück und schaffte es nur am Montag, am Vortag des Geburtstages seiner Tochter, zum gemeinsamen Abendessen zu kommen. Aber selbst da konnte man sich nicht mit ihm unterhalten. Auch im Esszimmer ging Herr Kuzenko mal ans Telefon, mal musste er die Papiere durchsehen, die ihm der hünenhafte Igor in einer Tour vorlegte.

Was für ein toller Hecht, dachte Nicki verzagt, wenn er den Magnaten beobachtete. Wie ihn diese bildschöne Frau und die reizende Tochter anhimmelten, und dabei sah er doch gar nicht aus wie Erast Petrowitsch, ja noch nicht einmal wie Tom Cruise. Das lag nicht am Aussehen, sondern an der inneren Kraft, da hatte Inga Sergejewna völlig Recht. Was er wohl mit Jack the Ripper angestellt hätte? Schließlich war er Arzt, also der Repräsentant eines humanen Berufes.

Vor dem Abendbrot hatte Nicholas gerade einen heftigen Streit mit Mira gehabt, in dem es darum ging, wie Erast Fandorin sich verhalten sollte, wenn es ihm gelänge, dieses Monstrum zu fassen. Nach der Meinung des Gouverneurs müsste man diesen armen Psychopathen in ein Gefängniskrankenhaus stecken, wo die Ärzte versuchen sollten, seine kranke Psyche zu heilen. So hätte es auch Erast Petrowitsch, ein Anwalt der Rechtsordnung und wirklich zivilisierter Mensch, gemacht, der fest daran glaubte, dass das Wort mächtiger als die Gewalt ist. Mira wollte partout nichts von einer solchen Lösung hören. »Unser Erast würde das Schwein schon finden und umlegen«, flötete der zarte Mädchenmund unerbittlich.

Das Mädchen hatte einen festen, kämpferischen Charakter. So hatte sie zum Beispiel entsetzliche Angst vor dem bevorstehenden Empfang aus Anlass ihres Geburtstages. Bei der bloßen Erwähnung des unerbittlich näher rückenden Dienstags zog sich ihr ohnehin mageres Gesichtchen in die Länge, und die kleinen geraden Zähne bohrten sich in die Unterlippe, und doch hätte Miranda um nichts in der Welt zugegeben, was für eine Qual die bevorstehende Prüfung für sie bedeutete – denn das hätte ja ihren Papa verstimmt, der ihr damit einen Gefallen tun wollte.

Nicholas scheute keine Mühe, um dem Mädchen Selbstvertrauen einzuflößen. Er versuchte, sie davon zu überzeugen, dass sie in dem prächtigen Reifrock bildhübsch aussah (was die reine Wahrheit war), zeigte ihr, wie sie gehen und auftreten sollte. Eine ganze Stunde widmete er dem Umgang mit Messer und Gabel, obwohl er sich sicher war, dass die oberen Zehntausend der Neureichen diese Feinheiten auf Garantie nicht beherrschen.

Am meisten Angst hatte Miranda davor, etwas Falsches zu sagen und Mirat Leninowitsch damit zu kompromittieren.

»Rede doch so wenig wie möglich«, riet ihr Nicki, »in Gegenwart von Erwachsenen ist das für ein junges Mädchen genau das Richtige. Wenn sie dich etwas fragen, dann antwortest du, du bist ja schließlich nicht auf den Mund gefallen. Ansonsten lächele sie alle an, das reicht. Du hast ein Lächeln wie eine Madonna.«

An dem denkwürdigen Tag, als sie schon die Gäste erwarteten, nahm Fandorin die festlich gekleidete Mira beiseite, drückte ihr aufmunternd die bis zu den Ellbogen in Handschuhen steckende Hand und sagte:

»Du bist eine Berühmtheit. Alle werden dich anschauen, es werden auch eifersüchtige Menschen darunter sein. Sie werden nach Fehlern suchen, insbesondere die Frauen. Du solltest keine Angst davor haben. Die Welt ist nun einmal so – ob im neunzehnten oder im einundzwanzigsten Jahrhundert, das ist gleich. Sei zu allen freundlich und höflich, aber wenn du auf Spott oder eine Frechheit stößt, dann wehr dich. Ich werde mich in der Nähe aufhalten und dir zu Hilfe kommen.«

»Keine Sorge, Nikolaj Alexandrowitsch«, sagte das Mädchen mit vor Angst weißen Lippen und lächelte. »Hauptsache, ich mache meinem Vater keine Schande. Aber wenn mir jemand dumm kommt, dann kriegt er was zu hören. Robert Aschotowitsch hat immer gesagt: ›Wenn jemand nett zu euch ist, seid nett zu ihm; aber wenn euch einer beleidigt, zahlt es ihm heim.‹ Er hat uns sogar so ein Lied vorgesungen, es war sein Lieblingslied.«

Und Miranda sang mit kristallklarer Stimme:

»Bei jedem Misserfolg müsst ihr euch wehren, sonst könnt ihr niemals den Erfolg vermehren.«

Da kam das Auto des ersten Gastes schon im Hof vorgefahren.

»Auf in den Kampf«, sagte Nicholas und zwinkerte ihr zu.

»Mamma mia …«

Mira strebte mit steifem Gang zum Vorzimmer, wo schon der klangvolle, dem ganzen Land bekannte Bass des Regisseurs Oskar zu hören war, der sagte:

»Mein liebes Emirat! Mein liebes Inguschetien! Na, ihr Einsiedler, ihr altväterlichen Gutsbesitzer à la Gogol! Muss Mohammed mal wieder zum Berg kommen?! Und das Geburtstagskind, wo ist das?«

Nicholas sah vom Flur aus, wie der große alte Mann des Films seine Löwenmähne herunterbeugte und der sterbensblassen Miranda die Hand küsste. Neben ihm stand die umwerfende Madame Oskar und blickte mit einem großmütigen Lächeln auf die Anfängerin und – mit demselben Gesichtsausdruck – auf den festlich gestylten Agbar, der aufgeregt um Inga Sergejewnas Füße herumhüpfte und winselte.

»Warum hast du denn einen Frack angezogen, du Schmeichler?« Kuzenko schnippte aus Spaß eine nicht vorhandene Fluse von der Schulter des Regisseurs. »Ein Smoking hätte doch gereicht! Das Mädchen ist doch erst achtzehn.«

»Den habe ich nicht ihretwegen an. Ich war auf der Eröffnung des Festivals ›Russische Mäzenaten‹. Ich brauche Kohle für den Film, das habe ich dir doch erzählt.«

»Und? Hast du was aufgetrieben?«

Der Regisseur winkte ab und sagte:

»Ich würde mich deutlicher ausdrücken, wenn hier nicht dieses zauberhafte Kind zugegen wäre. Das Festival hätte eher den Namen ›Mäzenaten-Schmierdukaten‹ verdient.«

Dem Preisträger von Cannes und Venedig platzte der Kragen, und er drückte sich äußerst energisch und höchst russisch aus, was Mira zusammenfahren und sich erschreckt nach Nicholas umblicken ließ. Der zuckte die Achseln und gab zu verstehen: Da kann man nichts machen, das ist offenbar in diesem Milieu so üblich.

Kuzenko brach in Lachen aus, forderte ihn mit einer Geste dazu auf, ins Wohnzimmer durchzugehen, wo Tische mit Wein und Horsd'œuvres standen, und legte den anderen Arm um Frau Oskar.

»Marusja, hast du auch nicht vergessen, dass du in fünf Wochen bei mir zum TÜV erscheinen musst?«

»Wenn ich etwas nicht vergesse, dann ist es das!«

Die Schöne drückte dem Hausherrn einen zärtlichen Kuss auf die Wange, aber da kamen schon neue Gäste die Treppe herauf – auch das solche, die das ganze Land kannte. Es war eine richtige VIP-Parade.

Als Erstes überreichte Maxim Kafkin, Moderator der Fernsehshow »Wie man eine Million stiehlt«, der überwältigten Mira einen Blumenstrauß. Kaum hatte sie sich gefasst, da schüttelte ihr schon der Kolumnist Michail Sokolow die Hand, einer der bekanntesten Journalisten, der die gute, alte regimetreue Gattung der Satire wiederbelebt hatte. Dann drückte die Parlaments-Salonlöwin Irina Origami dem armen Mädchen einen Kuss auf die Wange. Und als Nächstes kam schon, seideraschelnd und in eine Duftwolke gehüllt, die umwerfende Isabella Martschenko (Spitzname: die Sache Makropulos) angetanzt – Nicholas betrachtete die große Schauspielerin mit besonderem Interesse, denn er erinnerte sich daran, dass sie gegen die Zeitung »Eross« ein Gerichtsverfahren wegen übler Nachrede angestrengt hatte; der Grund war, dass die Redaktion der legendären Filmschauspielerin zur Volljährigkeit ihres Urenkels gratuliert hatte.

Miranda machte eine glänzende Figur: graziös nahm sie die Geschenke an, packte sie aus, gab liebenswürdig ihrer Begeisterung Ausdruck und errötete sogar. Fragen beantwortete sie leise, aber nicht schüchtern; manchmal begnügte sie sich auch nur mit einem Lächeln, was schon an sich ein Hochgenuss war.

Fandorins Sorgen um seinen Zögling hatten sich gelegt, und er ging in den Salon, wo ein Jazzsextett die Themen klassischer Schnulzen aus Donizetti- und Bellini-Opern variierte. Er konnte jetzt auch einmal an sich denken.

Er hatte eine merkwürdige Vorahnung: Heute würde endlich etwas geschehen. Die Ruhe konnte doch nicht ewig anhalten. Wie lange kann man denn den Hals recken und den Himmel anstarren, um zu erfahren, wann sich die Gewitterwolke endlich entlädt? Die Luft ist mit Elektrizität gesättigt, irgendwo am Horizont poltert das Donnergeröll, aber der Sturm will und will nicht kommen. Da wünscht man ihn sich herbei.

Die ganzen Tage hatte Jeanne kein einziges Mal angerufen. Das Telefon, das sie ihm gegeben hatte, schwieg, aber Nicki vergaß es nicht eine einzige Sekunde, sondern rechnete damit, dass das verfluchte Gerät jeden Augenblick klingeln könnte – so wie ein echter Samurai in der ständigen Gewissheit eines plötzlichen Todes lebt.

Als er sich im Salon unter die trinkenden, lachenden und einander küssenden Stars mischte, wurde der Magister noch niedergeschlagener – er fühlte sich, als habe es ihn per Zufall auf die Umschlagseite der Hochglanzzeitschrift »Sieben Tage« verschlagen.

Er floh in den Korridor, um sich über den Seitenflur in seine »Partamenty« zurückzuziehen. Doch da stieß er ausgerechnet auf die beiden Kuzenkos. Sie standen mit dem Rücken zur Tür, hatten aber nicht gehört, wie der Gouverneur sich näherte, denn Nicholas war bemüht, möglichst leise aufzutreten. Unfreiwillig wurde er Zeuge einer kleinen Auseinandersetzung zwischen den beiden Gatten.

Inga Sergejewna sagte mit zärtlichem Vorwurf:

»Meine Güte, du bist doch nicht ganz bei Trost. Da hast du aber ein Objekt für deine Eifersucht gefunden. Vor wie vielen Jahren war das denn? Das ist, als wenn sich einer an den Mongolensturm erinnert! Ich wäre nie im Leben auf die Idee gekommen, Jasti sehen zu wollen. Von mir aus soll ihn der Teufel holen. Du hast ihn doch selber eingeladen, weil ihr etwas Geschäftliches zu besprechen habt.«

»Geschäfte sind ja gut und schön, aber sobald ich daran denke …«, murrte Mirat Leninowitsch leise.

Das Gespräch hatte eindeutig einen intimen Charakter, doch es war unklug zurückzuweichen – wenn seine Schuhsohlen knarrten, wäre das noch schlimmer. So machte Fandorin das Trivialste, was man sich denken kann: Er hustete.

Während Madame Kuzenko sich umdrehte, errötete, Nicholas gelassen anlächelte und die Treppe hinunterging, hustete der Hausherr seinerseits ebenfalls und hielt es für nötig, stehen zu bleiben – aus Verlegenheit wahrscheinlich.

In so einer Situation gibt es nur einen Ausweg: Man muss das

Gespräch auf ein ungefährliches, neutrales Thema bringen. Durch die offene Tür auf die Prominenten der Hauptstadt blickend, sagte Fandorin:

»Nicht umsonst gelten die Russinnen als die schönsten Frauen. Man braucht ihnen nur ein paar Jahre Freiheit und Reichtum zu geben, schon stehen unsere Salonlöwinnen in nichts den Londonerinnen oder Pariserinnen nach. Schauen Sie mal, das ist ja direkt wie ein Schönheitswettbewerb um den Titel ›Miss Universum‹.«

»Eher Missis Universum«, witzelte Kuzenko höhnisch. »Die Weiber unserer Politiker und reichen Holzköpfe werden in den letzten Jahren zunehmend jünger und schöner, das stimmt. Aber das liegt nicht an den Genen, sondern an diesen Händen.« Und er zeigte seine wunderbaren Finger vor und lachte. »Drei Viertel der Damen, die Sie hier sehen, sind durch meinen Operationssaal gegangen. Und jedes Jahr nehme ich wieder eine Korrektur an ihnen vor. Das gehört zu meiner Methode dazu. Wenn eine meiner Lollobrigidas zu spät zur Prophylaxe kommt, dann schrumpelt sie in Nullkommanichts zu einem Kürbis. Was soll man da machen – Schönheit braucht eben eine qualifizierte Wartung.«

Nicholas fiel ein, wie Mirat Leninowitsch die Frau des Regisseurs an einen »TÜV« erinnert hatte. Das war also damit gemeint!

»Wie schaffen Sie das denn alles? Ein Business betreiben, operieren und dann auch noch die Prophylaxe?«

»Auf Kosten von Schlaf und Freizeit. Ich kann mich nicht erinnern, wann ich das letzte Mal ordentlich gegessen habe – das heißt, ohne mich zu beeilen und mit Genuss. Aber was soll ich denn machen? Assistenten in meine Methode einweihen? Die haben es jetzt faustdick hinter den Ohren – die eröffnen doch sofort eine Klinik und fangen an, mir Konkurrenz zu machen. Es hat schon Präzedenzfälle gegeben. Und außerdem sind meine Klientinnen etwas Besonderes.« Er deutete mit dem Kopf Richtung Saal. »Mit denen muss man erst mal Kontakt haben.«

Was die finanziellen Perspektiven der Firma »Meeresfee Melusine« betrifft, so gibt es keinen Grund zur Sorge, dachte Nicholas. Der Wunderdoktor wird auch in Zukunft keinen Mangel an Patientinnen haben, und was das Geld betrifft: Dieses Publikum scheut keine Ausgabe.

Plötzlich veränderte sich Mirat Leninowitschs Gesicht. Statt spöttisch und müde wurde es konzentriert und angespannt. Aber nur für einen winzigen Augenblick. Dann setzte der Chirurg wieder sein strahlendes, breites Lächeln auf, sah durch Fandorin hindurch und rief aus:

»Jasti! Schon wieder zu spät! Ich trage dich ins Klassenbuch ein, sag deinen Eltern, sie sollen zur Schule kommen!«

Ein seriöser, schlanker Herr mit graumeliertem, sorgfältig gekämmtem Haar stieg die Treppe hoch. Der ein wenig spät eingetroffene Gast sah in dem Smoking aus, als sei er darin auf die Welt gekommen, habe sich nur von Zeit zu Zeit gehäutet und dann wieder ein neues, ebenso elegantes Fell bekommen.

Der gut aussehende Mann klopfte dem Gastgeber jovial auf die Schulter, woraufhin die beiden ein seltsames Ritual vollführten: statt sich die Hand zu geben, ließen sie ihre beiden rechten Handflächen aneinander klatschen und schlugen sie dann gegen die Stirn ihres Gegenübers.

»Salut, Kuzyj. Wie sagt man doch so schön: Seien Sie gegrüßt, lange nicht gesehen!«

»Na, das stimmt allerdings! Inga hat schon gefragt, was macht ihr eigentlich die ganzen Nächte durch, du und Jasti? Man könnte glatt denken, ihr seid vom anderen Ufer«, erzählte Mirat Leninowitsch lachend. »Aber heute machen wir Pause, ja? Ich zeige dir nur ein einziges Papier, das ist alles. Gehen wir in mein Arbeitszimmer?«

»Hmhm«, murmelte Jasti, der Nicholas fragend anschaute.

»Fandorin, Gouverneur von Mirat Leninowitschs Tochter«, stellte dieser sich vor, streckte aber die Hand nicht als Erster aus, denn ein Gouverneur ist ein Untergeordneter und sollte Zurückhaltung üben.

Richtig! Der Gast war nicht geneigt, jemand vom Dienstpersonal die Hand zu schütteln – er streifte Nicholas nur mit einem Blick von Kopf bis Fuß und wiederholte noch einmal mit einer anderen Intonation:

»Hmhm.«

Der höfliche Kuzenko stellte seinen Bekannten vor:

»Das ist Oleg Stanislawowitsch Jastykow, wir sind in dieselbe Schule gegangen und waren Klassenkameraden. Jetzt ist er mein

Hauptkonkurrent, ihm gehören die Apotheken der ›Doktor Weh-wehchen‹-Kette. Die kennen Sie bestimmt.«

Jastykow, einer aus der Liste der Verurteilten!

Fandorin bemühte sich, seine Aufregung zu überspielen, und fragte:

»Was kann es denn für Konkurrenz zwischen einer Schön-heitsklinik und einer Apotheke geben? Die arbeiten doch zusam-men.«

»Siehst du, das sage ich doch auch, Kuzyj«, entgegnete Jas-tykow lachend. »Du würdest besser mit mir zusammenarbeiten, statt gegen mich zu kämpfen. Pass auf, ich mach dich platt, wie in der fünften Klasse.«

Mirat Leninowitschs Gesicht verzog sich für einen Moment zu einer seltsamen Grimasse, aber vielleicht kam das Nicholas auch nur so vor – Kuzenko stieß seinem Klassenkameraden aufmun-ternd den Ellenbogen in die Seite.

»Du bist solo? Da lerne ich also nicht den konkurrenzlosen Schrecken der Serails und Bordelle kennen?«

»Wieso solo? Ich bin mit Dame gekommen. Ich stelle sie dir gleich vor: ein tolles Weib.«

»Und wo ist dein tolles Weib?«

Jastykow sah sich um.

»Deine Frau hat sie unten abgefangen, um ihr das Wohnzimmer zu zeigen. Inga sieht wirklich blendend aus! Du Glückspilz!«

Und wieder zuckte das Gesicht des Hausherrn – man konnte es diesmal nicht übersehen.

Mirat Leninowitsch lächelte Jastykow schief an und bat Fan-dorin:

»Nikolaj Alexandrowitsch, wenn Sie mir bitte einen Gefallen tun wollen. Gehen Sie nach unten und sagen Sie meiner Frau, dass ich mit Oleg Stanislawowitsch nach oben ins Arbeitszimmer gehe. Wenn die Geburtstagstorte aufgetragen wird, kommen wir bestimmt runter.«

Nicholas unterdrückte den Drang, sich tief zu verbeugen und »Jawohl, dero Erlaucht« zu flüstern, und ging ins Erdgeschoss. Wenn du zum Dienstpersonal gehörst, dann sei so gut, mäßige deinen Stolz und übe Zurückhaltung.

Inga und die Begleiterin des unsympathischen Jastykow waren

im Wohnzimmer – sie standen vor dem Porträt des persönlichen Adeligen Konjuchow.

Die Frau, eine große Brünette in rotem Kleid mit einem tiefen Ausschnitt im braun gebrannten Rücken, drehte sich um.

Nicki wankte und hielt sich am Türrahmen fest.

Es war Jeanne!

Zeit und Raum wechselten das Register und gingen in eine andere Dimension über, so dass Inga Sergejewnas gelassene, gleichmäßige Stimme klang, als käme sie aus einer anderen Welt, aus dem vorletzten Jahrhundert:

»Bemerken Sie, Nichtachtung gegenüber den Vorfahren ist das erste Anzeichen der Verwilderung und Sittenlosigkeit.«[7]

---

7 Schlusssatz des Puschkin-Fragments »Im Landhaus trafen die Gäste ein«

SECHZEHNTES KAPITEL

DER BRIGADIER

(Fonwisin, 1768)

»Dmitri, es ist unmoralisch, wenn du nicht dein Schweigen über die Gründe brichst, warum du aus Petersburg geflohen bist«, sagte Daniel streng, sobald die Schlittenkutsche auf dem Platz anfuhr.

Mitja kniete auf dem hinteren Sitz und schaute aus dem Fenster: auf den Oberleutnant aus Gatschina, der das Geld zählte, das er für den Degen bekommen hatte, und auf den finsteren Pikin. Letzterer hatte sich einen Mantel über das Hemd gezogen, stand einsam da und sog gierig an einer langen Pfeife. Er blickte nicht hinter der Kutsche her, sondern betrachtete die Erde unter seinen Füßen.

»Ich habe von dir keine Offenheit gefordert«, fuhr Vondorin in demselben resoluten Ton fort, »aber du musst doch zugeben, dass ich nach dem Vorgefallenen ein Recht habe, ein paar Fragen beantwortet zu bekommen. Erstens: Wer ist dieser Hauptmann Jeremej? Zweitens: Warum wurde für dich ein Finderlohn ausgesetzt und zwar einer, der nicht zu knapp ist? Drittens: Was hattest du allein, ohne deine Eltern, in Petersburg zu suchen? Viertens ...«

Es waren insgesamt genau zwölf Fragen, die er eine nach der anderen vorbrachte, woran man sah, dass sie Daniel schon lange beschäftigten.

»Entschuldigt meine Geheimniskrämerei, mein verehrter Freund und Wohltäter«, antwortete Mithridates. »Der Grund war nicht, dass ich Euch nicht traute, ich wollte Euch nur nicht in diese etwas undurchsichtige, aber nicht ungefährliche Intrige hineinziehen.«

Und Mitja erzählte seinem Retter alles bis ins Kleinste, und er merkte gar nicht, dass er dabei genauso lange Bandwurmsätze wie der Waldphilosoph bildete.

Vondorin stellte hin und wieder klärende Fragen und schwieg am Ende lange; er musste das, was er gehört hatte, erst einmal auf sich wirken lassen.

»Die Geschichte, die du erzählst, ist so verworren und undurchsichtig«, sagte er schließlich, »dass ich mit deiner Erlaubnis ihr Wesen zu erfassen suche, und wenn ich zu falschen Schlussfolgerungen komme, dann verbessere du mich bitte. Also. Die russische Thronfolge ist schon seit Peter dem Großen nicht klar geregelt. Der Kaiser kann nach eigenem Gutdünken einen Nachfolger bestimmen, ohne sich nach dem Altersprinzip zu richten. Die Ironie des Schicksals wollte es bekanntlich, dass Peter seinen Nachfolger nicht benennen konnte – er gab seinen Geist auf, bevor er den Namen über die Lippen brachte. Seitdem befördert nicht das Recht die Monarchen auf den Thron, sondern die Gewalt. Sowohl Katharina I. als auch Peter II., Anna, der kleine Iwan, Elisabeth, Peter III. und Katharina II. kamen nicht legal, sondern durch einen Willkürakt auf den Thron. Da ist es nicht verwunderlich, dass in der Umgebung des Favoriten der Plan entstand, die natürliche Thronfolge zu durchbrechen und nicht den Sohn, einen ziemlichen Dickkopf und Streithahn, zum Nachfolger der Kaiserin zu ernennen, sondern den Enkel, den dessen Vertraute aufgrund seiner Jugend und Sanftheit um den Finger würden wickeln können. Vermutlich ist die Thronfolge schon in diesem Sinn durch ein Testament geregelt, aber die vorsichtige Katharina hält das noch geheim; sie will offenbar einen günstigen Augenblick abpassen. Doch wie es so richtig heißt: Tote reden nicht. Wenn Katharina es nicht zu Lebzeiten schafft, ihrem Enkel das Szepter zu übergeben, dann zieht, sobald sie ihre Augen für immer schließt, ihr Sohn Pawel mit seinem gepuderten Heer in die Hauptstadt ein und bemächtigt sich des Thrones mit Gewalt. Dann wird es allen seinen Verfolgern und Beleidigern schlecht ergehen, vor allem dem Favoriten und seiner Clique. Dein Freund Jeremej Metastasio ist klug und versteht sehr wohl, dass die Zeit drängt. Und nun hat der kurzsichtige Platon sich auch noch Hals über Kopf verliebt und droht, sich selber den Ast abzusägen, auf dem er sitzt.

Es kann sich nur um Tage handeln, bis Surows Feind Maslow eindeutige Beweise für die Untreue des Favoriten vorlegt und mit dero Erlaucht Schluss ist. Das ist auch der Grund, weshalb der Italiener das Erdenleben der Kaiserin verkürzen will. Sie muss möglichst schnell sterben, solange Surow noch an der Macht ist, aber sie darf nicht plötzlich, sondern erst im Anschluss an eine Krankheit sterben, damit die Zeit reicht, um den Enkel als Thronfolger einzusetzen. Das ist der Grund, warum er das schleichend wirkende Gift braucht. Verstehe ich die Abfolge und den Sinn der Ereignisse richtig?«

»Ja!«, stimmte Mitja zu. »Und ob! Erst jetzt habe ich Metastasios Intrige ganz durchschaut!«

»Wirklich?«, fragte Daniel kopfschüttelnd. »Zur völligen Klarheit fehlt mir noch etwas.«

»Was denn?«

»Ich kann es bisher noch nicht sagen. Da muss ich erst mal nachdenken. Also, mein lieber Kamerad, wir brauchen uns nicht abzuhetzen, um nach Moskau zu kommen. Erstens gibt es keinen Grund zur Eile, weil uns keiner mehr verfolgt. Zweitens habe ich versprochen, dich zu Pawlina Anikitischna zu bringen, die einen Umweg macht und bei ihrem Onkel nicht früher als in zwei, drei Tagen eintrifft. Drittens gibt es in der von dir erzählten Geschichte etwas Merkwürdiges, das ich ahne, aber noch nicht genau benennen kann. Ehe wir nicht in allem klar sehen, halte ich es für gewagt, dich in dein Elternhaus zurückzuschicken – es wäre für den Italiener ein Leichtes, dich gefährlichen Zeugen dort zu finden. Signore Metastasio hat mit Sicherheit noch andere Helfer außer Pikin.«

Und Pikin sollte man auch nicht ganz vergessen, bemerkte Mitja, der das allerdings nicht laut sagte, sondern nur dachte – er wollte seinem gutgläubigen Freund nicht die Laune verderben.

»Also nicht nach Moskau?«, sagte er. »Wohin denn dann?«

Daniel breitete die Landkarte aus.

»Gorodnja haben wir hinter uns … Wenn wir in der Stadt Klin von der Landstraße nach Moskau abbiegen und zwanzig Werst Richtung Dmitrow fahren, dann kommen wir zu den großen Ländereien des Brigadiers Ljubawin. Das ist ein alter Freund von mir und ehemaliger Kommilitone. Ich hoffe, Miron weilt unter den

Lebenden und ist bei guter Gesundheit. Als die Verfolgungen der angeblichen Jakobiner begannen, verließ er Moskau, und er hält sich bestimmt auch jetzt auf dem Land auf.«

»War dieser Herr ebenfalls ein Mitglied in Ihrer Gesellschaft?«, fragte Mitja scharfsinnig. »Wie Ihr Nowgoroder Freund?«

»Nein, Ljubawin ist ein Praktiker. Die von der Bruderschaft des Gold- und Rosenkreuzes propagierten Ideen einer sittlichen Umgestaltung waren für den aktiven Geist Ljubawins entschieden zu umständlich. Aber er ist ein äußerst wertvoller und guter Mensch. Also auf, fahren wir zu Ljubawin, zur Sonnenstadt.«

In Klin musste Mitja sich wieder umziehen. Miron Ljubawin, der Vondorins Gewohnheiten kannte, hätte sich sehr gewundert, wenn sein alter Freund mit einem mitreisenden Kosaken bei ihm aufgetaucht wäre. Außerdem konnte man Mithridates doch nicht beim Gesinde einquartieren, wenn sie mehrere Tage blieben. Deshalb beschloss Daniel nach kurzem, aber ihn schwer ankommendem Abwägen, Mitja als seinen Sohn auszugeben. Der Brigadier, der das Einsiedlerleben auf seinem Gut bereits geführt hatte, als Vondorin die traurigen Ereignisse trafen, würde wohl kaum etwas vom Schicksal des kleinen Samson gehört haben.

Mitja musste sich von der Pekesche und der imposanten Mütze eines echten Saporoger Kosaken trennen. Er bekam ein Feh, eine Weste, eine Culotte, Schuhe, Leinenhemden und alle sonstigen für die Garderobe eines vornehmen Mannes unerlässlichen Accessoires, und, mit Speck eingerieben und mit Puder bestreut, färbte sich auch sein Haar wieder weiß.

»Fast wie ein Marquis aus Versailles«, scherzte Daniel, als er den verwandelten Weggefährten begutachtete.

Mitja konnte nur mit den Achseln zucken: Ihr habt ja keine Ahnung, Daniel Ilarionowitsch, wenn Ihr mich erst im Winterpalais gesehen hättet!

Kaum hatten sie die Landstraße nach Moskau verlassen, da begannen auch schon die Ländereien von Miron Antiochowitsch Ljubawin, die sich endlos dehnten.

»Miron ist reich«, erzählte Vondorin. »Außer Sonnenstadt hat er hier noch drei oder vier Dörfer und außerdem Höfe, Landhäuser, Manufakturen, ein Gestüt und Wald; guck mal, wie viele Mühlen allein auf den Hügeln stehen. Ihm gehören anderthalbtausend Leibeigene, und wenn man die Weiber dazurechnet, ist es doppelt so viel. In Deutschland wäre das eine ganze Grafschaft. Schau mal, Dmitri, wie gut sie es hier haben.«

Sie näherten sich gerade dem Ort Sonnenstadt, der wirklich erstaunlich reich und sauber aussah.

Es gab zwar nur eine einzige Straße; die aber war breit, schneefrei und – für ein Dorf ganz ungewöhnlich – mit Steinen gepflastert. Auch solche Häuser wie in Sonnenstadt hatte Mitja noch nie gesehen. Obwohl aus Holz, waren sie alle nicht mit Stroh oder Dachschindeln, sondern mit richtigem Eisen gedeckt; und auch wenn eins der Gebäude größer und reicher, die anderen aber kleiner und bescheidener waren, konnte von der üblichen russischen Armut keine Rede sein.

»Ist das etwa ein Blumenbeet?«, fragte Mitja und zeigte auf eine kreisrunde Einfassung aus Ziegelsteinen vor einer der Hütten.

»Tatsächlich!«, rief Vondorin nicht weniger erregt als Mitja aus. »Und erst die Fenster! Aus richtigem Glas! Das ist ja phantastisch! Ich war hier vor zwölf Jahren, als Miron gerade seinen Abschied von der Armee genommen und das Erbe angetreten hatte. Sonnenstadt ist nicht wiederzuerkennen! Guck mal hier!«, schrie er lauthals und zog seinen Weggefährten am Ärmel. »Hast du schon mal solche Dorfbewohner gesehen?«

Eine Bauernfamilie ging auf der Straße: Vater, Mutter und drei Töchter. Sie hatten alle ganz neue, gediegene Sachen an, die Frau und die Mädchen trugen bunte Kopftücher.

»Sieh mal einer an, unser Miron! Während wir geträumt und gestritten haben, hat der die Dinge angepackt. Ein toller Kerl, ein richtiger Held!«, schwärmte Daniel und konnte sich gar nicht wieder beruhigen.

Die Kutsche war durch das Tor eines englischen Parks gefahren, der so angelegt war, dass er möglichst stark einem Werk der unberührten Natur gleichen sollte. Im Sommer mussten all diese Büsche, Wiesen, Hügel und kleinen Seen außerordentlich malerisch aussehen, aber das winterliche Schwarzweiß verlieh dem Park einen etwas strengen und verschlafenen Anstrich.

Über den Baumwipfeln tauchte das Dach des Herrenhauses auf, das mit einem runden Türmchen verziert war, und gleich darauf war ein Kanonenschuss zu hören, der zahlreiche Vögel aufscheuchte.

»Ein Kundschafter hat uns entdeckt«, erklärte Daniel und lächelte erfreut. »Das ist alte Moskauer Gastfreundschaft. Sobald man Gäste sieht, begrüßt man sie mit einem Schuss aus der Kanone. Auch in der Küche ist bestimmt schon der Teufel los! Pass auf, hier wird es dir sicherlich gefallen!«

Mitja gefiel es jetzt schon.

Das Haus war ein geräumiger, phantasievoller Bau: auf der einen Seite mit einer gläsernen Orangerie, auf der anderen mit einem Säulengang, voll gepackt mit frisch gestrichenem landwirtschaftlichem Gerät, von dem Mitja nur die englische zweispännige Sämaschine erkannte, die er auf einem Bild gesehen hatte.

An der Haustür hatte sich das Gesinde in einer Reihe aufgestellt, ein Mann neben dem anderen, in blauen Uniformen, die denen der Husaren ähnelten. Zwei Männer kamen angelaufen, um die Tür der Schlittenkutsche aufzureißen, die anderen verbeugten sich, aber so ungezwungen, ohne Unterwürfigkeit, dass es eine Freude war, das zu sehen. Und die Treppenstufen kam schon ein untersetzter, kleiner Mann heruntergelaufen mit einem ungepuderten Lockenkopf und rotem Gesicht. Über dem Hemd trug er eine Lederschürze, und seine Arme waren von Überziehärmeln bedeckt, die voller Sägespäne waren.

»Miron!«

»Vondorin sprang in den Schnee und rannte dem Hausherrn entgegen. Auch dieser strahlte und breitete die Arme aus.

Sie küssten sich dreimal, fielen sich ins Wort und lachten, und Ljubawin, dem die Umarmungen nicht reichten, klopfte dem Gast noch auf den Rücken und die Schultern.

»Da hast du mir aber eine Freude gemacht! Das ist aber eine Überraschung, Daniel der Eingekerkerte!«, sagte Miron Antiochowitsch lachend und erklärte dem schönen Jüngling, der sich ihm zugesellte: »Das ist mein Klassenkamerad, Daniel Vondorin, der, von dem ich dir erzählt habe! Den Spitznamen ›der Eingekerkerte‹ haben wir ihm gegeben, nachdem der Rektor ihn wegen Frechheit in den Karzer sperren ließ.«

»Ja, Vater, das habt Ihr erzählt«, sagte der Jüngling lächelnd. »Ich habe viel von Euch gehört, Daniel Ilarionowitsch.«

»Das ist mein Sohn Thomas«, stellte Ljubawin ihn vor. »Du hast ihn gesehen, als er noch in den Windeln war, schau mal, wie er in die Höhe geschossen ist, ein richtiger Grenadier. Ach, jetzt habe ich dich mit den Sägespänen schmutzig gemacht!«

Er machte sich an Vondorins Kaftan zu schaffen und wollte ihn ausklopfen. Daniel lachte nur und fragte:

»Bastelst du immer noch?«

»Ja, ich habe eine Sache erfunden, die la révolution véritable in der Fleisch- und Milchwirtschaft auslösen wird. Aber ich kann sie noch nicht vorführen, da brauchst du gar nicht drum zu bitten. Sie ist noch nicht ganz fertig.«

Daniel lachte.

Da sah Miron Antiochowitsch den durch das Fenster der Kutsche spähenden Mitja.

»Ach so, du bist also nicht allein, wie ich sehe?«

Das Lächeln auf dem Gesicht des Gastes verschwand.

»Ich habe ebenfalls meinen Sohn bei mir. Komm her, Samson, genier dich nicht.«

Als Mitja sich näherte und verbeugte, fügte Vondorin hinzu:

»Er ist neun, aber verstandesmäßig ist er seinen Altersgenossen weit voraus.«

Mitja schien es, als musterten ihn Ljubawin und sein Sohn abschätzig, aber nachdem sich die Blicke der beiden begegnet waren, lächelten sie sofort wieder erfreut.

»Er ist zu klein für seine neun Jahre, viel zu klein.« Miron Antiochowitsch tippte Mitja scherzend mit einem Finger an die Nasenspitze. »Lässt du dein Söhnchen vor Gelehrsamkeit darben, Daniel? Ich kenne dich Bücherwurm doch! Ach, was steht ihr denn bei mir so unchristlich draußen herum!«, unterbrach sich der Hausherr auf einmal. »Kommt herein, ins Haus! Meine Lydia ist gestorben. Ja, ja«, sagte er und nickte dem Hände ringenden Daniel zu. »Schon gut, schon gut, ich habe genug um sie geweint. Macht nichts. Ich bin jetzt genauso ein Einzelgänger wie du. Thomas und ich, wir kommen schon alleine zurecht, ohne die gemütliche Atmosphäre, die ein Weib zu schaffen weiß. Also sei nicht zu anspruchsvoll.«

Was die Gemütlichkeit betraf, so hatte er untertrieben. Das Haus dieses beeindruckenden Brigadiers war höchst planvoll und ange-

nehm zum Wohnen eingerichtet. Einfache Möbel ohne Schnick-
schnack, die vor allem der Bequemlichkeit dienten: Die Lehnen
der Stühle und Sessel waren auf die Rückenform zugeschnitten,
so dass man ohne Anspannung darauf sitzen konnte; auf den breiten Fensterbänken lagen türkische Kissen, da konnte man genüsslich ein gutes Buch lesen und sich an der Aussicht auf den Park
weiden; die Fußböden waren mit gewebten dörflichen Läufern
bedeckt, so dass man nicht ausrutschte und weich auftrat.

Aber am meisten interessierten Mithridates natürlich die nützlichen Apparate, die es beinahe in jedem Zimmer gab. Da waren
Barometer und Thermometer, die an beiden Seiten des Hauses angebracht waren, Fernrohre zum Betrachten der Umgebung und
ein Kompass mit Höhenmesser; am tollsten aber war es in der
Bibliothek. Was für eine Unmenge Bücher! Tausende und Aber-
tausende! Wenn das kein Ort war, wo man gut und gerne ein, zwei
Jahre hätte zubringen mögen!

An den Wänden hingen drei Porträts von großen Männern: ein
Junger mit langen, ungelockten Haaren in runder Mütze, die an-
deren zwei waren etwas älter und trugen flache Mützen, die man
Barett nannte.

»Das ist Pico della Mirandola aus Modena«, sagte Vondorin
nickend und zeigte auf den jungen Mann. »Das ist der weltbe-
rühmte Campanella, und wer ist der Dritte?«

»Der große Engländer Thomas More, nach dem ich meinen einzigen Sohn und Erben genannt habe. Das Porträt ist von dem
Künstler nicht nach dem bekannten Stich, sondern nur nach meinen speziellen Anweisungen angefertigt worden, deshalb hast du
ihn nicht erkannt.«

»Eine tolle Dreifaltigkeit, besser als jeder Ikonostas«, lobte Da-
niel und drehte sich zu einem Glaswürfel, in dem ein schwarzes
Rohr auf einem auffälligen Unterbau stand. »Und was ist das?
Doch nicht etwa ein dioptrisches Mikroskop?«

»Doch, genau das«, bestätigte Ljubawin stolz. »Ein superneues,
mit achromatischem Okular. In einem einfachen Wassertropfen
offenbart es einen ganzen Kosmos von Bewohnern. Ich habe es
für zweitausend Rubel aus Nürnberg kommen lassen.«

Mitja zitterte vor Ehrfurcht. Er hatte von diesem Wundermi-
kroskop gehört, das sehr viel stärker als seine Vorgänger war, und

träumte seit langem davon, mit seiner Hilfe die kleinen Universen zu betrachten, die man im Inneren der Elemente entdecken kann. Er hatte dazu eine eigene Hypothese, die er experimentell überprüfen wollte, nämlich, dass die physische Natur unendlich ist, ihre Räume aber nicht linear, sondern geschichtet sind, das heißt unendlich klein in der einen Richtung und unendlich groß in der anderen.

»Gnädiger Herr, ob Ihr erlaubt, einen kurzen Blick in dieses Instrument zu werfen?«, fragte er, denn er konnte nicht anders.

Miron Antiochowitsch äffte ihn lachend nach:

»›Gnädiger Herr‹. Du hast ihn ja ganz schön getrimmt, Daniel. Pass auf, dass du es mit der Erziehung nicht übertreibst, sonst ziehst du einen kleinen Greis heran. Jede Altersstufe braucht etwas anderes.« Dann antwortete er Mithridates: »Entschuldige, mein Lieber, aber das kann ich nicht! Das ist ein ungemein empfindlicher Mechanismus. Ich erlaube es selbst meinem eigenen Sohn nicht, ihn zu berühren, bevor er nicht die ganze Weisheit der biologischen und optischen Wissenschaft begriffen hat. In deinem Alter braucht man anderes Spielzeug und andere Beschäftigungen. Hast du schon einmal an einer Drehmaschine gearbeitet? Nein? Und kannst du mit einer Hobelbank umgehen? Zeig mal deine Hände.« Er nahm Mitjas Hände in seine und schnalzte mit der Zunge. »Ein Junker, das sieht man gleich, ja, ein Junker! So seid ihr also, ihr Gold- und Rosenkreuzer, ihr könnt nur reden und weinen, aber nicht arbeiten. Du, Daniel, hast deine Leibeigenen bestimmt ziehen lassen, du hast ihnen die Freiheit geschenkt, oder?«

»Ja.«

»Ich wette, die Hälfte ist vor Freude dem Alkohol verfallen. Es ist zu früh, um unseren Bauern die Freiheit zu geben; viel Freiheit, das ist wie eine hohe Dosis von einem starken Medikament. Da kann man sich vergiften. Man muss das langsam anlaufen lassen und richtig dosieren. Ich gebe meinen Leibeigenen die Freiheit nicht und stelle sie ihnen auch nicht in Aussicht. Was soll der Mensch mit der Freiheit, wenn er damit nicht umgehen kann? Manchmal muss man diese Leute auch auspeitschen wie ein Vater. Aber ich helfe jedem, der sich selbständig machen will, das in Angriff zu nehmen. Hast du gehört, was eine einzelne Seele dem russischen Grundbesitzer einbringt? Nein? Ich habe mich erkundigt. Im Durchschnitt sieben Rubel pro Jahr, egal ob in Naturalien oder in Geld. Ich dagegen habe von jedem Arbeiter im Durchschnitt fünfundvierzig Rubel. Na, was sagst du dazu?«

»Kaum zu glauben!«, rief Vondorin aus.

»Eben. Und hinzu kommen noch die Einkünfte aus den Mühlen, Farmen, Werkstätten, Leinenmanufakturen und den Gestüten. Erlaube einem abhängigen Menschen zuerst einmal zu leben: richte ihm ein Haus ein, bring ihm ein Handwerk bei, lass ihn sein eigener Herr sein, dann hast du auch ein Recht, etwas von ihm zu bekommen. Ein verheirateter Bauer zahlt mir in den ersten drei Jahren überhaupt nichts, im Gegenteil, er bekommt etwas von mir für die Anschaffungen. Später zahlt er dann dafür das Hundertfache zurück.«

Daniel bemerkte:

»Das ist natürlich eine hervorragende Einrichtung von dir. Nur: Wie soll man einem Menschen beibringen, was Würde ist, wenn man ihn jederzeit auspeitschen kann?«

»Doch nicht jederzeit, nicht willkürlich, sondern nach einem festgelegten System, wegen ganz bestimmter Übertretungen!«, widersprach Ljubawin heftig. »Das geschieht zu ihrem Besten!«

»Mir geht es so: Je länger ich auf der Welt bin, desto mehr neige ich zu der Überzeugung, dass man dem Menschen, wenn er gesund ist, am besten die Möglichkeit gibt, sich selber um sein Wohl zu kümmern. Sonst kommt dabei dasselbe raus wie bei dem Thronfolger in Gatschina. Hast du davon gehört? Er setzt sich ebenfalls für seine Bauern ein, aber sie müssen bei ihm in gestreiften Strümpfen herumlaufen, Schlafmützen aufsetzen und womöglich sogar ihr Haar pudern.«

»Nun, mit den Strümpfen, das ist natürlich zu viel des Guten«, sagte Miron Antiochowitsch lachend, »aber ich setze große Hoffnungen in den Zarensohn. Er weiß, was Ungerechtigkeit ist, und das ist eine große Kunst für einen Herrscher. Schon seit einem Vierteljahrhundert lässt man ihn nicht auf den Thron, der ihm von Rechts wegen zusteht. Und wie der von dir einst so geliebte Prinz von Dänemark ist er gezwungen, ohnmächtig den Ausschweifungen einer verbrecherischen und lasterhaften Mutter zuzusehen. Und dabei ist diese neue Jezebel ja sehr viel schlimmer als die Gertrude von

Shakespeare. Jene hat nur die Sünde der Blutschande auf sich geladen, während diese zwei rechtmäßige Herrscher, Peter und Iwan, umgebracht hat, und den Dritten nicht an die Krone lässt!«

Ljubawin bemerkte auf einmal die Kinder und brach ab.

»Gut, reden wir später darüber. Den beneidenswerten Bewohnern des kommenden neunzehnten Jahrhunderts knurrt schon der Magen. Jetzt gibt es erst mal was zu essen!«

Nach dem Mittagessen, einem sättigenden und leckeren, aber sehr einfachen Mahl, hielt der Hausherr es doch nicht mehr aus und führte die Gäste in den Kuhstall, um ihnen seine revolutionäre Erfindung vorzuführen. Es handelte sich dabei um einen hochkomplizierten Mechanismus, der dazu diente, das Vieh sauber zu halten. Ljubawins dicke, faule Kühe kamen überhaupt nicht auf die Weide, sondern verbrachten ihr ganzes Leben in den engen Holzzellen des Stalls. Sie aßen, schliefen, gaben Milch und wurden vom Stier gedeckt, ohne sich vom Fleck zu rühren. Wie Miron Antiochowitsch beteuerte, wurden Fleisch und Milch davon unerhört lecker und fett. Jetzt hatte der unermüdliche Ökonom einen Mechanismus geschaffen, mit dessen Hilfe Mist und Urin nicht im Stall blieben, sondern in einer besonderen Wanne aufgefangen wurden, um von da in die Klärgruben geleitet zu werden. Ein gewöhnliches Loch im Boden eignete sich dafür nicht, da die unverständigen Tiere mit ihren Beinen darin hängen bleiben könnten. Deshalb hatte Ljubawin eine Latte an einer Feder befestigt, die bei Hufdruck nicht nachgab, aber, wenn ein Gewicht von mehr als drei Unzen auf sie fiel, kippte.

»Die Nachbarbauern werden meine Rindviecher noch beneiden, weiß Gott! Meine Kühe sind ohnehin schon satter, wärmer und sauberer und werden bald ein Leben wie Zarentöchter haben!«, erklärte der Erfinder lebhaft, während er die raffinierte Konstruktion vorführte.

»Das werden sie nicht«, sagte Daniel. »Der Kuhstall ist natürlich ein Palast, da gibt es keinen Zweifel, aber für den Menschen ist Sattheit, ein Dach über dem Kopf und Sicherheit zu wenig. Die meisten ziehen Hunger, Kälte und Dreck vor, Hauptsache, sie sind frei. Und auch die Kühe würden weglaufen, wenn sie nicht eingesperrt wären.«

»Sie wären schön blöd, wenn sie das täten! Sie kämen mit Sicherheit um! Die einen würden von den Wölfen gefressen, die anderen würden von den Bauern gestohlen und geschlachtet.«

»Stehlen deine Bauern?«, fragte Vondorin verwundert. »Obwohl sie genug zu essen haben?«

Ljubawin druckste ärgerlich herum:

»Meine nicht, die machen so etwas nicht. Warum sollten sie auch? Wer ein gutes Auskommen und Arbeit hat, der stiehlt nicht. Aber die Habenichtse aus den Nachbardörfern laufen herum und nehmen, was ihnen unter die Augen kommt. Nachdem meine Bauern einen Pferdedieb totgeschlagen haben, habe ich bei mir eine Miliz aufgestellt. Echte Husaren! Die sind weit besser als die offizielle Polizei, das kannst du mir glauben!«

»Das glaube ich gerne«, sagte Daniel lachend. »Aber was fehlt dir denn noch bei deiner Mistklappe?«

Ljubawin hockte sich hin und zog die Feder weg.

»Da, siehst du? Ich habe da eine kleine Pumpe, um das Brett abzuspülen. Sie schaltet sich ein, wenn die Latte wackelt, schafft es aber nicht, sie ganz abzuwaschen, weil die Feder zu schnell wieder einschnappt.«

Mitja sagte:

»Und wenn man hier eine Bremse einbaut?«

Ein neunjähriger Junge zu sein, war doch entschieden weniger einengend, als den Sechsjährigen spielen zu müssen! Da konnte man eine technische Verbesserung vorschlagen, ohne dass sie in helle Verwunderung gerieten.

»Dein Sohn ist ganz schön tüchtig!«, rief Miron Antiochowitsch aus. »Thomas, hol die Instrumente aus der Schlosserei. Wir probieren das aus!«

Sie werkelten im Kuhstall, bis es dunkel wurde. Zwar waren sie schmutzig vom Staub und auch vom Mist, hatten aber erreicht, was sie wollten: Der Wasserstrahl wusch die Latte so sauber, dass keine Rückstände blieben.

Der glückliche Hausherr führte die Gäste ins Bad, wo sie sich waschen konnten. Er lobte Mitja über den grünen Klee, er war begeistert von seinem Einfallsreichtum.

»Dein Sohn ist ein Geschenk Gottes, Daniel. Ein Ausgleich für all deine Leiden.« Ljubawin deutete auf Vondorins Brust. Mitja, dessen Augen erst den dichten Dampf durchdringen mussten, sah eine geschlängelte weiße Narbe vor sich, eine weitere auf Daniels Schulter und eine rote Narbe an der Seite. »Lass ihn nicht zu den Offizieren gehen, sondern schick ihn nach London. Er sollte Ingenieur werden. Mit dem Köpfchen, das er hat, kann er viel Nutzen bringen.«

Liebevoll strich er über Mitjas Haare.

»Warum schmierst du diesen Dreck in die Haare deines Sohnes? Vom Speck und vom Puder bekommt man nur Flöhe und Läuse. Da zeigt sich der einstige Höfling in dir, Daniel. Schäm dich! Man muss nach Natürlichkeit, nach Ursprünglichkeit trachten. Komm her, Samson.«

Und ohne zu fragen, packte er Mitja selbstherrlich am Nacken, steckte ihn mit dem Gesicht in die Wanne und seifte ihm den Kopf ein. Und begleitete das mit den Worten:

»So, so. Jetzt noch die Haare kurz schneiden, dann ist alles prächtig.«

»Lasst mich los!«, schrie Mitja, dem Seife in die Augen gekommen war, aber alle lachten nur.

Die kräftigen Finger lockerten sich sofort wieder. Mithridates richtete sich auf, prustete, rieb sich die Augen und sah, dass nur Daniel und Thomas lachten, Ljubawin aber bleich mit offenem Mund dastand und ihn, Mitja, mit starrem Blick musterte.

Auch Daniel fiel das auf, und er stürzte zu dem alten Freund.

»Das Herz?«

Miron Antiochowitsch zitterte und wandte die Augen ab. Er schluckte schwer und rieb sich die linke Brust.

»Ja, das kommt vor … Keine Angst, es ist gleich wieder gut.«

Aber auch beim Abendessen war er ungewöhnlich schweigsam. Er aß fast nichts, und wenn er Daniel antwortete, dann nur kurz und unter großer Anstrengung.

Schließlich schob Vondorin entschlossen den Teller beiseite und ergriff Ljubawins Hand.

»Jetzt hör mal zu, mein Lieber. Schließlich bin ich Doktor …« Er fühlte ihm den Puls und runzelte die Stirn. »Du musst dich hinlegen. Über hundert. Hast du kein Rauschen in den Ohren?«

Der junge Ljubawin machte sich große Sorgen, riss sich die Serviette von der Brust und sprang auf.

»Macht doch nicht so einen Wind«, sagte Miron Antiochowitsch und lachte gezwungen. »Ich habe zu heiß gebadet, das kommt vor.« Seine Augen funkelten, sein Lächeln wurde breiter. »Du hast mir da im Kuhstall einen Vorwurf gemacht, Daniel. Nicht offen, aber ich hab's natürlich trotzdem wahrgenommen. Dass ich meine Bauern wie die Kühe halte. Wie viel ich mich auch um ihren Körper kümmere, ich vernachlässige ihren Geist. Das denkst du von mir, stimmt's?«

»Mir schien tatsächlich, dass sich in deinem übertriebenen Hang zu Ordnung und praktischem Nutzen eine gewisse Missachtung äußert gegenüber …«

»Aha! Da kennst du mich aber schlecht! Kannst du dich erinnern, wie wir in unserer Studentenzeit über die Öde des Dorflebens schimpften? Darüber, dass die Bauern sich im Winter, sobald es dunkel wird, auf die Ofenbank legen, manche schon um vier, und schnarchen, statt die Winterpause für nützliche oder schöne Dinge zu nutzen? Kannst du dich erinnern?«

»Ja, kann ich«, sagte Daniel nickend. »Ich weiß noch, dass ich entrüstet entgegnete, einige Bauern würden vielleicht sogar mit Handkuss etwas tun, aber die Armut hindere sie daran, denn sie müssen an Leuchtspänen sparen.«

Ljubawin sagte lachend:

»Und wie du von Bauernklubs geträumt hast, weißt du das noch? In denen die Landbewohner an Winterabenden, wenn es kaum etwas zu tun gibt, Lieder aufführen, Bastschuhe zum Verkauf flechten oder hölzerne Löffel und Spielzeugfiguren schnitzen sollten?«

Da musste auch Vondorin lachen und sagte:

»Na klar erinnere ich mich daran. Ich war jung und idealistisch. Du hast dich noch über mich lustig gemacht.«

»Kann sein, aber ich habe doch selber so etwas eingerichtet.«

»Wie denn das?«

Miron Antiochowitsch zog listig die Augenbrauen zusammen und sagte:

»Zwischen Sonnenstadt und Utopie (so heißt mein anderes Dorf) steht eine alte Wassermühle im Wald, die im Winter sowieso zu nichts nutze ist. Da habe ich Bänke und Tische aufgestellt und einen Samowar gekauft. Wer von den Bauern möchte, kann da einkehren und herumsitzen. Für die Kerzen sorge ich; wenn jemand Kekse oder heißen Tee haben will, kostet das einen Groschen. Das ist zwar billig, aber nicht umsonst. Damit sie die Muße zu schätzen wissen. Da liegen auch Bücher mit Bildern herum, wenn jemand gucken will. Und eine Drehbank, ein Stickrahmen und ein Webstuhl für die Weiber stehen da.«

»Und machen sie Gebrauch davon?«, fragte Daniel begeistert.

»Am Anfang nicht. Da musste ich Gewalt anwenden. Aber jetzt haben sie sich daran gewöhnt, besonders die jungen Leute. Ein Milizionär und ein Kirchendiener passen auf, dass sie sich anständig benehmen. Willst du es dir angucken?«

»Na klar!« Vondorin sprang auf. »Für diese Einrichtung hast du mehr Lob verdient als für all deine wirtschaftlichen Neuerungen! Au ja, lass uns hingehen!« Aber dann kamen ihm plötzlich Bedenken, und er sagte: »Entschuldige, mein Freund. Dir geht es ja nicht gut. Lass uns morgen in den Klub gehen …«

Der Hausherr sah ihn mit einem Lächeln an und sagte:

»Ihr könnt doch auch ohne mich hingehen. Thomas zeigt euch den Weg. Ihr könnt da übernachten und wieder hierher zurückkommen.«

»Gehen wir?«, fragte Daniel Mitja, und man sah, dass er es kaum erwarten konnte, sich seinen in die Tat umgesetzten Traum anzusehen.

»Na klar, gehen wir!«

Mithridates fand es selber interessant, sich diese phantastische Einrichtung anzusehen. Ein Bauernklub, wo gibt es denn so etwas!«

»Mit Samson wird es nicht gehen«, sagte Ljubawin. »Der Pfad ist vom Schnee verweht, man kommt nur mit dem Pferd durch und kann sogar nur hintereinander her reiten. Die Pferde stammen von meinem eigenen Gestüt, sie sind störrisch. Wenn der Teufel will, fällt der Kleine noch runter und bricht sich das Genick. Geh nur du mit Thomas hin. Ich langweile mich weniger, krank zu sein, wenn dein Sohn mir Gesellschaft leistet, und dass Samson sich nicht langweilt, dafür werde ich schon sorgen. Wolltest du nicht einen Blick ins Mikroskop werfen?«

»Darf ich das wirklich?«, fragte Mithridates, dem vor Glück die Luft wegblieb. »Dann bleibe ich hier!«

∗ ∗ ∗

Eine halbe Stunde später standen er und der Hausherr in der Bibliothek am Fenster und sahen zu, wie zwei Reiter sich im Trab über die Allee entfernten, der eine größer, der andere kleiner.

Sie waren schon hinter der letzten Laterne verschwunden, und Miron Antiochowitsch schwieg immer noch wie erstarrt.

Mithridates hielt mühsam seine Ungeduld zurück. Schließlich war er es leid und fragte:

»Wollen wir uns nicht endlich einen Wassertropfen anschauen?«

Da drehte sich Ljubawin langsam um und musterte den Jungen vom Scheitel bis zur Sohle, genauso wie im Bad.

Im ersten Moment dachte Mitja, Miron Antiochowitsch habe wieder einen Herzanfall, und bekam einen Schreck. Aber der Blick war sehr viel länger, und seine Bedeutung war klar. Der Herrscher von Sonnenstadt betrachtete den kleinen Gast mit offenem Ekel und Entsetzen, als handele es sich bei ihm um ein schleimiges, giftiges Insekt. Und da bekam Mitja einen noch größeren Schreck. Vor Überraschung wich er zurück, aber Ljubawin tat drei schnelle Schritte auf ihn zu und packte ihn bei der Schulter. Er fragte ihn mit einem spöttischen Lächeln:

»Du bist Daniels Sohn?«

»Jjja, bbbin ich …«, stammelte Mitja.

»Umso schlechter für Daniel«, murmelte Antiochowitsch. »Er dachte, ich habe nicht gehört, dass du weggelaufen bist. Ich wollte nicht davon sprechen, um ihn nicht aufzuregen … Dann ist das wohl auf dieser Flucht mit dir passiert. Ja?«

»Was meint Ihr denn mit ›das‹?«, schrie Mithridates auf, denn die Finger des Hausherrn bohrten sich schmerzhaft in seine Schulter. »Onkel Miron Antiochowitsch, Ihr seid kra…«

Da hielt ihm Ljubawin mit der anderen Hand den Mund zu, beugte sich über ihn und flüsterte, häufig mit den Augen blinzelnd:

»Tsss! Kein Wort! Dir darf man nicht zuhören! Wer du früher warst, spielt keine Rolle. Wichtig ist, wer du jetzt bist.«

Er fuhr sich mit der Hand über die Stirn, auf der Schweißtropfen hervortraten. Mitja nutzte den kurzen Augenblick der Redefreiheit und sprach schnell mit zitternder Stimme, wobei er sich bemühte, trotzdem nicht die Würde zu verlieren:

»Verehrter Herr! Ich verstehe nicht, was Ihr sagen wollt. Wenn meine Anwesenheit Euch unangenehm ist, dann gehe ich sofort, warte also nur auf die Rückkehr von Daniel Ilarionowitsch.«

»Und redet ganz anders, als Kinder es tun.« Miron Antiochowitsch zerrte gereizt an seinem Hemdkragen. »Der eigene Vater, und da nennt er ihn mit Namen und Vatersnamen … Kein Zweifel! Ein schweres Schicksal, aber ich muss es, ohne zu murren, auf mich nehmen.«

Er kniff einen Augenblick lang die Augen zusammen, und als er sie wieder öffnete, funkelte in ihnen eine solch rasende Entschlossenheit, dass Mitja nicht mehr nach Würde zumute war, sondern er nur lauthals brüllte:

»Hilfe! Hilft denn keiner? Hi…«

Eine kräftige Faust prallte gegen seine Schläfe. Sein Schrei riss ab.

Als er wieder zu sich kam, hatte Mithridates keine Ahnung, wo er sich befand, warum vor seinen Augen alles weiß war und er so fror. Er wollte sich in eine bequemere Position bringen, schaffte das aber nicht, und erst da verstand er, dass ihn jemand auf seine Schulter geworfen hatte und irgendwohin trug. Er hörte, wie der Schnee unter den schnellen Schritten knirschte und jemand stockend atmete, und sein Verstand erklärte ihm, was vor sich ging: Offensichtlich schleppte der verrückt gewordene Ljubawin sein kleines Opfer durch den Park.

Wohin? Wieso?

Was haben diese kleinen Menschen, die man Kinder nennt, für ein merkwürdiges Leben? Warum kann dich jeder, der älter und kräftiger ist, schlagen, beschimpfen, dich auf die Schulter nehmen und wegtragen wie einen toten Gegenstand?

Die Atemzüge von Mitjas Widersacher wurden immer schneller und lauter, während seine Schritte sich verlangsamten. Schließlich hielt er an, warf seine Bürde in den Schnee, hockte sich drohend hin und drückte sein Knie gegen den wehrlosen Mitja.

»Wohin wollt Ihr mich denn bringen, Onkel?«, fragte er leise.

Von unten, auf dem Hintergrund des dunkelgrauen Himmels, sah Ljubawin riesig aus und hatte einen gewaltigen Zottelkopf.

»Zum Teich«, antwortete Miron Antiochowitsch heiser. »Da gibt es ein Eisloch. Du bist zwar schlau, aber ich bin auch nicht auf den Kopf gefallen. Das wirst du schon sehen.« Er lachte kurz, rang nach Luft und drehte Mitjas Kopf nach hinten.

Er sah die weißen Mauern des Hauses hinter den Bäumen.

»Siehst du das offene Fenster? Das ist dein Schlafzimmer. Ich sage, ich hätte dich zu Bett gebracht, aber du seist aus dem Fenster gesprungen und weggelaufen. Daniel wird meinen, du hättest wieder den Verstand verloren. Er tut mir Leid, ich will, dass er nicht ganz die Hoffnung verliert. Die Wahrheit sage ich ihm nicht.«

Mitja kämpfte gegen den unbändigen Wunsch, vor Entsetzen aufzuschreien, und fragte noch leiser:

»Warum wollt Ihr mich töten?«

»Ich will das nicht, ich muss es.«

Und Ljubawin beugte sich auf einmal über ihn und hielt ihm wieder den Mund zu. Eine Sekunde später hörte Mitja das Getrappel näher kommender Hufe. Jemand kam im Galopp über die Allee zum Haus gesprengt.

»Es wird Zeit«, murmelte der Verrückte.

Er warf sich den Kleinen über die Schulter und trug ihn weiter.

»Ich habe doch nichts verbrochen!«, schrie Mitja.

»Lüg nicht, du Satan, ich lasse mich nicht an der Nase herumführen«, sagte Miron Antiochowitsch außer Atem, denn er musste sich einen Weg durch das Gestrüpp bahnen.

Die Zweige lichteten sich, und vor ihnen öffnete sich eine weiße Waldwiese mit einem schwarzen Rund in der Mitte.

Nein, das war keine Waldwiese, sondern ein Teich, und das schwarze Rund war das Eisloch!

Mitja strampelte und schrie, nicht um Hilfe zu rufen – wer hätte das auch hören sollen –, sondern weil sich seine Lunge blähte. Sie rang wild nach Luft, als ob sie begriff, es würde dies das letzte Mal sein, sie würde sich bald mit brennendem schwarzem Wasser füllen.

»Kühl dich ab, kühl dich ab vor der Feuerhölle«, sagte Ljubawin im Gehen.

»Halt!«, hörte man plötzlich von hinten. »Miron, was hast du vor?!«

»Da-Daniel! Ich bin hier!«, schrie Mitja, der sich wand und zur Wehr setzte.

Ljubawin ging in den Laufschritt über, aber Vondorin rannte ebenfalls und kam schnell näher.

Da stolperte der Wahnsinnige und fiel zu Boden, aber er ließ Mitja nicht aus den Fängen.

»Du lügst«, flüsterte er, während er den Kleinen dichter an das Eisloch heranschleppte. »Miron Ljubawin kennt seine Pflicht.«

Offenbar verstand er, dass er es nicht schaffen würde, ihn zu ertränken. Er legte Mitja beide Hände um den Hals, drückte aber nicht zu. Daniel kam herbeigestürzt, nahm Ljubawin sein Opfer weg und schleuderte ihn zur Seite.

»Nimm Vernunft an! Das ist ein Delirium! Du hast eine Demenz! Das habe ich schon beim Abendessen bemerkt ...«

»Wozu bist du zurückgekommen? Um Gottes willen, wozu?«, rief jener mit schmerzverzerrtem Gesicht.

Er wollte sich wieder auf Mitja werfen, aber Vondorin war auf der Hut – er fing ihn ab und ließ ihn nicht mehr los.

»Na, beruhige dich doch«, sagte er langsam, vernünftig und besänftigend. »Ich bin's, dein alter Kamerad. Das ist mein Sohn Samson. Und du, was hast du auf einmal für ein Gespenst gesehen? Du arbeitest zu viel und schonst dich nicht, da hast du deinen Verstand überanstrengt. Macht nichts, ich kriege das schon wieder hin ...«

»Wozu bist du zurückgekommen?«, wiederholte Miron Antiochowitsch verzweifelt. »Nun hast du alles verdorben! Wozu bist du zurückgekommen?«

»Richtiger wäre zu sagen, warum, und nicht wozu«, antwortete Daniel immer noch genauso besänftigend. »Aus zwei Gründen. Der Weg durch den Wald war gar nicht so schmal und verschneit. Man hätte durchaus auch mit dem Schlitten fahren können. Und dann habe ich die ganze Zeit überlegt, wieso du dich wohl auf einmal dazu durchgerungen hast, den kleinen Jungen dein kostbares Mikroskop angucken zu lassen; ich konnte es nicht fassen. Du lässt ja noch nicht einmal deinen eigenen Sohn an das Gerät heran. Und außerdem hattest du ein eigenartiges Funkeln in den Augen, das ich aus meiner medizinischen Betätigung kenne. So brennen die Augen bei jemand, der meint, er allein sei bei Sinnen, alle anderen aber seien verrückt und hätten sich gegen ihn verschworen. Du hattest einen Anfall von geistiger Umnachtung …«

»Du bist es, der geistig umnachtet ist!«, schrie Miron, der Mühe hatte, artikuliert zu sprechen. »Siehst du denn nicht, wer dein Begleiter ist? Du meinst, du hättest deinen Sohn gefunden, und freust dich darüber? Aber weißt du, wo er war? Hast du ihn gefragt? Er wird dir natürlich nicht die Wahrheit sagen! Er wird dich so belügen, dass es jeder glaubt! Hör auf mich! Man muss ihn vernichten!«

Er riss sich mit einem starken Ruck los, Daniel konnte ihn nicht halten. An Mitja aber ließ er ihn nicht herankommen – er deckte ihn mit seinem eigenen Körper.

Da stürmte Ljubawin zurück zum Haus und schrie gellend:

»Heda, Miliz! Wache! Hierher!«

Sofort ging in den Fenstern das Licht an, und ein paar Männer kamen mit Laternen nach draußen gelaufen.

»Nichts wie weg!« Daniel nahm Mithridates auf den Arm. »Mirons Milizionäre sind starke Kerle, die machen keine Witze.«

Er sprang mit Riesensätzen über das Eis und raste durch den Park.

Von hinten hörte man Ljubawin schreien:

»Da, da sind sie! Holt sie ein, packt sie und steckt beiden einen Knebel in den Mund!«

Puh, Vondorin rannte in einem irren Tempo – Mitja pfiff nur so der Wind um die Ohren. Woher hatte der alte Mann so viel Kraft?

Vor dem Zaun blieb Daniel stehen. Er zwängte Mitja durch die Gitterstäbe hindurch, hielt sich selber an den Spitzen der Stäbe fest, zog sich daran hoch und sprang hinunter.

Er lief lange über das Schneefeld. Gut, dass der verharschte Schnee fest war und ihn nicht einbrechen ließ. Und außerdem half noch ein Schneesturm, der plötzlich eingesetzt hatte – er schickte weiße Flocken in das Weiß, fing die Flüchtigen auf und versteckte sie hinter einem Spitzenvorhang.

Am Waldrand fiel Vondorin in eine Schneewehe und lehnte sich an eine Kiefer. Er musste wieder zu Atem kommen.

Er presste Mitja an sich, damit er nicht erfror.

»Ach, was für ein Kummer, ach, was für ein Unglück«, jammerte Daniel. »Da gibt es in ganz Russland einen einzigen tüchtigen Ökonom, der den Bauern wohl gesonnen ist, und ausgerechnet der muss den Verstand verlieren. Sei nicht böse auf ihn, Dmitri; nicht er ist es, der dich töten wollte, es ist seine Krankheit. Ich werde Miron später bestimmt aufsuchen und ihn heilen. Auch wenn er nicht gesund ist, er ist eine gute Seele. Besser eine kranke Seele, als wenn jemand weder eine Seele noch ein Gewissen hat. Da gibt es nichts zu kurieren. Es gibt nichts Schlimmeres auf der Welt, als ohne Gewissen zu leben …«

SIEBZEHNTES KAPITEL

DIE SANFTE

(Dostojewski, 1876)

»… Und das Tollste ist, dass diese dumme Gans Inga einen Narren an dir gefressen hat. Es heißt bei ihr in einer Tour: ›Das ist das
Verdienst von Sir Nicholas …, das haben wir Sir Nicholas zu verdanken …, also das Mädchen ist einfach nicht wiederzuerkennen.‹
Da kann ich nur sagen: Bravo, Nicki, bravo.«

Jeanne tätschelte spöttisch Fandorins Wange – er fuhr entsetzt
zurück.

Die beiden waren auf der Treppe allein. Die Gastgeberin war in
die Küche gegangen, um nachzusehen, ob das warme Essen bald
fertig war, und hatte Nicholas gebeten, die liebe Jeanne ins Wohnzimmer zu bringen.

So musste er sie nun auf seinen ihm kaum gehorchenden Beinen begleiten.

»Gut, dass ich dich damals auf der Landstraße nicht zu Brei gefahren habe«, flötete Nickis wahre Arbeitgeberin und hakte sich
bei ihm unter. »Ich habe geahnt, dass es keine Zeitverschwendung
ist, sich mit dir abzugeben, da kann ich mich auf meine Intuition
verlassen.« Sie lehnte zärtlich den Kopf an seine Schulter und ging
in den Flüsterton über. »Heute Abend kannst du deine Schuld bezahlen. Dann hast du es hinter dir und bist frei.«

»Was soll ich denn tun?«, fragte er heiser.

Das waren die ersten Worte, die er sprach, seit er sie gesehen
hatte. Als Inga Sergejewna sie miteinander bekannt machte (»Sir
Nicholas, Miras Gouverneur – Jeanne Bogomolowa, die Freundin eines uralten Bekannten von uns«), hatte er nur beklommen
nicken und kraftlos den Händedruck erwidern können. Jean-

nes Hand war fest und heiß, während die seine nass von kaltem Schweiß war.

»Meinem Kunden helfen, das zu bekommen, was er haben will«, antwortete sie.

Sie führte ihn ans Fenster und zog den Vorhang weg.

Die Welt hinter dem grell angestrahlten Hof und der beleuchteten Oberseite der äußeren Mauer war schwarz, so dass das Gebäude an eine große Weltraumstation erinnerte, die durch das All fliegt.

»Ihr Kunde Oleg Stanislawowitsch Jastykow?«

»Wie intelligent du doch bist, wie scharfsinnig, also wirklich, ein richtiger Magister.«

Sie wollte wieder seine Wange tätscheln, aber diesmal konnte Nicholas noch rechtzeitig ausweichen. Jeanne lachte – überhaupt war sie ausgezeichnet gelaunt.

»Worüber haben die beiden sich denn verkracht?«

»Diese Frage könnte ich eigentlich übergehen«, antwortete Jeanne und ließ ihre ägyptisch geschnittenen grünen Augen listig blitzen. »Aber gut, ich antworte dir, Nicki, wo du so ein artiger und strebsamer Junge bist. Na, das ist, wie das immer ist: Kuzenko und Oleg wollen denselben Lolli lutschen.«

»Was wollen sie lutschen?«

»Denselben Lolli«, wiederholte sie fröhlich. »Sie haben Lust auf denselben Lolli und wollen mal so richtig die Beißerchen zeigen. Und zwar ihrem alten Freund. Kuzenko und Oleg sind so alte Freunde, dass es ein Wunder ist, wenn jemand so lange lebt, wie sie schon befreundet sind. Wenn das mein Freund wäre, würde er jedenfalls auf Garantie nicht mehr leben. Kuzenko hatte den Lutscher schon im Mund und wollte ihn nicht hergeben. Das ärgerte meinen Kunden, und da hat er mich gerufen, damit ich ihm helfe. Und das tue ich nun auch mit deiner Hilfe. Kuzenko hat natürlich im Gegensatz zu dir ein dickes Fell, aber auch er hat trotzdem eine schwache Stelle. Und zwar genau dieselbe wie du. So einen kleinen Punkt wie in einem Brennglas: Wenn du den triffst, zerspringt das kugelsichere Glas in tausend Splitter. Und dieser Punkt ist ohne Scherz sein Tochterherz.«

Wieder brach sie begeistert über ihren eigenen Witz in Lachen aus.

»Sie meinen Miranda?«, fragte Fandorin, dem eine Gänsehaut über den Rücken lief.

»Kennst du denn einen anderen neuralgischen Punkt bei diesem eisernen Doktor?«, fragte Jeanne und zog interessiert die Brauen zusammen. »Dann gib mir einen Tipp! Du denkst wahrscheinlich an seine heiß geliebte Ehegattin …«

Nicholas hatte an gar nichts dergleichen gedacht; allein die Unterstellung flößte ihm schon Angst ein.

Aber die Expertin für neuralgische Punkte verzog verächtlich das Gesicht.

»Inga kommt nicht in Frage. Kuzenko hat sie angebetet, aber leider ist das Vergangenheit. Nach den Informationen, die mir vorliegen, ist er die Alte reichlich leid. Er hat sich klammheimlich ein Küken zugelegt, doch auch das kommt für unsere Zwecke nicht in Frage. Sie ist einfach zu unwichtig, als dass sie ein neuralgischer Punkt sein könnte.«

»Wie kommen Sie darauf, dass Inga eine alte Frau ist?«, fragte Fandorin verwundert und biss sich auf die Zunge; seine Frage konnte ja so verstanden werden, als schlage er Frau Kuzenko für die Opferrolle vor.

»Sie ist genauso alt wie mein Oleg und Kuzenko. Sie sind gleichaltrig, alle drei, wie sie da sind, Jungens und Mädels. Sie haben dieselben Lieder gesungen und dieselben Bücher gelesen. Sie waren nämlich in derselben Klasse. Wundert dich das? Kuzenko ist der große, schreckliche Zauberer von Oz in der Smaragdstadt. Meinst du, er rackert sich für andere ab, vergisst aber seine eigene Frau? Da siehst du mal, was er sich da für ein Püppchen zurechtgeknetet hat. Nur ist er es offenbar leid, sein eigenes Werk anzubeten. Nein, Nicki, seine Frau kommt nicht in Frage. Ich brauche das Töchterchen. An der hängt Kuzenko wirklich bis zur Selbstaufgabe.«

»Nennen Sie mich bitte nicht Nicki«, bat er mit schmerzverzerrtem Gesicht.

Im Wohnzimmer erlosch das Licht. Einige Augenblicke später hörte man einen begeisterten Aufschrei: Offenbar wurde die Geburtstagstorte mit den Kerzen hereingetragen.

»Wie Sie wünschen, Nikolaj Alexandrowitsch.« Jeanne wurde auf einmal ganz ernst. »Ich kann Sie auch siezen, wenn Sie möchten. Hauptsache, Sie machen nicht im letzten Moment einen falschen Zug. Für meinen Kunden steht viel auf dem Spiel, und Ihre Person ist auf seinem Schachbrett noch nicht einmal so etwas wie ein Bauer, sondern, wenn's hochkommt, eine Fluse. Ich brauche nur zu blasen, dann gibt es Sie nicht mehr. Das gilt natürlich auch für die neuralgischen Punkte, die Sie haben.«

Sie schwieg, um ihre Worte auf ihn wirken zu lassen.

Das taten sie auch, Nicholas ließ den Kopf hängen.

Jeanne nahm seinen Oberarm und drückte mit den Fingern zu. Ihre Hände waren wie ein Schraubstock, sie hatten nichts von den Händen einer Frau.

»Und jetzt hören Sie mal gut zu. Wenn die Gäste heute gegangen sind, fährt Kuzenko mit seiner Frau nach Moskau. Er hat morgen früh einen wichtigen Termin. Ein Partner von ihm, der Vorstandsvorsitzende des Pharmakonzerns ›Grossbauer‹, hält sich im Moment in Moskau auf. Hier vor Ort bleiben nur zwei Sicherheitsposten. Kommen Sie, gehen wir spazieren. Ich möchte Ihnen etwas zeigen.«

Sie führte ihn ohne Eile durch den Flur nach links und blieb bei den an den Wänden hängenden Stichen stehen. Völlig unverdächtig: ein ganz gewöhnlicher, zum Zeitvertreib unternommener Spaziergang. Ihnen kam ein Kellner mit einem Tablett entgegen, auf dem Sektgläser standen. Jeanne nahm sich eins und nippte daran. Nicholas war die Lust vergangen.

An der Tür, von der er nur wusste, dass sie zum Dienstbotenaufgang führte (er hatte sich nie genauer dafür interessiert), blieb Jeanne stehen. Sie nahm einen Schlüssel aus der Tasche, und im Nu waren sie auf der anderen Seite.

»So. Jetzt nach oben«, sagte sie.

Immer zwei Stufen überspringend, erreichte sie den zweiten Stock, bog ohne das geringste Zögern in einen kleinen Flur ein und dann in einen zweiten, an dessen Ende man eine Tür mit der Aufschrift »Monitorraum« sah.

Jeanne wagte jetzt nur noch im Flüsterton zu sprechen:

»Morgen früh um Punkt halb sechs gehen Sie in diesen Raum. Hier ist der Schlüssel.« Eine Chipkarte fiel in seine ausgestreckte Hand. »Jetzt sitzt da ein Wachposten, aber der wird morgen ebenfalls weg sein. Die Monitore sind dann vom Beobachtungsmodus auf das automatische Alarmsystem umgeschaltet. Sie betreten den Raum, gehen ans Schaltpult und drücken den dritten Knopf von links in der unteren Reihe. Dann verschwinden Sie leise und gehen in Ihr Zimmer zurück. Das ist alles, was von Ihnen verlangt wird. Haben Sie sich das gemerkt?«

»Halb sechs. Der Dritte von links in der unteren Reihe«, wiederholte er ebenfalls flüsternd. »Und was ist das für ein Knopf?«

»Er ist dazu da, die Detektoren an einem Teil der Mauer auszuschalten. Zwar ist das nur ein sehr kleines Stück, aber das reicht mir. Das ist schon alles, damit wären wir quitt, Nikolaj Alexandrowitsch. Dann können Sie wieder eine ruhige Kugel schieben und sich Ihren Gören widmen.«

Sie gingen zurück: vorneweg Jeanne, hinter ihr der blasse Fandorin.

Auf der Treppe fragte er leise:

»Sie wollen also das Mädchen entführen? Und was haben Sie mit ihr vor?«

»Nichts, wovor man Angst haben müsste«, sagte Jeanne, hob den Zeigefinger in die Höhe, um ihm zu bedeuten, er solle still sein, legte das Ohr an die Tür und horchte. »Alles klar. Weiter.«

Sie hatten nun wieder Teppiche unter den Füßen und blieben vor einem Stich stehen, auf dem Segelschiffe bei einer Seeschlacht dargestellt waren.

»Ihrem Schützling wird kein Haar gekrümmt werden«, wiederholte Jeanne. »Natürlich nur dann, wenn Kuzenko sich nicht aufführt wie ein Monstrum, dem am Geld mehr liegt als an seiner einzigen Tochter.«

»Nein«, sagte Nicki und schüttelte den Kopf, womit er sagen wollte, dass er diesen Auftrag nicht ausführen konnte.

Sie blickte ihn verwundert an.

»Was heißt ›Nein‹? Meinen Sie, er ist nicht Vater genug dafür?« Und nach einer Pause fügte sie drohend hinzu: »Oder sind *Sie* vielleicht nicht Vater genug dafür?«

»Versuchen Sie nicht, mich für blöd zu verkaufen. Sobald Sie mich nicht mehr brauchen, werden Sie mich umbringen.«

Seine Worte riefen aus unerfindlichen Gründen wieder Heiterkeit bei ihr hervor.

»Na und?«, platzte es aus ihr heraus. »Dafür bleiben Ihre Kinder am Leben.« Sie kriegte sich vor Lachen kaum mehr ein. »Vielleicht bringe ich Sie ja gar nicht um. Warum sollte ich? Sie stellen ja keine Gefahr für mich dar. Nur, wissen Sie, an Ihrer Stelle würde ich mich dann aus dem Staub machen. Wissen Sie, wie diese Kinder liebenden Väter sein können? Wenn Kuzenko rauskriegt, wie das Ganze abgelaufen ist, verpasst er Ihnen eine chirurgische Operation. Und zwar ohne Narkose.«

Jeanne lachte noch eine Weile und sagte dann:

»Okay, ich gehe, sonst wird mein Oleg noch eifersüchtig. Bis dann, du Papi.«

Und sie entfernte sich, graziös mit den Hüften wackelnd.

Nicholas presste seine Stirn gegen das Glas des Stiches und blieb so stehen, bis er Stimmen hörte. Noch einer von den Gästen war offenbar auf die Idee gekommen, die alten Bilder zu bewundern.

Es war ein Greis, der nur mit Mühe einen Fuß vor den anderen setzen konnte, mit einem Gesicht, das ihm irgendwie bekannt vorkam – vielleicht ein Akademiemitglied, ein Nobelpreisträger oder so etwas. Eine jugendlich aussehende, gepflegte Dame hatte ihn untergehakt und stützte ihn. Bestimmt wieder eine Patientin von Mirat Leninowitsch, dachte Fandorin zerstreut, während er ihre glatte Haut musterte, die in einem gewissen Widerspruch zu ihren Augen stand, die von der Zeit fahl geworden waren.

Aber ihn interessierte nicht die Frau, sondern der Greis. Durch das mit Altersflecken übersäte Gesicht des Neunzigjährigen zeichnete sich deutlich die Totenmaske ab. Die Sanduhr dieses Methusalems ließ die letzten Körner durchsickern. In wenigen Monaten oder sogar Wochen würde sein altersschwaches Herz stehen bleiben. *Und doch wird er mich überleben*, dachte Nicholas und zuckte zusammen. Dass Jeanne den gefährlichen Zeugen laufen lassen würde, das glaubte er auf keinen Fall.

Aber es ging gar nicht um sein eigenes Leben, damit war alles klar. Die Hauptsache war, dass sie Altyn und die Kinder nicht antasteten. Was wollte Jeanne von ihnen?

War das nicht der Grund, warum du kämpfen wolltest, als du dich danach drängtest, das Schafott zu besteigen?, fragte sich Fandorin. Sei froh, dass du dein Ziel erreicht hast. Deine kleine Welt wird intakt bleiben, auch wenn du nicht mehr da bist.

Nicholas ging in sein Zimmer. Er tigerte in seinen vier Wänden auf und ab und dachte nicht an seinen bevorstehenden Tod, das beschäftigte ihn im Moment aus irgendeinem Grund überhaupt nicht. Er zerbrach sich den Kopf aus einem anderen Grund – und der war scholastisch, um nicht zu sagen, vom Standpunkt des einundzwanzigsten Jahrhunderts: absurd.

Was ist schrecklicher: die zu retten, die du liebst, und die eigene Seele zugrunde zu richten, oder die eigene Seele zu retten und Frau und Kinder dem Tod auszuliefern? Letztendlich lief der Streit zwischen der großen und der kleinen Welt auf diesen Punkt hinaus.

Im Hof heulten ständig die Motoren auf – die Gäste brachen auf, während der Magister von einer Ecke in die andere tigerte und sich die Haare raufte.

Da hab ich aber eine tolle Idee gehabt, um meine Seele zu retten, sagte er sich auf einmal und blieb stehen. Der Preis ist der Tod von Altyn, Gelja und Erast.

Merkwürdig, er hatte das Dilemma bisher überhaupt noch nicht von dieser Warte betrachtet.

Dann brauchte er sich doch gar nicht den Kopf zu zerbrechen.

Lass uns also bis halb sechs warten und etwas tun, was keine aufrechte Seele verkraften kann; schließlich müssen wir uns danach ja nicht lange quälen, weil man uns nicht lange die Gelegenheit dazu geben wird.

Einmal aufgekommen, verließ ihn der aufgesetzte Schneid nicht mehr. Nicholas schaute aus dem Fenster und sah, dass im Hof nur noch die Autos der Gastgeber und die Jeeps des Sicherheitspersonals standen. Da hatte er eine Idee, die in ihrer Einfachheit genial war.

Ob er sich nicht voll laufen lassen sollte?

Natürlich nicht so, dass er sich nicht mehr auf den Beinen halten konnte, sondern nur leicht, in Maßen, nur zur Anästhesie.

Die Idee war hervorragend, echt ober-hyper-supergeil. Ach, Valja, Valja, wo bist du nur?

Fandorin ging in den ersten Stock hoch, wo das Dienstmädchen damit beschäftigt war, die Spuren der Party zu beseitigen. Er schenkte sich ein randvolles Glas Cognac ein, trank es aus und beschloss, gleich die ganze Flasche mitzunehmen.

Ein paar Schlücke noch, mehr nicht. Sonst verwechselst du

noch – Gott behüte – die Knöpfe. Dann geht alles den Bach runter: Du riskierst deine Seele und rettest die Familie doch nicht.

Er trat aus dem Wohnzimmer in den Flur und schaute auf die Wanduhr. Drei Minuten vor zwei. Um Gottes willen, wie lange er noch warten musste.

Er wollte sich zum Fenster wenden, um nur die Schwärze der Nacht vor sich zu haben, nahm aber auf einmal aus den Augenwinkeln eine Bewegung wahr.

Er drehte sich um und erstarrte.

Auf der Ottomane zwischen zwei Palmen lag Miranda und schlief.

Sie hatte die Beine angezogen, den Kopf auf die Lehne gelegt, das helle Haar hing bis zum Boden herab. Offenbar hatte sich das erschöpfte Geburtstagskind hingesetzt, um sich nach dem Weggang der Gäste ein wenig zu erholen, und war, ohne es zu merken, eingeschlummert.

Das Gesicht eines jeden schlafenden Menschen hat etwas Schutzloses, Kindliches. Mira aber erschien Nicholas geradezu wie der Gipfel der Sanftmut: Die Lippen, die den Anflug eines Lächelns hatten, waren ein wenig geöffnet, die feinen Wimpern zitterten leicht, auch der kleine Finger ihres angewinkelten Arms zitterte.

Fandorin betrachtete das Mädchen nur kurz und wandte sich dann ab, denn einen Schlafenden zu beobachten, ist ein Einbruch in die Privatsphäre; aber diese paar Sekunden genügten, damit ihm klar wurde: Nein, er würde es nie und um nichts in der Welt über sich bringen, den Auftrag auszuführen; er würde nicht den dritten Knopf von links in der unteren Reihe betätigen. Da brauchte er nicht zu räsonieren, da brauchte er sich nicht zu quälen und nachzudenken. Er würde es einfach nicht tun und basta! Und erst später, wenn diese Zeit überhaupt käme, würde er das vielleicht so erklären, dass die erste und wichtigste Pflicht des Menschen seine eigene Seele ist, die – das kann man drehen, wie man will – nicht der kleinen, sondern der großen Welt angehört.

Er kippte den Cognac herunter, krächzte wenig kultiviert, und etwas lauter als nötig auftretend, begab er sich in den Gebäudeteil des Hausherrn, zu Mirat Leninowitsch, der noch nicht weggefahren war. Um mit ihm zu reden wie ein Vater mit einem Vater.

Herr Kuzenko saß in seinem Arbeitszimmer und wartete, bis seine Gattin mit dem Umziehen fertig war. Er hatte den Smoking schon ausgezogen und war in Cordhose und Pulli. Zwar wunderte er sich darüber, dass der Gouverneur kam, aber nicht besonders stark. Überhaupt sah es nicht so aus, als ob ihn irgendetwas aus der Fassung bringen könnte.

»Wie, Sie schlafen noch nicht, Nikolaj Alexandrowitsch?«, fragte er. »Ich möchte Ihnen danken. Das Benehmen von Mira war einfach tadellos. Alle sind begeistert von ihr. Und was die Hauptsache ist: Sie hat Vertrauen in ihre Möglichkeiten geschöpft. Ich weiß, wie schwer es ihr gefallen sein muss, aber sie hat Format und geht Schwierigkeiten nicht aus dem Weg.«

So war das also? Dieses Genie war also ein aufmerksamer Beobachter, der die Party ganz bewusst zur Übung eingesetzt hatte.

Der Blick des Wunderdoktors fiel nach unten, seine Brauen hoben sich ein wenig. Nicholas wurde auf einmal siedend heiß klar, dass er noch immer die Flasche in der Hand hielt.

»Denken Sie nicht, ich bin besoffen«, sagte er zögernd und wusste nicht weiter.

Kuzenko drängte ihn nicht. Er hatte ein Schachbrett vor sich stehen – das war so seine Art, sich die Zeit zu vertreiben; er dachte sich eine Schachpartie aus oder löste eine schwierige Schachaufgabe. Na klar, das natürlichste Hobby der Welt für einen introvertierten Menschen mit überdurchschnittlichen intellektuellen Fähigkeiten.

»Fahren Sie nicht weg«, sagte Fandorin, der seine Aufregung endlich in den Griff bekommen hatte. »Sie dürfen nicht wegfahren. Mira … Miranda ist in Gefahr. Ich … ich muss Ihnen etwas erzählen. Unterbrechen Sie mich bitte nicht, ja, geht das?«

Mirat Leninowitsch unterbrach ihn nicht ein einziges Mal, obwohl Nicholas unzusammenhängend und verworren redete und mehrfach auf ein und dasselbe zu sprechen kam. Kuzenko sah ihm nur am Anfang ins Gesicht, dann aber starrte er, als hätte er jegliches Interesse an ihm verloren, nur das Brett mit den Schachfiguren an. Sogar als die Beichte zu Ende war, ließ sich der Doktor nicht anmerken, dass ihn das Gehörte erschütterte. Er saß noch genauso reglos da, ohne die Augen vom Schachbrett abzuwenden.

Fandorin war überzeugt davon, dass er zur Salzsäule erstarrt war und unter Schock stand. Aber anderthalb Minuten später nahm Mirat Leninowitsch auf einmal das Pferd, machte einen Zug und sagte:

»Und das ist unsere Antwort.«

»Wie bitte?«, fragte Nicholas.

»Gardez mit dem Pferd, Schach der Dame«, erklärte Kuzenko. »Die Weißen sind gezwungen, das Pferd zu schlagen, dann hat mein Turm freies Spiel.«

Der Magister schaute den eisernen Mann an und wusste nicht, was er von ihm halten sollte. Der aber fegte plötzlich mit einem Ruck die Schachfiguren vom Brett, sprang auf und ging ans Fenster.

Er war also doch nicht aus Eisen.

Mirat Leninowitsch blieb ein paar Minuten in derselben Haltung stehen, die Hände auf dem Rücken zu Fäusten geballt. Nicholas sah, wie sich die langen Finger des Chirurgen zusammenzogen und lösten. Er schwieg, denn er wollte ihn nicht beim Nachdenken über diese schwierige Situation stören.

»Also Folgendes«, sagte Kuzenko in absolut ruhigem Ton und drehte sich um. »Erstens. Ich weiß Ihre Offenheit sehr zu schätzen. Mir ist klar, was es Sie gekostet haben muss, zu mir zu kommen. Ich will nur eins sagen: Sie werden Ihre Entscheidung nicht bereuen. Von diesem Augenblick an nehme ich Sie unter meine Fittiche. Und überhaupt ...« Er hustete verlegen – er war es offenbar nicht gewohnt, über seine Gefühle zu reden. »Ich erweitere ungern den Kreis meiner Vertrauten, denn ich halte mich für einen verantwortungsvollen Menschen. Das heißt, ich trage die Verantwortung für jeden Einzelnen, der mir nahe steht. Und zwar voll und ganz, mit allem, was ich habe. Sie können nun davon ausgehen, dass auch Sie zu diesem Kreis gehören, Nikolaj Alexandrowitsch. Schluss, genug davon.« Er hob die Hand, als er sah, wie aufgeregt die Lippen seines Gesprächspartners zuckten. »Kommen Sie, ich führe Sie erst mal in den Hintergrund des Problems ein; dann können wir später auch besser konkrete Lösungen ins Auge fassen. Nehmen Sie doch Platz.«

Sie setzten sich in zwei Sessel, die sich gegenüberstanden.

»Jastykow und ich, wir sollen also beide von irgendwelchen halbverrückten ›Rächern‹ zum Tode verurteilt worden sein? Meine Assistenten haben bestimmt den Zettel mit diesem schwachsinnigen Urteil weggeworfen, weil sie das nicht ernst genommen haben. Ich bekomme ziemlich oft Post von Verrückten. Ich werde das klären. Wann war das noch mal genau?«

»Einen Augenblick. Ich habe mir den Wortlaut des Zettels hier in mein Notizbuch geschrieben. Hier: Direktor der Aktiengesellschaft ›Meeresfee Melusine‹, das Urteil erging am 6. Juli und wurde am selben Tag zugestellt.«

»So, so.« Mirat Leninowitsch holte ebenfalls sein ledernes Notizbuch mit Goldschnitt heraus und machte einen Vermerk. »Doch, der logische Zusammenhang ist klar. Im Unterschied zu mir hat Jasti das Urteil ernst genommen und seiner Jeanne aufgetragen, die Sache zu klären. Was meinen Sie, wie stehen die beiden zueinander? Haben sie ein Verhältnis, oder ist er der Auftraggeber, und sie führt seinen Auftrag aus?«

»Das eine hindert doch das andere nicht, oder?«

»Doch, bei ernst zu nehmenden Leuten schon. Und nach dem, was Sie so erzählen, ist Jeanne Bogomolowa, oder wie sie in Wirklichkeit heißt, ein Profi der Extraklasse.«

»Dann handelt es sich bei den beiden also um Auftraggeber und Ausführende. Sie hat ihn ihren ›Kunden‹ genannt.«

»Gut. Jeanne hat also diesen merkwürdigen Besucher, der bei Ihnen war, identifiziert, diesen, wie hieß er noch …«

»Schibjakin.«

»Ja, Schibjakin. Über ihn ist sie dann auf Sie gekommen und hat gemeint, Sie gehörten ebenfalls zu den ›Rächern‹. Und ihr Verdacht wurde durch Sie auch noch erhärtet, zum einen, weil Sie Schibjakins Identität so schnell herausgekriegt haben, und dann dadurch, dass Sie das Fax mit der Warnung in das Büro von ›Doktor Wehwehchen‹ geschickt haben. Sie sagen, Sie haben es mir ebenfalls geschickt? Mir persönlich ist es jedenfalls nicht unter die Augen gekommen – ich war damals in Deutschland, die Sekretärin hat wohl auch das auf die leichte Schulter genommen. Aber zurück zu Jeanne. Sie musste, koste es, was es wolle, herausfinden, wes Geistes Kind Sie sind. Und als sie das herausgefunden hatte, wollte sie Sie auch beschäftigen …« Bei diesen Worten lächelte Mirat Leninowitsch bitter und fuhr fort: »Mit dem neuralgischen Punkt hat sie ins Schwarze getroffen, das muss man ihrer Professionalität schon lassen. Wenn man nach so vielen Jahren seine Tochter wiederfindet ... Nur, um sie wieder ...« Er unterbrach sich, weil er husten musste, damit ihm die Stimme nicht wegblieb, und kam gefasst zum Ende: »Natürlich würde ich auf ›Iljitsch‹ verzichten, um Miranda zu retten. Das ist doch klar.«

»Auf wen bitte?«, fragte Nicholas und klapperte erstaunt mit den Augendeckeln. »Auf was für einen Iljitsch denn? Doch nicht etwa auf Lenin?«

»Nein, Wladimir Iljitsch Lenin hat nichts damit zu tun«, sagte Kuzenko schmunzelnd. »Und die Ideologie auch nicht. Iljitsch, das ist die Abkürzung für das Iljitschowsker Chemiekombinat. Haben Sie davon gehört? Nein? Das kann doch nicht sein, es handelt sich dabei um den letzten Giganten der sowjetischen Pharmaindustrie, der noch nicht privatisiert ist. Da werden Schlafmittel und ein paar Psychopharmaka hergestellt, und deshalb forderte es das Gesetz, dass die Produktion in staatlichen Händen bleibt. Aber diese Einschränkung wurde vor kurzem aufgehoben; die Arzneimittel, die Iljitsch produziert, wurden aus der Gruppe der stark wirksamen Präparate herausgenommen. Das Kontrollpaket wurde zum Kauf angeboten. Es gab ein halbes Dutzend Interessenten, aber nur zwei davon waren seriös: Jasti und ich. Das steckt hinter diesem ganzen Thriller mit Kidnapping.«

»Die ›Unfassbaren Rächer‹ spielen also überhaupt keine Rolle?«, fragte Fandorin und blätterte fassungslos in seinem Notizbuch, um die Namen der Verurteilten zu finden. »Aber irgendjemand muss doch diese beiden ..., na diesen Salzman und den Sjatkow, umgebracht haben.«

»Da haben Sie Recht; und ich werde diese Drohung jetzt sehr ernst nehmen. Aber Psychopathen, das ist die eine Sache, Business, das ist etwas anderes. Herr Jastykow ist mit Sicherheit kein Verrückter, da können Sie mir schon glauben. Aber dass er ein erbitterter Feind von mir und das letzte Arschloch ist, daran ist nicht zu rütteln.«

Diese Worte aus dem Munde des sonst eher zurückhaltenden Doktors zu hören, war so überraschend, dass Nicholas zusammenzuckte.

»Dieser Mann steht mir mein ganzes Leben im Weg«, sagte Kuzenko und hatte Mühe, seine Wut zu zügeln. »Ich werde nie vergessen, wie er ... Okay, rühren wir nicht an diese Kindertraumata der Vergangenheit, sondern reden wir von der Gegenwart.«

Sein Adamsapfel zuckte, als müsse er erst einmal seine Gefühle herunterschlucken. Dann wurde er wieder nüchtern und sachlich.

»Sie haben keine Ahnung, um was für ein Geschäft es geht und was dieses Geschäft nicht nur für mich persönlich, sondern – entschuldigen Sie das Pathos – für das ganze Land bedeutet. Sie müssen wissen, wir haben praktisch keine Pharmaindustrie. In der Zeit der Sowjetunion waren Ungarn und Polen für die Produktion von Medikamenten zuständig; außerdem wurde einiges in Indien gekauft, das damit einen Teil seiner Schulden beglich. Eigene Präparate wurden bei uns überhaupt nicht hergestellt, sondern nur Generika, das heißt Kopien ausländischer Medikamente. Für die Entwicklung eines neuen Arzneimittels muss man zehn Jahre Forschungsarbeit und mehrere hundert Millionen Dollar ansetzen. Solche Summen kann unser Staat nicht aufbringen, ein privater Hersteller erst recht nicht. Wenn es mir gelingt, das Iljitschowsker Kombinat zu kaufen, dann beginnt für unsere Pharmaindustrie eine neue Ära. Ich habe einen Investor an der Hand, einen deutschen Konzern mit einem weltberühmten Namen, der bereit ist, eine Viertelmilliarde in die Modernisierung von Iljitsch und die Entwicklung eigener Präparate zu stecken. Können Sie sich vorstellen, was das heißt? Wir würden dann mit unserer heimischen Industrie und Wissenschaft anfangen, aus eigenen Kräften neue Arzneimittel herzustellen, die woanders keine Parallele haben und auf dem Weltmarkt konkurrieren könnten! Zum ersten Mal seit Urzeiten! Stellen Sie sich das mal vor!«

Nicholas versuchte, sich das vorzustellen, aber diese Perspektive beeindruckte ihn nicht sonderlich. Was spielte es denn für eine Rolle, wo die Arzneien hergestellt wurden? Hauptsache, sie taugten etwas und waren nicht zu teuer, das reichte. Mirat Leninowitschs Patriotismus flößte natürlich Respekt und Sympathie ein, aber Fandorin interessierte sich im Augenblick entschieden mehr für das Schicksal seiner Familie und – warum sollte er den Helden spielen – für sein eigenes. Trotzdem fragte er aus Höflichkeit:

»Und was gefällt Jastykow daran nicht?«

»Jasti hat andere Pläne«, antwortete Kuzenko finster. »Damit Sie mich besser verstehen, erzähle ich Ihnen kurz, was für ein Typ er ist. In unserer Klasse war er, wie man heute sagen würde, der inoffizielle Leader. Ein hübscher Junge, sportlich und nur in schicke Sachen aus dem Westen gekleidet – Jastis Vater durfte reisen, gehörte also zur Nomenklatur. Genauso wie ich hat Jasti Medizin studiert. Nicht weil er Arzt werden wollte, sondern weil sein Papi den Arzneiimport im Außenministerium unter seiner Fuchtel hatte. Der brachte da auch sein Söhnchen unter. Während ich büffelte, bei Operationen assistierte und Nachtdienst schieben musste, reiste Jasti durch die Welt. Er verkaufte unsere homöopathischen Mittelchen und kaufte Medikamente ein. Und er knüpfte enge, um nicht zu sagen freundschaftliche Geschäftskontakte zu einigen kolumbianischen Firmen. Verstehen Sie, worauf ich hinauswill?«

»Drogen?«

»Klar. Das war die Zeit, als die Sowjetunion zusammenbrach. Es herrschte Chaos, jeder machte, was er wollte; der ideale Zeitpunkt, um im Trüben zu fischen. Und im Angeln war Jasti spitze. Solange die Banditen das Business in der Hand hatten, saß er in den Startlöchern und war mucksmäuschenstill. Dann, als die einen erschossen, die anderen hinter Gitter gebracht worden waren, rückte der Berater, Vermittler und nützliche Bengel Oleg Stanislawowitsch automatisch auf und wurde ein selbständiger einflussreicher Unternehmer. Er weiß sich zur Wehr zu setzen und lässt sich nicht in die Karten gucken. Und er hat tolle Verbindungen, die vom Kreml bis zum kolumbianischen Medellín reichen. Wissen Sie, wofür er die rund um die Uhr geöffneten Drugstores der ›Doktor Wehwehchen‹-Kette braucht? Dachten Sie vielleicht, er will Aspirin und Sprudel verkaufen?«

Genau das hatte Nicholas eigentlich angenommen, aber der Ton der Frage deutete eindeutig auf eine negative Antwort und Fandorin schüttelte den Kopf.

»Eben. Wie soll man sich denn durch den Verkauf von Sprudel eine goldene Nase verdienen können? Jasti hat ein ganz besonderes Projekt, das sich in wesentlichen Punkten von meinem unterscheidet, aber ebenfalls mit dem Besitz von Iljitsch steht und fällt. Er will die Produktionskapazität des Kombinats ausnutzen, um die serienmäßige Herstellung von Superrelaxan in Angriff zu nehmen. Haben Sie von diesem Wundermittel gehört?«

»Nein.«

»Dabei wird doch bei uns so viel darüber geschrieben und geredet! Das ist ein Zauberkraut auf der Grundlage von Holzpilzen, das unsere Homöopathen entdeckt haben. Ein tolles Mittel gegen Neurosen, Migräne, depressive Zustände und Entzugserscheinungen. Es wurde von dem Forschungslabor der Firma ›DrWW‹ entwickelt. Jasti gibt Unmengen von Geld für die Werbung aus. Und für die Lobbyarbeit auch. Superrelaxan hat sich in Studien bestens bewährt, wurde vom Gesundheitsministerium zugelassen und zur rezeptfreien Anwendung empfohlen. Das Mittel ist wirklich einzigartig: es wirkt schnell und hat keine Nebenwirkungen. Außer einem …« Kuzenko machte eine Pause. »Ich habe selber anderthalb Millionen für die Erforschung der Eigenschaften von Superrelaxan ausgegeben. Es stellte sich heraus, dass diese Tabletten Menschen, die zur Abhängigkeit von Medikamenten neigen, mit der Zeit unweigerlich süchtig machen.«

»Es handelt sich also um eine Droge?«

»Ja. Eine, die langsam wirkt, so dass sich anfangs keinerlei Besorgnis erregenden Symptome zeigen, deren Wirkung aber von großer Durchschlagskraft ist, von sehr großer Durchschlagskraft. Im Zuge der Gewöhnung und der Steigerung der Dosis von Superrelaxan engt sich der Interessenhorizont des Konsumenten langsam ein, die Fähigkeit zur Regeneration nimmt ab, es kommt zur völligen Apathie. Wenn Jasti erst mal die Weichen für die Massenproduktion gestellt hat, will er eine irre Werbekampagne starten. Im ersten Jahr werden die Tabletten ganz billig verkauft. Vom zweiten Jahr an, wenn der Mechanismus der Gewöhnung einsetzt, beginnen die Preise für Superrelaxan allmählich zu steigen. Das ist auch der Zeitpunkt, zu dem die Drugstores sich über ganz Russland verbreitet haben werden. Das ist der Wunschtraum eines jeden Unternehmers: von der Rohstoffquelle bis zum Einzelhandel alles in seiner Hand zu haben. Mein alter Freund will das ganze Land von diesen Pillen abhängig machen. So sieht sein Business-Plan aus.«

»Aber warum veröffentlichen Sie denn nicht die Ergebnisse Ihrer Forschungen?«, rief Fandorin verwundert aus. »Da muss man doch aufschreien und Alarm schlagen!«

Mirat Leninowitsch lächelte arrogant und sagte:

»Meinungsfreiheit, Nikolaj Alexandrowitsch, das ist, wenn einer das eine und der andere das Gegenteil davon schreit, und wer lauter brüllt, dem glaubt man. In diesem Punkt kann ich Jasti nicht mehr einholen, er hat sehr viel früher angefangen, die Trommel zu rühren, und ist mir weit voraus. Nein, Alarm schlagen werde ich nicht. Ich bin schließlich kein Glöckner, sondern Chirurg. Und werde dieses Problem lösen, wie ich es gewohnt bin: mit dem Skalpell. Und Sie helfen mir dabei, zwei sehen mehr als einer. Sind Sie bereit, mir zu helfen?«

»Na klar! Wenn ich kann ...«

»Hervorragend. Dann legen wir los.«

Kuzenko drückte auf den Knopf der Videosprechanlage.

»Igor? Schnapp dir Chodkewitsch und komm schnell her. Wir müssen da ein kleines Problem lösen.«

Eine Minute später tagte der Kriegsrat, und zwar nicht mit zwei, sondern mit vier Teilnehmern. Außer dem Hausherrn und Fandorin nahmen an der Beratung Mirat Leninowitschs Sekretär Igor und der Gutsverwalter Pawel Lukjanowitsch Chodkewitsch teil.

Kuzenko stellte die Lage selber dar: sachlich und kurz, als handele es sich in Wirklichkeit lediglich um eine kleine Schachaufgabe. Der Bericht nahm nur ein Sechstel der Zeit in Anspruch, die Fandorin für sein wortreiches Geständnis benötigt hatte, und der Informationsgehalt war höher, denn als Mirat Leninowitsch am Schluss sagte: »Hat jemand Fragen?«, meldete sich keiner der Zuhörer, der Verwalter kratzte nur seine Bürste und fluchte unflätig.

»Wenn es keine Fragen gibt, sind die Ausgangsbedingungen also klar«, hielt der Oberbefehlshaber fest. »Dann bitte Vorschläge. Igor, was malst du da?«

»Einen Plan, Mirat Leninowitsch. Bitte warten Sie einen Augenblick, gleich. Einen Schlachtplan ohne Karte gibt es nicht.«

Der Riese sprach mit der sanften, vernünftigen Stimme eines strebsamen Jungen, die schlecht zu seiner hünenhaften Gestalt passte. Ach ja, er hatte doch in Amerika studiert, fiel Nicholas ein, er hielt es nicht aus und fragte neugierig:

»Igor, was für eine Uni haben Sie eigentlich besucht?«

»Die Militärakademie West Point«, antwortete der Sekretär und hob irgendwelche Details seiner Zeichnung hervor, indem er mit einem roten Filzstift Kreise darum malte. »Bitte sehr.«

Alle beugten sich über den Plan, auf dem das Gut und die Umgebung zu sehen waren.

»Mein Vorschlag sieht folgendermaßen aus. Um Punkt vier verlassen der Mercedes und die beiden Jeeps das Gelände und fahren durch das Tor. Leer, nur mit den Fahrern. Das Sicherheitspersonal bezieht heimlich hier, hier und hier Posten und wartet. Um fünf Uhr dreißig schaltet Herr Fandorin, wie abgesprochen, den zwölften Sensor ab, der hier in diesem Sektor liegt. Der Gegner dringt durch dieses Quadrat auf das Territorium vor und gerät ins Kreuzfeuer, ausgelöst von den Positionen drei, vier und fünf. Nicht einer entkommt, so viel ist sicher.«

Die Aufstellung sah überzeugend aus, doch Mirat Leninowitschs Urteil war vernichtend:

»Du hast dich wohl beim Gewichtheben übernommen! Wenn du hier das Geschütz auffährst, das es gebraucht hätte, um die deutsche Wehrmacht bei Moskau zu zerschlagen, dann kann ich mein Kontrollpaket vergessen. Nein, meine Herren, wir müssen schon ohne Schießerei klarkommen. Und was sagst du, Lukjanowitsch?«

Der Verwalter saugte an seinem nach unten hängenden Schnurrbart, blinzelte listig und legte los.

»Was habe ich Ihnen damals gesagt, als Sie die Datscha bauten, Mirat Leninowitsch, wissen Sie das noch? Da haben Sie gefragt: Wofür brauchen wir einen Tunnel, was für ein Blödsinn! Ich habe Ihnen damals geantwortet: Zweihunderttausend Kröten, was ist das schon? Wer weiß, was passiert! Ein Tunnel kann nie schaden. Und wer hat Recht gehabt, na? Jetzt kommt uns der Tunnel zustatten.«

»Ja, ja«, sagte Kuzenko und drängte ihn: »Komm zur Sache.«

Der Verwalter zeigte mit seinem Raucherzeigefinger auf den Plan und sagte:

»Also hier. Das Mädchen gelangt durch den Tunnel zum Fluss. Da, hier kommt sie raus, an der Anlegestelle. Ich hab da ein Motorboot stehen, das jederzeit einsatzbereit ist. Sie selber und Inga Sergejewna fahren seelenruhig mit den Jungs nach Moskau. Man kann die Wagen nicht leer rausfahren lassen, die können sie mit

Nachtsichtgeräten durchleuchten. Um halb sechs dringen die Schufte in das Haus ein. Da ist das Vögelchen ausgeflogen.«

»Ein toller Plan«, reagierte Mirat Leninowitsch prompt. »Einfach toll. Wir evakuieren Mira per Boot. Und dann ab in mein Flugzeug und nach Teneriffa.« Er wandte sich an Fandorin: »Und Sie, Nikolaj Alexandrowitsch, Sie fliegen mit Ihrer Familie ebenfalls dorthin. Und lassen sich die Sonne auf den Pelz scheinen, während ich mit Jasti aufräume. Er verletzt die Spielregeln, das kann man nicht durchgehen lassen. Dann können Sie zurückkommen. Du« – das galt Igor – »teilst Nikolaj Alexandrowitsch und Mira erstens zwei tüchtige Begleitpersonen zu. Sie sollen Mira zum Flughafen bringen; dort empfängt sie jemand. Sie sollen zweitens Nikolaj Alexandrowitschs Familie abholen, denn es kann sein, dass die Wohnung unter Beobachtung steht.«

Der Sekretär nickte.

»Lukjanowitsch, du wirst es schwer haben«, fuhr Kuzenko fort. »Madame Bogomolowa wird beleidigt sein, dass man sie ausgetrickst hat, und kann ausrasten. Also bitte keinen Widerstand leisten, komm nicht auf die Idee, den Helden zu spielen.«

»Was kann ich denn dafür?«, sagte Chodkewitsch achselzuckend. »Ich sage, das war so und so. Als die Gäste das Haus verlassen hatten, kam der Engländer zum Hausherrn ins Arbeitszimmer gelaufen, wo sie sich merkwürdigerweise einschlossen. Dann ging ein Gerenne los, und sie fuhren ab. Ich bin hier Verwalter, ein kleiner Fisch, ich bin für die Handtücher zuständig. Na, sie werden mir schon ein paarmal eine runterhauen, aber mir doch nicht gleich den Kopf abreißen.«

Der Oberbefehlshaber schaute auf die Uhr.

»Okay. Es ist jetzt fünf vor drei. Wir fahren, wie geplant, um vier los. Ohne Hektik, ganz ruhig. Ich muss jetzt zu Mirotscha gehen und mit ihr sprechen. Ich erkläre ihr alles der Reihe nach, einen Punkt nach dem anderen.«

An der Tür des Arbeitszimmers scharrte jemand leise mit den Fingernägeln. Ohne die Antwort abzuwarten, trat Inga Sergejewna lächelnd ein – sie hatte Jeans an, einen Cardigan, ihr Haar war im Nacken zu einem Pferdeschwanz gebunden.

Als sie die angespannten und besorgten Männer sah, wurde sie ebenfalls bleich.

»Was ist denn los, Mirat? Ist etwas passiert?«

»Nikolaj Alexandrowitsch wird dir alles erklären. Igor, Lukjanowitsch, los an die Arbeit. Keine Angst, meine Liebe, es wird schon nicht schief gehen.«

Er küsste seine Frau kurz und schritt zum Ausgang. Auf der Schwelle drehte er sich noch einmal Fandorin zu und sagte:

»Sie können ihr ruhig alles sagen. Ich habe keine Geheimnisse vor meiner Frau.«

Und das »Küken«?, dachte Nicki. Aber eigentlich geht mich das ja gar nichts an. Und er stöhnte und zwar nicht wegen der ehelichen Untreue von Mirat Leninowitsch, sondern weil er ahnte, was für ein schweres Gespräch ihm bevorstand, ein Gespräch, zu dem unweigerlich Seufzer, Schreie und sicher auch Tränen gehören würden.

Gott sei Dank war er von Anfang an auf die Idee gekommen, der Dame Cognac einzuschenken – die Flasche kam ihm jetzt sehr zupass. Sobald er bemerkte, dass Inga Sergejewnas Augen sich weiteten und ihr Kinn zu zittern begann, goss er nach. Frau Kuzenko kippte fügsam die braune Flüssigkeit hinunter und beruhigte sich für ein Weilchen. So kam er mit Hilfe des Cognacs schließlich zum Ende des Thrillers.

Nicholas langte auch selbst ein paarmal zu, er setzte sich einfach die Flasche an den Hals – der Knigge war ihm im Augenblick herzlich egal. Als die Flasche leer war, ging Inga (wie der Vatersname Sergejewna, so fiel auch die idiotische Anrede mit »Sir« im Verlauf des Gesprächs von selbst unter den Tisch) eine Flasche irischen Whiskey aus der Schrankbar holen.

Das war der Punkt, an dem sie endlich das Wort ergriff. Nicki lauschte ihr, ohne sie zu unterbrechen. Er spürte, dass die Frau sich aussprechen musste, und die Erzählung, die anfangs nicht besonders spannend war, wurde immer farbiger und dramatischer.

»Mirat hat Ihnen die Sache vom Business-Standpunkt aus erzählt«, begann Inga, die Bernsteinfünkchen in ihrem Glas beobachtend. »Nur das Business ist nicht das Einzige, was hier eine Rolle spielt ... Und nicht das Wichtigste. Vom Standpunkt eines Mannes vielleicht das Wichtigste, aber wir Frauen haben andere Vorstellungen davon, was wichtig und was unwichtig ist. Ich erzähle Ihnen jetzt ein Geheimnis. Mirat, Jastykow und ich, wir drei sind in dieselbe Klasse gegangen. Ja, ja, ich bin uralt.« An dieser Stelle wunderte sich Fandorin pflichtbewusst, obwohl ihm dieses »Geheimnis« ja schon bekannt war. »Dann also, wie man so sagt, auf die Jugend und die Schönheit!« Sie stießen an und leerten ihr Glas. »So dass wir uns seit unserer Kindheit kennen. Seit der fünften Klasse oder so. Oder seit der sechsten. Jasti war mit seinen Eltern vorher im Ausland gewesen. Er hatte nur Westsachen mit Markenzeichen: Lastexhose, Adidasschuhe, schicke Filzstifte. Das war zu jener Zeit noch eine Seltenheit. Außerdem sah er schon damals gut aus. Mirat dagegen trug eine Brille und war ein Streber. Ein schmächtiges, hässliches Würstchen. Entsprechend war sein Spitzname: Kuzyj, der Kurze. Er himmelte mich an, aber ich war genauso dumm wie die anderen Mädchen. Ich schwärmte für Jungen vom Typ Oleg Widow und Nikolaj Jerjomenko – hochgewachsene mit breiten Schultern –, während ich den Kurzen abblitzen ließ und auf den Arm nahm, manchmal recht brutal … Jasti machte sich ebenfalls über ihn lustig. Ich glaube, er verprügelte ihn sogar manchmal – nicht aus Bosheit, sondern eher zum Spaß. Und ein paar Jahre später gab es zwischen uns Jugendlichen die ersten romantischen Affären. Ich verliebte mich über beide Ohren in Jasti. Natürlich wollte ich auch die anderen Mädchen ausstechen, sie waren alle scharf auf ihn. Nach einem Schulfest am Ende der neunten Klasse lud er mich nach Hause ein. Seine Eltern waren weg, sie waren verreist. Jasti legte ›Jesus Christ Superstar‹ auf, ich trank ein bisschen Likör und, wie man damals in den sowjetischen Filmen sagte, *wir hatten etwas miteinander.* Auf die Liebe?« Sie stießen auf die Liebe an. »Wir hatten also etwas miteinander, na und, gar nicht so schlecht. Hormone, Verliebtheit und so weiter und so fort. Nur reichte es Jasti nicht, ein Mädchen zu deflorieren, er musste damit auch noch vor seinen Altersgenossen angeben. Und so steht er also am nächsten Tag in der Pause (ich habe das nicht mit eigenen Augen gesehen, sondern später erzählt bekommen) und brüstet sich vor seinen Fans, während Mirat vorbeigeht. Dass der seit langem erfolglos hinter mir her war, wussten alle. Da dreht sich Jasti, dieser Dreckskerl, zu ihm um und trällert: ›Jasti knackt den Pferdestall, Jasti knackt den Pferdestall.‹ Und unterstreicht den Song mit eindeutigen Gesten. Was, Sie erinnern sich nicht daran? Ach so, ich vergesse immer, dass Sie Engländer sind. Das ist ein Hit aus der Sowjetzeit. Mein Mädchenname ist Konjuchowa, was so ähnlich wie Konjuschnja, der Pferdestall, klingt. Jastis Freunde kriegten sich nicht mehr ein vor Lachen; und als Mirat endlich verstand, worum es ging, stürzte er sich mit den Fäusten auf Jasti. Es kam zu einer wilden Schlägerei. Sie richteten Mirat übel zu. Als er im Anschluss daran zum Direktor gerufen wurde, hielt er den Mund und weigerte sich zu verraten, warum er sich auf den Klassenkameraden gestürzt hatte. Er flog wegen Rowdytums von der Schule, wobei da allerdings auch Jastis Papi seine Hand im Spiel hatte. Mirat machte seinen Abschluss an der Abendschule; tagsüber arbeitete er in einem Krankenhaus als Pfleger. Dann immatrikulierte er sich in demselben medizinischen Institut, in dem Jastis Papi seinen Sohn untergebracht hatte. Mirat wählte bewusst den Arztberuf, wie er mir später gestand. Er wollte sich rächen. Er träumte davon, ein Star in der Medizin zu werden, dem der miese Jastykow den Kittel reichen müsste. Wissen Sie, wie willensstark Mirat ist? Lassen Sie uns auf ihn anstoßen, ja?« Sie stießen auf Mirat Leninowitsch an. »In der Uni hatten sie, glaube ich, keinen Kontakt mehr miteinander. Sie studierten an verschiedenen Fakultäten, und auch die jeweilige Studentenszene unterschied sich: der eine gehörte zu den Zechbrüdern, der andere zu den Büfflern. Aber Mirat irrte sich, wenn er meinte, dass zu einer medizinischen Karriere nur Wissen und Talent gehören. Jasti hatte nie vorgehabt, Arzt zu werden; er wusste schon vor der Immatrikulation, dass sein Vater ihm eine Stelle im ›Amt für Arzneiimport‹ verschaffen würde. Aber gut, das hat Mirat Ihnen sicher schon selber gesagt. Lassen Sie mich lieber erzählen, wie wir geheiratet haben … 1990, wie lange nach der Schule ist das, achtzehn Jahre, ja? Nein, siebzehn. Ein halbes Leben also. Aber damals schien es mir auf einmal, als wäre das ganze Leben schon zu Ende. Ich traf Mirat zufällig in der Nähe der Arbeit. Das heißt, ich dachte, das sei Zufall, in Wirklichkeit hatte er das Treffen sehr wohl arrangiert. Er hatte mich die ganzen Jahre über nicht vergessen können, er liebte mich. Er wartete auf seine Stunde und war sich sicher, sie war gekommen. Ich hatte eine schreckliche Phase, einfach entsetzlich. Ich war frisch von meinem zweiten Mann geschieden. Er hatte sich so mies benommen! Auf einer Dienstreise in Amerika (er war ein KGBler) hatte er sich abgesetzt und die Freiheit gewählt. Er hatte das ganze Geld von der Bank abgehoben, hatte sogar heimlich unsere Moskauer Wohnung verkauft und es ausgenutzt, dass ich bei seiner Mutter gemeldet war. Ich war fix und fertig. Ohne Mann, ohne Geld, ohne eine eigene Wohnung, ohne ordentliche Arbeit. Früher habe ich gedacht, wenn du schön bist, kommst du immer an ein Kaviarschnittchen. Und da war ich auf einmal vierunddreißig, sah jede Menge jüngerer und schickerer schöner Frauen um mich herum und musste erkennen: von wegen Kaviar; sei froh, wenn du trockenes Brot hast. Das war der Moment, wo ich Mirat traf. Er war nicht wiederzuerkennen. Ein gestandener Mann, teuer gekleidet, und er fuhr einen Mercedes. Das war damals noch eine Seltenheit, im Jahre 1990. Wir gingen in ein Restaurant. Tranken einen und tauschten Erinnerungen aus unserer Schulzeit aus. Ich spüre, er ist immer noch Feuer und Flamme. Wie er mich ansieht, wie er schweigt! Frauen sehen so etwas sofort. Er erzählte, er habe nicht geheiratet, weil er keine Zeit dazu hatte, aber sein Blick besagte: ›Wen denn, wen hätte ich denn heiraten sollen?‹ Er streichelte meine Hand – ganz vorsichtig, als fürchte er, ich ziehe sie weg. Da habe ich gedacht: Warum eigentlich nicht? Er liebt mich jetzt schon so lange! Mir fällt davon kein Zacken aus der Krone, und er hat hinterher etwas, woran er sich erinnern kann. Und ich ging mit zu ihm. Er hatte eine Wohnung, kein Vergleich mit der ehemaligen Wohnung meines Mannes auf dem Kutusow Prospekt. Zweistöckig, mit Parkett, einem Kamin. Für mich war das ein Palast. Wir setzten uns aufs Sofa und küssten uns. Er zitterte einfach vor Glück, wie wohl mir das tat! Aber als er mir den BH aufknöpfen wollte, hielt er plötzlich inne und starrte auf meinen Hals. ›Was hast du da? Hast du das schon lange?‹ Ich hatte da einen Leberfleck. Ich wunderte mich und sagte: ›Seit zehn Jahren vielleicht, na und?‹ Er verlor auf einmal das Interesse an dem BH und besah sich meine anderen Leberflecke: unter dem Ohr und an der Schläfe. ›Weißt du was, Inga. Wir fahren in die Klinik. Das gefällt mir nicht.‹ Können Sie sich das vorstellen? Er hatte so viele Jahre von diesem Augenblick geträumt, und nun auf einmal: ›Wir fahren in die Klinik.‹ … Gießen Sie mir doch bitte noch etwas ein. Ich kriege immer noch eine Gänsehaut, wenn ich daran denke … Kurz, es begann ein Albtraum: Untersuchungen, Ultraschall, Röntgenbilder. Und dann der Zeitdruck, es war fast zu spät. Sie können sich nicht vorstellen, was ich da mitgemacht habe! Wenn Mirat nicht gewesen wäre, wäre ich bestimmt durchgedreht. Er stand mir die ganze Zeit zur Seite, verzichtete auf Zärtlichkeiten und forderte nichts für sich. Er wollte mich zuerst nach Österreich zur Operation schicken. Das Geld dafür, nach den damaligen Vorstellungen Unsummen, hatte er schon zusammen. Dann sagte er: ›Nein, ich lass dich nicht dahin. Die schaffen es vielleicht, dich zu retten. Aber sie werden dein Gesicht entstellen. Ich schneide lieber selber. Und mache auch die Flickarbeit hinterher. Ich habe eine neue Methode, die revolutionär ist.‹ Er war damals allgemeiner Chirurg, hatte aber schon vor, sich auf Schönheitschirurgie zu spezialisieren. Ich glaubte ihm wie einem Gott. Entschieden mehr als irgendwelchen dahergelaufenen Österreichern … Und ich sollte Recht behalten. Er hat mich gerettet – man kann sagen: aus dem Jenseits. Er hat mir das ganze Gesicht zerschnitten, die Lymphknoten entfernt, die Eierstöcke herausgenommen – das nennt man hormonelle Prophylaxe. Aber er hat mich gerettet. Und die ganze Zeit, als ich ohne Gesicht leben musste, endlose fünf Monate, war er an meiner Seite. Und er liebte mich, nicht weniger als in der Zeit, wo ich eine Schönheit war. Wenn Sie es genau wissen wollen, die damalige Zeit, das war der Anfang unserer Beziehung. Und zwar, was mich betraf, diesmal ohne jede Herablassung, sondern mit Dankbarkeit, mit Leidenschaft, mit Liebe. Damals habe ich begriffen, was echte Liebe eigentlich ist. Und dafür bin ich Mirat am meisten dankbar, noch mehr als für das Leben, das er mir gerettet, oder für die Schönheit, die er wiederhergestellt hat. Was heißt hier: wiederhergestellt? Nachdem er seine Methode an mir ausprobiert hatte, war ich schöner als in meiner Jugend. Hier, schauen Sie selbst!«

Inga nahm ein gerahmtes Foto vom Schreibtisch. Es war alt, schwarz-weiß. Die Schuluniform deutete darauf, dass es sich um den vergrößerten Ausschnitt eines Klassenfotos handelte.

Eine so überragende Schönheit war die Abiturientin Konjuchowa gar nicht gewesen. Ein ganz gewöhnliches Mädchengesicht. Allerdings nicht das einer Puppe wie jetzt, sondern ein lebendiges Gesicht.

Der Hausherr kam herein, als Nicki gerade das Gesicht studierte.

»Na«, sagte er, »habt ihr Erinnerungen gewälzt?«

Er nahm Inga das nicht geleerte Glas ab.

»Komm, meine Liebe, komm. Trink jetzt nicht mehr. Und zu weinen brauchst du auch nicht.« Er beugte sich zu ihr herunter und wischte mit den Lippen eine Träne weg. »Wir müssen los.«

Sie schluchzte auf, küsste ihm die Hand, und Fandorin dachte traurig: Was für eine starke, lange Liebe, und doch – auch sie hatte ein Ende. Erst hatte er sie geliebt, jahrein, jahraus, ohne Hoffnung darauf, dass sie ihn erhörte. Nun liebte sie ihn, und ihre Liebe war ebenfalls einseitig. Offenbar gehörte Kuzenko zu den Leuten, die das Interesse verlieren, wenn sie ihr Ziel erreicht haben. Konnte Mirat Leninowitsch denn etwas dafür, dass er so gebaut war? Äußerlich war sein Verhalten makellos, das war schließlich auch etwas wert.

»Nikolaj Alexandrowitsch, Ihr Gepäck ist fertig. Mira und die Bodyguards warten schon im Keller auf Sie. Haben Sie vielen Dank.«

Kuzenko reichte Fandorin die Hand, drückte fest zu und legte auch noch schützend seine Linke darüber.

»Viel Glück!«

Sie gingen folgendermaßen durch den unterirdischen Gang: vorne der Bodyguard, dann Nicholas mit dem Mädchen, dann der zweite Bodyguard. Der Tunnel war aus Beton, mit schummerigen Glühbirnen unter der Decke, was nichts Romantisches hatte. Im Gegenteil: ein Ding der Notwendigkeit für einen Oligarchen, das hatte Pawel Lukjanowitsch goldrichtig gemacht!

Mit ihrer Jeans-Latzhose, der Jacke und dem Bandana-Tuch, das sie um den Kopf gebunden hatte, sah Mira wie ein kleines Kind aus. Sie war ganz verschreckt und eingeschüchtert und schmiegte sich an Fandorin, der seinen Arm um ihre knochige Schulter legte.

So gingen sie zweihundert oder vielleicht dreihundert Meter und gelangten zu einer niedrigen Metalltür mit einem Griff, der die Form eines Steuers hatte.

Der erste Bodyguard drehte an dem Rad und blickte ins Dunkel. Er wartete einen Augenblick, spitzte die Ohren und machte ihnen ein Zeichen, sie könnten weitergehen.

Auch wenn das elektrische Licht noch so schwach war, ganz ohne kam Nicholas die Nacht unglaublich schwarz vor – kein Schimmer weit und breit, kein einziger Stern am Himmel.

Es roch nach kaltem Wasser, trockenen Kräutern und Staub.

»Ich mache die Taschenlampe nicht an«, flüsterte der Bodyguard. »Wir gehen zur Anlegestelle, sobald die Augen sich an die Dunkelheit gewöhnt haben. Schließt die Tür, sonst dringt das Licht nach außen!«

Ein metallisches Scheppern war zu hören. Nicholas schaute sich um, er konnte keine Tür sehen – er sah im Dunkeln nur einen Steilhang mit Rasen. Der Tunnelausgang war perfekt getarnt.

»Sascha, geh als Ers …«, setzte der Bodyguard zu sprechen an, aber in der Finsternis klickte etwas, und er krächzte.

Sein Kopf zuckte wie wild zurück und zog den Körper mit, der auf den Ufersand fiel.

In derselben Sekunde klickte es noch einmal, und der zweite Bodyguard stürzte zu Boden.

Nicholas kroch auf allen vieren vorwärts, hob den Kopf des Jungen an und schrie:

»Sascha! Was ist mit Ihnen?«

Aber Sascha regte sich nicht, aus seinem Mund strömte glucksend das Blut, genauso wie damals bei dem Hauptmann Wolf.

Mira stieß einen verzweifelten Schrei aus, schluckte ihn aber sofort hinunter, denn auf einmal flammte ein gleißender Lichtstrahl von beiden Seiten auf.

Der erstarrte Nicholas sah im grellen elektrischen Licht eine Frauengestalt mit einem langen Rohr in der Hand.

»Prima, Nicki«, erklang eine ruhige, spöttische Stimme. »Hast artig gemacht, was du solltest. Das Mädchen aufs Boot, und zwar ohne Lärm. Das könnte jemand hören. Die beiden hier, in den Tunnel.«

»Du Schwein!«, schrie Mira. »Du Scheißkerl! Du Verrä …«

Aber der Schrei erstickte – sie hatten ihr einen Knebel in den Mund gesteckt und schleppten sie weg.

Jeanne kam langsam auf ihn zu. Das schwarze Rohr in ihrer Hand wackelte.

»Wie leicht sich deine Reaktionen doch voraussagen lassen, Nicki. Ach so, dein Herz ausschütten, das wolltest du? Wie gut ich doch den Ball zugespielt habe, toll, oder? Der Volltreffer, der geht dann auf Lukjanowitschs Konto. Da hat er ja auch ordentlich Kohle für gekriegt.«

Fandorin wollte sich erheben, um dem Tod im Stehen zu begegnen, ließ es aber. War das nicht egal? Einem solchen Idioten wie ihm geschähe es recht, wenn er auf allen vieren krepierte.

»Was klapperst du mit den Augen?«, rief Jeanne und brüllte vor Lachen. »Dachtest du, du würdest sterben? Nein, noch ist es nicht so weit. Ich brauche Sie noch, Nikolaj Alexandrowitsch. Sie haben immer noch Schulden bei mir. Das Interessanteste kommt morgen. Entweder der Kurze kuscht, oder sein Töchterchen kommt auf den Friedhof.«

Nicholas öffnete die Augen, ohne irgendwelche Erleichterung darüber zu verspüren, dass der Tod aufgeschoben war.

Alles war zusammengebrochen. Er hatte alles verloren, was man verlieren kann. Er hatte Miranda ins Unglück gestürzt, ohne die Gewissheit zu haben, seine eigene Familie retten zu können. Miranda mit Sicherheit nicht ... Ob der Kurze kuschte oder nicht, war völlig egal ...

In seinem von dem Schock und dem Cognac benommenen Kopf drehten sich unzusammenhängende, schwerfällige Gedanken. Auf den Friedhof. Morgen. Begraben. Let four captains bear Hamlet, like a soldier ...

Und dann? Wer bin ich dann? Oder, richtiger, was? Nein, im Ernst, wenn sie morgen auf dem Friedhof landet, was soll ich dann tun?

ACHTZEHNTES KAPITEL

KABALE UND LIEBE

(Schiller, 1784)

»Das können wir morgen entscheiden«, antwortete Daniel auf
Mitjas flehentliche Frage und schützte die Augen mit der Hand
vor den niedrig fliegenden Schneeflocken. »Das eine wie das andere: was wir machen und wie wir nach Moskau kommen sollen.
Wir müssen erst mal gucken, dass wir den nächsten Morgen erleben, verehrter Dmitri Alexejewitsch. Du bist fast nackt. Und ich
bin, wie du siehst, ebenfalls leicht angezogen. Alle Dörfer der Umgebung gehören Ljubawin. Man wird uns da wohl kaum aufnehmen und uns Gelegenheit geben, uns aufzuwärmen, wahrschein-
licher ist, dass sie uns bei der Miliz anzeigen. Ist das nicht merkwürdig? Ein Wahnsinniger hat Macht über viele ganz normale
Menschen, und keiner traut sich, ihm entgegenzutreten. Funktionieren so nicht auch andere und sehr viel größere Reiche?« Vondorin wollte noch eine Sentenz von sich geben, aber da flog ihm
ein ganzer Klumpen weicher Schnee in den Mund, und er spuckte aus. »Wir müssen machen, dass wir wegkommen, solange der
Schneesturm wütet. Wir schlagen uns erst mal durch den Wald,
bis wir auf dem Weg nach Klin sind. Wenn es das Schicksal gut
mit uns meint, können wir vielleicht in einem Dorf übernachten,
das zwar nicht so wohlhabend wie Mironows Paradies, dafür aber
ungefährlich ist.«

»Das schaffen wir nicht«, sagte Mitja zähneklappernd und
schluchzte auf. »Wir erfrieren. Ohne Pelz, ja sogar ohne Mantel ...«

Er hatte die Weste an, eine kurze Hose und Strümpfe. Solange
sein Herz vor Angst wie ein Hammer geschlagen hatte und das

Blut durch die Adern gejagt war, hatte er die Kälte nicht gespürt, aber jetzt drang sie ihm durch Mark und Bein. Daniel war ebenfalls leicht bekleidet in den Park gelaufen, er hatte noch nicht einmal eine Mütze angezogen.

»Wir lassen uns den Mut nicht nehmen«, sagte er, während er sich die Schneeflocken von den Brauen wischte. »Einen Pelz kann ich dir nicht versprechen, aber einen Mantel kriegst du jetzt gleich.«

Er zog seinen Gehrock aus und hüllte Mitja darin ein – da hatte der wirklich einen Mantel, ja sogar fast so etwas wie einen bis zu den Fersen reichenden Offiziersrock.

»Schlecht, dass dein Schuhwerk für die Winternatur wenig geeignet ist«, sagte Vondorin seufzend. »Aber es ist für den Erzieher Ihrer Kaiserlichen Majestät ja eigentlich eine Schande, sich zu Fuß fortzubewegen. Habt die Güte, aufs Pferd zu steigen, gnädiger Herr. Es ist zwar alt, hält aber einiges aus.«

Und er nahm Mitja auf den Arm und presste ihn an seine Brust.

»Dann ist auch mir wärmer. Vorwärts! Mit einem Lied, wie es Usus ist, wenn man marschiert! Hör zu. Ich singe dir die ›Hymne auf das Gold- und Rosenkreuz‹, ein schönes Lied.«

Er schritt durch den Schnee, sang aus voller Kehle und spuckte nur hin und wieder den Schnee aus, der ihm den Mund verstopfte.

> *Umsonst umtobt uns Wind und Wetter,*
> *Umsonst droht uns der Freiheit Feind,*
> *Wir leben lieber wie die Bettler*
> *Als ohne Unabhängigkeit.*
>
> *Schwimm auf dem grenzenlosen Meere,*
> *Das du im Grunde selber bist,*
> *Halt dich ans Dreigestirn: die Ehre*
> *Sowie die Güte und die List.*
>
> *Wie sollen Pfeile, Hunger, Kälte*
> *Dich hindern, wenn zum Ziel du eilst,*
> *Dein Nachen sinkt bei keiner Welle,*
> *Wenn dein Verstand den Weg dir weist.*

Das Lied war schön, aufmunternd und hatte unzählig viele Strophen. Anfangs hörte Mitja zu, ließ es dann aber, weil er auf einmal Sturmwellen mit Schaumkronen vor sich sah und in der Ferne am Horizont ein weißes Segel bemerkte. Am Himmel stand eine grelle Sonne, nicht eine gelbe, sondern eine rote. Sie sah ganz lebendig aus: zog sich gelassen zusammen und dehnte sich aus. Als er genauer hinsah, bemerkte er, dass sie bei jeder Ausdehnung heiße Strahlen aus sich herauspresste, die sich dann über die ganze Himmelssphäre verteilten. Das war gar keine Sonne, sondern ein Herz, ging Mitja auf. Als er dem Klopfen des ungewöhnlichen Gestirns genauer zuhörte, begriff er etwas, das noch sonderbarer war: Das war kein beliebiges Herz, sondern sein eigenes, Mitjas Herz. Und er erklärte sich das auch sofort: Wenn in meinem Inneren ein uferloses Meer ist, wer soll dann die Sonne sein, wenn nicht mein Herz? Und er beruhigte sich und hielt nach dem Segel Ausschau.

Auf dem Ozean fuhr ein Schiff. An Deck war nur ein einziger Mann, ein Winzling. Mitja kniff die Augen zusammen und musterte den kühnen Seemann aus nächster Nähe. Ach so, das war doch Mithridates Karpow, in ureigenster Person! Was für ein verschrecktes Gesicht er hatte, wie furchtsam er sich nach allen Seiten umschaute! Er musste Angst haben zu ertrinken.

Dummkopf!, wollte Mitja seinem Doppelgänger zurufen. Wovor fürchtest du dich denn? Das geht doch gar nicht: ertrinken in sich selbst? Hab keine Angst, schau dich furchtlos um!

Aber der kleine Seemann hörte nichts. Ihn quälten Hunger und Durst, er kam um vor sengender Hitze.

»Wasser«, flüsterte er mit ausgedörrten Lippen. »Es ist so heiß!«

An dieser Stelle kam Mitja zu sich. Er sah einen öden Weg, den wirbelnden Schnee und ganz in seiner Nähe: Daniels Gesicht. Der presste seine eiskalte Wange an Mitjas Stirn.

»Ach, mein gnädiger Herr, du hast eine Stirn, da kann man eine Zündschnur dran anzünden. Herrgott Verstand, wo ist denn hier ein Haus? Das ist ja die reinste sibirische Wüste! Dabei sind es bis Moskau nur hundert Werst!«

Und wie der Wind aufheulte und einem die kalten Körner ins Gesicht fegte!

Nein, dann doch lieber Hitze und Meer.

Mitja schloss wieder die Augen und spürte sofort, wie ihn eine heiße, salzige Brise umwehte. Erfahrung und Gespür des weitgereisten Seemanns sagten ihm: Ein Orkan kam auf. Er schaute sich um und erzitterte. Vom fernen Himmelsrand näherte sich eine rasch größer werdende Wolke. Sie änderte schnell Farbe und Form. Und das Meer wurde sofort dunkel, das Boot schaukelte ziellos von einer Seite auf die andere.

Es muss hier eine Insel geben, da war sich Mitja sicher. Er stellte sich auf die Zehenspitzen und sah in weiter Ferne einen gelbgrünen Hügel, der über die Wellen ragte.

Los, schnell dahin!

Er stürzte ans Steuer und warf sich mit dem ganzen Leib darauf. Ein Wettlauf begann: Wer war schneller, die Wolke oder der Kahn?

Der Wettlauf dauerte unendlich lange, Mitja ging am Ende die Kraft aus.

Nur ein einziges Mal verließ der Steuermann seinen Posten – um einen Schluck Wasser aus einem Tonkrug zu trinken.

Aber die Flüssigkeit war nicht erfrischend, sondern bitter und eklig.

Mitja weinte sogar vor Ärger und Enttäuschung.

Plötzlich sah er Daniel über sich – abgemagert und mit grauen Stoppeln im Gesicht.

»Trink«, sagte Daniel, »trink.«

Aber all das hatte nichts mit der Hauptsache zu tun, die darin bestand, ob Mitja es noch zu der Insel schaffte, bevor der Sturm losbrach.

Das aufgeblähte Segel knallte und flatterte, es konnte jeden Augenblick bersten, hielt aber noch. Doch der Wind wurde immer stärker. Mitja hatte noch in keinem Buch gelesen, dass es einen solch starken Wind gibt. Der einen auf das Deck wirft, der einem die ganze Haarpracht bis zum letzten Härchen vom Kopf wegpustet!

Eine riesige Woge ließ das Boot hochschnellen. Mitja sah einen steinernen Felszacken vor sich aufragen. Das war's, er war verloren! Aber die Woge hob den Nachen noch höher, trug ihn über das Riff und setzte ihn in einer Bucht ab.

Sofort ließ der Sturm nach. Zwar krachte und heulte es in der

Ferne noch, aber hier in der Bucht herrschte vollkommene Stille. Gelber Sand, weißer Himmel, gleißende Sonne. Grell, so grell, dass die Augen wehtaten.

Mitja bedeckte die Augen mit der Hand, die vom Kampf mit dem Element schwer geworden war.

Was ist denn nun los? Die Sonne ist ja quadratisch!

Er blinzelte verwundert und sah, dass die Sonnenstrahlen durch ein kleines Glimmerfenster drangen. Das Gelbe war nicht der Sand, sondern eine nach frisch gefällten Kiefern riechende Holzwand, und der Himmel war gar nicht der Himmel, sondern die weiße Zimmerdecke.

Mithridates selbst lag unter einem muffigen Pelzmantel auf einer Bank in einem kleinen hellen Zimmer. In der Ecke war noch jemand; es war zu hören, wie er im Schlaf atmete.

Mitja schielte zur Seite, denn er hatte keine Kraft, den Kopf zu drehen. Der da schlief, war Vondorin; er hatte sich mit dem Rücken an die Wand gelehnt und lag direkt auf dem Fußboden. Sein Aussehen war seltsam: Wangen und Kinn waren mit grauen Stoppeln übersät, auf den nackten Schultern hatte er eine zerlumpte Pelzjacke, an den Füßen keine Stiefel, sondern Bastschuhe. Was waren das für Verwandlungen? Und wo war die wunderbare Insel geblieben?

Es gelang ihm nun doch, den Kopf zu drehen; aber er verzog das Gesicht: Was raschelte da so widerwärtig auf dem harten Strohkissen? Was sollte das?

Er fasste sich an den Kopf. Um Gottes willen! Wo waren seine Haare? Er fühlte nur Stacheln. Dann war es also kein Traum, dass der Wind ihm die Haare weggeblasen hatte?

»Daniel!«, rief er mit einem so dünnen Stimmchen, dass er sich selber Leid tat.

Vondorin fuhr auf und blinzelte verschlafen.

»Du bist wieder bei Bewusstsein!«, rief er. »Ich wusste es doch! Die Krise ist vorüber! Die ganze Nacht hast du dich geschüttelt, erst gegen Morgen hat es aufgehört. Ich habe gewartet und gewartet, dass du die Augen öffnest, und bin dabei selber eingenickt. Lass dich mal ansehen.« Er stand auf und setzte sich neben ihn. »Der Blick ist klar, die Lippen sind nicht entzündet. Das Fieber ist vorbei. Jetzt geht es bergauf.«

»Wo sind meine Haare?«

»Abrasiert. Die medizinische Wissenschaft geht davon aus, dass bei einer Schwächung des körperlichen Mechanismus die Kraft durch die Haare abgezogen wird und das Fieber steigt; deshalb schneidet man den Kranken die Haare ab. Und du siehst ja außerdem, dass du es hier nicht mit Zarengemächern zu tun hast. Warum Parasiten anlocken?«

»Und warum seid Ihr so merkwürdig gekleidet? Ihr habt doch nicht etwa vor, zurück in den Wald zu gehen, oder?«

Daniel griff sich an die Brust und nestelte an seiner schäbigen Kleidung herum.

»Du musst verstehen, mein Lieber, meinen Geldbeutel habe ich in Sonnenstadt gelassen. Wir wohnen in dieser Absteige hier ja schon eine Woche. Alles, was ich hatte, habe ich verkauft. Die Uhr aus der Werkstatt des berühmten Breguet habe ich gegen Arzneien eingetauscht: Bärenspeck, Lindenwachs, Kräuter. Für die Stiefel hat man uns diesen bescheidenen Raum überlassen. Gehrock und Weste haben uns Brennholz eingebracht, um den Ofen zu heizen. Von meiner alten Kleidung ist nur noch die Hose da.«

»Und wie sollen wir jetzt nach Moskau kommen?«, stellte Mitja dieselbe Frage wie zu Beginn seiner Krankheit.

»Du brauchst noch ein bis zwei Tage Bettruhe, das bestreiten wir aus dem Verkauf meiner Hose. Dann müssen wir an die Reserven gehen.« Er deutete auf einen Haken an der Wand, wo Mitjas Festkleidung hing. »Wir tauschen das gegen irgendwelche Pelzmäntel, Filzstiefel, eine Mütze oder ein flauschiges Tuch für dich, und für den Rest kaufen wir Lebensmittel. Wir brauchen ungefähr vier Tage, weiter ist es nicht.«

Sie brauchten nicht vier Tage bis Moskau, sondern ganze sechs. Mitja war einfach viel zu schwach. Er schaffte ein oder zwei Werst, mehr war nicht drin. Dann musste ihn Daniel auf den Arm nehmen.

Diese Verzögerung führte bei den Wanderern zur totalen Mittellosigkeit. Bei der letzten Übernachtung im Dorf Tuschino mussten sie für das Nachtquartier und die Kohlsuppe Mitjas Pelzmantel hergeben.

Deshalb zogen sie in die Hauptstadt Moskau wie ein Kentaur

ein, vor dem die Entgegenkommenden erschraken, ja sich bekreuzigten. Mitja saß oben auf Daniels Schultern, wobei er die Arme in die Ärmel des riesigen Pelzmantels gesteckt hatte. Die Ärmel baumelten herunter, während die Rockschöße kaum Vondorins Lenden bedeckten. Anfangs war der Pelzmantel vorne aufgeknöpft, damit Daniel den Weg sehen konnte, aber dann mussten sie ihn zumachen, weil dem Reiter sonst zu kalt war. Dadurch verlangsamte sich ihr Tempo beträchtlich, denn das fabelhafte Pferd konnte nun nicht sehen, wo es den Fuß hinsetzte. Wenn eine Furche oder ein Schlagloch kamen, warnte Mitja vorher.

Gut, dass der Weg zum Haus des Fürsten David Petrowitsch Dolgoruki, des Onkels von Pawlina Anikitischna, nicht schwer zu finden war und man sich nicht verirren konnte: vom Twerer Tor immer geradeaus bis zum Passionskloster und dann links, die frühere Mauer von Belgorod entlang, wo der Heumarkt ist.

Trotz aller Schwierigkeiten waren sie endlich am Ziel und hielten vor dem fein verzierten schmiedeeisernen Gitter. Da standen sie nun vor dem Haus mit den ionischen Säulen und dem über der Treppe thronenden, schlummernden steinernen Löwen. Irgendwo da drinnen trank Pawlina Tee oder musizierte vielleicht. Aber wie soft im Leben sollte das Nächste das Fernste sein.

Sie gingen zum Tor. Nichts zu machen. Der Pförtner fuchtelte abwehrend mit den Armen; er wollte von diesen Bettlern nichts hören.

Vondorin fragte:

»Sind ehrwürdige Erlaucht Pawlina Anikitischna zu Hause?«

Als Antwort kam nur ein Fluch.

Da sagte Mithridates:

»Sagt Pawlina Anikitischna, Mitja und Daniel Ilarionowitsch sind da. Sie wird erfreut sein.«

»Na, das ist sicher wie das Amen in der Kirche«, antwortete der Verfluchte und bog sich vor Lachen. »Solche Gäste hat sie gern. Sie wird euch noch mit Kaffee und Kakao bewirten. Los, weg hier! Stellt euch dahin, wo alle stehen, und wartet, bis ihr dran seid.«

Und an der Seite stand eine ganze Schar solcher Bettler. Sie waren dicht zusammengerückt und stampften mit den Füßen vor Kälte. Einer schrie:

»Habt ihr es nun endlich kapiert? Eine Unverschämtheit, sich so zum Tor vorzudrängen!«

Ein anderer hatte Mitleid mit ihnen:

»Kommt her. Die Gnädigste kommt bald. Sie ist gütig und gibt jedem etwas.«

Vondorin lächelte bitter und sagte:

»Siehst du, mein Freund, man erwartet uns hier nicht. Die Frauen sind zartbesaitete Wesen, aber sie haben ein kurzes Gedächtnis. Je früher du das verstehst, desto weniger wirst du später zu leiden haben. Komm, wir gehen.«

»Nein, Daniel, lass uns warten!«, flehte Mitja. »Vielleicht kommt sie wirklich jeden Augenblick!«

»Und gibt uns ein Almosen?«, fragte Vondorin stichelnd.

Aber er ging nicht weg, sondern stellte sich an die Seite und verschränkte die Arme vor der Brust. Den verschlissenen Pelzmantel hatte er ganz Mitja überlassen. So stand er also stolz da, ohne sich ein Stück von dem Schaffell zu nehmen und sich damit zu bedecken.

Eine halbe Stunde später öffnete sich das Tor, und eine mit Bärenfell ausgeschlagene Kutsche mit zwei Vorreitern à l'anglaise kam herausgefahren.

Die Bettler stürzten ihr nach.

Die Kutsche hielt an, das Fenster öffnete sich einen Spalt breit, und eine feine behandschuhte Hand gab jedem eine Münze; sie ließ niemand aus.

»Na gut«, sagte Daniel seufzend. »Gut, dass sie wenigstens ein mitleidiges Herz hat.«

»Lasst uns doch zu ihr gehen, los, kommt«, sagte Mithridates und nahm ihn bei der Hand.

Puh, der war aber hartnäckig!

Er warf den schweren Pelzmantel ab, rannte zu der Kutsche und kriegte vor Aufregung kein einziges Wort heraus, er rang nach Luft.

»Na, wer ist denn da so ängstlich?«, hörte er die bekannte wunderbare Stimme, und im nächsten Augenblick schaute die Chawronskaja schon selbst aus dem Fenster heraus.

»Ist denn das die Möglichkeit?«, schrie sie, als sie Mitja sah.

»Da sind wir«, sagte Daniel, der hinzukam, mit tonloser Stimme und legte seine Hände auf Mitjas Schulter. »Ich habe mein Versprechen eingehalten. Wenn Ihr aber ...«

Ein gellender Schrei übertönte seine Worte:

»Sie sind da! Heilige Maria, Mutter Gottes, sie sind da!«

Die Gräfin stieß mit einem Ruck gegen die Tür, die sich so plötzlich öffnete, dass sie die beiden Bettler in eine Schneewehe fegte.

Pawlina, schön wie eine Märchenfee, in einem Zobelpelz, unter dem ein silbrig glitzerndes, luftiges Kleid hervorguckte, und in Atlasschühchen, – machte einen Satz aus der Kutsche, stürzte sich mit einem Kuss auf Mitja und schlang dem sprachlosen Daniel die Arme um den Hals.

»Ich hatte schon fast die Hoffnung aufgegeben!«, rief sie halb lachend, halb weinend. »Ich habe gebetet wie eine Verrückte, meine Knie sind ganz wund gescheuert! Da hat die Gottesmutter sich also erbarmt! Sie leben! Beide!«

Und ohne jeden Übergang geriet sie in Wut und fauchte den Pförtner an:

»Imbécile! Cochon! Warum stehen die hier und frieren? Ich habe es doch tausendmal gesagt!«

Der Diener fiel auf die Knie:

»Ehrwürdige Erlaucht! Ihr habt gesagt, ein Adeliger in einer Schlittenkutsche! Mit einem Kind, das ein Engelsgesicht hat! Das hier sind doch – wie Ihr zu sehen beliebt – abgerissene Vagabunden!«

»Man müsste dich verhauen«, sagte Pawlina und wollte ausholen, vergaß es aber sofort und musterte Mitja:

»Wie stark er abgemagert ist! Und so schmutzig, pfui!«

»Wir hatten unterwegs ein kleines ...«, wollte Vondorin erklären, aber die Gräfin schenkte ihm kein Gehör.

»Später könnt Ihr erzählen, später. He, Philipp!«, rief sie dem Kutscher zu. »Ich gehe nicht zur Soirée von Mawra Gawrilowna, spann die Pferde wieder aus! Euch, Daniel Ilarionowitsch, wird man ins Kleiderzimmer meines Onkels führen. Sucht Euch da etwas zum Anziehen für die erste Zeit aus und nehmt ein Bad. Ihr stinkt nach Ziege. Meine Güte, wie Ihr aussseht! Dich, mein Mäuschen, nehme ich mir selber vor, das lass ich keinen anderen machen. Ja, mein Lieber? Ja, mein Kleiner? Na, ohne Mama Pascha ist es dir wohl schlecht gegangen, oder?«

Mit Mäuschen und so weiter meinte sie natürlich nicht Daniel, sondern Mitja.

Und obwohl er überglücklich war, sträubte sich etwas in seinem Inneren: schon wieder dieses kindische Getue.

Aber er stammelte leidenschaftlich:

»Slächt, Mama Passja, lichtig slächt!«

Während Pawlina den nackten Mitja mit dem Handtuch abtrocknete, empörte sie sich:

»Wie die Rippen herausgucken! Wie bei einem gerupften Vögelchen! Und warum hat er dir die Haare abrasiert, dieser Unmensch! Sie waren so schön und weich, und jetzt sind sie kurz wie Katzenfell. Und er selber sieht auch unmöglich aus: grau, abgemagert, zum Weglaufen. Wie schnell ihr Männer doch verwahrlost, wenn keine Frauen in eurer Nähe sind! Daniel Ilarionowitsch sieht unmöglich aus, das muss man sagen, schlimmer als damals, als er im Wald lebte. Wenn man ihn sieht, kriegt man es mit der Angst zu tun. Und das, wo er doch eigentlich so ritterlich ist!«

In der Zeit, da sie auf Mitja gewartet hatte, hatte sie für ihn eine ganze Truhe voller Kleider gekauft; nur schade, dass es sich größtenteils um Sachen handelte, die ihn beleidigten, weil sie für kleine Kinder waren. Sie nahm ein Batist-Spitzenhemdchen in die Hand und erstarrte in dieser Pose – sie war über irgendetwas ins Nachdenken gekommen. Pawlinas Gesicht wurde besorgt und traurig.

Mitja bekam eine Gänsehaut, wartete aber geduldig. Seine Arme hingen vorne herab, die Schamgegend versteckte er, scheinbar ganz zwanglos, unter der Handwölbung. Natürlich war er für sie ein kleines Kind, aber er wusste ja Gott sei Dank, dass er kein Baby war, sondern ein Mann von reifem Verstand und ritterlichem Gebaren.

»Zu dumm«, sagte die Gräfin seufzend. »Ich bin einfach zu dumm. Ich habe mich doch vorbereitet! Habe mir vorgestellt, dass er kommt und wie ich ihn in ein gelehrtes Gespräch verwickele. Ich habe dafür nicht weniger als drei Bücher gelesen: eines über die Historie, eines über die Insekten und eines über das Allgemeinwohl. Was ich nicht verstand, habe ich auswendig gelernt. Und dann habe ich mich ihm wie das letzte Bauernweib an den

Hals geworfen. Und habe ihn geküsst! Einmal sogar richtig auf die Lippen. Ach, was für eine Schande! Wo er doch ein Mann von hohen sittlichen Maßstäben ist! Er hat die Nase voll von den Schweinereien bei Hof. Was muss er von mir denken! Natürlich, dass ich leicht rumzukriegen bin und mich gerne aufdränge. Jetzt wird er mich verachten. Oder, was noch schlimmer ist, er wird mir mit schlüpfrigen Andeutungen zusetzen wie einer sittenlosen Person. Ach, Mitja, ihr Männer seid alle geile Böcke, selbst die Besten von euch. Sicher, ihr seid nicht schuld daran, Gott hat euch nun mal so gemacht. Wenn du einmal erwachsen bist, wirst dann auch du den armen Mädchen Dummheiten zuraunen und ihr Herz in Aufruhr versetzen? Na, wie ist das, wirst du das tun? Na, komm, gib's doch zu!«

Sie fing an, ihn zu kitzeln. Mitja begeisterte sich ein bisschen, kicherte und sagte schnell:

»Mitja Hemdchen wollen. Mitja zitteln. Mitja fliehen.«

Ihm war vom nackt Herumstehen ganz kalt geworden. Dass sie das nicht verstand!

»Ach, du Ärmster! Du hast ja schon eine Gänsehaut! Nimm die Hände hoch!«

Nichts zu machen, er musste sie hochnehmen. Er errötete vom Scheitel bis zur Sohle.

Sie sah gar nicht hin, beziehungsweise, sie guckte schon, aber woandershin. Und erstarrte auf einmal wieder wie vorhin.

»Ich muss es folgendermaßen machen. Ich muss einen anderen Ton anschlagen, förmlicher mit ihm reden. Dann wird er schon sehen, dass er sich geirrt hat und ich nicht so ein loses Weib bin. Stimmt's, mein Schatz?«

Was sollte er denn machen, wenn sie kein Russisch verstand?! Mitja fing an zu weinen.

Später saßen sie am Kaffeetisch im Salon und warteten auf Daniel. Festlich angezogen und sauber gewaschen, nutzte Mitja sein Vorrecht als Kleinkind und verputzte schon das dritte Kuchenstück. Pawlina, ganz in Rosa gekleidet, rührte nichts an.

»Hätte ich mich besser nicht umziehen sollen?«, fragte sie schon das zweite Mal. »Rosa steht mir eigentlich, aber ob es nicht zu knallig ist? Es ist ja fast schon Abend.«

»Eine wundelssöne Flau«, versicherte ihr Mithridates und log kein bisschen.

Vondorin kam herein, sah die Chawronskaja und erstarrte. Sie beruhigte sich sofort, sie konnte an seinem Gesicht ablesen, dass sie schön war. Förmlich zeigte sie auf den Sessel, der am weitesten von ihr entfernt war, und sagte:

»Setzt Euch, gnädiger Herr. Da ist es bequemer. Ja, jetzt seht Ihr wieder aus wie ein vornehmer Mann.«

Daniel war wirklich nicht wiederzuerkennen. Er hatte sich nicht nur gewaschen, rasiert und sich das Toupet gekämmt, sondern er hatte sich auch mächtig herausgeputzt: eine schwarze Weste mit Silberstickerei, eine Culotte aus Seide und hautfarbene Strümpfe.

»Ich habe in der Garderobe nichts Einfacheres finden können«, sagte er mit einem verlegenen Lächeln. »Ihr Onkel ist offenbar ein ausgemachter Modenarr.«

Er nahm nicht da Platz, wo sie gezeigt hatte, sondern setzte sich direkt neben Pawlina und ergriff gleich ihre Hand. Er hatte die Änderung im Verhalten der Gräfin offenbar nicht bemerkt.

»Liebe Pawlina Anikitischna! Jetzt, da ich in die Reihen der zivilisierten Menschheit zurückgekehrt bin, kann ich Euch mit meiner ganzen emotionalen Leidenschaft begrüßen, ohne Angst haben zu müssen, dass Schmutz und Gestank bei Euch Ekel erregen. Erlaubt mir vor allem, Eure prächtige Hand zu küssen!«

Die Chawronskaja warf Mitja einen verzweifelten Blick zu, der heißen sollte: Da siehst du mal, wie Recht ich hatte!

Sie entriss ihm die Hand und versteckte sie auf dem Rücken.

»Ich finde den Brauch, einer Dame die Hand zu küssen, dumm und unanständig«, sagte sie streng. »Hinzu kommt bei Euch, dass Euch die Flatterhaftigkeit nicht steht und keineswegs Eurem Alter entspricht.«

Er murmelte verwirrt:

»Jaja, ich finde auch selber, dass der Handkuss …«

»Wie gefällt Euch Moskau?«, erkundigte sich Pawlina mit einem feinen Lächeln. »Hat dieses Sündenbabel sich während Eurer Abwesenheit stark geändert? Meiner Meinung nach ähnelt Moskau weniger dem Sündenbabel als vielmehr einem Monstrum, wie es beispielsweise der Leviathan von Hobbes ist. Habt Ihr sein Buch gelesen?«

»Ja«, antwortete Vondorin zögernd und blinzelte verblüfft. »Aber, ehrlich gesagt, ich bin kein großer Anhänger der Allegorien von Hobbes.«

Pawlina, die sich offenbar darauf eingestellt hatte, nun eine Inhaltsangabe ihrer Lektüre folgen zu lassen, brachten diese Worte aus dem Konzept. Es entstand eine Pause.

»Und … und wo ist Ihr Onkel?«, fragte Daniel nach zweiminütigem Schweigen.

»Ich nehme an, im Klub. Er muss gleich kommen. David Petrowitsch ist bekannt dafür, dass er hervorragend Witze erzählen kann; es wird bestimmt lustiger sein, wenn er da ist.«

Daniel runzelte die Stirn. Wieder herrschte Schweigen.

»Ach, ich habe Euch ja gar keinen Kaffee eingeschenkt!«, sagte die Gräfin auf einmal und fuhr auf. »Hier, bitte.«

Sie goss ein und erklärte dabei:

»Das ist jetzt überall so üblich: Die Gastgeberin schenkt den Gästen selber Tee und Kaffee ein, à l'anglaise. Deshalb sind auch keine Diener dabei. Ich finde diese Indiskretion nicht ganz angebracht, aber was soll's? Es hat sich in der Gesellschaft jetzt so eingebürgert.«

Vondorin nickte träge, hob die Tasse zum Mund und setzte sie gleich wieder ab.

Wieder schwiegen sie. Die Uhr auf dem Kamin tickte immer langsamer und lauter.

»Er schmeckt Euch nicht«, sagte Pawlina niedergeschlagen. »Wahrscheinlich ist der Kaffee schon kalt. Ich lasse gleich …«

Und sie verließ schnell den Raum. Mitja bemerkte, dass ihr eine Träne im Augenwinkel hing.

»Ich alter Trottel!«, brach es aus Vondorin heraus, sobald die Gräfin hinter der Tür verschwunden war. »Da ist meine Begeisterung aber mit mir durchgegangen! ›Erlaubt mir, Eure prächtige Hand zu küssen!‹ Pfui, Spinne! Da hat sie's mir aber gegeben: Das steht Euch nicht, und, das Wichtigste, es entspricht nicht Eurem Alter! Wer bin ich denn in ihren Augen: ein komischer Greis und sonst nichts! Wie heißt es doch so richtig: Schuster bleib bei deinen Leisten! Und hast du gemerkt, mein Freund, wie abweisend sie danach auf einmal wurde? Sie spürt es! Sie spürt es ganz genau! Die Frauen haben einen Riecher dafür. Wie peinlich, wie peinlich!

Gut, dann werde ich mich also benehmen, wie es der Unterschied von Alter, Vermögen und Stand verlangt.«

»Ich versichere Euch, Ihr irrt«, sagte Mitja, der ihn trösten wollte, »Pawlina Anikitischna ist verstimmt; sie meint, Ihr verachtet ihr Unwissen, Ihr wollt keine klugen Gespräche mit ihr führen und haltet sie nur für fähig, frivolen Umgang zu pflegen, und wenn sie dann darauf nicht eingeht, sterbt Ihr vor Langeweile.«

Daniel winkte nur ab.

»Was verstehst du schon von den Frauen, du sechsjähriges Kind!«

»Ich bin fast sieben«, korrigierte Mitja, aber Vondorin hörte das nicht.

»Dmitri, glaub einem alten, vom Leben gebeutelten Hasen! Du kannst bei den Frauen lange rationale Motive suchen, das bringt absolut nichts. Es gibt bei ihnen keine und kann sie nicht geben. Die Frauen funktionieren völlig anders als wir Männer …«

Er hustete, statt zu Ende zu reden, weil Pawlina in den Salon zurückkam.

»Ich habe angeordnet, sie sollen neuen Kaffee kochen«, sagte sie mit einem aufgesetzten Lächeln. »Ich hoffe, Ihr habt Euch ohne mich nicht gelangweilt.«

»Keine Angst, nicht im Geringsten«, antwortete Daniel kurz angebunden. »Danke, aber ich trinke abends keinen Kaffee. In meinem Alter ist das zu riskant für die Magenverdauung.« Er erhob sich. »Als man mich in das Kleiderzimmer brachte, kam ich durch die Bibliothek. Kann ich mich da aufhalten und Bücher lesen, bis Ihre Erlaucht kommt? Ich bin mir sicher, dass Ihr ohne mich mehr Spaß habt.«

»Gut«, sagte die Chawronskaja mit bekümmerter Stimme. »Ich lasse Euch rufen, wenn der Onkel kommt.«

Vondorin verließ das Zimmer, sie brach in Tränen aus.

»Sollte es wirklich so sein, dass auch du, mein Mäuschen, so grausam mit den armen Frauen umgehen wirst?«, fragte die Gräfin schluchzend. »Na klar, ich bin für ihn nur eine hirnlose Puppe. Wenn ich mich nicht küssen lassen will, dann ist der Umgang mit mir reine Zeitverschwendung. Kann ich mich etwa mit ihm messen? Er ist klug, überragend, ein richtiger Held. Hat den Damen ganz Europas den Kopf verdreht. Und ich? Ich tauge doch allenfalls zur Mätresse von Platon Surow!«

Mitja versuchte, die schluchzende Pawlina vom Gegenteil zu überzeugen, aber da er sich dieser primitiven Babysprache bedienen musste, war das nicht so einfach, und außerdem hörte sie auch gar nicht zu.

Das lang ersehnte Treffen schien ein wahres Desaster werden zu wollen.

Gott sei Dank erschien bald der Hausherr, der Moskauer Gouverneur Fürst David Petrowitsch Dolgoruki. Humpelnd und mit dem Stock auf den Boden klopfend, kam er herein: laut, korpulent, mit braunen Glupschaugen und denselben Grübchen wie seine Nichte. Die Ellenbogen des karmesinroten Fracks Seiner Erlaucht waren mit Kreide beschmiert – offenbar hatte er auf Pump Karten gespielt oder sich im Billard geschlagen. Seine roten Lippen, die zärtlich Mitjas Stirn berührten, rochen nach Wein und Schokolade.

Sofort holte der Diener Vondorin, und die beiden machten sich bekannt.

Im Beisein ihres Verwandten war Pawlina Anikitischna weniger befangen.

»Das ist mein Retter, Onkel, von dem ich dir so viel erzählt habe«, erklärte sie und lächelte Daniel mit einem schüchternen, freundlichen Lächeln zu, von dem diesem das Herz aufging.

»Dann ist er auch mein Retter!«, rief Dolgoruki aus und beeilte sich, Daniel die Hand zu schütteln. »Denn meine liebe Pascha ist mir teurer als eine eigene Tochter, die ich nebenbei gesagt auch gar nicht habe.«

Er lachte sanft und einnehmend, klatschte in die Hände, um Horsd'œuvres und Wein auftragen zu lassen, und dann lief alles wie von selbst – leicht, fröhlich und ohne eine Spur von Peinlichkeit.

Als erfahrener und geselliger Mann spürte David Petrowitsch, dass die Atmosphäre ein wenig gespannt war, und damit der Gast sich wohlfühlte, erzählte er in einer Tour Moskauer Neuigkeiten. Was er sagte, war geistreich, lebendig und interessant.

»Wir trinken im Moment alle durch die Bank alle möglichen Wässerchen und legen Wert auf Bewegung«, sagte er und unterdrückte ein Lächeln. »Habt Ihr von der Wasseranstalt des Doktors Loder gehört? Nein? In Petersburg hat man aber Kenntnis von unserer Mode. Vor zwei Tagen trafen der Leibarzt Cruise und der Admiral Kosopoulos höchstpersönlich zur Inspektion ein, und das heißt Aufmerksamkeit von höchster Stelle. Die Inspektoren haben sich allerdings gezankt, ihre Meinung war geteilt.«

»Was ist das für eine Wasseranstalt?«, fragte Daniel interessiert. »Gegen welche Krankheiten hilft sie?«

»Gegen alle möglichen. Herr Loder[8] hat auf den Sperlingsbergen eine magische Mineralquelle entdeckt, deren Wasser, wie er zuversichtlich sagt, Wunder wirkt. Besonders, wenn man es mit einem dreistündigen Spaziergang auf der eigens zu diesem Zweck angelegten Allee kombiniert. Bei alten Männern regt diese Methode wieder den Appetit auf die Freuden des Lebens an, den Damen schenkt sie Jugend und Schönheit. Vor Gicht rettet sie leider nicht. Ich habe zwei Eimer davon ausgetrunken und bin den gottverfluchten Weg Gott weiß wie viele Stunden hin und her gehumpelt, aber wie Ihr seht, gehe ich nach wie vor am Stock. Das einfache Volk glotzt, wie die Herrschaften ohne Sinn und Verstand die Allee rauf- und runterspazieren, und spottet. Sie haben sogar schon neue Worte erfunden: ›lodern‹ und ›lodernieren‹. Wie findet Ihr das?«

Vondorin lächelte etwas gezwungen.

»Ich sehe, Moskau hat sich stark verändert. Vor zwei Jahren, als ich es verließ, hockten alle zu Hause und mieden Menschenansammlungen.«

»Ja, das stimmt«, sagte der Fürst mit aufeinander gepressten Lippen und gerunzelter Stirn; David Petrowitsch konnte also auch ernst sein. »Ich verstehe, worauf Ihr anspielt. Ich kann mich noch an Eure Geschichte erinnern. Ich hatte Mitgefühl mit Euch und war empört. Aber wie hätte ich gegen Osorowski vorgehen kön-

8 Christian Loder (1753–1832), 1777 Promotion zum Dr. med. in Jena, bis 1803 Professor an der Universität Jena, 1803–1806 Professor in Halle, seit 1806 in Moskau als Leibarzt des Zaren Alexander I. Verfasser folgender Werke »Anatomisches Handbuch«, Jena 1788, »Anfangsgründe der medicin. Anthropologie und gerichtlichen Arzneiwissenschaft«, Jena 1791, »Tabulae anatomicae mit lateinischem und deutschem Text«, Weimar 1803, »Elementa anatomiae humani corporis«, Moskau, Riga u. Leipzig 1822 u. a. (Anm. der Übersetzerin)

nen? Ich bin ja nur Gouverneur. Während er in seiner Eigenschaft als Oberbefehlshaber und General en chef Maslow höchstpersönlich hinter sich hatte. Ich bin nun mal in dieser Lage, dass ich einem Mann niedriger Gesinnung, der Aufklärung und Edelmut verfolgt, dienen muss. Nein, liebster Daniel Ilarionowitsch, Gold und Rosenbüsche gibt es in der Moskauer Flora leider nicht mehr. Verstand und Philanthropie sind jetzt nicht gefragt, alle denken nur an ihr körperliches Wohlergehen. Wenn es überhaupt noch Eiferer für das Allgemeinwohl gibt, so haben sie die Lehre aus Eurer Geschichte gezogen, wahren Schweigen und agieren im Stillen, ohne an die Öffentlichkeit zu treten. Wenn etwas an die Öffentlichkeit dringt, wird es gefährlich.«

»Das stimmt allerdings«, sagte Vondorin. »Aber, wenn wir schon von der Öffentlichkeit sprechen, darf ich mich erkundigen, was Ihr persönlich als nächster Verwandter und Beschützer von Pawlina Anikitischna gegenüber Fürst Surow zu unternehmen beabsichtigt? Er hat Ihrer Erlaucht und Eurer ganzen Familie eine schwere Beleidigung zugefügt. Entführung und Totschlag, das sind Kapitalverbrechen.«

David Petrowitsch seufzte und rieb sich die Nase.

»Natürlich habe ich darüber nachgedacht. Pawlina kann bezeugen, wie aufgebracht ich war, als sie mir das alles erzählte. Im Eifer des Gefechtes habe ich mich hingesetzt und eine alleruntertänigste Beschwerde an die Kaiserin geschrieben. Am nächsten Morgen habe ich sie mir mit klarem Kopf durchgelesen und habe sie zerrissen. Ihr werdet fragen, warum. Weil es keine eindeutigen Beweise gibt. Irgendwelche Räuber haben im Wald eine Kutsche überfallen und die Diener getötet. In einem der Verbrecher hat Pawlina Surows Adjutanten erkannt. Na und? Der Adjutant wird das leugnen, und andere Zeugen gibt es nicht. Wenn man natürlich diesen tollen Knirps außen vor lässt.« Dolgoruki lächelte und schäkerte mit Mitja. »Und selbst wenn es doch Zeugen gäbe. Wem wird die Kaiserin denn wohl glauben: dem von ihr angehimmelten Platon oder Euch? Sie wird den Verdacht gegen den Favoriten natürlich nicht einfach von der Hand weisen können. Aber wenn Ihre Majestät unsicher oder misstrauisch ist, dann wird sie üblicherweise wütend. Und wen wird diese Wut treffen? Diejenigen, die sich erdreisteten, unsere gottgleiche Monarchin zu betrüben. Also Pawlina sowie ... sowie ihre Familie«, endete der Gouverneur kleinlaut.

Es trat eine Stille ein, die nur vom Knistern der Holzscheite im Kamin unterbrochen wurde.

»Das ist wenigstens ehrlich«, sagte Vondorin und erhob sich. »Wenn ich das Glück hätte, an Eurer Stelle zu sein, und das Recht hätte, über die Ehre von Pawlina Anikitischna zu wachen, würde ich anders handeln. Aber ich habe eben nichts zu verlieren ...« Er verbeugte sich vor dem Hausherrn und seiner Nichte und sagte: »Ich habe mein Versprechen erfüllt und habe Euch Dmitri gebracht. Erlaubt mir, mich zu verabschieden. Die Kleidung gebe ich Eurer Erlaucht zurück, sobald ich eigene habe. Gnädige Frau, ich wünsche Euch alles erdenklich Gute. Kann ich zum Abschied ein paar Worte mit dem Jungen wechseln?«

Die Chawronskaja stand mit einem Ruck auf und streckte Daniel ihre Hände entgegen, aber was sie ihm sagen wollte, blieb offen, denn in diesem Augenblick betrat ein Diener den Salon und meldete laut:

»Ihre Erlaucht, der Wirkliche Staatsrat Metastasio aus Petersburg ist da. Er bittet, vorgelassen zu werden.«

Pawlina fiel in den Sessel. Aus ihrem Gesicht schwand die Farbe, und das rosa Kleid stand ihr jetzt sehr viel schlechter als vorher.

Dolgoruki dagegen erhob sich. Vondorin wedelte dem Diener mit den Händen vor der Nase herum, brachte aber vor Aufregung ebenfalls kein Wort heraus.

Wenn das Erscheinen des Sekretärs des Favoriten die Erwachsenen so aus der Fassung brachte, wie sollte es da erst Mithridates ergehen? Er rutschte vom Sessel auf den Boden und machte sich noch kleiner, als er ohnehin schon war.

Der Diener wich vor Daniels Gefuchtel zurück und fragte:

»Ich soll sagen, Ihre Erlaucht empfangen nicht? Das bringe ich nicht fertig. Er ist zu mächtig.«

»Wie kommst du denn darauf?«, fuhr David Petrowitsch dazwischen. »Bitte ihn herein.«

Mitja stürzte Hals über Kopf zur Tür, fing sich aber auf der Schwelle und war beschämt.

Vondorin und Dolgoruki standen finster blickend neben Pawlina Anikitischna, bereit sie vor dem Übeltäter zu beschützen.

Na, du bist mir ja ein schöner Ritter, Mithridates!

Und er kehrte in den Salon zurück, wenn auch nicht gerade wie ein Held. Er verdrückte sich in eine Ecke neben dem Kamin, wo es möglichst dunkel war, und zog sich auch noch hinter den Schirm zurück.

AVff dich HERR trawe ich / mein Gott / Hilff mir von allen meinen Verfolgern / vnd errette mich.

Das Gebet erstarb auf seinen Lippen. Selbstbewusst und gebieterisch betrat Mitjas Erzfeind das Zimmer.

Er benahm sich ganz anders als im Winterpalais und sah auch anders aus.

Dort hatte Jeremej Umbertowitsch ohne Unterlass gelächelt, sein Gang war federnd gewesen, er hatte sich einfach, ohne große Prachtentfaltung gekleidet.

Jetzt aber glänzte auf seiner mit einer Schärpe bedeckten Brust ein Brillantstern. Das Kinn des Italieners war nach oben gereckt, die Absätze polterten laut auf dem Parkett, und von einem liebenswürdigen Lächeln konnte keine Rede sein.

Metastasio musterte den Salon (auf dem Schirm vor dem Kamin hielt sich sein schwarzer Blick Gott sei Dank nicht länger auf) und sagte:

»Hier ist ja eine ganze Gesellschaft versammelt. Alle Achtung, Gräfin. Euch kenne ich ja, Fürst. Und dieser Herr, wer ist das?«

»Daniel Ilarionowitsch Vondorin, ein Freund von mir«, sagte die Chawronskaja möglichst fest, und ihre Stimme zitterte kein bisschen.

Surows Sekretär wandte sich mit einem Ruck Vondorin zu und wollte ihn mit seinem Medusenblick versengen, die Blitze schossen nur so aus seinen Augen. Pikin hatte ihm offenbar von ihm erzählt. Aber Daniel hielt dem schrecklichen Blick stand und wandte seine Augen nicht ab. Nachdem er eine halbe Minute so dagestanden hatte, wandte Metastasio sich genauso ruckartig wieder von dem unerschrockenen Gegner ab und ignorierte ihn hinfort.

Für den Austausch von Begrüßungsfloskeln mit dem Gouverneur verlor er keine Zeit. Er wandte sich direkt an Pawlina Anikitischna:

»Madame, ich komme zu Euch im Auftrag einer höchst ehrenwerten Person (die Euch im Übrigen sehr wohl bekannt ist) und wünsche ein Privatgespräch unter vier Augen.«

»Ich habe zu meinem Onkel und zu Daniel Ilarionowitsch volles Vertrauen«, sagte die Gräfin mit eisiger Stimme. »Wenn die von Euch erwähnte Person mich um Verzeihung bitten möchte, so muss ich sie enttäuschen. Ihr könnt ausrichten, dass …«

»Wer soll denn wollen, dass Ihr ihm verzeiht?«, unterbrach Metastasio sie. »Das ist weiß Gott nicht der Grund, warum ich hier bin. Hört auf, die Jungfrau von Orleans zu spielen. Eure Sturheit macht besagte höchst ehrenwerte Person verrückt, und das ist gefährlich für die Staatsgeschäfte. Ich möchte deshalb in Eurer Gegenwart betonen«, sagte er, zu Dolgoruki gewandt, »die Widerspenstigkeit Eurer Nichte wird als Erstem Euch selber einen schlechten Dienst erweisen. Das ist eine Gelegenheit, Fürst, wo Ihr entweder steil aufsteigen oder alles verlieren könnt.«

Der Gouverneur zuckte ob der unverschämten Drohung zusammen, erwiderte aber nichts, sondern biss sich auf die Lippen.

»Gräfin, sobald man besagter höchst ehrenwerter Person gemeldet hatte, wo Ihr Euch aufhaltet, wollte er sofort hierher stürmen. Das wäre nun allerdings mit Sicherheit eine Tragödie für sämtliche Personen, die etwas mit dieser Geschichte zu tun haben. Ich habe ihn nur mit Mühe davon abbringen können, indem ich versprach, ich brächte Euch zu ihm. Ich bin ohne Halt hierher gesprengt und habe unterwegs in der Kutsche übernachtet, wodurch ich eine starke Migräne und Darmkonstipation davongetragen habe. Ich habe eine Mordswut und bin nicht gewillt, mir irgendwelche Weiberdummheiten anzuhören. Packt Eure Sachen, und los geht's!«

Er schritt auf die Chawronskaja zu und streckte die Hand nach ihrer aus, aber Vondorin verstellte ihm den Weg.

»Ich bin Arzt«, sagte er mit vor Wut heiserer Stimme, »und kenne ein hervorragendes Mittel, um Euch für immer von Konstipation und Migräne zu befreien. Verschwindet, bevor ich mich anschicke, Euch zu kurieren. Pawlina Anikitischna kommt nicht mit!«

Metastasio blickte der Gräfin ruhig in die Augen, ohne Vondorin eines Blickes zu würdigen.

»Überlegt Euch die Sache gut. Hört nicht auf den da, der ist schon jetzt ein toter Mann, darüber ist bereits entschieden. Euer eigenes Schicksal und das Glück Eurer Angehörigen, das hängt von Eurer Person ab. Na, wird's bald«, schrie er ungeduldig, »hört endlich auf, Euch zu zieren! Ich will eine Antwort.«

»Ihr habt sie aus dem Munde von Herrn Vondorin vernommen«, sagte Pawlina mit einem Lächeln und hakte sich bei Daniel unter.

Der Italiener ließ sich nicht beirren, das war genau das, was er erwartet hatte.

»Tja, Fürst«, wandte er sich an Dolgoruki, »dann muss ich eben ein Wörtchen mit Euch reden. Über eine Staatsangelegenheit, die nicht für unbefugte Ohren bestimmt ist. Können wir uns hier unterhalten, oder gehen wir besser an einen anderen Ort?«

David Petrowitsch blickte Metastasio ängstlich an, stützte sich auf den Stock und erhob sich widerwillig.

»Wenn es ein offizielles Gespräch ist, bitte im Arbeitszimmer.«

»Nein, nein!«, schritt Pawlina ein, die sich ebenfalls erhob. »Bleibt hier. Um zum Arbeitszimmer zu kommen, muss man eine Unmenge Gemächer durchqueren; ich weiß doch, lieber Onkel, dass Eure Gicht keine langen Spaziergänge zulässt. Daniel Ilarionowitsch, würdet Ihr vielleicht die Güte haben, mich in die Bibliothek zu begleiten?«

»Mit Vergnügen.«

Vondorin bedachte den Gesandten aus Petersburg mit einem drohenden Blick und führte die Gräfin weg.

Mitja wäre ihnen liebend gern gefolgt, war aber gezwungen, in seinem warmen Versteck auszuharren.

Der Italiener wartete, bis die Schritte hinter der Tür verhallt waren, und setzte sich dann neben den Fürsten.

»Gnädiger Herr«, sagte er schnell und energisch. »Eure Nichte ist schön, aber dumm. Lasst uns keine Zeit mit Lappalien vertun. Reden wir lieber über die Zukunft des Reiches, wie es sich für Staatsmänner gehört. Ist Euch bekannt, dass Ihre Majestät von schwacher Gesundheit ist und eher heute als morgen stirbt?«

»Wie?«, fragte Dolgoruki zitternd. »So schlecht geht es ihr? Admiral Kosopoulos hat vor kurzem im intimen Kreis erzählt, es sei nur seinen Bemühungen zu verdanken, dass die Kaiserin noch Kraft zum Leben hat, aber ich habe sein Geschwätz nicht ernst genommen. Wirklich …?«

446

»Ja, wirklich. Ihre Tage sind gezählt. Eine große Epoche neigt sich dem Ende zu. Was danach kommt, steht in den Sternen. Wie wird der nächste Zar regieren? Wird eine Ära des Lichtes und der Gerechtigkeit anbrechen, oder wird sich die Unvernunft durchsetzen? Platon Alexandrowitsch kennt Eure aufgeklärten Ansichten, und ich zweifle nicht an Eurer Antwort.«

»Ja, natürlich bin ich für das Licht und die Gerechtigkeit«, versicherte der Gouverneur, »aber könntet Ihr Euren Gedanken nicht etwas klarer formulieren?«

Der Sekretär sagte nickend:

»Wenn ich darf, gerne. Es geht um die Frage, wer den Thron besteigen soll: der Enkel oder der Thronfolger? Auf eine klarere und kürzere Formel lässt sich das nicht bringen.«

»Da kann ich nichts zu sagen«, sagte David Petrowitsch leise. »In Moskau sind wir weit ab vom Schuss, wir verlassen uns auf die Gerüchte und Meinungen unserer Petersburger Freunde …«

»Der Enkel natürlich«, unterbrach Metastasio ihn. »Es muss unbedingt der Enkel sein. Der Thronfolger ist zänkisch und launisch. Er ist schlicht und einfach nicht ganz bei Trost!«

»Aber ist es denn möglich, gegen die Ordnung der Thronfolge …«

Der Sekretär unterbrach ihn erneut:

»Wenn Platon Alexandrowitsch im Augenblick des Ablebens der großen Kaiserin noch an der Macht ist, dann ist das sehr gut möglich, ja sogar absolut sicher. Das Problem ist, dass unser Durchlauchtigster wegen Eurer Nichte den Kopf verloren hat und Dummheiten macht. Er ist vor Leidenschaft krank. Wenn er nicht unverzüglich das nötige Medikament bekommt, wird er seine eigene Person und die Zukunft Russlands zugrunde richten. Also seid ihm doch dabei behilflich, dass er diese Kleinigkeit bekommt!« Metastasio beugte sich zu dem Fürst hinunter und packte ihn am Ellenbogen. »Das steht doch in Eurer Macht! Ich werde verrückt, wenn ich mir überlege, von welchen Lappalien das Schicksal der Großmacht abhängt! Und Euer eigenes Schicksal und das meinige ebenfalls.«

»Meins und Eures?«, fragte der Gouverneur verwundert.

»Ja, darum geht es ja! Glaubt Ihr etwa, ich denke nur an mein eigenes Schicksal? Natürlich denke ich zuerst an mich. Und wenn der schlimmste Feind meines Gönners an die Macht kommt, werde ich ein trauriges Los haben. Aber auch Euch wird es dann nicht gut gehen. Eure Konflikte mit Osorowski sind bekannt. Osorowski wird von Prochor Maslow protegiert, dem einzigen Höfling, der dem Thronfolger Respekt entgegenbringt. Der Chef der Geheimexpedition setzt auf den Mann in Gatschina, das ist so sicher wie das Amen in der Kirche! Hört auf jemand, der gut informiert ist: Osorowski will Euch loswerden, er schreibt verheerende Berichte über Euch, und wenn Ihr Euch bisher noch in Eurem Amt habt halten können, dann nur dank Platon Alexandrowitschs Sympathie für Euch. Wenn die Partei des Thronfolgers siegt, droht Euch die unverzügliche Entlassung, und Ihr fallt in Ungnade.«

David Petrowitsch nestelte an seiner Krawatte, als bekäme er auf einmal keine Luft mehr.

»Ich … ich muss mich mit meinen Freunden beraten …«

»Nehmt Euch besser *uns* zum Freund, dann liegt Euch ganz Moskau zu Füßen. Die Stadt braucht die starke Hand eines aufgeklärten Herrschers. Na, was sagt Ihr dazu?«

David Petrowitsch schwieg.

Er wird nicht standhalten, er wird umkippen, fürchtete Mithridates.

Hinter seinem Rücken, im Kamin, knackte es laut; Mitja zuckte unwillkürlich zusammen.

Ach!

Der Schirm wackelte, krachte donnernd zu Boden, und vor den Politikern, die sich umgedreht hatten, stand ein kleiner Junge mit schreckensstarren Augen.

»Impossibile!«, raunte Metastasio. »Was macht der denn hier?«

Offenbar hatte der besiegte Pikin ihm nur von Daniel, nicht aber von Mithridates erzählt. Hatte der Hauptmann also doch noch ein Herz?

»Das ist Mitja, ein Zögling meiner Nichte«, beruhigte der Hausherr den Petersburger. »Er ist noch ein Kind, keine Angst. Er hat Verstecken gespielt. Geh, mein Herz, und renn woanders rum. Du siehst ja, wie wir mit diesem Herrn …«

Der Italiener sprang flink auf und näherte sich Mitja.

»Aaah!!!«

An seinem Schrei beinah erstickend, stürmte Ritter Mithridates an der Wand entlang und schoss wie eine Kugel hinter die Tür.

Wie er die Zimmerflucht hinter sich gebracht hatte, wusste er wenig später selber nicht mehr. Er stürzte in die Bibliothek mit dem Schrei:

»Daniel! Er hat mich gesehen!«

Vondorin und Pawlina, die Seite an Seite auf einem Sofa saßen, sahen sich erstaunt nach ihm um.

»Wer denn?«, fragte Daniel zerstreut; er sah aus, als hätte er seinen kleinen Freund nicht gleich auf Anhieb erkannt.

»Metastasio! Er wollte mich packen! Er wird nie aufgeben! Auch den Fürsten David Petrowitsch führt er hinters Licht, dieser Intrigant! Mon Dieu, je suis perdu!«

Die Gräfin stieß einen gellenden Schrei aus und blickte erschrocken auf Mithridates.

Er wollte näher an sie herangehen, aber da kreischte sie noch schlimmer auf und fuchtelte mit den Händen.

»Einen Moment, mein Freund«, sagte Daniel zu ihm. »Ein hysterischer Anfall. Eure plötzliche Redekunst hat Pawlina Anikitischna einen Schrecken eingejagt. Gleich, gleich. Es gibt ein Mittel …«

Er verpasste der Gräfin eine schallende Ohrfeige, woraufhin diese sofort den Mund hielt und nicht mehr Mitja, sondern den Schläger fassungslos ansah. Ihr Mündchen zuckte, aber bevor sich ihm ein neues Geheul entreißen konnte, beugte sich Daniel über sie und gab ihr einen Kuss, zuerst auf die getroffene Stelle und dann auf ihre Lippen, wodurch er verhinderte, dass sie wieder schrie.

Das Mittel war in der Tat wirksam. Die Hand der Gräfin fuhr ein wenig in der Luft herum, fiel dann auf Daniels Schulter und blieb dort liegen.

»Na also«, sagte er und befreite sich (nicht ohne Mühe, denn zu dem einen Arm, den sie ihm um die Schulter gelegt hatte, war ein zweiter hinzugekommen). »Und jetzt erkläre ich Euch alles, Pawlina Anikitischna.«

Und er klärte sie über alles auf – kurz und mit der nötigen Klarheit: über die außergewöhnlichen Fähigkeiten von Mithridates, über seine Scheu, die ihn zwang, das Kleinkind zu spielen. Er erzählte auch von Mitjas Aufstieg in Petersburg und von seiner erzwungenen Flucht. Nur den Giftanschlag überging er und sagte lediglich:

»Dmitri ist per Zufall Zeuge eines Anschlags geworden, den der Sekretär des Favoriten ausgeheckt hat. Es ist besser, ma chère ami, wenn Ihr die Einzelheiten nicht wisst, denn Informiertheit kann in solchen Dingen tödlich sein. Es reicht, wenn Ihr wisst, dass Metastasio die Absicht hat, den gefährlichen Zeugen, koste es, was es wolle, aus dem Weg zu räumen. Und Dmitri hat Recht: Dieser Mann macht vor nichts Halt. Daraus, dass er von mir als einem toten Mann gesprochen hat«, bei diesen Worten lachte Daniel bitter, »entnehme ich, dass dieser tüchtige Italiener auch mit mir seine Pläne hat. Wenn das stimmt, dann kann den Jungen keiner beschützen. Wir müssen aus Moskau fliehen, ich weiß keinen anderen Ausweg.«

»Lasst uns doch nach Trost gehen, zu meinem Papa!«, rief Mitja. »Das sind nur fünfundzwanzig Werst von hier!«

Und er verstand gleich, dass er eine Dummheit gesagt hatte. Was sollte denn sein Papa gegen den allmächtigen Favoriten ausrichten können?

Pawlina hatte die Hände vors Gesicht geschlagen und rührte sich nicht. Mitja dachte, sie weinte. Aber als sie die Hände vom Gesicht nahm, waren ihre Augen trocken.

»Es gibt offenbar keine andere Möglichkeit«, sagte sie leise, gleichsam zu sich selbst. »Anders geht es nicht …« Sie schüttelte ihre Locken und sprach traurig, aber ruhig, ja, ihrer Sache sicher, weiter. »Redet nicht böse über mich, Daniel Ilarionowitsch, und denkt nicht schlecht von mir. Ich muss den Kelch bis zur Neige trinken. Das ist offenbar mein Schicksal. Aber ich werde einen Preis dafür fordern. Dass weder Euch noch Mitja ein Haar gekrümmt wird.«

Vondorin brüllte:

»So eine Hilfe brauch ich nicht! Da ziehe ich den Tod vor!«

»Und Ihr wollt auch gleich ein Kind mit zugrunde richten, nicht ein einfaches, sondern dieses hier?«, sagte sie und deutete mit dem Kopf auf Mitja; Daniel wusste nichts zu entgegnen. »Ach, mein Herzensfreund, ich habe es mir anders gewünscht, aber Gott hatte andere Pläne … Hauptsache, Ihr denkt nicht, ich wäre ein loses Weib.«

»Ihr seid eine Heilige«, flüsterte Vondorin.

Über sein Gesicht strömten Tränen; er wischte sie nicht ab.

»Nein, ich bin keine Heilige«, sagte Pawlina fast ein wenig beleidigt. »Und ich werde Euch das gleich beweisen. Warum soll ich mich jetzt noch zieren? Doch nicht für ihn …«

Sie redete nicht zu Ende, sondern blickte auf Mitja.

»Mitja, mein Mäuschen …«, sagte sie, schämte sich und korrigierte: »Dmitri, mein Lieber, lass Daniel Ilarionowitsch und mich bitte allein. Wir müssen miteinander reden.«

Aha, allein lassen soll ich sie. Und wohin soll ich gehen? Zurück zu Jeremej Umbertowitsch? Die denken aber auch nur an sich!

Mitja verließ die Bibliothek und schloss die Tür.

Ein Diener löschte die Kerzen an der Wand und ließ immer nur eine brennen. Dann ging er in das Nebenzimmer und machte die Tür zu. Offenbar war das in diesem Haus so üblich: Die Türen der Zimmerflucht wurden zur Nacht geschlossen. Vielleicht, damit es nachts nicht zog, vermutete Mitja.

Er begleitete den Diener und ging mit ihm von Saal zu Saal. In Gesellschaft eines Menschen fühlte er sich sicherer.

Im Esszimmer, in das auch der Quergang auslief, trafen sie den anderen Diener, der Metastasios Ankunft gemeldet hatte.

»Was ist mit dem Besucher?«, fragte Mitja ängstlich. »Ist er immer noch im Salon?«

»Er ist weg«, antwortete der Diener.

Ihm fiel ein Stein von der Seele!

Nun ging er weiter und hatte keine Angst mehr. Er wollte gucken, was David Petrowitsch machte.

Der Fürst war allein im Salon und blickte aufmerksam ins Feuer.

Die Kerzen auf dem Tisch waren erloschen, aber an der Decke prangte ein Riesenlüster für an die hundert Kerzen; davon war es in dem Zimmer hell und gemütlich.

»Ach, du bist es«, sagte Dolgoruki und blickte zerstreut auf den Jungen. »Hast du vor dem fremden Mann Angst bekommen? Er wollte dir doch nur die Hand geben, er will gar nichts Böses. Er hat sich nach dir erkundigt, du hast ihm gefallen. Na, komm schon, komm doch.«

Er packte Mitja an den Schultern und lächelte zärtlich.

»Pawlina liebt dich wie einen eigenen Sohn. Du bist aber auch wirklich ein Goldschatz. Möchtest du in einem großen, großen Haus wohnen, in einem, das sehr viel größer ist als meins? Du wirst da alles haben: das Spielzeug, das du möchtest, aber auch richtige Pferde. Und wenn du willst, sogar einen echten Elefanten. Weißt du, was das ist, ein Elefant? So etwas wie ein Riesenschwein, groß wie eine Kutsche, mit solchen Ohren und mit einem langen, langen Rüssel.« Er gab sich komisch Mühe, Segelohren vorzuführen, und zog sich die Nase lang. »Und wenn der erst mal loslegt und trompetet, pooo! Na, möchtest du den?«

»Ja, ich habe mal einen Elefanten gesehen, der wurde die Millionnaja Uliza entlanggeführt«, sagte Mitja in normaler Sprache, ohne Kindergelispel. Was sollte er sich jetzt noch verstellen?

Aber der Fürst bemerkte die veränderte Sprache des Knaben nicht – er war mit etwas anderem beschäftigt.

»Was für ein kluger Junge du bist, alles weißt du! Wenn Pawlina dich fragt (und das kann durchaus sein, denn bei Frauen kommt es vor, dass sie bei etwas Wichtigem ein Kind zu Rate ziehen): ›Sag, Mitja, soll ich mein Leben ändern oder nicht?‹, oder zum Beispiel: ›Soll ich zu ihm fahren, oder soll ich zu Hause bleiben?‹, dann antworte ihr unbedingt: ›Na klar, sollt Ihr Euer Leben ändern; na klar, fahrt zu ihm.‹ Versprichst du mir das?«

»Reißt Euch mal kein Bein aus, gnädiger Herr. Die Entscheidung ist längst gefallen«, wollte Mithridates ihm antworten, ließ es aber. Sollte der sich mal lieber nicht zu früh freuen!

»Versprich es mir, sei ein lieber Junge.« Der Fürst strich ihm über den kahl geschorenen Kopf. »Ach, du ahnst es nicht. Du hast dir den Scheitel mit Kreide beschmutzt. Komm, ich wische es weg.«

Er wollte ein Tuch aus der Tasche holen, aber Mitja entgegnete ihm:

»Spart Euch die Mühe, Erlaucht. Das ist keine Kreide, sondern eine graue Haarsträhne, ein Fehler in der natürlichen Pigmentierung.«

Er drückte sich absichtlich so hochgestochen aus, um David Petrowitsch zu imponieren.

Zwar hatte er damit gerechnet, dass dieser beeindruckt sein würde, aber dass ihm der Unterkiefer nicht nur herunterklappen, sondern dieser sogar zittern würde, das hatte er nun doch nicht beabsichtigt. Und das war noch nicht alles: Der Gouverneur sprang aus dem Sessel, wankte nach hinten und stammelte wirr:

»Nein! Das kann nicht sein! Nein! Wieso ausgerechnet ich? Das bringe ich nicht fertig … Aber die Pflicht …«

Die Verwunderung war etwas übertrieben.

Mitja fixierte den zur Salzsäule erstarrten Fürsten und spürte auf einmal, wie er eine Gänsehaut bekam.

Diesem besonderen Blick, voller Entsetzen und Abscheu, begegnete er nicht zum ersten Mal, er hatte ihn schon zweimal gesehen: im Gasthof von Nowgorod und in Sonnenstadt.

Schon wieder ein Kinderschänder oder ein Wahnsinniger?

Gleich würde er sich auf ihn werfen und ihn würgen!

Mitja sprang zur Tür.

»Halt!«, schrie der Gouverneur, der sich ein falsches Lächeln abrang und hinter ihm her humpelte. »Warte, ich möchte dir etwas zeigen …«

»Schon gut, ich sehe es ja auch von hier«, wollte Mitja antworten, doch kaum hatte er den Mund aufgemacht, da fuchtelte Dolgoruki mit den Händen und bedeutete ihm:

»Halt den Mund! Halt den Mund! Ich will nichts hören! Das ist verboten!«

Und er hörte auf, den Freundlichen zu mimen, und holte mit dem Stock zum Schlag aus.

Mitja stieß die halb geöffnete Tür auf, huschte ins Nebenzimmer, rannte schnell zur nächsten Tür und schrie verzweifelt:

»Daaaniel! Daaaniel!«

Die anderthalb Klafter hohe Tür war zwar nicht verriegelt, aber fest geschlossen. Erst als er sich mit dem ganzen Körper an die Klinke hängte, gab der schwere Türflügel nach.

Während er mit der Tür kämpfte, kam ihm David Petrowitsch, der sein gichtkrankes Bein nachzog, ganz gefährlich nahe. Er hätte ihn beinah am Kragen gepackt.

Im nächsten Zimmer wiederholte sich dasselbe: Erst konnte sich Mitja von seinem Verfolger losreißen, aber als er die Tür öffnete, kam es zu einer Verzögerung; um ein Haar wäre er geschnappt worden.

Ständig nach Daniel rufend, arbeitete sich der arme Flüchtende immer weiter durch die nicht enden wollende Zimmerflucht vor; er hatte schon vergessen, das wievielte Zimmer und die wievielte Tür es waren. Er ahnte schon, was kommen würde: Eines der Zimmer würde schließlich so klein sein, dass der humpelnde Verfolger sein Opfer einholen würde.

»Bleib doch endlich stehen!«, zischte David Petrowitsch, der vor Schmerzen stöhnte und zeitweise auf einem Bein hüpfte. »Wohin willst du denn?«

In der Waffenkammer, wo verschiedene Krummsäbel die bunten Wandbehänge verzierten, traf er endlich auf ein lebendes Wesen: Ein Diener war damit beschäftigt, einen runden, höckerigen Schild mit Kreide auf Hochglanz zu polieren.

Mitja brüllte: »Er will mich umbringen!«, und stürzte mit einem Hilfeschrei zu ihm.

Aber da tauchte der Hausherr in der Türöffnung auf. Er schnauzte den Diener an, und sofort war der wie vom Erdboden verschwunden. Sonst begegnete Mitja niemand vom Gesinde. Ob sie sich versteckt hatten?

Und wo war Daniel? Hörte er denn nicht, wie er rief?

Er hatte keine Kraft mehr zu schreien, er bekam nur noch so viel Luft, dass er mit einem Satz den leeren Raum überwinden konnte, dann an der Klinke hing und zu Gott flehte: das nächste Zimmer möge bloß nicht zu schmal sein.

Aber die Katastrophe lauerte nicht da, wo er sie vermutete.

Nachdem er glücklich einen großen Saal durchquert hatte (er hatte ihn vorher schon einmal gesehen, hatte aber jetzt keine Augen für ihn), wollte Mitja die Tür öffnen, begriff aber nicht gleich, dass sie sich nicht öffnen ließ; sie war abgeschlossen oder verriegelt. Als er endlich verstand, war keine Zeit mehr für ein Ausweichmanöver: der Verfolger war ihm dicht auf den Fersen, und in der Hand hatte er nicht mehr den Stock, sondern einen riesigen türkischen Dolch – er musste ihn von der Wand genommen haben.

In seiner Verzweiflung hämmerte Mitja mit den Fäusten gegen die tückische Tür. Doch was sollte das schon bringen?

Ganz dicht hinter sich hörte er jemand murmeln:

»Stärke mich, Herr, gib mir Kraft.«

Gleich, gleich … Er musste nur noch die Augen zusammenkneifen.

Das Eisen des Türriegels klirrte, die Tür öffnete sich.

Auf der Schwelle stand Daniel: im Hemd, mit offener Hose und nacktem Fuß. Er musste geschlafen haben! Während sein Freund in Lebensgefahr schwebte, hatte er sich aufs Ohr gelegt!

Hinter Daniels Rücken hörte man ein Rascheln, als liefe jemand leicht bekleidet und ebenfalls barfuß durchs Zimmer, aber Mitja hatte jetzt keine Lust zum Rätselraten.

»Schon wieder!«, keuchte er mit letzter Kraft und schlang seinem ewigen Retter die Arme um den Bauch.

»Was fällt Euch ein, Fürst?«, schrie Vondorin. »Was jagt Ihr hinter dem Jungen mit einer Waffe hinterher? Dmitri, lass mich durch.«

Mitja ließ sich fallen und kroch flink zur Seite. Und wenn Dolgoruki nun über Daniel herfiele?

Nein, die Mordlust des Fürsten erstreckte sich nicht auf Vondorin. David Petrowitsch senkte den Dolch und griff sich mit der anderen Hand ans Herz – er war vom Laufen aus der Puste gekommen.

»Schon wieder?«, wiederholte Daniel. »Hast du gesagt ›schon wieder‹? So ist das also. Dann ist es also kein Wahnsinn, da habe ich mich geirrt!«

Er sprang auf den Gouverneur zu, entriss ihm den Dolch und schleuderte ihn möglichst weit weg, dann packte er Dolgoruki am Revers und schüttelte ihn so sehr, dass ihm das Haarpuder auf den Kragen rieselte.

»Ihr habt einen Brief von Ljubawin bekommen!«, brüllte Vondorin mit schrecklicher Stimme. »Wieso stört der Kleine euch beide? Hat Metastasio da seine Hände im Spiel? Antworte oder ich schlage dir den Schädel ein!«

Er schnappte sich einen schmalen Bronzekrug vom Tisch und hielt ihn drohend über den Scheitel des Fürsten.

»Was hat denn Metastasio damit zu tun?«, krächzte der. »Und was für ein Ljubawin? Ich kenne keinen Ljubawin!«

»Du lügst, du Schuft! Ich weiß noch, dass ihr alle beide Mitglieder in der Loge ›Mitternachtsstern‹ wart.«

»Im ›Mitternachtsstern‹ war halb Moskau Mitglied. Die kann man doch nicht alle behalten.« Der Gouverneur wandte kein Auge ab von der Bronze, die unheilverkündend über seinem Kopf funkelte. »Meint Ihr Miron Ljubawin, den Brigadier a. D.? Ja, stimmt, der war dabei. Aber ich schwöre, der hat mir nicht geschrieben ...«

Mitja kam es so vor, als ob David Petrowitsch das Wörtchen »der« betont hätte. Auch Vondorin war das aufgefallen.

»*Der* nicht? Und wer dann? Und was hat er geschrieben?«

Als keine Antwort kam, stieß Daniel dem Fürsten das Gefäß gegen die Stirn, nicht mit ganzer Kraft, sondern nur so, dass es einen durchaus angenehmen Klang gab.

»Na, wird's bald?«

»Ihr seid wohl verrückt geworden! Ich kriege ja eine Beule! Ich ... ich darf es Euch nicht sagen ... Ihr wart doch auch mal Mitglied, und wie man mir gesagt hat, sogar eins höherer Weihen. Ihr kennt doch die Gelübde.«

»Was denn für Gelübde!? Es gibt keine Freimaurer mehr in Russland! Alle Logen sind aufgelöst!«

Der Fürst presste die Lippen aufeinander und schüttelte den Kopf.

»Ich sage nichts mehr, da könnt Ihr mich töten.«

»Das tue ich auch! Betet!«

Im Unterschied zu Pikin lehnte es David Petrowitsch nicht ab zu beten, aber das Gebet, das er sprach, war seltsam; Mitja hatte so eins noch nie gehört.

»Allgütiger Vernichter des Satans, ich bin in Dir, Du bist in mir. Amen«, flüsterte der Fürst mit geschlossenen Augen

»Wie bitte?«, fragte Daniel erstaunt. »Das ist doch die Losung der Satanophagen!«

Dolgoruki zuckte zusammen und fragte:

»Ihr ... Ihr kennt sie also?!«

»Ja, man hat mir angetragen, der Bruderschaft der Satanophagen beizutreten, und ich habe es sogar bis zum ersten Grad gebracht und bin gehorsamer Schildknappe geworden, aber ...«

»Ach so! Das ist etwas anderes!« Dolgoruki drehte den Ring am Finger und zeigte ihn Daniel. »Wenn Ihr Schildknappe seid, dann müsst Ihr mir gehorchen. Seht Ihr das Zeichen des vierten Grades?«

Vondorin ließ den Frack des Fürsten los und legte den Krug aus der Hand.

»Ihr habt die Geschichte nicht zu Ende gehört. Ich bin dem Orden nicht beigetreten und zwar aus zwei Gründen. Erstens stand mir damals nicht der Sinn nach dem Allgemeinwohl, ich war auf der Suche nach meinem verschollenen Sohn. Zweitens kam ich zu der Überzeugung, dass Eure Freimaurerlinie falsch ist und in die Irre führt. Ich glaube nicht daran, dass man die Menschen gegen ihren Willen, mit Gewalt bessern kann.«

»Nicht falsch, sondern richtig!«, protestierte David Petrowitsch hitzig. »Alle anderen Orden und Logen beschäftigen sich mit Schaumschlägerei, dunklen Machenschaften, Gesellschaftsspielchen. Wir dagegen existieren nur, um das Böse auszumerzen, ohne Rücksicht auf das eigene Leben! Wie kommt es, dass Ihr das mit Eurem Verstand und Eurer Gelehrtheit nicht versteht? Wir Satanskämpfer sind die Erwachsenen, während alle um uns herum sonst Kinder sind. Die Pflicht eines erwachsenen Menschen besteht darin, die Kinder zu belehren, auch wenn diese sich dagegen wehren, weil ihr Verstand noch nicht weit genug entwickelt ist!«

»Ich habe gerade eben gesehen, wie Ihr ein Kind belehren wolltet. Also, wer hat Euch den Brief geschickt? Ein Ordensbruder höherer Weihen?«

Der Fürst schwieg; er war im Zweifel, ob er antworten sollte. Die Tatsache, dass Daniel von dem geheimnisvollen Orden wusste, brachte seine Standfestigkeit ins Wanken.

»Nein. Zu diesem … Wesen«, sagte er schließlich und blickte ängstlich auf Mitja, »traf eine Depesche von einer höheren Instanz ein.«

»Vom Ordenskapitel?«

»Von einer noch höheren Instanz«, sagte der Gouverneur leise; er wurde mit jedem Augenblick sicherer und fügte hinzu: »Von *aller*höchster Instanz.«

»Dmitri soll den Zorn des Großen Magiers erregt haben?«, sagte Vondorin und schaute auf Mitja, ohne Angst, eher mit Interesse. »Wie das?«

»Das weiß ich nicht. Aber das Schreiben stammt vom Großen Magier.« David Petrowitsch hob feierlich den Zeigefinger. »Mit dem Kappungszeichen! Da kann ich doch nicht den Gehorsam verweigern! Ich bin ein Ordensbruder des Abrahamsgrades, ich habe das dritte Gelübde abgelegt!«

»Was heißt das, das dritte Gelübde?«

»Das wisst Ihr nicht? Ach so, stimmt ja. Ihr seid ja nicht höher als bis zum ersten Grad gekommen, das ist noch keine richtige Mitgliedschaft. Je höher der Grad, desto strenger und selbstloser ist der Gehorsam. Die jungen Ritter, die Brüder des viel geprüften Hiob, legen ein ganz einfaches Gelübde ab: die Anordnung der Oberen ohne Murren auszuführen. Der dritte Grad, die Jesusbrüder, schwören, sich ans Kreuz nageln zu lassen, wenn es sein muss. Die wie ich den vierten Grad erreicht haben, verbürgen sich dafür, dass sie auch den eigenen Sohn für das Gute töten würden, wie der biblische Abraham. Der fünfte heißt Faustgrad, und worin das Gelöbnis besteht, weiß ich nicht.«

»Das ist doch nicht schwer zu erraten«, sagte Vondorin achselzuckend. »Auf Anordnung der Oberen auf die eigene Seele zu verzichten. Das ist das, womit der grenzenlose Kampf für das Gute eigentlich immer endet. Und wer ist Euer Großer Magier?«

Der Fürst lachte, als hätte Daniel einen nicht ganz anständigen, aber recht lustigen Witz erzählt.

»Ich weiß nur, dass der vorige Große Magier im vorletzten Jahr starb, nachdem er seinen Nachfolger ernannt hatte. Wer das ist, das weiß nur einer, nämlich der Nachfolger. Die Mitglieder des Ordenskapitels sehen den Großen Magier nur ein einziges Mal, wenn er geweiht wird, aber er nimmt seine Maske bei dem Zeremoniell nicht ab. Danach bekommen sie von ihm nur Anweisungen und Sendschreiben. Als Abrahamsbruder sind mir drei Ritter des dritten Grades unterstellt, deren Namen Ihr nicht zu wissen braucht. Über mir steht der Faustbruder, dessen Namen ich Euch erst recht nicht verrate. Der Brief des Großen Magiers ging erst an ihn und über ihn an mich.«

Daniel packte den Gouverneur wieder, diesmal am Ellenbogen.

»Erzählt, was in dem Brief stand! Nein, zeigt ihn lieber!«

»Glaubt Ihr mir nicht?«, fragte Dolgoruki und lächelte bitter. »Denkt Ihr etwa, ich wäre selber auf die Idee gekommen, mit dem Dolch in der Hand hinter dem Kleinen herzujagen? Mit meiner Gicht! Gut, kommt mit. Der Brief ist in meinem Arbeitszimmer. Aber unter einer Bedingung.« Er schielte auf Mitja. »*Der da* muss die ganze Zeit dabei sein, er darf unter keinen Umständen frei rumlaufen.«

»Nein, ich lasse ihn jetzt nicht mehr von meiner Seite«, versprach Vondorin, nahm Mithridates an die Hand und drückte leicht zu, um ihm zu verstehen zu geben, er brauche keine Angst zu haben.

Mitja hatte längst keine Angst mehr. Wovor sollte er denn Angst haben, wenn Daniel bei ihm war? Nur der Kopf drehte sich ihm. Was für Satanophagen? Was für ein Großer Magier? Was wollten sie von einem siebenjährigen Jungen?

Sie gingen wieder durch die leeren Zimmer. Sowohl Dolgoruki als auch Daniel humpelten: der Erste wegen seiner Gicht, der Zweite, weil er nur einen Schuh anhatte.

Der Fürst musterte Daniels Füße.

»Wolltet Ihr schon zu Bett gehen? Aber warum in der Bibliothek? Stimmt etwas nicht mit dem Zimmer, das ich Euch zugewiesen habe?«

»Spart Euch das unnötige Gerede!«, schrie Vondorin ihn drohend an. »Ich brauche den Beweis, damit ich sehe, dass Ihr nicht lügt!«

Im Arbeitszimmer öffnete der Gouverneur ein Geheimfach, das sich hinter dem Porträt der Kaiserin befand, nahm eine Schatulle heraus und entnahm der Schatulle ein schmales Paket. Er küsste es und übergab es Daniel.

»Da, lest selbst.«

Vondorin entfaltete den Brief und überflog ihn. Sein Gesicht nahm einen angeekelten Ausdruck an.

»Aha, ich glaube, ich weiß, wer Euer Großer Magier ist. Hör mal zu, Dmitri, was für eine interessante Epistel. *Vom Vater und Großen Magier an die Mitglieder des Ordenskapitels und an die Faust- und Abrahamsbrüder, die sich in den Hauptstädten oder auf dem Weg zwischen ihnen befinden, im Nowgoroder und Twerer Gebiet. Die Sache, der wir dienen, ist in tödlicher Gefahr. Die Ränke des Satans sind unerschöpflich. Um uns zu vernichten, hat dieser diesmal einen Beauftragten gesandt, der wie ein kleiner Knabe aussieht, im Wesen aber ein Teufel ist. Zu erkennen ist er an Folgendem: Größe – ein Arschin und drei Werschok, Gesichtsform – rund, Haarfarbe – braun, Augenfarbe – braun, besondere Kennzeichen – Luziferzeichen auf dem Kopf in Form eines grauen, anderthalb Werschok großen Kreises; Sprache – nicht wie klei-*

ne Kinder, sondern wie ein Wissenschaftler. Ich befehle, diesen Teufelszwerg, der auf dem Weg von Sankt Petersburg nach Moskau ist, zu suchen und, sobald gefunden, stante pede zu vernichten. Seine Reden dürfen nicht gehört werden, denn sie sind voll Lüge und Versuchung. Er ist ohne das geringste Zögern und Zweifeln zu zerquetschen wie eine giftige Schlange. Den Brüdern unter dem Abrahamsgrad, die nicht die hohen Gelübde abgelegt haben, sei ebenfalls befohlen, diesen Teufel zu suchen, aber sie dürfen nichts gegen ihn unternehmen, und erst recht darf sich keiner auf ein Gespräch mit ihm einlassen, sondern sie haben nur dem über ihnen stehenden Ritter Meldung zu machen. Dieser hat den Feind dann eigenhändig zu vernichten. Unterschrift: ein Doppelkreuz, das Kappungszeichen also; das ist das Siegel des Großen Magiers, man hat mir davon erzählt. Na, was sagst du dazu, Dmitri?«

»Das kann doch nicht …?«, empörte sich Mithridates ächzend.

»Doch, sieht fast so aus. Ganz schön geschickt, unser schwarzäugiger Freund, oder? Er ist wirklich ein Zauberer, ein Zirkusartist. Er müsste seine Tricks auf der Kirmes vorführen!«

Mitja war ganz erstarrt. Das war Metastasio, der rastlose Italiener! Die Macht, die er als Busenfreund des Favoriten hatte, war ihm zu wenig; er war also auch noch der Große Magier eines Geheimordens!

»Aber was hat sich denn der Fürst dabei gedacht?«, rief Vondorin und schüttelte ungläubig den Kopf. »Und Miron Ljubawin? Das sind doch aufgeklärte Menschen! Was für Gesandte des Satans, was für Teufelchen? Besinnt Euch, Eure Erlaucht! Wir leben ja schließlich nicht mehr im Zeitalter von Ignatius von Loyola, sondern am Ende des achtzehnten Jahrhunderts!«

»Was für Gesandte des Satans?«, wiederholte David Petrowitsch und wunderte sich über die Absurdität der Frage. »Wer ist es denn Eurer Meinung nach, der halb Europa mit Blut überschwemmt hat? Auf wessen Betreiben werden denn in der Heimat der Aufklärung die Häupter auf dem Schafott abgeschlagen, als wären es Kohlköpfe? Das liegt an ihm, dem Menschenfeind, das sind seine Ränke! Er wittert, dass seine Zeit naht. Ich glaube nicht an Gott, aber an den Teufel glaube ich, denn ich sehe stündlich seine Taten, während ich von denen Gottes absolut nichts sehe. Überall herrschen das Böse, die Raffgier, die Unwahrheit, die Demütigung des Schwachen durch den Starken. Und wo ist Gott? Nein, gnädiger Herr, wir Menschen müssen mit dem Satan ganz alleine fertig werden, da hilft uns keine Himmelsmacht. Der Satan ist listig, erfinderisch und hat viele Gesichter. Was war denn Pugatschow anderes als sein Gesandter? Und der Graf Cagliostro? Oder Marat und Robespierre? Die Satanskämpfer setzen alles daran, eine Festung der Harmonie und Sittsamkeit zu errichten, der Teufel aber schaufelt Laufgräben und legt Minen. Beelzebub, das ist nicht der, der Hufe und Hörner hat. Er kommt mal als Süßholz raspelnder Denker daher, mal als schöne Jungfrau, mal als Ehrfurcht gebietender Greis. Manch einer wacht morgens auf, schaut in den Spiegel und findet da statt seines Spiegelbilds den Satan. Denn der Satan ist auch in unserem Inneren! Dann braucht man sich doch nicht zu wundern, dass er für seine Belange die Gestalt eines Kindes wählt! Das ist doch schlau – wer fürchtet sich schon vor einem unschuldigen Kind?«

»Aber was soll das denn? Wozu das alles?«, fragte Daniel und schlug die Hände über dem Kopf zusammen. »Was soll diese freiwillige Verblendung?«

»Das weiß ich nicht«, unterbrach ihn Dolgoruki. »Mir reicht es, dass der Würdigste und Weiseste unter uns, der Große Magier, das weiß. Blind, das seid Ihr, gnädiger Herr! Das Teufelchen hat Euch bezirzt, wie es zuvor Pawlina bezirzt hat! Besinnt Euch! Hindert mich nicht, sondern helft mir lieber, diesen Salamander zu zerquetschen! Schaut, was er für Augen hat! Solche Augen haben Kinder nicht!«

Er zeigte mit zitterndem Finger auf Mitjas Gesicht.

Daniel schaute und seufzte.

»Ja, für einen siebenjährigen Jungen hat er ungewöhnliche Augen. Sie sind zu traurig, weil Dmitri mit seinen wenigen Jahren schon viel Böses und Abscheuliches gesehen hat … Das wird eine schöne Festung der Harmonie und Gerechtigkeit, wenn ihr als Mörtel für ihren Bau das Blut von Kindern benutzt. Denkt mal in Eurer Freizeit darüber nach.«

Er ließ den Ellenbogen des Fürsten los und trat zurück.

»Ich rühre Euch nicht an, obwohl Ihr eine Bestrafung verdient. Bedankt Euch bei Eurer Nichte dafür. Aber ich fordere, dass Ihr auf der Stelle die Meldung in die Welt setzt, dass der gesuchte Knabe gefunden ist, damit die Jagd nach ihm sofort eingestellt wird.«

»Das geht nicht! Ihr versteht nicht, Unglücklicher ...«

»Schweigt!«, fiel ihm Vondorin mit erhobener Stimme ins Wort. »Ich weiß, dass man in Eurem Orden Befehlen nicht widerspricht. Ich weiß aber auch, dass man Eurem Großen Magier sehr bald ein Lösegeld für Dmitri zahlen wird ...« Er hustete und fuhr fort: »Ein hohes Lösegeld. Er wird das Urteil widerrufen. Dafür, dass das eintritt, gebe ich Euch das Wort Daniel Vondorins.«

Der Fürst kniff die Augen zu.

»Ich sehe, gnädiger Herr, Ihr wisst etwas, was ich nicht weiß. Und da man Euch ansieht, dass Ihr ein Mann von Ehre seid, glaube ich Euch. Aber was ist, wenn Ihr Euch irrt?«

»Dmitri zu finden, wird nicht schwer sein. Ich bringe ihn jetzt auf sein Familiengut, in das Dorf Trost im Gebiet von Swenigorod. Wir bleiben keine Sekunde länger in Eurem Haus.«

»Nicht doch!«, rief der Gouverneur. »Ich kann gut verstehen, dass es Euch nach den Vorkommnissen unangenehm ist, Euch mit mir zusammen unter einem Dach aufzuhalten, aber ich flehe Euch an, bleibt doch wenigstens bis morgen früh. Wo wollt Ihr in der Dunkelheit denn hin? Ich reise selber auf der Stelle ab. Mein Landgut ist nur eine Stunde von Moskau entfernt. Was Ihr über den Mörtel und das Blut der Kinder als Baumaterial sagt, darin sehe ich eine globale Idee, über die man vielleicht wirklich nachdenken sollte.«

Und David Petrowitsch humpelte niedergeschlagen zur Tür.

»Das tut mal!«, rief ihm Daniel hinterher. »Und wenn Ihr zu dem einzig möglichen Schluss kommt, dann weihe ich Euch in das Geheimnis des Großen Magiers ein. Da werdet Ihr aber staunen!«

Dann drehte er sich zu Mitja, legte bedauernd eine Hand an seine Brust und sagte:

»Ich habe unendlich große Schuld vor dir, mein armer Freund! Du wärest fast durch meine Behäbigkeit ums Leben gekommen. Erst jetzt fällt mir ein, dass ich die von weitem kommenden Schreie hörte; ich habe mir aber nicht die Mühe gemacht, über ihre Herkunft nachzudenken, denn ich weilte nicht auf der Erde, sondern im Himmel.«

»Wie, im Himmel?«, fragte Mithridates neugierig, verstand aber gleich darauf schon. »Ach so, in übertragenem Sinn. Ihr dachtet wahrscheinlich über ein erhabenes Thema nach oder schwebtet in Gedanken über den Wolken?«

»Genau, über den Wolken«, flüsterte Vondorin und schaute an seinem Gesprächspartner vorbei in die Höhe. »Da, wo ich nicht zu hoffen wagte, dass einfache Sterbliche hingelangen können. Für einen Augenblick der Seligkeit!« Er zuckte zusammen. »Und der Preis dafür hätte schrecklich sein können. Du wärst beinah umgekommen! Das ist wieder eine Bestätigung der Maxime: Der Verstand ist nichts für die Glücklichen, das Glück ist nichts für die Verständigen. Kannst du mir verzeihen, mein kleiner Dulder?«

Von diesen Worten bekam Mitja großes Selbstmitleid. Er brach in Schluchzen aus.

»Ich hab geschrien und mir die Kehle heiser geschrien, aber von Euch kam keine Antwort. Ich habe gedacht, es ist aus … Alle sind gegen mich. Ich bin für sie ein Teufelchen, ein Ausbund des Satans. Was habe ich ihnen denn getan? Mal wollen sie mich erwürgen, mal in eisiges Wasser werfen, mal erdolchen! Huuu!«

Und er heulte los und schlang seine Arme um Vondorin. Der war bestürzt, strich dem Armen, Entschuldigungen stammelnd, über den Kopf, aber Mitjas Tränen steigerten sich bis zum Krampf, bis zum Stottern.

»Diese verfffluchten Fffreireimaumaurer«, schrie er wild drauflos. »Was haben die denn bei uns zu suchen! Als ob wir nicht genug eigene Verbrecher hätten!«

Die Hand, die ihm über den Scheitel strich, hielt inne.

»Was die Freimaurer betrifft, da hast du Unrecht. Mach es nicht wie die Ignoranten, die diese tugendhafte Bewegung als Verschwörung des Teufels darstellen.«

»Na klar sind sie Verschwörer, was denn sonst?«, empörte sich Mithridates unter Tränen. »Immer haben sie Geheimnisse und verkriechen sich vor den Leuten.«

»Wenn sie Verschwörer sind, dann mit Sicherheit nicht freiwillig, sondern weil vorläufig noch die Dummheit in der Welt herrscht und die Anhänger des Verstandes in der Minderheit sind und notwendig im Geheimen handeln müssen. Komm, gehen wir in die Bibliothek zurück, mein Freund, da liegen meine Kleider.

Und unterwegs erzähl ich dir von den Freimaurern. Nur, hör bitte auf zu schluchzen, das zerreißt mir das Herz.«

Daniel nahm Mitja an der Hand und führte ihn wieder zurück durch die Zimmer.

»Das Unglück sind nicht die Freimaurer an sich, sondern es gibt wahre und falsche Freimaurer. Was sind Freimaurer denn eigentlich? Gute und kluge Menschen, die sich zu Beginn unseres aufgeklärten Jahrhunderts das hohe Ziel gesetzt haben, das gesellschaftliche Gebäude umzubauen. Im Moment ist dieses Gebäude eine Mischung aus Gefängnis und Schweinestall. Die Freimaurer sehnen sich danach, einen schönen und edlen Tempel zu errichten, in dem brüderliche Liebe und Barmherzigkeit herrschen sollen. Die wahre Freimaurerbruderschaft, das sind die, die verstehen, dass man den Tempel zuallererst in der eigenen Seele einrichten muss und er erst danach äußere Gestalt annehmen kann. Aber natürlich haben sich nicht wenige Eiferer und Neunmalkluge gefunden, die ihre eigenen Vereine nach dem Vorbild der Freimaurer geschaffen haben, dabei aber ganz andere Ziele verfolgen.«

»Und was sind das für Ziele?«, fragte Mitja schniefend und wischte sich mit dem Ärmel die nassen Wangen ab.

»An die Macht zu kommen«, antwortete Vondorin umgehend. »Baron von Reichell, der würdigste der russischen Freimaurer, sagte einmal: ›Jedes Freimaurertum, das politische Ambitionen hat, ist falsch.‹ Klarer kann man es nicht ausdrücken.«

Sie betraten die Bibliothek, die aussah, als hätte dort vor kurzem ein Kampf oder ein Gelage stattgefunden. Auf dem Boden flogen Kleidungsstücke herum, darunter auch so delikate wie ein rotes Band und ein Seidenstrumpf. Das Lesepult war umgekippt, die Bücher waren heruntergefallen. Das Kanapee war von der Wand abgerückt, hing durch und ließ ein abgebrochenes Bein sehen. Mitja blickte Vondorin fragend an, aber der bemerkte die Unordnung nicht oder hielt sie nicht für beachtenswert. Das Band und den Strumpf steckte er sich in die Tasche, zog den zweiten Schuh an, nahm die Weste vom Globus und das Kamisol vom Sessel und erzählte die ganze Zeit weiter.

»Der ›Mitternachtsstern‹, den Miron Ljubawin und der Hausherr frequentierten, ist als eine seriöse Loge zu bezeichnen; Idioten und Faulenzer wurden dort nicht aufgenommen. Gerüchte behaupten, auch der Thronfolger sei Mitglied des ›Sterns‹ gewesen. Und da Seine Majestät am Hof als Aussätziger gilt, machten Leute, die es zu etwas bringen wollten, bewusst einen Bogen um die Mitglieder des ›Mitternachtssterns‹. Die weitere Entwicklung kenne ich nicht, weil ich dann als Einsiedler im Wald lebte, aber man kann sie sich unschwer vorstellen.« Daniel versuchte, sich die Krawatte zu binden, aber das wollte ohne Spiegel nicht klappen – mal war der Knoten schief, mal hielt er nicht. »Ich nehme an, dass dein dich hassender Erzfeind im ›Mitternachtsstern‹ eins der obersten Ämter innehatte, die ihm Einblick in das Mitgliederverzeichnis gaben; er muss Magister, Prior oder Generalvisitator gewesen sein. Gleichzeitig war er auch Mitglied des Satanophagen-Ordens, des geheimsten von allen. Als der vorige Große Magier beschloss, Metastasio zu seinem Nachfolger zu ernennen (was den Verstorbenen in einem nicht besonders schmeichelhaften Licht erscheinen lässt), nahm der weitsichtige Italiener die tüchtigsten Mitglieder des ›Mitternachtssterns‹ mit zu den Satanskämpfern, was umso wichtiger war, da die Loge damals gerade geschlossen werden sollte. Die Satanskämpfer, die besonderen Wert auf Konspirativität legten und deshalb einem Großteil der Freimaurer unbekannt waren, lösten sich dagegen nicht auf, sondern füllten ganz im Gegenteil ihre Reihen mit Leuten wie Dolgoruki und Ljubawin auf.«

»Ich verstehe trotzdem immer noch nicht, was diese Satanophagen eigentlich wollen.«

»Sie sind von allen falschen Freimaurern die falschesten, weil sie einen gnadenlosen Krieg gegen den Teufel und dessen Helfershelfer propagieren.«

»Und was ist daran schlecht?«, fragte Mitja verwundert.

»Was soll denn gut daran sein, wenn man keine Gnade kennt? Wo kein Mitleid herrscht und man, ohne zu fackeln, zuschlägt, da hat der Teufel ein leichtes Spiel. Der gnadenlose Kämpfer gegen das Böse ist noch nicht wieder zu sich gekommen, da ist dieses schon auf seine Seite übergelaufen und treibt ihn an: schlag zu, nur zu, schlag zu. Ich habe eine traurige Entdeckung bei meinem Studium der Geschichte gemacht: Immer wenn sich gute, ehrliche, selbstlose Menschen zusammenschlossen und im Namen einer guten Sache Krieg führen wollten, stand garantiert bald der allerschlimmste Verbrecher als Oberbefehlshaber an ihrer Spitze.

Der Krieg, das ist so eine Sache, bei der nie etwas Gutes herauskommt.« Vondorin riss an der Krawatte und warf sie auf den Boden; er hatte beschlossen, mit offenem Kragen herumzulaufen. »Aber das ist ja noch einzusehen. Ich kann etwas anderes nicht verstehen. Warum geben so viele kluge Leute liebend gern ihre Freiheit auf und ordnen sich freiwillig einer Macht unter, die sie als höhere Macht ansehen? Da erschafft sich so ein Miron Ljubawin einen Götzen, flößt sich selber den Glauben an dessen Unfehlbarkeit ein und ist für diesen guten Zweck ›ohne den geringsten Zweifel‹ bereit, den Sohn seines alten Freundes ins eisige Wasser zu werfen. Und der Grund und die Rechtfertigung für diese abscheuliche Brutalität ist ein von irgendjemand geschriebener Zettel mit dem Kappungszeichen.« Daniel schüttelte den Kopf. »Das ist etwas Entsetzliches: ein guter Zweck.«

»Kappungszeichen. Was für ein seltsamer Name.«

Vondorin nahm das rote Band und den Strumpf aus der Tasche. Er schwankte, was er damit machen sollte, legte den Strumpf aber schließlich auf den Stuhl; das Band presste er ans Gesicht und schnupperte daran; er zog es aus irgendeinem Grund vor, es zu behalten.

»Ein alter Bekannter (der, der mich zu den Satanskämpfern gelockt hat) hat mir das folgendermaßen erklärt. Der Teufel kann sich in jedem Menschen einnisten, auch in dem tugendhaftesten. Nur der Große Magier ist gegen diesen Makel gefeit, was dadurch erreicht wird, dass die oberen Mitglieder des Ordens ihn einem uralten Ritual unterziehen, bei dem die Zeichen Luzifers symbolisch gekappt werden. Guck dir das Siegel an.«

Er wollte den Brief herausholen, schlug sich aber stattdessen auf einmal gegen die Stirn.

»Ich hab's. Ich unternehme etwas, um nicht allein vom Fürsten Dolgoruki abzuhängen. Ich schreibe den anderen Satanskämpfern, die ich kenne. Und zwar Folgendes: Der Große Magier hat sich geirrt, was er in Kürze in einem gesonderten Schreiben mitteilen wird, also zügelt eure Leidenschaft! Sonst fällt, was der Verstand verhüten möge, womöglich noch irgend so ein Fanatiker des gnadenlosen Guten über dich her.«

»Und ich pudere mir die Haare, dann erkennt mich keiner«, sagte Mitja, der wieder Mut gefasst hatte. »Woran haben sie mich denn bis jetzt erkannt? Im Gasthaus war meine Mütze heruntergefallen. Auf Ljubawins Gut war das Bad schuld. Und hier dem Fürsten habe ich selber meinen Kopf unter die Nase gehalten.«

»Jawohl, das tu ich, ich schreibe einen Brief. Und zwar als Erstes dem, der mich zum Schildknappen geschlagen hat. Er hat bestimmt inzwischen einen hohen Grad bei ihnen, denn er ist ein tüchtiger und rechtschaffener Mann. Als Zweitem schreibe ich Miron. Wem noch?«

»Dem Kollegienrat aus Nowgorod, den Ihr bewusstlos geschlagen habt«, erinnerte ihn Mithridates.

»Nein«, sagte Daniel seufzend. »Dem schreibe ich nicht. Dieser Monsieur ist mir wahrscheinlich böse. Ich habe ihm eine falsche Diagnose gestellt und ihm ein Medikament gegen eine Krankheit verschrieben, die er nicht hat. Das kommt in der Medizin nun mal vor.«

Mitja sagte rachsüchtig:

»Macht nichts, Hauptsache, er geht in Zukunft nicht mehr irgendwelchen Kindern an die Kehle. Ich werde mich über ihn noch bei unserer lieben Kaiserin …«

»Halt!«, sagte Vondorin und hob die Hand. »Was ist da los?«

Hinter der Tür polterten Stiefel, die schnell näher kamen.

Man hörte eine Stimme:

»Hier sind sie. In der Bibliothek. Ich habe ihre Stimmen gehört.«

Die Türflügel öffneten sich. Auf der Schwelle stand ein Offizier in rotem Kaftan und mit einem auf die Augen heruntergezogenen Dreispitz. Ein eingeschüchterter Diener schaute ihm über die Schulter, hinter ihm standen zwei Männer mit Hellebarden.

»Hauptmann Sobakin von der Twerer Staatsbehörde«, erklärte der Beamte in der roten Uniform, warf einen Blick auf Mitja und rief mit einer Stimme, die nichts Gutes verhieß: »Aha!«

Er näherte sich entschlossen dem zusammengekauerten Mithridates und legte ihm eine Hand auf die Schulter.

»Auf Befehl des Herrn Gouverneurs soll dieser Junge im Haus Seiner Erlaucht aufgegriffen werden, damit man mit ihm nach Vorschrift verfahren kann.«

»Was heißt das ›er soll aufgegriffen werden‹?« Daniel zog Mitja dichter an sich heran. »Wieso? Das lasse ich nicht zu!«

Der Hauptmann maß Vondorin mit einem Blick und lächelte ungut.

»Dieser Jüngling ist ein Dieb. Er hat aus dem Arbeitszimmer Seiner Erlaucht einen wertvollen Gegenstand gestohlen, von dem der Fürst sichere Kenntnis hat. Und was Euch betrifft, gnädiger Herr, so weiß ich Bescheid. Wenn Ihr der Ausführung des Gesetzes im Wege stehen wollt, werde ich Euch fesseln lassen.«

Der Offizier nickte den Wachleuten zu, die er offenbar gerade für den Fall, dass Daniel Scherereien machen sollte, als Begleitung mitgenommen hatte.

»Ich habe nichts gestohlen!«, schrie Mitja.

»Das kann ich nicht beurteilen. Das ist Sache des Gerichts. Wenn du nichts gestohlen hast, lassen sie dich wieder laufen.«

»Hauptmann, Ihr seid doch ein guter und verständiger Bürger und habt sicher nicht wenig Erfahrung im Kampf gegen die Laster«, sagte Daniel und befleißigte sich eines sanfteren Tons. »Schaut Euch dieses Kind an. Es ist erst sechs Jahre alt. Selbst wenn es etwas, das nicht ihm gehört, an sich genommen hätte, dann nicht in verbrecherischer Absicht, sondern nur aus reiner Neugier. Wo gibt es denn so etwas, dass man kleine Kinder verhaftet?«

Mitja verstand, dass Vondorin seiner Gewohnheit folgte und versuchte, an das Gute in dem Polizisten zu appellieren.

Aber der Hauptmann hatte kein Ohr dafür.

»Das kann ich nicht beurteilen«, wiederholte er. »Ich habe einen Befehl und danach richte ich mich. Lasst mich durch! Und bedenkt, gnädiger Herr: Wer sich den Dienern des Gesetzes widersetzt, der wird selber zum Verbrecher. He, ihr da, schafft diesen Mann aus dem Weg!«

»Ich sehe«, sagte Daniel, an seinen jungen Freund gewandt, »in Russland hat man mehr Achtung vor der Wissenschaft als vor einem guten Wort.«

Mithridates wusste schon, was jetzt kam, und zog den Kopf ein.

Vondorin wandte die englische Wissenschaft mit Umsicht an. Den unteren Rängen ließ er nur ein bisschen Gelehrtheit angedeihen, das heißt, er gab beiden eins aufs Ohr, und zwar mit der rechten und mit der linken Hand. Schnell und leicht, und trotzdem fiel beiden die Hellebarde aus der Hand, und sie gingen zu Boden. Dem Offizier aber zeigte er es: Er haute ihm aus Leibeskräften gegen die Stirn, dass es krachte. Das war auch der Grund, warum der Hauptmann sich gar nicht erst setzte, sondern gleich hinlegte, und zwar mit geschlossenen Augen und ausgestreckten Armen.

»Ich habe mich mit Gewalt den Dienern des Gesetzes widersetzt«, sagte Daniel traurig. »Den Dienern desselben Gesetzes, zu dessen Achtung ich immer aufrief. Der Hauptmann hat mich zu Recht vorgewarnt: Damit bin ich ein Verbrecher vor der Gesellschaft und habe die Verantwortung für mein Tun zu tragen.«

Die Wächter musterten ihn ängstlich von den Füßen bis zum Scheitel. Ihre lädierten Ohren (bei dem einen das rechte, bei dem anderen das linke) waren rot angelaufen und standen ab.

»Keine Angst, ihr aufrechten Diener«, beruhigte sie der Gesetzesbrecher. »Ich überlasse mich schon noch euren Händen und komme meiner Bürgerpflicht nach, aber vorher muss ich meine Pflicht als Mensch tun. Ihr seid doch mit mir einverstanden, dass letztere Pflicht über ersterer steht?«

»Na klar, Euer Wohlgeboren!«, schmetterte der eine der Wachleute.

Der Zweite nickte nur, tat das aber mehrmals und sehr eifrig.

»Na siehst du, Dmitri«, sagte Vondorin, dessen Gesicht sich aufgehellt hatte. »Mit Hilfe der Wissenschaft erreicht auch das gute Wort den Kopf der Leute sehr viel besser.«

»Aber nicht den Kopf des Hauptmanns Sobakin«, sagte Mitja und zeigte auf den bewusstlosen Körper.

»Um den brauchst du dir keine Sorgen zu machen. Ich habe nur eine kleine Erschütterung in seinem Cranium bewirkt, von der sich die Hirnsubstanz erweicht. Das wird dem Dickkopf zum Nutzen gereichen, sein Hirn ist nämlich nicht elastisch genug. Meine Freunde, legt euren Vorgesetzten in einen Sessel. Ich mache ihm zwei kleine Einschnitte unter den Ohren, damit sich, was der Verstand verhüte, das Blut nicht in seinem Kopf staut. Ihr braucht keine Angst zu haben! Ich bin Arzt und weiß, was ich sage!«

Nachdem er den Verletzten versorgt hatte, legte Daniel den Wachmännern in bester Absicht die Hände auf die Schulter, aber beide zuckten sofort zusammen.

»Sagt mal, meine Lieben, seid ihr zu Fuß hierher gekommen?«

»Nein, Euer Wohlgeboren! Wir sind mit dem Schlitten gefahren.«

»Hervorragend. Ich habe eine herzliche Bitte an euch. Bevor ihr mich verhaftet, lasst uns dieses Kind zu seinen Eltern bringen. Kann ich mit eurem wohlmeinenden Verständnis rechnen?«

Die Antwort war positiv und zwar so prompt und so begeistert, dass Vondorin vor Rührung fast in Tränen ausgebrochen wäre.

»Dann fahren wir los!«, rief er aus. »Lasst uns keine Zeit verlieren, es ist ja schon nach sieben, und der Weg ist weit. Taugen die Polizeipferde etwas, Jungens?«

»Im Gebiet von Twer haben wir die besten Pferde von ganz Moskau!«

Im Vorzimmer forderte Daniel einen der Pelze des Fürsten für Mitja, einen möglichst kurzen, für sich selbst erbat er den Mantel eines der Polizeioffiziere, mit der Begründung, er lehne es ab, sich bei dem wortbrüchigen Hausherrn auch nur irgendetwas zu leihen. Die Diener, die bereits von dem traurigen Schicksal des Hauptmanns Sobakin Kenntnis hatten, führten Vondorins Anweisungen ohne jede Widerrede aus.

»Und Pawlina Auf Wiedersehen sagen?«, fragte Mitja leise.

Daniel schüttelte den Kopf und sagte:

»Nein, das ist nicht nötig! Nach dem, was zwischen uns gewesen ist … Und wenn man bedenkt, was sie erwartet … Nein, nein … Das Herz ist ein zerbrechlicher Mechanismus. Wenn man es einem Wechselbad von feuriger Hitze und Eiseskälte aussetzt, kann es platzen. Nichts wie weg von hier!«

Und er nahm Mitja an der Hand und rannte aus dem Haus. Die Wächter trotteten gehorsam hinterher.

Als sie sich der Vorstadt Dragomilowo näherten, wo Laternen brannten und die Bajonette der Garnisonsoldaten blitzten, sagte Daniel zu den Wachleuten, die zusammen auf dem Bock saßen:

»Meine Lieben, ich wünsche euch nichts Böses, aber wenn ihr eure Kameraden zu Hilfe ruft, dann mache ich mit euch dasselbe, was ich mit eurem Vorgesetzten getan habe, nur etwas unsanfter.«

»Wir denken nicht daran, Euer Wohlgeboren«, antworteten jene, »wir sind ganz friedlich.«

Hinter Kunzowo drohte Mithridates von dem warmen Pelz und der schnellen, schlingernden Fahrt einzunicken. Vor seinem umnebelten Blick schwammen schon undeutliche Schimären, da bekam er auf einmal einen Stoß von seinem Reisegefährten.

»Ich habe mich wieder vor dir schuldig gemacht!«, stöhnte er. »Oh, ich verfluchter Egoist! Ich habe nur an mich und meine Qualen gedacht, dich dabei aber ganz vergessen! Ich habe dich nicht von ihr Abschied nehmen lassen! Kannst du mir das verzeihen? Nein, kannst du natürlich nicht. He, stehen bleiben! Wir drehen um!«

Mitja hatte größte Mühe, ihn zu besänftigen.

Dann wurde er wieder irgendwo mitten in der Landschaft auf einem Schneefeld unter schwarzem Himmel wachgerüttelt. Er war nur einen kurzen Augenblick eingeschlummert, und Daniel sagte:

»Wir haben schon Snegiri hinter uns. Wir kommen ohne dich nicht weiter. Du bist von hier und musst uns sagen, wo wir abbiegen müssen.«

Sie waren an der Gabelung, wo der eine Weg nach Swenigorod und der andere nach Troiza führte. Von da hatten sie nur noch anderthalb Werst bis Trost. Sie waren also schon fast da. Von wegen einen kurzen Augenblick, er musste mehr als eine Stunde geschlafen haben.

Vondorins Brauen glichen vereisten Nadeln, und von den Pferden stieg Dampf auf. Aber das Dreigespann war wirklich gut; es war kaum zu erwarten, dass die Troika auf einmal erlahmte.

»Dahin«, zeigte Mithridates.

Sollte er wirklich gleich zu Hause sein? Dann hätten alle Ängste, Prüfungen und Desaster ein Ende!

Er war sofort hellwach. Mitja kniete sich hin und redete auf den Soldaten ein, der lenkte:

»Schneller, bitte, schneller!«

Und die Hufe der Pferde stampften schnell und schneller, aber Mitjas Herz pochte noch schneller als sie.

Wie viel Uhr es wohl war: zehn oder elf?

Natürlich würden in Trost alle längst schlafen. Aber das machte nichts, dann würden sie eben aufwachen. Was für einen Lärm, was für ein Geschrei es geben würde! Seine Mutter würde wohl kaum herauskommen – sie hatte nachts Kompressen im Gesicht und auf den Augen, um die Haut frisch zu halten. Aber die Amme Malascha würde bestimmt aufspringen und die anderen Diener ebenfalls, und Embryo würde wohl auch seine verschlafene Visage zeigen. Aber am meisten würde sich natürlich Vater freuen! Er hatte sich bestimmt fern vom Petersburger Glanz verzehrt und zu Tode gegrämt. Er würde im Kittel herausgelaufen kommen, mit Papierwickeln im Haar, er würde die Hände ringen, weinen und lachen und eine Frage nach der anderen stellen. Ach, wie wunderbar das alles war!

Begeistert von seinen frohen Vorahnungen, hörte Mitja Vondorin nur mit halbem Ohr zu. Der redete und redete, war untröstlich über seine Schuld und versicherte ihm, er brauche nun keine Angst mehr zu haben.

»Mach dir keine Sorgen, mein Lieber. Pawlina Anikitischna wird für deine Rettung einen Preis zahlen, der alles übersteigt, was eine Frau zahlen kann …«

Daniels Stimme zitterte und ging in wirres Gestammel über:

»Schweig, du Dummes, lass das Stöhnen!«

Wen meinte er damit? Mitja blickte flüchtig auf seinen Kameraden, sah, dass in dessen Augen Tränen standen, aber da sauste das Gefährt aus dem Wald ins Offene, vorne zeigte sich das Gut, und – Wunder über Wunder! – die Fenster waren hell erleuchtet.

»Sie schlafen nicht!«, schrie Mitja. »Sie warten! Vater hat es geahnt! Sein Vaterherz wusste es!«

Er sprang vom Schlitten, der noch in Bewegung war; er war noch nicht vor der Treppe zum Stillstand gekommen.

Das Gebimmel der Glöckchen lockte jemand in einem weißen Hemd mit Gürtel in den Flur (der Küchendiener Archip vielleicht?), er erblickte Mitja, staunte, schlug sich auf die Schenkel und lief zurück ins Haus.

Und alles fiel noch besser aus, als er es sich auf dem Weg hatte träumen lassen.

Vater kam nicht in einem Kittel, sondern in einem hochmodernen, in Petersburg gekauften Gehrock in den Flur gelaufen. Gelockt und mit Pomade eingeschmiert, unbeschreiblich schön. Auch Mutter schlief nicht; sie hatte ihr bestes Kleid an, war geschminkt und aufgeräumt. Sie streichelte den Kopf ihres Sohnes und küsste ihn auf die Stirn. Der Bruder ließ sich zwar nicht blicken, aber das war ein Verlust, der durchaus zu verkraften war.

Alexej Woinowitsch benahm sich wie vorausgesehen: er rang die Hände, dankte Gott und konnte seine Tränen nicht verbergen.

»Endlich!«, rief er. »Mein Engel! Mein Wohltäter! Oh, was für ein einzigartiger Glückstag!«

Und so weiter und so fort. Mutter hörte ein wenig zu, war gerührt und ging ins Wohnzimmer. Vondorin schlang geduldig den roten Mantel um seinen Leib und wartete, bis die elterliche Liebe weniger heftig sprudelte. Die Wachleute traten von einem Bein aufs andere und wärmten sich ein wenig auf.

Als er eine Pause in Vaters Entzückensschreien erwischte, zog Mitja Daniel näher zu sich heran und stellte ihn vor:

»Hier, Vater, hier ist der, bei dem Ihr Euch bedanken müsst dafür, dass Ihr mich seht. Das ist mein …«

Aber Vater war schon wieder in Fahrt gekommen und dachte nicht daran zuzuhören:

»Ich danke dir, guter Polizist! Du hast mir meinen Sohn und damit das Leben wiedergegeben! Mach die Hand auf!«

Verwundert streckte Vondorin seine großen Hände aus, und Alexej Woinowitsch holte eine Hand voll Tscherwonzen aus seiner Tasche. Und sagte:

»Na, nimm! Für dich ist mir nichts zu schade!«

Daniel musste die Finger hochbiegen und eine Mulde mit der Hand bilden, damit das Gold nicht auf den Boden fiel. Er wollte etwas sagen, aber wie sollte man denn zu Wort kommen, wenn Vater so in Fahrt war?

Mitja staunte nur und wusste nicht, wie ihm geschah: Wie kam es, dass Vater so reich war?

»Was für ein Glück, was für ein Glück!«, wiederholte Alexej Woinowitsch ein über das andere Mal und schluchzte. »Weißt du, mein guter Sohn, dass die Kaiserin dich zu sich holen will? Sie sehnt sich nach dir, versteht nicht, womit sie dich beleidigt hat, warum du weggelaufen bist. Aber sie zürnt nicht, sie zürnt kein bisschen! Frag mal, wen sie dich holen geschickt hat! Nicht einen Kurier oder Flügeladjutanten! Nein, den Herrn Maslow höchstpersönlich! Den Geheimrat! So sorgt sie sich um dich! Und das alles, weil du nicht ein einfacher Junge, sondern der geliebte Zögling Ihrer Majestät bist, eine Staatsperson! Ach, ich gehe gleich zu Prochor Iwanowitsch und überbringe ihm diese freudige Nachricht! Wir sind gerade eben erst vom Abendessen aufgestanden und haben uns Gute Nacht gewünscht. Er ist bestimmt noch nicht im Bett. Und selbst wenn!«

Und Vater stürzte ins Haus.

Ach, deshalb schläft hier niemand, wurde Mitja da klar. Weil der hohe Staatsmann aus der Hauptstadt zu Gast war.

Das schmeichelte ihm und war ihm angenehm. Ob sich wohl in Russland noch ein Junge fände, dessentwegen man den Chef der Geheimexpedition eine Strecke von sechshundert Werst zurücklegen lassen würde? Nein, da braucht ihr gar nicht zu suchen, einen zweiten solchen Jungen gibt es nicht!

»Euer Wohlgeboren«, klagte einer der Wächter, »erlaubt, dass ich mich entferne, die Notdurft verrichten, ich kann nicht mehr.«

Daniel winkte ablehnend ab – und der Wächter wagte es nicht, sich zu rühren.

»Gehen wir, Daniel Ilarionowitsch«, forderte Mitja ihn auf. »Ich sage, man soll Euch in Vaters Arbeitszimmer unterbringen.«

Vondorin rief aus:

»Du edle Seele! Du denkst an meine Bequemlichkeit, obwohl ich dich doch fast zugrunde gerichtet hätte und es dir verwehrt habe, dich von der Schönsten aller Frauen zu verabschieden! Wie schade, dass ich von deiner Gastfreundschaft keinen Gebrauch machen kann, mein Lieber! Ich habe einen Diener des Gesetzes geschlagen und muss die verdiente Strafe auf mich nehmen. Das habe ich unseren ehrlichen Reisegefährten versprochen. Ich gehöre in den Kerker.«

»Ich brauche doch Prochor Iwanowitsch nur ein Wort zu sagen, dann lässt die Polizei sofort von Euch ab! Das ist doch kein Staatsverbrechen, einen Büttel zu schlagen!«

Mitja wollte schon zu Maslow laufen, aber Daniel hielt ihn davon ab.

»Nein«, sagte er fest. »Von diesem stinkenden Köter will ich keine Nachsicht. Er ist schuld am Untergang meiner guten

Freunde. Seinetwegen habe ich meinen Sohn verloren. Ich will dieses Ungeheuer lieber nicht sehen, ich riskiere sonst, ein weiteres, sehr viel schwereres Verbrechen zu begehen. Ich gehe jetzt. Ich habe keine Angst mehr um dich. Mit diesem Begleiter brauchst du nichts zu fürchten, und für deine zukünftige Ruhe sorgt Pawlina Anikitischna. Hier, gib deinem Vater das Geld zurück.«

Er hielt ihm die Goldtaler hin, aber Mitja hatte seine Hände auf dem Rücken versteckt.

»Wenn er sich so leicht davon getrennt hat, heißt das, er kann es sich leisten. Wahrscheinlich hat Prochor Iwanowitsch das Geld von der Zarin mitgebracht. Ihr steht doch ohne etwas da und könnt es gut gebrauchen. Betrachtet das Geld als von mir geliehen.«

Gerührt lächelnd steckte sich Vondorin die Tscherwonzen in die Tasche.

»Jetzt überschüttest du mich auch noch mit Geschenken. Wenn du einfach meine unbeabsichtigte Schuld vor dir verzeihen und mir versichern könntest, dass du keinen Zorn gegen mich hegst, wäre ich schon beruhigt ...«

»Wenn Pawlina Anikitischna die Schönste aller Frauen ist, dann seid Ihr, Daniel Ilarionowitsch, der Schönste aller Männer«, sagte Mitja überzeugt. »Wenn Ihr nicht wollt, dass ich Maslow von Euch erzähle, dann erzähle ich der Kaiserin von Euch. Ihr werdet nicht lange im Kerker sein, das könnt Ihr mir glauben.«

Vondorin beugte sich herab und flüsterte ihm ins Ohr:

»Wem soll man denn noch glauben, wenn nicht dir? Hier, damit du ein Andenken hast.«

Und er steckte Mitja einen Zettel unter die Manschette des Kaftans. Dann wandte er sich den Wächtern zu und erklärte:

»Er hat mir verziehen! Jetzt stehe ich zu eurer Verfügung!«

NEUNZEHNTES KAPITEL

BRAVE NEW WORLD oder SCHÖNE NEUE WELT

(Huxley, 1932)

Nicholas Fandorin war mit seiner Macht über seine Handlungen, sein Leben, ja seinen Tod am Ende. Im wahrsten Sinne des Wortes.

Das Erste, was der Magister tat, als sie ihn endlich allein ließen, war, dass er versuchte, seiner schändlichen, andere gefährdenden Existenz ein Ende zu setzen. Sie hatten ihm die Handschellen und die Augenbinde abgenommen, und er sah, dass er sich in einem kleinen, spärlich möblierten Zimmer befand. Nicholas interessierte nur eins in diesem Raum: das hellgraue Quadrat des Fensters. Er stürzte zu ihm hin, als wäre es sein bester Freund.

Was für ein Glück! Das Zimmer lag oben. Sehr hoch oben.

Ein Viertel mit Neubauten, in der Ferne die Schlote eines Heizwerks, trübe Dämmerung. Irgend so eine Schlafstadt. Der Teufel soll sie holen. Hauptsache, bis zum Boden ist es weit, und beim freien Fall beschleunigt sich ein Körper um 9,81 Meter pro Quadratsekunde.

»Sterben, einschlafen und vielleicht träumen«, murmelte Nicholas verzweifelt und suchte nach einem Hebel.

Er konnte keinen finden.

Das Fenster hatte keinen Griff, es ließ sich nicht öffnen.

Er schlug wütend mit der Faust gegen die Scheibe; sie klirrte nicht, sie erzitterte noch nicht einmal. Das war der Moment, in dem Fandorin klar wurde, dass die Macht über seine Existenz an ein absolutes, unwiderrufliches Ende gekommen war.

Er setzte sich auf das Bett und schlug die Hände vors Gesicht.

Er hätte losheulen wollen, aber er hatte es als Erwachsener verlernt zu weinen.

Wo Mira wohl war? Bevor sie ihm die Augen verbunden hatten, hatte er beobachtet, dass man sie zu einem anderen Auto brachte. Vielleicht war das Mädchen hier, in irgendeinem Nachbarzimmer?

Er sprang auf, klopfte an die Wand, erst an die eine, dann an die andere. Keine Reaktion. Ob sie nicht da war? Oder sich weigerte, mit dem Verräter zu reden?

In der nächsten halben Stunde drehte sich Nicholas im Kreis: Entweder er hockte auf dem Bett und brütete vor Selbsthass und Abscheu vor sich hin; oder er stürzte los und klopfte mal an die eine, mal an die andere Wand. Und kehrte wieder auf das Bett zurück …

Es gab da noch die verschlossene Tür, aber der näherte er sich nicht. Sie würde sich früher oder später schon von selbst öffnen.

So war es dann auch.

Die Tür öffnete sich. Auf der Schwelle stand der alte Bekannte, den Nicholas Plattnase getauft hatte. Dieselbe Visage wie vorher: stumpfsinnig, gefühllos. Er sagte nichts, sondern gab ihm nur mit einer Handbewegung zu verstehen, er solle mitkommen.

Sie gelangten in eine quadratische Diele, Fandorin orientierte sich schnell.

Eine typische Dreizimmerwohnung. Vor einer der verschlossenen Türen, in einem Sessel, saß ein anderer guter Bekannter: Max. Er nickte Nicholas zu und lächelte dabei ein wenig und das noch nicht einmal spöttisch, wie es schien. Das war wohl das Zimmer, in dem sich Mira befand. Sie musste das Klopfen gehört haben, hatte aber keine Lust gehabt zu antworten. Das war ja nicht erstaunlich …

Die Plattnase schubste den Gefangenen in die andere Richtung.

Er ging durch den Korridor am Badezimmer und Klo vorbei zur Küche, durch deren matte Scheibe Licht drang. Man hörte von dort eine Männerstimme, dann das Lachen einer Frau.

Der Auftraggeber und seine rechte Hand feierten das Gelingen der Operation. Allerdings gab es keine große Tafel, vor Jastykow standen nur eine Flasche armenischer Cognac und ein Glas. Jeanne fächelte sich mit einem gefalteten Tausendrubelschein Luft zu. Nicht gerade viel als Honorar für eine so virtuose Arbeit, dachte Fandorin finster.

»Da ist ja auch unser Held!«, begrüßte ihn Jeanne. »Setzen Sie sich, Nikolaj Alexandrowitsch. Wir sitzen hier ganz zwanglos beisammen.«

Von diesem nicht besonders originellen Scherz war die Matadorin so begeistert, dass sie sich vor Lachen nicht mehr einkriegte. Sie holte eine runde Silberdose aus der Tasche, schüttete ein rosa Pulver auf den Schein und verteilte es mit dem Finger. Dann warf sie den Kopf in den Nacken und atmete tief ein.

»Sachte, meine Liebe, sachte«, sagte Oleg Stanislawowitsch. »Ich weiß, dass du hart gesotten bist, aber übertreib mal nicht.«

»Ich kenne mein Limit«, antwortete Jeanne und imitierte einen Alkoholiker, der lallt und mit den Augen auf seine Nase schielt. Und wieder folgte eine unbändige Lachsalve.

»Stehen Sie nicht herum wie eine Skulptur des Bildhauers Zereteli. Nehmen Sie Platz«, befahl Jastykow. »Kommen wir zur Sache. Jeanne hat ihre Arbeit praktisch beendet und zwar hervorragend, aber für uns beide, Fandorin, ist es jetzt noch zu früh zum Durchatmen. Was wissen Sie von mir?«

»Dass Sie ein Schwein und Betrüger sind«, antwortete Nicki verdrossen und spürte, dass er den Zustand erreicht hatte, wo Angst und Selbsterhaltungstrieb ihn nicht mehr bremsten, sondern er nur noch eins wollte: dass alles möglichst schnell vorbei wäre.

»Ach, Sie sprechen von diesem Verrückten. Übrigens, Jeanne, du hast immer noch nicht geklärt, woher er seine Kenntnisse im Sprengen hatte. Und wenn sich nun herausstellte, dass er doch kein Einzelgänger war?«

Sie antwortete sicher:

»Ausgeschlossen. Ich habe alle Kontakte, alle Bekannten durchleuchtet. Es handelt sich bei ihm garantiert um einen Spinner, der auf eigene Faust aktiv geworden ist. Was den Sprengstoff angeht, so hat er im Jahre 1986 eine Serie von Reportagen über unsere Sprengtrupps in Afghanistan gemacht. Da könnte er sich sein Wissen angeeignet haben, eine andere Möglichkeit gibt es nicht. Das ist doch nun wirklich kein Kunststück, ein bisschen Plastiksprengstoff irgendwo anbringen und auf den Knopf drücken. Nur keine

Panik, Oleg, darüber brauchst du dir nun wirklich nicht den Kopf zu zerbrechen.«

Jastykow wartete, bis die mit Kokain voll gepumpte Frau sich ausgekichert hatte, und fuhr fort:

»Gut, dann war er also nur ein Spinner. Aber über ihn ist Jeanne auf Sie gestoßen, Fandorin. Sie haben mir zu einem strategischen Vorsprung verholfen. Der Rest ist eine Frage der Technik. Aber auch da kommt es darauf an, nichts zu verpatzen.« Er blinzelte Nicholas auf einmal zu und fing verschwörerisch an zu flüstern: »Wissen Sie, warum Sie noch am Leben sind?«

»Nein«, antwortete Fandorin, der sich nicht im Geringsten über den geänderten Tonfall wunderte. »Warum?«

Jastykow setzte das Glas an den Hals, spülte sich mit der Flüssigkeit den Mund aus und schluckte sie hinunter. Seine Augen glänzten kaum weniger stark als die von Jeanne. Der Stratege hatte offenbar einiges intus.

»Weil Sie noch von Nutzen sein können.« Er hob bedeutungsvoll den Zeigefinger. »Morgen, oder richtiger: heute beginnen die Verhandlungen. Ein heikles Thema, wie Sie verstehen, so dass die Möglichkeit eines direkten Kontaktes ausscheidet. Da muss ein Vermittler her, und diese Rolle ist Ihnen einfach auf den Leib geschrieben. Der Kurze vertraut Ihnen, und wir ... wir kitzeln Sie an den Eiern. Denn der Grund für Ihre Zusammenarbeit mit uns ist ja Ihre Vaterliebe, nicht wahr?«

»Tja, manchmal führt der Zeugungsphallus schnurstracks in die Mäusefalle«, sagte Jeanne und platzte dabei vor Lachen. »Sie haben doch hoffentlich Erast und Angelina nicht vergessen? Das kann doch wohl nicht sein, verehrter Baronet, oder?«

Nicholas zuckte zusammen. Auf einmal war ihm der Schleier vor den Augen weggerissen, der den ganzen Sadismus der Situation, in die der Magister geraten war, bisher barmherzig verhüllt hatte. Ja, es stimmte, es gab außer der Angst um das eigene Leben eine noch viel schlimmere Angst, die Angst um die, die du liebst. Was war er doch für ein schäbiger Egoist, dass er das hatte vergessen können?

»Ich sehe, Sie erinnern sich«, sagte Jastykow zufrieden nickend. »Da treffen sich also zwei edle Väter auf der Bühne. Was ist denn ein kleiner Chemiekonzern schon gegen den Vulkan der Vaterliebe? Der Kurze hat Ihnen doch sicher erklärt, warum ich dieses ganze Rührstück eingefädelt habe, oder?«

»Ja. Sie wollen die Produktion von Superrelaxan aufnehmen. Und ganz Russland von dieser Droge abhängig machen.«

»Das hat der Kurze gesagt? Ich bin doch nicht der Antichrist und habe vor, ganz Russland zuzudröhnen.« Oleg Stanislawowitsch schüttelte den Kopf. »Was dem Kurzen so alles einfällt! Der sollte lieber in Hollywood Horrorfilme drehen. Nein, Fandorin, ich brauche nicht ganz Russland, mir reicht es, wenn ein paar Millionen Missgeburten meine Pillen schlucken und mir ihre Rubelscheinchen bringen, und zwar auf ganz legalem Weg. Verdammt noch mal, die Hälfte der Kosmetikfirmen macht doch genau dasselbe: Die drehen den Frauen eine Creme gegen Falten an, und später können die armen Dummerchen ohne diese Creme nicht leben – da würde ja ihr ganzes Gesicht schwabbelig herunterhängen.«

Der Vorwurf, er habe gegen Russland gerichtete Absichten, brachte den Apotheker in Rage, er konnte sich absolut nicht beruhigen.

»Und der Kurze selber? Der hat doch fast alle unsere Grandes Dames an der kurzen Leine! Einmal im Jahr müssen sie zu ihm dackeln, um sich ihre Schönheitsdosis verpassen zu lassen. Ein genialer Einfall, Hut ab. So eine Lobby muss man sich erst mal schaffen! Über seine Kundinnen kann er von deren Ehemännern bekommen, was er will. Parlamentarische Immunität und mehr als das! Wenn Mirat Leninowitsch etwas passiert, was Gott verhüten möge, dann muss man im ganzen Land die Hochglanzzeitschriften verbieten, die Hälfte unserer Schönheiten verwandelt sich dann in Kröten. Zum Weglaufen. Aber dem Kurzen ist das immer noch zu wenig. Den Iljitsch will ich!« Jastykow haute mit der Faust auf den Tisch. »Ich habe alles eingefädelt, vorbereitet und die Privatisierung durchgesetzt. Wie viel Kraft, wie viel Zeit mich das gekostet hat, ganz zu schweigen von dem Geld. Und da kommt der her und will sich ins gemachte Nest setzen.«

Wenn man jemandem richtig zuhört und sich an seine Stelle versetzt, scheint jeder Mensch auf seine Weise Recht zu haben, dachte Nicholas. Und um diese verfluchte Neigung des Intellektuellen zur Objektivität zu verjagen, fragte er:

»Stimmt es, dass sich der langjährige Gebrauch von Super-relaxan auf die Zeugungsfähigkeit auswirkt?«

Die fröhliche Jeanne fand die Frage lustig, Oleg Stanisla-wowitsch aber nahm sie ernst.

»Ja, und genau das gefällt mir daran am meisten. Jeder Mensch entscheidet alleine, was er mit seinem Leben machen will. Unser Land ist jetzt frei. Jeanne nimmt schließlich auch den ›rosa Fla-mingo‹, aber für sie ist das wie eine Tasse Kaffee. Bei Hyperakti-vität der Nerven und einem irren Adrenalinspiegel hat Koks die Funktion eines Dämpfers. ›Superrelaxan‹ ist etwas für Missgebur-ten, die vor Lust grunzen, wenn sie sich im Dreck suhlen. Was ha-ben wir beide von der Fortpflanzung der Missgeburten? Wenn es in meiner Macht stünde, würde ich billigem Wodka und ähnlichem Fusel kostenlos etwas von meinen Präparaten beimischen, damit die Debilen keine Kinder in die Welt setzen können.« Jastykow ergriff jovial Nicholas' Hand und fuhr fort: »Sie sind doch ein ge-bildeter Mensch und machen sich Ihre Gedanken, nicht wahr? Ist denn nicht alles Unglück der Menschheit darauf zurückzuführen, dass es einfach zu viele von uns auf der Erde gibt? Dadurch sinkt der Wert des einzelnen Individuums. Nehmen Sie doch nur mal die Twerskaja Uliza in der Stoßzeit. Ein Gewimmel, dass Sie sich vorkommen wie in einer Heringsbüchse. Wenn wir tausendmal so wenig wären, gäbe es keine Kriminalität, keine Morde, keine sozialen Missstände. Und wir hätten tausendmal so viel Achtung voreinander. Und wenn die Schwachen, Dummen, Unfähigen (eben genau die, die drogensüchtig werden) aufhörten, sich zu vermehren, würde unsere ganze biologische Gattung einen un-glaublichen Entwicklungsstand erreichen. Diese neue Welt wäre wunderbar, kein Vergleich mit der jetzigen. Was lächelst du denn so, Jeanne? Habe ich etwa Unrecht?«

»Recht hast du, Schopenhauer, völlig Recht.« Sie war aufgestan-den und streckte sich über den Tisch zu ihm hin. »Komm, lass dir einen Kuss geben, du Erlöser der Menschheit.«

Oleg Stanislawowitsch wich mit gespieltem Entsetzen zurück.

»Bitte ohne sexuelle Belästigung, Miss Bogomolowa! Unsere Beziehungen sind rein geschäftlich.«

Offenbar zeigte sich bei diesen Worten auf Nicholas Gesicht Verwunderung, denn Jastykow hielt es für nötig zu erklären:

»Haben Sie gedacht, Jeanne und ich wären ein Liebespaar? Nein, Nikolaj Alexandrowitsch. Erstens müssen die Beziehungen zwischen Auftraggeber und Auftragnehmer platonisch sein, das gehört zum Einmaleins. Außerdem hätte ich Angst, mich mit dieser gefährlichen Person ins Bett zu legen. Ich bin doch nicht lebensmüde. Die lässt sich noch hinreißen und erwürgt mich. Oder erdrückt mich wie eine schlafende Bäuerin ihren Säugling.«

Jeanne lächelte und sagte:

»Und dabei hat er noch damit angegeben, er wäre ein sexueller Terrorist.« Sie sog an ihrer Zigarre und streckte sich wohlig. »Ach, Jungs, ihr habt ja keine Ahnung, wie toll es ist, mit einem Auftragsobjekt zu schlafen.«

»Mit wem?«, fragte Nicholas, der nicht verstanden hatte.

»Mit einem, den man bei dir in Auftrag gegeben hat. Das ist meine Lieblingsnummer. Gleichzeitig zum Höhepunkt kommen: ich krieg meinen Orgasmus, und er ist ein toter Mann. Eine unglaubliche Ekstase. Wissen Sie, warum ich mir für meinen Ausweis den Namen Bogomolowa, also Gottesanbeterin, ausgesucht habe? Weil die Gottesanbeterin sofort nach der Kopulation dem Männchen den Kopf abbeißt. Happ, happ!«, führte sie zähneklappernd direkt vor Fandorins Nase vor.

Der wäre vor Schreck fast vom Hocker gefallen. Während der Auftraggeber und die Auftragnehmerin einträchtig loswieherten, fiel ihm die Szene der gescheiterten Verführung im »Cholesterin« ein, und er zuckte zusammen.

Immer noch lachend küsste Jastykow Jeanne die Hand.

»Sie haben keine Ahnung, was für eine schreckliche Waffe diese feinen Hände und die lackierten Fingerchen sind. Komm, Kätzchen, zeig's ihm mal.«

Herablassend lächelnd nahm Jeanne ein Glas und drückte es mit dem Daumen und dem kleinen Finger zusammen. Das Glas zerplatzte, die Scherben regneten auf den Tisch.

»In meinem Beruf ist es praktisch, eine Frau zu sein.« Sie blies eine Rauchwolke in die Luft und streifte die Asche in die Glasscherbe. »Damals auf der Landstraße, wären Sie da etwa auf den Jeep zugegangen, wenn nicht eine Frau am Steuer gesessen hätte? So eine superweibliche, hilflose? Meinen Dummköpfen sind Sie ein paarmal davongelaufen, aber mit mir haut das nicht hin. Ich habe Sie erst mal gestreichelt, bevor ich Ihnen die Krallen gezeigt habe.«

Fandorin hatte nie eine Frau getroffen, die auch nur im Entferntesten Jeanne ähnelte. Sie anzusehen und ihr zuzuhören, war schrecklich und faszinierend zugleich.

»Hören Sie, warum sind Sie so …?«, setzte er an. »Ich weiß nicht, wie ich es sagen soll, so grausam, so unmenschlich?«

Das Wort war ihm unpassenderweise rausgerutscht. Nicholas hatte Angst, Jeanne wäre beleidigt. Keine Spur, sie fühlte sich sogar sichtlich geschmeichelt und fragte:

»Sie wollen wissen, wie mein Motor funktioniert?«

»Was?«, fragte er erstaunt zurück.

»Jeder Mensch hat einen Motor, der alle seine Taten antreibt. Ich durchschaue diesen Motor sofort. Bei Oleg ist es die Bosheit. Da lebst du, mein Goldschatz, und bist dauernd böse auf die, die um dich herum sind. In der Krippe hast du den anderen Kindern die Spielsachen weggenommen, nicht weil du die Schaufeln und Autos brauchtest, sondern aus Bosheit. Jetzt nimmst du eben jemand die Aktien-Kontrollpakete weg. Ihr Motor dagegen, Nikolaj Alexandrowitsch, heißt Maßhalten. Sie wollen immer bei allem das Maß, den Anstand, die Regeln und so weiter wahren. Ich gehöre zur Gattung der Menschen, deren Motor die Neugier ist. Meistens werden solche Menschen als Jungen geboren, aber es sind auch Mädchen darunter. Als Kinder reißen wir Schmetterlingen die Flügel ab oder stechen einer gefangenen Maus die Augen aus, nicht aus Sadismus, sondern aus Neugier. Wir wollen sehen, was dann passiert. Wenn wir dann erwachsen sind, erstreckt sich unsere Neugier auf die unterschiedlichsten Dinge. Aus unseren Reihen stammen große Gelehrte und Entdecker. Oder wie ich: Spezialisten für interessante Situationen, wobei die allerinteressanteste der Tod ist. Ist es nicht wirklich so, dass das interessanteste Ereignis im Leben eines jeden der Tod ist?« Jeanne schaute lebhaft von dem einen Mann zum anderen. Beide schwiegen, nur Jastykow mit einem Lächeln, Fandorin ohne. »Wie oft habe ich das gesehen, und ich kann mich nicht satt sehen. Je länger ich dabei bin, desto interessanter wird es. Zuerst war ich erstaunt, dass du nie vorhersagen kannst, wie jemand sterben wird. Es gibt den harten Kerl, den Rambo, der im letzten Augenblick wie ein

Kind zu flennen anfängt. Oder das Gegenteil: den geduckten, fast geschlechtslosen Schlappschwanz, der auf einmal ein so gelassenes Lächeln an den Tag legt, so strahlend schön, dass du völlig hingerissen bist. Jetzt kann ich es allmählich voraussagen, aber es kommt immer noch vor, dass ich mich irre. Bei Ihnen aber«, während sie das sagte, fixierte sie Nicholas prüfend, »bin ich mir sicher. Sie werden sterben wie ein Held, da lasse ich mich auf eine Wette um einen Zehntausender ein.«

»Abgemacht!«, reagierte Oleg Stanislawowitsch prompt. »Also zehntausend Bucks.«

Nicki musste zwar davon ausgehen, dass sie keine Witze machten, erschrak aber nicht sonderlich. Es war ohnehin klar, dass er hier nicht lebend rauskäme. Hauptsache, er konnte die Kinder retten.

Jeanne taxierte ihn immer noch mit Feinschmeckerblick.

»Er wird um nichts bitten«, prognostizierte sie. »Und erst recht nicht weinen. Er wird überhaupt nicht den Mund aufmachen, alles andere hält er für unter seiner Würde. Er wird die Augen schließen oder in den Himmel schauen. Er wird schön sterben. Und dafür, Nikolaj Alexandrowitsch, werde ich Ihnen dann danach einen Kuss geben. Das mache ich immer so, wenn jemand schön stirbt.«

Als er sich diesen postumen Kuss vorstellte, fuhr ihm dann doch auf einmal heftig der Schreck in die Glieder. Und er dachte böse: Na warte, deine Zehntausend kannst du abschreiben, ich werde mit Absicht schreien wie am Spieß.

»Komm, Kätzchen, es reicht«, sagte Jastykow. »Leg dich nicht umsonst ins Zeug. Du siehst doch, es ist angekommen, er ist im Bilde. Sie sind doch nun im Bilde, Nikolaj Alexandrowitsch, oder?«

»Ja, ich bin im Bilde«, antwortete Fandorin, der Gefallen daran fand, wie nüchtern und ironisch das klang.

»Da fehlt aber noch etwas«, sagte Jeanne und drückte die Zigarre auf dem Wachstuch aus – ein widerlicher Gestank kam auf. »Katerchen, vergiss nicht, wir müssen noch die Wette auf seine Tatarin abschließen.«

Nicholas Fandorin hatte nie in seinem Leben (jedenfalls, soweit er zurückdenken konnte, seit seiner frühesten Kindheit) eine

Frau geschlagen und hätte nie gedacht, dass er dazu imstande sei, nun aber stürzte er sich mit einem dumpfen, ganz unzivilisierten Brüllen auf die Gehilfin, um ihr die Seele aus dem Leib zu prügeln. Doch Jeanne parierte spielend leicht mit einem Handkantenschlag und traf sein Handgelenk, so dass seine Rechte sofort abstarb, schlaff herunterhing und er sie mit der Linken festhalten musste.

Oleg Stanislawowitsch verzog das Gesicht.

»Komm, geh und ruh dich aus. Ich will mit Nikolaj Alexandrowitsch unter vier Augen sprechen.«

»Gut, dann kämpfen wir unser Duell eben nachher zu Ende, ja?«

Die Meisterin warf Nicholas eine Kusshand zu, während sie ihrem Auftraggeber nur zunickte und die Küche verließ.

Die Männer blickten ihr nach. Dann sagte Jastykow:

»Lassen Sie sich nicht verrückt machen, Nikolaj Alexandrowitsch. Wenn Sie Ihre Arbeit ordentlich erledigen, wird Ihrer Familie kein Haar gekrümmt.«

»Und mir?«, wollte Fandorin schon kleinlaut sagen, aber er verkniff sich die Frage. Die Antwort war doch klar. Wie hätten Sie denn einen solchen Zeugen am Leben lassen können?

So begnügte er sich denn mit einem Nicken.

Jastykow hatte den Sinn der Pause sehr wohl verstanden.

»Es ist wohltuend, wenn man es mit einem beherrschten Menschen zu tun hat. Ich komme also zu dem Problem. Sofort nach Durchführung der Operation haben wir uns mit Kuzenko in Verbindung gesetzt und ihm die Sachlage erklärt. Selbstverständlich hat er ein Gespräch mit seiner Tochter gefordert. Er will sich davon überzeugen, dass sie unversehrt ist. Die normale Reaktion eines Vaters. Der Haken ist nur, dass die Tochter bockt. Wenn man ihr den Hörer hinhält, beißt sie die Zähne zusammen, und es kommt kein Ton über ihre Lippen. Als dem Kurzen klar wurde, dass das Telefongespräch mit seiner Tochter nicht zustande kommen würde, fing seine Stimme sogar an zu zittern. Das habe ich in der fünften Klasse zum letzten Mal gehört, wie seine Stimme ins Zittern kam; das war, als ich ihm das Maul mit Löschpapier gestopft habe. Wenn Mirat den Verdacht hat, wir hätten das Mädchen umgelegt, bricht er den dritten Weltkrieg vom Zaun. Zwar ist er Schachspieler, aber aus gekränkter Vaterliebe kann er auch mal die Maßstäbe aus den Augen verlieren ... Um ehrlich zu sein: Ich war dafür, dem kleinen Miststück ordentlich die Ohren lang zu ziehen, aber Jeanne hat davon abgeraten. Sie meinte, die Kleine sei eine harte Nuss, ich sollte lieber Ihre Person einschalten, um sie umzustimmen.«

Oleg Stanislawowitsch drehte den Brillantring, der an seinem kleinen Finger steckte, und freute sich geistesabwesend am Spiel der Lichtreflexe.

»Sie meinte, wir quatschen ihn einfach voll und machen ihm Angst. Dann kuscht er schon. Aber, wissen Sie, auch ich kenne mich mit Menschen ein bisschen aus und sehe, dass man Ihnen am besten offen und ehrlich kommt und Ihnen sagt: das wollen wir, das zahlen wir. Also, bringen Sie Ihre Schülerin dazu, dass sie mit ihrem Vater spricht. Es ist ganz egal, was sie ihm erzählt. Hauptsache, er hört ihre Stimme.«

Fandorin sagte niedergeschlagen:

»Sie denkt, ich habe sie verraten, und wird sich weigern, mit mir zu sprechen.«

»Da habe ich natürlich keinen Einfluss drauf. Wenn Sie nichts in der Hand haben, sind mir ebenfalls die Hände gebunden. Dann müssen Sie eben mit Ihrem eigenen Fleisch bezahlen. Wie bei Shakespeare im Kaufmann von Venedig, erinnern Sie sich?«

Die Unterhaltung mit Mira verlief schleppend. Eigentlich konnte man es kaum eine Unterhaltung nennen; während Fandorin sprach, hockte seine Schülerin mit angezogenen Beinen auf dem Bett und starrte die Wand an. Nicholas sah sie im Profil: ihr vor Hass blitzendes Auge, die zerbissene Lippe. Sie drückte gegen ihren zarten Knöchel. Einmal hob sie ihre Hand, um sich am Ellenbogen zu kratzen, da sah Nicholas an ihrem Knöchel einen weißen Streifen – so groß war die Wut, mit der sie zudrückte.

Er war schrecklich aufgeregt. Er merkte selber, dass er ein entsetzlich wirres Zeug erzählte, das man unmöglich glauben konnte. Mira dachte auch gar nicht daran. Wahrscheinlich hörte sie gar nicht zu. Sie starrte weiter die Wand an und basta.

»Ich muss mich bei dir entschuldigen ... Bei euch allen. Ich Idiot bin in eine Falle getappt ... Aber ich habe dich nicht verraten, ehrlich«, murmelte er mit einer Stimme, die immer weinerlicher wurde. »Ich bitte dich, sprich mit deinem Vater. Wenn du dich weigerst, bringen sie dich um. Da bleibt ihnen nichts anderes übrig ...«

Die einzige Antwort von Mira war, dass sie mit der Nase schniefte, weniger, weil sie die Tränen zurückhielt, wie es schien, sondern vor Wut.

Mit niedergeschlagener Stimme und schon ganz ohne Hoffnung sagte Nicholas:

»Ist denn so ein läppischer Chemiekonzern wirklich mehr wert als das Leben? Das ist doch ein Geschäft wie jedes andere auch. Dein Vater wird noch viele, nicht weniger lukrative machen. Das verstehe ich nicht ...«

Ohne sich ihm zuzuwenden, knurrte sie verbissen:

»Wie solltest du das auch können.«

Er horchte auf. Gott sei Dank, sie hatte etwas gesagt!

Und so schnell wie möglich, bevor sie sich wieder in ihr Schneckenhaus zurückziehen konnte, sprudelte er los:

»Da gibt es doch nichts zu verstehen! Dein Vater verspricht sich ein dickes Geschäft, Jastykow auch. Mirat Leninowitsch ist vielleicht ein wenig wählerischer in seinen Mitteln, aber er ist auch kein Engel. Du bist schließlich kein kleines Kind mehr und hast selber Augen im Kopf. Dein Vater ist Unternehmer; es geht ihm um Geld, und zwar um viel Geld. In unseren Dschungeln kommt man nicht an viel Geld, wenn man seine Zähne nicht gebraucht und sich nicht die Hände schmutzig machen will.«

»Es geht nicht um das Geld«, unterbrach ihn Mira.

»Worum denn?«

»Darum, dass man den eigenen Leuten nicht in den Rücken fällt. Das hat mir Robert Aschotowitsch beigebracht. Vater hat gewartet, hat gehofft, und jetzt soll meinetwegen alles für die Katz sein? Da gehe ich lieber drauf!«

Sie schniefte wieder, diesmal aber bestimmt, weil sie die Tränen unterdrückte – sie wischte sich die Wange mit dem Ärmel ab und wollte gar nicht mehr damit aufhören.

Nicholas ging auf sie zu, setzte sich neben sie und hielt ihr ein Taschentuch hin.

»Du bist für ihn doch um ein Hundertfaches mehr wert als sämtliche Kombinate zusammen«, sagte er leise. »Was soll ihm alles Geld der Welt, wenn er dich verliert?«

Sie schlug die Hände vors Gesicht und schluchzte. Ihre Schultern hoben und senkten sich krampfhaft, und Nicholas hätte das Mädchen umarmen, ihr über den Kopf streichen, sie an seine Brust drücken wollen.

Doch er tat das nicht; er hatte Angst, sie würde ihn wegstoßen.

»Du sagst das doch nur, weil du Angst um deine eigenen Kinder hast!«, schrie sie heulend. »Vater ist dir doch scheißegal! Tu doch nicht so, als wäre es anders!«

Sie wandte sich ihm das erste Mal zu. Aus den tränenglitzernden Augen schlug Fandorin ein rasendes Feuer entgegen; er senkte beschämt den Blick.

»Sei's drum.« Miranda schnäuzte sich. »Gut, beruhige dich. Sag diesen Typen: Ich bin bereit, mit ihm zu sprechen.«

Das Telefongespräch fand in dem dritten Zimmer statt, das genauso wenig bewohnt wirkte wie die beiden anderen, aber größer war und einen Fernseher hatte. An der Wand standen Sofas, auf denen tragbare Funkgeräte, weitere technische Apparate unbekannter Funktion und zwei Maschinenpistolen mit einklappbaren Griffen lagen. Es handelte sich offenbar um einen Raum für das Sicherheitspersonal.

Vor einem Tisch, auf dem die Lämpchen eines komplizierten Apparates blinkten, stand Jeanne und hörte etwas über Kopfhörer. Sie war also nicht in dieses Zimmer gegangen, um eine Pause zu machen, obwohl Jastykow sie in der Küche doch dazu aufgefordert hatte. Von wegen, wurde Fandorin klar. Das war ein abgekartetes Spiel: Der böse Bulle droht und poltert, um den eingeschüchterten Häftling dann einem vernünftigen, verständnisvollen Bullen zur erfolgreichen Bearbeitung zu überlassen.

»Du bist dir ja darüber im Klaren, Nicki, wenn sie den Mund hält, zahlst du dafür«, warnte Jeanne und blickte Mira noch nicht einmal an.

Nicholas konnte die Professionalität dieses psychologischen Tricks nicht leugnen.

»Es geht los.«

Jastykow setzte ebenfalls Kopfhörer auf, und Jeanne wählte schnell die Nummer. Auf dem Pult schlugen grüne und rote Zeiger aus – sie hatten wohl die Funktion, eine Lokalisierung des Anrufs zu verhindern, dachte sich Nicholas.

»Ist dort Herr Kuzenko?« Jeannes Stimme klang anders als vorher: metallisch, ausdruckslos, wie die eines Anrufbeantworters. »Ihre Tochter ist am Apparat.«

Sie hielt Mira den Hörer hin, ohne sie eines Blickes zu würdigen, und tat so, als habe sie nicht den geringsten Zweifel an ihrer Folgsamkeit.

Die nahm den Hörer, holte tief Luft und stammelte mit zitternder Stimme:

»Papa, ich bin's … Es tut mir Leid, wenn ich dich enttäusche …«

Da Nicholas keinen Kopfhörer hatte, bekam er nur die Hälfte des Gespräches mit und verstand kaum etwas, umso mehr als hauptsächlich Kuzenko redete, während Mira nur einsilbig antwortete.

»Nein«, sagte sie am Anfang. »Mir geht es gut.«

Dann streifte sie Nicki mit einem Blick und sagte nach kurzem Schwanken:

»Er ist okay.«

Fandorin hoffte, dass er die Bedeutung dieses Satzes richtig interpretierte, wenn er meinte, er sei damit von dem Verdacht, er habe sie verraten, befreit.

»Ja. Sowohl er wie auch sie«, sagte Mira dann und blickte Jastykow und Jeanne an. Dann kam nichts mehr von ihr, weil sich Oleg Stanislawowitsch in das Gespräch einschaltete.

»Na, was hast du denn gedacht?«, fragte er kichernd. »Natürlich hören wir zu. Also, was schlägst du vor, Kurzer? Worauf können wir uns einigen?«

Es folgte eine lange Pause.

»Nein, das haut nicht hin«, erklärte Jastykow. »Lass uns besser …«

Er redete nicht weiter. Offenbar war Mirat Leninowitsch ihm ins Wort gefallen.

Jeanne nahm Mira den Hörer weg – das Mädchen war nicht mehr vonnöten.

»Warum denn so ein Riesending?«, protestierte Oleg Stanislawowitsch. »Nein, das ist mir zu heikel ...«

Dabei blinzelte er Jeanne zu und hob triumphierend den Daumen. Offenbar protestierte er nur zum Schein. Alles lief wie am Schnürchen.

»Er hat aufgelegt«, sagte Jastykow lächelnd und nahm den Kopfhörer ab. »Uff, wie zäh und unnachgiebig er ist! Toll, Jeanne, da haben sich deine Vorahnungen mal wieder voll bestätigt.«

»Ich lese nicht aus dem Kaffeesatz, sondern meine Prognosen beruhen auf präzisen Berechnungen«, stellte sie richtig. »Also gut, Nicki. Wie angenommen, will der edle Vater, dass du vermittelst. Die Menschen suchen deine Nähe, sie haben Vertrauen zu dir. Dann wirst du also die Arie trällern müssen: ›Figaro hier, Figaro da‹. Bezahlung nach Vereinbarung.«

»Und wie viel kriegt er von Ihnen?«, fragte Miranda schnell. »Los, ich will das wissen, sonst geh ich nicht mehr ans Telefon. Sie haben ja Papas Bedingung gehört. Ich soll mich alle zwei Stunden per Anruf melden.«

Gekränkt durch den Verdacht, den er aus ihrer Stimme heraushörte, wollte sich Nicholas nicht das bittere Vergnügen nehmen lassen, die Bedingungen offen zu legen, und bat:

»Oleg Stanislawowitsch, na, erzählen Sie doch, wie mein Honorar aussieht.«

Eigentlich wollte er Mira nur zeigen, wie sehr sie ihm Unrecht tat, doch Jastykow verstand seine Worte anders. Der Unternehmer sicherte sich schnell durch einen kurzen Blickkontakt mit Jeanne ab und sagte:

»Nikolaj Alexandrowitsch, wir haben doch eine klare Absprache getroffen. Wenn Ihnen diese Bedingungen nicht zusagen, bin ich bereit, Ihrer Familie außerdem noch eine Entschädigung zu zahlen. Aber Sie am Leben lassen, kann ich nicht. Nennen Sie lieber eine Summe, Sie können sicher sein, ich werde sie bezahlen. Wenn ich mein Wort gebe, halte ich es auch.«

Ein toller Gedanke, dachte Fandorin. Früher oder später würde Altyn herausfinden, wer ihren Mann ermordet hatte, so war sie nun mal. Und wenn sie endlich die Wahrheit ans Licht gebracht hätte, würde sie sich mit Sicherheit rächen wollen. Christlichen Moralvorstellungen konnte sie nichts abgewinnen, sie dachte nicht im Traum daran, ihren Feinden zu verzeihen, und für das eine Auge, das jemand ausgerissen hätte, würde sie dem Schuldigen alle beide auskratzen. Ehrlich gesagt, er konnte sie im Moment nicht für ihr blutrünstiges Temperament verurteilen. Wie viel wohl ein guter Killer für die Beseitigung dieses Traumpaares haben wollte?

Fünfzigtausend?

Hunderttausend?

Der Grund dafür, welche Richtung die Gedanken des Magisters der Geschichte eingeschlagen hatten, war natürlich nur sein zerrüttetes Nervensystem und die emotionale Erschöpfung, aber Fandorin war das jetzt ganz egal. Er lächelte und sagte:

»Hunderttausend Dollar. Machen Sie die Überweisung doch gleich jetzt. Die Kontoangaben habe ich in meinem Notizbuch …«

»Nein!«, schrie Miranda.

Nicht hysterisch und nicht weinerlich, sondern gebieterisch, so dass sich alle zu ihr umdrehten.

»Er muss am Leben bleiben. Sonst kriegen Sie statt des Kombinats einen Dreck, ist das klar?«

Hätte das Mädchen weitergesprochen, mit Händen und Füßen gefuchtelt und gekreischt, hätten sie wahrscheinlich versucht, sie einzuschüchtern. Aber sie sagte keinen Ton mehr. Sie stellte sich quer und stand mit gerecktem Kinn da, was hieß: entweder musste man sie auf der Stelle umbringen oder tun, was sie wollte.

Jeanne blickte erstaunt auf Mira.

»Wenn man es sich genau überlegt«, sagte die Spezialistin für interessante Situationen einlenkend, »was weiß er denn schon? Gut, er hat mich gesehen. Aber da ist er nicht der Einzige. Das macht nichts. Mich kriegt sowieso keiner, ich bin noch jedem davongelaufen.«

»Das passt mir nicht«, sagte Jastykow kopfschüttelnd. »Das verstößt gegen meine Grundsätze. Er hat alles gesehen und gehört. Wir haben ihm allerhand Überflüssiges erzählt. Nein, nein.«

Da machte Mira etwas Unglaubliches. Sie nahm die Schere vom Tisch, streckte ihre rosa Zunge heraus, so weit sie konnte, und stammelte etwas Unverständliches. Doch der Sinn war eindeutig: Ich schneide mir gleich die Zunge ab.

Jastykow starrte lange mit gerunzelter Stirn auf dieses schreckliche Bild. Dann sagte er finster und mit Nachdruck:

»Nikolaj Alexandrowitsch, wenn Ihre Kinder Sie zur Weißglut bringen und Sie den Wunsch haben, sie loszuwerden, dann erzählen Sie jemand, egal wem, was Sie hier gesehen und gehört haben. Ich werde mit Sicherheit sofort davon erfahren und Ihren Wink verstehen. Okay?«

Bis zu diesem Augenblick hatte sich Fandorin in der Gewalt gehabt, er hatte sich Mühe gegeben, tapfer seinen Mann zu stehen, aber jetzt wurde er bleich und begann zu zittern. Wenn du das Leben schon abgeschrieben hast, ist die Rückkehr zu ihm genauso qualvoll wie der Abschied davon. Ein Zögling des Waisenhauses von Krasnokommunarsk hatte soeben das Unmögliche geschafft: Das Mädchen hatte die Begnadigung für einen zum Tode Verurteilten erwirkt. Und so einfach! Ein paar kurze Sätze, die lächerliche Provokation mit der Schere, und er war dem Tod entkommen.

Zumindest hatten sie das gesagt …

Um Punkt zwölf Uhr mittags betrat Fandorin das Haus »Kaffee Tun« auf dem Puschkin-Platz. Er ging in den ersten Stock und suchte Mirat Leninowitsch, konnte ihn aber nicht finden.

An vier Tischen im Hinterraum saßen kräftige junge Männer im Anzug und mit Krawatte; sie hatten alle einen Espresso vor sich stehen, den sie nicht angerührt hatten. Einer von ihnen stand auf und winkte mit der Hand. Nicholas ging auf ihn zu und erkannte die Männer: Sie gehörten zum Sicherheitspersonal von Trost. Der Mann, der ihn herbeigerufen hatte, zeigte schweigend auf einen fünften Tisch, der zwischen den anderen vier stand. Nicholas nickte und setzte sich. Der zweite Stuhl war frei. Herr Kuzenko war noch nicht da.

Drei Minuten verstrichen, ohne dass etwas geschah. Nur die Kellnerin kam und fragte:

»Gehören Sie zusammen? Möchten Sie auch einen Espresso?«

Er nickte zerstreut und betrachtete die Wachmänner. Die Hälfte schaute pausenlos nach unten und hatte das Erdgeschoss im Auge, die anderen vier sahen aufmerksam nach den Nachbartischen.

Um drei nach zwölf schoben alle für das Erdgeschoss Zuständigen auf einmal ihre rechte Hand unter die linke Achsel.

Fandorin blickte nach unten und sah, dass Kuzenko die Glastür öffnete. Er trug einen Smoking und eine weiße Krawatte. Den Mantel hatte er offenbar im Auto gelassen. Vor dem Unternehmer ging Igor, hinter ihm folgten zwei Bodyguards.

Angeekelt die Nase über die laute Musik rümpfend, ging Mirat Leninowitsch die Treppe hoch. Die Wachmänner bauten sich mitten auf dem Treppenabsatz auf, so dass sie die Eingänge zum Café einsehen konnten; der Sekretär setzte sich an einen leeren Tisch an der Seite. Das Gespräch der beiden Väter konnte unter vier Augen stattfinden.

Sie reichten sich die Hand und schwiegen eine Weile.

Auf den verwunderten Blick, den Fandorin auf den Smoking warf, entgegnete Kuzenko finster:

»Ich komme direkt aus dem Hotel ›National‹, von einem Frühstück mit einem deutschen Geschäftspartner. Ich muss ja so tun, als wäre nichts geschehen.«

Die Kellnerin wollte Nicki den Espresso bringen, aber die Bodyguards ließen sie nicht an seinen Tisch. Einer der beiden nahm ihr die Tasse ab, stellte sie hin und setzte sich sofort wieder an seinen Platz.

»Was für eine Arbeit damit zunichte gemacht wird«, sagte Mirat Leninowitsch und betrachtete den dampfenden Kaffee. Er sprach langsam, so als müsste er sich dazu überwinden. »Gebhardt ist außer sich. Er hat eine wichtige Entscheidung getroffen, ist bereit, ein Heidengeld in das Projekt zu stecken, und versteht nicht, warum ich mich auf einmal aus der Affäre ziehen will. Ich kann es ihm ja nicht erklären … Ach, Jasti, Jasti.« Kuzenko zuckte zusammen. »Haben Sie mal einen Feind gehabt? Einen richtigen Feind fürs ganze Leben? Einen, von dem Sie seit Ihrer Kindheit fast jede Nacht träumen?«

»Nein, Gott sei Dank nicht.«

»Dann können Sie mich nicht verstehen. Gut, entschuldigen Sie. Das tut jetzt nichts zur Sache … Also erstens: Wie wird Mira von ihnen behandelt?«

»Anständig. Wir sind in verschiedenen Zimmern untergebracht, aber es ist ein Neubau, die Wände sind hellhörig. Ich würde es mitkriegen, wenn sie etwas mit ihr anstellten …«

»Wie sieht der Ort aus?«

»Sie haben mir im Auto die Augen verbunden und mich mit Handschellen gefesselt. Ein Hochhaus, irgendwo an der Peripherie. Genauere Angaben kann ich nicht machen.«

Kuzenko nickte, als habe er genau diese Antwort erwartet.

»Gut. Nun zu den Bedingungen. Was will er eigentlich genau?«

»Die Sitzung, in der über den Verkauf des Iljitschowsker Chemiekombinats befunden wird, beginnt morgen um zehn. Wenn ich richtig verstanden habe, ist das so etwas wie eine Auktion. Der Ausgangspreis liegt bei …«

Nicholas runzelte die Stirn, er hatte Angst, sich mit den Zahlen zu vertun.

»Achtzig Millionen«, fiel Kuzenko ein. »Jastis Schallgrenze liegt bei fünfundneunzig Millionen. Das ist alles, was er hat mobilisieren können. Mit Hilfe des Pharmakonzerns ›Grossbauer‹ könnte ich ihn leicht überbieten. Was will er von mir? Dass ich nicht komme?«

»Nein. Sie sind einer der wichtigsten Kandidaten. Wenn Sie nicht kommen, wird die Auktion womöglich auf einen anderen Tag verschoben. Die Beamten des Komitees für Staatseigentum könnten befürchten, man würde sie später verdächtigen, die Sache sei nicht mit rechten Dingen zugegangen. Deshalb möchte Jastykow, dass Sie auf jeden Fall kommen und sich an dem Handel beteiligen. Sie sollen den Preis auf fünfundachtzig Millionen treiben und sich dann zurückziehen. Sobald die Auktion zu Ende ist, ruft Jastykow an, und Mira und ich werden freigelassen.«

Mirat Leninowitsch knirschte mit den Zähnen.

»Er will sich diesen Batzen für fünfundachtzig Millionen unter den Nagel reißen? Da hat er sich aber eine Delikatesse ausgesucht. Iljitsch ist mindestens hundertzwanzig wert. Ich hoffe nur, dass ich ihm nicht an den Hals springe, wenn ich ihn morgen sehe … Aber lassen Sie uns zur Hauptsache kommen. Was meinen Sie, hält er sein Versprechen, oder bringt er sie in jedem Fall um?«

Der Unternehmer hatte sich die ganze Zeit bemüht, seine Furcht zu überspielen, aber an dieser Stelle versagte ihm dann doch die Stimme.

»Warum sollte er denn?«, schrie Nicholas erschüttert. »Wenn er sein Ziel erreicht hat!«

»Sie verstehen das nicht. Es geht ja nicht nur um ein Geschäft, sondern auch um eine persönliche Sache. Jasti will mir die Luft abdrehen und hat jetzt die Möglichkeit dazu. Er entreißt mir nicht nur einen dicken Batzen. Er ruiniert auch meinen Ruf bei einem meiner wichtigsten Partner. Aber am liebsten würde er mir das Herz brechen ...«

Wieder musste Kuzenko erst einmal eine Pause machen.

Nicholas war erstaunt über die Sentimentalität, die ihm bei einer solchen Respektsperson ganz fremd in den Ohren klang. Jeanne hatte von dem Motor gesprochen, von der Kraft, die jeden Menschen antreibt. Welchen Treibstoff brauchte der rasende Motor dieses Napoleons der medizinischen Industrie? Was, wenn Mirat Leninowitsch sein ganzes Leben lang, seit der fünften Klasse, nur diesem kleinen cleveren Jungen aus reichem Hause hinterherlief? Und der stopfte ihm immer das Maul mit dreckigem Löschpapier ...

»Gehen Sie ins Restaurant ›Puschkin‹«, unterbrach der Direktor der Klinik »Die Meeresfee Melusine« Fandorins psychoanalytische Gedanken. »Ich will sichere Garantien, dass er Mira nicht umbringt.«

Durch die Unterführung, vorbei an Buden, Zeitungs- und Blumenkiosken gelangte der Vermittler auf die andere Seite des Platzes, zum Restaurant »Puschkin«, wo der Führungsstab der Gegenseite Quartier bezogen hatte.

Jastykow und sein Sicherheitspersonal hatten den ganzen zweiten Stock belegt. Alle zehn Bodyguards hatten einen weißen Cappuccino vor sich stehen, den sie nicht angerührt hatten, während Oleg Stanislawowitsch und Jeanne mit großem Appetit Austern und Gänseleberpastete zum Frühstück verzehrten.

Vielleicht hat Kuzenko ja Recht, dachte Nicholas, als er das prächtige Interieur betrachtete. Der Kontrast zwischen dem billigen Café und dem protzigen Restaurant war bestimmt kein Zufall – Jasti feierte seinen Sieg mit Genuss. Selbst in diesem Punkt war er bemüht, seine Überlegenheit zur Schau zu stellen.

»Na?«, fragte Jeanne, während sie sich die von der Gänseleberpastete fettigen Lippen mit der Serviette abwischte, »wie war die Elternversammlung?«

»Er will Garantien haben«, sagte Fandorin.

Und wieder musste er in den schummerigen Saal des Hauses »Kaffee Tun«. Ein einzelner dampfender Espresso vor Mirat Leninowitsch, laute Musik, die gespannten Gesichter der Bodyguards.

»Entschuldigen Sie, aber er hat mir aufgetragen, Ihnen seine Antwort wörtlich auszurichten«, begann Fandorin, blickte zu Boden und wiederholte Jastykows Worte: »Leck mich am Arsch! Keinerlei Garantien, lieber Kurzer. Du musst schon ein bisschen zappeln.«

Mirat Leninowitschs Mundwinkel zuckten leicht.

»Ich habe es Ihnen ja gesagt. Er bringt sie um ...«

»Ich finde, das ist vielleicht gar kein so schlechtes Zeichen. Auf dem Weg hierher habe ich die ganze Zeit nachgedacht ... Ich glaube, ich fange an, seine Psychologie zu verstehen. Seiner Grobheit und anderen Hinweisen nach zu schließen, gefällt es Jastykow, Sie zu demütigen. Und daraus folgt, dass es ihm sehr viel mehr Spaß macht, Mira nicht umzubringen, sondern sie Ihnen zurückzugeben, oder von seinem Standpunkt aus gesehen: sie Ihnen *vor die Füße zu schmeißen*. Das entspräche am ehesten seinen Vorstellungen von einer Zurschaustellung seiner absoluten Überlegenheit.«

Kuzenkos Gesicht hellte sich auf.

»Ja, das sieht ihm ähnlich. Ich weiß noch, wie mir mein Vater in der sechsten Klasse eine japanische Taschenlampe zum Geburtstag schenkte. Das war etwas Sensationelles. Sie können sich nicht vorstellen, was für eine Bedeutung dieses leuchtende Ding mit den bunten Knöpfen für mich hatte. Zum ersten Mal in meinem Leben besaß ich etwas, worum mich die anderen beneideten. Ich nahm die Taschenlampe mit in die Schule, und für einen halben Tag war ich der King in der Klasse. Dem einen erlaubte ich, das Schmuckstück zu halten, ein paar Auserlesene durften sogar die Lampe einschalten und an den Farbfiltern drehen. Aber nach der dritten Stunde nahm Jasti mir die Lampe ab. Ich bettelte und bettelte, doch er lachte nur. Schließlich hatte er genug damit gespielt und gab sie mir zurück, aber erst machte er das Glas kaputt. Einfach so, aus Gemeinheit. Und sagte dazu: ›Na, Kurzer, jetzt kannst du sie zurückhaben.‹«

»Da sehen Sie es doch«, sagte Nicholas erfreut. »Er hat sie also zurückgegeben!«

»Und was, wenn ...« Mirat Leninowitschs Stimme wurde leiser.

»Wenn er mit Mira dasselbe macht wie mit der Taschenlampe?
»Verste … verstehen Sie, was ich meine?«

Fandorin schaute in das qualvoll verzerrte Gesicht des Unternehmers und spürte, wie ihm eine Gänsehaut über den Rücken lief. Er erinnerte sich, wie Jastykow auf Mirandas herausgestreckte Zunge reagiert hatte: seine Augen hatten einen merkwürdigen Glanz angenommen, und seine fleischige Unterlippe war lüstern nach vorne gewölbt. Wie hatte Jeanne ihn noch genannt: einen »sexuellen Terroristen«?

Aber es hatte keinen Sinn, dieses ungute Thema weiterzuverfolgen, es war Zeit, die Unterhaltung in konstruktive Bahnen zu lenken. Das tat der Spezialist für gute Ratschläge denn auch:

»Ich würde Ihnen raten, auf folgenden Bedingungen zu bestehen. Um Punkt zehn, wenn die Auktion beginnt, dürfen Mira und ich das Zimmer verlassen. Meinetwegen in Begleitung von Sicherheitspersonal, bis zu dem Zeitpunkt, da der Verkauf des Chemiekonzerns perfekt ist. Dann lässt uns das Sicherheitspersonal endgültig laufen. Ich finde, das ist ein Kompromiss, der beiden Seiten gerecht wird. Sollten Sie Jastykow betrogen haben, dann können seine Männer uns auf der Stelle erschießen. Das ist in einer Sekunde erledigt.«

»Und wenn er mich betrügt? Wenn ich auf den Konzern verzichte und er sie trotzdem umbringt?«

»Das glaube ich nicht«, antwortete Nicki und war stolz darauf, wie kaltblütig er war. »Wenn Jastykow aufgebracht ist und nach Rache lechzt, ist das etwas ganz anderes, als wenn er hat, was er will. Uns am helllichten Tag vor den Augen der Passanten umzulegen, ist ein Risiko. Er wird sich ein solches Geschäft nicht durch die Lappen gehen lassen, nur um Ihnen wehzutun. Ich habe diesen Mann gesehen, habe mich mit ihm unterhalten und mir eine klare Meinung über ihn gebildet. Natürlich ist er ein Schwein. Aber er handelt pragmatisch. Gemeinheiten machen, die ihm selber nur schaden, das tut er nicht.«

»Einverstanden.« Mit einem nervösen Ruck riss sich Kuzenko die Brille von der Nase und rieb sich die Druckstelle. »Ein hervorragender Vorschlag. Jastykow wird nichts dagegen einzuwenden haben. Ich werde mit Ihnen über das Handy in ständigem Kontakt sein, dasselbe gilt für Jastykow und seine Gorillas. Ich selber werde allerdings nicht mit Ihnen sprechen können, das wird Igor tun. Sobald die Auktion beendet ist und Miranda und Sie frei sind, gehen Sie schnellstens … na, sagen wir zur nächsten U-Bahn-Haltestelle. Da warten Sie, bis man Sie abholt.«

»Und wenn sie uns nicht freilassen, stimmen wir ein irres Geschrei an. Sie können mir schon glauben – ohne ein Nachspiel kommen die nicht davon.«

»Sollte das geschehen, dann packe ich Jasti noch in dem Gebäude, wo die Auktion stattfindet, bei der Gurgel und mache so.«

Kuzenko nahm die Tasse und drückte sie mit seinen dünnen Fingern zusammen. Das Porzellan zerplatzte, der Kaffee ergoss sich über Mirat Leninowitschs Handgelenk und die weiße Manschette, aber im Gesicht des Doktors regte sich keine Miene.

Natürlich hatte das von einer Frau ausgeführte Kunststück mit dem zusammengedrückten Glas sehr viel effektvoller ausgesehen, zumal das Glas dicker war als die Porzellantasse, und doch war Nicholas beeindruckt von der demonstrativen Brutalität und der auffälligen Parallelität. Alle Raubtiere ähneln sich, ging es dem Magister durch den Kopf. Sie haben das gleiche Instrumentarium, unabhängig von Rasse und Größe: scharfe Zähne, Krallen und stählerne Muskeln.

Kuzenko rieb sich mit der Serviette die Hand ab und sagte:

»Ich bedanke mich nicht bei Ihnen, weil mir die Worte fehlen, um meine Gefühle auszudrücken. Sie wissen ja aus eigener Erfahrung, wie es einem Vater geht …«

Er drehte sich zu dem Sekretär und gab ihm ein Zeichen.

Igor näherte sich ihnen und überreichte eine Plastiktasche.

Nicholas hob verwundert die Augenbrauen. Was sollte das denn? Ein Geschenk, mit dem er sich bedanken wollte?

Verlegen bat Mirat Leninowitsch:

»Geben Sie das bitte Mira. Das ist ihr Lieblingsschlafanzug. Und dann noch eine Tafel Schokolade der Marke ›Begeisterung‹. Die mag sie am liebsten, das hat sie noch aus dem Waisenhaus …«

Und wie auf Kommando runzelten die beiden Väter die Stirn, um nicht in Tränen auszubrechen.

Im Restaurant »Puschkin« waren sie schon beim Nachtisch: Jastykow aß eine Crema Milanesa mit Orangencreme, Jeanne Entremés aus tropischen Früchten.

Auf das erneute Erscheinen des Vermittlers reagierten die beiden einmütig mit schallendem Gelächter.

Oleg Stanislawowitsch wischte sich die Tränen ab und konnte nur mit Mühe sprechen.

»Uff, ich kann nicht mehr ... ›Wenn er mit Mira dasselbe macht wie mit der Taschenlampe?‹ Ich lach mich noch tot! Gar nicht schlecht, die Idee! Dass ich darauf nicht selber gekommen bin! Den Blütenstaub der Unschuld wegblasen! Da muss ich mich bei dem Kurzen für bedanken!«

Fandorin stand wie angewurzelt und blickte auf das angeheiterte Pärchen. Sein verblüffter Gesichtsausdruck löste einen neuen hysterischen Lachanfall aus.

»Das dritte Mal!« Jeanne kriegte sich vor Lachen kaum ein und streckte ihm drei Finger entgegen. »Immer dasselbe. Du bist doch unbelehrbar!«

Sie stand auf, griff in die Brusttasche seines Jacketts – es handelte sich dabei um das Stück, das Nicholas aus dem »Patrick Hellmann«-Laden hatte – und holte einen kleinen Ball daraus hervor.

Ein Mikrophon! Sie hatten die ganze Zeit mitgehört!

Er war wirklich ein unverbesserlicher Idiot: Weder die Geschichte mit Glen noch die Geschichte mit Hauptmann Wolf hatten ihn gelehrt, ein Minimum an Vorsicht an den Tag zu legen.

Er machte ein unbeeindrucktes Gesicht (was blieb ihm auch anderes übrig?) und sagte kalt:

»Ich ziehe daraus den Schluss, dass Ihnen die Bedingungen von Herrn Kuzenko bekannt sind.«

»Ja, ja«, sagte Jeanne und hob begeistert den Daumen. »Tolle Bedingungen. Das hast du prima gemacht, Nicki.«

Oleg Stanislawowitsch nickte.

»Ja. Gehen Sie zum Kurzen und sagen Sie ihm, ich bin einverstanden. Das mit dem Blütenstaub der Unschuld habe ich nur so dahergesagt. Die Kükenbrust und die Waisenknöchelchen von Mademoiselle Miranda reizen mich überhaupt nicht. Vorwärts! Figaro hier, Figaro da. Wir genehmigen uns jetzt einen kleinen Digestif, nicht wahr, mein Goldschatz?«

Er dachte, er würde in der Nacht kein Auge zutun, und hatte sich mehr der Ordnung halber aufs Bett gelegt. Den Arm unterm Kopf, stellte er sich vor, wie das morgen laufen würde. Was, wenn Jastykows Bösartigkeit doch seinen Pragmatismus überwog?

Er kniff die Augen zusammen und stellte es sich vor.

Ein zweimaliges gedämpftes Klicken. Ein hochgewachsener Mann und ein schmales Mädchen fallen ohne Vorwarnung zu Boden. Die Leute gehen zu ihnen hin, beugen sich über sie und verstehen nicht, was passiert ist. Währenddessen machen sich die zwei oder drei Burschen mit Unschuldsmiene aus dem Staub und tauchen in der Menge unter …

Erstaunlich, aber Fandorin schlief trotz dieser Bilder ein. Schuld daran war wohl seine Müdigkeit. Es war ja schon seine zweite schlaflose Nacht.

Im Morgengrauen wachte er davon auf, dass die Tür quietschte und jemand schwerelos über den Boden huschte.

Er döste noch und sagte sich: Altyn geht aufs Klo. Er wollte wieder einschlafen, da erinnerte er sich plötzlich, wo er sich befand. Er schoss hoch.

An der geöffneten Tür stand Mira. Sie hatte einen rosa Schlafanzug mit Giraffen an, er ähnelte sehr dem, in dem die vierjährige Gelja schlief.

»Pst«, sagte die nächtliche Besucherin und legte den Finger auf die Lippen.

Sie schloss die Tür, lief lautlos über das Parkett und setzte sich auf das Bett.

»Was machst du da?«, flüsterte er. »Wie bist du aus dem Zimmer gekommen?«

»Ich habe an der Tür gelauscht. Ich habe gewartet, bis er aufs Klo oder sonst wohin geht. Das hat er denn auch getan.«

»Aber in der Küche ist noch einer! Der hätte das doch hören können.«

Mira lächelte spöttisch, in ihren Augen glänzten funkelnde Lichter.

»Von wegen, nie im Leben. Ich kann gehen, ohne dass man einen Ton hört. Wir sind nachts immer von einem ins andere Zimmer gelaufen. Guck mal, was ich gefunden habe! Das war in dem Schlafanzug.«

Er beugte sich über ein kleines Zettelchen. Er strengte seine Augen an und las: »Hab keine Angst, Töchterchen. Papa wird dich retten.«

»Hast du das gesehen?«, fragte sie aufgeregt. »Ich habe die ganze Nacht nicht geschlafen, weil ich es dir zeigen wollte. Rück mal ein Stückchen, mir ist kalt.«

Sie kroch zu ihm unter die Bettdecke und presste ihre eiskalten Füße an ihn.

Immer mit der Ruhe, redete sich der in Panik geratende Nicholas ein. Das ist die unschuldige Angewohnheit eines Kindes aus dem Waisenhaus. Um sie nicht zu kränken, rutschte er vorsichtig ein wenig zur Seite, aber Mira rückte ihm sofort wieder auf die Pelle.

»Du bist so schön warm! Und so lang wie die Natter in dem Buch ›Die achtunddreißig Papageien‹[9].« Sie prustete vor Lachen, stützte sich auf ihren Ellenbogen und sagte: »Er ist sonst so schüchtern. Als ob er sich vor mir schämt. Und da schreibt er hier: ›Töchterchen‹. So hat er mich noch nie genannt. Dann ist er mir also nicht böse.«

Nicholas hatte sich schon wieder in der Gewalt und verbot seinem Organismus unzweckmäßige Reaktionen. Was war denn schon dabei, wenn das Mädchen ihm die Hand auf die Schulter und das Knie auf die Oberschenkel gelegt hatte? Soll sich doch der schämen, den das auf schlechte Gedanken bringt.

»Warum sollte er dir denn böse sein?«, fragte Fandorin. Er wollte dem Mädchen über den im Halbdunkel leuchtenden Kopf streichen, ließ das aber lieber – er hielt die Hand eine Weile in der Luft und nahm sie dann vorsichtig wieder herunter. »Du hast dir doch nichts zuschulden kommen lassen. Morgen ist alles wieder gut. Wir werden freigelassen, gehen zur U-Bahn, und dein Papa kommt uns abholen.«

»Zur U-Bahn? Oh, da war ich noch nie. Ich habe gehört, da soll es unheimlich schön sein. Sie kutschieren mich ja die ganze Zeit in einem Auto mit verdunkelten Scheiben durch die Gegend. Der einzige Unterschied zu den Leuten hier ist, dass sie einem nicht die Augen verbinden.«

---

9 Kinderbuch des russischen Gegenwartsautors Grigori Oster, der sehr populär ist. (Anmerkung der Übersetzerin)

Mira suchte eine bequemere Lage und rutschte hin und her. Nicholas fühlte, dass sein verfluchter Organismus eine primitive Sklavennatur hatte und außer Kontrolle zu geraten drohte.

»Bleib liegen und wärm dich auf«, murmelte der Magister, während er aus dem Bett stieg. »Ich versuche herauszukriegen, in welchem Stadtteil von Moskau wir uns befinden.«

Am Fenster atmete er auf. Er blickte auf die vom Neuschnee weiße Straße, auf die Häuser, in denen schon langsam die Lichter angingen. Es war sieben Uhr durch, bald begann der Arbeitstag.

In die Decke eingewickelt, stellte sich Mira neben ihn. Ihr Köpfchen reichte Nicholas bis zum Ellenbogen.

»Guck mal, was für ein Riesenklotz. Eins, zwei, drei, zehn, sechzehn, zweiundzwanzig Stockwerke! Und die vier Schlote da. Du bist doch aus Moskau. Sagt dir das denn nichts?«

»Nein, es gibt in Moskau viele solche Stellen.«

»Na, guck doch mal, da!« Sie stellte sich auf den Heizkörper und umarmte seinen Hals, die Wangen der beiden waren jetzt auf einer Höhe. »Am Himmel ist ein Lichtstreif!«

»Na und?«

»Wie, na und? Und so was will Lehrer sein! Wo geht die Sonne auf?«

Ach ja, stimmte ja! Osten war rechts, in einem Winkel von circa fünfundvierzig Grad. Und das war wohl die Ringstraße, da, wo die Häuser sich lichteten. Was war das dann also für ein Bezirk von Moskau? Südost?

Nein, Nordost.

ZWANZIGSTES KAPITEL

LES LIAISONS DANGEREUSES oder GEFÄHRLICHE LIEBSCHAFTEN

(Laclos, 1782)

»Nordwest, das ist die Himmelsrichtung, wo die Sonne unseres Reiches scheint, egal, was die geographische Wissenschaft behauptet. Eben dahin, zu den baltischen Wassern, werde ich morgen mit dem Herrn Wachtmeister der Kavalleriegarde eilen, auf dass wir uns in den Strahlen der Gnade unserer Kaiserin sonnen. Ich bin natürlich kein Engelchen oder Schatz, wie Ihre Majestät Euer Söhnchen zu nennen belieben, aber vielleicht wird auch mich irgendeine Belohnung erfreuen.« Prochor Iwanowitsch lächelte demütig. »Ein kleines Kreuz oder ein kleiner Stern, aber um wie viel teurer als all dies ist doch ein freundliches Wort unseres Mütterchens Zarin.«

»Da kann es keinen Zweifel geben!«, pflichtete ihm Alexej Woinowitsch leidenschaftlich bei. »Ein Wort der Gunst des Monarchen, das ist für jeden edlen Menschen die höchste Auszeichnung. Die teuerste Reliquie unserer Familie, das ist die eigenhändig von Ihrer Majestät geschriebene, an Mithridates gerichtete Dankesbekundung: ›In ewiger Dankbarkeit. Katharina‹. Da ist sie, ich habe sie bis zu deiner Rückkehr aufbewahrt.« Vater nahm andächtig eine Notiz mit dem Schnörkelzug der Zarin aus einem Schränkchen und reichte sie seinem Sohn.

Mitja drehte und wendete den Zettel und steckte ihn in die Tasche. Ob er sich den an die Wand hängen sollte?

»Aber auch die materiellen Zeichen der Gunst Ihrer Durchlaucht sind eine Freude«, fuhr Vater fort. »Ich bitte innigst, Ihrer Majestät meine tiefe Dankbarkeit auszurichten für die mit Ihrer

Exzellenz übersandten Tscherwonzen. Teuer ist ja nicht das Geld, sondern die Aufmerksamkeit Ihrer Durchlaucht.«

»Schon gut, ich werde es ausrichten.« Der Geheimrat nickte großmütig und kratzte sich den Kopf unter der schwarzen Perücke. »Und Eure Bitte um die Erlaubnis, Euch bei Eurem Sohn aufhalten zu dürfen, werde ich ebenfalls ausrichten. Wieso auch nicht? Das geht doch nicht an, dass man die Eltern und die Kinder trennt. Fürst Platon wird nicht mehr lange die menschliche Natur und die christlichen Grundfesten verhöhnen können. Das könnt Ihr mir glauben. Was diesen Punkt betrifft, da habe ich ganz sichere Informationen.«

»Wirklich?«, sagte Vater erfreut und warf Mutter einen Blick zu. »Ach, meine Liebe, was wäre das für ein Glück!«

Sie antwortete mit einem strahlenden Lächeln und goss dem Gast Tee ein.

»Das hier ist unser Ältester«, sagte sie. »Endimion, verbeuge dich vor dem Herrn Geheimrat. Und auch vor deinem Bruder verbeuge dich.«

Vaters Kammerdiener Georges führte gerade den Embryo ins Wohnzimmer – sie hatten ihn also doch aus Anlass von Mitjas Rückkehr geweckt.

Der große Bruder war gekämmt und hatte die besten Sachen an, er hielt die Hände an die Hosennaht.

»Bitte Mitja, er möge dich nicht vergessen und dir seine Fürsorge angedeihen lassen«, befahl Mutter. »Dein Glück wird nun von ihm abhängen.«

Embryo tat, wie ihm geheißen wurde. Er verneigte sich fast bis zu Mitjas Gürtel, sprach ihn mit »Euch« und mit seinem vollen Namen »Dmitri Alexejewitsch« an. Mitja befragte sein Herz, ob sich darin Bruderliebe rührte. Nein, nichts dergleichen.

Maslow gähnte und bekreuzigte seinen Mund.

»Ach ja. Es geht schon auf Mitternacht zu. Danke für den Tee, meine liebe Aglaja Dmitrijewna. Ihre Sauerkirschkonfitüre ist ganz köstlich. Ich lege mich aufs Ohr. Nicht, dass ich hoffe einzuschlafen – daran hindert mich die Altersschlaflosigkeit. Ich wälze mich ein bisschen hin und her und zerknautsche das Federbett. Wenn Gott mir gnädig ist, schlummere ich für ein Stündchen ein. Morgen in der Frühe setzen Mitja und ich uns in meinen Schlitten, ziehen den Pferden eins mit der Peitsche drüber, und auf geht es wie der Wind nach Petersburg.«

»Wollt Ihr den Pferden selber die Peitsche geben?«, fragte Mitja verwundert.

Ihm fiel dabei noch eine andere Peitsche ein, was ihn leicht erröten ließ. Ob die Rede unterwegs wohl auf diesen Casus kommen würde?

»Ja klar, ich selber. Ich lenke gerne eine Troika, ich liebe das Gebimmel der Glöckchen und pfeife mir eins. Ich bin doch nicht irgend so ein Deutscher, sondern ein echter Russe und komme aus ganz einfachen Verhältnissen. Mein Vater hatte eine Sattlerei, und ich habe es zum Geheimrat gebracht. Aber ich schäme mich nicht meiner Herkunft und habe nicht die Neigung, meine einfache Geburt durch Luxus zu übertünchen, wie es manche Parvenüs zu tun pflegen. Ich fahre einfach gerne ohne Lakaien. Wir werden uns blendend amüsieren, Dmitri, du wirst schon sehen. Es wird dir bestimmt gefallen.«

Nein, Mitja gefiel das überhaupt nicht.

»Ihr wollt auch keine Wache mitnehmen?«, fragte er besorgt nach.

Prochor Iwanowitsch lachte.

»Was braucht ein Wachtmeister denn für Wachen? Keine Angst, in meiner Gegenwart rührt dich keiner an.«

»Und wenn uns Räuber überfallen?«, wandte Mitja ein, der an etwas ganz anderes dachte: an den Großen Magier und seine Ritter. »Die Wälder wimmeln von Räubern.«

Der Geheimrat fürchtete keine Räuber. Er sagte:

»Wem Gott wohl will, dem will Sankt Peter nicht übel.«

So leichtsinnig war er.

Sie trennten sich, um zu Bett zu gehen. Im Wohnzimmer blieben nur Vater und Mutter, die sich zu zweit ihr zukünftiges Glück ausmalten.

Mitja wollte nichts weniger als schlafen. Als er allein war, steigerte sich seine Erregung noch.

Mit Maslow zu zweit nach Petersburg fahren? Das war ihm nicht geheuer! Mit Daniel hätte er keine Angst, aber dieser Kahlkopf, im Zweifelsfall würde der ihn doch nicht beschützen können. Wie viele Abrahams- und Faustbrüder es wohl auf der Strecke zwischen Moskau und Petersburg gab? Und wer weiß, wann sie endlich die Nachricht erreichte, sie sollten das »Teufelchen« nicht anrühren?

Er musste dem Geheimrat von dem Orden der Satanskämpfer erzählen. Klar! Wenn der die Freimaurer so hasste, dann war er bei ihm an der richtigen Adresse. Er hatte die guten Freimaurer verfolgt, dann sollte er jetzt dasselbe mit den schlechten tun. Besonders der Große Magier würde ihn sicher interessieren.

Auf dem Weg zu Mitjas Schlafzimmer hatten Georges und Malascha gestritten, wer den kleinen Herren entkleiden dürfte; er hatte beide weggeschickt, er wollte sich allein ausziehen.

Kaum hatte er den Kaftan abgelegt, da kamen ihm die Gedanken, zuerst überstürzt, dann klarer.

Er musste sofort zu Prochor Iwanowitsch.

Er zog den Kaftan wieder an, da fiel aus der Manschette ein Zettel zu Boden.

Was war das? Die Reliquie der Kaiserin? Nein, die hatte er in der Tasche.

Ach ja, das hatte ihm Daniel zugesteckt. Zum Andenken.

Es war der Brief des Großen Magiers. Das war genau das, was er jetzt brauchte – damit Maslow nicht dachte, die kindliche Phantasie sei mit ihm durchgegangen.

Mitja entfaltete den Zettel, um ihn noch einmal mit eigenen Augen zu lesen. Aber vorher schaute er auf das rote Siegel am unteren Rand. So sah das Kappungszeichen also aus. Auf den ersten Blick wie eine Gänseblume mit Blütenblättern. Wenn man aber genauer hinsah, war das keine Gänseblume, sondern es handelte sich um zwei Kreuze mit verdickten, abgerundeten Enden: ein gewöhnliches Kreuz und ein Schräg-, also Andreaskreuz. Das war also die Form, in der dem Großen Magier die Teufelszeichen eingebrannt wurden. Komisch!

Er wollte lesen, starrte aber wieder auf das Siegel. Irgendwo hatte er diese rote Blume schon einmal gesehen. An einer merkwürdigen, für eine Blume unpassenden Stelle.

Und auf einmal sah es Mithridates: den weißen Steiß mit den blauroten Streifen von der Peitsche und auf dem Steißbein die stilisierte Gänseblume.

Ach!

Der Kaftan rutschte ihm aus den Händen und fiel hinunter. Mitja spürte, wie seine Knie einknickten, und schaffte es mit Ach und Krach auf seinen wackeligen Beinen bis zu dem Stuhl, auf den er sich fallen ließ.

Oh, helles Licht der Vernunft!

Nicht weil er ein Sodomit war, hatte der Geheimrat Maslow an einer intimen Stelle eine Tätowierung, da hatte sich der Peitschenschwinger Martin geirrt. Und jetzt wurde auch verständlich, warum Prochor Iwanowitsch der letzte Höfling war, der trotz der Mode eine Perücke trug. Was waren denn die Luziferzeichen? Klar: Hörner und Schwanz. Das war es, was bei dem Großen Magier »gekappt« wurde. Irgendwo auf dem Scheitel unter den Haaren musste Maslow noch zwei solche Zeichen haben von den Hörnern, die man ihm abgehackt hat.

Aber wie das? Dann war also Metastasio gar nicht der Große Magier?

Und der Grund, weshalb der Anführer der Satanophagen Mitja umbringen wollte, war also gar nicht das Gespräch, das dieser bei Hof auf dem Ofen mitgehört hatte?

Was war denn dann der Grund?

Womit hatte der Zögling der Zarin das Missfallen des Chefs der Geheimexpedition erregt?

Das ist ganz einfach, antwortete Mithridates sich selber. Diese Gänseblume ist der Grund. Er hatte etwas gesehen, was keiner sehen durfte. Der Geheimrat hatte sich überlegt: Bildung und Verstand des Jungen entsprechen nicht seinem Alter ... Nein, das war eine zu schmeichelhafte Variante. Es ging nicht um Mitjas Verstand. Maslow hatte Angst, der Junge würde erzählen, was für ein Schmuck auf dem staatsmännischen Hintern prangte. Wer von dem Kappungszeichen nichts gehört hat, der würde lachen und es vergessen, aber wenn die Information über die pikante Zierde des Geheimchefs zu jemand vordränge, der sich auskennt, dann wäre Maslow geliefert. Wie sollte das zu vereinen sein: Verantwortlicher für die Sicherheit Ihrer Majestät und Oberhaupt eines Geheimordens? Verfolger der Freimaurer und selbst der Geheimste aller Freimaurer! Das würde Prochor Iwanowitsch den Kopf kosten.

Noch nie hatte Mitjas Kopf mit einer solchen Schnelligkeit gearbeitet, noch nicht einmal, wenn er Rechenaufgaben löste.

Wie listig Maslow war, wie umsichtig! Sämtliche Logen hatte er aufgelöst, seinen eigenen Orden aber gefestigt. Die Informationen, die er auf Geheiß der Kaiserin über die Geheimgesellschaften sammelte, nutzte er aus, um vorher zu prüfen, ob er nicht jemand von diesen Leuten brauchen konnte.

Brauchen wofür?

Das war doch klar, wofür. Vondorin hatte doch gesagt, was die falschen Freimaurer wollten: die Macht.

Mitja kratzte sich im Nacken. Da stimmte etwas nicht.

Wie soll so ein Prochor Iwanowitsch, Sohn eines Sattlers, denn überhaupt an die Macht über das Russische Reich kommen können?

Doch, das geht.

Er setzt statt seiner eigenen Person eine Puppe auf den Thron und zieht dann an den Fäden.

Die Puppe war schon da: der Thronfolger. War der nicht auch schon Mitglied im »Mitternachtsstern« gewesen, aus dem der Große Magier seine neuen Mitglieder rekrutiert hatte? Die Kaiserin hatte befohlen, die Freimaurerlogen zu verlassen. Der Sohn gehorchte brav und ging. Zu anderen Freimaurern, die sehr viel geheimer als die Vorgänger waren.

Jetzt war klar, warum der Italiener gesagt hatte, Maslow setzt auf den Thronfolger. Auf wen sollte er denn sonst setzen?

Dann hätte er die absolute Macht. Die Satanophagen ordnen sich ja ihrem Anführer blind unter, ohne eine Diskussion.

Der Thronfolger kann eine beliebig hohe Stellung im Orden haben, er kann Faustbruder oder sogar Mitglied des Ordenskapitels sein, das ändert überhaupt nichts. Trotzdem ist der Befehl des unbekannten Magiers für Seine Majestät das Wort Gottes. Was der Magier sagt, hat der Thronfolger zu tun, im Namen der Gerechtigkeit und des Guten.

Wenn der Thronfolger sich krönen lässt, wird er sich mit Sicherheit Herrn Maslow als Berater nehmen – er ist der einzige Höfling, der dem in Ungnade gefallen Prinz mit Ehrerbietung begegnet. Und dann wird der neue Zar in einem doppelten Netz gefangen sein.

Angenommen, er bekommt vom Großen Magier eine Depesche mit einer unglaublichen, der Vernunft widersprechenden Vorschrift. Nun, sagen wir, er soll die russische Armee die Alpen stürmen oder Indien erobern lassen. Egal, was du für ein Gehorsamsgelübde abgelegt hast, werden dir da Zweifel kommen. Also ruft der Kaiser seinen treuen Ratgeber Maslow zu sich und fragt ihn: Was hältst du davon? Der antwortet prompt: Das ist eine hervorragende Idee, Eure Majestät! Und begründet das auch noch.

Gibt es ein perfekteres Puppenspiel?

Das ist auch der Grund, warum Maslow nicht damit warten kann, den Favoriten auszuschalten! Es geht gar nicht um Surow, sondern um die mögliche Inthronisierung Seiner Durchlaucht des Enkels. Sollte das geschehen, wäre es aus mit allen Projekten des Großen Magiers!

Aber ... aber früher oder später würde es ohnehin dazu kommen. Was hatte Maslow für Hintergedanken? Katharina verachtete ihren Sohn und dachte nicht daran, ihm das Szepter zu übergeben. Wenn sie plötzlich stürbe, ohne ihr Testament veröffentlicht zu haben, ja, das wäre etwas anderes.

Und Mitja bekam Mitleid mit der armen dicken Alten. Alle Menschen, die ihr nahe standen, wünschten ihr den Tod, der einzige Unterschied war, dass die Partei des Enkels wollte, dass er langsam eintrat, während die Partei des Sohnes auf einen schnellen Tod drängte.

Erstere, angeführt von dem hinterhältigen Jeremej Umbertowitsch, hätte fast ihr Ziel erreicht. Nur die Vorsehung, der Ritter Mithridates und die tote Adelaida Iwanowna hatten das verhindert.

Wie sie umgefallen war, die Gute, ohne noch einmal kläffen zu können! Ein unschuldiges Opfer menschlicher Leidenschaften.

Oh!

Und Mitjas Gedanken stürmten noch rascher dahin.

Warum hatte sich die Windhündin sofort, nachdem sie an der Weinlache genippt hatte, in Krämpfen gewunden? Das Gift des Italieners sollte doch langsam wirken. Adelaida Iwanowna hätte massig Zeit haben müssen, um ordentlich kläffen und winseln zu können! Das war das Merkwürdige, das Daniel sofort aufgefallen war, als er die Erzählung von dem Vergiftungsversuch hörte.

Was hieß das? Die göttliche »Feliza« wäre ebenfalls mit Stummheit geschlagen gewesen und hätte in Krämpfen ihren Geist aufgegeben? Da hätte sich der Sekretär ja eine schöne Verschwörung ausgedacht, wenn statt des Enkels der Sohn auf den Thron gekommen wäre! Das sah eher nach einem Geschenk für Maslow aus!

Und wenn es nun gar kein Geschenk war?

Prochor Iwanowitsch hatte sich nicht sonderlich gewundert, als Mitja ihm von dem mitgehörten Gespräch erzählte. Er hatte eher mit Freude darauf reagiert, dass er einen Zeugen hatte und er nun den Hauptmann Pikin in die Mangel nehmen konnte. Ob der allmächtige Geheimdienstchef schon von dem Komplott gewusst hatte? Seine Spione waren überall, da konnten sie doch nicht ausgerechnet in Surows Zimmern fehlen.

Was, wenn er ein Ding ganz nach seinem Herzen gedreht hätte? Nämlich die eine Verwechslung für eine zweite genutzt hatte? Pikin hatte statt des Fläschchens mit dem Likör eins mit Gift untergeschoben, und Maslow, der davon wusste, hatte statt Pikins Fläschchen sein eigenes untergeschoben, das ebenfalls Gift enthielt, aber mit dem Unterschied, dass dieses nicht langsam, sondern schnell wirkte und, was das Wichtigste war, zu einer Lähmung der Zunge führte. Die arme Adelaida Iwanowna fiel auf die Seite, verdrehte die Augen, riss den Rachen auf, aber sie brachte keinen Ton heraus! Das nennt man in der Medizin Lähmung des Artikulationsapparates. Mit der Kaiserin wäre genau dasselbe passiert.

Mitja hatte sich mit seinen Ahnungen und Vermutungen weit vorgewagt, aber es fügte sich einfach alles nahtlos zusammen.

Hatte sich Maslow denn nicht merkwürdig benommen, als die Windhündin im Sterben lag und sich alle um die verängstigte Zarin kümmerten? Auch er, der Beschützer Ihrer Durchlaucht, hätte unter ihnen sein müssen. Stattdessen hatte er sich auf Mitja gestürzt und ihn gefragt, ob er die Flasche zufällig zerbrochen habe oder von dem Gift wusste. Das war denn doch entschieden zu viel Durchblick!

Hätte die Kaiserin in dieser Situation das Gift getrunken, dann hätte Maslow seine Schäfchen im Trockenen gehabt. Die Partei des Enkels wäre verunsichert gewesen, da sie von dem Fläschchen eine andere Wirkung erwartet hatte: nicht eine Lähmung der Zunge, sondern ein langsames Hinüberdämmern. Währenddessen hätte der Chef der Geheimexpedition schnell einen Boten mit einem Brief nach Gatschina geschickt. Eure Majestät möge geruhen, den Zarenthron zu besteigen. Sie eile mit ihren gepuderten Bataillonen in die Hauptstadt!

Solch einen Liebesdienst vergisst man nicht.

Muss man sich nach all dem wundern, dass Mithridates Karpow für den Großen Magier der leibhaftige Teufel ist? Zuerst hat er ihm seinen ausgeklügelten Plan verdorben, und dann hat er auch noch Maslows wichtigstes Geheimnis enthüllt. So einen muss man doch umbringen. Koste es, was es wolle. Und zwar unverzüglich, *ohne das geringste Zögern und Zweifeln* und *erst recht darf sich keiner auf ein Gespräch mit ihm einlassen,* sonst erzählt er, Gott bewahre, noch dem Falschen von der Gänseblume!

Man sieht ja, in was für einer Panik er ist: Er hat sich höchstpersönlich auf den Weg gemacht. Das hat ihm bestimmt keiner befohlen. Und dass er sich nicht begleiten lässt, ist klar. Die Angelegenheit ist subtil und heikel, da stören Zeugen nur. Zweifellos wird der kleine Reisegefährte von Prochor Iwanowitsch nie in Petersburg ankommen. Er wird unterwegs irgendeinen Unfall haben: Entweder er fällt aus der Kutsche und bricht sich das Genick, oder man serviert ihm an einer Poststation verdorbenes Essen, und er vergiftet sich daran. Das kommt vor. Wir alle sind in Gottes Hand.

Der arme Vondorin! Wie hatte er sich geirrt, wenn er meinte, er habe seinen Freund an einen sicheren Ort gebracht! Die arme Pawlina! Ihr Opfer würde umsonst sein.

Aber am meisten bemitleidete er sich selbst. Nicht umsonst hatte ihm die Amme Malascha ein kurzes Leben vorausgesagt.

Es gab eine Zeit, wo das Schlafzimmer dem kleinen Mitja als der sicherste Zufluchtsort auf der Welt erschienen war, während er jetzt dasaß, zitterte und Angst hatte, in die hinteren Ecken zu gucken, wo sich dunkle, schreckliche Schatten ballten. Die einzige Kerze auf dem Tisch brannte fahl und gleichmäßig wie bei einem aufgebahrten Toten.

Und was, wenn Maslow gar nicht die Abreise abwarten würde, dachte Mithridates auf einmal. Warum sollte er sich Verdächtigungen aussetzen und sich vorwerfen lassen: Da vertraut man einem verantwortungsbewussten Menschen ein Kind an, und der versagt. Die Kaiserin würde bestimmt zornig werden, sie war auf ihren Beschützer ohnehin nicht sonderlich gut zu sprechen.

Etwas anderes war es, wenn der kleine Pechvogel plötzlich seinen Geist aufgab, noch im Elternhaus. Was konnte denn Prochor Iwanowitsch dazu?

Und kaum war Mitja dieser Gedanke in den Sinn gekommen, der schrecklichste von allen, da geschah es doch wirklich, dass auf einmal die Tür knarrte und sich einen Spalt weit öffnete.

Er hätte den Riegel vorschieben müssen! Dass er daran nicht gedacht hatte!

Durch den Spalt sah man einen Kopf; es war zu dunkel, als dass man hätte erkennen können, wessen Kopf. Er war oben schwarz, an den Seiten hing etwas herab: eine Perücke mit Locken.

Er!

Als er sah, dass der Junge sich noch nicht hingelegt hatte, hörte Maslow auf, Versteck zu spielen. Er öffnete die Tür und trat ein.

»Kannst du nicht schlafen?«, fragte er schmeichelnd. »In meinem Alter will das erst recht nicht klappen. Immer geht mir etwas im Kopf herum, alle möglichen Gedanken. Komm, da ist Schweigen Silber, Plaudern Gold.«

Er zog die Tür zu, und während er sie mit dem Rücken verdeckte, schob er den Riegel vor – nur ein leises Klicken verriet dieses geheime Manöver.

Ein anderer Junge, dessen Verstand flinker und kühner war, hätte sich vielleicht sonst was einfallen lassen, aber Mitja handelte einfach so, wie es ihm seine Natur eingab: Er brüllte wie am Spieß. Ohne Worte, aber sehr laut.

Ungefähr so:

»Iiiiiiiiiiii!!!«

Und:

»Uuuuuuuu!!!«

Und noch so:

»Papaaaaaaaaaa!!!«

In Prochor Iwanowitschs Mopsgesicht stand unverhohlenes Erstaunen, aber er sagte nichts. Es wäre wohl auch kaum etwas dabei herausgekommen, wenn er es versucht hätte, der Lärm war zu groß.

Leute liefen herbei und hämmerten an die Tür.

Als Mitja die Stimmen hörte, stellte er sein unartikuliertes Gebrüll sofort ein und rief:

»Ich bin hier! Hierher!«

Wo sollte Maslow hin? Er entriegelte die Tür und trat zur Seite.

Sofort stürzten Georges und Malascha, Vater und Mutter ins Schlafzimmer, und noch jemand, man konnte nicht erkennen, wer.

»Was ... was ist los?«, schrie Alexej Woinowitsch. »Was hast du, mein Sohn? Hast du etwas Schreckliches geträumt ...?«

Da sah er auf einmal Mitjas nächtlichen Besucher und stockte.

»Eu ... Eure Exzellenz ... Was ist geschehen?«

Der Geheimrat zuckte erstaunt mit den Achseln und wollte offenbar irgendetwas erfinden, aber Mitja kam ihm zuvor.

Er stürzte zu seinem Vater.

»Ich fahre nicht mit dem. Er ist der Magier!«

»Klar, du hast schlecht geträumt«, sagte sein Vater lächelnd. »Was denn für ein Magier? Das ist doch ...«

»Der Große Magier! Aus dem Geheimorden! Er will mich umbringen!«

Und er fing an zu erklären, aber da er sehr aufgeregt war, hetzte er so, dass sein Vater kaum etwas verstand.

Umso besser verstand Maslow.

»Raus!«, bedeutete er der Dienerschaft. »Das ist nichts für euer Hirn! Wehe, ihr belauscht unser Gespräch! Ich schicke euch nach Sibirien!«

»Da seht ihr, da seht ihr!«, rief Mitja seinen Eltern zu. »Er versteckt sich gar nicht mehr! Sagt ihm, er soll die Perücke abnehmen! Darunter sind die Zeichen! Er ist ein Verschwörer!«

»Mach nicht einen solchen Krach!« Mutter hielt sich die Ohren zu. »Das hält man ja nicht aus. Ich habe morgen bestimmt Migräne!«

Sie öffnete die Tür und verließ das Zimmer. Maslow, der Schuft, schob wieder den Riegel vor.

Jetzt konnte er nur noch auf den Vater hoffen.

»Was sagst du da, mein Herz? Was für Zeichen? Und was für ein Verschwörer soll Prochor Iwanowitsch denn sein? Wie kommst du dazu, ihn so zu nennen?«

Wie sollte er es ihm so erklären, dass er es verstand und glaubte? Und dann auch noch in der Gegenwart von diesem Schuft!

»Hier, lest!«, rief Mitja und reichte dem Vater den Brief des Großen Magiers.

Alexej Woinowitsch beugte sich über die Kerze und fing an zu lesen.

Prochor Iwanowitsch aber sagte mit einem Seufzer:

»Ich bin nicht umsonst hinter dir her gejagt, mein Lieber. Du bist zu schlau. Wenn dein Verstand weniger scharf wäre, könnte man dich leben lassen, aber so geht das leider nicht. Ausgeschlossen.«

Vater fiel bei diesen Worten der Brief aus der Hand. Er hatte ihn wohl kaum zu Ende gelesen und noch weniger verstanden.

»Wie bitte, was sagt Ihr da, Eure Exzellenz?! Schließlich ist er mein Sohn!«

Der Gesichtsausdruck von Prochor Iwanowitsch hatte sich unwahrscheinlich verändert: Der Blick funkelte ruhig und gebieterisch, die Stirn hatte sich geglättet, und sogar die wie bei einem Hund herunterhängenden Lefzen wirkten jetzt nicht komisch, sondern willensstark und majestätisch.

»Dein Sohn hat eine tödliche Krankheit«, sagte der Große Magier dem Seconderittmeister a. D. in grobem, keinen Widerspruch duldendem Ton. »Er hat nur noch kurz zu leben. Siehst du denn nicht, dass er im Sterben liegt? Retten kannst du ihn nicht, du kannst dich nur selbst mit der unheilbaren Krankheit anstecken. Wenn du nicht Abstand hältst, bist du ebenfalls dem Tod geweiht.«

Alexej Woinowitsch erblasste schrecklich.

»Aber ... ich verstehe überhaupt nichts! Ein Magier, irgendwelche Zeichen ... Eure Exzellenz, ich flehe Euch an! Womit habe ich ... womit haben wir Euch erzürnt?«

»Du bist dumm, Karpow, das ist dein Glück. Setz dich.« Maslow stieß Vater leicht gegen die Brust, so dass der zurückwich und auf das Bett fiel. »Nur deshalb kann ich dich am Leben lassen. Und nicht nur das, sondern ich werde dich in Höhen heben, von denen du noch nicht einmal träumen kannst. Ich weiß, der Gipfel deiner Träume ist es, die Lüsternheit einer halbtoten Alten zu befriedigen. Ich kann dir viel mehr geben. Ich brauche einen Helfer, dem ich vertrauen kann. Anonymität ist in vielerlei Hinsicht nützlich, aber manchmal auch sehr hinderlich. Gewöhnlichen Dienern kannst du nicht alles anvertrauen – die Gefahr, dass du dich verrätst, ist zu groß …«

»Ich verstehe trotzdem nichts«, stammelte Alexej Woinowitsch.

»Das ist ja das Gute. Ich brauche keinen Schlaukopf; da handele ich mir nur Verrat oder unnötige Komplikationen ein. Du wirst dich mit der Rolle des ausführenden Organs begnügen, durch das ich die Dinge in Bewegung setze. Du wirst der Einzige unter den Lebenden sein, der von den Zeichen weiß, und schon allein das erhebt dich über alle anderen.«

»Vater, hört nicht auf ihn, er lügt!«, schrie Mitja, damit sein Vater sich nicht umgarnen ließ. »Ihr seid nicht der Einzige, der von den Zeichen an seinem Körper weiß! Auch Martin weiß davon, der taube Exekutor! Maslow lügt, und auch alles andere ist gelogen, er führt Euch an der Nase herum!«

Der Geheimrat blickte auf Mitja und lächelte.

»Armer Martin der Beichtvater. Er ist gestorben, Mitja. Noch am selben Abend, da Pikin sich unserem Verhör entzog. Martin hat Wodka getrunken, der ihm ganz und gar nicht bekommen ist. Wenn er nicht nur taub, sondern auch stumm gewesen wäre, dann wäre das ja noch angegangen. Aber so war nichts zu machen, das verstehst du doch. Du bist ja klug. Du hast ja verstanden, dass du an jenem Abend besser nicht nach Hause zurückläufst, sondern bist aus Petersburg geflohen.«

Das war es also, was ihm am meisten Angst eingejagt hatte, wurde Mithridates klar. Dass ich an jenem Abend verschwand. Er wusste nichts von der Vertreibung aus dem Paradies! Woher auch? Er meint, ich habe alles durchschaut und sei vor ihm, dem Großen Magier, geflohen. Dann hat mir Pikin also damals das Leben gerettet, als er mich aus dem Fenster warf?

»Ich bin kein Unmensch, aber ich trage eine große Verantwortung«, fuhr Prochor Iwanowitsch fort. »Viele Menschen glauben an mich. Solche, denen dein Vater nicht das Wasser reichen kann: illustre Köpfe, wahre Wohltäter des Vaterlandes. Ich habe sie alle einzeln ausgesucht, wie die Perlen einer Kette. Wenn wir uns an die Arbeit machen, biegen sich die Berge, und die Flüsse fließen rückwärts. Und da kommst du daher. Ich kenne die Menschen gut, ich habe sie in meiner langen Dienstzeit studiert. Du hast das Talent, aus einer Zahl die Wurzel zu ziehen; ich beherrsche dieselbe Kunst bei den Menschen, ich sehe ihre Wurzeln und durchschaue jeden durch und durch. Auch dich. Dein Kopf arbeitet flink, aber du bist nicht weise. Und wirst es auch nie sein, weil du eine schwache Seele hast. Dein Makel ist das, was man, um es zu beschönigen, Mitleid nennt. Du bist zu unbedingtem Gehorsam unfähig. Du kannst eine große Sache zu Fall bringen. Überleg einmal selber: Kann man dich leben lassen? Nein, auf keinen Fall.«

Da der Geheimrat, als er dies sagte, Mitja anschaute und nicht Vater mit seinem magnetischen Blick fixierte, löste sich Alexej Woinowitsch allmählich aus der Erstarrung und fasste sich.

»Meine Gedanken kommen nicht mit Euren Reden mit«, rief er aus, lief zu seinem Sohn und umarmte ihn, »aber ich sehe, ihr wollt den Tod von Mithridates. Erbarmt Euch des Kindes! Oder schlagt uns alle beide tot!«

So sprach er und riss sein Hemd auf, so dass er mit entblößter Brust dastand. So schön wie in diesem Augenblick war Vater noch nie!

»Das musst du selber wissen. Ob ich einen oder zwei umlege, ist für mich kein Unterschied. Aber stell dich nicht dümmer an, als ich es von dir annehme. Es ist besser, einen Teil zu verlieren als alles. Du hast ja schließlich noch einen anderen Sohn. Also entscheide dich, Karpow. Ich habe keine Zeit für Theaterspiele. Wenn du sterben willst, bitte. Wenn du leben willst, dann fährst du mit mir nach Petersburg. Deine Frau und den älteren Sohn kannst du mitnehmen. Für den Anfang verleihe ich dir den Rang eines Staatsrates und als Andenken an den Zögling der Zarin schenke ich dir tausend Leibeigene. Zum Trost. Aber das ist noch gar nichts. Bald wird ein Ereignis eintreten, nach dem mein Helfer alles bekommen kann, was er will, einen Grafentitel oder ein Ministerium, egal was. Du brauchst mir nur treu zu dienen, ohne Doppelzüngigkeit.«

»Den Titel eines Grafen?«, fragte Alexej Woinowitsch ungläubig nach. »Ein Ministerium?«

Und war auf einmal nicht mehr schön.

»Ja. Oder den Tod. Das kannst du dir aussuchen.«

Vater drückte immer noch seinen Sohn an sich, aber irgendwie zerstreut, ohne die Leidenschaft von vorher.

»Aber … aber was soll ich meiner Gattin sagen, die dieses Kind in Qualen geboren hat?«

Er maß Mitja mit einem ängstlich prüfenden Blick vom Scheitel bis zur Sohle, als handele es sich nicht um einen Lebenden, sondern um einen Toten.

Maslow wiegelte ab:

»Wie ich deine Frau kenne, kann man ihr alles Mögliche erzählen. In einem Monat wird sie sich schon nicht mehr daran erinnern, dass sie zwei Söhne und nicht nur einen hatte. Deine Aglaja wird in Sankt Petersburg alle Hände voll zu tun haben.«

Über das Gesicht von Karpow senior ergoss sich ein Strom von Tränen.

»Gott ist mein Zeuge, ich habe mich um dich gekümmert wie der zärtlichste Vater, aber was kann ich da noch tun?«, sagte er schluchzend und umarmte seinen Sohn. »Du hast ja gehört, Seine Exzellenz sagt, du bist sowieso zum Tode verurteilt. Sei also nicht zu hart und zerreiß mir nicht das Herz. Denk an deine Mutter, deinen Bruder und nicht zuletzt an deinen dich liebenden Vater!«

Da wurde Mitja klar, dass er wirklich zum Tode verurteilt war, endgültig und unwiderruflich. Und er brach in Tränen aus. Aber nicht aus Angst, sondern vor unsäglicher Traurigkeit.

Vater löste seine Umarmung und trat einen Schritt zur Seite. Er streckte vorsichtig die Hand aus und strich seinem Sohn über den Kopf.

»Armes Kind! Dich trifft keine Schuld! Wie heißt es doch so richtig: Frühreifen Begabungen ist kein langes Leben beschieden. Weine nur, weine! Ach, wie wenig ist unser Verstand imstande, die von Fortuna bereiteten Schläge von uns abzuwenden, und noch viel weniger, uns zu trösten!«

EINUNDZWANZIGSTES KAPITEL

SONNENSTICH

(Bunin, 1927)

»Trösten Sie sich damit, dass alles bald vorbei ist«, flüsterte Max, woraus Nicholas entnahm, dass er blass und angegriffen aussah.

Das Kommando, das Zimmer zu verlassen, war erst vor einer Minute erfolgt. Beide Handys hatten gleichzeitig geklingelt, das von Max und das von Fandorin.

»Hier hat es eine Verzögerung gegeben«, ließ sich Igors weiche, gedämpfte Stimme im Hörer vernehmen. »Der Vorsitzende der Kommission hat sich verspätet. Jetzt ist alles klar. Also los. Nehmt das Handy nicht vom Ohr. Ich habe Jastykows Assistentin vorgewarnt: Wenn die Verbindung abreißt, egal warum, von mir auch aus technischen Gründen, dann heißt das: Die Absprache ist ungültig. Macht euch also die ganze Zeit bemerkbar, ich halte euch über den Stand der Auktion auf dem Laufenden.«

Die »Verzögerung« war nicht zu knapp gewesen – fast eine halbe Stunde. Mit jeder Minute wuchs die Spannung in der Diele, wo die Geiseln und die Bewachung auf das Signal warteten.

Jeanne war nicht da, sie begleitete ihren Boss und leitete die Operation per Telefon. Um Nicholas und Miranda kümmerten sich zwei alte Bekannte: Max und Plattnase. Anfangs wertete Fandorin die geringe Anzahl des Bewachungspersonals als gutes Zeichen, aber je mehr sich die Warterei in die Länge zog, drängte sich eine andere ungute Version auf: Als Bewachung hätte man viele Leute gebraucht, als Killer dagegen reichten zwei Männer völlig aus. So gut er konnte, lächelte der Magister Mira an, ja zwinkerte ihr sogar zu, um ihr zu suggerieren, alles läuft gut und nach Plan; er selbst machte sich aber schon auf das Schlimmste gefasst.

Als die Telefone endlich schrillten, hätte Nicholas fast vor Erleichterung aufgeschrien.

Sie gingen sofort los und traten auf die sonnenbeschienene Treppe: vorneweg Plattnase, der Mira am Ellenbogen hielt, dann Max mit Fandorin in derselben Haltung.

Das war der Augenblick, in dem der Bewacher von Nicholas die überraschenden Worte des Trostes geflüstert hatte. Er fuhr fort:

»Wir gehen langsam, und bitte keine Eigenmächtigkeiten. Machen Sie sich klar, dass das Leben des Mädchens in Ihrer Hand ist. Ich habe die Anweisung: Wenn etwas dazwischenkommt, ist sie als Erste dran.«

Sie gingen in Zweiergruppen im Spazierschritt, begleitet von einem sich langsam an der Bürgersteigkante vorwärts schiebenden Jeep. Plattnase hielt Mira an der Hand, sie sahen von hinten aus wie ein großer Bruder mit seinem kleinen Schwesterchen. Max und Nicholas machten einen weniger idyllischen Eindruck: zwei untergehakte Männer, jeder mit einem Handy am Ohr. Fandorin hörte, wie in einer Schar ihnen entgegenkommender Passanten ein paar Jugendliche tuschelten: »Guck mal, guck mal: zwei Schwule.«

»... Der Vorsitzende verliest die Bedingungen für die Versteigerung«, meldete Igors gelangweilte Stimme. »Das dauert sechs, sieben Minuten. Ist bei euch alles in Ordnung?«

»Ja, ja.«

Von Max wurde offenbar ebenfalls erwartet, dass er seiner Chefin akustische Signale übermittelte. Doch er beschränkte sich darauf, von Zeit zu Zeit etwas Unverständliches in den Hörer zu brummeln.

So gingen sie also durch den Vorort der Hauptstadt. Der Morgen war novemberlich frisch und hell; es war nur ein wenig kalt, ohne die Wattedecke der Wolken fror die Erde.

»Kimrinskaja Uliza, wo ist die?«, fragte Mira und drehte sich um.

Fandorin wurde von der Sonne geblendet und blinzelte nach dem Schild, auf das sein ungezogener Zögling mit dem Finger zeigte. Achselzuckend antwortete er:

»Moskau ist groß.«

»Was?«, fragte Kuzenkos Sekretär erstaunt. »Wie meinen Sie das?«

Max warnte:

»Wehe, Sie nennen den Ort.«

»Ich habe mit Mira gesprochen«, sagte Nicholas zu dem Sekretär, nickte dem Bewacher beruhigend zu und antwortete Mira:

»Ich höre von der zum ersten Mal.«

»Und so was will ein Moskauer sein«, sagte sie enttäuscht und trippelte schnell weiter, denn Plattnase zog sie am Arm, um sie am Stehenbleiben zu hindern.

»Mit den Bedingungen sind sie durch«, meldete Igor. »Es folgt die Vorstellung der Teilnehmer an der Auktion ... Der Erste ist Mirat Leninowitsch ... Ist bei euch alles in Ordnung?«

»Ja«, antwortete Fandorin, der Mira beobachtete.

Was für starke Nerven das Mädchen doch hatte! Oder entsprach ihr Verhalten einfach dem normalen kindlichen Optimismus?

Es schien, als genieße Mira diesen lebensgefährlichen Spaziergang. Sie drehte den Kopf in alle Richtungen und plapperte vor sich hin. Als sie versuchte, ein Gespräch mit der sturen Plattnase anzufangen, aber keine Antwort bekam, wandte sie sich an Nicki:

»Das hier soll Moskau sein? Das sieht ja genauso aus wie das Zentrum von Krasnokommunarsk! Ich habe gedacht, Moskau, das sind solche engen Gassen, wo es statt Asphalt Kopfsteinpflaster gibt und von Läden wimmelt. Und jede Kleinigkeit, und sei sie noch so klitzeklein, kostet mehr als das Gehalt von Robert Aschotowitsch.«

Ins andere Ohr leierte ihm der fade Igor:

»... Der Vertreter der Geschlossenen Aktiengesellschaft ›Medprogress‹ hat seine Vorstellung beendet, der Nächste ist Jastykow. Dann kommt noch ›Petropharm‹, und dann ist Schluss. Danach beginnt die Auktion. Wie sieht es bei euch aus? Alles in Ordnung?«

»Ja.«

»Was?«, fragte Max auf einmal seinen unsichtbaren Gesprächspartner (genauer: seine Gesprächspartnerin). Seine Stimme klang etwas lauter als vorher. »Habe ich richtig verstanden? ... Alles klar.«

»... Ich habe gesagt, sie soll mir keinen Schal für dreihundertfünfzig Dollar kaufen, aber Inga hat gesagt, du wirst dich schon daran gewöhnen«, plapperte Mira. »Ich habe gedacht, in Moskau gibt es keine anderen Preise, aber gucken Sie mal: Da in dem Kiosk hängt fast der gleiche Schal, aber der kostet nur fünfundfünfzig Rubel.«

Max steckte das Handy in die Hosentasche. Was mochte das heißen?

»Was ist los?«, fragte Nicholas.

»Wie?«, fragte Igor.

»Alles in Ordnung«, antwortete Max und tippte Plattnase auf die Schulter. »Sechs sechzehn.«

Er steckte wieder die Hand in die Tasche.

»Einen Augenblick«, sagte Nicholas schnell in den Hörer. »Hier ist irgendetwas ...«

Er sah, wie Plattnase Mira an sich zog, in seiner rechten Hand blitzte etwas Metallisches. Nicki wollte schreien, aber in diesem Moment stach ihn etwas in den Hals.

Die Kimrinskaja Uliza mit den schmutzig grauen Häuserblöcken geriet ins Schwanken, Fandorin schlug die Hände zusammen, um sich an ihrer rutschigen Oberfläche festhalten zu können, warf den Kopf in den Nacken, und die Sonne schoss ihm mit dem Zielfeuer ihrer unbarmherzigen Strahlen direkt ins Hirn.

Der Magister kniff die Augen zu und stürzte in die Dunkelheit.

Er kam auf einen Schlag wieder zu Bewusstsein, ohne irgendwelche Vorwehen. Nicholas hörte ein regelmäßiges Klopfen, öffnete die Augen, sah eine weiße Decke, die einen Riss hatte, und setzte sich mit einem Ruck auf.

Von der heftigen Bewegung kam das Zimmer ins Schaukeln, und er bekam Angst, er könne wie auf der Kimrinskaja Uliza wieder eine schiefe Ebene hinunter in ein schwarzes Loch rutschen, aber nachdem sie sich zurechtgewackelt hatte, stand die Welt still. Das Klopfen hielt allerdings an, es drang durch die offene Tür.

Das Zimmer kam ihm bekannt vor – von hier hatte Mira mit ihrem Vater per Telefon gesprochen.

»Was ist das?«, fragte Fandorin mit schmerzverzerrtem Gesicht und meinte das Klopfen, das in seinem Hinterkopf als Echo widerhallte.

»Das Mädchen hat einen Tobsuchtsanfall«, antwortete Max finster. »Sie ist vor zehn Minuten zu sich gekommen. Am Anfang hat sie gebrüllt, jetzt hämmert sie einfach gegen die Tür. Macht nichts, alles schallisoliert hier.«

Er stand am Fenster und schaute nach unten, auf die Straße. Der zweite Bewacher saß auf einem Stuhl an der Tür und reinigte sich die Fingernägel mit einem Messer.

»Sie haben uns reingelegt«, stellte Fandorin fest.

»Genau«, bestätigte Max. »Und zwar nach allen Regeln der Kunst. Was hat man Ihnen am Telefon gesagt?«

»Wer? Mirat Leninowitschs Sekretär? Die Teilnehmer der Auktion würden vorgestellt.«

»Aha, schöne Vorstellung.« Max drehte sich mit einem schiefen Lächeln um; sein Gesicht konnte man nicht sehen, weil die Sonne von hinten schien. »Er hat Ihnen die Hucke voll gelogen. Die Auktion hat eine Minute gedauert. Der Ausgangspreis lag bei achtzig Millionen, Kuzenko hat sofort hundert geboten und damit alle ausgebootet. Der Verkauf ist also gelaufen! Da hat Jeanne dann ›sechs sechzehn‹ angeordnet. Das heißt: beide zurückbringen. Tja, so sieht es aus, Nikolaj Alexandrowitsch.«

Nicholas schüttelte den Kopf.

»Das kann nicht sein! Das ist ausgeschlossen! Jeanne lügt! Nur Ihr Auftraggeber kann die Absprache gebrochen haben!«

Max schaute Fandorin mitfühlend an.

»Unwahrscheinlich. Ich arbeite über ein Jahr mit Jeanne zusammen, so eine Stimme hatte sie noch nie. Kein Wunder, das ist für sie ein Reinfall ohnegleichen. Sie muss gleich da sein, sie hat schon zweimal von unterwegs angerufen. Alle Nerven liegen bei ihr bloß, sie rast vor Wut. Sie tun mir Leid. Das heißt, Sie selber wird sie wohl einfach abknallen, aber dem Mädchen wird sie die Hölle ganz schön heiß machen. Da hat sie Übung drin. Stimmt's, Anatoli?«

Plattnase, der also in Wirklichkeit Anatoli hieß, nickte, ohne den Kopf zu heben. Er war mit der linken Hand fertig, nun kam die rechte dran.

Nicholas wollte seine Gedanken sammeln, aber sein Kopf war

wie schockgefroren, die Gedanken hüpften darin herum wie Pelmeni in einer Packung, die man gerade aus dem Tiefkühlfach herausgenommen hat.

»Womit haben Sie mich betäubt?«

»Ich habe eine Ampulle Liquosol gespritzt. Keine Angst, das Hirn taut gleich wieder auf. Nur das Gefühl kommt nicht sofort wieder. Womöglich ist das ja auch besser so?« Max seufzte. »Wenn Sie wollen, spritze ich Ihnen noch mal eine Dosis, eine schwächere. Solange sie noch nicht da ist. Wer weiß, was ihr in den Kopf kommt. Dann tut es nicht so weh. Weißt du noch, Anatoli, wie sie den Glatzkopf zugerichtet hat?«

Plattnase nickte wieder.

»Ich bin ja weiß Gott abgebrüht, aber selbst ich habe danach kein Auge zugetan.«

Der gesprächige Bewacher schüttelte sich und setzte sich neben ihn.

Das Handy in seiner Tasche klingelte.

»Ja«, sagte er in den Hörer. »Alles in Ordnung ... Ja, alle beide ... Okay.«

Er erklärte Fandorin:

»Das war sie. Sie ist in die Dmitrowskoje eingebogen.«

Die Zeit verstrich, unerbittlich zerlief sie ihm zwischen den Fingern. Im Vergleich zu dem Ungeheuer, das über die Dmitrowskoje-Chaussee Richtung Norden raste, erschienen Nicholas die Killer, die das Zimmer bewachten, fast wie gute Bekannte. Zumindest der eine von ihnen, in dem der brutale Beruf noch nicht endgültig alles Lebendige und Menschliche ausgerottet hatte. Ach, wenn man doch unter vier Augen mit ihm sprechen könnte, ohne dass dieser finstere Neandertaler mit seinem langen, schmalen Messer danebensäße!

Er hatte keine Wahl.

»Hören Sie, Max«, begann Fandorin schnell, bemühte sich aber trotzdem, die Worte nicht zu verschlucken. »Ich kenne Ihr Vorleben nicht und weiß nicht, warum Sie das hier machen. Sie werden sicher gut bezahlt dafür. Sicher zieht Sie das Abenteuerliche daran an. Ich glaube gern, dass Sie gute Gründe dafür haben, die Menschen zu verachten. So weit, so gut. Aber Sie haben doch auch noch eine Seele. Die ist ja schließlich kein Phantasiegebilde, sondern es gibt sie wirklich! Und Ihre Seele, die sagt Ihnen, was Sie tun können und was auf keinen Fall. Natürlich hören Sie nicht immer auf sie, aber jedes Mal, wenn Sie ihr zuwiderhandeln, dann fühlen Sie sich hinterher schlecht. Stimmt's?«

Verflucht! Schon wieder klingelte das Telefon! Genau zum falschen Zeitpunkt!

»Ja ... Sofort.« Max schnippte mit den Fingern und bat Plattnase: »Anatoli, guck mal, ob das Bad schallisoliert ist oder nicht ... Gleich, Jeanne ... Ja, sie sind beide zu sich gekommen.«

Plattnase verschwand für weniger als zehn Sekunden, kehrte zurück und nickte.

»Ja, es ist isoliert«, sagte Max in den Hörer, und das Gespräch war beendet.

Er steckte das Handy in die Tasche und erklärte:

»Sie steht an der Ampel, hat schon die Petrowsko-Rasumowskoje überquert. Die hat vielleicht einen Zahn drauf!«

»Sie wissen ja genau, wofür Sie das brauchen«, fuhr Nicholas noch schneller fort. »Sie will das Mädchen foltern. Und das noch nicht einmal, um eine Information aus ihr herauszupressen. Was kann man schon von einem Kind für eine Information bekommen? Nein, Ihre Chefin will einfach ihre Wut an ihr auslassen. Vielleicht sieht das im Moment für Sie so aus, dass das nur ein unangenehmer Zwischenfall und nicht mehr ist. Aber Monate und Jahre werden vergehen, und diese schreckliche Tat wird wie ein Stein auf Ihrem Gewissen lasten. Sie werden die Schreie hören und das schmerzverzerrte Gesicht dieses unschuldigen Mädchens sehen. Sie werden das nicht vergessen können!«

Wieder klingelte das Telefon.

»Ja ... Gleich ... – Anatoli, guck mal, ob da eine Steckdose ist.«

»Ja, ich habe darauf geachtet«, sagte Plattnase und machte zum ersten Mal seinen Mund auf.

»Ja, ist da«, gab Max weiter. »Wo sind Sie? Gut.«

Er legte das Handy auf den Tisch.

»Sie ist schon in die Kimrinskaja eingebogen. Sie kommt gleich. Sie rast wie der Teufel! Tut mir Leid, Nikolaj Alexandrowitsch. Wirklich, aber ...«

»Es geht nicht um Mitleid mit mir!«, unterbrach ihn Nicki.

»Und auch nicht mit dem Mädchen. Haben Sie Mitleid mit sich selber! Wenn Ihnen nur ein Minimum an Seele geblieben ist, dann werden Sie sich hinterher vor Kummer umbringen.«

»Nein, geht nicht. Und hören Sie auf mit Ihrer Propaganda, sonst ziehe ich Ihnen Handschellen an und klebe Ihnen den Mund zu.« Max stand auf und rasselte demonstrativ mit den an seinem Gürtel hängenden Handschellen. »Wenn Jeanne es befiehlt, nehme ich persönlich die Säge und mache aus Ihnen Boeuf Stroganoff, egal, wie ich zu Ihnen stehe. Ich bin keine Heulsuse, sondern ein Profi, ist das klar? Sie sollten sich lieber das mit dem Liquosol überlegen, bevor es zu spät ist.«

In der Diele hörte man das Klirren eines Schlüssels. Nicholas hatte noch nie in seinem Leben etwas Schrecklicheres als dieses so alltägliche, friedliche, häusliche Geräusch gehört.

»Nun ist es zu spät«, sagte Max achselzuckend. »Anatoli, lass ihn nicht aus den Augen.«

Und er ging in die Diele.

Jeanne kam in das Zimmer gestürmt wie ein Wirbelwind. Die Haare der neuen Medusa standen vom Kopf ab und wanden sich wie schwarze Schlangen, ihr Gesicht war wutverzerrt, und die Pupillen hatten sich zu winzigen Punkten verengt. Sie hat sich mit Kokain voll gepumpt, dachte Nicholas, und drückte sich an die Wand.

Er hatte damit gerechnet, die blutrünstige Rächerin würde sich sofort auf ihr Opfer stürzen, es umwerfen, sich in seine Kehle verkrallen oder schießen, aber Jeanne würdigte ihn keines Blickes. Sie blieb stehen und sagte langsam, fast ein wenig unnatürlich:

»Heute ist der Tag meiner Schande. Mein Ruf ist hin, es wird lange dauern, bis ich ihn wiederhergestellt habe. Aber keine Angst, ich habe schon eine Idee, wie ich aus dieser Niederlage einen Vorteil schlagen kann. Ich habe mir etwas ausgedacht, da wird man hinterher Schauermärchen erzählen, und kein Mensch wird es wagen, mich nicht ernst zu nehmen.«

»Was sollen wir machen?«, fragte Max nervös. »Sag Bescheid.«

Sie deutete Richtung Diele und sagte:

»Da in der Tasche habe ich einen Kassettenrekorder. Ich werde das Mädchen im Badezimmer bearbeiten und alles aufnehmen.

Dann schicke ich dem Kurzen die Kassette. Ich wollte zuerst einen Videofilm machen, aber Audio ist besser. Das kann man übers Telefon und sein Büronetz laufen lassen, überall. Dieser Schweinehund wird eine höllische Angst vor jedem technischen Gerät kriegen! Egal, was er anschaltet, überall wird er die Schreie seines Töchterchens hören. Tags und nachts. Hier und im Ausland. Ich werde weder Zeit noch Geld scheuen. Wie findet ihr das?« Ihre Lippen zogen sich in die Breite, aber man konnte das schwerlich ein Lächeln nennen. »Da schaltet der Kurze am Morgen seinen Rasierapparat an und hört: ›Paaapa! Paaapotschka! Aaaa!‹ Ich weiß, wie man das hinkriegt. Das ist technisch kein Problem.«

»Hören Sie, Sie haben jetzt doch wirklich andere Sorgen!«, sagte Fandorin unnatürlich laut, als wäre sie taub oder tobsüchtig. »Ihr größtes Handicap ist Jastykow. Sie haben ihn in die Irre geführt, denn Ihr Plan hat ja nicht funktioniert. Er wird mit Ihnen abrechnen wollen. Statt daran zu denken, wie Sie andere ums Leben bringen können, retten Sie lieber Ihr eigenes Leben!«

Jeanne drehte sich mit dem ganzen Körper zu ihm um, Nicholas presste sich an die Wand.

»Aha, der Meister der vernünftigen Ratschläge! Danke für die Empfehlung, aber ich habe schon mit Oleg gesprochen, von seiner Seite wird es keine Probleme geben. Aber was soll ich denn nun mit Ihnen machen, Nikolaj Alexandrowitsch, mein Guter?« Sie betrachtete ihn mit dem Blick eines Kochs, der gerade überlegt, wie er das Fleischstück zubereiten soll. »Nein, Strom an die empfindlichen Stellen jagen, das werde ich Ihnen ersparen. Ich habe eine bessere Idee. Wir fangen damit an, dass Sie zuhören, wie Ihre Mira kreischt und schreit. Danach inszeniere ich dann für Ihre Familie ein Stück nach Edgar Allan Poe. Haben Sie den ›Untergang des Hauses Usher‹ gelesen? Mein Lieblingswerk.«

Zufrieden darüber, dass sie Eindruck gemacht hatte, lachte sie und gab dann sachlich Anweisung:

»Das Mädchen ausziehen, an Handgelenken und Knöcheln fesseln. Den Mund nicht verstopfen, damit sie ihre Solos trällern kann.«

»Und was ist mit dem?«, fragte Max und deutete auf Fandorin.

»Soll er doch herumlaufen und mit den Händen fuchteln. Dann

macht die Arbeit mehr Spaß. Wenn er zu viel herumfuchtelt, zieht ihm eins drüber, oder gleich zwei, aber nicht zu stark, so dass er bei Bewusstsein bleibt. Los, Jungens, vorwärts!«

»Sofort.«

Max verließ das Zimmer und ging zu der Tür, die Miranda hartnäckig und ohne Aussicht auf Erfolg mit den Fäusten bearbeitete. Der zweite Bewacher kratzte sich mit dem Messer an der Braue, stand vom Stuhl auf, ging aber nicht weiter – offenbar fand er, sein Kollege käme allein zurecht.

Fandorin stürzte hinter Max in die Diele und schrie nur drei Worte:

»Um Gottes willen!«

Jeanne und Plattnase standen direkt hinter ihm, aber der Magister nahm sie nicht wahr. Sein Blick war auf die kräftige, mit rötlichem Flaum bedeckte Hand geheftet, die sich immer näher an den Riegel heranschob, Millimeter für Millimeter, endlos. Die Zeit zog sich in die Länge wie Gummi, die Sekunde wollte nicht verstreichen.

Und auf einmal stellte sich heraus, dass Nicholas in einer anderen Zeitdimension existierte, dass er diese nicht enden wollende Sekunde an ihrem gummiartigen Schlafittchen packen, sie festhalten und rückgängig machen konnte.

Mit einem gellenden Schrei, der ihm selber nicht bewusst war, stürmte Fandorin vorwärts. In plump geduckter Haltung durchquerte der zwei Meter lange Magister die schmale Diele und haute dem Bewacher mit der Unaufhaltsamkeit eines Balles, der ins Netz fliegt, seinen Kopf ins Rückgrat.

Der Zusammenstoß war so heftig, dass Max mit dem Gesicht gegen die Tür prallte und benommen auf den Boden rutschte. Nicki, der sich vorübergehend außerhalb von Vernunft und Zivilisation bewegte, stürzte sich von oben auf den Feind und packte ihn mit den Händen an der Kehle.

Wie durch eine Wand hörte man von hinten eine Frauenstimme:

»Halt, Anatoli. Lass mal. Ich möchte mir die Corrida ansehen.«

Mit einer automatischen, aber in ihrer Präzision unfehlbaren Bewegung drückte Max dem Magister einen Finger ins Sonnengeflecht und nutzte das Erschlaffen des krächzenden Fandorin, um seinen Hals zu befreien. Er warf sich mit einem Ruck zur Seite, schüttelte den Gegner ab und versetzte ihm noch einen Handkantenschlag unter dem Nacken, so dass Nicholas mit dem Gesicht auf dem Boden landete.

»Bravo«, sagte Jeanne anerkennend, aber Fandorin hörte absolut nichts mehr. Er sah direkt vor seinen Augen einen Fuß in einem schwarzen Schuh, mit einer leicht heruntergerutschten Socke, brüllte, riss sich vom Boden los und schlug seine Zähne in eine Sehne (es war wohl die Achillessehne).

»Aaa!«, schrie Max auf und hockte sich hin, um an den Kopf des wild gewordenen Angreifers zu kommen.

Nicki spuckte mit dem Blut auch ein Stückchen Leder und Fäden aus, schlug blindlings um sich und bekam etwas zu packen. Es war der Hemdkragen. Da drehte Fandorin sich mit seinem langen Körper in einer undenkbaren Schraube, die sämtlichen Gesetzen der Anatomie widersprach, und zerrte Max mit aller Kraft auf sich zu.

Der Bewacher verlor das Gleichgewicht, und seine Stirn schlug mit einem dumpfen Knall auf das Parkett; da verkrallte sich Nicholas auch mit der anderen Hand in den Kragen, aber nicht von unten, sondern von oben, und donnerte außer Sinnen den Kopf des Feindes gegen den Boden.

Bum! Bum! Bum!

Beim vierten oder fünften Schlag erschlaffte Max und sackte zur Seite, aber Nicholas verstand nicht sofort, dass der Kampf aus war. Er schüttelte den besinnungslosen Körper immer weiter und konnte nicht damit aufhören.

Er kam erst wieder zu sich, als er einen verzweifelten Schrei hörte, der von der Tür kam:

»Ihr Schweine! Ihr Schweine! Was macht ihr da mit ihm?!«

»Alles in Ordnung, Mira, alles in Ordnung«, krächzte Fandorin, der sich entgeistert und ungläubig das Werk seiner Hände besah: ein regloser Mann, unter dessen Gesicht zwei Blutzungen hervorschnellten.

Er stellte sich auf die Füße, wollte entsetzt dem roten Strom ausweichen, der sich seinem Schuh näherte, kam mit den Armen ins Rudern und sah, dass seine Hände ebenfalls blutüberströmt waren.

Hinten hörte man lautes Klatschen. Das war Jeanne, die applaudierte.

»Ein seltenes Schauspiel«, sagte sie und zog dabei aus irgendeinem Grund ihr Jackett aus. »Dass der Stier den Torero auf die Hörner nimmt. Ich habe gelesen, dass man solchen heldenhaften Stieren ein Denkmal errichtet. Aber die Corrida ist noch nicht zu Ende. In die Arena des nördlichen Bezirks der Hauptstadt zieht zum ersten Mal eine Frau ein: die Matadorin Jeanne Bogomolowa.«

Sie hob die Hand zum Gruß wie ein Matador, schleuderte ihre hochhackigen Pumps einen nach dem anderen zur Seite, zog am Reißverschluss und warf auch ihren Rock beiseite. Zuletzt hatte sie nur noch eine schwarze Strumpfhose und eine Seidenbluse an.

»Na, Sie Champion im Wrestling«, sagte Jeanne und lockte ihn näher zu sich heran. »Jetzt geht es darum, eine schwache Frau zu bezwingen. Wenn es Ihnen gelingt, lasse ich sowohl Sie selber wie das kleine Waisenkind frei. Ein lohnender Preis, das müssen Sie doch zugeben!«

Der Anfall von Wahnsinn, der den Cambridge-Absolventen, Familienvater und überzeugten Gegner von Gewalt für einen Augenblick in ein wildes Tier verwandelt hatte, war vorbei. Nicholas streckte ungeschickt die Arme vor, nicht um zu ringen, sondern um sich vor einem Schlag zu schützen. Jeanne dagegen beugte die Knie leicht, senkte den Kopf und war nun mehr als einen halben Meter kleiner als ihr Gegenüber.

Anatoli die Plattnase beobachtete die sensationelle Szene und spielte mit seinem Messer. Sein stumpfsinniges Gesicht zeigte kein Gefühl: keine Aufregung, ja noch nicht einmal Neugier.

»Hören Sie«, setzte Nicholas an und stockte, weil er einen Tritt gegen die Schulter bekommen hatte.

Er wollte die schmerzende Stelle untersuchen, aber da hatte ihm die wie ein Luchs schnelle Gegnerin schon einen Tritt auf der anderen Seite verpasst: unter dem Knie.

Fandorin fiel hin. Kaum war er wieder auf den Beinen, da bekam er schon einen neuen Tritt, diesmal gegen die Stirn.

Er schlug mit dem Hinterkopf gegen das Schuhregal, einen Augenblick lang wurde ihm schwarz vor Augen.

Er rappelte sich irgendwie hoch und drückte sich mit dem Rücken in die Kleidung, die an der Garderobe hing.

»Na, komm schon, komm«, lockte ihn Jeanne näher zu sich heran. »Nimm mich auf die Hörner, du kleiner Stier, wie den armen Max.«

Sie streckte die Hand aus, um Nicholas am Schoß seines Jacketts zu packen. Er wollte die schmale, schnelle Hand wegstoßen, griff aber ins Leere. Ihre lackierten Finger hatten ihn fest an der Nase gepackt und zogen ihn nach unten, so dass der Magister sich bis zum Zerreißen bog.

Mit der anderen Hand fasste Jeanne ihn am Hosengürtel, riss ihn in die Höhe und schleuderte ihn durch die Gegend, so dass er auf dem Bauch landete.

Er stieß sich Ellenbogen und Knie, drehte sich auf den Rücken, kam aber nicht mehr hoch. Ihr kleiner Fuß drückte ihn gegen das Parkett, unter der stählernen Ferse konnte er sich nicht mehr rühren.

Wie die Katze mit der Maus, ging es dem hoffnungslos unterlegenen Nicholas durch den Kopf. Er hatte keine Kraft mehr in den Händen.

»Der Stier liegt am Boden«, erklärte Jeanne. »Achtung! Der finale Schlag.«

Sie setzte sich auf die Brust des Besiegten, beugte sich zu ihm herab und flüsterte:

»Jetzt stirbst du. Ich gebe dir einen Kuss, und dann stirbst du.«

Er spürte die eisigen Finger des Vamps an seiner Kehle, und direkt über sich sah er die zwei wild funkelnden Augen mit den heimtückischen schwarzen Pünktchen in der Mitte.

Krächzend sagte er:

»Ich würde die umgekehrte Reihenfolge vorziehen.«

Das war natürlich nicht gerade ein besonders gelungener Witz, selbst wenn man die extremen Umstände berücksichtigte, aber Jeanne reagierte darauf irgendwie mit einer unbändigen Fröhlichkeit.

Die Frau stieß einen kehligen, glucksenden Laut aus, ihre Augen weiteten sich wie vor freudigem Erstaunen, die roten Lippen öffneten sich, und auf das Kinn ergoss sich eine sprudelnde rote Flüssigkeit.

Ohne sich die Mühe zu machen, dieses seltsame Phänomen zu

verstehen, nutzte er sofort die Tatsache, dass sich der Griff um seinen Hals gelockert hatte, und rückte den Kopf zur Seite, damit ihm das Blut nicht ins Gesicht rann.

Hinter Jeanne tauchte plötzlich Plattnase auf.

Er stand da und betrachtete mit gerunzelter Stirn seine rechte Hand.

Diese Hand hielt immer noch das Messer. Nur die Klinge, die früher hell war, war jetzt dunkel.

Plattnase seufzte, beugte sich herab und stellte Fandorin mit einem Ruck auf die Beine. Jeanne fiel vornüber, sie hatte den Arm abgewinkelt, so dass man die glänzenden silbrigen Nägel sehen konnte.

»Arbeiten Sie für Mirat Leninowitsch?«, fragte Nicholas den Mörder.

Der schüttelte den Kopf und wischte das Messer an der Bluse der Toten ab. Auf der weißen Seide blieben zwei lange rote Streifen zurück.

»Ja ... aber warum dann?«

Plattnase kratzte sich den rasierten Nacken und antwortete unwillig:

»Weiß nicht ... Ich bin wohl doch kein richtiger Profi. Max, ja, bei dem ist das etwas anderes.«

Er beugte sich über seinen am Boden liegenden Partner und fühlte nach dessen Puls am Hals.

»Ich verstehe das nicht«, sagte Nicki, der immer noch nichts begriff. »Dann sind Sie also nicht von Mirat Leninowitsch geschickt?«

»Nein. Ich habe das von mir aus gemacht, aus eigenem Antrieb. Aha, er lebt also doch ...«

»Wirklich?«, fragte Fandorin erfreut. »Dann habe ich ihn also nicht getötet?«

»Nein. Er kommt zu sich.«

»Kolja!«, schrie Miranda durch die Tür. »Lebst du? Kolja!«

»Ja, ja«, antwortete er ungeduldig. »Anatoli, warum haben Sie das getan? Ich dachte, Sie ...«

Fandorin redete nicht weiter, weil er nicht die richtigen Worte fand, aber Plattnase hatte schon verstanden.

»Meinst du, ich habe keine Ohren? Nein, Kolja, ich beobachte dich schon lange. Du bist in Ordnung. Wie du den Jungen auf der Landstraße gerettet hast. Und überhaupt. Was du sagst, hat Hand und Fuß. Es stimmt, dass ich mich später vor Kummer umbringen würde. Was hat das Mädchen eigentlich damit zu tun? Wenn du willst, dann leg sie um, damit sie dich nicht verpfeift oder um dich zu rächen. Das verstehe ich. Aber sie quälen, warum?«

Als Anatoli das Zimmer öffnete, wo die Gefangene eingesperrt war, schlug ihm die Tür ins Gesicht. Hals über Kopf stürmte Mira durch die Diele, nahm kaum die Spuren der Schlacht wahr und stürzte zu Nicholas.

»Diese Unmenschen! Diese Idioten! Was haben sie mit dir gemacht? Tut es hier weh?« Sie befühlte seine Wange und besah sich ihre Finger, sie waren rot. »Und hier?«

»Ach Quatsch, das sind doch nur Kratzer«, antwortete Nicki, der sich wie der Held in einem Hollywood-Film vorkam. (Are you okay? – I'm fine. Gleichzeitig verschmiert der Held nachlässig das ganze Blut im Gesicht.)

»Wir müssen abhauen«, sagte Anatoli. »Du hast recht. Jastykow wird sich für die Schlappe rächen wollen.«

Mira schaute Plattnase an, blickte dann auf Fandorin und fragte erstaunt:

»Wie, der ist auf unserer Seite?«

Nicholas nickte.

»Dann hat Vater ihn wohl geschickt, oder?«

»Nein. Dein Vater … hat das Iljitschowsker Kombinat gekauft …«

Er sagte das und wandte sich ab, um ihr Gesicht nicht sehen zu müssen. Mira schniefte. Ob sie weinte?

Nein, ihre Augen waren trocken, sie glänzten nur stärker als sonst.

»Und warum hat er uns dann geholfen?«, flüsterte sie Nicholas ins Ohr.

»Worte sind eben mächtiger als die Faust. Wie oft habe ich dir das schon zu erklären versucht?«

Sie griff nach seiner Hand, betrachtete die geschwollenen Knöchel und sagte:

»Das sieht man.« Plötzlich überkam es sie, sie küsste die blutigen Finger und brach in Tränen aus.

Anatoli tippte Fandorin auf die Schulter und drängte:

»Los, weg hier. Max müssen wir hier lassen. Er wird bald zu sich kommen. Er ist ein alter Hase und wird schon alleine zurechtkommen.«

Unten vor dem Haus drehte Plattnase schnell den Kopf nach rechts und nach links und streckte Nicholas die Hand hin.

»Okay, Kolja, lass es dir gut gehen.«

»Was wirst du jetzt machen?«

»Ich gehe in den Kaukasus. Zu den Abchasen oder nach Machatschkala. Da können sie immer jemand brauchen.«

Er klappte den Kragen seiner Jacke hoch, nickte Mira zu, sprang über einen Zaun und war hinter den kahlen Büschen verschwunden. Erst schaukelten die Zweige noch, dann hörten sie auf. Von dem schlechten Profi mit dem Namen Anatoli waren nur noch ein paar Spuren im Schnee zu sehen.

»Und wohin sollen wir gehen?«, fragte Mira und wischte sich die Tränen ab. »Zu Vater? Oder wohin sonst?«

Ja, deinem Vater würde ich gerne ein paar Fragen stellen, dachte Nicholas. Doch er behielt das für sich und sagte:

»Ich weiß noch nicht. Hauptsache, weit weg.«

Sie gingen schnell die Kimrinskaja Uliza entlang. Mira konnte nur mit Mühe mit ihrem Lehrer Schritt halten, sie musste immer wieder rennen, um ihn einzuholen.

Fandorin schaute, ohne stehen zu bleiben, nach hinten, um ein Auto anzuhalten.

Das erste, das hielt, war eine Gazelle, ein Planwagen.

»Wohin wollen Sie?«, fragte der Fahrer.

»Nichts wie weg von hier«, brummte Nicholas, der nervös auf den hinter einer Biegung hervorschießenden schwarzen Jeep starrte. Als ihm einfiel, dass man über das Handy den Standort eines Menschen herausfinden kann, zog er den Apparat aus der Tasche und warf ihn unauffällig unter den Wagen.

»Für einen Hunderter könnt ihr mit mir bis Jerusalem fahren«, bot ihnen der Fahrer gutgelaunt an.

Der Jeep fuhr vorbei.

»Wohin bitte?«, fragte Nicki den Spaßvogel entgeistert. »Nach Jerusalem?«

»Ja, ja. Ich habe eine Fuhre Kerzen für Neu-Jerusalem.«

Ach so, er meinte das Kloster Neu-Jerusalem, wurde Nicholas klar. Das war ja gar nicht so weit von Trost entfernt.

Obwohl das noch die Frage war, ob es überhaupt sinnvoll war, nach Trost zu fahren.

Das kann ich mir ja unterwegs noch überlegen, dachte Fandorin.

Sie stiegen ein und fuhren los. Links saß der fröhliche Fahrer, trällerte das Lied vom Väterchen Bataillonskommandeur und dem Genossen Obersergeant, rechts saß Nicholas, dachte an Mirat Leninowitsch und Oleg Stanislawowitsch, und in der Mitte saß Mira, die schniefte und schluchzte.

So, jeder in eine andere Beschäftigung vertieft, gelangten sie schließlich nach Istra.

Die goldene Kuppel des Auferstehungsklosters – deren bauchige plumpe Form nach Fandorins Kenntnis in der russischen Architektur nicht ihresgleichen hatte – blitzte schon lange über den Feldern, bevor der Lieferwagen in dem stillen Städtchen ankam. Versunken in den Anblick des auffälligen Baus, vergaß Nicholas für einen Moment seine Sorgen und erinnerte sich an den unbeugsamen Patriarchen Nikon, der die Idee gehabt hatte, dem Machtanspruch Moskaus etwas entgegenzustellen und eine neue Gottesstadt zu errichten. Und da weder der Patriarch noch seine Baumeister je im Heiligen Land gewesen waren, stützten sich ihre Kenntnisse auf europäische Bilder, auf denen Jerusalem wie eine märchenhafte Burg mit einem goldenen Turm gotisch-maurischen Stils aussah. Wie typisch russisch das doch war, ein europäisches Phantasiegebilde verwirklichen zu wollen. Aber besser ein Kloster als ein preußisches Sowjet-Paradies im Land der unvernünftigen Reußen.

Sie verabschiedeten sich von ihrem Fahrer, der seine Fracht zu Vater Ipati bringen musste, und stiegen am Eingangstor aus.

Fandorin war in der Frage, über die er sich den ganzen Weg seit Moskau den Kopf zerbrochen hatte, zu keiner Lösung gekommen.

Sollte er nun zu Kuzenko gehen oder nicht? Dieser Mann hatte seine Entscheidung getroffen. Sie war ihm sicher nicht leicht gefallen, aber sie war endgültig und nicht rückgängig zu machen. Wahrscheinlich war es folgendermaßen gewesen. Er hatte aufrichtig vorgehabt, die Bedingungen der Absprache einzuhalten, aber als er die siegesgewisse Visage seines Feindes sah, hatte der Hass die Liebe aus seinem Herzen verdrängt und die Oberhand gewonnen. Oder sein Motiv war weniger romantisch: Mirat Leninowitsch brachte es einfach nicht über sich, jemand anderes den Reibach machen zu lassen und zu verzichten. Hypnotisiert wie der tschechowsche Diakon, der auf ein Fass schwarzen Kaviar starrt, hatte er darüber alles andere vergessen. Wie dem auch sei, er hatte sich eindeutig von seiner Tochter losgesagt und sein Einverständnis gegeben, nicht mehr ihr Vater zu sein.

Nun war die Frage: War Mira damit einverstanden?

Das Mädchen blieb ein Weilchen neben dem schweigsamen Magister stehen und unternahm dann einen Spaziergang durch den Klosterbezirk. Den Kopf in den Nacken geworfen, betrachtete sie staunend die Kuppeln und hockte sich hin, um die verwitterten Inschriften auf den alten Grabsteinen zu studieren. Sie wirkte wie eine ganz normale Touristin, die mit ihrer Klasse oder den Eltern gekommen war und ihrer eigenen Wege ging.

Sicher, Mirat Leninowitsch war ein Schuft, dachte Nicholas. Und wenn die Situation nicht so verzwickt wäre, müsste man diesen habgierigen Typen, diesen Geizkragen einfach verachten und aus seinem Leben streichen. Aber wo sollten sie Schutz vor der Gefahr suchen, wenn nicht bei Kuzenko?

Jeanne war zwar nicht mehr am Leben, aber Jastykow war ja noch da. Der würde sich mit Sicherheit rächen wollen, an Banditen fehlte es Oleg Stanislawowitsch auch ohne Jeanne nicht. Einer von ihnen war zur Beobachtung von Fandorins Wohnung abgestellt. Da wohnte eine kleine schwarzhaarige Frau mit zwei Märchenfans von vier Jahren, die Jasti nur dann versprochen hatte, am Leben zu lassen, wenn die Operation nicht fehlschlüge. Und Jastykow hatte betont, er halte sein Wort.

Und vor diesem Hintergrund wurden alle anderen Überlegungen unwichtig.

Als sich Nicholas schnell auf den Weg zu Mira aufmachte, hatte er nur ein einziges Ziel: Er wollte sie dazu überreden, zu ihrem Vater zurückzukehren. Wenn das Mädchen sich quer stellte, wären Altyn und die Kinder verloren – dann gäbe es keinen, der sie beschützen konnte.

Miranda stand über eine graue, moosbedeckte Grabsteinplatte gebeugt. Sie drehte sich nach Fandorin um; ihre Augen waren trocken, das Gesicht undurchdringlich. Sie musste also bereits eine Entscheidung getroffen haben, erriet er mit stockendem Herzen.

»Guck mal, was für eine komische Inschrift«, sagte sie und fuhr mit dem Finger über die kaum erkennbaren Buchstaben. – *An dieser Stelle ist der Cavallerie-Gardewachtmeyster Dmitri Alexejewitsch Karpow begraben, welchselbiger im siebten Lebensjahre den Hertzen seyner sich an seynen Erfolgen im Stvdivm frevenden Eltern eine travrige Erinnerung dvrch seyn am 16. März 1795 eingetretenes jaehes Ende bereytete. Rvhe, dv lieber Stavb, bis zum Tag, da es nicht Abend wird.*

»Was ist denn daran komisch?«

»Na, wie soll denn jemand im siebten Lebensjahr Kavallerie-Gardewachtmeister sein? Und dann dieser Bandwurmsatz, da blickt man ja überhaupt nicht mehr durch.«

»Eine komplizierte Rhetorik gehörte damals zum guten Ton«, erklärte Nicholas, der nicht wusste, wie er das Gespräch anfangen sollte.

Mira wiederholte nachdenklich:

»Wie schön das klingt, ›der Tag, da es nicht Abend wird‹. Woran der Junge wohl gestorben ist? Schade um ihn.«

Sie richtete sich auf und ging weiter. Nicholas ging hinter ihr her und fühlte mit wachsender Verzweiflung, dass er nicht die richtigen Worte finden würde, um seine stolze Schülerin dazu zu bringen, zu diesem Vater, der sie verraten und verkauft hatte, zurückzukehren.

An diesem kalten, sonnigen Novembertag war das Kloster menschenleer. Die verschneiten Bäume, vergessenen Gräber und in der Erde versinkenden alten Mauern, all das schien auch gar keine Menschen zu brauchen, es kam blendend ohne sie aus.

Vielleicht schlug Mira deshalb den Weg ein, der von den Kirchen zu der fernen Mauer führte, wo die Häuschen der Klosterdiener lagen.

Nicholas trottete hinterher und blickte auf die Zäune, Gemüsegärten und Fenster mit den bunten Vorhängen, ohne irgendetwas zu sehen. Wie sollte er die richtigen Worte finden, damit sie ihren

Schmerz und die furchtbare Verletzung überwand und Mirat Leninowitsch trotzdem verzieh? Gab es solche Worte überhaupt?

Es war sehr still, nur der Schnee knirschte unter den Füßen, und irgendwo dröhnte ein Radio.

»Chronik der Verbrechen«, meldete eine muntere Frauenstimme. »Heute Morgen wurden in einem BMW auf dem Parkplatz am Gebäude des Komitees für Staatseigentum zwei Leichen mit Schusswunden entdeckt. Beide Männer wurden durch einen Schuss in den Mund getötet. Nach den Ausweisen zu urteilen, handelt es sich dabei um den bekannten Unternehmer und Eigentümer der Apotheken der ›Doktor Wehwehchen‹-Kette Oleg Jastykow und seinen Chauffeur Leonid Sajzew. Obwohl der Doppelmord an einem belebten Ort und am helllichten Tag stattfand, gibt es keine Zeugen des Verbrechens. Der Einsatz- und Untersuchungsstab …«

»Mira!«, brüllte Fandorin aus voller Kehle. »Mira!«

Er hielt inne und schwankte. Ihn überkam eine so große, physisch spürbare Erleichterung, dass ihm übel wurde wie einem Taucher, der zu schnell aus der Wassertiefe hochschießt.

»Was ist mit dir?! Kolja, was hast du?!«, schrie Mira besorgt.

Sie stürzte zu ihm und umarmte ihn fest, damit er nicht hinfiel.

»Ist dir schlecht? Das Herz?«

»Sie hat ihn umgebracht«, sagte Nicholas mit einem reichlich unchristlichen, strahlenden Lächeln. »Jeanne. Ihren Boss Jastykow. Mit einem Schuss in den Mund. Das ist ihre Handschrift. Deshalb hat sie auch gesagt: ›Von Olegs Seite wird es keine Probleme geben.‹ Ich … Wir brauchen keine Angst mehr zu haben.«

»Umso besser«, sagte sie nach kurzem Schweigen. »Dann brauche ich nicht zurückzugehen.«

Er blinzelte ein paarmal unsicher, weil er nicht gleich den Sinn ihrer Worte erfasste. Als er endlich verstanden hatte, schämte er sich, dass er wie ein geschlagener Hund hinter ihr her getrottet war und nach dem Schlüssel zu ihrem Herzen gesucht hatte.

»Genau.«

Nicholas nahm eine Schneeflocke von ihrem Haar, dann eine zweite und dritte. Er ließ es sich nicht nehmen und küsste sie an der Stelle, wo er den zartgoldenen Flaum ihres Haaransatzes sah.

»Komm, wir fahren nach Moskau. Du kannst bei mir wohnen.«
Als er das gesagt hatte, stellte er sich vor, wie seine Rückkehr
aussehen würde. Er war zehn Tage wer weiß wo abgeblieben, hatte seiner Frau mit allen möglichen Gefahren Angst eingejagt und
tauchte nun auf einmal auf: strahlend, in Begleitung einer hinrei-
ßenden Nymphe, und erklärte auf der Türschwelle: »Das ist Mira,
sie wird in Zukunft mit uns zusammenwohnen.« Und dann auch
noch diese idiotische Nachricht, die Glen in den Briefkasten gesteckt hatte …

Nein, das würde nicht einfach sein.

Unterwegs auf der Landstraße sagte das Mädchen auf einmal zu
dem Taxifahrer an der Stelle, wo es nach Trost ging:

»Hier abbiegen, da, wo das Schild ›Einfahrt verboten‹ ist.«

Der Fahrer blickte Nicholas an – der zuckte mit den Achseln.

Sie bogen ab.

»Warum?«, fragte er sie flüsternd.

»Ein paar Sachen holen. Auf die Kleider und das Spielzeug von
ihm pfeife ich, aber ich will meinen Koffer haben … Robert Aschotowitsch hat ihn von seinem Geld gekauft. Da sind auch noch
das Tagebuch, das ich führe, seit ich elf bin, und ein Foto meiner
Mutter.«

Sie hatte die Lippen so stur aufeinander gepresst, dass sie weiß
waren. Aber je näher sie dem Gut kamen, desto mehr lockerte
sich ihr Mund, und statt der Lippen färbten sich nun ihre Wangen weiß.

Am Tor griff Mira nach Fandorins Hand.

»Nein, ich schaffe es nicht. Kolja, kannst du nicht allein gehen?
Bitte, bitte! Der Koffer mit den Aufklebern liegt ganz unten im
Schrank. Inga wollte ihn wegschmeißen, aber ich habe es nicht
zugelassen. Das Tagebuch und das Foto findest du in dem rosa
Kopfkissen.«

»Soll ich sagen, dass du hier bist?«, fragte Nicholas leise.

Sie antwortete nicht.

Er stand drei Minuten vor den stählernen Türflügeln und wartete darauf, dass ihn jemand über die Lautsprecher ansprach.
Nichts dergleichen geschah. Merkwürdig.

Er drückte auf die Klingel.

Wieder nichts.

Ob sie alle weggefahren waren? Aber es musste doch jemand auf das Haus aufpassen!

Schließlich hörte man eine zitternde Frauenstimme durch den Lautsprecher:

»Wer ist da?«

»Klawdija, sind Sie das? Hier ist Nikolaj Alexandrowitsch. Wo ist denn das Wachpersonal?«

»Herrgott, das ist einfach eine Katastrophe«, beklagte sich Inga Sergejewna, als sie Fandorin am Eingang zum Wohnzimmer traf. »Chodkewitsch ist weg, das Wachpersonal ebenfalls. Irgendwelche Halbstarken haben einen Stein in das Gewächshaus geschmissen. Klawdija und ich, wir sitzen hier allein und haben vor allem Angst. Wie die Videokameras funktionieren, wissen wir nicht. Ich habe versucht, Mirat und Igor zu erreichen. Sie sind mit Gebhardt zu dem Kombinat geflogen. Per Handy meldet sich niemand, und vor Ort sind sie noch nicht eingetroffen …«

Sie stockte und hielt sich schuldbewusst mit der Hand den Mund zu.

»Ach, verzeihen Sie um Gottes willen! Da mache ich Sie mit meinen kleinen Sorgen verrückt, während Sie … Gott sei Dank, Sie leben! Und Mira? Wo ist sie?«

Er druckste herum, weil er nicht wusste, ob er sagen sollte, dass das Mädchen vor dem Tor wartete.

Frau Kuzenko interpretierte sein Schweigen auf ihre Art. Sie seufzte traurig und bekreuzigte sich.

»Ja, ja, Mirat hat gesagt, das Mädchen ist nicht zu retten … Entsetzlich. Bitte ersparen Sie mir aber die Einzelheiten, ja?«

»Hat er das wirklich so gesagt: ›Das Mädchen ist nicht zu retten‹?«, fragte Nicholas und zuckte unwillkürlich zusammen.

»Ja. Er hat sich sehr tapfer gehalten, zumindest am Telefon. Er tut mir wahnsinnig Leid – ich kann gar nicht sagen, wie sehr! Und dann auch noch die Fahrt zu dem Kombinat. Die kann man ja nicht verschieben, Gebhardt ist ständig ausgebucht … Ein Albtraum! Nach so vielen Jahren seine Tochter zu finden und sofort wieder zu verlieren … Wir beide können nun mal keine Kinder haben, das habe ich Ihnen ja erzählt …«

Seinem Gesicht waren offenbar die Zweifel anzusehen, sie wurde verlegen und schnatterte weiter:

»Natürlich ist der Grund nicht nur Gebhardt. Beziehungsweise, er ist es überhaupt nicht. Mirat ist nun einmal so – wenn es ihm schlecht geht, stürzt er sich in die Arbeit, um sich abzulenken. Arme Mira! Sie war so ein tolles Mädchen! Sie wäre bildschön geworden ...« Inga schluchzte auf, nahm ein Tuch und tupfte vorsichtig die Träne ab. »Hat man sie wenigstens nicht gequält? Nicht doch, erzählen Sie lieber nichts! Entsetzliche Zeiten sind das heute, entsetzlich ... Und wenn die Presse erst Wind davon bekommt – dann geht es erst richtig los! Aber Mirat hält das schon aus, er ist Kummer gewohnt.«

Obwohl kein Fremder im Raum sein konnte, schaute sich Frau Kuzenko um und flüsterte:

»Das mit Jasti wissen Sie wahrscheinlich schon, oder? Ich habe es im Fernsehen in den Nachrichten gesehen. Der Kopf war nach hinten gekippt, das Kinn blutüberströmt. Entsetzlich! Das war Mirat, oder? Um sich für Mira zu rächen? Mein Gott, ich kenne die beiden seit der fünften Klasse, der eine immer zerzaust, der andere mit so einer komischen Brille ... Sie sind alle verrückt geworden ...«

Die Frau redete immer wirrer, sie fing an, mit den Zähnen zu klappern, offenbar stand sie kurz vor einem hysterischen Anfall.

Nicholas ließ sie auf dem Sofa Platz nehmen und goss ihr Wasser ein.

Ihre Zähne schlugen gegen das Glas, sie murmelte:

»Einen Stein ins Gewächshaus ... Da sind Lilien, die erfrieren doch ... Und Pawel Lukjanowitsch, warum ist der ...? Als ich zurückkam, traf ich nur Klawdija an ... Sie sind alle verrückt, alle ... Was ist das nur für ein Leben ...? Keinen Schritt ohne Wachpersonal ... Ich weiß schon gar nicht mehr, wann ich zuletzt spazieren gegangen bin ... Sie bringen die Kinder um ... Schicken einem das Urteil per Post ins Haus ... Hass, Bosheit und Wahnsinn ...«

»Was?!«, rief Fandorin aus. »Was für ein Urteil per Post? Wovon reden Sie da?«

»Wie? Das ist lange her. Mirat hat gesagt, reg dich nicht auf, ich regele das schon.«

Inga trank das Wasser aus und putzte sich die Nase.

Fandorin holte sein Notizbuch aus der Tasche und suchte mit fliegenden Fingern nach der Seite, die er brauchte.

»Wann war das? Am 6. Juli?«

»Ja, genau! An meinem Geburtstag, deshalb habe ich die Post auch selber aufgemacht. Richtig, das war der Sechste! Postkarten, Glückwünsche und dann auf einmal ein Kärtchen mit irgendeinem Unsinn: Kuzenko wird zum Tode verurteilt, weil er ein Schwein ist. So was Ähnliches.«

»›Ist als Schwein und Betrüger entlarvt worden und wird aufgrund dessen zum höchsten Strafmaß verurteilt: der Vernichtung.‹ War das der genaue Wortlaut?«

»Ja, richtig!«, stimmte sie zu. Ingas schöne Augen weiteten sich erstaunt. »Und woher wissen Sie das? Was haben Sie da für Notizen?«

»Dann hat Mirat Leninowitsch das Urteil also gesehen«, hielt Fandorin fest, ihre Frage ignorierend. »Und wie hat er reagiert?«

»Normal. Hat Igor aufgetragen, die Sache zu regeln. Ein paar Tage später habe ich nachgefragt, da hat er gesagt: eine Lappalie, nichts Besorgnis erregendes, ein ganz normaler Spinner.«

Nicholas kniff sogar die Augen zu, so blendend und schmerzend klar war die Erleuchtung, die ihn überkam. Ach, Mirat Leninowitsch, Sie Meister der Schachkombinationen! Während Sie, Fandorin, ein Esel sind. Großvater Erast Petrowitsch würde sich Ihrer deduktiven Fähigkeiten schämen.

Da war sie ja, die Liste der Verurteilten. Sie hatte von Anfang an die Lösung enthalten.

SUCHOZKI
Präsident der Aktiengesellschaft »Hippokrateseid«
Urteil: 9. Juni
Zugestellt: 11. Juni
Vollstreckt: —

LEWANJAN
Generaldirektor der GmbH »Wer mitspielt, gewinnt«
Urteil: 25. Juni
Zugestellt: 28. Juni
Vollstreckt: –

KUZENKO
Direktor der Aktiengesellschaft »Meeresfee Melusine«
Urteil: 6. Juli
Zugestellt: 6. Juli
Vollstreckt: –

SALZMAN
Generaldirektor der Geschlossenen Aktiengesellschaft
»Intermedconsulting«
Urteil (Anordng.): 14. August
Zugestellt: 15. August
Vollstreckt: 16. August

SCHUCHOW
Vorsitzender des Direktorenrats der Agentur »Klondike«
Urteil (Korr.): 22. August
Zugestellt: 23. August
Vollstreckt: –

SJATKOW
Ehem. Vorstandsvorsitzender der »Ehrlichen Bank«
Urteil (Anordng.): 10. September
Zugestellt: 13. September
Vollstreckt: 19. September

JASTYKOW
Vorsitzender des Direktorenrats der Aktiengesellschaft
»DrWW«
Urteil (Anordng.): 11. Oktober
Zugestellt: 13. Oktober
Vollstreckt: –

FANDORIN
Präsident der Firma »Land der Räte«
Urteil (Korr.): 8. November
Zugestellt: –
Vollstreckt: –

Bevor der Name Kuzenko in der Liste aufgetaucht war, waren die Urteile nicht vollstreckt worden. Nach dem 6. Juli aber tauchte auf einmal die geheimnisvolle Abkürzung »Anordng.« auf, die jedes Mal den Tod des Verurteilten zur Folge hatte. Außer bei dem letzten Kandidaten, Herrn Jastykow. Aber mit dem hatte es eine besondere Bewandtnis, dazu später.

Die Chronologie der Ereignisse sah folgendermaßen aus. Dem armen, vor Kummer verrückt gewordenen Witwer war endlich seine tote Frau im Traum erschienen. Nach den Notizen in der »Epikrise« (*9. Juni. Danke, Ljuba! Ich hab alles verstanden, ich mache alles. Die Rache ist mein, mein ist die Vergeltung!*) zu schließen, erschien Ljuba ihrem Mann Schibjakin an dem genannten Tag oder genauer: in der Nacht und forderte Rache. Das war nicht verwunderlich, denn in der Seele des leidenden Mannes waren der Schmerz und die Kränkung Monat für Monat gewachsen und brauchten ein Ventil. Als Erstes dachte Iwan Iljitsch an seine private Rache und verurteilte das Schwein und den Betrüger Suchozki der Gesellschaft »Hippokrateseid«, der das arme Paar um sein Geld gebracht hatte. Schibjakin hatte gar nicht vor, sein Urteil zu vollstrecken, wie hätte er das auch machen sollen? Er war ja kein Bombenexperte oder Scharfschütze, sondern ein ganz normaler sowjetischer Angestellter, der den Verstand verloren hatte.

Die Krankheit wurde schlimmer. Er fühlte sich als Held, dem es obliegt, für die Gerechtigkeit zu kämpfen und die Unwahrheit auszurotten. Er suchte nach Werbeanzeigen, die ihm betrügerisch erschienen. So landete der Generaldirektor der Lotterie »Wer mitspielt, gewinnt« in der Liste, der übrigens noch heute quicklebendig ist und die vertrauensseligen Bürger der Russischen Föderation weiter an der Nase herumführt.

Der Dritte in der Liste war der Eigentümer der »Meeresfee Melusine«, einer Gesellschaft, die wohlhabenden Frauen himmlische Schönheit und ewige Jugend verspricht. In der Einschätzung von Herrn Kuzenko hatte der gestrenge Richter sich nur in einem Punkt geirrt: Mirat Leninowitsch war kein Betrüger, aber bestimmt ein Schwein. Und zwar ein äußerst vorsichtiges. Für den rührigen Igor war es zweifellos ein Leichtes, den Absender des lächerlichen Urteils ausfindig zu machen. Das war der Punkt, an dem der Schachspieler auf die Idee kam, gleich mehrere Schachzüge zu kombinieren: Er musste den Verrückten nur für seine Ziele einspannen. Eine hervorragende Tarnung! In Schibjakins Notizen ist das Datum 13. August dreifach unterstrichen, und daneben steht der unklare Satz *Ich bin nicht allein!!!* Weiß der Teufel, wie sie das dem armen Spinner eingeredet hatten. Herr Kuzenko verfügte über ein großes Spektrum von Möglichkeiten, er konnte eine entsprechende Erscheinung suggerieren oder sogar vorführen. Wenn jemand sehr an etwas glauben will, braucht er nicht viel zu seiner Bestätigung. Und wenn er außerdem noch krank ist …

»Anordg.«, das hieß »Anordnung«. Die Wahl des Betrügers und Schweins ging also auf den Allerhöchsten und nicht auf dessen »Korr.«, das heißt »Korrespondenten«, zurück. Am 13. August machte Iwan Iljitsch die Entdeckung, dass er nicht allein war; schon am nächsten Tag folgte eine erste »Anordg.«.

Fandorin sah von den Notizen auf und blickte wieder die Frau an, die immer noch ihrem Bewusstseinsstrom freien Lauf ließ:

»… Fast die ganze Zeit allein … Und habe keinen außer ihm. Auch keine Freundinnen, niemand. Früher hatte ich wenigstens meine Mutter. Ja, wenn ich ein Kind hätte. Das wäre etwas ganz anderes. Aber was bringt es, sich zu beklagen? Was habe ich für einen Grund dazu? Es wäre wirklich vermessen von mir. Ich kann froh sein, dass ich lebe …«

»Salzman, Generaldirektor der Gesellschaft ›Intermedconsulting‹. Sagt Ihnen dieser Name etwas?«, unterbrach Nicholas sie.

»Ach, Sie haben Michail Lwowitsch gekannt? Ein früherer Partner von Mirat. Die beiden haben das Unternehmen damals zusammen gegründet und die Methode entwickelt. Aber dann hat sich Salzman unfair benommen. Er hat seine eigene Klinik aufgemacht und Mirats Unterlagen geklaut. Natürlich nicht alle, aber immerhin so viele, dass sein Geschäft erfolgreich lief. Er selber taugt als Chirurg überhaupt nicht, eine totale Niete. Er ist mehr Geschäftsmann als Arzt. Beziehungsweise richtiger: war, denn er lebt nicht mehr. Er war in irgendwelche dunklen Geschäfte verwickelt und wurde umgebracht.«

Volltreffer!

»Und Sjatkow von der ›Ehrlichen Bank‹, kennen Sie den?«

Inga klatschte zornig in die Hände und rief aus:

»Und ob ich den kenne! Ein seltener Schuft! Wie oft der bei uns zu Hause war und sich bei Mirat eingeschmeichelt hat, und dann hielt er es noch nicht einmal für notwendig vorzuwarnen, dass ihm der Bankrott bevorsteht. Wissen Sie, wie viel Geld wir dadurch verloren haben? Mirat hat Sjatkow gut zugeredet: Gib wenigstens einen Teil zurück. Er hat Millionen ins Ausland verschoben, ist stolzer Besitzer einer Villa in Cannes, und seinen Mercedes hat er seiner Nichte überschrieben. Er wollte nicht hören. Da haben sich eben Gläubiger gefunden, die härter als Mirat sind – die haben ihn mit seinem Mercedes in die Luft gesprengt.«

Der nächste Schritt war klar, Fandorin nickte sich selber zu. Nun war der Klassenkamerad an der Reihe. Der Grund war nicht die alte Feindschaft, sondern das Iljitschowsker Kombinat. Kuzenko wollte Jastykow den Leckerbissen streitig machen, den sich Jastykow in mühsamer Kleinarbeit verdient hatte. Mirat Leninowitsch wusste sehr wohl, dass Jasti sich für diese Beute auf einen Kampf um Leben oder Tod einlassen würde. Also hatte er einen Präventivschlag beschlossen. Aber Oleg Stanislawowitsch war weitsichtiger als Salzman und Sjatkow gewesen – er hatte das wahnwitzige Urteil ernst genommen und Jeanne die Sache untersuchen lassen. Die weitere Entwicklung der Ereignisse war bekannt, weil der Präsident der Firma »Land der Räte« persönlich äußerst aktiv in sie verwickelt war …

»Was haben Sie?«, fragte Inga. »Was flüstern Sie die ganze Zeit?«

»Und wann ist Mirat Leninowitsch auf die Idee gekommen, das Iljitschowsker Kombinat zu kaufen?«

»Ich habe vor einem halben Jahr zum ersten Mal davon gehört. Vielleicht auch später. Er war total begeistert von dieser Idee! Wissen Sie, wenn ihm etwas in den Kopf kommt, dann ist er ganz verbohrt und geht vor wie eine Dampfwalze: Er rückt ohne Rücksicht auf Verluste vor und mäht alles nieder, was ihm in den Weg kommt. Aber mit dem Kombinat war es anders.« Inga schluchzte auf. »Im August fand er Mira. Mirat war danach nicht wiederzuerkennen. Er wurde weicher und blieb häufiger zu Hause. Sogar zum Fernsehen ist er mit dem armen Hascherl gegangen.«

Und sie brach in bitteres Weinen aus und scherte sich nicht darum, dass ihr die Wimperntusche herunterlief.

Nicholas hielt den Atem an, weil ihm eine neue Erleuchtung gekommen war, und fragte ganz leise:

»Hat er Ihnen denn früher schon davon erzählt, dass er seine Tochter sucht?«

»Nein. Manchmal ist er wie ein dummer Junge, das weiß nur ich. Er hatte Angst, ich würde ihm böse sein. Warum? Wegen dieser Jugendsünden? Was ist denn schon dabei …?«

»Das heißt, Sie haben von Mirandas Existenz erst im August erfahren?«

»Ja, Ende August.«

Na toll, Kuzenko!

Zu diesem Zeitpunkt hatte man Mirat Leninowitsch wahrscheinlich davon in Kenntnis gesetzt, dass es nicht so leicht sein würde, den vorsichtigen Jastykow, der von Jeanne beschützt wurde, aus dem Weg zu räumen, und er hatte sich eine raffiniertere Kombination ausgedacht.

Er suchte nach einem Mädchen, das aussah wie ein Engel, der im Fernsehen und auf den Seiten der Regenbogenpresse gut ankam. Dann übernahm er gewissenhaft die Rolle des glücklichen Vaters. Eine todsichere Nummer, traumhaft, einfach wie geschaffen für die Massenmedien. Aschenbrödel, die gute Fee, »Reiche weinen auch«, da konnte ja nichts schief gehen. Sicher hatten er und Igor auch schon eine ganze Kampagne vorbereitet zum Thema Kidnapping und Ermordung des armen Waisenkindes.

Er kannte die Schwächen seines Opponenten und hatte ihm eine Falle gestellt, an der dieser nicht würde vorbeigehen können. Seine geliebte Gattin hatte er vorsichtshalber versichert – er hatte sich scheinbar ein »Küken« zugelegt, um vorzutäuschen, seine Liebe zu ihr sei erkaltet.

Das war kein Mensch mehr, sondern ein Schachcomputer.

»Fühlen Sie sich nicht gut?«, fragte Inga, die ihn erschreckt anstarrte. »Ihr Gesicht sieht so merkwürdig aus.«

Nein, Frau Kuzenko, Ihr Gesicht, das sieht merkwürdig aus, dachte Fandorin. Das frühere, auf dem Klassenfoto, war zwar nicht so schön, aber entschieden besser als diese leblose Puppe.

Und in dieser Sekunde hatte der Magister der Geschichte die dritte Erleuchtung, die unheimlichste von allen.

Als er aus dem Tor des Guts trat, legte er schweigend den billigen Koffer mit den Aufklebern in den Gepäckraum des Taxis.

Im Auto war Musik zu hören. Mira saß geduckt in der Ecke und schaute gespannt auf Nicholas.

»Haben Sie einfach die Sachen abgegeben und sonst nichts?«, fragte sie mit Angst in der Stimme.

»Wir können losfahren«, wies er den Fahrer an und wandte sich ab, weil er nicht den Mut hatte, ihr ins Gesicht zu sehen. »… Nur Inga war zu Hause. Sie hat sie mir ausgehändigt und noch nicht einmal gefragt, wofür ich deine Sachen brauche. Sie hat gesagt, ihr Anblick werde Mirat schwer fallen … Sie denkt, sie haben dich umgebracht.«

»Auf dem Teppich kommen wir geflogen, streifen den Regenbogen, da seid ihr blinde Schleichen im Vergleich!«, schallte es aus dem Radio. Gut, dass es laut war. Es musste ja nicht unbedingt sein, dass der Fahrer ihr Gespräch mithörte.

»Und … er? Wo ist er?«

»Zum Chemiekombinat gefahren«, antwortete Fandorin und hustete.

Es trat Schweigen ein. Fünf Minuten später sagte Miranda in unnatürlich ruhigem Ton, als wolle sie sich die Bedingungen einer Aufgabe klarmachen:

»Okay. Zuerst hatte ich niemand. Dann hat sich auf einmal ein Vater gefunden. Jetzt zeigt sich: Mein Vater ist ein gerissener Schuft, der keine Skrupel hat, seine Tochter gegen ein bescheuertes Chemiekombinat einzutauschen.«

»›Bescheuertes‹ sagt man nicht, das ist noch schlimmer als ein richtiges Schimpfwort«, sagte Nicholas, dem noch nicht klar war, ob er dem Mädchen die Wahrheit sagen sollte.

Er sah sich vorsichtig nach ihr um. Ihre trockenen Augen waren gerötet. Doch, er musste es ihr sagen.

»Sicher, er ist ein Schuft, aber so weit, dass er die eigene Tochter gegen ein Aktienpaket eingetauscht hätte, ist er doch nicht gegangen. Kuzenko ist nicht dein Vater.«

»Sondern?«, fragte sie in demselben gleichgültigen Ton nach.

»Er ist … ein Schachspieler, nichts anderes.«

Fandorin rückte dichter an seinen Zögling heran und erklärte dem Mädchen den Sinn des Gambits, das Mirat Leninowitsch ausgeklügelt hatte und in dem Mira nur die Rolle des Bauernopfers gespielt hatte.

Merkwürdig, aber die unheilvolle Erzählung hatte eine belebende Wirkung auf das Bauernopfer. Das leblose Gesicht des Mädchens nahm eine normale Farbe an, wurde dann rosa und bedeckte sich schließlich mit flammend grellen Flecken. Die Brauen zogen sich zusammen, die klare Stirn verfinsterte sich, und die Augen blickten gar nicht mehr traurig.

»Dafür hat er mich also gebraucht! So ein Schwein!«, rief sie aus und ballte die Fäuste.

»Und ein Betrüger ersten Ranges«, sagte Fandorin höhnisch grinsend. »Wobei er dir noch nicht einmal am schlimmsten mitgespielt hat. Kennst du die Geschichte, wie er Ingas Liebe erobert hat?«

»Ja, sie hat es mir erzählt. Wir saßen abends zusammen, sie hat etwas getrunken und es mir erzählt. Sie wollte mir erklären, was die große Liebe ist.«

Nicholas schüttelte sich.

»Für meinen Geschmack ist sie entschieden zu groß. Ich bin sicher, dass auch das nur eine Schachpartie ist. Schach der Dame. Es war ihm zu wenig … ein Verhältnis mit ihr zu haben. Sie ist wohl wirklich der Traum seines Lebens, aber er wollte nicht nur ihren Körper, sondern auch ihre Seele besitzen. Es ist sehr schwer, um nicht zu sagen, unmöglich, jemanden dazu zu bringen, einen zu lieben. Aber Kuzenko ist ein Zauberer, er hat selbst das geschafft. Zwar musste er die Dame am Anfang ein bisschen verunstalten, aber das hat er später wieder in Ordnung gebracht, er hat ja geniale Hände. Und dass er ihr die Eierstöcke herausoperiert hat, das hat er nur getan, damit sie niemand außer ihm liebt und er ihre Liebe nicht mit Kindern teilen muss. Ich habe natürlich keine Beweise dafür, aber ich bin überzeugt davon, dass die ganze Geschichte mit der tödlichen Krankheit reine Erfindung ist. Er hat die Untersuchungen in seiner Klinik gemacht, hat die Diagnose gestellt und selber operiert. Na, so ein Schachweltmeister!«

Das Mädchen hörte ihm mit offenem Mund zu. Als er fertig war, schloss sie den Mund, tippte dem Fahrer auf die Schulter und befahl:

»Wir fahren zurück. Dreh um!«

Der bremste und sagte ärgerlich:

»Herrschaften, ihr habt sie wohl nicht mehr alle! Wir haben abgemacht: dreihundert bis zum Zentrum. Und da soll ich hier abbiegen, da eine halbe Stunde warten und da auch noch wieder umdrehen. So geht das nicht.«

»Hundert Bucks«, sagte Mira. »Reg dich ab. Mach, was ich sage!«

Der Fahrer regte sich prompt ab. Er schoss aus dem Stand über den Doppelstreifen und wendete, dass die Steinchen nur so unter den Rädern wegspritzten.

»Was willst du denn?«, fragte Nicholas erschrocken. »Willst du zurück nach Trost? Wozu?«

»Wer zwingt mich eigentlich dazu, aus meinem Haus auszuziehen?«, sagte sie, wobei sich ihre Augen verengten. »Ich bin Mirat Leninowitsch Kuzenkos legitime Tochter, ich habe sogar einen neuen Paß. Das ganze Land kennt die Story von Papa und mir.«

»Willst du … Willst du dich an ihm rächen?«

»Gegen Betrüger und Schweine muss man sich zur Wehr setzen«, sagte Miranda kategorisch. »Was hatte dieser Schweinehund denn mit mir vor? Und er hätte es ja auch getan, wenn du nicht wärst! Und mit Inga? Hat ihr Gesicht verunstaltet, in ihrem Unterleib rumgeschnipselt, im Endeffekt ihr Hirn ausgeweidet und sie in ein Schoßhündchen verwandelt! Das darf man nicht ungestraft durchgehen lassen!«

Fandorin griff nach ihrer Hand:

»Willst du das denn Inga erzählen? Wehe! Und außerdem wird sie das sowieso nicht wahrhaben wollen!«

»Natürlich wird sie es nicht wahrhaben wollen. Am Anfang. Aber dann wird sie sich daran erinnern, wie alles gewesen ist, und ins Grübeln kommen. Sie wird ihn angucken und raten: Stimmt es oder stimmt es nicht?« Miranda lächelte verträumt. »Er liebt nur sie, mehr als alles andere auf der Welt? Dann soll er die Quittung dafür kriegen! Das hast du mir doch selber beigebracht, weißt du noch? Als wir über Jack the Ripper gestritten haben. Man muss das Böse bekämpfen, man darf nicht einfach vor ihm in die Knie gehen!«

Er schüttelte erregt den Kopf, er fürchtete, jetzt nicht die richtigen Worte zu finden.

»Hör mal ... Du bist doch eigentlich erwachsen und nicht dumm und verstehst was von der Welt. Es kommt einem nur so vor, als ob man gegen das Böse in der Außenwelt kämpft. In Wirklichkeit kann man nur gegen das Böse in seinem Inneren kämpfen und Kleinmut, Habsucht und Egoismus bei sich selber überwinden. Der Sieg über das Böse ist der Sieg über das Böse in dir selbst. Wenn man das Böse mit unlauteren, unrechten Mitteln besiegt, ist das kein Sieg, sondern eine Niederlage. Weil das Böse sich dann von außen in dein Inneres verlagert, und was siegt, ist nur es selber, während du der Verlierer bist. Ganz schön verworren, was ich da sage! Verstehst du, was ich sagen will?«

Mira schwieg, sah ihn von der Seite an und sagte dann:

»Gut. Heute erfährt sie es nicht von mir ...«

Es war klar, dass bei ihr nichts mehr zu machen war. Fandorin lehnte sich zurück und schloss die Augen. Was für ein schwerer, endloser Tag, dachte er, und fühlte sich um zehn Jahre gealtert.[10]

10 Zitat des Schlusssatzes von Bunin »Der Sonnenstich«

ZWEIUNDZWANZIGSTES KAPITEL

MUCH ADO ABOUT NOTHING oder
VIEL LÄRM UM NICHTS

(Shakespeare, 1598)

Ich bin noch keine sieben Jahre alt und fühle mich wie siebzig, dachte Mithridates, der das bemitleidenswerte Gesicht seines Vaters vor Augen hatte. Seine Tränen trockneten von selbst – was Weinerlichkeit betraf, da konnte er es ohnehin nicht mit seinem Vater aufnehmen. Und worüber sollte er auch weinen? Sie konnten ihm doch alle gestohlen bleiben mit ihrem Leben, wenn das so aussah. Dann war es besser zu sterben. Nur Daniel und Pawlina taten ihm Leid.

Sein Entschluss war seinem Gesicht offenbar anzumerken, denn Alexej Woinowitsch wich zurück und fuhr sich mit der Hand über die Stirn, als wolle er sich an etwas erinnern, könne es aber nicht.

»Kitzelst du am Höcker deiner Vaterliebe?«, höhnte Maslow. »Die neueste Entdeckung der Deutschen besagt: Alle Charaktereigenschaften des Menschen sind an Schädelhöckern abzulesen. Du würdest besser den Höcker der Entschlossenheit kultivieren. Ich werde Beweise für deine Ergebenheit brauchen.«

Vater wandte sich dem Geheimrat zu und fragte entsetzt:

»Ich selber? ... Ihr wollt, ich soll ... eigenhändig? Das ist zu viel verlangt! Das kann ich nicht! Schließlich ist er mein eigen Fleisch und Blut!«

Und er fiel auf die Knie, faltete die Hände wie zum Gebet und stimmte ein durchdringendes Geheul an.

Maslow sagte belehrend:

»Ich sollte das eigentlich von dir fordern! Um dich möglichst fest an mich zu binden. Aber du wirst das ohnehin kaum fertig bringen und nur Lärm und Dreck machen. Ich persönlich beherrsche so etwas auch nicht perfekt«, gab er zu. »Dafür habe ich meine Fachleute. Ich habe gelogen, als ich gesagt habe, ich sei alleine angereist. Meine Helfer warten hier in der Nähe an der Poststation. Die machen das alles. Keine Angst, die hinterlassen keine Spuren. Also, nimm ihn an der Hand, du Minister in spe, damit er sich nicht losreißt, und stopf ihm das Maul, das ist alles, was ich von dir will.«

Mithridates schrie nicht und sträubte sich nicht. Eine alles umfassende Gleichgültigkeit überkam ihn. Vater murmelte ein Gebet, zog ihn näher an sich heran und bedeckte seinen Mund mit der heißen Hand. Ob er hineinbeißen sollte, dachte Mitja träge. Sollte er ein sichtbares Andenken an Vaters Jüngsten hinterlassen? Ach, Unsinn …

»So ist es richtig, so ist es gut«, flötete Prochor Iwanowitsch, während er ein Fläschchen aus der Tasche holte. »Noch eine deutsche Erfindung, die sehr viel praktischer ist als die Schädelhöcker. Ein Betäubungsmittel. Die Chemie steht für mich höher als die anderen Wissenschaften, sie ist die wahre Königin der Gelehrsamkeit.«

Er träufelte etwas auf ein Tuch und zog es Mitja über das Gesicht. Immer wieder tropften Vaters Tränen auf seinen Scheitel.

Das Tuch roch scharf und widerlich. Er atmete ein, ein Kitzeln ging durch seinen Schädel, ihm wurde schwindelig.

»Für alles Andere brauche ich dich nicht«, drang Maslows Stimme von weitem an sein Ohr und entfernte sich mit jeder Sekunde. »Du brauchst mir nur zu helfen, ihn einzuwickeln und zum Schlitten zu bringen. Der Junge ist zwar nicht groß, aber ein Gewicht von anderthalb Pud wird er schon haben. Die Ärzte haben mir verboten, mehr als zwanzig Pfund zu heben …«

Und ein wenig später hörte er – ob im Wachzustand oder im Traum, das war nicht zu entscheiden:

»Um die Beerdigung brauchst du dich nicht zu kümmern. Hier in der Nähe ist das Kloster Neu-Jerusalem. Ein Ort der Andacht und der Stille. Ich habe da einen Vertrauensmann. Der begräbt ihn und sorgt für ein Kreuz auf seinem Grab. Wenn du möchtest, kannst du später einen Gedenkstein für ihn anfertigen lassen …«

Weiter hörte Mitja nichts mehr, er war eingeschlafen. Er schlief ohne Träume und kurze wache Augenblicke, die den Schlaf normalerweise begleiten. Ihm waren schlicht die Lider schwer geworden und zugefallen, und als er sie wieder aufmachte, sah er den schwankenden grauen Himmel über sich.

Ein Pferd wieherte, etwas Metallisches klimperte – wahrscheinlich Pferdegeschirr.

Morgengrauen. Ein fahrender Schlitten.

Die Hirnsubstanz sträubte sich vorläufig, längere Gedanken zu produzieren, sie war noch starr. Mit seinem Mund war es noch schlechter bestellt; er war so ausgetrocknet, dass die Zunge am Gaumen klebte.

Mithridates klapperte mit den Augendeckeln, und von dieser simplen Übung wurden der Blick klarer und die Gedanken ein bisschen länger.

Ein Tuch mit einer stinkenden Lösung. Maslow ist der Große Magier. Vaters Träume sind in Erfüllung gegangen. Das Kloster Neu-Jerusalem. Waren sie noch nicht da?

Er richtete sich auf und sah den vornüber gebeugten Kutscher von hinten: verschneite Pelerine, hochgeschlagener Kragen.

Das konnte nicht Prochor Iwanowitsch sein. Der hatte schmalere Schultern. Wahrscheinlich der Fachmann, von dem der Geheimrat gesprochen hatte.

Warum war er nur zu sich gekommen? Nur um sich erneut zu quälen?

Da drehte sich der Kutscher auf einmal um, und Mitja wurde sofort klar, dass ihn keine neue Qual erwartete. Seine Qualen waren zu Ende, und wenn er sich nicht schon jetzt in der besseren Welt befand, dann war er jedenfalls unterwegs zu ihr.

Die Pferde lenkte Daniel Vondorin, und sein Gesicht war zwar müde, aber außerordentlich zufrieden.

Bei den Griechen heißt der Charon (dachte Mithridates, dessen Kopf noch nicht ganz klar war). In Griechenland ist es ja immer warm, und der Styx friert im Winter nicht zu. Aber bei uns in Russland, da kommt man nur mit dem Schlitten über das Eis ins Jenseits.

»Daniel Ilarionowitsch«, erkundigte er sich krächzend, »dann hat er Euch also ebenfalls umgebracht? Macht Ihr Euch jetzt hier als Charon nützlich? Oder kommt Ihr mir entgegen, damit ich keine Angst habe? Ich habe gar keine Angst.«

»Keine Sorge«, antwortete der Charon Daniel, »die bleierne Schläfrigkeit wird dir in der Kälte bald vergehen. Ich habe an dem Geruch erkannt, dass er dich mit einer auf Spiritus angesetzten Kalktünche betäubt hat. Das Einzige, was ich nicht verstehe: Warum wollte Maslow dich lebendig begraben? Womit hast du dir seinen Zorn zugezogen? Oder gehorcht auch er dem Italiener? Wohl kaum!«

Lebendig begraben? Wie bitte?

Nach den Regeln der Höflichkeit musste er zuerst die Frage des Gesprächspartners beantworten und konnte erst dann seine eigene Frage stellen.

Mitja wollte antworten, aber sein Mund war zu trocken, er konnte nur husten. Er nahm ein wenig Schnee von den Kufen und schluckte ihn hinunter. Das half.

»Der Große Magier, das ist kein anderer als Maslow. Er hat ein Doppelkreuz auf dem Steißbein. Die beiden sind unabhängig voneinander, Metastasio ist ein Verbrecher und Maslow auch.«

Vondorin pfiff durch die Zähne.

»Moment mal, mein Freund. Wie kann das sein? Und woher weißt du das mit dem Steißbein? Ich habe es doch gar nicht geschafft, dir davon zu erzählen, wie die Satanophagen ihr Oberhaupt küren. Die Mitglieder des Ordenskapitels weihen den maskierten Mann, ihren neuen Magier, indem sie ihm geheime Zeichen aufdrücken: zwei anstelle der Hörner und eins anstelle des Schwanzes.«

»Ihr habt das nicht geschafft«, sagte Mithridates gereizt. »Wenn Ihr es geschafft hättet, wäre alles anders gekommen. Dann wäre ich nämlich nicht geradewegs in die Höhle des Löwen spaziert und hätte meine Eltern nicht verloren.«

»Wie das?«, schrie Daniel. »Was ist denn deinen verehrten Eltern zugestoßen?«

»Eine Mutter habe ich eigentlich nie richtig gehabt«, sagte Mitja leise. »Und Vater … Der ist jetzt auch ein Abrahamsbruder. Er hat seinen Sohn Isaak nicht geschont. Und wird wohl auch noch weiter aufsteigen – direkt ins Ordenskapitel …«

Vondorin wollte den Mund öffnen, klappte ihn aber gleich wieder zu. Er wartete lieber mit weiteren Fragen und murmelte nur:

»Mauvais rêve! Nightmare!«

Mitja zuckte zusammen, als er von einem Traum reden hörte, und fragte ängstlich:

»Daniel Ilarionowitsch, seid Ihr nur ein Gespenst? Oder seid Ihr lebendig, und ich sehe Euch wirklich? Ihr habt doch gesagt, sie haben mich lebendig begraben? Und woher kommt Ihr dann?«

Vondorin lehnte sich zurück und stützte sich auf den Ellenbogen. Da er die Zügel gelockert hatte, verfielen die Pferde in eine langsamere, aber fröhlichere Gangart.

»Warte mal, ich erzähl dir gleich alles, wir haben ja noch einen weiten Weg vor uns«, versprach Daniel und runzelte die Stirn. »Das, was du mir erzählt hast, wirft auf vieles ein anderes Licht. Das muss ich erst mal rutschen lassen … Aber hör doch die merkwürdige Geschichte, die mir passiert ist, den Rest verschieben wir auf später … Nachdem wir uns getrennt hatten und ich mein Schicksal in die Hände der Diener des Gesetzes gelegt hatte, war ich sehr traurig und nachdenklich. Worüber, oder genauer, an wen ich zu jener nächtlichen Stunde dachte, ist unschwer zu erraten. An sie, die mir einen kurzen Augenblick der Seligkeit geschenkt hatte und auf immer von mir geschieden war. Ich muss gestehen, dass ich dagegen an dich keinen Gedanken verschwendet habe, denn ich wähnte dich in vollkommener Sicherheit und wäre nie auf die Idee gekommen, dass ich meinen unschätzbaren Freund eigenhändig einem blutrünstigen Ungeheuer anvertraut hatte. Was für ein Versehen, um nicht zu sagen, Verbrechen. Meine Schuld vor dir ist unermesslich. Ich wage es noch nicht einmal, dich um Verzeihung zu bitten.«

»Daniel Ilarionowitsch«, stöhnte Mitja auf. »Um Gottes willen! Schon wieder fangt Ihr an, um Verzeihung zu bitten! Erzählt doch erst mal, was geschehen ist.«

»Gut, es soll nicht wieder vorkommen«, versuchte Vondorin ihn zu beruhigen und erzählte zusammenhängend weiter, ohne sich zu unterbrechen.

»Die prächtige Nacht trug unser Gefährt auf ihren Rappen und breitete ihren schützenden dunklen Mantel flatternd in der Luft aus; die ganze Erde war in Schlaf versunken. Da unterbrach auf einmal einer meiner Weggenossen meine Gedanken und sagte: ›Euer Wohlgeboren, da sieht man Lichter. Das muss eine Posstation sein. Wir sollten die Pferde ein wenig ausruhen lassen, und Fjodor und ich, wir sollten uns ein wenig aufwärmen. Und wenn Ihr uns etwas einschenken ließet, dann wären wir ausnehmend zufrieden mit Euch und würden vor der Obrigkeit für Euch eintreten. Warum wollt Ihr Euch so beeilen? Um ins Gefängnis zu kommen, ist es nie zu spät.‹ – ›Ach, mein Freund‹, antwortete ich ihm, ›ich brauche keinen Fürsprecher, ich bin bereit, die verdiente Strafe auf mich zu nehmen. Aber wenn ihr durchgefroren seid, dann lasst uns einkehren.‹

Das war wirklich die Poststation von Lepeschkino, ein einsames Eiland wacher Wesen inmitten dieser weiten Schlummerebene. Im Gemeinschaftssaal saßen Kutscher und Reisende einfachen Standes, sie tranken heißen Tee, manche auch Wodka. Ich ließ für meine Bewacher Fjodor und Semjon eine Flasche kommen, erst eine, dann eine zweite.

Sie tranken und redeten. Ich indes achtete nicht auf das, was sie sagten, seufzte nur die ganze Zeit, wie ich zugeben muss, und wischte mir mehr als einmal eine bittere Träne von den Wimpern.

Auf einmal sagte Semjon lauter als vorher: ›Guck mal, Fjodor. Siehst du den Mann, der da in der Ecke sitzt, den Dunklen? Er trinkt nur Tee und schielt neidisch nach unserer Flasche. Das ist doch Dron Rykalow, der unter Nikolaj Petrowitsch Archarow bei uns Platzsergeant war. Keiner hat besser als er die Knute geschwungen. Dafür wurde er auch befördert. Es heißt, er hat jetzt eine Anstellung in Petersburg und zwar in der Geheimexpedition, ja, stell dir vor, so weit hat er es gebracht.‹ Ich zuckte zusammen und dachte an Maslow. Aha, dachte ich mir, dieser Meister der Knute, der wird doch bestimmt mit diesem Schuft zusammen hierher gekommen sein. ›Ruf deinen Bekannten her. Er soll sich zu uns setzen. Ich bestelle noch eine Flasche.‹ Ich weiß selber nicht, was mich dazu bewogen hat, wahrscheinlich der Wunsch, mich von den bitteren Herzensangelegenheiten abzulenken.

Da kommt also dieser Dron an unseren Tisch und setzt sich zu uns. Semjon hat ihm nicht gesagt, dass ich ein Häftling bin, er hat mich als Arzt vorgestellt und hinzugefügt, der ist in Ordnung. Ich hatte wie auch jetzt einen Polizeimantel an, so dass Rykalow keinen Verdacht schöpfte.

Sie luden ihn ein, mit ihnen zu trinken, er zierte sich erst ein bisschen mit der Begründung, er sei im Dienst, gab seinen Widerstand aber schnell auf. Er leerte ein zweites, ein viertes, ein sechstes Gläschen. Semjon und Fjodor wurden müde, ihnen sank der Kopf auf den Tisch. Ich trank nicht, sondern tat nur so.

So nach dem zehnten Gläschen brüstete sich Rykalow, er sei mit einem hohen Tier hierher gekommen, aber mit wem genau und zu welchem Behuf, das sage er nicht, das gehe mich nichts an; dieser Mann sei jedoch ein höchst wichtiger General und Grund für große Geheimhaltung. Er selber, Dron Sawwitsch, sei ja auch nicht gerade irgendwer, er stehe auf der Karriereleiter ziemlich weit oben, kein Vergleich mit seiner früheren Moskauer Position. Er habe vier Untergebene auf dem Heuboden, alle beritten. Laut Befehl müsste Rykalow eigentlich auch da sein, wo sie sind, er habe hier nur ein wenig Tee trinken und sich aufwärmen wollen.

Ich goss ihm Wodka nach und sagte: ›Was für eine geheime Aktion kann es denn hier in dieser ländlichen Gegend geben? Da hat Euch der General einen Bären aufgebunden. Seine Reise hat bestimmt einen privaten Grund, er sagt Euch nicht die ganze Wahrheit, das ist doch klar.‹

Da haute er mit der Faust auf den Tisch und polterte los: ›Mir sagt Exzellenz immer die ganze Wahrheit! Denn Rykalow ist dero treuester Diener.‹ Ich antwortete ihm nicht, sondern presste nur die Lippen zusammen, als wolle ich sagen: Na ja, du kannst mir viel erzählen. So ein Misstrauen ist für einen Prahlhans, der getrunken hat, schlimmer als ein Stich ins Herz.

Und Rykalow fiel prompt darauf herein. ›Gut, die Sache ist zwar geheim, aber wenn Ihr Polizeiarzt seid, habt Ihr einen Eid geschworen und könnt Dinge geheim halten. Wir suchen einen kleinen Jungen. Was er angerichtet hat, weiß ich nicht und will Euch auch nichts vorlügen, aber trotz seines Alters ist dieser Junge ein berüchtigter Missetäter und Staatsverbrecher der höchsten Kategorie. Sonst hätte sich Prochor Iwanowitsch doch auch nie im Leben auf diesen weiten Weg gemacht.‹

Du kannst dir denken, wie mich diese Worte trafen. Aber ich konnte Maslows Helfer keine weiteren Fragen stellen, denn auf einmal ging die Tür auf, und ein Herr in schwarzer Perücke, wie man sie jetzt nicht mehr trägt, zeigte sein Schweinegesicht. Er ließ die Augen hierhin und dahin schweifen, erblickte meinen Dron, ging auf ihn zu und tippte ihm auf die Schulter. Aha, dachte ich, das ist doch bestimmt Seine Exzellenz der Chef der Geheimexpedition höchstpersönlich. Er blickte mich flüchtig an, ohne mich zu beachten. Wer ist Daniel Vondorin denn schon für ihn? Kein lebendiger Mensch, kein Individuum, sondern ein Name in einem Protokoll, einer unter etlichen anderen. Ich muss gestehen, ich war in Versuchung, die Flasche vom Tisch zu nehmen und dem Geheimrat Maslow ein Loch in seinen Schädel zu schlagen. Zwei Gründe hielten mich davon ab. Erstens ziemt sich eine solche Tat eher für einen Wilden denn für einen zivilisierten Menschen. Und zweitens war die Hauptsache, in Erfahrung zu bringen, ob meinem teuren Freund Dmitri nicht ein neues Unglück zugestoßen war.

Maslow sagte kein Wort zu seinem Helfer, er bedeutete ihm nur zu kommen und verließ sofort wieder den Raum. Rykalow geriet in eine solche Aufregung, dass er fast den Stuhl umgeworfen hätte, und raste seinem Chef nach.

Ich wartete nur einen Augenblick und folgte ihnen.

Auf dem Hof war niemand zu sehen, es schneite und war dunkel. Aber hinter einem Zaun sah ich zwei Gestalten. Ich schlich mich heran und lauschte. Die gnädige Natur hatte es so eingerichtet, dass der Wind in meine Richtung blies. Obwohl ich recht weit entfernt war, konnte ich fast jedes Wort verstehen, und was ich nicht verstand, war leicht zu erraten.

Tatsächlich drang anfangs immer nur das Ende der Sätze an mein Ohr. ›Das ist ganz einfach‹, sagte Maslow. ›Du fragst nach dem Pater Kellermeister, der heißt Ipati. Gibst ihm diese Notiz von mir. Und fügst mündlich hinzu: ein Junge, der Sohn eines Adeligen. Er ist bei einem Brand umgekommen. Das Seelenamt hat schon stattgefunden. Ein Sarg ist nicht nötig, sie sollen ihn so bestatten. Ipati gibt dir Mönche, die das Grab ausheben. Du wartest, bis sie es zugeschaufelt haben, und kommst schleunigst zurück. Ich sitze hier in der Stube und gönne mir ein Päuschen. Das habe ich weiß Gott verdient. Und über deine Sauferei müssen wir hinterher ein Wörtchen wechseln. Sieh dich vor, Dron!‹

Er drohte ihm mit der Faust und ging ins Haus. Er ging dicht an mir vorbei, aber ich stand hinter einem Holzstoß, so dass er mich nicht bemerkte.

Ach, mein lieber Freund, wie es da in meiner Seele aussah, das kann ich gar nicht beschreiben. Ich dachte, und wenn er nun von Dmitri spricht? Es kann doch wohl nicht wahr sein, dass er verbrannt ist! Bei was für einem Feuer denn?

Aber ich hatte keine Zeit, mir graue Haare wachsen zu lassen. Mein Zechgenosse nahm schon in dem Schlitten Platz, mit dem Maslow gekommen war, und fuhr los. Wie sollte ich ihn im Dunkeln wiederfinden?

Ich stürzte zu der Polizei-Troika. Dank sei dem Verstand, die faulen Kerle hatten die Pferde nicht ausgespannt, sie hatten ihnen nur einen Hafersack umgehängt.

Ich brüllte das Mittelpferd an: ›Vorwärts, prächtiger Equus, lass mich nicht im Stich!‹

Ich stürmte in völliger Finsternis vorwärts und wusste selbst nicht wohin. Da die Rede von einem Kellermeister, also von Mönchen war, hatte Dron vielleicht den Befehl, zu einem Kloster zu fahren? Vielleicht zum Auferstehungskloster, das auch Kloster Neu-Jerusalem heißt? Das musste hier in der Nähe sein.

Dreißig Jahre lang hatte ich nicht gebetet, weil ich diese Beschäftigung für einen unwürdigen Aberglauben hielt, aber in diesem Augenblick sündigte ich und sprach: Gott der Herr, den es nicht gibt, mach, dass der verfluchte Dron nirgends abbiegt.

Ich guckte, ich sah vorne etwas Schwarzes. Ich trieb die Pferde an. Tatsächlich! Er war es, Rykalow!

Hinten auf dem Schlitten hatte er einen mit Schnur umwickelten Bastsack. Länge: anderthalb Arschin, also genauso groß wie das Geschöpf, um das ich mich sorgte.

In jenem Augenblick wurde ich fast zum Unmenschen. Von animalischer Wut getrieben, ließ mich mein Verstand im Stich. Ich vermute, dass mein Mund sogar etwas wie Gebrüll ausstieß und ich die Zähne bleckte. Und ich schwor mir, wenn deine Überreste in jenem Sack wären, als Erstes zur Station zurückzukehren und Maslow zu töten und dann Jeremej Metastasio zu suchen und ebenfalls zu töten. Ich wusste ja noch nicht, dass der Italiener nicht der Große Magier ist!

Oh, wie brüchig der Käfig ist, in den Verstand und Würde das wilde Raubtier sperren, das in unserer Seele lauert! Ich hätte mich beinah in ein Ungeheuer verwandelt!«

Bei diesen Worten erschauerte Vondorin und verstummte.

»Und was war dann?«, fragte Mitja und trieb ihn zur Eile an. »Habt Ihr ihn eingeholt und ihm eins über den Schädel gegeben?«

»Warum ohne Not Gewalt anwenden? Obwohl ich völlig fassungslos war, wusste ich doch noch, dass der Mann mit dem Namen Dron Rykalow sich bisher mir gegenüber nichts zuschulden hatte kommen lassen. Warum sollte ich es da nicht mit guten Worten versuchen?

Ich näherte mich ihm und schrie: ›Ich habe zufällig das Gespräch mit Eurem Herrn mitangehört! Stimmt es, dass Ihr die Leiche eines Knaben begraben lassen wollt?‹

Dron wunderte sich über mein Erscheinen und noch mehr über die Frage, witterte aber nichts Gefährliches dahinter und antwortete: ›Ja. Aber das ist eine geheime Angelegenheit, also seid so freundlich und sagt es nicht weiter.‹

›Ob Ihr mir diesen Körper nicht verkaufen könntet?‹, erkundigte ich mich.

Er brachte die Pferde zum Stehen und starrte mich entgeistert an. ›Was willst du denn damit?‹, fragte er.

›Ich bin Arzt und brauche dringend Material für anatomische Studien. Ich bin bereit, mir die Sache etwas kosten zu lassen.‹

›Wenn ich den Körper verkaufe, was soll ich denn dann in das Grab legen?‹

Aha, denke ich. Es sieht so aus, als würden wir uns einig. ›Ihr müsst den Sack ja sowieso nicht aufschnüren. Schüttet doch statt des Toten einfach Erde oder Reisig hinein. Dann habt Ihr das Geld, und ich kriege, was ich brauche.‹

Freund Dron schwankte. ›Der Knabe soll ganz verbrannt sein. Was wollt Ihr denn mit dem verkohlten Zeug?‹

›Damit kann ich nichts anfangen. Ich brauche das Knochengerüst, das ist doch bestimmt nicht ganz verbrannt, oder?‹

All das zehrte so an meinen Nerven, dass ich mit meiner Geduld am Ende war. Ich dachte, wenn du noch weiter Schwierigkeiten machst, stoße ich dich vom Schlitten, dann hast du gar nichts.

Da fragte Rykalow: ›Wie viel seid Ihr denn bereit zu zahlen?‹

›Zehn Tscherwonzen.‹

Er hätte vor Freude fast einen Luftsprung gemacht, ließ es sich aber nicht anmerken und sagte stattdessen: ›Mein General, das ist ein ganz Harter. Wenn das rauskommt, bin ich mit Sicherheit ein toter Mann.‹

›Wie soll das denn rauskommen? Die vergraben einen Sack und fertig. Na gut, zwanzig Tscherwonzen?‹

Und für zwanzig Goldtaler hat er dich also an mich verkauft. Da wird doch oft geklagt, dass in Russland viel gestohlen wird und jeder Beamte ein Bestechungsgeld nimmt. Ich habe mich selber oft darüber geärgert. Aber wenn man einmal nachdenkt: Was ist denn eigentlich Schmiergeld in einem Land, in dem die Gesetze unvollendet sind und die Freiheit nicht respektiert wird? Die Vermenschlichung der Unmenschlichkeit. Wo in den gesetzlichen Bestimmungen keine Vernunft herrscht, da bildet sich prompt eine Überbrückungsmöglichkeit in Form eines netten kleinen Geschenks heraus und gleicht diese Unverhältnismäßigkeit aus. Ohne diese Schmiere wären die trockenen und groben Mühlsteine, auf denen die Zirkulation unserer Gesellschaft beruht, längst geplatzt und auseinander gebrochen. Du wirst sagen, das ist aber ungerecht. Einverstanden. Aber Geld ist leidenschaftsloser als menschliche Willkür und Gewalt, denn …«

»Daniel Ilarionowitsch!«, flehte Mitja. »Schweift doch nicht immer ab! Wie ging es denn nun weiter? Und woher hattet Ihr denn die zwanzig Tscherwonzen?«

»Woher? Von dir geliehen. Hast du das vergessen? Ich bin also zu dem Sack gegangen, wollte die Schnüre lösen, aber, ob du's glaubst oder nicht, meine Hände zitterten wie verrückt. Da war nichts zu machen. Dron wartete erst und sagte dann: ›Nehmt doch alles zusammen. Wenn wir den Sack aufmachen, stinkt es womöglich nach versengtem Fleisch, das kann ich nicht leiden. Mir wurde schon in meiner Jugend, als ich in der Folterkammer arbeitete, speiübel davon. Kommt, ich lege ihn auf Euren Schlitten. Ich habe hier unten noch Bast liegen und Kordel. Wenn ich durch ein Dorf komme, nehme ich mir von irgendeinem Holzstoß Scheite, wickele sie ein, und alles ist in Ordnung.‹ Rykalow fuhr los zu seinem Kellermeister. Mit zitternden Händen löste ich die Schnüre, und wen entdeckte ich in dem Sack? Dich! Überhaupt nicht verbrannt! Quicklebendig und unversehrt. Du hast dagelegen wie Dornröschen und nach einem Schlafmittel gerochen. Das ist alles, was ich zu erzählen habe.«

»Und wohin fahren wir?«, fragte Mithridates, richtete sich ein wenig auf und schaute in die Gegend, die einigermaßen nichtssagend war: Wald, Feld, in der Ferne ein Dörfchen.

»Das ist doch jetzt ganz egal«, sagte Daniel schicksalsergeben. »Ich bin ein entlaufener Häftling. Eigentlich hatte ich vor, in Moskau vorbeizufahren, nur um meinen Verbrechen nicht noch das Gemeinste hinzuzufügen: den Diebstahl. Ich wollte das Staatseigentum« – er deutete auf die Pferde – »bei irgendeinem Polizeirevier lassen und wäre dann ganz frei. Jetzt bin ich ein Flüchtling, ein Vogelfreier. Und du, mein Lieber, bist wer weiß wer. Eine Person ohne Namen, die ohne Erlaubnis der Kirche und der Obrigkeit existiert.«

»Bin ich denn nicht mehr Dmitri Karpow?«

»Nein. Der Kavallerie-Gardewachtmeister, den du soeben erwähntest, ist gestorben und im Kloster Neu-Jerusalem beerdigt. Das ist besser so und zwar für alle und in erster Linie für ihn selbst.«

»Und wer bin ich jetzt?«, fragte Mitja, fassungslos, dass er kein Mitja mehr, sondern eine namenlose Person war.

Vondorin antwortete nicht sofort, und als er zur Rede ansetzte, sprach er anders als sonst: langsam und stockend.

»Darüber habe ich nachgedacht, als du dich unter der Wirkung der Kalkdämpfe befandest. Möchtest … möchtest du mein Sohn sein? Du bist mir seelenverwandt, das ist mehr als Blutsverwandtschaft. Vielleicht hat dich die Höhere Vernunft für meinen Samson geschickt? Der war zwar zwei Jahre älter, aber das ist ja kein so großer Unterschied … Ein Totenschein wurde nicht ausgestellt, so dass er im Gegensatz zu Dmitri Karpow für den Staat lebendig ist. Willst du Samson Danilowitsch Vondorin sein? Immerhin ist er adelig und ein freier Mann. Wenn du einverstanden bist, gehe ich zur Polizei und stelle mich. Oder kaufe mich von dem geschlagenen Hauptmann Sobakin los, Tscherwonzen habe ich ja noch genug. Und dann richten wir beide uns ein Leben zu zweit ein, irgendwo an einem abgeschiedenen Ort, wo wir niemand brauchen. Besitz habe ich nicht, aber der Verstand wird es geben, dass wir nicht Hungers sterben, ich bin ja Arzt …«

Und er verstummte. Er blickte seinen Reisegefährten nicht an.

Es schien, als zöge er sogar den Kopf ein, weil er Angst vor der Antwort hatte.

Mitja schwieg ebenfalls. Er dachte an seinen Vater und zuckte zusammen. Und seine Mutter? Maslow hatte Recht, sie würde nicht lange brauchen, um darüber hinwegzukommen. Und sein Bruder? Der war doch nur froh ...

Er setzte sich neben Daniel und umarmte ihn. In Gedanken buchstabierte er seinen neuen Namen: Samson Von-do-rin. Das klang nicht schlechter als Dmitri Karpow.

Schweigend fuhren sie dem heller werdenden Tag entgegen.

»Und die Kaiserin?«, fragte der Sohn. »Sie werden sie vergiften; wenn es nicht der eine tut, dann tut es der andere. Entweder mit schnell wirkendem oder mit langsamem Gift.«

Der Vater nahm sich einen Strohhalm, steckte ihn in den Mund und kaute auf ihm herum. Er holte zu einer langen Antwort aus.

»Hol sie der Teufel, die irdischen Herrscher. Sie sind alle aus demselben Holz geschnitzt, sollen sie sich doch gegenseitig umbringen. Unwahrscheinlich, dass der Thronfolger Zar wird. Das wäre eine historische Ungereimtheit, so etwas wird die Historie sich nicht gefallen lassen. Ich bin überzeugt davon, dass die Geschichte eine Richtung und einen Sinn hat. Manchmal gelingt es irgendwelchen Schlitzohren, ihren Lauf durch eine List zu verlangsamen oder ihren Fluss umzuleiten, aber nur vorübergehend. Wie ein Strom, der zum Meer will, macht die Geschichte eine Biegung in ihrem Flussbett und kehrt auf den vorgezeichneten Weg zurück. Angenommen, es gelingt Maslow, den Italiener auszutricksen und seine Puppe auf den Thron zu setzen. Sie wird sich nicht lange halten können und zusammen mit dem Puppenspieler stürzen. Es widerspricht der jetzigen Zeit, dass alle gleich aussehen sollen, wie die Soldaten von Gatschina. Kein Tyrann oder Magier ist imstande, die Gesellschaft zu etwas zu zwingen. Es ist eine Illusion zu meinen, ein außerordentlich willensstarker Regent könne ein ganzes Land gegen dessen Willen und Wunsch umkrempeln. Er bringt das nur dann fertig, wenn die aktive Fraktion, von der wir beide schon sprachen, diese Änderungen auch wirklich will. Ein weiser Herrscher kennt dieses Gesetz. Maslow ist zwar klug, aber nicht weise. Und der Thronfolger erst recht nicht. Staatliche Weisheit besteht nicht darin, Dmitri, dass ...«

»Samson«, korrigierte ihn Vondorin junior.

»Staatliche Weisheit, mein Sohn, besteht nicht darin, dass man gegen den Wind segelt, sondern darin, dass man das Segel im richtigen Moment in den Wind hält. Im Unterschied zu seinem Vater ist Seine Durchlaucht der Enkel das Kind einer neuen Zeit und neuer Bestrebungen. Er wird früher oder später Zar. Egal wie sich Maslow und Metastasio abstrampeln und was für Ränke sie schmieden, weil sie meinen, sie könnten den Lauf der Geschichte ändern, aber ...«

Klingelingeling, hörte man von vorne silbernen Glockenklang, der mit jeder Sekunde näher kam.

Der Troika stürmte auf dem weißen Weg eine von sechs Schimmeln gezogene weiße Kutsche auf Schlittenkufen entgegen. Man hätte meinen können, die Schneekönigin persönlich käme angefahren, um ihre Besitztümer zu inspizieren.

»Weicht zur Seite aus, mon père«, wurde der Redner von Samson unterbrochen, der nicht wusste, wie er den neu erworbenen Vater auf Russisch anreden sollte; das Wort »Papa« brachte er nicht über die Lippen. »Die rasen wie die Verrückten. Sie könnten uns umwerfen.«

Vondorin zog mit einem Ruck an den Zügeln und lenkte das Mittelpferd an den Wegrand.

Aber auch die wunderbare Kutsche blieb stehen.

Der Kutscher rief vom hohen Bock:

»He, Kamerad, wo ist hier die Abzweigung zum Dorf Prost? Sind wir schon zu weit gefahren?«

Eine Frau in Zobelmütze streckte das Gesicht aus dem Fenster und protestierte:

»Nicht Prost, sondern Trost, du Dummkopf!«

Daniel stieß einen seltsamen Laut aus; es war nicht zu unterscheiden, ob er seufzte oder schluchzte. Samson dagegen schrie aus vollem Hals:

»Pawlina!«

Was danach kam, ähnelte in gewisser Weise der berühmten antiken Marmorskulptur mit der Darstellung Laokoons und seiner schlangenumwundenen Söhne, denn in dem Gewirr der Umarmungen, der auf- und abschnellenden Hände und der im raschen Wechsel sich küssenden Köpfe war es nicht ganz einfach zu entscheiden, welcher Körperteil wem gehörte. Was den Lärm betraf, so hätte diese Szene es durchaus mit dem Finale des Stücks »Triumph der Tugend« aufnehmen können, das der verstorbene Zögling Mithridates im Eremitagetheater gesehen hatte: Wie in diesem Stück brachen alle laut in Begeisterung aus, weinten und dankten mal Gott, mal dem Verstand.

Samson kreischte einfach auf, ohne sich überhaupt Mühe zu geben, etwas Verständliches zu sagen.

Daniel redete Unsinn:

»Ein Zeichen des Himmels … Noch ein Mal, nur ein einziges Mal … Danke, Verstand! Ach, und jetzt sofort sterben … Welches Glück! Welches Unglück!«

Nur Pawlina redete keinen Unsinn, aber die beiden Männer hinderten sie, wie sie konnten, mal musste sie den alten küssen, mal den jungen.

»Ich habe die halbe Nacht wach gelegen, an Einschlafen war nicht zu denken … Mir wurde klar, ich bringe es nicht fertig! Das ist zwar Sünde, aber ich bringe es einfach nicht fertig. Da nehme ich mir lieber einen Strick … Ich rannte zu Euch, Daniel Ilarionowitsch, aber Ihr wart nicht da! Die Diener sagten, Ihr wäret schon am Vorabend abgereist, in einer Troika mit irgendwelchen Polizeibütteln. Ich erriet, dass Ihr nach Trost gefahren wart, wohin denn sonst? Ich befahl anzuspannen! Ich habe unterwegs alles bedacht und alles entschieden! Ich hatte nur Angst, dass ich Euch nicht finde. Gott sei Dank, dass ich Euch gefunden habe! Was hat uns eigentlich solche Angst eingejagt? Wer? Platon Surow oder sein windiger italienischer Kompagnon? Das ist doch Unsinn, viel Lärm um nichts. Sie sind doch nur in Petersburg allmächtig, aber Gott sei Dank ist unser Staat groß. Je weiter entfernt von den Palästen, desto freier lebt es sich. Lasst uns wegfahren, Daniel, weit weg. Ich habe eine Manufaktur, die liegt hinter dem Ural, ich habe sie von meinem Mann geerbt. Zweitausend Werst, wenn nicht mehr vom Winterpalais entfernt. Da kriegt uns Metastasio nicht; wenn er sich da blicken lässt, kann er was erleben. Fürst Platon wird eine Weile toben und sich dann beruhigen – er wird schon ein anderes, fügsameres Objekt finden. Komm, Daniel! Lass uns leben und uns lieben, so lange es der Herrgott gibt. Und Mitja nehmen wir mit. Man muss nur seinem Vater und seiner Mutter erklären, dass das geschieht, um ihn zu retten.«

»Die brauchen keine Erklärung!«, schrie Samson, überwältigt von der überragenden Einfachheit dieser Idee. Und das, wo man behauptet, der Verstand des weiblichen Geschlechts sei schwächer als der des männlichen. »Klar komme ich mit!«

»Aber ich bin zu alt für Euch«, sagte Vondorin ängstlich.

»Wenn zwei sich lieben, haben sie immer dasselbe Alter«, antwortete die Gräfin altklug.

»Ich bin bettelarm, ich besitze nichts.«

»Du kränkst mich mit diesen Worten. Du wirst noch um Verzeihung für sie bitten.«

»Außerdem«, sagte Daniel niedergeschlagen, »habe ich ein Kind aus einer früheren Ehe. Da, es steht vor Euch. Ich habe es gesucht und unverhofft gefunden.«

Pawlinas Blick wanderte erstaunt von Vondorin zu dem Jungen; intuitiv erriet sie, was er meinte.

»Das ist nicht deins, sondern unser gemeinsames Kind. Und wenn du nicht die Mutter deines Sohnes heiratest, dann verlierst du das Recht, als anständiger Mensch zu gelten. Guck mal, er ist auf deinem klapperigen Schlitten schon fast erfroren. Husch in die Kutsche, Mitja.«

»Ich heiße Samson«, korrigierte der Sohn.

* * *

Kurz vor der Vorstadt Dragomilowo stießen sie auf eine vom Exerzierplatz zurückkehrende Grenadierskompanie. An der Spitze marschierten die Trommler, Löffelspieler und jungen Flötisten. An der Seite schritt ein Unterbefehlshaber, offenbar schlief der Kompaniehauptmann zu dieser frühen Morgenstunde noch.

Die Flöten pfiffen monoton ihre Marschmelodie, die Trommeln fielen ein, wie es gerade kam, und die Löffelspieler hatten ihre Instrumente aus Ahornholz noch nicht einmal hervorgeholt.

Pawlina befahl dem Kutscher, Halt zu machen, und winkte den Offizier zu sich.

»Sagt einmal, verehrter Herr Offizier, können Eure Musikanten das Lied ›Wenn ich an dein Ufer geh‹ spielen?«

»Selbstverständlich, gnädige Frau«, antwortete der vom Frost

rotwangige Offizier und betrachtete die schöne Dame mit Vergnügen. »Das ist das neue Opus des Herrn Neledinski-Melezki, ganz
Moskau singt es.«

Und er trällerte laut und mit Gefühl:

Wenn ich an dein Ufer geh, schau ich in den schnellen
Strom,
Nimm mein Leid, du schneller Strom, trag es weit, so weit
es geht!

»Dann sollen sie es bitte spielen«, sagte Pawlina. »Und wenn sie
sich richtig ins Zeug legen, gebe ich der ganzen Kompanie einen
aus.«

»Und was kriege ich?«, fragte der Unterbefehlshaber kess.

Der strenge Daniel wollte in der Kutsche aufbegehren, aber die
Gräfin gab ihm einen Stoß gegen die Brust und bedeutete ihm:
immer mit der Ruhe.

»Ihr bekommt einen Kuss«, versprach sie, »genauer: eine Kusshand.«

»Einverstanden!«

Der Offizier wandte sich an die Musikanten und sagte:

»He, ihr lahmen Enten! Ihr habt genug Trübsal geblasen. Los,
spielt mal: ›Wenn ich an dein Ufer geh‹! Aber lustig und mit
Schwung! Die gnädige Frau spendiert etwas. Eins, zwei, drei! He,
Flöten, fangt an!«

DREIUNDZWANZIGSTES KAPITEL

VÄTER UND SÖHNE

(Turgenew, 1862)

Und sauber und ausdrucksvoll stimmten die Flöten den herzzerreißenden Marsch an, der die Soldaten betrauerte, die in einem
fernen, lange vergessenen Krieg gefallen waren.

Dieser kleine, in der Umgebung von Moskau liegende und erst
vor kurzem der Verwilderung entronnene Friedhof hatte wohl
kaum schon einmal eine solche Beerdigung erlebt. Allenfalls
im Jahre 1812, als man hier die Soldaten beerdigte, die nach der
Schlacht von Borodino an ihren Wunden gestorben waren. Es
war durchaus wahrscheinlich, dass irgendwo hier, in einem der
Massengräber für diejenigen, »die du, o Herrgott, beim Namen
riefest«, auch der ferne Urahn von Nicholas, der junge Professor
der Moskauer Universität Samson Fandorin, lag, der sich zur
Landwehr gemeldet hatte und bei den Kämpfen um Schewardino
verschollen war.

Aber auch damals, vor zwei Jahrhunderten, hatte sich auf dem
Friedhof wohl kaum eine so illustre Gesellschaft versammelt. Die
Trauermusik wurde von einem weltberühmten Sextett gespielt,
und auf den ordentlichen Wegen, zwischen den sorgfältig restau-
rierten alten und noch luxuriöseren neuen Grabsteinen drängte
sich eine Unmenge schöner, berühmter Frauen. Zwar gab es auch
Männer, aber das schöne Geschlecht (was hier nicht als Reverenz,
sondern im wörtlichen Sinn gemeint ist) dominierte eindeutig.
Ein paar Schneeflocken kamen langsam vom trauerverhängten
Himmel geflogen und setzten sich effektvoll auf einen Zobelkra-
gen oder schmolzen auf einer gepflegten, tränennassen Wange.

Die Witwe nahm nicht teil und konnte das auch nicht. Erstens, weil eine Patientin aus der geschlossenen Abteilung der psychiatrischen Klinik selbst dann nicht herausgelassen wird, wenn es um die Beerdigung des eigenen Mannes geht. Und zweitens, weil eine Mörderin nichts am frischen Grab ihres Opfers zu suchen hat.

Die Beileidsbekundungen nahm die Tochter entgegen, die zugleich die Erbin des Verstorbenen war. Ein kleines Mädchen mit einem strengen, blassen Gesicht stand an dem mit teuren Blumen übersäten Palisandersarg und hörte mit ernstem Ausdruck zu, was ihr die schluchzenden Schönheiten ins Ohr flüsterten. Den einen gab sie etwas zur Antwort, den anderen nickte sie einfach zu. Die Beileidsbekundungen zogen sich hin, so dass sich vor dem Mädchen eine lange Schlange aufgebaut hatte.

Überall hörte man Weinen, tragisch zurückhaltendes bis zu offen hysterischem.

Es ist bekannt, dass ein plötzlicher, insbesondere ein unter dramatischen Umständen eingetretener plötzlicher Tod die Phantasie stets stärker bewegt als ein friedliches Ende. Und dieser Verstorbene hatte unsere Welt auf extrem effektvolle Weise verlassen: Dass die geliebte Ehefrau einem im Schlaf mit dem Skalpell die Kehle durchschneidet, so etwas kommt nicht alle Tage vor. Aber nur das Mitleid mit einem jäh abgerissenen fremden Leben kann nicht einen solchen Sturm der Trauer auslösen. So inbrünstig beweint man nur sich selbst, dachte Nicholas, der als Letzter in der Schlange stand.

Er hatte sich – man kann wohl sagen – illegal zu der Trauerfeier aus dem Haus gestohlen. Er hatte seiner Frau erzählt, er hole Valja Glen in Scheremetjewo ab, der sich in einer Klinik in Florida eine neue Nase hatte machen lassen, eine noch schönere als vorher. Wenn Altyn von der Beerdigung gewusst hätte, wäre sie bestimmt zum Friedhof mitgekommen, aber nicht, um Blumen am Grab niederzulegen, sondern, um in den Sarg zu spucken. Das hätte sie glatt fertig gebracht …

Die Schlange bewegte sich langsam vorwärts. Die Dame, die vor Fandorin stand, trat zu der Tochter des Verstorbenen. Als sie ihre dunkle Brille abnahm, erkannte Nicholas in ihr eine von allen angehimmelte Schlagersängerin.

»Miranda, meine Liebe«, sagte die Diva schluchzend, »ist das wahr? Haben Sie es wirklich gefunden? Mein Sonnenschein, ich falle vor Ihnen auf die Knie, Ehrenwort!«

»Aber bitte nicht hier, ja?«, antwortete das junge Geschöpf.

»Jaja, natürlich!« Die Sängerin berührte den Ellenbogen des Mädchens mit zitternder Hand. »Mir ist nichts dafür zu schade ... Sie verstehen mich doch hoffentlich? Wenn nur noch wenige Präparate übrig sind und es nicht für alle reicht, bezahle ich mehr. Mirandotschka, Miranda Miratowna!«

»Robertowna«, verbesserte die Erbin brüsk und fasste die Diva an der Schulter, um ihr zu bedeuten, sie müsse jetzt gehen.

»Dann darf ich also anrufen?«, fragte sie angeschlagen und wandte sich ab.

Nicholas stand vor Mira, blickte sie an und war erstaunt, wie stark sich der Ausdruck ihrer Augen in diesen paar Tagen geändert hatte.

»Warum ›Robertowna‹?« fragte er schließlich.

»Ich habe meinen früheren Vaters- und Familiennamen wieder angenommen. Miranda Robertowna Krasnokommunarskaja, das klingt besser als Miranda Miratowna Kuzenko.«

»Ich verstehe ... Was wollte sie von dir?«

Mira verzog grinsend die Mundwinkel und sagte:

»Bei diesen gerupften Hühnern hat sich das Gerücht verbreitet, ich hätte in Papas Safe ein Geheimrezept oder eine Anleitung dazu mit den Ingredienzien gefunden. Nun scharwenzeln sie um mich herum.«

»Hast du es denn wirklich gefunden?«

Sie flüsterte ihm ins Ohr:

»Von wegen, gar nichts habe ich gefunden. Aber sollen sie doch hinter mir her rennen. Ich hole Professor Lorenzetti aus Italien in meine Klinik. Er wird die Damen schon irgendwie zurechtwalken. Außerdem richte ich eine Forschungsgruppe ein, die Papas Methode rekonstruieren soll. Das wird ein paar Jahre dauern, so dass ein paar von diesen Omas es nicht mehr erleben werden, aber das macht ja nichts. Wenn das Ergebnis vorliegt, werden die Visagen der neuen Modepüppchen aus der Fasson geraten sein. Da brauche ich mir keine Sorgen zu machen, dass ich keine Kunden habe.«

Nicki fühlte sich unwohl, und er wandte sich von seinem ehe-

maligen Zögling ab. Er studierte das weiße Gesicht des Verstorbenen, dieses begabten und unbarmherzigen Mannes, der einmal
ein kleiner, eingeschüchterter Junge mit Brille gewesen war, dann
mit fremden Schicksalen Schach gespielt, Wunder vollbracht, sich
den wichtigsten unerfüllbaren Wunsch seines Lebens erfüllt, viel
Gutes und noch mehr Schlechtes getan hatte. Und nun war er gestorben, und die schönsten Klageweiber trauerten so bitter und
ehrlich um ihn, wie es keinem einzigen Pharao oder römischen
Imperator vergönnt gewesen war.

Nur zu bald würde die Zahl der schönen Frauen in der russischen Hautevolee katastrophal abnehmen, dachte der Magister
seufzend, als er seine weißen Chrysanthemen neben den Sarg auf
die Erde legte – im Sarg selbst und daneben war schon kein Platz
mehr. Orchideen, Lilien und riesige Rosen lagen haufenweise da
und verwandelten dieses Eckchen des Friedhofs in eine richtige
tropische Wiese.

Im Frühling werden sie hier andere Blumen pflanzen, weniger
ausgefallene, dafür aber lebendige. Warum gehören in der zivilisierten Welt Blumen unbedingt als Begleiterscheinung zum Tod?
Als Kompensation für seine Hässlichkeit?

Nein, sagte sich Nicholas. Wir begegnen dem Tod mit Blumen
und schmücken ihn damit, um uns in Erinnerung zu rufen: Die
letzten Konvulsionen eines zu Ende gegangenen Lebens fallen zusammen mit den Geburtswehen einer neuen Existenz. [11]Was für
ein leidenschaftliches, sündhaftes, rebellierendes Herz sich auch
in einem Grab verbergen mag, die Blumen, die auf ihm wachsen,
sehen uns friedlich mit ihren unschuldigen Augen an; nicht nur
von ewiger Ruhe sprechen sie, von der großen Ruhe der »gleichgültigen« Natur; sie sprechen auch von ewigem Frieden und end-
losem Leben …

---

11 Von hier bis Schluss: Zitat des Schlusssatzes von Turgenew »Väter und Söhne«

INHALT